杜安隐 著

鹿野蝉

四川文艺出版社

图书在版编目（CIP）数据

鹿野蝉/杜安隐著. —成都：四川文艺出版社，2022.4
ISBN 978-7-5411-6245-9

Ⅰ.①鹿… Ⅱ.①杜… Ⅲ.①长篇小说—中国—当代 Ⅳ.①I247.5

中国版本图书馆 CIP 数据核字（2022）第 030532 号

LU YE CHAN
鹿野蝉

杜安隐 著

出 品 人	张庆宁
责任编辑	路 嵩
内文设计	史小燕
封面设计	琥珀视觉
责任校对	文 雯
责任印制	桑 蓉

出版发行	四川文艺出版社（成都市锦江区三色路 266 号）
网　　址	www.scwys.com
电　　话	028-86361802（发行部）　028-86361787（编辑部）
排　　版	四川胜翔数码印务设计有限公司
印　　刷	成都紫星印务有限公司
成品尺寸	170mm×240mm　　开　本　16 开
印　　张	34.5　　字　数　556 千
版　　次	2022 年 4 月第一版　　印　次　2022 年 4 月第一次印刷
书　　号	ISBN 978-7-5411-6245-9
定　　价	58.00 元

版权所有·侵权必究。如有质量问题，请与出版社联系更换。028-86361795

【目录】

序章　　/001

第一章　狩猎　敦煌郡公赫连盛　　/009

第二章　含章殿　太子妃吕金瓶　　/015

第三章　盂兰盆节　金世祖　　/022

第四章　西林园　沙门景慧　　/028

第五章　报德寺　太子金曜星　　/033

第六章　青龙寺　赫连盛　　/039

第七章　白狼湖　皇后赫连雪云　　/046

第八章　鹿野浮屠　太子金曜星　　/052

第九章　莲花宝冠　安昭仪　　/059

第十章　重九会宴　中常侍万盛　　/064

第十一章　祖制　皇后赫连雪云　　/070

第十二章　思南殿　菊夫人　　/077

第十三章　墨菊　安昭仪　　/082

第十四章　牛心　吴王金曜明　　/089

第十五章　马场围猎　西平王金曜熙　　/098

第十六章　降魔成道图　太子金曜星　　/104

第十七章　乳母　太子妃吕金瓶　　/111

第十八章　菩提果　常鹤兰　　/119

第十九章　无遮大会　武僧觉　　/126

第二十章　伏龙山　太守代无碍　　/132

第二十一章　诈降　金世祖　/139

第二十二章　明光铠　大将军杜庭　/147

第二十三章　赐婚　花荫公主　/154

第二十四章　大将军　代无碍　/160

第二十五章　芦苇浅滩　武僧觉　/166

第二十六章　庆功宴　金世祖　/173

第二十七章　重英殿　菊夫人　/180

第二十八章　琥珀饧　太子金曜星　/187

第二十九章　审判　金世祖　/194

第三十章　南疆城　武僧觉　/201

第三十一章　大恩寺　西平王金曜熙　/208

第三十二章　中宫朝会　皇后赫连雪云　/214

第三十三章　古镜　吴王金曜明　/224

第三十四章　长亭击剑　太子金曜星　/231

第三十五章　尚药局　常鹤兰　/237

第三十六章　《通天经》　太子妃吕金瓶　/244

第三十七章　齐云山庄　寇先生　/251

第三十八章　阴阳古镜　东郡公任伯渊　/258

第三十九章　《录图真经》　金世祖　/265

第四十章　鸳鸯梨树　常鹤兰　/272

第四十一章　芍药平安袋　皇后赫连雪云　/278

第四十二章　花荫堂　驸马都尉武僧觉　/285

第四十三章　荷塘密语　安昭仪　/296

第四十四章　含章殿　太子妃吕金瓶　/302

第四十五章　灵瓜会　太子金曜星　/310

第四十六章　普贤菩萨殿　常鹤兰　/319

第四十七章　月轮仙宫　东郡公任伯渊　/328

第四十八章　冰蚕丝锦褥　皇后赫连雪云　/334

第四十九章　大千园　太子金曜星　/345

第五十章　皇宗学堂　京兆王金承玄　/352

第五十一章　金蝉绸巾　安昭仪　/358

第五十二章　国史案　金世祖　/367

第五十三章　战鼓　东郡公任伯渊　/373

第五十四章　山楂林　中常侍万盛　/381

第五十五章　桂花蜜酿　太子金曜星　/388

第五十六章　阴山却霜　金世祖　/394

第五十七章　雪虎　皇后赫连雪云　/407

第五十八章　迎丧　太子金曜星　/414

第五十九章　春雨潺潺　中常侍万盛　/422

第六十章　永巷密室　南越王金曜明　/430

第六十一章　普贤菩萨　乳母常鹤兰　/440

第六十二章　皇后玉玺　赫连雪云　/448

第六十三章　宗庙枣林　金曜明　/458

第六十四章　青龙大刀　驸马都尉武僧觉　/464

第六十五章　寿安宫　保太后常鹤兰　/472

第六十六章　白塔会　金成帝　/486

第六十七章　高丽白锦　保太后常鹤兰　/492

第六十八章　《安般守意经》　贵人秦霜月　/500

第六十九章　踏青之会　保太后常鹤兰　/507

第七十章　懿德殿　贵人安文茵　/514

第七十一章　阴山却霜　金成帝　/522

第七十二章　子贵母死　皇后安文茵　/530

第七十三章　鸡鸣山　僧人武僧觉　/538

后记　/545

序章

暴雨如注，黑沉沉的乌云压住天幕。

常鹤兰怀抱淋湿的树杈，在泥泞不堪的路上挪步前行。云端隐约传来秋蝉的哀鸣，她循声望去，厚重的云层撕出条触目惊心的裂缝，形似夫君季康锻造的利剑。

她本是燕国龙城一位名叫季康的铁匠的妻子。怀胎九月时，燕国龙城边境再次遭到大魏国突袭。

季康的铁匠铺昼夜不息，为迎战的将士锻造兵器。瓢泼大雨之日，季康将锻造好的数十把利刃如数奉上后，反被将军强征入伍。

那日的夫妇分离，就是这般黢黑的暴雨天。常鹤兰挺起孕肚，跑向被拖进队列的季康身后，哭着问道："康，孩子出生后，取何名？"

"是男孩就取季寿安！"背影魁梧的季康不假思索，扭身朗声作答。她依稀见到他俊朗的侧脸，挂着一滴尚未滑落的清泪。

"寿安？寿命平安。"她驻足自语，懂得夫君取其名的用意与苦心——生逢乱世，平安是福。

平地刮起一阵狂风，吹得她衣袂飘然，腹中胎儿在猛烈地蹬腿，似乎感应到阿爷季康踏上的是生死未卜的征程。

"康，我与寿安在家等你归来，你定要平平安安啊。"常鹤兰紧跟上前，向身影逐渐疏淡的夫君、向无垠的宇宙祈求。

"鹤兰，你和孩子好好活着，战场是生死场，由不得人。"季康头也不回，追着军队跑远了。

一声惊雷炸响，劈头盖脸的雨点将常鹤兰淋成落汤鸡。

"康，你看，连上苍都不忍你我夫妇离别啊……"常鹤兰将视为不吉的话语烂在肚内，捂面悲啼着冲进茅草搭成的铁匠铺。

季康一走，便杳无音讯，是生是死，无从得知。

独自诞下幼儿的常鹤兰关闭冷却的灶膛，收拢打铁的家什，靠着变卖从娘家带来的首饰嫁妆，勉强维持生计。

她的阿爷虽贵为东海太守，但她的阿娘是地位卑下的小夫人，比不得生了三个儿子的大娘，尽得阿爷宠溺。

常鹤兰刚过及笄之年，长兄便迫不及待地将她的婚事订给铁匠季康。

"兰妹，铁匠季康的阿爷、阿娘是宫廷乐师，死于宫廷暴乱。他是吃百家饭长大的孤儿，擅吹尺八，是会打铁的闷葫芦，总归有一技之长，不至于吃不饱。"

常鹤兰在府邸受够了兄长们的热嘲冷讽，早就渴盼着以嫁人之名脱离他们的魔掌。

她做出逆来顺受的欢喜模样："有劳兄长费心。"

出嫁当日，阿娘韩氏褪下金手镯，摘掉银戒指，用丝帕包好，悉数塞给她。

"兰儿，阿娘找高人预测过，日后你将贵不可言，不管遇到何种境遇，万万不可妄自菲薄，自轻自贱。这部《妙法莲华经》是阿娘请了庙内的经生抄写，有佛菩萨的加持，能庇佑你平安。"

阿娘韩氏递给她以仙鹤祥云图纹缎面包好的经书，含泪安抚她。常鹤兰明白阿娘不过是拿这些好话哄骗她，好令她安心出嫁，瞅见阿娘鬓角冒出一簇浓密的白发，不由心疼，嗔怪道："阿娘糊涂，孩儿是嫁给铁匠，并非望族贵公子。"

韩氏涂满脂粉的马脸由红转白，她素来性子要强，为这吃了不少苦头，但仍不悔改。阿娘毕生的隐痛是自认容颜不够绝色，不能拴住阿爷的心。阿爷爱屋及乌，庭院遍植大娘最爱的紫色鸢尾，被奴婢们私下戏称太守府是鸢尾园。

韩氏腾出手，掐在缀满廉价饰品的腰封上，蹙眉叹气。

"呃，那又如何？你靠不了父辈荣光与夫家显贵，也还有个母凭子贵的盼头。唉，怨就怨你无倾城倾国之色，只能靠将来的儿子有出息喽。"

阿娘以为世间男子都爱大娘那般如紫色鸢尾花娇媚的女子。常鹤兰不便与她辩解，满腹酸楚地跨上马背，向这座生活十多年的府邸告别。

目光扫过后院那株绿荫如盖的千年孤槐，常鹤兰似乎嗅到初夏槐花盛开的热烈芬芳，那串串密匝匝的繁茂白花，垂挂在绿叶间，多像丰盛饱满的青春？那努力向上伸展的稀疏枝丫，不就是凌云壮志的远大抱负？这才是她不愿被人所知的隐秘向往与追求。

抬头撞见头戴蝉冠高帽的阿爷，心事重重地站在中堂的门帘后，目光涣散地望着她。常鹤兰一惊，欲下马与他告别，阿爷冲她挥挥衣袖，匆匆隐没在厚重的纱幔后。

阿娘韩氏快步上前，挽住她的手臂，强笑道："你别怪阿爷，他刚接到诏令，大魏国侵犯燕国边境，得出征守卫城池。唉，怕是这天下又要大乱了。"

常鹤兰心一沉，自己刚成新妇，祈愿战火早日停息，不然，国破家何在？忙将经书放好，掰开阿娘的手臂，忍泪与她拜别。

"阿娘，保重，待孩儿衣锦还乡，接你过富足好日子！"

"是啰，早生贵子，阿娘也沾沾外孙的福气，压制有些人的气焰！"韩氏喜笑颜开地念叨，真似常鹤兰已脱胎换骨成为贵夫人。

不承想，常鹤兰的幼儿刚满三个月，大魏国就攻进城内！在逃亡途中，幼儿不知所踪，她也被魏军拦截成俘虏，随大批女俘押送至大魏国的平城，这才走到半道上。

恼人的秋雨慢慢停了，精疲力竭的常鹤兰，跌跌撞撞地挨近临时搭建为膳房的后院。

后院两排灶台煮着十几口大锅，翻滚着热气腾腾的黏稠豆粥，数十位面黄肌瘦的女俘分工忙碌。稍有姿色者站在灶台前，抡起长柄木勺来回搅动锅内豆粥；年轻者跪着缝补破烂的旗帜；貌丑年老的女俘全蹲在冒出浑浊水泡的大水缸前搓洗脏衣。

常鹤兰扔掉湿透的树杈，蹲在烟雾缭绕的灶膛前，头靠熏黑墙面，搓着脚板的泥浆想要歇口气，一道黑影挡住火光，睁眼看去，是闪身进来的红脸膛官军，她吓得忙坐直身躯，假装忙活。

面皮冻得紫青的军官哆嗦着苍白厚唇，脏污的手指头逐个点向女俘们的人头:"尔等动作快些!还得要找粮食,天晴便启程。"

眼神空洞的女俘们神色麻木地点头称是。常鹤兰偷偷将双腿蜷缩,在灶火的烘烤下,麻木的脚板心疼痒难耐。

"官爷,地都刨翻了,哪有吃食?入秋了,也没棉衣御寒,怕不到平城,我们不是冻死就是饿死了。"年老的大饼麻脸女俘,翻动着单薄的嘴皮抱怨。她那泡得发白的双手,正从漂浮着绿毛青苔的水缸内,拎出一摞湿重的衣衫,摔在地面,抡起棒槌啪啪捶打。

红脸膛军官并不理会她的埋怨,一双贼亮鼠目扫视周遭,常鹤兰明白这好色的家伙不怀好意,但凡有点姿色的年轻女俘,都被他糟蹋遍了。她抓把灶灰,慌乱抹满全脸,低头装聋扮傻忙着烧火。

那军官似笑非笑地在说风凉话:"乱世颠沛流离,莫说俘虏,就连本大人也拿过桑葚当军粮,黄麻纸贴身成棉衣,不也活下来了?就看你们谁命大,能到平城去啰。"

灶膛的火快熄灭了,常鹤兰塞进把柴棒,噼噼啪啪的燃烧声中,她见到年老的麻脸女俘抬头望着房檐外渐渐放晴的天空,苦涩的声音穿过白蒙蒙的热气,举起浮肿的手掌揩着深陷的眼窝,嘶哑地叫苦:"官爷,就这锅豆粥,这么多张嘴,一人一口一泡尿就没了。"

"你这老婆子,啰里啰唆干甚?活腻了?"红脸膛军官厌恶地抓起脚下一把钝刀,甩手直接斩向女俘的脖颈,她连哼都没哼一声,连着皮未断的脑袋软软地搭在缸边,鲜血如元宵灯市的烟花绽放,迅疾染红缸内的青苔。

常鹤兰怕得捂住嘴,缝补旗帜的女俘们拉长脖子瞧了眼,垂首继续飞针走线。灶台边的年轻女俘们见惯了人似草芥的生死瞬间,个个如被人操控的木偶,机械性地搅拌锅中豆粥。

"这不就少掉你一口豆粥了?"獐头鼠目的红脸膛军官悻悻地扔掉沾血的钝刀,手指弹了下胸前溅射蜂窝状的血滴,抢过女俘手中长勺,舀起满勺豆粥,来回吹着热气,鼠目瞄准常鹤兰,狞笑的粗哑嗓门好似恶魔在召唤:"你胆大,找几个帮手把这老婆子扔进后山水沟去!少一张嘴,就多一口粥。"

"是,官爷。少一张嘴,就多一口粥。"常鹤兰意识模糊地重复道,忍痛跳到年迈体弱的女俘群前,拉过两位女俘。

瘦成皮包骨的女俘们战战兢兢地跟着她，常鹤兰强忍恐惧，经过豆香溢满锅边的粥锅，她贪婪地吞咽口水，多想把整锅豆粥的香气全吸入五脏六腑。

但红脸膛军官霸占着灶台，他撅起屁股，边喝豆粥，边冲女俘们大放响屁，无人反抗，众人保持懦弱的沉默，顺从魔鬼的恶行。

这恶霸喝得肚圆腹饱后，像集市上买牲口的老农，挑走女俘中最漂亮的那位，拖离后院。

众女俘皆松了口气，停下手中活计，呼啦围上前，死在水缸下的女俘也许就是她们明日的下场，不免个个抹泪悲啼。

常鹤兰壮胆将手伸进冰冷的水缸内，托出女俘头颅，叫来缝补旗帜的女俘把死者快脱离的头缝上。

"死都死了，费劲干甚？"缝补旗帜的女俘不满地责备她多此一举。

"倘若她是你呢，这般模样去见地下的列祖列宗？"任何境遇，这帮女俘们所期望的只有一件事——她们自己的安危。常鹤兰气不过，愤然夺过针线笸，强作镇定，穿针引线，每一针刺下去，就会溅射出一滴血点，缝制好时，手掌被鲜血浸得殷红。

"谁愿跟我去？"她将手浸泡在冰冷的水缸内清洗血污，颤声发问。人群里响起此起彼伏的呼声："我们都去。"

人群中显现五张饱经沧桑的女俘面孔，她们拖着死尸，常鹤兰跛着足在前头带路，秋风吹得衣衫单薄的她浑身起鸡皮疙瘩。

走了大半日，离磨笄山的集市愈来愈远了，放眼望去，全是污水横流的平坦地面，哪里是安葬死人的地方？

泥泞山路的碎石块将常鹤兰脚底磨出血泡，女俘们叫苦连天地指桑骂槐。常鹤兰也气馁得想要放弃。

"喂，这有个水坑，扔这算了。"女俘们突地爆发出嗷嗷欢叫，巴不得脱离手上的累赘，将死尸横置她脚面，泥浆飞溅得她满头满面。

五位女俘哄然大笑，随后，便一窝蜂朝俘房营的反方向跑远了。

常鹤兰不由顿足叫苦——原来这帮女俘串通好了，借此机会逃离！那不是将罪责全推到她头上？又急又气的她像泼妇骂街："这是什么世道？什么人心？为何是大难临头各自飞，而不是相互携手走下去？"

上苍无言，无人感应她的绝望与悲苦。浑身湿透的常鹤兰咬紧牙，把死尸拖进一处深陷的泥坑中，双手抓起一坨坨黄泥，十个指头的指甲抠断、渗出血，才勉强把老妇掩埋。

　　望着血肉模糊的手掌，常鹤兰生无可恋地仰头向天，脚底一滑，栽倒在冰冷黏糊的泥浆地，她干脆摊开四肢，任凭秋雨洗刷她全身的污垢。她该何去何从？回俘虏营？个个人面兽心，贪而无亲，怕是死罪难逃；独自逃亡？同样充满未知的凶险。还不如听天由命，自生自灭算了。

　　雨点滴落面上，如同剑锋刺心。她绝望地紧闭双眼，一筹莫展。不知过了多久，空中传来悠长的敲钵声，如同天籁梵音，将常鹤兰惊醒，她不能死！她还要去寻找失踪的幼子啊。

　　泥泞的地面，一阵脚步声，由远及近，走来位头戴篾条斗笠、身披棕色蓑衣、手托铜钵的年轻帅气男子。

　　她惊喜地翻爬起身，呆望着从天而降的男子，疯狂地抱住他的双腿，生怕他再次离去，嘴里发出梦呓之语："季康，你终于肯回来了吗？"

　　雨渐渐小了，年轻男子取下蓑衣，替她披上，并扶她起身。莞尔一笑的他，丰唇皓齿，如阴霾雾空里的明媚阳光照耀她。

　　"女施主，在下是敦煌经生令狐生。"

　　经生是寺庙里专为富贵人家抄写经书的读书人。常鹤兰知道自己认错人了，尴尬地松开拉住带有他体温的蓑衣的双手，羞涩地埋头不语。

　　令狐生的目光掠过泥坑里的死尸，合掌念念有词后，脱下斗笠，露出黄色僧帽，与她保持男女有别的间距。

　　"唉，朱门酒肉臭，路有冻死骨。女施主，天色已晚，不如同行到那磨笄山的破庙暂且容身？"

　　常鹤兰发愁地望向高处朦胧的磨笄山，羞于启齿腿脚疼痛的困顿。

　　"女施主是行走不便？在下可背你上山。"令狐生瞧出她迟疑不前的心结，毫不犹豫地蹲下身，执意要背她上路。

　　"这，会否有损师父清誉？"

　　一路承受的屈辱与折磨、背叛与伤害，常鹤兰早练就金刚不坏之心，她是担忧对年轻的令狐生不利。

"出家人是做了就放下，与人方便与己方便，女施主不必多虑。"令狐生接过蓑衣，重新披身，常鹤兰爬上去，手臂攀住他的肩膀，像是回到与季康生活的时光。

令狐生背负着她，健步如飞，向她讲述此山的来历。

说是上古部落有位公主，嫁给邻近部落的王子，两人情投意合。不想公主兄长想要吞并部落，设计诱骗王子赴宴，杀掉他后，派军队去迎接妹妹归来。公主获知真相后，深陷亲情与爱情的痛苦抉择中，途经这座山时，公主将发簪磨尖后自杀身亡。她的兄长为纪念妹妹，在山上修建了这座娘娘小庙，供奉香火。

常鹤兰伏在他背上，蓑衣的针毛不时刮刺面颊，她听得怔怔落泪："那公主有没有儿子？"

到了半山腰，令狐生将她放下，喘息道："这就不知了。女施主以为公主有儿子便不会自杀？"

"是啊，世间的阿娘怎会舍下孩子不顾呢？"想起毫无踪迹的幼儿，常鹤兰顿觉肝肠寸断。

半山腰稀稀落落生长着一些松树，偶有群鸦徘徊其上，天色阴暗，暮色笼罩，山顶破败的小庙有忽明忽暗的烛火闪动。

"师父为何从敦煌来这里？"常鹤兰双手撑住山间石块，向上爬行。

"陛下的灭佛诏令，使我令狐家族世代为经生的后裔无处可去，只得寻求一些尚未烧毁的破旧小庙暂时栖身。"令狐生叹息着撩起衣袖，擦拭僧帽的泥浆。

"都是无家可归的苦命人。"常鹤兰不由将国破家亡成俘虏的惨痛经历说给他听。

"经书上说众生皆苦，原来是真实不虚。"令狐生舒展油亮的浓眉，黯淡的丹凤眼转而熠熠生辉。

两人不再言语，各怀心思，向上攀爬。这磨笄山的山路崎岖不平，愈到山顶，愈就寸草不生，荒凉贫瘠。

"女施主，到了。"令狐生伸手握住她的手腕，常鹤兰也不觉羞怯，奋力上到逼仄的小庙门前。

常鹤兰好奇地四下观望，这大青石堆砌的娘娘庙建得甚为仓促，红门歪侧，周遭并无珍稀名贵花卉木材种植，一尊金粉剥落的娘娘塑身端坐前殿，左右两旁各有尊拈花微笑的蝉冠菩萨像，瘸腿短脚的供案上，只有盆清水供奉，一盏滴满烛泪的烛火即将燃尽。

"亏得这庙小又破，方得以存活，正是无用之材方能保存性命。"令狐生卷好蓑衣，摘下斗笠，迈步进去，撞见蒲团上有位精瘦的白眉白须的打坐道长。

令狐生忙忙作揖致歉。常鹤兰跟在他身后，大胆地瞅了瞅这面容清瘦的道长，质疑这偏僻地界的小庙，何以会有各路神仙来此栖身。

"无妨，贫道乃陇西处士王嘉，常年隐居夏国的倒虎山，夏国亡了投奔燕国，不想，大魏国又打过来，暂借宿娘娘庙一夜。"道长慢睁双目，翻翻眼皮，拿眼望了望两人，也不起身，兀自说道。

常鹤兰暗呼神奇，陇西处士王嘉是位神人，能预知天下大事。天下国君无不以邀请他出山当国师为荣，却苦于他来去无踪。

她寻思着找他问问幼子下落。

"都是借宿娘娘庙，彼此行个方便。"令狐生放下蓑衣铺在侧边，招手要常鹤兰坐下，自己紧挨那道长盘腿打坐。

"师父，小女子斗胆打探失散的幼儿下落……"常鹤兰壮胆说出心事。

"短则半年，长则两载，定能相见。"那道长王嘉抿嘴浅笑道。

"啊？当真？难道是在女俘营……"常鹤兰说漏了嘴。

"从哪里来，回到哪里去。"王嘉黑白分明的双眸，泛出婴孩般纯净的光芒。

常鹤兰糊涂了，她从燕国来，可燕国已亡国了啊。她茫然地望向令狐生，见他拿起斗笠盖住铜钵，慢声慢气笑道："女施主，道长是要你下山回俘虏营。"

"啊，回俘虏营？"常鹤兰惊恐地跌坐在地。

【第一章】

狩猎　敦煌郡公赫连盛

大雪无痕，世界安宁。

通往北郊狩猎森林的道路阻且长，两旁披挂积雪的松树，如站立在陵墓中陪葬的陶俑将士，冷眼漠视着过往的路人。

赫连盛拍马慢行在崎岖山道，孤身去向皇帝金世祖邀约的狩猎之地。

胜者王侯败者寇。身为夏国的亡国之君，他深刻感悟到此话的切肤之痛。那些对他信誓旦旦的忠臣们已改辕易辙，向战胜国的大魏国君俯首称臣，旧调重弹表白为人臣子的忠心。

面对群臣的背叛，赫连盛倒也习以为常，赫连家族的成员都隐藏着背叛的基因。不就是想要活命吗？他能理解，但不代表他不记仇。他抛弃旧臣，孤身与金世祖会合，就是向那些贪生怕死之徒们表明他的愤懑。

几只寒鸦呱呱叫着从头顶飞过，一阵断断续续的歌谣从密林中传来，赫连盛勒紧马缰，侧耳倾听，不正是死去的阿娘哼唱歌谣的腔调？莫非是阿娘的魂魄显灵？

"阿娘！"他动情地冲着高大挺拔的密集松林呐喊。"阿娘！"回声传得很远很远，树枝的积雪也瑟瑟抖动。

歌谣渐近渐清晰："我是东方家族的一只异形鸾鸟啊，四处流亡，寻找安宁的故国家园……"

赫连盛听得刺耳异常——这不就是在讥讽他吗？他已成为赫连家族的叛国者，在敌人的国土上，迎娶敌人的妹妹，听命敌人……他羞惭地埋头不语，犹如接受死去父皇对他灵魂的审判。

一只秃鹫俯冲的黑影跌落地面。

"嗨，我是东方家族的一只异形鸾鸟，名东方鸾。"路边一丛枯败的铁锈色荆棘旁，瘫着个面目丑陋的怪物，张着紫红大嘴哼哼哈哈。

"东方鸾？"赫连盛来了兴趣，探手晃动骏马脖间连串的金铃铛，戏谑道。

铃声叮当，东方鸾兴奋地舞动六根手指的手掌，如鸦鸟在哭泣："阿娘说，鸾是青色的神鸟。小人看来，神鸟也是鸟，与燕雀并无差异。"

赫连盛留意到他有六指的双手，当即动了收他为幕僚的念头。曾听夏国的大臣说起过，在遥远的东方，有个神秘的小部落，那里的人全是六个指头，他们是上苍诸神派遣下来的智者。

"燕雀安知鸿鹄之志？你乡关何处？"赫连盛拍马围绕他兜圈。马蹄飞扬，掀起铺天盖地的风沙，他以手遮面，从指缝间见到一头脏兮兮卷发的东方鸾扭头面向他，嘻嘻笑着露出与他丑容不匹配的两排贝齿，答得南辕北辙："凡人多拙于自谋而巧于谋人。有志不在年高，小人十八了！"

赫连盛心思一动，这世间不缺金玉其外败絮其中的平庸之辈，这丑陋不堪的东方鸾竟语出不凡，不会是俗人。他舒展手臂，热情地抛下他的橄榄枝："来，当本郡公的随从如何？"

"这是天意，郡公，你我相遇就是凤栖梧桐。"东方鸾大喜过望，六个指头的双手紧扣他手臂，赫连盛素有勇力，轻轻向上抛举，东方鸾就飞身半空，稳坐他背后。

"抱紧我！"赫连盛霸道地命令他，欣喜地挥动马鞭，胯下宝马仰天长嘶，四蹄生风，朝着西郊密林深处奔跑。

风声呼呼，刮在赫连盛面上，如同金世祖的刀锋划过他面颊的有惊无险。他毫无畏惧地挺胸抬头，生死看淡，不服就战！这是他赫连盛秉承的信念。

"传闻夏国的国君勇猛善战，不料还有这般俊秀的面孔，朕不忍心毁掉这美丽的皮囊哪。"金世祖扔掉宝刀，做出惺惺之态，为他松绑。

赫连盛猜了无数次自己被俘时的遭遇，偏偏没猜中会是这般尴尬的汗颜结尾。他灰溜溜地成为大魏国君的臣子，连同他的心腹宦官万盛——这鬼精灵的阉人，靠着一手烹制羊羹的绝活，一张舌绽莲花的巧嘴，获得中常侍的新官职。

众人都夸赞大魏国的皇帝金世祖是位了不得的英雄。狗屁英雄，不过是位残暴无情的侵略者！他才不会欣赏他，只会仇视他，但他却要倚靠这位仇家的封赏来生存，怎能不痛苦压抑？

抵达森林入口处，几头梅花鹿迤迤然行走，赫连盛放松缰绳，回头警告身后的"六指怪物"。

"东方鸢，等会儿见了皇帝，可别多嘴。这皇帝残暴不仁，逮住谁不顺眼，便会当场射杀。你怕不怕？"

"郡公，你怕不怕？"东方鸢灵巧地跳下地，嘻嘻轻笑着反问他。

赫连盛暗笑这怪物忒有胆识，嘴上逞能："本郡公是生死看淡，不服就战！"

"郡公，勇力俘获不了人心。"东方鸢偏头朝旁努努嘴。

白皑皑的雪地上，一队骑行的人马，欢腾逼近。那是大魏国君金世祖率领的狩猎队伍，旗手高举绣金龙的黑面旗帜，带着攻城夺地的耀武扬威的气焰，冲在最前面。

赫连盛冷哼着抓紧马鞍，动作优美地跳下马背，拍拍手掌，甩手走向众人簇拥的皇帝。

面色冷峻的金世祖头戴五彩斑斓的豹纹锦帽，胯下坐骑是纯黑的汗血宝马，眼内闪烁着目空一切的强光。

"臣赫连盛恭候圣驾。"

"咦，爱卿怎会单枪匹马？"金世祖搓搓手掌，阔口方嘴呼出团团热气，望向他身后孤零零的骏马，甚为讶然。

赫连盛心中暗骂他虚伪可恨，故意挑起他的新仇旧恨。明知自己的亲信不是被他斩杀，就是收罗在旁，眼尾扫向那位势利之徒中常侍万盛，他身披耀眼的土黄狐裘，正有条不紊地指挥随从在雪地围炉温酒——与从前伺候自己的招式一模一样。

赫连盛取下箭袋，恨恨地摔在地面，怒声高吼道："臣自信只手便能生擒猛虎。"

"好一位生擒猛虎的英雄！众位爱卿，朕欲与敦煌郡公策马虎跳峡射杀猎物。尔等可在此候着。"金世祖自负地仰天长啸，啸声高亢激越，惊得林中鸟雀扑腾乱飞。

赫连盛假作没听见他的冷嘲热讽，蹲身攥紧箭袋，心中狂喜，论起刀剑功夫，他的百步穿杨才是看家本领。

"陛下，一山不容二虎，万万不可以圣体冒险啊。"中书博士羊公允滚落下地，神色慌张地阻拦皇帝的轻率之举。

赫连盛听得好生不快，都沦落成落水狗了，仍逃不脱他们依然会防范他有弑君的图谋。

鼻头冻得紫红的太卜令黄济城裹挟着暴雪的寒气，屈膝跪下，抬起哆嗦的蜡黄瘦脸，细长的双目露出惊惧冷光："陛下，臣昨夜得出卦象为'公卿全族灭'啊！"

金世祖拿眼瞟了瞟他，高举阔袖，仰天大笑："哈哈哈，该是谁家公卿又想作乱不成？"

"事关公卿生死，臣不敢虚妄揣测。"黄济城收敛起一贯嬉笑的嘴脸，显得顾虑重重。

赫连盛听得心底发毛。

中常侍万盛端着大碗热酒，颤颤巍巍走近金世祖，掩嘴在他耳旁嘀嘀咕咕。

金世祖接过酒碗，一饮而尽，把眼斜睨赫连盛："生死有命，富贵在天。万爱卿，莫再多言。"

万盛这阉竖眼里竟没半分他这位旧主，赫连盛不满地朝地面啐口痰，无视金世祖的挑战。

"敦煌郡公，随朕走咧！"金世祖摘下护耳，露出通红的垂肩肥耳，双腿夹紧马肚，纵身飞跃进入密林。

"东方鸾，跟上！"赫连盛打了个呼哨，顶着刺猬脑袋的东方鸾蹲身马背上，飞奔前来。

"郡公，他得留下。"金世祖的侍卫魏喜，唰地抽出双刀，横在他面前指向东方鸾。

犹如天地间突然降下寒气，瞬间冰封住赫连盛的心脏，这大魏国的朝堂上下，就没有一个人会信任他！他强压羞耻的怒火，挥掌把东方鸾推下马背，指桑骂槐地宣泄内心的屈辱："滚开，你这怪物，给本郡公丢人现眼。"

沾了满头满脸雪的东方鸾笑呵呵地翻滚几下，站起身，叉腰高歌那首古怪的歌谣："我是东方家族的一只异形鸾鸟哪，四处流亡，寻找安宁的故国家园……"

赫连盛狠狠鞭打在雪地狂奔的骏马，他在马背颠簸中潸然泪下，痛恨命运不公，怎么就成了亡国之君！胯下宝马知他心，一头闯进幽暗林间。大半个时辰过去了，竟望不见陛下身影，赫连盛只得顺着暗沉密林中的一线光亮向前行进。

在暗黑中摸索半日，雷鸣闪电的轰鸣传入耳来，一股水汽浸骨冰冷，遂下马步行，眼前豁然开阔，呈现出另一片天地：雪练般的瀑布从望不见天日的高处飞流，直泻无底深涧，蒙蒙细雨飘落在身，寒气即刻罩面，这定是虎跳峡无疑了，赫连盛张嘴高呼："陛下，你在哪里？"

脚下堆满青幽幽的滑溜青苔圆石，一丛紫红山花烂漫绽放在对面的青苔石壁，水流湍急，鸣声隆隆，淹没了他的呼声。

陛下该不会是被大老虎叼走了？赫连盛充满恶毒地猜想，向下的滑坡有块形如老虎腾空的怪石，草木葱茏间，一道白光由远及近，他忙搭弓射箭，瞄准白光，原来是只白狐狸！白狐是吉祥宝物，见者逢凶化吉。他暗暗欢喜——苍天厚爱，我赫连盛该走运了。

眼前冒出头戴锦帽、身裹虎纹皮袍的金世祖！他弓腰蹲在松树后，朝自己比画着手势，赫连盛紧张的心如擂响的战鼓隆隆，猛然把箭头转向，稳稳瞄准金世祖的眉心。

噗，他听见箭镞刺透金世祖眉心的响声，射中了。赫连盛双手剧烈战栗，弯弓跌落在地。他紧闭双目，后怕得一时不敢直视。

"你果然要弑君？"头顶传来金世祖炸雷般的怒吼。赫连盛双腿触电般抖动不休，睁眼瞧见面色苍白的金世祖，身靠虎形怪石，举起右手，手心紧握他射出去的箭！

"陛下……"赫连盛惊得目瞪口呆，他怎会失手？不，他是夏国的神箭手，从不会失手！他迅速趴在草丛中，克制着哆嗦的手臂，要捡起弯弓，再射一箭。

迟了，后脖寒意嗖嗖，是陛下锋芒毕露的剑尖抵破裸露的皮肉。赫连盛疼得勾头缩背，急呼道："冤枉啊，陛下，臣要射杀白狐敬奉陛下，是离弦之箭不听使唤……"

"朕若不是看在花荫皇妹的情面，你早化为一堆白骨。她爱你，你更该去爱她，你的性命，你的功名，你的那些兄弟们的富足生涯，不都是靠了皇妹的爱？

你还不知足？还不感恩戴德？还敢恩将仇报？"

金世祖咬牙切齿步步逼近的怒斥，随着剑尖刺破他的皮肉。

赫连盛听得冷汗涔涔，心中更为怨恨——你们相互夸耀你们施与的恩情来绑架我的道德。也不想想，我赫连盛从前也是堂堂国君，不是花架子的面首。我有我的本事，凭什么要感恩仇人？你抢夺我的皇位，烧毁我的宫殿，残害我的子民，施舍我口饱饭，就要我感恩戴德，荒谬！

他真想扑身而起，与金世祖赤手空拳一决胜负。"不能，不能莽撞，盛儿，要隐忍。"那是阿娘在遥远的天国恳切地哀求他。

"陛下，陛下……"一干重臣骑马在松林间，焦灼地呼喊金世祖。赫连盛趁金世祖分神之机起身跑远。

"陛下，有只九尾狐自投罗网，它贪酒醉倒，束手就擒嘞。"想要邀头功的中常侍万盛跑得最快。

皇帝身旁的忠诚守卫魏喜与众多将士抬着四足捆绑的一只体形纤细、下颌尖尖、神态妩媚的九尾白狐，它慵懒地躺在笼中享受状态，如同醉酒的贵妇。

中书博士羊公允神色欣喜地引经据典，拱手作答。

"陛下，大吉。捕获九尾狐，王者六合一统则见。周文王时，东夷归之。曰：'王者不倾于色则至德至，鸟兽亦至。'"

金世祖按住滴血的宝剑插进剑鞘，语带不满地讥讽道："郡公，你捕获的白狐呢？"

"陛下，臣久未骑射，疏于功力猎杀白狐。"侥幸逃生的赫连盛，忍着脖颈渗血的疼痛，如斗败的公鸡，嘿嘿干笑着狡辩。

中常侍万盛捡起赫连盛射出的那支箭，递到陛下手心，金世祖嘴角浮现自负的轻笑，咔嚓将箭折成两截，抛落到水声轰隆的深涧。

"无妨，朕有九尾狐护身。"金世祖翻身上马，疾驰远去。

水花迷蒙了赫连盛的双目，他呆立雪地，孤独无依地瘫软在巨石旁。

【第二章】

含章殿　太子妃吕金瓶

太子妃吕金瓶被殿外的鸟鸣声悚然惊醒。

橙黄的纱帘晃动，闪出宫女玲珑怀抱大摞五颜六色锦缎织物的身影。她的大饼脸上生了对笑起如闭嘴青豆荚的细小双眼，玲珑的芳名仅契合她的身段，而非她的容貌。

玲珑扭腰摆胯地欠身走来，躬身请示道："太子妃，今日七夕，待奴婢把这些衣物拿出去晾晒，可好？

"太子妃有所不知，中原有七月七日晒物的习俗，夜晚还会有乞巧、守夜，祈求牛郎、织女二星降福呢。"

吕金瓶眯眼望着墙面挂的整张灰白相间的褪色狼皮，在她成长的草原部落，并无晒衣物的这种可笑习俗。她笑着拢了下散落胸前的乌黑发梢，伸展懒腰，点头首肯。

见玲珑正欲转身离去，她蓦然想起太子多日不曾踏足含章殿了，忙唤住她追问。

"太子近来，是常去左昭仪那里还是三位椒房处？"

"奴婢不知，太子近来行踪诡异，听说是到寺庙通风报信去了。"玲珑抱紧衣物，神色慌乱地含糊其词。

"报什么信？发生何事了？"吕金瓶心脏突地缩紧，手按住隆起的腹部，屈起的双腿平摊在铺了赤花双纹竹席的榻面，借此舒缓绷紧的神经。

自怀孕以来，她就被安排入住含章殿，外界事务，一概不过问，安心养胎为首要大事。

"太子妃，陛下，唉，陛下与太子较着劲呢。"玲珑吞吞吐吐地缩缩脖颈，神色彷徨间，欲言又止。

吕金瓶顿感天旋地转，忙凝神歪在榻上托腮沉思。想当年，她所在的部落首领向金世祖哀告宾服，十五岁的她不过是首领身边的小奴婢，被金世祖带回平城宫中，侍奉东宫太子。

她以部落奴婢的卑贱地位，跃身为尊贵的皇宫贵族，长兄吕金柱也沾了她的光，拔宅上升，封为南宫侯，吕金瓶对金世祖的感激胜于对太子金曜星的夫妇之情。奈何前朝有祖制，帝王的前朝政事，后宫妇人不得插手。她不快地向玲珑伸出求助的手臂："太子糊涂，怎会惹怒陛下呢？"

玲珑皱起那对高低不一的八字眉道："太子妃，不能怪太子，陛下的灭佛诏令是太过武断了些。"说完，她放下衣物，扶她下地，坐在锦凳上。

梅花窗棂外，躲进树荫里的蝉声在秋老虎的余威胁迫下，显得有气无力。吕金瓶烦躁不安地坐在镜台前，镜中女子，面庞苍白浮肿，玫红白玉兰花长裙皱巴巴地紧缩不成样式。她难过地闭上眼，不忍直视自己因怀孕而日渐衰败的红颜。

"太子妃，是换紫碧柳兰花纱纹双裙吗？"玲珑捡起青玉长梳，轻轻梳理她的及腰黑发，生怕稍微用力就会掉更多发丝。

离开草原多年了，她无法忘怀草原背阴山坡开满的大片紫红柳兰花海。那是属于草原的神花，也是她的解语花，带有天赋的灵性，能驱除厄运，带来吉祥的祝福。

"嗯，怎不早点提及太子与陛下这事？"她不情不愿地睁开一条眼缝，不悦地责问正埋头弯腰编发髻的玲珑。

"还不是左昭仪吩咐奴婢，说是怕太子妃动了胎气，太子怪罪下来，她们难逃罪责。"

呸！她朝地上的纯金唾壶吐口水，又是那自作聪明的左昭仪！在自己怀孕间，乘虚而入去伺候太子，没半月，就擢升为地位仅次于她的昭仪。她不会任由那三位虎视眈眈的椒房也来攀龙附凤。吕金瓶略加思索，便挥手要玲珑暂停手中活："等会别晒衣物了，邀请左昭仪和三位椒房来含章殿乞巧、守夜。"

既是牛郎织女聚会的七夕日，由她这位太子妃在含章殿摆上宴席，妻妾同处乞巧、守夜，太子回东宫，岂有不来之理？她得意地抚摸着滚圆的腹部，有了太子骨肉的筹码，她不屑与其他女人争宠。

"对了，那就照中原习俗，重新布置，总得要披红挂绿，热热闹闹一番。"

安排完毕，吕金瓶也动了梳妆打扮的兴头，要宫女给她双颊涂殷红胭脂，点染朱唇，戴上金银雕琢的花枝王冠，压住额前刘海，再伺候她换上色彩华贵的紫红柳兰花常服，整个人焕然一新。她这才满意地双手护肚，缓步跨出殿外赏莲。

殿外空院内，有十多口瓷水缸，摆出阴阳鱼形，每口缸内注有清水，缸底铺撒碎石。夏日以来，长有绿茵茵的铜钱草、紫色睡莲，石间偶生出九寸高的菖蒲，甚有趣味。

刚经过长满铜钱草的水缸，几位宫奴端着大盘小盘的瓜果一齐上来，后面跟着两位肩扛箱笼的男奴，向她跪地献宝。

"太子妃，皇后娘娘、安昭仪送来肃州金桃、凉州甜瓜。"

"太子妃，南宫侯从南越快马加鞭送来孔雀羽毛扇、龙眼、珍珠、鹅毛被。"

还真是吉日啊，想什么就有什么。吕金瓶笑吟吟地止步停下，招手要那位面色黧黑、身材干瘦的男奴上前问话。

"你来说说，这珍珠也还罢了，孔雀羽毛扇、龙眼和这鹅毛被有什么来历？"吕金瓶的目光扫过地面藤编笼内青黄皮壳的龙眼，看那描金绘银的匣子，想必装了南海的珍珠，沉甸甸地抱在他怀内。

"回太子妃，南越交趾人多养孔雀，采金翠毛为扇，又有'荔枝方过，龙眼即熟'的说法，南海当地俗称'荔枝奴'是也；这鹅毛被最宜婴儿覆盖，能辟惊痫。"那粗壮的奴婢放下匣子，喘着粗气叩首作答。

南宫侯还真是思虑周到。吕金瓶既欣慰又感激，血亲的长兄到底不一般，这后宫上下，谁肯惦念她未出生的皇子？吕金瓶开心地笑了，身后的小宫女会意，拿出赏钱给了两位送礼的奴婢。

"那匣珍珠，给皇后、安昭仪各分一半，余下分装四个锦囊内，守夜时再派上用场。"吕金瓶走到长势喜人的铜钱草的水缸旁，真是爱煞了这草木的钱币形状。

一股淡雅的花香扑入鼻中，她熟悉这味道，是玲珑鬟发插戴的茉莉花环散发的香气。

"都办妥了？"她饶有兴致地逗弄着飞来的一只黄色小蜻蜓。

"嗯，太子殿下说要太子妃做主就是了。那左昭仪本推辞不来，是奴婢软磨硬泡，讹她是太子提议，她这才变了口风，肯与三位椒房同来。"

"哼，你还想邀功不成？"吕金瓶冷笑道，仰面迎向湛蓝天幕出神。她来自柔然部落，世居漠北阴山，夏则散众放畜，秋肥来聚。入宫后，尚未体验这七夕守夜习俗，今晚，倒要看看有何不同。

掌灯时分，含章殿外的走廊，一长串的红纱八角宫灯亮起来，远远望去，如条金龙盘踞房梁。

地面铺了猩红毡毯，撒了香粉，两侧是水缸内插得满满当当的数百枝青面莲蓬簇拥着盛开的红莲；居高庭中的拜月供案，七只大盘内堆砌了宝塔般的金桃、龙眼、葡萄、枣、甜石榴、沙果、柿子；几案两头搁置一只铜鎏金质的鹊尾香炉、一个青瓷飞鸟香薰。

供案下方是摆了两席的宴桌，七张太师椅，桌面琳琅满目：外圈是银碗、银筷、银酒壶、银酒盅；内圈是牛肉、羊肉、酥酪、干酪；再内圈则是胡饼、蒸饼、乳饼、豆粥。

桌腿下，堆着小山高的七个土陶酒坛，坛口均绑缚鲜红绸布，坛肚题有"鹤殇酒"三个朱红字体，这是享有盛誉的河东名酒。

吕金瓶手持孔雀羽毛扇，好奇地漫步其间，暗中讶然——这中原习俗果然名不虚传，处处有讲究。想起心高气傲的左昭仪就是江南的望族之女，不由对她又妒又怕——自己是蛮族后裔，陛下常以轻视的口吻嘲笑部落人智力低下，是茹毛饮血的粗莽民族。正在黯然神伤时，换上白底绘蓝色牵牛花长裙的玲珑，笑眯了眼，脆声禀告太子妃，左昭仪及三位椒房到了。

吕金瓶抬眼审视着面若桃花的左昭仪，她着了藕色下摆如燕尾的袿衣，脚蹬绛地纹履，头梳灵蛇发髻，愈发显得她身姿修长，白臂上的金钏，格外刺眼。随后的三位椒房，个个体态轻盈修长，不同的是她们的肤色：面如羊脂玉润泽的是上官椒房，她穿了通体靛蓝的长裙，白色腰封，使得她身轻如燕；肌肤棕色、黑发卷曲、厚唇的是尉迟椒房，她有傲人的双峰，杏黄色纱裙也包裹不住的诱人胴体，吕金瓶也看得面红心跳；脸色惨白的是东方椒房，天生秀气的短鼻，刀片单薄的小嘴，是位体弱多病的西施。

每个人都有羞于启齿的心病，太子金曜星生得肥壮体矮，偏偏钟情身段修长的女子。吕金瓶与这四位女子，皆有轻盈、曼妙的体态。

四位美人神色各异，向她俯身施礼，吕金瓶冷傲地颔首轻笑，大摇大摆转身走向撒满香粉的中庭，裙摆无声游走在猩红毡毯上，像是散开在地的喇叭花。

吕金瓶正欲招呼她们落座，玲珑高亢的嗓门又响起来："太子驾到。"

她一个激灵，还没来得及发话，原本冷着脸的左昭仪，媚笑着抢占先机，跑到殿门去迎接，三位椒房尾随前去。

孤零零的吕金瓶尴尬地立在桌前，慢悠悠地挥动羽扇，冷眼旁观这帮心急火燎的妇人会有什么好果子吃。

满嘴喷着浓烈酒气的太子金曜星，手牵面容俊美、身躯伟岸，穿青绿云雁锦袍的美男子，绕过跪在地上的左昭仪与三位椒房，踉踉跄跄闯进来。

吕金瓶突见此人面生，不似宫内人，心里咯噔一下，本能扭头想要回避。太子笑嘻嘻地伸手扯住她衣袖，使其无法动身。

"臣妾叩见太子殿下。"她只能摆脱太子的手，垂首行礼。

穿青绿瑞草云鹤锦常服的太子金曜星，面色酡然，醉眼惺忪地咧嘴傻笑道："太子妃，这位是本宫新得的贴身侍卫慕容朗。"说完后，毫不避嫌地当众啪啪连亲两下慕容朗的脸庞，吕金瓶羞得火辣辣地难受，太子何时竟有龙阳之好了？

太子金曜星拉起慕容朗，大咧咧坐上宴席尊位，吕金瓶克制着内心的不快，瞄了眼被慕容朗霸占、本是留给中书博士羊公允的位置，对太子与男宠穿同色锦袍，挨肩擦脸、百般亲热的热乎劲，识趣地选择视而不见。

自己是太子妃，不能失了分寸。她先安排玲珑给太子斟醒酒汤，又示意站立如呆鹅的左昭仪与三位椒房前来落座。

吕金瓶坐在太子殿下右首，左昭仪紧挨她，三位椒房在左边下位。

"太子殿下，如此良辰美景的七夕夜，怎不召见中书博士羊公允前来吟诗助兴？"东方椒房的屁股刚沾上椅，就按捺不住出言相激，真是位妒心颇重的急性女人。

"哈，中书博士？休再提这老学究了。"太子金曜星面色一沉，继而嬉皮笑脸面向慕容朗，两人毫不顾忌在场人的感受，深情对视。

吕金瓶臊得真想地下有缝藏身，为了掩饰不安，她从银壶倒满酒，一饮而尽，借此壮胆。

"东方椒房，何必费心勉强唤醒酒醉的人？太子妃，你说对不对？"上官椒房是位聪慧的女子，吕金瓶含笑点头，承领她的好意。

"太子殿下，请饮下这盏醒酒汤。"玲珑端来醒酒姜汤，跪在太子脚下。

太子金曜星扬手打落醒酒汤，神色狰狞地咆哮："好个不识趣的奴婢！谁说本宫要醒酒了？还不快斟满烈酒！给本宫、慕容朗、太子妃、昭仪、椒房们全斟满！"

吕金瓶见弄巧成拙，不禁懊恼不已，忙使个眼色，要吓得面色青白的玲珑退下，免得祸及池鱼。

久坐不语的左昭仪见状，落落大方起身，莺声燕语，字字句句无一不是替太子思虑。

"太子殿下息怒，适逢牛郎织女相会的七夕良夜，太子殿下喜得新欢，不如移步东宫纵酒欢歌，总比贱妾等在此碍眼扫兴的好。"

太子金曜星的愤怒火苗，被她的温言软语浇灭。他拉起慕容朗的手，甩袖走向殿外："还是左昭仪识大体，太子妃，你们尽兴，本宫先行一步。"

五人慌忙离席，躬身拜别。

院内刹那静默如荒原，郁郁寡欢的吕金瓶起身返席时，见到皓月升空，四方繁星闪闪，心下轻松不少，忙拉住左昭仪的手，亲热地将她迎上右首席位，自己则坐回太子尊位，举起满杯酒，一手捂住胸口，敬向左昭仪："方才幸得妹妹机敏过人。"

"姐姐谬赞，七夕鹊桥缘，七把椅，供案七种果，也是姐姐的巧思啊。"左昭仪掩袖吞饮整杯酒，话音婉转动听。

吕金瓶放下银杯，令玲珑换上豆粥，笑着招呼她们挑喜爱的菜肴品尝。

她抓起张胡饼撕扯着喂进口中细嚼慢咽，不时偷窥这四位美人的吃相，脑海想象着太子与男宠颠鸾倒凤的香艳画面，心底泛酸，终究意难平啊。

"姐姐，七夕本是女儿家的私密祈福会，男子无须出场。酒过三巡，吉时一到，姐妹们便可拜月祈福、一醉方休呢。"左昭仪果真是心细如发，酒后的她，豪兴大发地擒住银壶，揭开壶盖，咕咚咚兀自畅饮。

"哼，左姐姐是想要一醉解千愁吗？"娇弱的东方椒房，话说得尖酸刻薄。

"左姐姐当真海量，妹妹陪你饮满这大碗！对了，会是祈什么福呢？"木讷寡言的尉迟椒房也来个东施效颦，把银壶的酒倒入拳头大的空碗内，喝个底朝天。

"拜月许愿，祈富、祈寿、祈子，不可贪心，三选一，心诚则灵，三年后定有分晓。吉时已到，太子妃姐姐先请吧。"左昭仪侧身望望月影，拍掌欢呼道。

"太子妃，请先漱口，净手。"玲珑端来漱口的茶水、金唾壶。

吕金瓶含在嘴里，吐进金唾壶，在水盆中洗完手，用香喷喷的汗巾擦拭后，走至供案居中止步。她深深地长呼一口，把果品的清香、安息香的甜香悉数吸进肺腑，收敛心神，朝向织女星、牛郎星方位默默祈祷，她要两位神仙赏赐她一位雄霸天下的王者。

院内安静无比，显出气氛肃穆庄严。左昭仪四人依序漱口、净手，行至供案前，分别向神仙许愿。

许愿结束后，吕金瓶手持豆粥，开口问道："妹妹们都许了什么愿？"

"回姐姐，妹妹为病重的家父许愿长寿安康。"泪痕深重的左昭仪掩嘴叹道。

"妹妹与左姐姐愿望相同，妹妹生来体弱，富贵、儿子，都不妄想，只要身体安康就好。"东方椒房挨近左昭仪，颇有讨好之意。

"啊，妹妹我只要富贵！此生衣食无忧。"尉迟椒房嘻嘻笑着，直白地道出心愿。

三人扑哧笑了，纷纷转向她。

"我和你们都不同，我要一位王者！"吕金瓶带着骄傲的神情，朗声宣告。

"姐姐，宫内妃嫔，私下都愿生诸王、公主，勿生太子，姐姐为何宁要独枝一秀？是不知子贵母死的祖制吧？"左昭仪的问话戳痛吕金瓶的心。

"当然知晓，母亲为儿子牺牲性命，这也是母亲的使命。"她放下酒杯，凄楚地说道。这大约是她命运的轮回？生她难产而亡的阿娘，不也是为她丧命？

【第三章】

盂兰盆节　金世祖

太极殿的后堂，金世祖撑臂龙榻上假寐，待要好好歇个中觉。秋日到了，平城的空气转为干燥，他变得易困倦且恹恹欲睡。

他身躺的是三扇华美的漆屏风睡榻，朱红底色的屏风上绘有《八仙图》。各路神仙脚踏祥云、施展神通法力的表情，栩栩如生。皇后赫连雪云那张妩媚、清冷的面孔与手持花篮的何仙姑极为神似。

她们赫连家族的美貌倒也并非吹嘘，不过，那赫连盛拥有比女子还娇美的皮囊，不也成了亡国之君？他鄙夷地冷哼着闭上双目，脑海盘旋那日在虎跳峡的巨石后，赫连盛射出的利箭刺向自己胸膛的画面——这位心怀不轨的亡国之君留在宫内始终是祸患，常令他有芒刺在背的惊恐不安。

自己将皇妹花荫公主嫁给他，他还不满足？念及皇妹跪在他脚下求情的哀容，他暂时留下赫连盛性命。

身形肥壮的侍卫魏喜踏步上前鞠躬："陛下，东郡公觐见。"

东郡公任伯渊是他倚重的三朝元老，这位来自河北清河望族的大学士，自小就博览经史、玄象阴阳，百家之言无不涉及，且写得一手好字，以兢兢业业的忠心侍奉过先朝两帝，也是他征战边疆不可缺少的军事谋略家。

他精神为之一振，从龙榻上一跃而起，套上鞋履，正襟危坐四腿漆案后的扶手椅上，要魏喜赐座给东郡公。

这任伯渊生得皮娇细嫩如妇人，有天眼通的高人预言他是谋臣张良转世。他已年过六旬，但仍眉清目秀，只是两颊各生出一处拇指大小的黄褐斑，隐现出苍鹰展翅的雏形。

"陛下，灭佛诏令已下一月有余，臣昨日见到仍然有大量的僧人招摇过市。"

坐在腰鼓形圆墩上的任伯渊，整个人沉静如一潭深渊。语气虽是一如既往地平和，但熟悉他脾气的金世祖清楚，他是在用看似寻常的语调，向自己传递太子失职的信号。

"太子呢？"金世祖双肘压在漆案面，转头问侧立身旁的魏喜。

"陛下，臣不知。还是传中常侍问话？"魏喜圆嘟嘟的肉脸上挤出一丝为难的苦笑，将这烫手的山芋丢给老奸巨猾的中常侍万盛。

"那还不去唤他来？"金世祖疾言厉色呵斥完毕，走到任伯渊身旁的月牙凳上，倾身向前，握住他细滑软绵的手，与之促膝交谈。

"爱卿，这敦煌郡公会否做出叛国之举？那日狩猎，他差点弑君成功！"金世祖蹙眉问道。他知晓任伯渊懂阴阳术数。

"陛下，容老臣直言，他也曾是君王，岂能长久甘为卑位？"任伯渊摩挲着无须的下颌，双目闪烁着洞穿世事的睿智光芒。

"朕对他够宽厚了，朕是看在皇后与皇妹情面，不然，哼……爱卿以为，是把他留在宫内还是外放边疆？"他用力攥紧拳头，竹节般粗大的手指关节咔咔直响。

"陛下，朝堂之上，哪有夫妇兄妹？只有君臣！老臣以为，外放边疆不过权宜之计，无法根除隐患，一劳永逸。"任伯渊抿嘴轻笑道。

任伯渊此言，正中下怀。作为帝王，金世祖太明白一劳永逸的隐喻了，两人心照不宣地四目相对，发出会心一笑。

主意已定，金世祖轻松地起身跨步到漆案后面的扶手椅旁坐下，思绪转向太子金曜星。监国多年的太子，身上尚缺乏王者的果断、霸道的霹雳手腕，就拿这灭佛来说，本该雷厉风行，他却磨磨叽叽……眼角瞥见中常侍万盛旋风般冲进后殿，他刹住思绪，听他结结巴巴道来。

"陛下，不好了，太子殿下，他竟然要和那帮和尚搞什么盂兰盆节的法事。"

"盂兰盆节的法事？"金世祖狐疑地望向学识渊博的东郡公，他可是一部通今博古的活字典。

任伯渊不假思索，娓娓道来。

"陛下，盂兰是倒悬之意，是为解救阿娘的倒悬之苦。盆是供养具，《盂兰盆经》是解决众生之苦，主要解决阿娘的苦。"

"如此说来，这法事还是深得民心的行孝之举？"金世祖抬手搓揉下巴的一缕胡须，心中恼怒太子阳奉阴违，违背诏令，亲近佛法。

"陛下明鉴，老臣亲眼所见，号称清净修为的佛门圣地，和尚们不仅窝藏兵器、私下酿酒，还与年轻貌美的女人鬼混，你说他们这样亵渎修行，不是在败坏风气，挑唆民众学坏？"

任伯渊笃通道教，主张废佛，是以一贯谏言。

"陛下，太子殿下带着个男宠，在寺内同进同出咧。"中常侍万盛突地凑上前来通风报信。

"当真？"金世祖气得呼呼喘息粗气，胡须颤抖不止。太子眼中还有他这位父皇吗？不仅抗令大行法事，还公然和男宠厮混！

"陛下若不信，何不亲临报德寺查看究竟？明日便是盂兰盆节，平城的几座大寺庙，都在秘密筹备法事。"中常侍万盛晃动黑猩猩般的长臂，棕黄色眼球狡黠地眨动不停。

"你就不能少啰唆几句？东郡公，意下如何？"万盛这阉人思绪周密，只是太易得意忘形，显露张牙舞爪的嚣张气势，令人不舒服。

"陛下，耳听为虚眼见为实。"任伯渊起身作揖，袖袍团绕的他，更似弱不禁风的小妇人。

金世祖百看不厌他这男生女貌的异相，起身走下来，一面口里高呼要魏喜备马，轻骑便服出宫到报德寺；一面甩动衣袖，走出殿外。

天刚擦黑，金世祖、魏喜、任伯渊、中常侍万盛四人便策马到了报德寺门前的松树林。

金世祖单手挽住马辔头，任由坐骑晃晃悠悠走在铺满松针的柔软地面，想到太子的荒诞行径，真恨不得当场就给他来个下马威！四人在庙门前的空地上纷纷下马，红漆斑驳的寺门紧闭，秋风吹得树叶哗哗作响，似雨声淅淅沥沥。

生得壮实敦厚的魏喜，动作敏捷如捕猎高手的花豹。他推开庙门，四周查看一番无果后，疾步返回万盛面前，抬起双下巴，不满地质问："中常侍所指的那些筹备法事的僧人呢？庙内黑黢黢的，连个鬼影也不见。"

金世祖也觉不可思议，以万盛一向谨慎的行事风格，他断然不会拿皇家太子的声誉开玩笑，忙瞅了眼身旁的任伯渊，见他正手挽缰绳，一言不发地扶额沉思。

"陛下，老臣明明见到有诸多僧人来来往往。怕是这座寺庙内设有隐秘的藏身之所。"任伯渊埋头细看地面吹落的一堆枯枝败叶，目光投向昏暗模糊的大雄宝殿。

话犹未了，两位手举烛台的沙弥，叽叽呱呱说着话，从虚掩的大殿走出来。

万盛乐得拍掌叫好，手指小沙弥们，翻脸破口大骂："你们这些秃头，藏到哪里去了？"

小沙弥们听见骂声，吓得拔腿就往回跑。魏喜、万盛紧跟进大雄宝殿内，杂乱的喧嚣，惊飞黑暗中一群野鸟，呱呱叫着四处逃窜。

两人骂骂咧咧各揪住个双腿乱蹬的小沙弥，拎小鸡般提到金世祖与任伯渊面前，摔在地上。

金世祖抬眼见这灰头土脸的小沙弥，也不过十二三岁，能懂什么。他转向任伯渊，要他去审问。

黑暗中的大雄宝殿激发他探寻秘密的欲望，金世祖跨进仅燃一盏烛台的殿内，忽明忽暗的烛火映照出的四壁窗户全被蒙上层黑布。

怪不得呢，从外面看整座寺庙都是无人活动的痕迹。他恍然大悟，伸手要去揭开黑布，竟然撕扯不动，原来用铁钉钉得死死的。

金世祖踮起脚尖，连续拔掉两颗铁钉，黑布滑落大半，一束明晃的月光落进来。他见到魏喜抡起大刀，以刀环叩击小沙弥的背部。

佛菩萨们喜欢在黑漆漆的暗中施展法力保佑众生？他暗觉好笑，端起供案上的烛台，绕到金身佛祖背后，这张供案上散乱摆放着荷花、冬枣、胡饼等新鲜贡品，应是仓促所为。

人呢？殿内不见人影。

太子，你熟读兵书，是想和父皇唱一出空城计不成？金世祖环顾空旷的殿内，心中猜测着。

耳后传来嘎嘎声响，两扇高阔的殿门被推开，壮实的魏喜撩起披风的下摆，跑到他身旁，掩嘴低语："陛下，太子和僧人们在地宫。"

"地宫？在哪里？快带路！"金世祖一个激灵，急速转头望向万盛，他正扬扬得意地押着头破血流的小沙弥走进来，任伯渊倒背双手，慢悠悠地跟在后面。

"你这嘴硬的狗秃驴，还不快给带路！"万盛拿脚狠踢哭红双眼的小沙弥的屁股，他一个狗啃屎扑在草编的蒲团上。

"中常侍，人家不过是个小沙弥，别太欺人过甚了。"东郡公任伯渊拉起青皮光头上划破血口的小沙弥，以嫌恶的口吻责备万盛。

万盛面上挂着阴冷的笑意，并不回应他。

"大人，这是通向地宫的入口。"怯生生的小沙弥很不情愿地掀开草编蒲团，露出雕有一尊雄狮的白玉地板，他熟练地撬开后，魏喜凑身高举烛台，照出一道逼仄石梯出现在众人眼前。

望着幽暗的石梯，金世祖想到任伯渊说起和尚私藏武器的现象，这地下该不会也埋藏兵器？"魏喜，你和小沙弥下去。"刚说完，心脏莫名其妙跳得好不剧烈，他直觉不妙，忙摸出腰间佩刀。金世祖坚信自己的直觉，这是超于常人、引以为傲的天赋，也是他屡屡攻城略地成功稳坐帝王宝座的自信。

"师父，有魔王来扰法了！"小沙弥突然头趴洞口惶恐地哭喊起来，同时，双手抱住供案的桌腿用力转动。

"陛下，不好，有机关，快跑！"任伯渊尖叫着扑身奔向殿外，金世祖毫不迟疑，纵身飞跃出殿门。

"小秃头，你在干什么？"万盛气得鼻歪嘴斜，抽出宝剑，便要砍断小沙弥的双手。

哐嘟哐嘟，一阵地动山摇的巨响，供奉的金身佛祖摇摇欲坠，金世祖与任伯渊抢先跳出殿门，翻落在殿外的空地上。魏喜拉住万盛，两人齐齐被门槛绊住脚，身上全被金像的碎片砸伤，龇牙咧嘴哇哇叫苦。

佛像栽倒，坍塌成碎片，金色的粉末飞扬在整间大雄宝殿，掩埋了小沙弥，填满洞口。呛人的粉末飘散后，大雄宝殿内露出一层金色莲花的佛台，空荡荡的好不诡异。

任伯渊的脸上扑满金粉，像是戴了面具的僵尸。金世祖看得直想发笑，鼻青脸肿的魏喜、万盛两人更是惊魂未定，相视无语。

金世祖的喉咙被粉末呛得发痒，不停咳嗽。万盛手忙脚乱顶着沾有金粉的猴脸，瘸着腿，一拐一拐上来，想要请罪。

"陛下，该不会是中元节的孤魂野鬼出来索命?"魏喜咧开滴血的嘴唇，后怕地望了望地上金色的残渣。那残渣在月夜下，闪烁出微弱的金光，像是数百只萤火虫聚集在水草地。

"英明神勇的魏大人，也会吓破胆？那小沙弥性情刚烈，他的报复来得有些快。中常侍，对待弱小者，别太过分欺凌，不然……"面目全非的任伯渊就是喜欢捉弄人，忽而捧人上天，忽而贬人下地，使人摸不着头脑。

金世祖心情糟透，懒得搭理他们打嘴仗。他抖动着手背散落的金色粉尘，可以想象得到自己灰头土脸的尊容同样狼狈不堪，心中杀机顿起。他狞笑着吐出口浓痰，下令道：

"回宫！召车骑大将军率羽林、虎贲千人，连夜搜查出藏匿、还俗的僧尼们押送报德寺。明日，朕也要做场法事，用他们的血祭奠阵亡的将士。"

"陛下英明！"万盛、任伯渊两人喜得齐声称赞。

【第四章】

西林园　沙门昙慧

接到太子金曜星托人捎来皇帝的灭佛诏令，沙门昙慧不由仰天悲叹，这是场逃不掉的宿世浩劫。

他请来报德寺的主持、僧众，将他西行乾罗国带回的一百七十部经书运送到安全地。沿途为广大寺庙内的僧尼报信，该还俗的还俗，要逃走的逃走，意志坚定追随佛法的弟子们则安排藏身到荒无人烟的西凉石窟，那里距平城皇宫有万里之遥。

他一路西行。

石洞内的烛火乍明乍暗，打坐冥思的昙慧观想到报德寺大雄宝殿的金身佛像，前殿的天王、后殿的罗汉塑像，轰然坍塌。涂满松油的无数支火把滚落殿内，砰砰炸响中，火苗迅速燃烧、壮大，串成一条愤怒的火龙，浓烟将天边鱼鳞状的云彩完全遮蔽。

惊醒后的他陷入艰难的抉择——是继续逃亡，听凭报德寺毁于一旦，还是回去——以他弱小的一己之力，回去也改变不了报德寺的命运。

昙慧起身走出洞外，皎洁的月色，映照着连绵起伏的如黛青山。沐浴在月色的光晕里，闭目深思中突地灵光乍现：修行的意义不就是面对变化无常的现实世界，以精进勇猛的心去寻求此身光明的解脱之道？不，他不能逃避，他要坦然面对。

坚定信念后，昙慧日夜兼程回到平城，伪装成宫人，到东宫面见太子。

"师父，你，你本该在西凉，怎会自投罗网？"太子金曜星正与侍卫们在西林园列席饮酒，见他突然而至，唬得扔掉手中溢满美酒的金杯。

"野菊初黄芦苇白，月好风清，渐有中秋意。太子殿下，又在醉饮桑落酒？"中书博士羊公允瞟了眼为太子斟完酒就心虚躲在他身后的年轻人，那人穿了与太子同色系的黑底金色仙鹤祥云图案的长袍，神情妩媚如女子。

"慕容朗，还不拜见中书博士、昙慧法师？"太子金曜星神色尴尬地笑了笑，伸手把慕容朗拽出来。

"慕容朗拜见中书博士、昙慧法师。"昙慧不自在地躲闪慕容朗那对脉脉含情的桃花眼，听着他娇滴滴比女人还娇媚的腔调，浑身起满鸡皮疙瘩。

"太子殿下，能这般优哉游哉，是已有应对陛下灭佛诏令的良策了？"中书博士羊公允以和颜悦色的平静神态调侃道。

"博士说笑，本宫就是苦闷无解啊，幸得有解忧的可人儿慕容朗陪伴左右。"太子金曜星抓住慕容朗的手，两人十指相扣，不舍放下。

昙慧难为情地扭过头，眺望整张墙面悬挂的弓箭、宝刀，嗅到一股剑拔弩张的杀气袭来。

"太子殿下，老臣倒有条妙计，为殿下解忧，不过……"羊公允的目光扫视着伏在太子怀中的男宠慕容朗及两侧的侍卫裴青山、黄门侍郎秦道生，欲言又止。

太子会意，忙支走他们。

中书博士羊公允的笑意消失，俯身向太子禀报："殿下，借酒浇愁，无疑是掩目捕雀，塞耳盗钟之举！望殿下少亲近小人。昙慧师父感念殿下护佑佛法的悲心，不顾性命危险，回平城为殿下举行中元节的祭祀，超度亡母法事。"

太子金曜星羞惭得面色发红，昙慧忙上前扯住他衣袖哽咽说道："太子，功德无量。大魏国有数十万僧尼，此番是在劫难逃了。万幸中的大幸，贫僧保存好经书，也救出些同门师兄，为佛门留下浩瀚经典的些许宝藏。"

"师父，此言差矣。本宫也是佛门弟子，这是在尽弟子本分，何来功德？谈何无量？弟子只怨不是号令天下的皇帝，头顶监国太子名号，却不能救同门于水深火热中，这才是本宫最大的悲痛与苦楚啊。"太子金曜星握住他的手，泣不成声。

昙慧不由唏嘘落泪，如果说长年累月住在深山老林石窟内苦修的僧人，是小隐隐于野的闲云野鹤，那么，太子可是大隐隐于朝的修行者。只是，太子是形同虚设的傀儡，陛下才是掌控天下僧尼性命的帝王。

"太子殿下，陛下重用东郡公任伯渊，也随他尊崇道教，贬毁佛教。只有尽人事听天命。"中书博士羊公允的话，令昙慧心惊肉跳，陛下的灭佛诏令，原是事出有因。

世事变幻无常，上次在报德寺讲经，太子就曾提出邀约，将来进宫到修建完善后的鹿野浮屠讲经授法……脑海浮现报德寺被大火焚烧的惨烈画面，心口仿佛被人戳了一刀，昙慧惨然一笑，合掌道来："贫僧早将生死抛之脑后。遗憾的是，无缘面见太子修习的鹿野浮屠精舍了。"

太子金曜星面色大变，中书博士羊公允忙插话替他圆场："陛下有令，暂时停建鹿野浮屠。昙慧师父，老臣力保师父性命无碍……"

"博士，陛下的灭佛诏令，还招贴在大魏国的城墙呢。"太子金曜星眼角噙泪，摆手制止中书博士羊公允的吹嘘。

昙慧情知太子话里深意，太子也保障不了自己的性命。见那羊公允并不因太子的呵责急着申辩，只是扭着脖颈轻笑不语。

他也坦然笑笑，眼尾余光被探出窗棂的一朵深紫的牵牛花所触动，在他的意识深处，涌现一帧帧清晰而遥远的画面。

中元节是佛教极为重视的祭祀之日，每逢盛日，报德寺必然挤满熙熙攘攘的信众，上至达官贵族，下到平头百姓，慷慨大方地施舍钱财，超度逝去的亡灵。

庙内各间殿堂都会点起彻夜不息的檀香，每尊菩萨的供案上堆放鲜花、瓜果、糕点、面食。

晨钟敲响，庙外就挤满或坐或卧的乞讨者们，人人手里都会捏朵或紫，或白，或粉的牵牛花，等待暮鼓敲响后的施舍。

昙慧会带领僧尼们将供品拿出来派发，手捧食品的乞讨者们欢喜地朝他作揖，口呼"阿弥陀佛"，并回赠僧人晒得蔫头耷脑的喇叭花。僧人们收拢后插进庙内的大水缸，看似凋零枯萎的牵牛花在清水的滋养下，重新鲜活。供案上是富贵人家敬献的名贵鲜花，水缸内开满穷困者采摘的荒野杂花——佛菩萨面前，众生平等。

寺庙不举办法会，这些乞讨者们该去哪里讨活？一想起那么多贫穷、饥饿的同类身心将无处安放时,他心急火燎地发出轻呼:"殿下,皇后生前最喜紫色牵牛花,饮桑落酒,观赏金刚大力士舞剑。"

"师父怎可知亡母生前所好?"太子金曜星神色迷茫地抬起手掌,擦拭通红的双目。

昙慧一时语塞。他曾观想到太子的母后已托生为一只白鹿,生长在崇山峻岭间,走向平城。他不敢袒露心扉——性情脆弱的太子若被小人利用,诬陷为妖言惑众,岂不是惹火烧身?

"太子,为避免小人向陛下告发,祭祀法事挪至报德寺的地宫。"中书博士羊公允扯住太子袖口,言外之意不言而喻。太子金曜星负气地抽掉他的手,神态桀骜不驯,口气大咧咧地说:"亲疏并用,古之道也。本宫就带慕容朗、秦道生、裘青山这三位心腹。"

一行人出宫,前方是手执灯笼的裘青山,押后的则是手举火把的秦道生,昙慧、羊公允、太子及慕容朗居中。

六人快马加鞭在暮色苍茫的官道上,直奔西郊外松林深处的报德寺。

踏上松林间的羊肠山路,昙慧就生出忐忑不安的莫名焦躁之感。他抬头望向天幕,月亮胆怯地躲进厚厚的云层,火把弱光下,盘根错节的古松列树成林,如同一座阴森的古堡。

一只状若大鹤的金翅鸟三匝而鸣,停在遒劲的松枝上,嘴里发出悲苦的刺耳叫声,似乎是哭喊申冤的冤魂。金翅鸟是吃蛇的神鸟,怎么出现在这里?

六人都被这只神鸟惊得坐立不稳。一股突如其来的恐惧,如湖中的水草把昙慧缠得窒息。

前方有无数道火光在闪亮,将半边天映照如白昼。

"青山,快去探个究竟!"太子金曜星发现异常,冲裘青山下令。

马蹄声远去,须臾间,折足返来。

"不好了,太子殿下,车骑将军李飞虎率领的羽林、虎贲军,把寺庙围得水泄不通。"裘青山手中的宫灯摇曳不定,照出他因惊吓而失色的面容。

"陛下也在?"一贯最沉得住气的羊公允也惊得嗓音战栗。

"是,中常侍、东郡公都在。"

"掉转马头,回宫!"太子金曜星如惊弓之鸟,恐慌地张嘴低吼,与他并驾齐驱的慕容朗像只不知所措的缩头乌龟。

"殿下，危难当头，怎能退缩？退回东宫就能安身？陛下摆明了是要追责殿下灭佛抗令不为的罪责。"中书博士羊公允伸手揪住太子的腰环，语气威严地阻拦道。

太子金曜星痛苦地皱着眉头，迟疑不决。

昙慧望了望黑沉沉的夜色，月亮仍不肯露面。

"太子，陛下为贫僧而来，贫僧不能退。贫僧不下地狱，谁下地狱？恕贫僧失礼，先行一步。"

他朝太子金曜星合掌拜别后，扬起马鞭，义无反顾冲进火光明亮的报德寺。

【第五章】

报德寺　太子金曜星

　　太子金曜星凝望那道悬挂树冠上的弦月，真像牵牛花残破的白色花边，那是母后最喜欢的花卉，也是母后的芳名：朝颜。他最熟悉不过了，紫色渐变的牵牛花，花蕊根部的暗紫，浸润出乌油油的青黑色，仿佛一股神秘的力量蓄势待发。

　　每每念及娇柔无依早亡的母后，金曜星就会心如刀割。三岁被立为太子，十七岁的母后便被"子贵母死"的祖制赐死，如同晨起初放的牵牛花，花瓣还沾满昨夜的露水，来不及盛放……

　　那时，他尚不懂母子生死别离的痛苦，如今虽是被皇后赫连雪云抚养成人，但她岂能替代怀胎十月的母后？

　　该死的祖制，残暴的父皇！正切齿怒骂，天际闪耀一团冲天火球，似在逼迫他做出选择与决定。

　　"殿下，逆水行舟，不进则退。"中书博士羊公允捻起颌下颤抖的山羊胡须，他的指头也在轻微晃动，那是他与生俱来的一种顽疾。中书博士羊公允说得对，他不能退。每个人的身体都存在隐秘的缺陷，他患有严重的鼻炎，风吹草动就会流鼻涕。金曜星擤擤鼻涕，鼻音浓重地下令："进庙。"

　　裘青山高举灯笼在前探路，羊公允目露赞赏之意，俯首让道。

　　金曜星接过慕容朗递上来的一方锦帕，两人并肩飞速驰行在草地上。这是一段通向无数开岔的林间小路，若无裘青山、羊公允的引路，金曜星只怕会迷失在这片松林。

刚到庙门，突地响起一阵钟鼓齐鸣，佛号震天，慕容朗惊得失手滚落马鞍，金曜星心痛地跳下马，扶起吓得魂不附体的慕容朗，为他掸去肩上落叶。

"殿下，我怕触怒圣颜，还是不进去了。"慕容朗惊恐地扭着腰身，妩媚的桃花眼滚下泪珠，令金曜星万般不舍。

"有殿下为你撑腰，你怕甚！"秦道生面带不悦地扯住慕容朗的袖袍。

羊公允凝神静听半晌，走近他身旁低语："殿下，臣听这鼓声凄厉，怕是陛下要大开杀戒啊。"

金曜星明知大开杀戒对父皇不过是家常便饭，还是心下一沉。他抽手按住腰间白虹宝剑，剑鞘的流苏划过手心，紧紧攥住这深紫的流苏穗，推开裘青山、秦道生，独自壮胆走到前面。

穿过前殿，来到火光明亮的大雄宝殿，尽管早有心理准备，金曜星还是被眼前的景象唬得后背冒冷汗。

身穿金铠甲的父皇坐在空地的禅床上，面无表情地从放在膝间的青釉将军瓷罐内掏出几块白色小石头，在指尖随意摩挲。

中常侍万盛、东郡公任伯渊站立左右，身后是头戴折射冷冷寒光的银色头盔、穿同色铠甲的羽林军，高处墙头，趴着手挽长弓、虎视眈眈的虎贲军。

燃烧的火堆四周，跪满浑身伤痕的僧人们，师父昙慧也在其中，他们到底没能逃出父皇的手掌。金曜星绝望地垂下眼帘，鼻头发酸，又有鼻涕将欲流下来。

"太子，怎会姗姗来迟？"面罩寒气的父皇，一通苛责，令他毛骨悚然。

"陛下，殿下刚去准备祭奠皇后娘娘的祭品，本欲到报德寺为娘娘做场超度升天的法事。"

羊公允慌忙拉住金曜星的手臂，跪拜在青石地。

"儿臣叩见父皇。"金曜星为自己带着鼻音浓重的哭腔深感不安。他是有一紧张就会想流鼻涕的老毛病。

"法事？从地宫搜出这坛子舍利子，以朕看来，不就是河边野地的小石头？真能金刚不破？"金世祖放下瓷坛，扬手把白色小石头抛入火堆，中常侍万盛接过将军罐，双手高举摔在地面，咔嚓！瓷罐摔得粉碎，蹦出十多粒五颜六色的圆珠来。

昙慧惊得身躯一抖，闭目默念佛号，身后的僧人们也双手合掌，嘴里念诵阿弥陀佛。

密集的佛号响彻夜色，犹如上苍诸神愤怒的呐喊。

"太聒噪了！车骑将军，去把那些敲钟、念佛的和尚全押来！"金世祖不耐烦地揉了揉鹰钩长鼻，起身怒吼。

所有人立即噤声，静谧的夜色，火苗在哗哗欢叫，金曜星的鼻腔似被淤泥糊住，堪比万蚁噬心般难受。他忍不住打出喷嚏，下意识去揉鼻头，要把这该死的鼻涕给弄出来！

"身为太子，你就剩这点胆量？成天游手好闲？你不知道先帝打下这江山所承受的苦？"不明就里的金世祖勃然大怒，一通劈头盖脸的臭骂如倾盆暴雨骤然而至。

"陛下息怒，殿下并非胆弱，实乃从母胎带来的鼻塞顽疾所困，是老臣过错。"羊公允慌了神，跪地磕头请罪。

满腹委屈的金曜星眼泪、鼻涕吧嗒吧嗒直流，父皇与他虽是血缘至亲，但从不关心自己的身体病状，还不如外人中书博士羊公允挂心自己。

"哼，顽疾？少来这套托词！朕没有？朕的身躯，少说也有上百个伤疤，朕向谁叫过苦？身为帝王，心系天下百姓，要想怜惜躯体，那就不要有当帝王的雄心！"

"陛下英勇！"金世祖的这番慷慨陈词，博得全体将士排山倒海的集体称颂。

金曜星听得五味杂陈，正觉茫然无措时，眼帘处闪现一张刺绣丹棘无忧字样的锦帕。

"殿下。"慕容朗不知何时跪爬到他身旁，偷偷塞给他这条锦帕，他感激地攥在手里，暗赞这位男宠比后宫的椒房们还细心。慕容朗常以橙黄丹棘花解忧来劝慰他开怀，可他哪知这丹棘女儿花，何解英雄愁？自己与他花天酒地，本意是使障眼法来拖延父皇交代的灭佛诏令，不想，这厮确有过人之处，很能讨取他的欢心，也就假戏真做了。

"就是这妖艳贱货，蛊惑太子不理灭佛诏令？还不把他拿下？"耳畔传来父皇大发雷霆的当头棒喝，金曜星暗自后悔不迭——他的小动作，怎能瞒得过火眼金睛的父皇啊。

"殿下，救救我呀。"尖声呼救的慕容朗被两位羽林军拖到火势旺盛的柴堆前，抛掷在昙慧身前。

金曜星急得正要起身相救，被羊公允摁住手腕。他张张嘴，发不出声来，鼻孔又被堵塞了。他努力翕动鼻翼，咸涩腥臭的一坨鼻涕落进口里。他的眼泪流下来，和着鼻涕吞咽落肚。

纷至沓来的凌乱脚步声渐渐靠拢，金曜星透过泪光，见到羽林军押送一群面相不善的粗莽大汉，他们顶着光溜溜的青皮头颅，穿着半新不旧的僧袍，被推搡到金世祖面前。

金曜星大为震惊，这些分明不是他所相识的僧人啊。他望向昙慧师父，见他神色平静地望着这些自称和尚的乌合之众，合掌念诵佛号不止。

"殿下，他们可是羽林军从报德寺的地宫抓出来的。地宫里有舍利子，还藏有金银财宝。啧啧啧，想不到啊，和尚们都成腰缠万贯的富人了，俺们这些提着脑袋为皇上效忠卖命的将士，可是有上顿没下顿的讨口子。"说话的正是车骑大将军，也是他的舅舅，母后的兄长李飞虎。

遭人欺哄的怒火冲上金曜星脑门，他慌忙向恼羞成怒的舅舅李飞虎辩解："大将军，他们不可能是真正出家剃度的僧人。"

"他们不是僧人？那他们是谁？"车骑大将军李飞虎昂起油腻的胖脸，嘴角带着讥讽反诘道。

"陛下，出家人不打诳语，这十几位施主，着实并非贫僧落发的僧人。还望陛下明鉴，以免污了佛家清誉。"昙慧也看出些端倪了，他起身手指那些横眉竖目，眼看就性恶的假和尚，语气平和地申辩道。

一言不发的东郡公突然插话了，用蔑视一切的口吻驳斥道："佛家清誉？哈哈哈，陛下，老臣认为佛教是为鬼教。天曰神，地曰祇，人曰鬼。传曰：明则有礼乐，幽则有鬼神。然则明者为堂堂，幽者为鬼教。佛本出于人，名之为鬼，愚谓诽谤。"

"阿弥陀佛，善哉善哉，东郡公，你敬佛一分，自得利益一分。天地之大，宇宙无垠，就容不下小小佛教吗？定要扬道压佛，杀生过重？"昙慧一脸悲怆，火光照出他眼窝深陷的泪痕，金曜星再也不肯保持窝囊的沉默了，他一跃而起，跪在父皇脚下，抱住他的双腿，号啕痛哭着哀求："父皇，昙慧师父无罪啊。"

"陛下，这昙慧妖师是罪魁祸首，怎能无罪呢？"中常侍万盛阴森森的语调，是要置昙慧于死地的狠毒。

金曜星听这阉竖落井下石的语调，肺都气炸了，他爬起身冲过去，揪住他的领袍，正欲举拳要打时，却被车骑大将军李飞虎横空出世的流光剑拦住。

中常侍万盛的黑面上挂着高不可攀的冷笑。

他都没将自己这位太子放在眼里，父皇偏偏还宠信这样的小人！金曜星怒不可遏地躲避舅舅的流光剑，走到昙慧面前，泪如雨下地握住他的手掌，无语凝噎。

"太子，朕不追究你违抗灭佛诏令的罪责，朕来替你行事。飞虎，调集虎贲军，把这些和尚们锁进大雄宝殿，一把火烧个干净！"金世祖的耐心似被耗尽，急切暴躁地下令。

僧人们慌得大呼小叫起来，那帮假和尚们面露欣慰的笑意，他们剥掉僧衣，赤裸上身，奔向中常侍万盛脚跟前，磕头作揖，仿佛那中常侍万盛才是他们的大恩人。

金曜星恍然大悟，他们怕是中了陛下的计谋，那帮假和尚，说不定就是中常侍万盛指使的死囚假扮的，故意来抹黑僧人们的品行啊。

"陛下，今夜是盂兰盆节，不可杀生太重……"素来稳重的中书博士羊公允也不由得面色大变。

"师父，对不住……"金曜星伤心欲绝地掩面呜咽，他真是太无能了，救不了男宠慕容朗，也救不了敬重的法师昙慧。

"殿下，莫要悲痛，人各有其命数。唉，是贫僧修为不高，方才连累同门师兄们受累了。"昙慧凄惨苦笑，双手合十，迎风走向空荡荡的大雄宝殿，其余的僧人们也跟上前去。假和尚们见状，也尾随其后。

慕容朗蜷缩着身躯，赖在火堆前，嘴里杀猪般号叫着不肯去送死。

"愣着干什么！还不一刀结果他性命，鬼哭狼嚎惹得陛下不安心。"中常侍万盛又在旁狐假虎威，借刀杀人。

话音刚落，一位将士手起刀落，"殿下啊！"慕容朗爆发出阵阵惊惶惨叫，扑翻在地。

他那颗美丽的头颅，滴溜溜滚到金曜星脚下，金曜星蹲下身，一手捂住要呕吐的嘴，另一只颤抖的手，把他那双死不瞑目的桃花眼合拢，心里暗暗发誓：终有一日，本宫定会为你复仇。

真假僧人们全部走进去后，两旁的士兵把大雄宝殿的高门锁死。

"放箭!"随着车骑大将军李飞虎的一声令下,密集如雨的箭靶射穿木门,火光自廊檐直冲而下,扑向窗棂,扑向幕帘,扑向一切可燃之物。

金世祖看着烈焰和烟雾遮盖了天空,得意地仰面大笑。听着他唯吾独尊的笑声,金曜星心中涌起一股恨意。他直起酸麻的腰身,扔掉慕容朗送给他的那方刺绣丹棘无忧的锦帕,暗暗攥紧拳头。

这一刻,他无比怨恨坐在皇位上的中年男人——父皇十六岁生下他,现在自己已经二十岁了,而父皇依然年富力强,他必须要等到父皇风烛残年、行将就木的那一日,方能登上皇位,遥遥无期的漫长时光,他不能确定自己是否等得到……

【第六章】

青龙寺　赫连盛

敦煌郡公赫连盛接到西征的诏令前，正在他兄弟赫连文的府邸戏射。

赫连文府邸的后花园种植数十株高壮的合欢树，百步开外的树下拴了头红眼大黄牛。

先是侏儒东方鸾出场，短腿短胳膊的他拉弓发箭的可笑射姿，使人忍俊不禁。第一箭擦着牛的脊背，第二箭擦着牛的肚子，两箭都擦着牛的皮毛而未伤及牛身。

赫连盛扫了眼他的畸形六指手，带着藐视的神情笑问："能射中牛吗？"

此言一出，赫连文的奴婢们哄堂大笑。东方鸾不以为然地放下长弓，叉开六指，拍拍单薄的胸脯，无所畏惧地笑着拱手作答："射箭以不中者为贵，中有何难！"

"不中，焉能杀敌制胜？"

赫连盛不置可否地接过侍卫递来的长弓，后退数步，紧闭左眼，右眼瞄准大牛的心脏部位——如对准陛下金世祖的伟岸身躯，凝神运气，缓慢拉直弓弦，箭靶如流星，啪，大黄牛发出沉闷的哞哞惨叫，继而轰然倒地。

他松口气，真希望那喘息等死的大黄牛就是金世祖。在旁观战的赫连文疾步上来与他击掌庆贺。

"郡公好箭法，定要大醉方休！"

赫连盛丢掉长弓，颇为自负地笑道："弓箭骑射不过是雕虫小技，雌雄双刀才算本公的拿手兵器。"言毕，他挽起赫连文的手，跨过血流如注的大黄牛，拾级来到六角凉亭内备好的酒席，并排坐下。

合欢树下，一帮身强力壮的奴婢将奄奄一息的大黄牛抬走，几位女奴忙着泼水扫地，又有两位面目清秀的奴婢端来忍冬纹镂空五足银熏炉，搁置在凉亭角落。

赫连盛举目望见绿荫成盖的合欢树，鼻窦嗅着细细香风，不觉心旷神怡。对着满桌丰盛佳肴，他手执大魏国工匠制作的荷叶金杯，挑剔地审视这荷叶杯流畅的褶皱纹路，想起他在夏国登基时冬至宴饮的繁荣场景，已成衰败的故国宫阙，怕早沦落为芳草萋萋的荒原。

满腹愁思的赫连盛默然连饮三杯，弃杯感怀叹道："文弟，为何院内遍植这合欢树，是否已乐不思蜀了？"

"哈哈哈，乐不思蜀？郡公可知合欢别名'蠲忿'呢？"丰姿俊雅的赫连文，遥望着合欢树冠，面带不可捉摸的笑意。

赫连盛平生只爱舞枪弄棒，比不得才思过人的赫连文学识渊博。他干笑着抓起盆中撒满孜然香料的羊腿，放入口内，味同嚼蜡。

赫连文也学他连饮三杯后，把空杯往桌面一蹾，卷起衣袖，捏住方丝帕擦拭胡须上的酒珠，缓缓道来："《本经》曰：合欢，主安和五脏，利心志，令人欢乐，又名'蠲忿'。文弟栽种合欢树，不过是为取制怒静心之意。"

赫连盛听得一怔，放下未啃尽的羊腿，抓起桌面绣了红芍药花的锦帕擦净手，凝神深思。

修建齐整的庭院静谧生长的数株合欢树哗哗作响，诚如他们赫连家族的几位兄弟，由皇帝金世祖做主，联姻豪门望族之女，繁衍后代，看似在平城过上衣食无忧的好日子。在他看来，不过是处处猜忌他的金世祖打造的一座豢养他们的囚笼，就为消磨他们日渐丧失征服领地的猛兽本性。

"好一个'制怒静心'呀！来，今夕不饮何时乐？"赫连盛扔掉沾染油污的锦帕，擒过银壶对准壶嘴，饮个痛快。

趁着酒意，他摔了空银壶，使力擒住赫连文的手腕，语气急切地暗示他："文弟，梁园虽好，终非吾乡。"

赫连文闻言，面色煞白的额头涔涔汗滴，如惊弓之鸟抽出手，神色慌乱地东张西望，面露愁容，慢吞吞道来：

"一树高花冠玉堂，知时舒卷欲云翔。长兄，文弟膝下有幼儿，爱妾腹里怀新孕，眼下时局，就如昼开夜合的合欢花，也成定势，不容更改了。"

赫连盛听出他畏缩不前的怯意，望着自己落空的手掌，对着色香味俱全的鸡鸭鱼肉盛宴，如鲠在喉，食欲全无。

他惨笑无语，皇帝老儿处心积虑的联姻，以至亲血缘钳制他们赫连兄弟不敢有异志的命脉，真能操控人心！他也曾是帝王，自然能揣摩帝王心思，一意孤行不肯与花荫公主生儿育女，就为免去亲情拖累，误了他复国大志。

这阶下囚的日子，他是受够了！金世祖嘴上说信任他，那次狩猎，他想射杀金世祖的企图被识破，至今寝食难安，终究要图穷匕见，终究要鱼死网破！就看谁先下手了。

四位兄弟中，原以为胜算最大的赫连文都丧失复国意念，余下的兄弟，更是扶不起的阿斗。尔等心中可曾有过半点恢复故土的念头？他愤然起身离席，不能再丧失先机了！便噔噔冲下台阶。

风动竹声中，赫连盛满腹悲凉地环顾这座雕梁画栋的宅院，如同金丝编制的鸟笼，他清醒地意识到弟弟赫连文甘愿身陷其中，欲罢不能——他叫不醒一个得过且过的人。

"东方鸾，本公醉了，打道回府。"

满腹愤恨的赫连盛朝着蹲在合欢树下啃胡饼的侏儒怒吼。赫连文追上来，长期的养尊处优，就这几步路，也让他气喘吁吁。他扯断腰间悬挂的赤红玉坠，强行塞给他："郡公，王朝兴亡，自古使然。天命归平城，苟且活着，混一日似一日……"

怒其不争的赫连盛果决地举起手掌，阻止他意犹未尽的滔滔不绝。只夺过形如芍药花的赤红玉坠，认出这是宫内玉匠用夏国山上开采的血玉石雕刻成的玉坠，父皇赐给体弱多病的赫连文的护身符。

"这是父皇赐你的宝物，为兄可不能要。"他虎着脸，要退给赫连文。

"郡公，芍药花有将离别意，小弟转赠长兄，是望长兄谨记亡国之训。小弟不想再流离失所。"赫连文双手交叠于肚腩，话里有话地警示他不可轻举妄动，要以保持现世安稳的大局为重。

赫连盛无声地玩味他的话意，盯着他高贵皇族的俊美皮囊，心底愈发瞧不起他——学富五车又如何？读书人的气节、风骨全无！原想与之共谋大业，看错人了！

"将离别意？好，好，本公收下。"赫连盛佯装笑脸，从齿隙间挤出这话后，跨上东方鸾牵来的坐骑，嘴里打了个响亮的呼哨，疾驰而去。

陛下西征的诏令，与他前后脚抵达府邸。

此番西征是对付卷土重来的昆仑狼族，狼族人比起俗称"野蛮人"的大魏国人更为残暴。

花荫公主闻讯赶来，探听到他将与狼族人交战，焦虑万分地扯着他的袖袍啼哭："陛下怎么会令你打前锋？不，本公主要进宫跪请陛下撤掉诏令。"

赫连盛笑而不语地撒开她的手，西征途中将经过夏国疆域，这是千载难逢的机会，不能错失了。金世祖能趁他登基欢宴，偷袭攻城，他为何不能背叛他？

他从未喜欢过皇帝指婚的花荫公主，夏国出美人，魏国姿色平庸的花荫公主，不过是他苟活于世的权宜之计。若非遵从姐姐的意愿，若非为赫连族兄弟的性命着想，从某种意义上而言，貌若天仙的姐姐赫连雪云比他更伟大，主动肩负起使命，以美色换取族人平安。

眼见花荫公主惊翠长眉下的幽怨美目，泪水涟涟，知晓她是真爱自己，赫连盛心一软，空腹饮下整壶"梨花春"的酒意上涌，不免酒醉脚软。他跟跄着步履，笑着抱起花荫公主，扑倒在榻，决意与她温存诀别。

待他酒醒后，已是更阑人静，室内红烛高燃，房外虫鸣啾啾。他瞅了眼肘腋下睡得香甜的花荫公主，肤色微黄的公主，两鬓梳了缥缈的蝉鬓，随同头上的惊鹄髻凌乱不堪，搭在如黄玉般润泽的双膀上。

他偷偷翻身穿好衣袍，抓起几案上盛有醒酒汤的玛瑙酒碗，一气饮完，吹灭灯火，蹑手蹑脚出得门来。

这一别，他将永不再踏足平城，与其当笼中困兽，不如放手一搏。

到马厩唤醒侏儒东方鸾，领着麾下的五百精骑，手执陛下诏令，赫连盛率队出城门。

天边涌现大片玫瑰金的朝霞，清冽的冷风灌进嘴里，赫连盛亢奋得纵马驰骋，张嘴深吸这久违了的自由空气。

他要东方鸾去传令，趁着秋日艳阳高照，快马加鞭不得停息。

"郡公此行出征杀敌，怎会喜笑颜开？若有人传给陛下，恐会心生猜忌，认为郡公是别有企图。"头顶状若蓬松野草乱发的东方鸾，好意提示他。

"本公自问心安理得，哪管得了旁人？照此马速，七日内定能到达边界荒寺。那时，就能昭告天下了。"赫连盛难掩偷得时机的狂喜，脑中全是愈来愈完整的故国地形图。

过了两旁种植着齐刷刷古槐的官道,进入丘陵地带的崎岖山地,经过平原湖泊,就能直奔长满野草的荒芜之地,那是通向夏国国土的分界线,以一座衰败的古寺为标识。

"郡公可是别有所图?"素来沉稳的东方鸾忽而语带惊慌,张开六指手掌,搭在额面,回首眺望抛在身后的平城。

一缕橙金色的晨曦投射在赫连盛身上,他信心十足地抬头接受太阳女神的爱抚,并不正面回答东方鸾的疑问:"既为王者,就得肩负风险,本王无惧生死。"言毕,双腿夹紧马肚,扬鞭前冲。

他太思念他的故园了,只因他不是无根浮萍,他曾是夏国的国君。哪怕故园已被战马践踏得千疮百孔,哪怕圣洁的白狼湖已浸染将士的鲜血,哪怕延庆殿被烟火烧成灰烬……

第七日傍晚,赫连盛的大部队驻扎在摇摇欲坠的古寺周边。古寺背靠形如横卧的青龙山脉,山势险峻陡峭,郁郁葱葱长满油松,山下是黄茅绿草一望无际,有白芦苇、黄青稞、绿茅草,在夕阳下婆娑起舞。

古寺的牌匾上蒙有厚厚的黄沙,依稀能辨认出"青龙寺"三个楷书的斑驳字迹。

赫连盛与东方鸾从坍塌的大门进入山内,他期盼能求得佛祖庇佑。可惜,庙中房梁落满尘土,站立的牛头鬼神结出大小连串的蛛网,无人朝拜的石刻佛像不是断头便是残足。

他无比沮丧地走出破败的大殿,野草丛生的台阶两旁,种植了多株瘦骨嶙峋的古梅;一股花香盈面,原来是后院有两棵金桂树,红金色的米粒花朵成串成串垂在枝头,绽放沁人芳香。

站定桂花树下,他浮想联翩。数年前,他还是尊贵的夏国太子,狩猎时在寺内休憩,遇见一位年迈的扫地老僧,对他笑道:"君去日既逢梅脸绽,来时应见桂花香。"当时不解其意,现下悟出来时,已是亡国之君的俘虏身,这变化无常的天壤之别啊!赫连盛抱着树干,不由泪雨滂沱。

"郡公,切勿悲伤过度。"东方鸾在侧边拉扯他的衣袖,劝告道。

"东方鸾,你带上这块芍药赤玉佩回平城,去伺候赫连皇后。"

他停止哽咽，秋风萧瑟，带着摧残万物的力量。举目望见青龙山的巅峰，笼罩着缥缈青烟，随风变幻成千军万马的画面。他虎躯一震——天性多疑的残暴君王金世祖，焉能不知自己会中途叛逃？派他西征狼族怕也是借机杀死他的幌子？

一旦战败，那几位没出息的同胞兄弟，死不足惜，苦了姐姐皇后赫连雪云，不是赐死，就是打入冷宫。不过，他相信姐姐赫连雪云——她是心思缜密，放之四海皆能独活的女王。

赫连盛迈步走向寺门外的拴马桩前，取出玉佩，叮嘱道："东方鸾，带上这芍药赤玉佩回平城，交给皇后。"

"郡公所托，可是要皇后伺机复仇？"见惯生死的东方鸾神色不变地藏好玉佩，解开小黄马缰绳，翻身坐上马背问道。

"不，她是女人，是大魏国的皇后。你去找她，许能苟活，速速逃命去！"他抬起手臂，一个劲撵他快走。

月亮爬上山峰，四下燃起熊熊的篝火堆。

他的五百精骑将士挺立在荒地的庙门前，赫连盛百感交集地注视着他们历经风霜与战火淬炼的苍老脸庞，且喜且悲，这些跟随他出生入死的夏国人，甘愿冒着性命风险，追随他同强大的金世祖背水一战。

北风猎猎，衰草连天，空气里翻滚着胡麻油爆裂的味道，赫连盛陶醉地深呼吸，随即向将士们昭告他的雄心壮志。

"吾轻敌大意，方败散亡国，青龙寺后就是夏国疆土，卿等是追随本王重返故土新建夏国，还是留在大魏国，以全宗族，听任自由。"

"死生愿随从夏王。"将士们的呼声如排山倒海的巨浪掀来。

赫连盛激动得热泪盈眶，他没有儿女情长的羁绊，他的身体属于这片夏国人的土地，哪怕是亡国，他也是亡国之君。

"夏王是要反攻大魏国？"机敏的将领已迫不及待改口称谓。

"不，本王要与大魏国的金老头一决胜负。"他做好向死而后生的准备，振臂高呼。

夜空嗡嗡回应，地上的火焰剧烈晃动，隐隐有雷声阵阵，赫连盛清楚，金世祖追杀他的大部队快到了。

夜幕降临，两军对峙，杀气深重。

"为君既不易,为臣良独难。陛下无常棣之恩……"赫连盛知晓一切战争都是掠夺的真谛,他先发制人挑衅近在咫尺的暴君。

"卿有常棣之恩?朕封赏赫连氏几兄弟不是侯爵,就是公爵,这也罢了。卿明知叛国死罪将诛杀九族,竟还敢叛国,可顾念过彼等的性命?"

成群结队的鸦鸟黑压压地飞过上空,面相凶悍的金世祖冷笑数声,反唇相讥。

赫连盛闻言,微微低垂头颅,虽是臊得面皮发烫,转而念及自己以俘虏之辱,换取他们兄弟的富贵生涯,是他们贪生怕死,背叛故国,宁愿窝囊活着,也不肯追随他重建家园,便觉问心无愧。

火光映红金世祖的如狼双目,他冷漠地高举镇山宝剑,带着盛气凌人的语调,一字一顿下令。

"中常侍万盛听令,带上朕的口令速回平城,将赫连家族的人满门抄斩。"

须发皆黑的中常侍万盛仰起他的猴面走出来。他向夜空长啸三声,一匹黑马跑过来。他纵身上马,挥鞭远去。

赫连盛早料到会落此惨烈下场——绝望自有绝望的力量,正如希望也有希望的无能。他攥紧掌中七尺雌雄长刀,意欲与之决一死战:"他们?早在白狼湖之战中就该死了,是本王延续了他们的富贵,他们应该感恩本王。本王重申一遍,本王不是叛国,是重返故园。"

"朕一向高看你,对你百般容忍,你却屡屡背叛朕!好个夜郎自大的家伙,还想重返故园?朕成全尔等,这座青龙山就是你们的墓冢!"说完,金世祖杀气腾腾地狞笑着发号施令。

赫连盛两臂高举双刀,胯下坐骑飞奔,直砍向金世祖!身后的五百骑士怒吼着冲锋上阵。

"车骑大将军李飞虎!羽林、虎贲!"金世祖沉着应战,身后将领齐齐护佑他,赫连盛对这位战无不胜攻无不克的帝王并不胆怯,他也是君王,为国捐躯本就是君王的命运。

箭如飞蝗,噗噗刺中他的身躯,赫连盛强忍锥心灼痛,眷恋不舍地向身后的故国稍稍回顾,只见火势蔓延的夏国宫阙,很快消失在亘古不变的黑夜里。他满足地笑了,被俘后的所有努力与抗争,就是为了这一刻,死也要死在故土,落叶归根,保持君王的尊严,不背叛自己的国土。

【第七章】

白狼湖　皇后赫连雪云

秋日的白狼湖，如被人遗忘的碧绿翡翠，静卧连绵起伏的群山怀中，一阵秋风捎来混合着松针清香的干冷寒意，赫连雪云失望地跌坐在地，意欲歇歇气。

白桦林后是白狼湖，传闻从湖水倒影里，能见到每个人的前世今生。赫连雪云理正头戴的桦树皮编制的鹿角，眼尾瞥见一头形体优美的白鹿，在翠绿松针的林间深处扭头张望。她以为那头白鹿是自己前世的幻影，忙拔足狂追，想要探索出命运的玄机。白鹿飞奔至湖边，纵身跃进蔚蓝深湖，不见踪影。她惶急地靠在湖岸的古松树上，向寂静的湖面迎风张望。

一帮凶神恶煞的朱衣官兵，挥动金环大刀，押送着上百个妇孺老小沿湖缓行，一路皆闻哭泣哀告之声。

赫连雪云忙躲到松树背后细看，走在前面的竟然是她的二弟赫连文！她大吃一惊，慌得抱住树身躲避。

"逞能的赫连盛，把我们全家老小害死了！我变成厉鬼也饶不了他！"身穿华贵紫袍的二弟赫连文恶狠狠地咒骂不息，背后是他怀有身孕的小妾、拖着三岁幼儿的夫人及一众掩面啼哭的妇女。

赫连雪云唬得肝胆俱裂，放眼望去，全是她赫连家族的亲人啊！她发疯般跑出来，揪住赫连文的衣襟，失声哭喊道："二弟，发生何事了？"

"你还装蒜？还装无知？千刀万剐的敦煌郡公赫连盛叛国，连累我们全遭灭族大祸。夏国彻底亡了，赫连家族将断子绝孙！"

仇恨使文雅持重的赫连文成为一头凶猛的饿虎，他愤恨地挥掌，将她无情地推翻在地，口里兀自谩骂着走远了。

赫连雪云的耳内充斥着赫连家族成员对敦煌郡公赫连盛的诅咒、抱怨，好似与赫连盛是宿世的仇敌而非血脉相连的亲人。

"这不公平，你们也曾因为他才成为既得利益者，享有富贵生涯，怎能就此翻脸无情？难道不懂成也萧何败也萧何的常理？"赫连雪云替赫连盛感到不值，爬起身要与他们辩驳，但脚底打滑，她扑了空，睁开双眸，原是南柯一梦！

侍女鹦鹉摇着她的臂膀提醒道："娘娘，午时到了。"

赫连雪云感到眼前发黑，弟弟赫连盛犯了欺君叛国死罪被当场处决，留在都城的赫连家族的男丁全部斩杀，女人流放为奴，午时行刑。

她贵为皇后娘娘，不但无法救出她的血亲，还得顾虑自己的安危，一时间悲从中来，惶恐不知所措。

"娘娘，需要准备酒食到刑场送别吗？"

"送别？"想起梦境中赫连文这样不识好歹地诅咒赫连盛，目睹亲情的支离破碎，她心冷意绝地摇摇头。

一道强光穿透纱帘，眼袋浮肿的鹦鹉，突然面露惊慌拍手惊呼："哎哟，差点忘了大事，花荫府的花荫公主造访呢。"

赫连雪云一怔，娇躯止不住瑟瑟发抖。公主是敦煌郡公赫连盛的妻子，丧夫后的公主只怕是来兴师问罪她这位媒婆的。

鹦鹉过来替她揭开锦被，她浑身冰冷，原是贴身锦衣已被冷汗浸湿。

"请公主稍坐片刻，本后更衣就来。"她气息虚弱地手搭额头微微喘息。鹦鹉张臂横抱她下地，赫连雪云站稳脚，掀开珠帘进内室，漱口洗面后，换上栀子花白的新服，黑发以白绸布编结成髻，素颜会见花荫公主。

正殿的雕花扶手椅上，拉长蜡黄脸的花荫公主，不时交错涂满蔻丹的纤纤十指，目空一切地仰视房顶的藻井图纹，鼻孔喷出呼呼冷气。

赫连雪云忐忑不安地坐在她下首的矮凳，花荫公主与赫连盛的婚事是由她牵线配对的，公主成为寡妇，若要深究，她这媒婆自有不可推脱的罪责。

"公主，喝杯热茶，暖暖心。"

赫连雪云向鹦鹉使个眼色，接过她端来的一盏忍冬花加石蜜熬制的热汤，亲手拿给公主。

"皇后是深藏不露，还是天性凉薄？赫连家族衰败到这般田地了，尚能若无其事安然大睡？"花荫公主接过汤盏，哐当洒泼在地，掏出锦囊重重摔到桌面，眼神犀利地嘲讽道。

"公主，天塌下来，不也还有高个子撑住？赫连一氏已灭族，本后唯有听天由命。"

赫连雪云强忍灭族的悲痛，瞄了眼锦囊上刺绣的忍冬纹图纹，猜出是她来还绿松石手镯信物的。

"赫连盛目无王法，妄图叛国，那是他犯下欺君之罪，咎由自取的下场！"

"公主，运气也是实力的一部分。是他不走运罢了。"赫连雪云怅然若失地凝视殿外高墙倒挂如乱须的斑驳藤蔓，盛衰存亡的生命周期，万物都无法摆脱的宿命。

她端起茶盏，吹拂茶汤上面的浮沫，试图掩饰内心的悲切与恐慌。

"你还偏袒他？一个国破家亡的失败者！"花荫公主修长的翠眉皱缩成团，她怒不可遏，挥掌击打桌面。

成王败寇！赫连雪云举起衣袖遮挡脸，她能理解曾为国君的赫连盛的行动，那是他企图复国的雄心——他刚登基，成为夏国新国君，就遭大魏国的偷袭，兵败如山倒，当然不甘心，还想东山再起。

换作是她，她也会，明知会死，那也死得其所；她也理解公主，一个遭受夫君背叛的可怜的女子，所以才会宽容公主在盛怒下的失态举止。

"请公主息怒，郡公是郡公，与皇后无关。"鹦鹉于心不忍，跪下求情，被花荫公主飞腿踹中心窝。

鹦鹉捂住心窝，惨叫着蜷缩在地，赫连雪云不由得咬紧银牙，承受花荫公主的羞辱。

花荫公主霍然起身，弯腰审视她，面露一丝心怀恨意的狞笑，这是属于他们大魏国皇族共通的标志，陛下也是最爱这般狞笑，显得耐人寻味，使人心惊胆战："是你怂恿郡公骗婚，欺瞒本公主，就为了保你们家族成员的平安，对吗？"

"公主是来兴师问罪的？"她强装镇定放下茶盏，挺直脊梁，不甘示弱地反击她。

"你们的恶行，自有天谴，不妨告诉你，陛下已回宫了。"花荫公主的丹凤眼，跳动着快意的复仇火焰。

说完，她以目中无人的倨傲步态，迤迤然走出殿外。

赫连雪云傻傻盯着她略显发福的深紫色背影远去，指甲抠进扶手椅的缎面，后悔自己大意了，陛下西征狼族就是引诱弟弟赫连盛的幌子，他才是深藏不露的老狐狸，不动声色地掌控全局，悄无声息地铲除异己。

"皇后娘娘，赫连族的两位夫人自缢了。"宫门外冒出年轻奴婢的稚嫩面容，她抖动着双肩，心惊胆战地颤声禀报。

"是陛下的旨意？"她虽见惯杀戮，仍不免动容，抽手掩面问道。

"不，花荫公主前脚刚走，后脚她们就……"女奴抽咽着，说不下去。

她凄楚地笑着挥挥衣袖，要她退下。不争气的两位妹妹，禁不住公主吓唬，自个了结性命。难怪花荫公主的笑容充满复仇的恶意呢。公主的招数对她不奏效，她好赖也是夏国的长公主，陛下的皇后。

"鹦鹉，是不是赫连家族只剩下本后了？"短暂的静默后，赫连雪云止不住泪眼婆娑转头问道。

"是，娘娘。"面色发青的鹦鹉挣扎着起身，也不停地抹泪。

她顿觉天地寂寥，如深陷黑暗，好半天才回过神来，扯开锦囊的红绳，断线的绿松石、红珊瑚在桌面调皮地滚动，煞是有趣。赫连雪云一颗一颗捡起来，放回锦囊，拥在怀中，想起亲爱的弟弟赫连盛弃尸荒野，自然心如刀割，不由得伏案大哭："弟弟，这就算是完璧归赵了。"

也不知哀哀哭了多久，殿门外有宫女在敲门急呼："鹦鹉姑姑，安昭仪求见娘娘。"

"不见。"赫连雪云伤悲地摆头拒绝。虽是面上与她和睦欢洽，可人心叵测，安昭仪此刻定是闻风而动，不管是来幸灾乐祸还是安抚同情，她都不需要。

"鹦鹉，你受苦了。"赫连雪云抬起泪眼，见鹦鹉皱眉揉着心窝，想起她是替自己受的罪，忙拉过她发冷的手，主仆两人紧挨着相互取暖。

"中常侍大人要见皇后。"殿外奴婢嗓音变得慌乱激昂，赫连雪云悚然大惊，这中常侍万盛此时来，该不会是陛下派遣带来鸩酒处决她？她惊惶不安地挪步到扶手椅坐好，边胡乱擦拭泪痕，边令鹦鹉手持铜镜，整理面上妆容。

镜中的女子，已哭红双眼，这是用任何昂贵的颜料也无法修饰的事实。就这样，坦然面对。赫连雪云若有所思地冲镜内的女子点点头，戴正皇后花冠，要鹦鹉将中常侍领进殿内。

一只带有腥味的绿头苍蝇飞过，一道黑影闯入眼帘，臂长过膝的中常侍万盛，转过下巴短促的黑脸，警惕性极高地四下张望。在赫连雪云看来，缓步近前的他就是只垂手行走的黑猩猩。

这中常侍万盛非寻常阉人，宫内传言他本性残暴阴险，连太子金曜星都敢得罪，赫连家族的满门抄斩也是他经办的。

赫连雪云忙打起十二分精神，以皇后的端庄坐姿，泰然自若地面对他。

"娘娘，节哀。宫廷内，最不值钱的就是伤心人的眼泪了。"中常侍万盛的那双棕黄色眼珠，不错眼珠地盯视她。

赫连雪云的心脏猛地一阵痉挛，她垂下头避开他凌厉的眼神，手指捻动垂至胸前由一百零八颗东海珍珠串起的佛珠，借此稳定心神。

"万大人是专程来替本后指点迷津吗？"挣扎半晌，她才嘘声冷笑道。

"娘娘，懂得人情世故与深谙人性是两码事啊。"万盛的话露出狐狸尾巴了，赫连雪云洗耳恭听。

"赫连家族只有娘娘……"他突然停顿下来，抖动褐色袖袍上纹绣的大黄蜂，拿眼瞄了眼身后的鹦鹉，似有所顾忌。

"鹦鹉，还不去给大人斟茶？"

赫连雪云想起赫连文那位怀孕的小妾，暗存侥幸。

"怀孕的小妾生产后，就会执行死刑，出生的婴儿，男孩阉割，女孩为奴。"中常侍万盛猜出她的所思所虑，将她仅存的一线希望打破。

赫连雪云如遭雷袭，头上花冠压得她娇躯晃动。她有点承受不起这顶花冠的重量了，苦撑良久，勉强笑道："是该轮到本后了？"

"娘娘错也，娘娘福泽深厚，老臣愿为娘娘赴汤蹈火。"本是垂手作答的中常侍万盛，忽然跪拜在地。

"本后眼下无依无傍，大人又何必白费心力。"赫连雪云不知他葫芦里会卖什么药，唯有幽幽叹气。

"娘娘，可愿拿莲花宝冠冒险一搏？"

莲花宝冠是专属皇后的宝物，平日都封箱锁好，仅在陪同陛下参加盛大宴庆时戴上,展示皇后母仪天下的威严,她不知这阉人唐突地要这宝物作甚。

中常侍万盛手脚并用,跪爬向前,与她的裙边只差毫厘间距。换作平日,这阉人岂敢放肆?赫连雪云心生反感,又无可奈何。只怕这世间再无夏国统城了,她没有倚靠的故园,仅是困在浅滩被虾欺的小龙女。

忍着满腹悲戚,赫连雪云只手扶住前额,声若蚊蚋:"本后情愿一试。"

【第八章】

鹿野浮屠　太子金曜星

深秋的大风刮得含章殿的汉白玉台阶一尘不染。身披朱红镶金边锦袍的金曜星神色萎靡地坐在廊间的扶手椅上，仰躺着闭目养神。

父皇那晚将他的男宠慕容朗、视为知己的昙慧一干人杀死后，他吹了大半夜的冷风，又憋了满腔愤恨，回宫后他就添了这心口堵塞、不时咳嗽的冷病。连着数日卧床不起，全靠太医令慕容白的悉心调理，总算是大病初愈。

"殿下，灭佛诏令下发后，五湖四海的僧尼惨遭杀戮，寺庙经书、佛像全部被毁坏、焚烧。"

身穿银色铠甲的黄门侍郎秦道生走着蛇形步，从院内摆出阴阳鱼形卦阵的水缸间绕上来。他的这番话无疑是雪上加霜，金曜星听得怒火中烧，喉咙发痒，引发来势凶猛的又一波干咳。

贴身侍卫裘青山躬身端来飘着草药苦涩味的滚烫药汁，静候汤药变凉，再伺候他饮下。

"陛下呢？"他感觉面颊发烫，手心覆盖额面，似有轻微的低烧症状尚未消退。

"陛下处置完叛国的敦煌郡公赫连盛，已返回万寿宫了。"秦道生的后半截话音被秋风卷走。

金曜星产生怪异的幻觉，敦煌郡公赫连盛与他的队伍兵败后的死尸堆积如山，爬满成千上万条蠕动的蛆虫。他强忍住反胃的恶心，抿嘴冷笑着挖苦道："陛下日理万机，勤勉亲政，果然是要成为流传青史的明君。"

言毕,目不斜视地伸出手掌,裘青山忙将药盏递给他,他吞下呛鼻的草药汁,犹觉腹内不爽利。

"殿下,那赫连盛是自取灭亡,曝尸荒野是他罪有应得。任何君王都不会容忍背叛他的臣子。"似乎是在回应他的话,中书博士羊公允双手抱胸,趋步前来。

那不过是君王手握生死杀伐的皇权权杖。金曜星看破不说破,只是无声地擦拭唇边的药汁。

"中书博士因谏言陛下勿要杀生过重,放过那些僧尼们,就被陛下扣除半年俸禄。"秦道生在旁,插嘴为他鸣不平。

金曜星掩面悲叹:"本宫这一病,世间又多了无数冤魂恶鬼,连累博士受屈。"

"殿下,陛下听信东郡公任伯渊的谗言,一味崇道毁佛。奈何老臣人微言轻……"中书博士羊公允迈着方步,摇头感叹。

父皇太过狠毒,做事必得斩草除根。金曜星比谁都清楚,他也只能跟着叹息,说不出任何安慰他的话语。

"殿下,陛下要修建一座炼丹仙居,专供方士修炼不老丹药,用死牢的囚犯来做药引子。"羊公允停住步伐,凑近他耳旁悄声说道。

金曜星听得心头大震,父皇为何崇道灭佛,厚此薄彼?抬头怒视羊公允:"只许州官放火,不许百姓点灯?"

中书博士干瘦如豆腐皮的面上浮现出神秘的笑意,他捻着灰白的胡须,中气十足地徐徐道来:"自古以来,尊崇道教、亲近佛法的人中,滥竽充数者、以此谋私利者居多。"

那些毁佛的人,抢走功德钱财,捣毁寺庙,令无数佛像在火光中化作灰烬,他们与贪图佛教香火兴盛想要分一杯羹的强盗有何区别?金曜星对此深有同感。

"善恶到头终有报,能觉悟成佛、修仙成道,本就凤毛麟角。殿下,陛下修建炼丹仙居是个机会,或许能把鹿野浮屠也趁机建成。"羊公允顿了顿,话锋一转。

想起真能建成鹿野浮屠,不就是对灭佛的父皇最好的反击?金曜星转怒为喜,一把捉住他古藤般瘦骨嶙峋的手掌:"博士定有锦囊妙计!"

"殿下,趁热打铁,即刻起程到宁光宫。"羊公允的眯眯眼细成缝隙,他腾出手臂，指向峰峦叠起的宫阙深处。

"秦道生，还不将本宫的貂绒斗篷、白虹宝剑取来？"金曜星喜得击掌高呼。

采用纯白大理石堆砌建成的宁光宫，周遭长满姜黄色的荒草与蔚然成林的芦苇，在风中瑟瑟发抖。光秃秃的门廊、石柱见不到丁点艳丽的色彩，远远看着，这座由石头胡乱砌成的城堡，犹如囚禁失宠美人的冷宫，荒凉且寂寥。

尚未竣工的鹿野浮屠地处这座白色石头城堡的上风位，狼藉的泥沙，横七竖八躺着刚雕琢出佛像雏形的大石头，刨花大半的木材，树皮腐烂处长出朵朵干枯的黄白色小蘑菇，石材窄缝里冒出纤细枯萎的杂草。

抬眼处，皆是满目疮痍。金曜星直觉寒意侵身，忙系紧斗篷绸带，模仿父皇的口吻，狐疑地责问身旁的中书博士："陛下怎肯来宁光宫？"

"陛下意欲将此地改建为炼丹仙居。"中书博士羊公允横跨挡道的一截烂木桩，双目四处逡巡不停。

"岂能如此?！"金曜星腹中的无名怒火又被点燃。他抽出白虹宝剑，插进路边有近千圈年轮的老榕树的树桩上，脚踏上去，叉腰怒喝。

"殿下难道不知，普天之下莫非王土？"羊公允双目射出赤光，显现出洞穿世事的豁达。

"你这滑头的老臣，不是说能建成鹿野浮屠？"金曜星情知理亏，做出拔剑的招式，终究是体质虚弱，只得捂住剑柄，愤恨地喘息不止。

"殿下，臣需要天上掉下个帮手。"羊公允淡然轻笑。

"怎么说？"他认为羊公允在故弄玄虚，急不可耐地催问道，鼻窦嗅到类似万寿宫内经年燃烧的龙涎香——莫非真是父皇驾到？

他疑惑地转向宫门外，一队人仰马嘶的欢腾热闹响动，如夜空的流星，划破宁光宫的寂寥。

黄门侍郎秦道生的脸色骤变，他按住腰间佩刀，羊公允竖起食指在单薄的嘴间安抚道："嘘，殿下，少安毋躁，等着看场好戏。"

想着有足智多谋的羊公允在旁，金曜星怒气渐消。他镇定地收好宝剑，双臂交叉胸前，缓慢迎上前。

猎猎旌旗招展下，金曜星见到头戴金盔的父皇金世祖，身穿绛碧色新袍。他面如金纸，双目赤红，被侍卫魏喜、太卜令黄济城左右搀扶下马。

"陛下杀戮太重,已伤及肝脏。殿下,谨慎措辞,莫要惹怒陛下。"听着羊公允的提醒,金曜星心里好不爽快,凡事皆有因果,父皇不信邪,到底报应还是来了。

"儿臣参见父皇。""老臣参见陛下。"金曜星与羊公允行大礼,跪在宫门地面。

"太子风寒可无大碍了?"金世祖伸出大掌牵住他的手,转头问匆匆滚下马鞍的太医令慕容白。

金曜星感受到父皇磨出厚茧的掌心有股阴冷气,暗自思忖这中书博士羊公允也略懂医学,不是胡诌。

"陛下,殿下卧榻多日,已然大好了,但仍需服用些时日的汤药,便会痊愈了。"慕容白右手拎着藤条药箱,跪身禀报。

"唔,太子妃的生产期是何时?"金世祖挽起金曜星的手臂,父子并肩同行,闲话家常。

"父皇,儿臣、儿臣……"金曜星慌得张口结舌,暗自埋怨父皇不体谅他病如山倒,却关心被众人侍候的太子妃干甚?

"你这未来的阿爷当得真是轻巧。太子,不是为父苛责你,你监国多年,也该知孰轻孰重。"金世祖面含愠怒,撒开他手,迈步独行。

金曜星羞窘至极,缩回被父皇抛弃的手臂,伫立原地,一时进退两难。父皇对他总是严苛以待,他能对大臣甚至敌人有耐心,对自己的亲生骨肉,眼里却容不得一粒沙砾。

好在太医令慕容白纵身飞跃,屁颠颠地跑到拂袖而去的金世祖面前,像是只摇尾乞食的流浪狗取悦主人:"陛下,太子妃预产期当是立春次日。是老臣疏忽失职,没及时禀报殿下。"

话音刚落,一只体态优雅的白狐从芦苇丛中飞窜,如道白练出现在众人面前,隐入松林中,倏忽不见。

金曜星尚未反应过来,就听见父皇语气欣喜地自言自语:"华林园的白狐跑来宁光宫了,看来,这里真是适宜炼丹的福地。"

宫内的华林园散养着各地敬献的自称是彰显祥瑞的灵兽,有白狐、白兔、白鸟、白鹿、白象等。金曜星也觉纳闷,平日这宁光宫紧锁宫门,想来是这白狐有飞檐走壁的功力，才能随意进出。

他正自胡思乱想，瞥见羊公允朝他使眼色，要他紧随父皇。金曜星蓦然醒悟，不敢怠慢，忙阔步疾行。

前方是遮天蔽日浓密的古柏林，苍翠林荫中，水声潺潺，一条清澈的溪流蜿蜒流淌，两只通身洁白无杂毛的梅花鹿正在一片绿茵茵的浅草岸边低头饮水。

"噢，这神鹿不是在华林园，怎么也跑来了？"金世祖已将方才的不快抛到九霄云外，他饶有兴致地驻足停留，蹲身岸边，掌心掬着一汪溪水，调皮地洒向那对白鹿母子。它们毫不胆怯地昂起修长的脖颈，扑闪着明亮柔情的棕黄色眼珠，神色恬静地凝视他。

喜不自禁的中书博士羊公允俯身长揖，向金世祖恭贺："陛下，老臣听闻白鹿彰显祥瑞，代表殷帝的兴起，这只灵兽产下小鹿，也是显示陛下子孙昌盛的吉祥寓意。"

金世祖并未喜形于色，金曜星听见他的话音沉闷："若炼丹仙居在此，平日烧制的铅汞会否污染溪流的水质？"

"陛下，修炼不老仙丹才是最紧要的大事，哪管什么神兽灵物呢？它们卑贱如命似蝼蚁的百姓，不值陛下忧心。"羊公允这番郑重其事的正话反说，听得金曜星暗自着急。他不时偷窥父皇脸色，生怕有半点差池。

体态优美的小白鹿抬腿跨进浅浅的溪流，踩着飞溅的晶莹水花，径直走向金世祖，用毛茸茸的鹿角抵住他手掌。金世祖抚弄它短促的鹿角，沉默半晌，才哏声作答："爱卿是想朕成为被天下人耻笑的昏君？"

"老臣不敢。"羊公允语气严肃，紧绷绷的面皮上看不出丝毫伪装的破绽。

金曜星背靠古柏，双臂抱胸，思忖自己日后也要学会与父皇斗智斗勇，不意见到身裹黑斗篷的中常侍万盛、一身朱红长袍的任伯渊骑马同来，穿行在结满柏树果的古柏树下。

金曜星最嫉恨这两人，忙走近羊公允，用手肘碰碰他胳臂。羊公允转身见到他们下马走近的身影，不动声色地冲他点头。

"陛下，皇后娘娘献出千年人参，特托老臣熬制为汤，敬献陛下。"万盛的猿猴长臂高举着朱漆双层圆食盒，傲然行走的姿态，眼里全然只有金世祖一人。

"她竟然不亲自前来乞命？也不学她两位妹妹自缢？"金世祖望向白鹿母子跳

跃离去的灵巧身影，倒背双手，走到溪流岸边的白石上坐下，不无动怒道。

"陛下，娘娘若自缢，不就留下遭世人非议陛下绝情绝义的口实……"万盛跪在荒草上，扬起毛发旺盛的黑脸，虽是一副摧眉折腰的讨好笑容，但停顿的语气却透出一丝耐人寻味的深意。

"万盛，你这是替娘娘来当说客？"金世祖疾言厉色地瞪视他。

万盛并不惊慌，大有吃定陛下心思的笃定，不紧不慢地放下食盒，拢起衣袖，跪拜在地："陛下冤枉，老臣是陛下的奴才，所言所行皆为陛下所虑。"

哼，就会溜须拍马的阉竖。金曜星暗自冷哼，皇后昨日派鹦鹉送来枸杞参汤，他识破这是皇后发出的求生信号。偌大的赫连王朝如大厦倾倒，树倒猢狲散，这无利不起早的宦官掺和进来为皇后求情，是何所图？

"陛下，宁光宫的这些古柏，是修建炼丹仙居的上好木材啊。"不远处的柏林间，东郡公任伯渊击掌捶打需十人合抱的灰白古柏的树身，欢喜呼喊。

羊公允不客气地讥讽道："东郡公，万物有灵，这片古柏林均有五百年树龄，你就不怕它已成精，会遭报应？"

"报应？哈哈哈，老臣只知中书博士才扣罚半年俸禄的现世报应。"白面儒生的任伯渊，连笑声都带着妇人的娇声娇气。

"任爱卿、羊爱卿，能不能让朕耳根子清静清静？"金世祖发话了，两位宠臣只得乖乖听令，不再言语。

金曜星冷眼四顾，父皇一手端着盛满人参汤的银盏，一手拿着银羹，正呼哧呼哧地埋头喝汤。

看他喝汤的热乎劲，皇后的命算是能保住了。金曜星失落地踢打地面滚落的暗褐色柏树果，怨恨自己的无用。与皇后赫连雪云谈不上母子情深，在内心深处，他更愿用赫连雪云的死去换回生母的活，可他不是能发号施令的父皇。

太卜令黄济城扭动臃肿的身躯，畏首畏尾地左顾右盼，像是提防身后谁要陷害他的大老鼠。

"陛下，臣近观天象，月犯荦鬼、积尸，是'女主有忧'的征兆，对应后宫两位夫人自缢。陛下，还、还须戒杀。"

"不戒如何？"陛下头也不抬，呼哧呼哧将银盏的人参汤喝了个底朝天，仿佛那千年人参汤真能令他返老还童，一滴也不肯浪费。

"恐、恐会伤及太子妃……"黄济城犹疑不决,望了望中常侍万盛,又瞟了眼中书博士羊公允,方才嗫嗫嚅嚅。

水流淙淙,秋风吹来父皇腰间香囊的龙涎香味,金曜星的嗓子眼开始发痒,他难受地按住脖颈,黄济城的话,令他记起父皇的软肋。他灵机一动,跪下禀报:"父皇,太卜令的话有理,太子妃近日来睡不安寝,总被噩梦惊扰。"

"朕的皇后照旧是皇后,与太子妃有何干系?与戒杀有何干系?"

金世祖打着浓郁人参味的饱嗝,手掌托住日渐发福的肚腩,金镶玉的腰带上垂挂刺绣着暗紫牵牛花的香囊。

"中书博士……"黄济城将求助的眼神投向羊公允。

"陛下,若将炼丹仙居建在宁光宫,自会伤及华林园的神兽灵物,这不就是杀生?"

"一派胡言乱语!臣闻佛者,清远玄虚之神,僧尼往往依傍法服,五诫粗法尚不能遵守,何况精妙?"任伯渊高抬下巴,轻蔑地反击羊公允。

"羊爱卿的意思,朕就不能修建炼丹仙居?"金世祖神色不变。

"陛下,炼丹仙居要修,不过另择福地。老臣有个不情之请,望陛下三思。"

"爱卿且道来。"

"陛下,凡事要留有余地,方能福泽子孙,灭佛同理。天下寺庙已然毁尽,若建完这座鹿野浮屠:一则,显现陛下慈悲为怀的圣誉;二则,太子妃临产在即,建成鹿野浮屠,获得垂恩护佑;三则,道教清虚无为,佛典微妙玄奥,都是化导万民的方法,为三界众生共同推崇敬仰。"

金曜星暗自佩服羊公允这番论断。他见到父皇沉吟不语,应当是被说动了。

"陛下,别听信中书博士的谗言,一旦鹿野浮屠建成,将是野火烧不尽,春风吹又生。今时今日的灭佛便前功尽弃!"面色涨得通红的东郡公任伯渊冲上前,形如癫狂的妇人撒泼怒骂。

"陛下,中书博士言之有理,望陛下深思。"中常侍万盛站出来,推开任伯渊,与羊公允并肩作战。

金曜星傻眼了,这阉竖便是中书博士所指的帮手?他不满地望向羊公允,对方并不理会他,只与万盛相视而笑。

【第九章】

莲花宝冠　安昭仪

安如素坐在窗下棋盘前，百无聊赖地翻阅《棋经》。

黑白世界的智力博弈，是陛下金世祖的嗜好，她意欲研究《棋经》的奥秘，期望他日能与陛下棋逢对手，成为心意相通的知己——区别于皇后、远在江左吴都的左昭仪。

恼人的绵绵秋雨停了后，房檐积存的雨水滴答滴答落在檐下翠绿色的芭蕉叶上，扰得她心神不宁，无法专注阅读《棋经》。

皇后赫连雪云拒不见她，她一厢情愿地理解为皇后是因失去亲人引发悲伤过度的缘由。本已国破家亡的皇后，经敦煌郡公妄想东山再起的谋反失败，彻底成为名副其实的孤家寡人了，念及至此，她不免生出兔死狐悲之情。

"昭仪，还需做山楂糕吗？"行事干练的侍女婉儿上前请示。

自入秋来，她就饱受腹胀之苦，太医令诊断是食肉过多所致，开了食用山楂糕的药方，腹胀的症状渐有好转。她犹豫着起身走至书案前，目光停留在墨汁未干的一行诗句上：寂寂香闺枕簟空，满阶秋雨落梧桐。刹那间，心有所动，抬头直视婉儿鼓鼓的金鱼泡眼，曼声吩咐她："多做点，给皇后也送些，化解化解她郁结的新愁。"

"会不会又去吃闭门羹？"婉儿瞪着金鱼眼，摆了摆头梳的双鬟髻，比她还急躁。

这婉儿是后宫掖庭安排的奴婢，资质愚钝，调教也无用。她虽以宽厚之心待她，却也反感婉儿多嘴，便皱眉训斥道："你只管把山楂糕装满食盒便是了。"

婉儿喏喏退下后，安如素撩开樟木箱上覆盖的素麻布，露出整齐排列的亮闪闪锦缎，她伸手摩挲着一匹殷红色的罂粟花花纹的丝绸，指甲划过去，罂粟花发出咝咝尖叫，脑海里想象着美丽妖娆的皇后，遭此劫难，是否如枯萎的罂粟花，从此衰败？

她心存侥幸——皇后若被废黜为庶人，无主的承华宫，或许就能成为她的新居所。这念头刚闪过，窗边传来"呱"的一声沙哑的老鸦啼叫，令她心有余悸——这是在暗示她不可妄想吗？安如素心虚地缩手，踱步出门，就瞥见承华宫的宫女鹦鹉，贼头贼脑地探身进到空旷的殿内。

"安昭仪，娘娘有请。"

"皇后娘娘凤体可好些了？"安如素暗自窃喜，也是天遂人愿了。她不露声色地站在台阶上，原本健壮如牛的鹦鹉瘦脱了形。她身着杏黄色长裙，系着白色腰带的腰身也变得盈盈一握了。她站在芭蕉树的绿荫下，手按腹部，眉眼间不再有邪魅的笑意，带着难忍的痛楚，恶声恶气怼她："安昭仪去了不就知道了？"

安如素听她这语气蛮横不似往日伶俐，又见她手不曾离开过腹部，便顺嘴问她可是心窝子疼。

鹦鹉巴不得她发问，双手拍打诉起苦来："还不是树倒猢狲散？敦煌郡公叛国，关奴婢何事？无缘无故受了花荫公主狠踹一脚的泄愤，怕是就此落下这病根了。"

安如素听得掩嘴偷笑——这些不知深浅的奴婢啊，跟着主人吃香喝辣不提，替主人受点皮肉之苦就呼天抢地了？

"娘娘可受什么苦没有？"她故意提到皇后赫连雪云。

"娘娘金枝玉叶，洪福齐天，哪会受奴婢们的苦？"鹦鹉慢吞吞地走出蕉荫，在昏黄的日色里，安如素发现她面无人色，暗自心惊这花荫公主的怨恨该得多深啊，把个奴婢踹成这样。

"昭仪，山楂糕备好了。"迈着小碎步的婉儿左手拎着朱红漆面的食盒，右手提着裙边，乍见到容颜憔悴的鹦鹉，她瞪大金鱼泡眼，讶然地问东问西。

"咦，鹦鹉姐姐，你是病了吗？脸色这般难看。"

安如素忙催她："婉儿，快去把绣着大丽花的斗篷拿来，得去趟承华宫。"

鹦鹉笑容惨淡地摇手不语，从婉儿手中接过食盒，望了望安如素，神情踌蹰，似有话要说。

"可是急着要返宫？"

"是，承华宫的人手不够，奴婢想先走一步……"曾经眼高一切的鹦鹉，局促不安地绞扭着双手。

承华宫也会人手不够？不就是皇后失势后墙倒众人推？安如素怅然叹息，抬腿跨出殿门："我们先走吧。"

两人匆匆抵达承华宫。

宫门大开，本来爬满乌油油藤蔓的高墙，露出泛黄、发红的枯藤败叶，稀稀落落地倒挂在墙面上，地上散落的红叶，显出无人打理的落魄衰败痕迹。偶有寒鸦飞来，叫声凄厉。安如素顿有恍若隔世的错觉——眼前的承华宫和冷宫并无区别，人的运气变化太快，不过短短的两月啊，已是天翻地覆了。

"妹妹来了？"

一股香风袭来，皇后赫连雪云头戴莲花宝冠，着深紫对襟大袖褂衣，粉面含春，如重瓣牡丹花，怒放在汉白玉的台阶。

安如素不情愿正视她惊心动魄的绝世美颜，经过敦煌郡公叛国的重大变故，皇后赫连雪云不仅毫发无损，且更为娇艳明媚，就如无惧风雨摧残、傲然挺立吐露芳香的梅花。

"娘娘气度雍容华贵，顿使六宫粉黛无颜色，不愧是牡丹花神下界。"心怀妒意的安如素想起陛下对皇后的夸赞，不禁自惭形秽起来。

"妹妹谬赞，后宫夫人，环肥燕瘦，各有其美。妹妹不就是清丽出尘的水仙，腹有诗书气自华嘛。"赫连雪云笑着挽起她，安如素紧挨着她温润的娇躯，不知说点什么好，想想还是不说为好。

两人的裙摆游走地面，窸窸窣窣的声响，如灵蛇出洞。

进到陈设奢华的大殿，内里早摆好四张食案。安如素心生疑惑，娘娘这是要宴请她吗？忙假装欢喜状："真是巧了，姐姐，妹妹令奴婢带了山楂糕，稍后就送到。"

"难为妹妹费心劳神，陛下也会到。"赫连雪云拿手扶住头戴的莲花宝冠，风姿绰约地跪坐食案前。

"娘娘与陛下久别重逢，妹妹岂能不识时务？不如回避？"安如素慌地扭身转头,就要作势离去。

"本后摆的并非鸿门宴,妹妹何必急着走呢?来,来,坐下。"皇后赫连雪云梨涡浅笑,手指向她对面的食案。

"那妹妹就却之不恭了。"安如素本就好奇皇后邀约她的真实意图,方才不过是假意推脱,不等她落座,抬眼就见宫内的高墙投下浓墨般的阴影,沉重的脚步声踏得宫内地板都在轻微颤动。

是陛下到了!她慌乱提起浅绿色的裙摆,弯腰垂首走至殿外,偷眼望去,身披棕色斗篷并缝制羽毛黑边的陛下金世祖,紧跟身后的是中常侍万盛与一班随从。

面色威严的陛下在她身前停下脚,不等她行礼叩拜,就被拉入他宽厚的胸前,他开怀大笑道:"皇后将安昭仪请来了?好,朕征战归来,是该畅饮一番。"

"陛下,臣妾……"安如素欣喜异常,忸怩作态地想跪拜行礼,被金世祖霸道地拦住。他拖住她的纤手,并肩前行,笑声爽朗:"在皇后的承华宫,无须这些个繁文缛节。"

"臣妾拜见陛下。"皇后赫连雪云早跪拜食案前,安如素只能见到她头戴的莲花宝冠,垂伏在地。

"皇后,起来吧。万盛,快盛满桑落酒,摆上羊羹。"金世祖解开斗篷,叉腿坐在居中的食案前,急不可耐地高声下令。

"陛下,娘娘可是望眼欲穿,才把陛下给盼来了。"中常侍万盛舔舔发黑的嘴唇,一脸谄笑地端上羊羹与桑落酒。

安如素颇为忌惮这位黑嘴、黑面如黑猩猩的阉人,宫内传言他是残暴阴险的小人,皇后娘娘为何近小人?她不得不做出若无其事的表情,假笑着接受现实。

"朕这樽酒,与皇后同饮。"陛下听得龙颜大悦,他高举酒樽,虎眼投向盛装的赫连雪云。

冷艳的皇后赫连雪云冲着金世祖媚笑不语,她单手扶着莲花宝冠,仰面饮完酒后,双手摘下莲花宝冠,忽而变脸哭得梨花带泪:"陛下,臣妾饮下这盏酒,便是与陛下诀别了。"

"皇后这是说的什么酒话?"金世祖放下刚送至唇边的金樽,抢步到她身旁,用力抱住她。

安如素看得酸溜溜的很不是滋味——皇后这是要演哪出戏?把她叫来就为看

她与陛下演情深意浓的双簧？

"陛下，请废黜臣妾的皇后尊位，夏国就剩下臣妾一人，臣妾如何能独活于世？有何颜面享用皇后福祉，令陛下惹来非议？"赫连雪云扑在陛下怀中，哭喊道。

安如素听得好生纳闷：皇后真的会被废黜？不，不可能，哪个女人愿意自动抛弃这泼天的富贵？不，这不是皇后的真实意图。

"陛下，公主谏言陛下斩草除根，虽能解一时之恨，只怕会落下陛下不仁不义的骂名，还望三思。"

中常侍万盛扶起金世祖入座后，替他揉捏双臂，俯身细说。陛下阴沉着胡须浓密的方脸，咕咚咕咚喝光满樽酒，托腮沉思不语。

"陛下，臣妾愧对花荫公主，恳请陛下将皇后宝座传位安昭仪，赐臣妾鸩酒自裁，以保陛下圣誉。"

满头青丝披散在窈窕后背的皇后赫连雪云，将手上的莲花宝冠塞到安如素怀里，跪爬至陛下身前，啼哭不止。

"安昭仪想当皇后？皇后是朕永远的皇后，谁也休想替代！"陛下虎目圆瞪，如闪电袭击安如素。她被震慑得浑身发抖，手里的莲花宝冠如烫手的山芋，丢也不是，拿也不是。

安昭仪恐慌地望向殿外，希望能有救星出现，只见到婉儿提着食盒，被陛下的守卫拦住。她悔恨地咬住下唇，怪自己太愚蠢，竟被视为姐姐的皇后当成一枚充当炮灰的棋子。

后宫是一盘棋局，也是看不见硝烟的生死场。为了活命生存，人人都可能反戈一击。她强忍夺眶而出的委屈泪水，双手供奉莲花宝冠，扑通跪在地面："不，陛下，昭仪从未觊觎……"

在陛下目光如炬的逼视下，安如素果断地紧闭双唇，申诉无用。她又羞又急，脑中一团糨糊，只得暗暗祈祷奇迹出现。

奇迹真出现了。

"陛下，宽恕安妹妹吧，她到底年轻。"伏在陛下怀中的皇后赫连雪云假惺惺地装好人，中常侍万盛接过莲花宝冠，替陛下驱赶她："还不跪谢皇后恩情？！"

安如素充满恨意地磕头后跪爬出宫，暗暗发誓：她不会再当被皇后任意摆布的棋子了。

【第十章】

重九会宴　中常侍万盛

初逢深秋，便有漠北大风无故刮来，卷起漫天尘土飞扬，裹挟着凄厉风声，不明就里的人会以为是敌军侵犯。中常侍万盛面戴抵挡风沙侵袭的纱罩，在华林园内竞相怒放的菊花丛间疾步快行。

每逢重阳，朝廷都会设菊酒之辰的重九会宴，分封各地的诸王也会返宫，在百花肃杀之季，君臣同席，赏菊话桑麻。

经过一丛丛由白、红、紫、黄、绿各色菊花摆设出"寿"字形的菊花阵，万盛被花阵排头一盆棕黄色的菊花所吸引，这是极少见到的花种品相。他抬腿踹向躬身摆弄花盆的白头宫奴后背，打听这盆菊花的来历。

白头宫奴回身见是他，面色大变，扔掉小铁锹，跪地哆嗦作答："回，回中常侍，此花开时，花瓣会向四周伸展，远望犹如凤凰振羽一般，得名为'凤凰振羽'。"

万盛见他这副怕死的窝囊样，且怒且喜，后宫对他的传言甚嚣尘上，说他残暴无情，陷害旧主敦煌郡公。一帮鸡蛋里挑石头的蠢货，怎么只字不提他保存皇后性命的事？自己不过是遵循各为其主的生存之道罢了。

待那宫奴屁滚尿流跑开后，他方近身凑拢"凤凰振羽"的花蕊，清香盈鼻的花香，穿透面纱，直蹿鼻窦。他暗自揣测，这般稀罕的品种，只能出自江左吴都的富饶土地。

陛下的五位皇子，他最恨太子金曜星，东宫以为他不过是无足轻重的小宦官，就胆敢肆意欺凌他。终有一日，他会让太子和他的部下尝尝小人物反抗的铁拳滋味。

听闻封地在江左吴都的三皇子吴王金曜明是位纵情声色、热衷狩猎的人物。吴王生母左昭仪,虽有雅号"菊夫人",能歌善舞,但并不得陛下宠爱。

风渐小了,万盛把面纱揉成团塞进衣袖,掰碎棕黄色花瓣,丢进嘴里细嚼慢咽,口腔充溢着花朵馥郁的甘甜。他满意地倒背双手,慢悠悠地信步查验。

酉时举办的重九会宴,已遵从陛下诏令,张罗就绪。

丈二高的火炬立在菊花阵前,并扎了牛皮帐篷挡风御寒,这里是华林园的中心,能将园内风景尽收眼底。

时辰尚早,装扮簇新的宫女们鱼贯进出,对他诚惶诚恐地躬身礼让。他冷着脸,吸着清幽的菊香,坐到属于他的席位上,双手拢在袖中,遥望色彩斑斓的秋景。

苍翠底色的松柏林间,点缀数团枫叶的殷红、银杏的金黄、垂柳的青绿、梧桐树的苍黄,层次分明且浓艳的色彩,彰显出秋的丰盛与慷慨。

"吴王金曜明到访。"身后传来带有吴侬软语的软糯腔调,他转头见到通身着亮闪银绸缎锦袍的金曜明,个头不高的他继承了生母的娇小身段,不过五官立体粗犷似陛下,尤其是那对英气逼人的剑眉与目光幽深的丹凤眼,流露出身为君王后裔的不凡气质。

万盛忙挤出笑容,起身迎上前:"久闻吴王英名,今日得见,真乃人中龙凤啊。"

站在他面前的吴王金曜明昂头嬉笑,桂花酒的甜腻气味袭来,如老友重逢,一见如故。

万盛见这吴王在鱼米之乡的江左吴都滋养得皮娇肉嫩,饱暖思淫欲的色目四处逡巡,不由暗自窃喜,这般英雄气短、儿女情长的王公贵族,最好拉拢。

"中常侍的大名同样如雷贯耳呢。哟呵,本王运载的满船菊花,就布好阵了?"吴王金曜明竖起兰花指,点向花团锦簇的"寿"字形菊花阵,得意之情溢于言表。

"江左吴都物产富饶,吴王没带点当地的佳酿庆贺?"万盛忍住笑,这娘娘腔的吴王着实有趣。

"载了上千匹绸缎、百瓮秋茶敬献父皇。对了,平城的达官贵人们,可有饮令人长寿的菊酒习俗？本王想来做场买卖，有劳中常侍当个中间人。"

万盛耳里听见菊花酒令人长寿这话，记起陛下正选址修建炼丹仙居，寻求延年益寿的仙丹，心思一动，笑容可掬地问道："吴王怎么想到拿菊花酒当买卖呢？"

"不瞒中常侍，吴都田垄山涧皆为野菊，本非什么稀罕物，是雅号'菊夫人'的阿娘学当地人亲酿了些菊酒，本王想着不妨多酿些，运回平城，给诸王们尝个鲜。"

金曜明嬉笑着扳起肉嘟嘟的短指头，眼尾的细褶，泄露出他精明的商人本性。

油腔滑调的家伙，说什么尝鲜，不就是想奇货可居，卖个高价？万盛笑得合不拢嘴，也不去戳穿他的真实意图，向他摇摇手："吴王，就不想'菊夫人'亲酿的菊花酒，成为陛下恩宠的法术？"

"那得有劳中常侍指点迷津了。"吴王双眼迸出惊喜的亮光，屈身走到他面前，拿出唯万盛马首是瞻的身段。

"哈哈哈，难得与吴王投缘啊。"万盛喜得与他击掌相向。

酉时到，天色阴沉，所幸无风。万盛命人拆除牛皮帐篷，点燃高耸入云的火炬，刹那间，照耀得华林园灿如白昼。

在花香、酒气的飘荡中，陛下金世祖与皇后赫连雪云身着同色紫红常服，头插紫菊，并列上位；安昭仪称病不来，菊夫人左昭仪大出风头，明黄刺绣绯红蟹爪菊纹的衣衫与月白长裙，包裹住她窈窕如少女的身段。她不时扬起插戴的"凤凰振羽"菊花，心怀不甘地飞眼瞟向陛下身旁郁郁寡欢的皇后赫连雪云。

头戴绿菊的太子金曜星与帽边插墨菊的吴王金曜明相对而坐，暗中较劲。余下诸王，二皇子西平王金曜熙、四皇子临怀王金曜谭、五皇子楚阳王金曜建，均年岁尚小，对皇权不构成威胁。他们温顺地坐在席位上，与他们安守本分的阿娘——三位头插苍黄、杏白菊花的椒房，神色恭谨，默然静坐。

中书博士羊公允、东郡公任伯渊、太医令慕容白等众位大臣都头戴或嫩黄、或淡紫、或殷红的菊花，依席而坐。

鼓乐喧天后，太子金曜星招手唤来一排举案在头的宫女，她们头顶的托盘摆满刺绣精巧的五色茱萸香囊及大捆彩色丝线。

身着翠色锦袍的东宫太子金曜星跪身道："父皇，儿臣从东都贫家采买大量茱萸，缝制成香囊，为父皇及诸位公卿辟邪贺重阳。"

中书博士羊公允慌不迭起身，朝陛下遥拜贺喜道："茱萸自有芳，不若桂与兰。陛下，太子心怀苍生，兼孝心可鉴，日后必为仁厚之君哪。"

万盛见这中书博士羊公允不分时机吹捧东宫太子，心怀不满，总不能任由他一家独大，目光转向吴王金曜明。

金曜明得意地笑着击掌数声，走出位手拎大肚陶坛的精壮大汉，在菊花阵的空地前，俯首称臣。

金曜明跪拜在地，朗声笑道："陛下，儿臣远道前来，带来百坛阿娘亲酿的菊花酒敬献，恭祝陛下万岁万岁万万岁。"

"陛下，吴王孝心可鉴。这菊花酒，酒能祛百虑，菊解制颓龄。"万盛不慌不忙作揖抢答。

"太医令，饮菊花酒可有延年益寿之说？"金世祖望着壮汉手提的酒坛，双眼流露出跃跃欲试的渴求。

"陛下，菊花乃延寿客，茱萸是辟邪翁。两者合用，便能解九日阴厄。"慕容白沉吟片刻，说出口的话是并不偏袒谁的客观公正。万盛听得虚火直冒，不过是一帮只懂明哲保身的厌货！

"陛下，何不一试？莫说菊花酒是吴王千里迢迢运来，这也是'菊夫人'煞费苦心亲手酿制的情意。"万盛说道。

"万盛老奴，速速斟上菊花酒，分赏各位爱卿。"金世祖抽动鼻翼，龙颜大悦地高声下令。

吴王金曜明喜得丹凤眼笑眯成条缝，频频向万盛看过来，万盛目不斜视地指挥宫女开坛取酒。

万盛志得意满地踏步坐回席前，注视着盏底镂刻的金菊图纹的白瓷方口酒盏，眼帘皆是满堂君王重臣，一时百感交集：人生际遇，不过是"贵逼人来不自由，龙骧凤翥势难收。满堂花醉三千客，一剑霜寒十四州"。虽已官至中常侍，足以掩饰过往承受的种种羞辱，但他仍然不知自己的真实身世，他当然不是什么罪臣之后，那都是为了粉饰身世的谎言。唯一清晰的记忆，他是那座生来就是六个指头的东方小部落的孤儿，辗转在不同的首领身后，极尽所能讨取他们的欢心，苟活于世。

他心满意足地饮下满盏菊花酒，甜津津的菊香暖融融地在肺腑慢慢弥散，浸润心房，果真舒畅至极。万盛一时兴起，放下空盏，执起酒壶，对着壶嘴咕咚咕咚喝个爽快。

菊夫人左昭仪如只彩蝶翩飞出来。她挥洒双袖，边随风旋舞，边舒展清脆歌喉，曼声清唱："秋日宴，有双雁，菊酒一杯，歌一遍，再拜陈三愿：一愿陛下千岁；二愿妾身长健；三愿如同云中雁，岁岁长相伴。"

菊夫人舞姿轻盈曼妙，歌声似空谷琴声，余音绕梁。金世祖乐得走下席位，抱起娇小如精灵的菊夫人，揽入怀中，把酒言欢。

万盛留意到受冷落的皇后赫连雪云的位置空着，不知何时，失意人的她已悄然离席了。

只听新人笑，哪闻旧人哭？古今同理。万盛喝掉半壶菊花酒，已有微醺醉意，脑袋不听使唤趴在桌面，耳听陛下含混不清的醉言醉语："菊夫人生养的吴王，倒愈来愈像朕了。"

他心头大喜，总算有个钳制太子的强劲对手出现了。正想注满酒盏，替吴王美言几句，一阵旋风刮来，是陛下的侍卫魏喜在高声禀报："陛下，军情急报，北疆敌寇大军进犯！"

万盛酒醒大半，忙强撑身躯站起来，座中众人都喝了后劲雄浑的菊花酒，趁着酒意，个个面红脖子粗地高声叫嚷着要出征。

金世祖撒开怀中的菊夫人，怒气冲冲指向天边的北方，跌坐扶手椅上，怒骂道："可恨的北方强贼，都不让朕痛快饮完这樽菊酒！"

众人皆沉默不语，似沉醉在空气里飘浮的菊与酒的芳香之中，也似在等待君王的命令。金世祖揉揉眉心的川字纹，漫长的深思熟虑后，果断下令。

"吴王，你留下守护平城。太子，你屯兵漠南，联合朕亲征北疆。"

太子金曜星掩饰不住一脸的困惑与不满，跪爬着向陛下请求更改诏令。

"父皇，太子妃临产，何不让吴王屯兵漠南，儿臣守护平城？"

"怎么？你身为东宫太子，还敢贪生怕死？"金世祖的双眼闪现寒光，万盛迅疾低下头，偷偷将剩下的半壶菊花酒喝个精光。

"朕的诏令不容更改！"金世祖怒不可遏地挥舞勾勒着紫底白色祥云图纹的袖袍，头上那朵碗般大的紫菊掉落下来。

重九会宴不欢而散，打着酒嗝的万盛坐在软轿内，被奴婢们抬出宫，行至半路，抬轿的奴婢们差点摔倒，他掀开轿帘，灯笼照亮处，路中躺着位蓬头垢面的侏儒，双手举块亮晶晶的小石头，哆嗦着不连贯的话语："芍药将离，芍药将离……"

"杀掉这条挡道的六指癞皮狗？"守卫举起佩刀，被他拦住。

"不，带回府邸。"他醉醺醺地放下轿帘，六个手指的侏儒，也许来自他的部落。

【第十一章】

祖制　皇后赫连雪云

失魂落魄的赫连雪云倚靠锦墩，黯然神伤。

"秋日宴，有双雁，菊酒一杯，歌一遍……"

菊夫人左昭仪那穿云裂帛的歌声盘旋耳畔，她如被桂花糕噎在喉，只觉胸闷气短。不自在地抚弄臂上的茱萸香囊，语带讥讽地重复末尾的歌词："三愿如同云中雁，岁岁长相伴。"

鹦鹉正吃力地提着冒热气的木桶，哐当放到地面，侧耳聆听后扑哧笑道："娘娘，那菊夫人是不知'终日打雁也会叫雁啄了眼'的北方老话？"

"她福报好，住在风光旖旎的江左吴都，何曾感受得到北方寒风的刺骨锥心？"赫连雪云不无羡慕地自嘲，扯下头戴的紫菊，把花瓣揉碎成片。

"那江左吴都的北方就不风干气躁，也不会手生冻疮？"鹦鹉神色向往地吐出舌苔厚黄的舌头，舔着苍白唇色，单腿跪下给她捶腿。

"各自安好要紧，你旧伤未愈，何苦眼巴巴又做这笨重活？"赫连雪云解下辟邪香囊，拴在她臂上，不无心疼地嗔怪道。

"娘娘放心，奴婢皮粗肉糙，已无大碍了。"鹦鹉揉揉发红的眼圈，帮她撩起袖袍，赫连雪云俯身热腾腾的木桶，双手浸进暗红草药汁中，试探水温。

辛辣的艾草与老姜的热香猛地冲进鼻腔，呛得赫连雪云眼眶发酸。她难受地抬起头，想起了称病不起的安昭仪，悔恨的泪水滑下来——偏信阉人万盛的谗言，令两人渐生隔阂。

重九会宴，望着本属于安昭仪的那空荡荡的席位，她同样提不起半点精神，哪怕是敷衍陛下，也万般不愿，幸有菊夫人的刻意邀宠，她得以脱身离去。

中常侍万盛出手帮她保存后位，她终难对其放松警惕，她比谁都看得清楚：宦官万盛不过是蝇营狗苟的势利小人，怎会平白无故对一个人不计回报地帮助？他不是图谋更长远的利益，就是无事献殷勤，非奸即盗，居心不良。

"娘娘，你说这中常侍该不是因为愧对敦煌郡公的死，转手相助娘娘？"一根筋的鹦鹉自作聪明地猜测。

"为了活命，各为其主，有什么好内疚？"赫连雪云不置可否摇头冷笑。

"该不会是垂涎娘娘美色？"这傻乎乎的鹦鹉，说出口的话愈来愈不着边际了。

"他是被阉割的黑猩猩。"赫连雪云加重语气，要她对这位连太子都敢口出狂言的宦官别抱任何幻想。

赫连雪云把湿淋淋的双手凑近鼻端，贪婪地吸着这奇特的草香气息。随后并拢双腿，鹦鹉忙帮她褪下鞋履、罗袜，捉住双足放进水温适中的桶内，赫连雪云闭上双眸，享受脚心被滚烫热水浸泡的痒酥酥快感。

"娘娘，这菊夫人复宠了，会不会对太子不利？"

鹦鹉闲不住地胡乱猜想，听得她一愣，重九会宴上，太子金曜星的茱萸香囊明显比不上吴王金曜明敬献的菊花酒深得陛下欢心。

"你是说，菊夫人与陛下鸿案相庄了？"

"是掌灯的宫女说漏了嘴，陛下在菊夫人的思南殿安寝。"

赫连雪云顿感寒意袭来，双臂抱在胸前，往事涌上心头。左昭仪、安昭仪与她，三人都是以战败国的公主身份入宫，算是同病相怜，可能是前世的逆缘，她对这善以歌舞媚主的左昭仪带有天然敌意，便以终南山崩为由头，魅惑陛下将居住在思南殿的她驱赶出宫。

谁料到，她能如此快速卷土重来？自己也失去安昭仪这位同盟，倘若左昭仪联手安昭仪……赫连雪云的心脏骤然收缩。

"安昭仪的病……"她犹豫着睁开眼，为了自保，曾利用了安昭仪，还得择机向她主动示好。毕竟，在这后宫，哪有永远的敌人，仅有永远的生存利益。

"娘娘糊涂，那才高性烈，自以贵姓的安昭仪不过是在找托词，读过书的女人就是不好糊弄。"鹦鹉弯下肚腩一圈赘肉的肥腰，替她揉捏双足。

赫连雪云不满地训斥她："本后岂不知她在装病？总不能去戳穿她的把戏？

横竖是本后思虑不周，引得她误会，怨恨本后也是情理之中。"

赫连雪云思忖半晌，一时也拿不出别的稀罕物品，照例送时令糕点，就当去探探她口风。

"趁天色尚早，装一屉桂花糕，拣些紫菊、墨菊、绿菊，你送到玉烛殿去。"

"娘娘，听华林园花农说，菊夫人头戴的棕黄菊花，是新培植的品种，名为'凤凰振羽'，比起墨菊、紫菊还少见呢。"

想起菊夫人轻佻的舞姿，头戴那硕大醒目的棕黄菊，赫连雪云就恨得咬牙切齿——目无尊卑的荡妇，胆敢把野心插戴在头？

她克制着内心的嫉恨，浅浅一笑："好了，就你话多！"

鹦鹉吐吐舌头，继续唠叨："中常侍大人那里，不略表谢意？"

想那中常侍在陛下面前，借了延年益寿的菊花酒，暗示吴王金曜明的孝心比起太子有过之无不及呢。他们恐怕早就狼狈为奸了。赫连雪云便摇摇手："罢了，权高位重的中常侍哪里看得上本后的这些常见之物呢。"

木桶的草药水渐渐冷了，鹦鹉麻利地为赫连雪云穿好新罗袜，套上鞋履。她站起身，整个人顿觉神清气爽。

在这座深宫，身为赫连家族唯一存留的活口，她侥幸能保住后位已属万幸，是她运气好，还是仰仗中常侍助力？她归纳为命运使然。陛下爱惜身后的名声，只得假装仁慈不杀掉她，也不废黜她，不过是为博取史家书写的圣君威名。

她不用感激谁，谁也不是无辜者，谁都有各自的小算盘。日后，平安无事就算大吉了。徘徊在流苏飘动的罗帐前，赫连雪云毫无倦意。

红烛的灯花哔哔跳动，上苍诸神还会眷顾孤苦伶仃的我吗？她仰望星星稀疏的夜空，一道明亮的流星划过，在天边拖着长长的尾巴，见此天象，她有些后怕，数月前，太卜令黄济城得出"公卿诛族"的天象预语，她还以为是妄语，直到敦煌郡公叛国被诛，才豁然醒悟，天象征兆绝非空穴来风……

心有余悸的赫连雪云走下台阶，站在空庭合掌祈祷，望诸神赐天下国泰民安。

"娘娘，安昭仪闭门不见，也不收礼。"高墙阴影里，碰了一鼻子灰的鹦鹉两手交替提着食盒，身后是捧着菊花盘的宫女，垂头丧气地躬身禀报。

"这才是她刚绝的本性。"赫连雪云拿手指掸了掸鹦鹉油乎乎的额面，不怒反笑。

星空暗沉，夜寒如冰。赫连雪云拉起鹦鹉的胖胳臂，强打起精神笑道："走吧，睡个踏实觉，明日又是崭新的一天。"

躺在深紫的流苏帐内，赫连雪云在阔大的床榻上辗转难眠，鹦鹉粗鲁的鼾声响彻整座寝宫，也只有这没心没肺的奴婢，方能享受沉睡的美妙。

她迷迷糊糊合拢双眼，见到皇后的莲花宝冠飘飘荡荡飞出永安宫，被一个有六个手指头的侏儒稳稳抓住，歪歪斜斜戴在他乱如野草的脑袋上，她又惊又急地追着他，要去抢回属于她的宝冠。

那六指侏儒冲她咧嘴傻笑："这只是一个傀儡的摆设，你还当个宝贝？"

"还给我，那是属于我的宝冠。"她伤心地坐在地上嘤嘤哭泣。

"愚昧，这不过是嗜喝人血的魔咒。"六指侏儒摘下莲花宝冠，掀翻底座指给她看，赫连雪云凑近一瞧，里面挤满了血淋淋的人头！吓得她心儿扑通扑通乱跳，但她强迫自己没有尖叫出声。

"我已经一无所有了，唯有它，它是支撑我活下去的信念。"她意志坚定，冲六指侏儒大哭大喊。那侏儒顿如泄气的皮球，把莲花宝冠扔回给她。

赫连雪云抱紧失而复得的宝冠，睁眼醒来，怀里空空无物，原来是场噩梦。鹦鹉的鼻鼾响声如雷，烛台上快燃尽的红烛，忽明忽暗飘摇不定。

她走下床，将四壁的烛台全换上新的红烛，用剪刀挑出烛芯，火苗嘭地蹿得老高，沐浴在橘红色的烛光里，打开装莲花宝冠的樟木箱，见这宝贝好端端地静卧里面，这才放心地钻进被窝躺下，暗自祈祷能做一个温馨明亮的好梦。

次日清晨，赫连雪云用完早膳，鹦鹉就来禀报，含章殿太子妃吕金瓶那边来人请她过去。

赫连雪云心头一紧，出发前，特意望望天，秋高气爽的靛蓝天幕，流动着丝丝缕缕的云朵，风和日丽的祥和，不像是凶险的天象。她边步伐从容登上轿辇，边问随行的小宫女：

"莫非是太子妃提前临产了？"

"不，太子妃与殿下发生口舌，许是要娘娘劝架嘞。"疾步奔跑的小宫女口齿伶俐，清脆作答。

赫连雪云撸起金线织就菊花图纹的袖袍，痴痴凝视洁净白皙但有细纹的手背，暗自责备太子也忒不明事理了，何事不能忍，定要与孕中的太子妃争个高低。

下轿跨进含章殿，赫连雪云就感到寒意扑面而来，庭院水缸里生长的绿植全被拔光了，冷飕飕的风吹在薄霜覆盖冻结的水面，静止不动。

"娘娘，请为妾身做主。"带着哭腔的太子妃吕金瓶，鬓角插戴棕黄如碗大的菊花，与她身披的金钱豹纹斗篷相得益彰。

她双手护住圆如箩筐的腹部，颤巍巍走来。尽管还未入冬，但她已脚套长及膝的麋鹿软靴。

"进殿说话。"赫连雪云侧目瞧了瞧她头上那朵棕黄菊，修长的花瓣伸展成孔雀开屏的姿态，必是什么"凤凰振羽"了，那荡妇却会讨好年轻的太子妃，她面露不屑，本想问问她这菊花的事，继而瞥见太子妃双目红肿，把那嫉恨心也丢了，挽住她臂膀，两人并肩同行，踏进暖和的殿内。

凌乱的地面洒了一摊白花花的羊奶，滚落着好几个空酒盏、十几个茱萸香囊，宫女们正忙着清扫。

"怎会一大早就饮酒了？"赫连雪云不悦地转头问她。

"陛下派太子殿下屯兵漠南，他不满陛下安排，就冲妾身大发雷霆……"吕金瓶手捏锦帕，擦拭眼窝的泪痕，满腹委屈地垂首嘟哝。

"陛下又要征战？"

"对啊，陛下占领燕国龙城，把燕国帝王驱逐至辽东，俘获的一批燕国女俘即将抵达平城，不过，安昭仪尚不知情。"

赫连雪云听得噤若寒蝉，夏国灭亡了，燕国也灭亡了，陛下真是神勇啊。她静默许久，方回过神来，强颜欢笑："他是太子，自然想守在平城，陪你待产，你何不让让他？"

说话间，赫连雪云下意识地抬眼望向万寿宫的方位，猜出太子情绪暴躁，怕是因为吴王金曜明归来，引起他的恐慌。

两人侧身坐在铺了兽皮的长榻上，吕金瓶双手交叉，盖在鼓鼓的腹部。

"娘娘不知，莫说妾身，就是中书博士羊公允的忠言，太子殿下也不一定听得进呢。呀，不能哭了，皇子在踢人了。"她破涕而笑的侧脸，轮廓秀美，黑如点漆的双眸，闪耀着母性的慈光。

"你就这么肯定是世子？"赫连雪云不禁愕然。

"太医令慕容白把脉了。"吕金瓶甜甜的话音里，溢满喜悦之情。

赫连雪云想得深远，胎儿出生，立为世子，她这位年轻的阿娘就命在旦夕了。不免对她心生怜悯，握住她柔若无骨的手，摩挲着这纤纤玉手柔滑细嫩的手背，赫连雪云轻声叹气："你可知祖制？"

"娘娘是指哪一道祖制？"吕金瓶的手轻微地哆嗦了下，赫连雪云敏锐地感受到她隐存的恐惧。

"你应该听闻过，'子贵母死'的祖制。"她伸手搭在吕金瓶披了豹纹的厚实肩上，尽量以轻言细语的语调对她说道。

"听过了，子贵母死。"吕金瓶的眼泪唰地喷涌出眼眶。她强忍住伤悲，双肩耸动，无声抽咽。

"怕了？"赫连雪云也觉惨然，她没当过母亲，但她亲身经历过与亲人生死相隔的惨痛，那是世间欲哭无泪的剜心之痛。

"怕。不，不怕。"吕金瓶倔强地挺起脊梁，慌乱地抬起手背揩干眼泪，鼻音浓重地点点头，继而又拼命摇头否认。

赫连雪云爱怜地摩挲她柔滑的乌发，凝视她柔嫩如花瓣的面容，饱含激情与希望的天真笑容，她自己都还是个孩子啊。

她的心一动，既为皇后，她应该为这孩子气的太子妃做点什么，尽尽她这皇后的职责。

"太子妃，子贵母死的祖制，是先帝为了防止母权干政，朝廷内讧，引发天下大乱，不得已的举措。"她语重心长地拍拍她披了斗篷的后背，金钱豹纹的毛发顺滑，手感极好。

"娘娘，妾身懂。"吕金瓶乖巧地笑了，面颊滚动的泪珠，晶莹剔透如东海的白珍珠。

"陛下会为世子找位乳母抚育他成长……"她语调喑哑，不忍继续说下去。太残忍了，对于一位正值豆蔻年华的阿娘，谈论起与尚未出娘胎的幼子的生死相别。

"妾身不想死！娘娘，后宫的夫人们，皇后，你心最善，帮帮妾身……"吕金瓶突地转喜为悲，拉着她的衣袖，哀求道。

赫连雪云一时语塞，这是谁都无法撼动的祖制，她怎么能左右陛下的意志呢？

陛下的乳母薨逝后能尊称为保太后，太子殿下的乳母可没那么幸运，太子殿下刚登基,她就乐极生悲,被皇后赏赐的年糕噎死了。

"娘娘,那,那妾身恳请娘娘帮忙找位乳母,能视世子为己出。"吕金瓶等不到她的回音,急切地攥紧她的手腕。赫连雪云感到被她指甲掐进皮肉的疼痛,忙挪开她的手,以温柔的语调,安抚她那颗陷入穷途末路的绝望与悲怆的心。

"本后答应你就是了。"

赫连雪云思忖着要把这个人情让给母国已不复存在的安昭仪,重新笼络她,站回自己的列队。

【第十二章】

思南殿　菊夫人

菊夫人与奴婢秋菊合力搀扶着迈着踉跄醉步的金世祖，跌跌撞撞走进红烛高燃的内殿。两人将身躯笨重的金世祖安置在白玉床上，醉意蒙眬的他发出几声含混不清的咕哝后，双拳握于胸前，仰面睡着了。

借助明亮的烛火，菊夫人边捶捶酸麻的胳膊，边目不转睛地凝视着桃红流苏帐内熟睡的帝王：皮肤粗糙的酡红双颊，是风沙摧残的刻印；眉头紧皱的焦虑，是一刻也不敢松懈家国大事的忧心忡忡。

他是只孤独的猛虎，他也是只孤单的雄鹰，他是她的神。她比任何女人都爱他，爱他的残忍无情，爱他转瞬即逝的温柔，爱他暴躁无常的本性，爱他的优点与缺点、肮脏与崇高。

他也会同样爱她吗？明显不会。身为国君的阿爷曾告诫过她，不要去妄想帝王的爱，尽管去深爱他，不计回报地深爱他。她谨遵父命，老老实实照做了，却得来个不吉的罪名，被驱逐出宫。

金世祖发出轻微的鼾声，菊夫人轻轻掰开他的双拳，仔细端详。这双手背密布油脂旺盛汗毛的手，五指短粗，指肚、掌心均磨起奶黄色的厚茧。这是使用镇山宝剑的帝王之手，她曾被这双帝王的手温情地抚摸过，也被这双手无情地扇打过。

菊夫人感伤地亲吻他毛茸茸、略带奶腥汗酸味的手背，将其搁在刺绣玉兰花团绕仙鹤的被面上。

她的内心已激不起一点波澜，中年夫妇的久别重逢，是相看两不厌的寡淡。正自嘲时，陛下一个翻身，屁股朝她不客气地爆出连串响屁。纵然他在酣睡中，她仍不敢发笑，只以衣袖挡面，蹑手蹑脚快步至殿墙，推窗透气。

冷飕飕的夜风吹来，脸颊竟有被芦花尖锐的叶片刮刺的痛感。菊夫人赶紧回头，打着手势要奴婢秋菊给陛下添床锦被。

她踮起脚，正欲关窗，见深蓝天幕划过一道拖着长尾巴的白光，如电闪雷鸣的流光飞影，倏忽不见。

该不会就是传闻中的扫帚星？菊夫人闷闷不乐地关闭梅花窗，坐在扶手椅上呆呆出神。

书案上摆有锃亮的大肚白瓷花瓶，内里插了数株碗大的棕黄菊花，在雕刻着牡丹花纹的红烛映照下，昭示着秋日丰盛的喜气洋洋。

她摸出插在灵蛇发髻的棕黄菊，拿在指间把玩，纤细的花瓣有些萎缩，菊夫人爱惜地将茶盏内的清水淋在花瓣上，依旧插戴上鬓边。虽会有人嫌弃"凤凰振羽"色彩艳俗、热闹，但这是她所喜的品相与色泽。

后宫夫人眼界高：皇后娘娘赫连雪云地位尊崇，神秘、华贵的紫菊是她当仁不让的必选；玉烛殿的安昭仪是位喜爱读书的女教书，红红黄黄的颜色，入不了她法眼，透出书卷墨香的墨菊适宜她；其余三位出身卑微的椒房，虽各有皇子，但也只配插戴黄、白色的寻常之色，审时度势后，她只给待产的太子妃挑拣些"凤凰振羽"送过去。

"夫人，喝下这盏蜜糖菊花茶，润润嗓。"面目姣好的秋菊款款走来，秋菊是她从吴都新买的奴婢，悉心调教后，也能弹奏几首曲子糊弄外行。

"秋菊，该习唱腔了，先练习本夫人的新作《青玉案》。"菊夫人接过青釉碗，抿嘴啜饮带有微苦回甘的菊花蜜糖水，指着铺在书案上字迹娟秀的黄麻纸，那是她用楷书写就的《青玉案》："一年秋事都来几，早过了、三之二。绿暗红嫣浑可事。思南庭院，清风帘幕，有个人憔悴。　　买花载酒吴都市，又争似、家山见菊黄。不枉秋风吹客泪。相思难表，梦魂无据，唯有归来是。"

在重阳节的前月，菊夫人就托了东郡公任伯渊，将这新填的词转达给虽不通文墨，却喜附庸风雅的陛下。冒着孤注一掷的赌徒心理，竟等来了召她与吴王回宫贺重阳的秘密诏令。

她对这首神来之笔的词，寄托浓厚的情感——或许，它会改变她备受冷落的命运。

"是，夫人，时候不早了，请夫人安寝。"秋菊是典型的江南佳人，白皙的鹅蛋脸，五官精致立体，身段柔娜，语气娇滴滴——她符合大多数男人的审美趣味。

"再过些时日，带你向学富五车的东郡公任伯渊拜师，学点天象术数。"

"夫人，女孩子家，学什么天象术数？又不是要当巫婆子。"秋菊睁大明亮的杏仁眼，甩动双环发髻，极不情愿地小声抗议道。

"技多不压身，趁年轻多学点，才能应付得了你漫长的人生。"菊夫人原谅秋菊自以为是的娇嗔。数落她几句，伸手抓起搭在椅背上用金线勾勒的蓬勃盛放的菊花蓝底斗篷，走出内殿，经过穿花长廊，向偏殿走去。

外间风寒霜重，她毫无困意与怯意，漫步幽暗烛光的廊下，菊的芬芳如迷魂香，令她神经高度亢奋。

终南山崩塌，陛下以她居住的思南殿有南字当借口，认为她是不祥之人，会带给诸王灾祸，将她驱赶出宫，随同吴王抵达江左吴都生活。

她自认倒霉，真以为是自己命途乖蹇。从此，她遍访江左吴都的各门派的高人神算子，挨个测算命运的奥妙。

有位住在荒郊野外山洞内的和尚，擅长用诸葛神算断命，拿出红绳，比量她的手指头长短，背出她命运的口诀歌："利在中邦出战征，一番获丑在王庭。凤衔丹诏归阳畔，得享佳名四海荣。"

她坚信这和尚的断语，自己绝非不吉的小人物，吃下这枚定心丸，便想方设法等候重回宫廷的时运。

站定廊中间，回望熟稔的殿堂前后，菊夫人不由唏嘘感叹。当年取名思南殿是为顺从陛下想去终南山修道之意，最后反而成为祸害的根源。在终南山之崩的错误与失败面前，她深刻体会到个人力量的渺小与无力。

不能再犯错了，她要浴火重生。望向黑暗中看不清字迹的殿门牌匾，菊夫人下定决心，要请求陛下把思南殿另择个大气、华贵的雅名，补偿她曾遭受的厄运。

"夫人，陛下醒了，嚷嚷着口渴呢。"秋菊一惊一乍地飞奔出来，双眼透出恐慌的神色，活脱脱就是当年的自己，没经历过生活的摧残与暴风雨的洗礼，只会手足无措，任人欺凌。

"世间男子，岂会去爱慕行为举止慌乱的女子呢？多小的事啊，给陛下端来石蜜菊花水就是了。"菊夫人掉头前行，语气严厉地教导她。

当她跨脚进去时，就见穿戴齐整的金世祖撩开桃红流苏帐，走下床来。

"陛下，夜已深，怎么不安寝歇息？"菊夫人走到他身旁，温言细语笑道。

"朕还头疼北疆征战的事咧。这菊酒确能令朕安神，这一觉睡得甚为畅快！"金世祖惬意地伸展四肢，伸出手臂，揽过她腰肢，亲吻她高耸的灵蛇发髻，算是对她亲昵的赏赐。

身为后宫众多夫人之一的她，从金世祖眼里的欣喜之色中，看清一个无情的现实：不必掏心掏肺去爱君王，只需要做出关爱他的表面功夫就好，君王真正需要的并不是女人的爱，他需要的是能替他分担烦恼的左臂右膀。

菊夫人微微低垂脖颈，浅浅轻笑，她了解自己，这般姿态，会显得她温婉动人。

"陛下，妾身愿长居后宫，为陛下复奉巾栉，与陛下如那云中雁，岁岁长相伴。"

"朕也有此意，才特意安排吴王驻守平城。嗯，只恐这思南殿并非福地……"陛下突然松开搂住她腰身的手，一时间犹疑起来。

都过去三年了，他还疑神疑鬼吗？菊夫人不禁大为懊恼，又不敢有半分流露。终南山崩的自然灾害是陛下未释怀的心病，他本就疑心重，年岁渐老后，变得更为猜忌多疑。

她焦虑地扶额思虑，该如何打开陛下的心结呢？着通身明黄衣裙的秋菊，如一片轻盈的银杏叶飞落进来，陛下随意地斜瞥了她一眼。菊夫人上前接过秋菊端来的石蜜菊花水，摇头要她退下，秋菊是她处心积虑磨炼的利器，尚未成气候。

"陛下，不如请太卜令来换个殿名，调整风水，化凶为吉？"伺候陛下喝掉石蜜菊花水，在帮他擦拭唇边水珠时，菊夫人灵机一动，此契机岂非天遂人愿？

金世祖倒背双手，在室内来回踱步："还是不可大意，数月前的天象征兆，就应验了敦煌郡公叛国祸事，连皇后也想不到。"

菊夫人小心谨慎地察言观色，右手摸摸头插的"凤凰振羽"，生怕歪斜，失去仪态分寸。

"这种易理术数，自然是学识渊博的中书博士羊公允、东郡公任伯渊这些重臣们知晓，皇后娘娘始终是女流之辈，想不到也是正常。"她寸步不离帝王身后，谨言慎行。

"皇后赫连雪云应该略知一二啊，终南山崩塌，驱你出宫，就是她指出的化解方法。"

菊夫人如五雷轰顶，后背发冷，双腿战抖不止——难以置信，竟然是皇后在背后使阴招？眼前晃过皇后赫连雪云那张美艳绝伦的面孔，嘴角甜笑时露出的迷人梨涡，赫连家族出大美人，天下皆知。姿容艳绝后宫的皇后，地位尊贵的皇后，究竟是为了什么，究竟是要贪图什么，偏偏来对付比她弱小的昭仪？

金世祖面露疲态，张嘴打出几个呵欠，步伐懒散地来到白玉床前，龙躯歪坐睡榻，向她暧昧地笑着拍拍床榻，意思不言而喻。

"陛下，妾身让奴婢秋菊伺候陛下就寝。秋菊年方二八，豆蔻年华，又乖巧伶俐……"

她哪有心情寻欢作乐？强颜欢笑的菊夫人，步步后退，退到殿前的门槛旁，再也没有了退路。

"凤菊，明日朕就令太卜令黄济城来思南殿察看地形，重拟殿名。"金世祖以难得少见的惊喜语调，在她桃红流苏的温柔帐内，絮絮念叨。

菊夫人乍听陛下尚能记住她的芳名，不由得悲喜交加。她深情地回身望向陛下，以为能与他四目相对，哪想看到的是陛下的后背黑影，暗嘲自己多情。

立在门前的秋菊探出头来，想着这把钝刀子也能割肉，菊夫人攀住秋菊尚显柔弱的肩，附耳命令她："秋菊，侍寝。"

【第十三章】

墨菊　安昭仪

　　玉烛殿内烛火昏暗，阴风从窗棂漏进来，吹得桌上以雄狮羊脂玉镇纸压着的黄麻纸噗噗作响，安如素感到脚心发冷，忙将旧狐裘披在肩上。

　　黄麻纸上干透的字迹，散发出隐隐墨香，这是她写好的家信，正在等候信使的到来。

　　往年的重阳节气，故国都会派出使臣带上腌制的海鱼、晾干的海参等贡品敬献朝廷，借此机会，她把写给父皇的信函转给使者，顺道叙叙乡情。

　　该不会是宫廷发生兵变？安如素拽住狐裘的手一松，转而自我安慰：父皇日渐年迈，怕是长兄忙于登基祭祀，疏忽了朝贡也不一定。

　　故园燕国处环海腹地，中原的重阳时节，正是捕获丰盛海产的时机。她并不嗜好众人趋之若鹜的肥鱼、鲜虾，只喜好以生姜、橘皮屑炙烤的牡蛎，那还是因听闻牡蛎能有驱寒暖胃的功效。

　　皇兄们嘲笑她都不属于掌管这大片海域之疆的女儿，她也不去辩解，各人自有其天性，她的五脏六腑适应的是豆粥、奶酪、牛肉、羊肉。

　　外面传来噔噔的脚步声，安如素以为是送信的使者到了，满怀期待转过头去，却是怀捧绿菊的侍女婉儿。她掀开殿门竹帘，踏步进来，将菊花平放桌面，不识愁滋味地嬉笑说道：

　　"安昭仪，华林园那边好不热闹！菊夫人在放声高歌呢。"

　　大失所望的安如素瞅了眼蔫头耷脑的绿菊，忍不住叹气，大大咧咧的婉儿又记错了，自己爱的是暗紫浸透出墨色的墨菊，并非绿菊。

"既然去了华林园，怎么不选几盆墨菊带回来？把这比晒蔫的青菜好不了多少的绿菊当个宝？"她拢了拢鬓角的发丝，语带不满地训道。

"哎哟，安昭仪恕罪，奴婢拿错了，这就去换回来。"婉儿眨巴着她的金鱼泡眼，摆摆梳着双环发髻的大脑袋，跺脚甩手，便要急吼吼地抬腿离去。

安如素以眼色拦住她，随手选了朵怒放的长瓣绿菊，插在她发间："算了，夜里风大，跑来跑去出身冷汗，容易伤风感冒。"

婉儿兴奋地跑到铜镜前，烛火微弱，看得不甚分明。她手脚麻利地换上对新烛，灯火明亮中，她瞧了眼铜镜里戴花的女郎，那金鱼泡眼笑成团，转身跪下谢恩："奴婢谢过昭仪不罚之恩。看昭仪神情悲戚，是因为故国使者未到吗？兴许是路途遥远，加之天气缘故，迟几日也是常理。"

安如素怎会向地位低等的奴婢袒露心扉？她抿抿嘴，坐回扶手椅上吩咐她："拿些吃食来充充饥。"

"哎呀呀，奴婢都忘了，膳房分发烤羊排、奶酪、菊花糕；菊夫人赏了她亲酿的菊花酒。"她拍拍手掌，爬起身，乐颠颠地跑进内室。

亲酿的菊花酒？安昭仪心思一动，菊夫人这是有备而来呢。

"昭仪，今儿过节，就别看书了，来场酩酊大醉吧？"获得她的首肯后，婉儿喜滋滋地跑前跑后，把绿菊注水插进花瓶，搬了几案，将吃食、菊酒摆得满满当当后，主仆二人相对而坐。

握住土陶的黑釉色酒盏，安昭仪呷了口菊酒，苦中泛甜的滋味在口腔流窜，满嘴生津。她伤感地舔了舔唇，将整盏菊酒全灌进喉咙，让它流进心田，在自己这副被忧愁包裹的肉身漫游。

婉儿夹了块晶莹剔透的菊花糕，想必是时间放久了，褐色透明胶着的膏体凝固了，丝丝缕缕的花瓣如女人发丝镶嵌其中。她鼓起腮帮，卖力咀嚼。

"昭仪，怎会托病不去华林园看热闹？"婉儿含混不清地问道。

热闹是别人家的，她去凑什么劲！暗地里也是在与皇后赌气呢。视为姐姐的皇后拿自己当棋子摆布，惹得陛下嫌弃，还以为她有非分之想。这口怨气，她忍不下！三两盏菊酒落肚后，腹内暖意升腾，安如素摸摸发烫的面颊，拣起条撕碎的羊肉，语焉不详。

"本来也是有病啊，心病难道不是病？"

"嘻嘻,菊夫人的吴王已成人了,可她看上去与二八娇娘并无区别,娇艳得不得了。"婉儿端起酒盏一饮而尽,豪迈地撸起袖笼,手抓块羊排,放在口里大啃起来。

"你如此仰慕菊夫人,不如改换门庭伺候她去?"安如素白了她一眼,虽然窝了一肚子无名怨气,但面上看不出丝毫动怒的迹象。在皇宫长大的她,看多了宫中那些稍有不慎就人头落地的惨剧,早已练就宽厚隐忍的功力和喜怒不形于色的城府。

"昭仪可不要抻练奴婢,菊夫人带了位怀抱琵琶的江左佳人呢。"婉儿放下啃得精光的羊骨头,金鱼泡眼撑得眉毛耸立,额面细纹突显,把她的责备之语当了真。

不过是故技重施的老套,陛下会缺年轻美貌、擅鼓琴的女子吗?安昭仪撇嘴冷哼,加大力度咀嚼嘴里的羊肉。

"斟酒来。"醉眼迷离的她不服输地抖动双肩,残旧的狐裘滑落在地也不管,甩手将空盏推过去。

酒后的婉儿,大脸青一块、红一块,像颜料涂色不均的染布。她单手拎起酒坛,喘息着搁在桌上,双手叉腰叫嚷道:"好咧,昭仪,就来个一醉方休!听那黑面宦官中常侍神秘兮兮地直夸这菊酒能年延益寿呢,也不知真假。"

见她面色青红的可笑醉态,安如素暗中嘲笑她是酒壮怂人胆,这也是父皇用来指责生性懦弱的皇兄的口头禅。

这奴婢真是螳臂当车,这点酒量还胆敢与她叫板?宫里酒宴多不胜举,什么桂花酒、千日醉、梨花春,但凡能叫得上名的佳酿,她可是能对付一坛子的海量。

安如素独自将剩下的半坛酒倒满两只酒樽,也觉双臂酸麻,一下跌坐椅上,指着她笑道:

"你这蠢材,还不趁着尚有力气走路,速去关好月洞门,躺下歇息?"

"昭仪还不安寝吗?"婉儿双肘支撑桌上,张嘴喷出酒嗝,金鱼泡眼红通通如红眼兔子。她话音刚落,双臂抽风般摆动,身躯晃悠数下栽倒地面。

安昭仪笑得直不起腰——这就是她的贴身奴婢,本该伺候她,反倒成了主人照顾她这个小奴婢了。

笑罢,她捡起旧狐裘,摔在她身上,权且是遮盖住她发出的刺耳鼾声。

殿外有人在焦躁地嘭嘭撞击门环，夜风呼呼刮来，冷得浑身发抖。她捏住鼻头，躲在殿门后，装出是婉儿的大嗓门："谁啊？"

"婉儿姐，是承华宫的鹦鹉，娘娘赏赐了安昭仪些菊花、糕点。"

皇后娘娘这是黄鼠狼给鸡拜年吗？酒气上涌，安如素脱下惯常以宽厚与隐忍编织的铠甲，气哼哼地回道："不必了，安昭仪已安寝。"

随即，她踮起脚，紧贴门板，竖起耳朵听墙外动静。"这，这是什么理！还敢驳娘娘情面？"想来那鹦鹉也不是有耐心的人，她愤怒地哼两句后，就噔噔噔跑远了。

安如素方觉得浑身舒畅！她步履轻盈，关好月洞门，跑进殿内，盘腿坐在方案上，爽快地一气喝完满金樽的酒！

"痛快！痛快！……"酒兴大发的她情不自禁地连声高叫，不经意说出嘴的话语全是辽东故国的乡音。

回想起在故国宫廷与父皇诀别时，父皇要她承诺，做到三年内不令大魏国兵将踏过燕国边境一步，以保障燕国的和平。

他们把她当成猎物送给陛下这头猛虎，以此换取暂时的安定局势，他们以为自己被封为昭仪后就能一劳永逸？陛下是宠爱她，可帝王的宠爱有期限，后宫最不缺年轻貌美的女子啊。

或许，在重男轻女观念严重的父皇眼里，她这个女儿的使命，就是替代本该来大魏国当质子的皇兄的牺牲品？

无数次失眠的深夜，她就会控制不住胡思乱想，内心最深层的恐惧就是担心这便是真相。一时间，泪水迸溅，她拿起锦帕蒙住脸，闷声恸哭。

锦旗招展，卫士如林，到了长满紫穗狼狗草的荒原，就该洒泪挥别了。盛夏的狼狗草是一片雾蒙蒙的浅紫色，呈现出充满诗意的哀愁与盛放的壮观。

始终对她不离不弃的阿娘也只能陪同到此。

她抱住阿娘柔弱的双肩痛哭流涕地赌咒发誓，如果有来生，她宁愿不生在皇宫。

"乱世让每个人都伤痕累累。女儿啊，你以为不托生皇宫，就势必快乐无忧？众生皆苦，且堪忍着吧，会有云开雾散的好时节。"

阿娘无力的抚慰就如她孱弱的娇躯，望着阿娘苍白的面庞，安如素痛苦地垂下头，她只感到伤心与脆弱像缀满珍珠的沉重花冠，压得她抬不起头来。

夜风呼啸，烛苗摇摇欲坠，随之扑灭，黑暗袭来，哭累了的安如素终觉身心俱疲，倒在榻上沉沉入睡。

雪花飘飘洒洒，她身裹鸦黑连帽斗篷，孤身骑行，奔向远方的故国城墙。她来到熟悉的紫穗狼狗草荒原，这里已被积雪覆盖，枯萎的狼狗草在薄雪中冒出一茬茬苍黄的草叶残茎，萧条中透出无限凄凉。

雪花簌簌飞落，与面上融化的脂粉，凝聚成冰冷的水珠，如她悲苦的泪水悄然滑落。

寒风发出急促的呼号，雪下得愈来愈大，胯下骏马突然裹足不前，仰头嘶叫。她伏在马背，瞧见雪地上露出半面烧毁的黑地绣金龙旗帜，恐惧使得安如素浑身战栗，那可是插在故国皇宫城墙的旗帜！

难道这里又发生过两军对垒的血战？正欲下马，雪花漫舞的半空，遥遥听见有人在召唤她。

"昭仪，快醒醒，皇后娘娘要请昭仪到承华宫用晚膳。"

安如素刚睁眼，还没从梦境里完全清醒，神色焦虑的婉儿瞪大布满红血丝的金鱼泡眼，急不可耐地将她扶身坐起。

"不必乱了手脚，不就是晚膳吗？"惊魂未定的安如素揉揉眼，懒散地伸伸胳膊，还在想着梦境里显露的旗帜是否有什么寓意。

"昭仪，那承华宫的鹦鹉，虽说赏赐了些墨菊、糕点，可那张脸啊，垮得嘴角都掉到下巴啦，也不知哪里得罪她了，还是女子变老就会成这面目可憎的嘴脸？"婉儿端来铜盆，拧着面巾，碎嘴婆婆样叽叽呱呱说不停。

安如素当她的埋怨是耳旁风，接过热腾腾的面巾，边擦脸边思忖她不能再以托病为由，抗拒娘娘的邀请了。

"少说点废话，好好梳妆。"她将面巾朝婉儿脸上摔去，堵住她继续唠叨的碎嘴。

暮色连天际，梳了飞天髻的安如素，特意选了墨菊插戴鬓间，携了婉儿，缓缓来到承华宫。

宫女手执灯笼，将两人迎进正殿，拾级而上的安如素，忐忑不安地站在灯影下，透过紫色纱帘，能瞥见影影绰绰好些人影，她迟疑着长呼一口气，在婉儿的搀扶下，踏足进去。

一股奇异暖香飘来，是盛装的皇后娘娘赫连雪云，她迎风摆柳走来，像往常那般亲昵地挽住她的臂膀，朱唇轻抿时，露出小酒窝："总算把妹妹请来了。"

安如素偷偷打量头梳惊鹄髻的皇后，粉色刺绣芍药团花面料常服的她，娇肤粉嫩，哪里有半点痛失皇族亲人的愁容惨淡？

有中常侍撑腰到底不同。安如素的语气稍有不快的意味，言不由衷地恭维她："娘娘的命令，昭仪哪有不从之意。"

"难得昭仪心中有本后。咦，墨菊配昭仪的孔雀蓝底色白绣球花的常服，当真养眼。"皇后瞧了眼她头插的墨菊，笑意更浓。

安如素暗中瞟向食案，见到只摆有两把扶手椅后，这才松口气，笑着扯了扯衣襟下摆："娘娘莫要取笑昭仪了，娘娘常服面料的粉色芍药花的刺绣功底了得呢。"

"针线刺绣不就是绣女们的雕虫小技？"

说着话，两人分别落座食案前。

"妹妹，即将立冬，本后请妹妹提前尝尝全羊宴。"皇后赫连雪云挥挥衣袖，一阵环佩叮当，六位衣着鲜艳的奴婢，端着托盘，鱼贯前来，每人托盘内的菜品都不同。

安如素暗自咋舌：这中常侍怎会如此厚待皇后娘娘？慢说全羊宴了，就是在冬至时节，生性节俭的陛下也不见得会分发后宫羊肉汤呢。

"中常侍说陛下节俭成风，单是那羊蹄子，就令他重复炖煮多次，直到连丁点油星子熬不出来，便砸碎磨成粉煮在豆粥里。"皇后看出她心思，为她夹了块炙烤脆嫩的羊肉。

安如素听得目瞪口呆，料不到陛下吝啬成这地步了。一眼扫过食案，说是全羊宴，真正就炙烤羊肉、清炖羊汤、爆炒羊肝三道菜与羊有关，剩下是烤得焦香的胡饼、软绵的奶酪、清香的豆粥及两壶酒。

"娘娘，可是有喜事？"对着满桌美味，杯弓蛇影的前车之鉴，安如素始终难以开怀畅饮。

"昭仪可知，菊夫人回宫了。"娘娘收敛笑意，手持长脖大肚的银酒壶，替她的高足酒杯注满暗红色的酒。

原来是想拉拢自己，对付菊夫人。安如素放宽心了。她举起酒杯，被色泽艳丽的杯中物所诱惑。

"这又是何地的佳酿？"

"平城的桑落酒。太子阿娘生前每日必饮的桑落酒。"皇后的笑容有些凄楚。她喝掉满杯酒，侍女鹦鹉面无表情地走来为她斟酒。

"娘娘多虑了，那菊夫人返宫，不过是颐养天年，吴王管辖地又是千里之遥的江左吴都。"安如素也喝光满杯的桑落酒，酒味悠长，酸涩回甘，与太子阿娘的人生类似。

"权力的后宫，充满凶险的变故。本后别无所求，就图个长夜安心罢了。"

安昭仪闻言，双手将酒杯高举过胸前刺绣的白绣球图纹，戏谑道："那昭仪就敬娘娘一杯安心酒。"

"一杯哪够？得要三杯，三生万物，万物归一。"皇后歪着娇俏的面孔，不肯轻饶她。

安昭仪自然听从连喝三杯，风中带来股骚腥的狐臭，一位年轻的宦官高举朱漆托盘掀帘进来，嘴里高呼："皇后娘娘，中常侍献礼。"

鹦鹉快速接过托盘，是三角形的暗青色龙纹的香囊。安如素暗自困惑，这中常侍怎敢送皇后香囊？

皇后解开香囊丝线，一块血红的花朵造型的精美玉石掉落食案，她眼里闪过一丝慌乱，捡起玉石攥在手心，语气淡然问道：

"中常侍可有口信？"

"回娘娘，立冬日将有批女俘抵达平城，娘娘可去掖庭挑选几位伶俐的可人儿伺候娘娘。"年轻的宦官恭敬作答后，识趣地退下。

起风了，有股尘土的土腥味。

"安昭仪，可还记得太子妃需要乳母这事？"皇后娘娘低垂粉颈，嫣然笑问，亲热地捉住她的手。

安如素的心提到嗓子眼——怎会不记得？那可是她盘算好用来稳固后宫地位的筹码，她明白这是皇后娘娘用来笼络她的法宝，便笑脸盈盈直视皇后。

"愿听娘娘明示。"

【第十四章】

牛心　吴王金曜明

吴王金曜明撩起衣袖挡住口鼻，厌恶地瞟了眼头顶散发新漆味的黑底金字重英殿的牌匾。这是父皇刚赐的新殿名，给阿娘带来厄运的思南殿已不复存在。

"明儿，留守平城可要……"阿娘端坐榻上，喊住正欲抬腿出殿门的他，欲说还休地咽下后面的话语。

金曜明回转身，浓妆艳抹的阿娘，看上去有些悒悒不乐。

"阿娘，可是要儿臣好生表现，博取父皇欢心？"金曜明情知她心病，满不在乎地甩甩袖袍，嘻嘻笑道。

"别酗酒买醉，少田猎嬉戏……"不等她说教完毕，金曜明拔腿就跑，借此脱离令他胸闷气塞的生漆味。

阿娘所指的好生表现与他所理解的可是云泥之别。

他已私下邀约三位皇子及中常侍万盛，到宫外辽阔的马场狩猎，再去三岔河的酒馆饮酒作乐，桩桩件件皆与阿娘的教诲背道而驰。

平城虽是都城，哪里比得上遍街酒家、妓馆、赌场、客栈林立的江左吴都繁华。

中常侍万盛舌绽莲花，将那马场附近的三岔河，吹嘘成专为王公贵族们设立的一处隐蔽的消遣乐土，还不忘提及临河处有位卖饼的秋月夫人不仅模样生得绝色，她制作的豚皮饼、细环饼、膏饼远近闻名。

听得他心如猫挠，他对秋月夫人用糯米粉油炸的细环饼、膏饼皆不感兴趣，那浇上肉汁、浸透奶酪食用的豚皮饼方合他胃口。

秋风起，猎物肥。金曜明甩动锦袍阔袖，兴冲冲地跨出宫外。

"吴王，请上马。"他的侍从、一身戎装的高车人马庸，肩上站立只棕黄眼球骨碌转动的老苍鹰，见到他就发出惊慌的瘆人叫声。

"这个畜生嘚瑟个甚？"金曜明举起巴掌假意扇打苍鹰的脑袋，这家伙反应奇快，扑腾着翅膀跳立在马庸的毡帽上。

"猎犬呢？"金曜明双手揪住枣红骏马的马鬃，飞身坐稳。

"带有五只，家奴们后面跟随。"马庸抬起高鼻深目的紫红面，叉开五指，声如洪钟。他是金世祖选派的侍从，不仅骑射功夫了得，且臂力惊人。两人扬鞭飞驰出宫，按照约定，几路人马抵达三岔河的秋月夫人的饼铺会合。

酉时不到，金曜明与侍从马庸、五位牵黄狗的家奴就来到刻印着"三岔河"楷书字体的石碑前。

深秋的暮色投射出血色光晕，南来北往的商贩们操持着金曜明听不懂的方言土语，他们或骑着骆驼，或坐在马背上，驱赶运载装满茶叶、布匹、瓷器的牛车，拥向人头攒动的隐秘店铺。

金曜明不屑地吐口痰，转头观察起身后这条临近干涸的浅滩河流，只见河水幽绿浑浊，泛出股腥臭，无声地向前流动。岸边搭建着一排排毫不起眼的黑褐色木房，挤满了酒肆、妓馆、赌场及卖吃食、棺材、金银首饰的店铺，形成逼仄小巷，环绕其间，形如迷宫，使人难以辨别路径。

"就这臭烘烘的水沟，会有什么买卖值得来此交易？"他困惑不解地抓着发痒的后脖颈问道。

"吴王有所不知，这三岔河是朝廷睁只眼、闭只眼的黑市，马场射杀的猎物，多半就地高价交易。王公贵族们通宵达旦饮酒、买乐、赌博，不就是人间乐土吗？"马庸凑拢他，故作神秘地掩嘴解答。

金曜明似乎听出点不为人知的秘密：这里原是那些想要巴结权贵的商贾们的据地，想来那中常侍万盛也是常客？他斜睨着夕阳光晕退散后，卷起漫天阴沉的半空，嘴里哼道："速去找找那什么'夫人'的饼铺。"

"是'秋月夫人'饼铺，吴王坐怀不乱，大有圣人之风。"马庸的马屁拍得高明。他拱拱手，指向在炊烟里冉冉翻飞的绘有朱红"饼"字样的褐金色旗帘。

"人来人往，何处会合？"他发愁地擤擤鼻涕，懒得理睬他的奉承话，皱眉嘟哝着。

"吴王，地下大有乾坤。"马庸看来也是常客，他熟门熟路地牵起他的坐骑，挤进气味复杂的人群，金曜明立马举起袖袍将嘴鼻遮盖严实。他遗传了皇族的顽疾鼻炎，闻不得不明气味。

在饼铺门前站定，金曜明垂下手臂，一股酥脆的面香不由分说地钻进鼻腔，他忍不住打了个响亮的喷嚏。布帘旗下摆了个饼摊，炸得金黄的细环饼、膏饼堆成山，饼山后是位梳着凌虚髻、身段婀娜的美娇娘，正埋首揉面。

这可就是那什么夫人？金曜明抬起下巴，挑剔地审视她搓揉面团的手，那双修长洁白的手，变戏法般灵巧地拍面、拉长、撒芝麻、丢油锅，一气呵成的娴熟动作，看得人眼花缭乱。

"中人姿色，不过尔尔啊。"

"吴王，这并非秋月夫人本尊。"马庸咧嘴笑道，殷勤地掀开油污斑斑的紫红厚帘，里面乌烟瘴气，满坐醉汉、赌徒与歌姬，在推杯换盏中嬉笑怒骂。他畏惧地要退避三舍，马庸忙指向门后溢满亮光的木楼梯口："吴王，小心脚下。"

金曜明撩起袍摆，举步维艰地走下楼梯，双脚落地后，眼前豁然亮堂，檀香的芬芳充盈其间，他忍不住又打个喷嚏。

这该死的顽疾，香、臭都受不起。金曜明神色尴尬地揉揉鼻头，正眼打量起马庸所说的这大有乾坤，究竟所指何物。

丈二宽的内室陈设奢华：明黄姚黄牡丹团花纹的薄纱屏风后，露出一角铺就睡榻的翠鸟蓝锦缎，八张扶手椅上铺着紫红祥云暗花坐垫，八张茶案上放着乳白瓷茶盏，四张紫檀几案上各摆着盆豆绿蟹爪菊，玲珑假山的长条乌木案上并排三个滴溜溜的镂空熏香软金球，喷射出袅袅香气，墙面悬挂一张紫色丝线流苏的古琴，均为不凡之物。

金曜明暗自咋舌，目光被墙上的《藏钩赋》的楷书墨宝所吸引，他走近细读："叹近夜之藏钩，复一时之戏望。以道生为元帅，以子仁为佐相。思蒙笼而不启，目炯冷而不畅。多取决于公长，乃不容于大匠。钩运掌而潜流，手乘虚而密放。示微迹于可嫌，露疑似之情状。"

"平城也时兴藏钩竞技？"金曜明有些惊诧。

"吴王，秋月夫人的美誉，便因这藏钩技艺高妙。她们是七位分别以月命名的夫人。"身躯高大的马庸亦步亦趋，弯腰作答。

金曜明一时没听明白："有七位夫人？"

"春、秋、冷、傲、素、玄、舒。"马庸神情暧昧地掩嘴低语。

堂堂大丈夫，总学那妇人忸怩作态的掩嘴低语干甚？金曜明很是信任这位贴身侍卫马庸，就是反感他拿腔捏调的说话方式，总令他以为他是想当男宠。

"马庸，本王最喜你的满口大白牙，不必遮遮掩掩。"金曜明用揶揄的口吻暗示他。

马庸诺诺点头称是，仍旧习惯性抬起手掌挡住嘴。唉，狗改不了吃屎。金曜明失望地不再浪费口舌。

屏风后响起衣裙拖曳地面的窸窸窣窣，随后传出娇声媚语的说笑声，金曜明忙屏息凝神，眼巴巴地瞅着那四联屏风后款款走出来两位分别身着黑白两色衣裙的俏佳人。

"玄月、素月拜见贵客。"两人均梳凌虚发髻，插戴银色树叶步摇。玄月通身雅黑，露出雪白的脖颈，莹白的鹅蛋脸，飞扬起媚眼如丝的丹凤眼，葱管笔直的悬胆鼻、圆嘟嘟的樱桃小口，看得金曜明心痒痒；再看那名为素月的女子，又是浑身素白的衫裙，乌发云鬓下的瓜子脸，鼻头秀气，红嘴单薄，于娇媚中带点娇憨。

"不是有七位夫人吗？"他伸长脖颈，意犹未尽地望向明黄团纹的屏风。

"时辰未到呢，吴王，请落座吃盏茶。"玄月抿嘴娇笑，将金曜明引到椅上坐下后，轻轻击掌，便有两位穿红着绿的奴婢端上使人目眩神迷的琉璃杯。

粗蛮的壮汉马庸眼露喜色，也学那玄月夫人的优雅动作，端起琉璃杯，抿口茶汤，闭眼品啜，卖弄道："这可是西蜀高山的野生古树茶？啧啧啧，价值快赶上只肥羊了。"

"侍卫大人好生了得，可不正是秋月夫人赢得西蜀豪客的胜利品。"扭着娇躯的素月回眸一笑，倾倒众生的媚态，惹金曜明直勾勾地盯住她不放。

楼梯口传来脚踏木板的嘎嘎声，马庸迅疾放下琉璃杯，肃容起身，扶吴王下地："吴王，当是中常侍及诸位王子到了。"

"他们迟到了，还要本王迎接？不去！不去！"金曜明意欲在两位美人面前显摆他的威风，纹丝不动地一手搭膝面，一手持琉璃杯，做出若无其事的悠闲样，徐徐吹拂茶汤热气。

"中常侍拜见吴王。"吴王充耳未闻，专注于浸润出琥珀光泽的茶汤，中常侍万盛的高帮鹿皮靴，从眼底轻快移走。

"三弟属兔吗，跑得这般快？"是二皇子西平王金曜熙高亢的嗓音。他精神一振，放下琉璃杯，站起身来，握住西平王金曜熙暖和的手掌。

他们四位皇子，就属这金曜熙文韬武略，最像父皇，兼他秉性忠贞雅正，深得中书博士羊公允及太子爱戴；四弟临怀王金曜谭，虽然生得斯文秀气，可体质虚弱，是离不得药罐的病秧子；五弟楚阳王金曜建，刚正不阿，性情暴烈，与四弟一贯要好。

素日，兄弟们难得团聚，大都驻守各自的封地，金世祖也不喜他们兄弟太过亲昵，生怕结党营私。好在，严苛待人的金世祖此番远征，碍手碍脚的太子也出宫屯兵。他是奉命守护平城的吴王，邀约他们围猎饮酒，叙叙手足情深。

"二哥，你这耿直的个性不改啊。本王虽属兔，可兔子急了也会咬人。"金曜明拿手拍打虎背熊腰的金曜熙，嘴上开着玩笑，顺手扯扯闷不作声的"病秧子"四弟金曜谭的衣袖，关切地问道："近来可还吃着药？"

"二哥，四哥的病不能停药，三哥最是财大气粗，也不见给四哥买点高丽人参给他补补？光是嘴上嘘寒问暖有何用？"身披橙黄太阳图形斗篷的楚阳王金曜建不等他四哥张嘴，抢先说了，噼里啪啦这通含沙射影的风凉话，可没把他这位财大气粗的吴王看在眼里。

"五弟，兄弟们见面不易，你倒好，一来就和本王较劲，不就是点金元宝的芝麻绿豆大的事，慢说什么高丽人参了，就是那昆仑山的雪莲、灵芝，也包在本王身上。对不对，中常侍？"金曜明对直肠子的五弟着实不满，迈步到寡言的万盛面前，算是对他冷淡回应的弥补。

"吴王，楚阳王因年幼而出言鲁莽，岂能与他一般见识？"万盛看似神情恭敬，向他作揖，实则话里藏锋。

"中常侍怎能失礼皇族后裔？都怪父皇平日宠溺过盛，才会忘掉尊卑礼数！"器宇轩昂的西平王金曜熙面带不悦，大步走向中常侍，撸起衣袖，拉开打架的架势。中常侍万盛阴森森地嘿嘿冷笑，不甘示弱地挺胸向上。

金曜明正待上前劝架，鼻窦飘来暗淡花香，玄月、素月两位佳人翩然而至。她们笑靥如花，硬生生拉开互不相让的冤家。

"西平王，傲月夫人的蒸百合可摆上桌了呢。"玄月靠在西王平金曜熙身旁，挽住他的臂膀，走下楼梯。

"中常侍大人，冷月夫人等候大人指导调制羊羹呢。"素月也拉走中常侍万盛。

金曜明大喜，看来，夫人们的力量不容小觑。他满意地拍了拍马庸肩上刺绣的苍鹰图纹，向楚阳王金曜建、临怀王金曜谭促狭地笑着招手："你们的两位夫人呢？不过，丑话说在前，秋月夫人归本王！"

"那余下的夫人们，甭管谁伺候四哥，本王就要那春月夫人。"金曜建亲昵地牵住他四哥金曜谭的手，语调温和地征询他的意见。

面色青白的金曜谭勉力笑道："听凭五弟安排。就算美人在怀，顶多就是个摆设。"

"四哥莫总说那丧气话，太医令不是说立冬后就将好转？要相信太医令的话。"金曜建面色一沉，继而以更为柔和的语调安抚他。

孤单的金曜明冷眼旁观这兄弟俩的热乎劲，心里着实不爽快，他故意抢步拦在两人面前，双手叉腰，大摇大摆地显摆他奢华的猎豹纹斗篷，语带讽刺："兄弟间不见得总是互相帮助，也有可能是相互洗劫，盗取彼此的力量与智慧。"

金曜建走到他面前，示威似的解开橙金色太阳图纹斗篷的绑带，搭在手臂上，英俊的星眸含笑戏弄他。

"三哥，你这是山中无老虎，猴子称大王。太子若在，你还会胡说八道挑拨离间我们兄弟？"

金曜明听得虚火直冒，这牙尖嘴利的五弟，就是爱扎他这位亲三哥的一头小刺猬，令他无可奈何。

"吴王，晚膳备好了，请诸王解衣，再移步落座。"脱下戎装的马庸只穿了圆领、小袖的葱绿水波纹单衣，他笔挺着腰板，紫红面上汗津津地泛出油光。

"为何要解衣？"金曜谭颇感为难地摸着身上的厚锦袍，犹疑不定地望向姚黄牡丹的屏风。

"临怀王，那是因为在炙烤坊用膳，四壁架有火炉呀……"从屏风后闪出一位黄衫白裙、身段窈窕的女子。她来到金曜谭身旁，扬起淡扫蛾眉的俏脸，脆生生应答。

"春月夫人来接客了？"马庸乐得拊掌大笑。

金曜明听她的声音也自心动，再看她那张三分娇气、七分英气如剥壳鸡蛋的倒三角俊脸，可不是有春日娇花的美态？暗想那秋月夫人大约比之更为娇美？真有些急不可耐了。

"春月夫人，好生伺候临怀王，他不怕热。"楚阳王金曜建把临怀王向春月夫人怀中一推，将锦袍下摆扎进玉环腰带，露出黄皮裤褶下的短帮靴。

"那就不用解了。"春月夫人经他这一突袭，花容并未失色，趁机搀扶着金曜建下楼。

金曜明脱下金钱豹纹斗篷，内里只穿了土金色绣满奔马的锦袍。他随手把斗篷扔给马庸，跨到五弟金曜建身旁，憋出句狠话来。

"五弟，酒场较量高下！"

楚阳王唰地把橙黄色太阳斗篷搭在肩上，只咧嘴哈哈笑不停。

炙烤坊设在地下二层，虽是通风敞亮的空地，但在插满数十把明晃晃吱吱作响的松油火炬照耀下，也觉热浪袭人。

四具洗得洁净的无头鹿身，在拇指粗的铁条穿插下伸展修长四肢，四面架起的炭火正烟熏火燎，燃得欢畅，头插菊花的鹿头放在托盘上，面朝东、南、西、北四方，是向上苍诸神献祭的供品。

围着炙鹿摆放的一溜食案下，堆满褐色大肚酒坛，身穿银色锦袍的中常侍先将金曜明领上尊位，便站在原地笑而不语。金曜明懂他心思，是要他来安排主次尊卑位序。

"来，二哥，坐本王右首，五弟坐左首，方便斗酒。"金曜明招手唤来西平王金曜熙，却喊不动五弟楚阳王金曜建。

中常侍万盛长过膝的双臂下垂，微微驼背，眼里冒出愤怒的火星。金曜明不禁暗自偷笑，喊那刺猬五弟坐在他左首，不过是句客套话，以那小子自负的个性，如何肯听从他的指令。

"三哥，小弟陪四哥，你还是把尊位留给中常侍大人好了。"楚阳王金曜建毫不留情地戳破他的小九九，金曜明面子上挂不住了，他假笑着拉起万盛，将他按在左首食案后。

五人分别落座，侍卫们倚墙而立。

金曜明端起食案上斟满酒的大碗，尚未开口，就被中常侍万盛的眼色阻止，火光阴影里，走出两位环肥燕瘦的美人，她们蹲身炙烤半熟的鹿身旁，手持匕首动作娴熟地切割鹿肉，后面五位夫人，各自手捧飘散雾气腾腾的托盘跪在诸王食案前。

"吴王、诸王子，下官承蒙陛下厚爱，封为中常侍，又承蒙吴王青眼相待，特意炮制'踏雪寻梅'，请诸位尝鲜。"

万盛率先起身拱手作揖，金曜明虽不满他喧宾夺主，但看在他抬高自己的分儿上，也就暂且忍了。

热腾腾的雾气下，显现的是块炙烤成紫红的肉，搭配一团洁白如玉的花苞，真有几分雪地梅影的意境。他暗夸这阉竖有巧思慧心，难怪父皇会宠爱他。

"说什么踏雪寻梅？不就是一坨红牛心、白百合拼凑？不如说'踏血寻白'还差不多呢。"一向寡言的临怀王金曜谭瞟两眼春月夫人端上桌的佳肴，抬起被柴火熏红的面孔，莞尔笑道。

这病歪歪的四弟，也会凑热闹，信口开河。金曜明思虑到牛心是极为珍稀的食材，宫内都不常备，以为临怀王在胡说八道。

"吴王，趁热尝尝牛心与蒸熟的百合。"面如满月的秋月夫人，半跪他身旁，含情脉脉地将筷子递到他手中。

"真是牛心？"金曜明面向中常侍，能将罕见食材视为寻常物的他，真如传闻中有只手遮天的权势？

"吴王，三岔河有上天入海的货物，新鲜百合产自东方小部落；刚宰杀的牛，牛心还在怦怦跳呢。诸王子，快快享用。"

万盛一脸自负，拿手抓起盘内冒热气的牛心，扔进口中，边咀嚼边夸耀。

楚阳王、临怀王都不愿见他唾沫横飞的张狂样，低头品尝牛心。金曜明推开血糊糊的牛心，见那百合甚是洁白可爱，便挑起百合先吃，香甜软糯，确实好滋味。

"本王怎会少了牛心？"是西平王金曜熙充满怒意的高呼声，金曜明一惊，本能地问责万盛，但见他手剥百合，吃得正香。

"中常侍？"

万盛极不情愿地拍拍手掌的百合碎末，接过玄月夫人递上的面巾，擦擦嘴，一骨碌翻身起来，皮笑肉不笑地说道：

"怎会少了西平王的牛心呢？莫非是舒月夫人偷吃了？"

"中常侍大人，奴婢不敢呀。"娇小的舒月夫人吓得瑟瑟发抖。

金曜明立刻意识到是睚眦必报的万盛搞鬼，他想息事宁人，示意秋月夫人把他的那块牛心送给西平王。不料被中常侍伸手拦住，他在西平王金曜熙的食案前突然收住脚步："牛心罕见，臣按例备好，必是这贪吃的妇人偷吃了。东方鸢，还不把这好吃的娼妇拖下去鞭打！"

一个面目可憎的侏儒从暗黑的阴影中，如池塘中的蟾蜍蹦跶出来。他昂起头东张西望，那双幽深的双目透出狡黠的灵气，并不即刻动手。

"罢了，本王不吃这牛心，还请中常侍饶了舒月夫人。"西平王金曜熙的语气软下来，犯不着为了块牛心，害得美人挨皮肉之苦。

楚阳王金曜建冲动地推开食案，要为舒月夫人鸣不平。金曜明手指万盛，厉声呵斥："中常侍，快饶了舒月夫人，本王要的是开怀畅饮，可不是狐假虎威的杀鸡儆猴！"

万盛这才转怒为喜，眼角堆满笑纹："吴王息怒。舒月夫人，还不去给西平王重新炙烤份牛心。"

侏儒东方鸢悄然隐身，一场纷争就此化解，在场的夫人们如释重负。三位夫人上前围绕在金曜明身边，他心安理得地左拥右抱，享受着众星捧月的王者尊荣。

【第十五章】

马场围猎　西平王金曜熙

酒至半酣的金曜熙躺在羽毛缝制的软绵睡榻上，玩味地打量着舒月夫人的闺房。室内最引人注目的是一株高大如宝塔的血红珊瑚树，层层向上的树杈安放了灯台，自然光彩异常。

墙角铜盆内一堆烧得通红的火炭，烤得满室暖洋洋，整面墙上挂了十余张威猛彪悍的虎皮，毛茸茸的兽皮还发散出淡淡的血腥味。

"是本王错觉，还是酒醉眼花，这并非夫人的闺阁，倒似误入猛兽的洞穴。"他侧身向坐在铜镜前卸妆的舒月夫人发问。

褪去华服的舒月夫人只穿了薄如蝉翼的樱花粉纱衣，乌黑长发垂在盈盈一握的腰际，如天宫嫦娥的寂寞背影，引人无限遐思。

"西平王说对了，这就是中常侍的用意，要进到这间房内的男人们兽性大发。"手持鱼骨梳的舒月夫人转过精致的娃娃脸，甜笑着赤脚走在波斯地毯上。她雪白的脚踝戴了串玛瑙红的脚链，若隐若现的胴体，诱惑得金曜熙血脉偾张……他为自己轻易动情感到羞耻，慌乱拉起锦被遮住腹部，嘴上不满地驳斥道："他以为他是天神？能掌控人类的欲望？"

"对奴婢们而言，中常侍大人就是天神。"舒月夫人扑闪着不谙世事的清澈双眼，像只小野猫爬上睡榻，楚楚可怜地倚靠在他的枕边。

"笑话！你们的天神是当今陛下，本王的父皇！"原本恼怒的金曜熙被她认真的表情逗乐了。

"西平王，奴婢们本是东方岛国小部落的人，并不属于大魏国。"舒月夫人顽皮地转动着那双略带琥珀色的杏仁眼,一副天真淘气的模样。

"是他胁迫你们?"他自以为是地打抱不平。

"不,是奴婢的阿爷花费重金贿赂,方能被他选上,这是奴婢家族的荣耀。"

"你就没想过逃跑、嫁人?"

金曜熙见真相这么不堪一击,情绪低落到极点。

"不能,奴婢签下生死约,倘若背叛部落,全家斩首,族人被驱赶出部落。"

"你们就在这、这异国他乡孤独终老?"他听得惊心动魄,带着戏谑的语气追问不休。

"不,待奴婢年满二十,便带着丰厚钱财回部落,择良人而嫁。"

舒月夫人对答如流,金曜熙心灰意冷。他如僵尸仰面倒下,头枕双臂,瞪视房顶描绘的猎豹追逐猎物的图纹,想那中书博士羊公允提到万盛,说他虽是跟随因叛国处死的敦煌郡公入宫,但从俘虏跃升为父皇的心腹,自有其过人之处,一时间丧失了寻欢作乐的兴致。这可恨的宦官,究竟拥有什么通天的本领,既能获得父皇宠溺,又能操纵岛国的小部落,还能使得绝色佳人们乖乖听命?

"西平王,野猫也打瞌睡了呢……"如瓷娃娃般的舒月夫人,钻进锦缎被窝,突地从他腋下冒出小脑袋,用发丝磨蹭他的脖颈。

金曜熙最怕痒,他一边退缩身躯,一边拿手指向亮闪闪如夜空繁星的珊瑚树枝灯,笑得上气不接下气:"噢、熄、灯、熄、熄灯……"

"珊瑚灯不能吹灭呢,哎呀呀,想不到啊,大英雄西平王,也会害臊吗?"舒月夫人变本加厉地娇笑着伸手挠他腋窝,顺势扯上锦被劈头兜住,金曜熙在黑暗中壮胆抱紧她,两人在榻上纠缠、翻滚……

深秋的马场,漫山遍野的秋林,灿若云霞;四周起伏不平的山丘,林木茂密,丹黄掩映,如同上苍诸神们戏耍时洒落五彩斑斓的殷红、苍黄、翡翠绿、象牙白、褐红色的宝石。

一行人见到这浓墨重彩的盎然秋意,兴奋得嗷嗷乱叫,干脆放马驰骋在荒草萋萋的林间,尾随后面的是大批架鹰赶狗的奴仆们,秋风吹来,黄叶翻飞,间或有灰毛野兔、花色野鸡在林中跳跃飞跑。

身披雉头裘的吴王金曜明兴致勃勃地跑在前头,突地勒住缰绳站定,冲着高空长啸后,又曼声吟唱:"自古逢秋悲寂寥,吾言秋日胜春朝。晴空一雁排云上,便引豪情到碧霄。"

金曜熙也驻足停顿，听出这热衷奢侈享乐的吴王长啸声里隐藏的野心，阿娘对他热切期盼而不得的悲伤萦绕心头。身份卑贱的阿娘，常替他叫屈——他博学多通，为人仗义慷慨，用兵征战的武略，甚至超过太子，是诸王公中与父皇最为相像者。

"期运虽天所授，而功业必因人而成。熙儿倘若能被封为太子，为娘死也瞑目。"阿娘哀叹命运不公，暗地生出执着妄念。

"阿娘，能封为西平王，孩儿知足了。应当庆幸，能享母子天伦之乐。"

"那又算什么呢？天底下的阿娘，谁不愿意为了成全儿子霸业，牺牲自我性命？换作是你当太子，阿娘也肯舍了这条卑贱老命。"

金曜熙听着阿娘这番发自肺腑的话语，直觉寒意浸身，踟蹰不安。母爱固然伟大，但也饱含悲壮。他尚无把握——自己能否承受得了皇权隐含的心理负担……

正自思忖，楚阳王金曜建携手临怀王金曜谭拍马过来，这对形影不离的好兄弟团团围住他。

"西平王以文学才识，名重一时，眼前无边秋意，不来首诗助兴吗？"

金曜熙抬眼望向那绚丽多彩的秋林，诡秘地笑而不语。秋色虽好，岂能与昨夜的春色相比？他的小腿肚还沉浸在春宵亢奋的颤动中呢。

虽是钟情那东方岛国小部落的舒月夫人，顾虑到她坦率倾吐的实情，思虑起羊公允谈及非我族类其心必异的前朝惨痛教训，便慷慨地把钱袋金元宝悉数放进她的妆奁，就此别过。

他的人生初会，竟成诀别。金曜熙不由满腹哀思，也学吴王引颈长啸，啸声悠远，穿透层层浸染的密林，一群排列成人字形的白雁欢叫着飞掠湛蓝晴空，骏马也扬蹄欢腾嘶鸣，天地万物，群齐欢畅。

楚阳王金曜建与他并肩同步，向着山丘环绕、树木繁密的马场长啸，吴王金曜明、临怀王金曜谭也受到感染，四人齐呼，啸声此起彼伏，惊动一群花色斑斓的麋鹿，从暗红的枫林中窜出来。

啸声久久回荡密林间，多愁善感的西平王金曜熙不由心潮起伏——他们兄弟何曾如此齐心协力？正待出言夸赞，中常侍万盛那讨厌的公鸭嗓门如炸雷响起：

"猎物出现了！吴王，牵鹰放犬，围猎开始！"

黑头苍鹰展翅冲向云霄，几头白毛狗狂叫着冲进麋鹿群。

"快，二哥、四弟、五弟，比比谁射杀的猎物最多！"性急的吴王喜得嗓音走调。他率先飞速射出一箭，应声倒下头体力衰弱的老鹿。

侍卫们踊跃欢呼，马庸徒手抓起中箭毙命的麋鹿，拖向吴王金曜明指的一丛衰草横生的空地。

"谁射中的猎物最多，谁就能得到本王的奖品！"秋风吹来，他那件缀满上万片紫蓝亮泽羽毛的雉头裘，如停满展翅欲飞的蝴蝶，蔚为壮观。

"吴王，那得要看是奖励何物了？"楚阳王金曜建笑吟吟地盯视着他身披的雉头裘，露出觊觎之意。

"看你顾念手足情深的面上，一车高丽红参外加这雉头裘如何？"

"四哥体弱怕冷，雉头裘倒是件好物。那就击掌为誓！"楚阳王金曜建哈哈笑着，爽快地伸出手来。

吴王金曜明高举右手，隔空相击后，向金曜熙高呼出发，便各自掉转马头，兵分两路，钻进草深树茂的秋林间。

西平王金曜熙落单在后，他的贴身侍卫是善骑射的西蜀汉人魏远山，这家伙虽矮壮，但奔跑的速度赶得上一匹骏马，被西蜀人称为"飞豹"。他丢掉套在黄狗脖颈的皮绳，放飞肩上的老鹰，把弓箭袋捆绑在背，抬起黝黑的面庞，豹眼圆瞪："西平王，奴才先去探寻方位。"

金曜熙点点头，反手摸着后背的箭袋，估摸足够用了。他双腿用力夹紧马肚，向那苍松翠柏间一抹紫红的林间跑去。

一进到霜叶红于二月花的密集枫林，气温陡降，光线霎时幽暗，金曜熙缩起脖颈，放慢缰绳，缓缓前行。

秋虫啾啾，草木萋萋。树影婆娑处有不明黑影跃动，他连忙搭弓瞄准黑影，耳旁风声呼呼，眼前跳出飞豹魏远山矮墩墩的身躯，他面带窃喜，踮脚对他耳语："西平王，右前方坡地的松林，有片青草浅滩，好多肥壮的麋鹿在吃草咧。"

"好，牵住马，别轻举妄动。"金曜熙把缰绳砸到他面上，翻身下马，匍匐身躯，爬上腐烂树叶堆积的坡地。

看到了，看到了，上百株的苍翠古松下，凹陷一池秋水盈盈的洼地，青黄相间如马蹄状的浅草滩环绕池塘，四五头黄色白点的麋鹿低垂树杈般的鹿角，神态悠然地挑选青草啃食，不时抬头鸣叫，叫声清脆如鸟鸣，悦耳至极。

他躲在灰白的松树背后，手指竟莫名发抖，将弩箭按入弩槽，瞄准一头距离最近的麋鹿。这头斑点绚丽的麋鹿，鹿角优美如花冠，他搜寻它的要害部位，箭靶滑向它快垂到草地的肥肚时，猛然惊觉——这不该是怀孕的母鹿吧？

金曜熙犹疑不定，还是放弃这头麋鹿，转向另一头体形瘦削的小麋鹿，它头顶的鹿角短促，突然抬起头，明亮清澈的双眼，透出孩童般憨态可掬，这大约是一对母子？金曜熙心里嘀咕着，瞄准它的脖颈，狠心闭上眼，射出一箭！

"射中了！"魏远山拍掌欢叫着，麋鹿群惊动了，撒开四蹄慌忙窜进密林中，不见身影。

金曜熙睁开眼，空荡荡的草滩前，一头麋鹿也不见，他懊恼地回头呵斥欢叫着的魏远山："沉不住气的家伙，本王还想一网打尽呢。"

这"飞豹"虽是奴才，却一身傲骨，他极少低头认罪，只是一声不吭，闷头飞奔到池塘前去抓获猎物。

"咦，怪事，西平王射中的麋鹿不翼而飞了？"

"怎么可能？本王明明射中它脖子的要害部位！"金曜熙跨过杂草与断裂的树杈，四处逡巡无果，简直难以置信——他射中的麋鹿确实不翼而飞了。

"莫非这池塘有水怪给偷吃了？"

听着魏远山的调侃，金曜熙也狐疑不已，他拿起弓弦在草丛间扒拉，赫然见到一个白森森的人头骨露出来，他的箭稳稳嵌进头盖骨的缝隙内！

"这到底是怎么回事？"金曜熙顿觉后背发冷，双腿一软，跪在草地上，想要捡起头骨查看究竟，手心触到块冰冷的石头，枕在人头骨下。

"西平王，这分明就是你的箭啊。"魏远山拔掉头盖骨上的箭，同样困惑不解。

金曜熙抓起石块，拿在眼前细看，这是块巴掌大小的方正石板，上面雕刻着低眉顺眼的打坐菩萨。蓦然想起父皇的灭佛诏令，处死多少僧侣，砸毁多少佛像？他一惊，石像掉落草间。

射中的麋鹿不翼而飞，难不成是佛祖对他提出的警示？金曜熙悚然心惊，把石像藏身袖笼，掩面命令："飞豹，去放了猎狗与苍鹰。本王以后都不围猎了。"

飞豹魏远山听从命令，闭目运气，向天张嘴打起呼哨，呼哨声刺破云层。苍鹰飞来，猎狗奔跑到他脚下，他解开套住苍鹰与猎狗的皮绳，将它们放生。

金曜熙怀着心事，慢腾腾地走出枫林，劈头撞见一脸喜色的吴王金曜明，他身后的马庸双肩扛了好几头滴着血的麋鹿。

"二哥，怎会空手而归？"金曜明错愕地审视着只身骑行的他。

"吴王，西平王射中的麋鹿不见了……"神色不安的魏远山在旁插嘴。

"哈哈哈，白日撞鬼了？二哥是放了空影箭？你不是不信邪吗？说来听听，这青天白日，怎会撞鬼了？"

脱下雉头裘的吴王金曜明，内里穿了桃红绣葡萄花纹的锦缎新袍，掩饰不住的春风满面。

金曜熙看不惯他喜着色彩艳丽的浮夸嘴脸，不就是因父皇令他驻守平城，就为此沾沾自喜吗？终究是见地肤浅。他面带微笑，暗地踌躇着要不要道出实情。

"噢，二哥可是因那万盛给三弟摆了个空城计的牛心，才睚眦必报空手而归？"

吴王金曜明自作聪明，笑得好不自负。

轮到金曜熙仰面大笑了，吴王性格急躁，宫内上下皆知，这急性的吴王还有痴人说梦的天赋。他不会在乎昨夜中常侍万盛的牛心，那坨血糊糊的牛心，有什么好吃？有什么好惦念？想起中书博士羊公允的口头禅："帝王常会在他引以为傲的地方栽跟头。"

秋风干燥，吹得他眼角、嘴皮皱巴巴地难受。金曜熙停住大笑，揉揉酸涩的双眼，指向山丘的高峰，面色转而严肃："三弟，可还记得父皇的灭佛诏令？"

"怎么了？"吴王金曜明心不在焉地抬手抚摸下巴。

"传曰：'国之兴也，视民如赤子；其亡也，以民为草芥。'二哥撞见这尊小佛像，还有死人头骨。"金曜熙掏出那尊刻印了佛像的小石板，神情凝重。

"二哥，不就是处决了些好吃懒做的僧尼闲汉，也会令你善心大发？"风声飒飒中，吴王金曜明不以为然地拿手指掸掉锦袍上的碎叶。

金曜熙笑而不答，压抑住内心掠过非吾同类的深沉悲凉，收起佛像，态度冷漠，向视人命如蝼蚁的吴王金曜明拱手作揖："二哥突感不适，请恕辞别之过。"

【第十六章】

降魔成道图　太子金曜星

数只羸弱的白头苍鹰，振翅惨叫着飞向云朵瞬息变化的天空，骑马走在谷底的金曜星手搭额头，注目因枯木落叶堆积成橘红色的遥远高山，一条蜿蜒曲折的白道，如冬眠的白蟒蛇，从山腰盘绕到山顶。

"还有多久到漠南腹地？"他舔着干裂脱皮的下唇，焦躁地问向身旁的秦道生。

漠南处在戈壁以南，气候干燥恶劣。幸亏有这座名为大青山，实则与青翠不沾半点关系的山脉遮风挡雨，山谷尚能放牧、养马，成为历代王朝的屯兵重地。

凭空吹来股夹带沙砾的旋风，面庞被风沙摧残成枣红色的秦道生刚张嘴，就吃进口沙砾，他呸呸吐出后，摘下沾满尘土的头盔，苦笑着思量半晌，以怀疑的语气，犹豫作答。

"殿下，翻越这条数十里的白道，估摸得两日。"

"又是两日？"

寻找水源的裘青山还未回来，金曜星发愁地瞅着天际那轮蛋黄色的夕阳，脚下铺满坚硬的杂色碎石，石块缝隙间，冒出东一块、西一块的萎黄、灰绿沙葱，哆嗦着娇弱的叶片，顽强地与冷风对抗。这寸草不生的贫瘠荒地，真不适宜人类居住。

起风了，他捏了下搭在马背上皱缩成团的牛皮水囊，干瘪得挤不出一滴水珠来。

金曜星揉了揉鼻塞严重的鼻头，懒得说话费神，打着手势要秦道生找地方，扎营过夜。

"殿下，粮草不……"冷风席卷着秦道生头盔上的红缨穗，把他后半截的话吞没了。

金曜星苦闷地打量着这片被世人遗忘的荒原，飞沙走石的空旷前方，天际偶有零星的亮光或明或暗如眨动的鬼眼，鬼哭狼嚎的冷风肆意地窜来窜去，意欲与他率领的东宫护卫队、千人的精兵强将作对。

"蠢材！宰杀几匹老马，马肉炖沙葱，不就凑合一顿？"

话刚出口，金曜星便意识到错误，由于他的疏忽轻敌，导致半路被一伙来历不明的强盗劫走干粮、水囊。找不到水源才是最根本的难题。

他不安地揪住胸前铠甲的黑熊银饰，回身望向暮色掩盖下的平城方位，那里被屏障般的青山隔绝，什么也见不到。他痛苦地闭上眼，分明能感受到三弟吴王金曜明坐镇的万寿宫里，火树银花般的宫灯，照耀得宫内如白昼，香炉的龙涎香冉冉熏出，暖香四溢。

"太子，还不来畅饮江左吴都的菊酒？"是吴王金曜明那自以为是的嘴脸，他痛恨独裁霸道的父皇，为何选择重用这个只懂得莺歌燕舞，以围猎骑射为乐的家伙守护都城？

不，本宫决不能困在此地，上苍诸神也定不忍心本宫坐以待毙。金曜星霍然睁大双目，见秦道生还躬身在旁，急切催促他："走，到那火光处查探查探！"

"哎呀，殿下，前方是有什么怪物滚过来了？"原本胆大的秦道生怕是饿得眼花胆怯了，牵着他的衣袖不肯放。

沙尘漫天中，恍惚有个人影在飞奔，还有断断续续的微弱呼声："殿下，找到，找、到、水了……"

金曜星竖起耳朵静听——天哪，是裘青山！他大喜过望，冲着秦道生失声嚷嚷："是裘青山！"

"裘青山？"秦道生傻乎乎地重复着，蓦然醒悟，发狂般飞身上马，如离弦之箭，勇往直前。

有水了。金曜星瞬间卸下重担，浑身软绵绵地想要瘫躺下来。他屈起腿，跪在冰冷地面，双手合掌，分别向东南西北四方叩拜，嘴上不停地说着感谢诸神的话语。

马蹄声敲打在砂石路面，如胜利的鼓声捶打着金曜星的心脏。他慢慢张开双臂，迎接凯旋的将军。

稀朗星空，一弯钩月居中倒挂，鼻青脸肿的裘青山从秦道生的马上翻滚落地，双手高举攥紧的水囊，一步一步跪爬到他脚下，脸上神情似笑似哭，喊得撕心裂肺："殿下，那边山洞有水……"

暗淡月光下，衣衫破败，通身血污的裘青山揩干面上沙尘，咧嘴露齿："还以为将会与太子殿下生死两别了。"金曜星伸手按住他破皮流血的双肩，忍不住眼眶潮湿，这就是忠诚于他的下属，古人说得好："落地为兄弟，何必骨肉亲？"

"受苦了，青山。"金曜星哽咽着推开他，转头吩咐秦道生，要他带领将士们取水、宰马、炖肉，好好饱餐一顿。再接过被裘青山捂得发烫的沉甸甸的水囊，仰头咕咚咕咚猛灌一气。

"太子殿下，慢点，慢点，别噎着了。"裘青山轻抚他后背，生怕他呛着了。

金曜星直喝得肚皮发胀，打着冒水泡的饱嗝，走到背风处撒尿。总算能酣畅淋漓地撒泡尿了。金曜星长舒口气，与裘青山并肩在山谷漫步。

随着老马的悲鸣声，浓烈的血腥味涌向四面八方，清冷的山谷，渐渐被人间烟火侵袭。

金曜星抱紧双臂，想着终能睡个踏实觉，他郁结在胸的烦恼一扫而光。

"太子殿下，那边山洞有位僧人。"裘青山突然站定，指向幽暗夜幕下一点一点抖动的火苗。

山洞僧人？莫非是灭佛诏令后侥幸逃生的僧人？金曜星勃然失色，如遭万箭穿心般痛楚，金世祖灭佛诏令造下滥杀无辜的罪孽，已烙成他心头无法忘怀的难言之隐。

"走，去看个究竟。"

裘青山嘬嘴招来他的坐骑，两人同骑这匹马，奔向黑暗中的那束微弱亮光。

北国的初冬，已有隆冬时节的杀意与怨念。跑了约盏茶的工夫，坐在前面的裘青山冻得直哆嗦，金曜星也冷得双腿发麻。他互搓双掌，还是熬不过风刮脸上的生疼刺痛。

"算了，不如下马走路，双腿冻僵，还得不偿失呢。"金曜星眼看距那山洞也不远，干脆滑身下地。

裘青山也跳下马背，两人快速跺着毫无知觉的双脚，咚咚咚的响声，穿破空寂的夜色。洞口探出位头戴僧帽的年轻人，他双手合拢嘴边，高声发问："是路过的施主吗？快进洞内避避寒。"

"太子殿下，是否强盗假扮？"裘青山抽出宝刀，藏身腋下，月光投在他发青的脸上，显出他的犹疑不定。

"假扮？本宫有白虹宝剑捍卫生死。"金曜星拍拍背负的宝剑，想起在报德寺，昙慧被冤死的那晚，不就是有假僧人鱼龙混杂？他有过一丝犹豫，最终还是否决了，这里是漠南，不是宫廷。

两人一前一后爬进烧着柴火的山洞，坐在暖烘烘的洞内，金曜星环顾积满尘土的四壁，好生诧异："师父是在这荒野山洞闭关苦修？"

跪身对面的僧人，面孔黧黑，身穿油腻腻的兽皮。他伸出粗糙双手，拨动火堆里的芋头。除了头戴的僧帽，依稀能看出点僧人的印记，神态、着装与普通的牧民毫无分别。

他点点头，又摇摇头，清澈的双目谨慎地审视金曜星的身份，笑意温和："曾为寺庙沙门，现还俗为牧马人。"

金曜星脑海浮现赴死火海的昙慧师父，一时心如刀绞，他难堪地回避这位还俗僧人的眼神，痴痴凝视燃烧兴旺的火苗发呆。

"两位施主是要去往何方？"

"师父去哪里呢？"站在洞口望风的裘青山怀抱宝刀，紧挨火堆旁蹲下，笑着反问他。

"贫僧要赶往漠西，为供养人开凿一尊石窟。"这僧人双目炯炯有神，他转身抱来一卷画轴，不像显摆财富的豪门贵族，而是分享精神财富的乐善好施者。

"开石窟？"金曜星双眼发亮，这可是稀罕事。

"对，雕刻这《降魔成道图》在石窟内，会对供养人有强大的加持力。"僧人神色间洋溢着骄傲。他解开装画轴的布袋，小心翼翼地展开手中的画轴。

凝视火光下的画作，金曜星似身处诸神的注目下，惶恐不安，充满畏惧：着朱红僧衣的佛陀，浑身发出金色毫光，团团围绕他的群魔乱舞，施展法术魔力，始终撼动不了静坐禅定的佛陀。

佛陀就是伟大的觉悟者，师父昙慧也是？脑中闪现师父的身影，与佛陀的身影交错，分不清彼此。

"施主，佛经曰：'人人自具佛性，人人都能成佛。'人间是凡圣杂居之地，妖魔是人内心的恶火，是欲望与执念的化现。《降魔成道图》描绘的是魔国为阻佛陀成道，向其攻击，佛陀克服魔障，终成大道，成为觉悟者的故事。"

金曜星茫然地听着僧人缓缓道来的话语，忽而半信半疑——昙慧师父深谙佛法，为何佛法未能保佑他？

"师父，佛能保障世间太平？佛能消散灾祸，免去仇怨、杀戮？"裘青山扫视着僧人及他手中的画作，步步逼问，皆为他所惑。

火苗随着洞外的风向左右滑移，僧人收拢画轴，合掌作答："不能，佛会度有缘人，纵有魔障三千，勤能祛障，爱能降魔。"

夜空缥缈，金曜星见这僧人侃侃而谈的坦荡胸怀，对一向尊崇的佛法更为崇敬有加。他解下腰间金环玉带，双手捧给僧人："师父见解在理，佛陀就是觉悟者。"

僧人接过珠光宝气的金环玉带，并不多看一眼，随手放在画轴上，语气从容舒缓。

"施主，佛有八万四千法门，魔有万千幻相，望施主能调服心性，慧眼辨别真相，遇魔降魔，终成己道。"

回到营地的帐篷，金曜星毫无睡意。僧人要去漠西开石窟触动他的心病。

想起父皇与任伯渊均是主张灭佛的坚定者，他灰心丧气，左思右想，迷迷糊糊睡了个囫囵觉。

他在梦中见到了粉面含春的慕容朗，身穿葱绿锦袍，扭动水蛇腰肢，风情万种地朝他走来，对他柔声细语，躬身诉说衷情。

"太子殿下太狠心，都不肯施手相救妾身，枉妾身对殿下痴情错付了……"

"慕容朗，是父皇，不，是那阉竖万盛在旁搬弄是非。"他内疚地步步倒退，无颜面对哭得梨花带雨的慕容朗。

"太子殿下。"裘青山将他轻轻唤醒，金曜星刚翻身坐起来，只觉头重脚轻，急忙手扶额面，镇定心神。

"殿下，喝点沙葱马肉汤。"裘青山放好陶罐，笨手笨脚地要来伺候他穿衣，金曜星伸手挡住，论起伺候人的功夫，还得是那慕容朗细心温柔。

"不用管本宫，令将士们速速整装待发，不可耽误了行程。"金曜星边说边动手穿衣，套好铠甲，把半罐淡而无味的马肉汤喝个底朝天，手提白虹宝剑，踏步走出帐篷。

北方的蔚蓝天穹，纯粹得无一丝杂念，半轮稀疏月牙，隐没云层。

此时，日月更替，东方红日喷薄而出，红彤彤的霞光映满天际。他陶醉在这壮美的天象中，平城是见不到这般疏朗壮阔的景象，或许，做那游走四方的僧人也不差，胸前铠甲的银饰折射出的银光提醒他：自己是东宫太子，未来以四海为家的天子。

当色彩绚丽的朝霞退散为稀薄云朵时，前方突地扬起惊雷滚滚的漫天沙尘，如上万匹脱缰的野马奔涌而来。

"殿下，怕是前方来敌兵了？"秦道生、裘青山两人警觉地拔刀在手，飞奔过来跪地禀报。

金曜星紧急趴下，伏地全神贯注倾听，抬眼观察飞扬的尘土形状，暗中判断这不是来势汹汹的追兵气势，应该是惊慌失措的逃兵乱象。

"尔等少安毋躁。秦道生、裘青山听令，各率五百精兵，左右包抄！"金曜星起身挥舞白虹宝剑，镇定指挥。

自十二岁始，他就追随父皇行军征战，遇上突发状况，他能应付自如。

"殿下，若是那伙强盗追来，臣只担忧会全军覆没。"秦道生惶急不安地频频回首，被裘青山单手拖走。

哼，本宫求之不得呢。金曜星表面虽不搭理秦道生的杞人忧天，实则不敢放松警惕，张嘴叮嘱道："让将士们头插沙葱，防止误杀。"

等到他的东宫护卫队集齐，再一马当先，冲进黄沙漫漫的迷雾，杀他个天昏地暗！金曜星、秦道生、裘青山三人戴上面纱，组成先锋队，并列冲上前。

众人迷失在沙尘暴中，只闻乱哄哄的号叫、怒骂，溃不成军的骂骂咧咧，辨别不出敌我。

天上落下铺天盖地的沙砾，厚重的沙雾将金曜星隔离在另外一个世界，连鬼影也见不到，慌得他厉声高呼，但嗓子眼被堵住，发不出声来。

金曜星匆忙中跳下马背，站在原地，要静待这沙尘暴过去。风沙减弱，纷乱的马蹄、脚步声渐行渐远，前方有嘤嘤哭泣声，金曜星牵上马，循声而去。

黄沙退散，满地丢盔弃甲的狼藉，跪着头死骆驼，在它的驼峰后，蜷曲着半张面纱蒙住的女子身段。

金曜星暗自猜想：这不会是那批强盗劫来的良家妇女吧？他俯身撩开她的黑色面纱——这是一张酷似慕容朗转世的娇媚面容！他激动地将她搂在怀，深情低呼："慕容朗？"

"大人，小女朝露，来自东方部落的岛国，被这伙强盗劫来，腿受伤走不动……"她羞涩地推开他，娇滴滴地垂头不语。金曜星对我见犹怜的朝露一见钟情，他捡起面纱，要遮住她的花容月貌，不要旁人生出觊觎之心。

"人生短暂，譬如朝露，本宫养活你。"金曜星豪情万丈，抱起朝露，与她同骑马上。

迎头撞上率领将士的裘青山，他跪下禀告："太子殿下英明，这批强盗确实是逃兵，臣将他们打得落花流水。"

"殿下，此女得来太过古怪，怕是敌国派来的细作。"秦道生素来胆小谨慎，面带疑虑向他附耳警示。

"哪有那么多敌国细作？朝露是东方部落的岛国子民。"他相信她是慕容朗的转世化身，继续来陪伴他的可人儿。

"臣听闻中常侍万盛就豢养东方部落岛国的美貌女子，借此操控她们为己所用。请殿下三思后行。"

苍茫闪亮的穹苍下，云雾翻腾出条状若白龙的云彩。云从龙。既曰龙，云从之。

金曜星搂紧怀中的朝露，自负地仰视高空白龙，暗暗嗤笑那泼猴阉竖能操纵人心——本宫倒要试试，是本宫这条飞龙的权势能操控人心，还是他泼猴的手段高明？

【第十七章】

乳母　太子妃吕金瓶

一只白头黑鸦扑棱着翅膀从含章殿的珠帘前飞过，呱呱凄厉叫着停在殿角百年古柏的枝丫上东张西望。

立冬后，来殿内觅食的寒鸦就多了，万物肃杀的冬日，这些生性骄傲的家伙为了果腹，不得不求助人类的施舍。

睡醒后的吕金瓶摊平微感寒意的双腿，翻身侧卧，想要养养神再起来。珠帘外，暮色如倾洒在地的浊酒，无声渗透庭院。她感受着腹中的胎动，是一日日有力了，欣喜地想象着这孩子的模样，是像她多点还是像太子。

殿外有沙沙碎步声，两个点灯宫女走上廊前，一面点灯，一面窃窃私语。

"哟，听说太子殿下带了位千娇百媚的美人回宫哪。"

这话一字不落砸进吕金瓶耳内，脑袋嗡的一声，如无数苍蝇飞来，上百根银针齐刷刷扎得她的心脏血肉模糊。

太子对她不闻不问也罢了，刚处死那不阴不阳的慕容朗，又带回什么新美人？他怕早将怀孕待产的太子妃抛之脑后了。

她竭力按捺住内心腾起的熊熊妒火，试图挪动臃肿的身子，腹中胎儿手足蜷曲，也在替自己鸣不平吗？她忙换了对胎儿舒适的侧卧姿势，竖耳细听。

"嘘，陛下在边疆浴血奋战！太子妃含辛茹苦在待产……只有殿下光顾着携美人回宫享乐。"另一位宫女不怀好意地吃吃低笑。

委曲求全的凄楚使得吕金瓶勃然动怒，她反手抽出垫背的孔雀羽毛枕抛向地面，又觉不解气，抓起梳妆台针线筐内的银剪，奋力摔出珠帘。

哐当一声响，惊得两位饶舌宫女的话音戛然而止。

"啊呀呀，是太子妃?! 太子妃息怒呀。"颤动不息的珠帘间，身穿旧绿裙与苍青裙的宫女磕头如捣蒜。

"玲珑!"吕金瓶费劲地瞪着如鼓圆的孕肚，憋着闷气高呼。

手端铜盆的侍女玲珑，裹着腰封勒出一圈赘肉的褐金色长裙，拿眼角瞄了眼跪地宫女，带着幸灾乐祸的神色撇撇嘴："哎呀，太子妃，她们便是绰号'千里眼、顺风耳'的一对贱婢! 后宫夫人，谁都嫌弃，才打发来掌灯呢。这回定是借太子的新美人出言不恭，冒犯了太子妃。"

玲珑在一旁煽风点火，吕金瓶更是气急了。得下重手教训这些不知天高地厚的奴婢! 她冷哼道："那就拖下去鞭打鞭打，让她们长点记性。"

"太子妃，饶了奴婢啊。"

两位宫女抬起磕得青肿的额面，露出惊惶的悲苦状。

玲珑捡起羽毛枕、剪刀放回原处，拧干面巾，蹲身替她擦手劝阻道："太子妃，这，这鞭打会要人小命呢。慢说什么美人不美人了，想那被陛下处死的慕容朗，不也是秋后蚂蚱，蹦跶不了几日?"

吕金瓶嗅到她身上尚带有体温的汗酸味，不自觉地扭头回避，那男不男女不女的慕容朗被陛下处置，真乃大快人心。几位椒房也是暗自窃喜。转念间，她也不那么嫉恨这多嘴的宫女了。她相信，太子带回的所谓美人，也会是昙花一现的风光。吕金瓶的怒火稍缓，冷笑道:

"真若鞭打致死，那也是她们的命。重新投胎做人，就要擦亮眼珠，别投身为奴了。"

"是，奴婢遵命。"玲珑躬身放下铜盆，气冲冲地走近两名宫女身后，边猛踢她们屁股，边出言教训道："记住了，投胎也要看清门第。"

"呜呜呜，奴婢生来就是奴婢，投胎还不是奴婢……"旧绿裙的宫女止不住抹泪啼哭。

"活菩萨的玲珑姐姐呀……"着苍青色裙的宫女抱住玲珑大腿，百般巴结。

吕金瓶背靠羽毛枕，双臂交叉胸前，漠然盯视着宫女们苦苦哀求的惨相，像看一出好玩的把戏。

后宫生活沉闷单调，哪有草原部落骑射冒险的乐趣? 想到消亡的部落、战死的父王，她下意识地抚摸孕肚——与长兄往后的命运，就靠这腹内的胎儿来维系了。

宫女们直哭得声线嘶哑，也不肯挪窝。吕金瓶听得心烦意乱，手拍床榻，气恼地叫嚷："玲珑。"

玲珑摆脱宫女们的纠缠，疾步过来扶住她后腰。另一位宫女急赤白脸地掀开珠帘禀报："太子妃，皇后娘娘驾到。"

吕金瓶不禁纳闷皇后怎会无故造访，双足正待下地时，鼻端嗅到一股似麝非麝的奇香，地面投射一道阴影，她抬起头，身披白狐裘衣的皇后赫连雪云风情万种移步近前，眼尾余光扫了一下跪在门口的宫女们，便侧身坐在榻前。皇后拿手笼住她的手背，盈盈笑道："太子妃，这两位小宫女，不如打发给本后来调教？"

皇后娘娘开了金口，自不便驳她情面。吕金瓶从皇后温暖软香的玉掌抽出手来，粲然笑道："娘娘能看上这两个下贱的奴婢吗？"

宫女们立马止住悲啼，跪爬上前摇尾乞怜。

"不是说'孺子可教也'？"梳了凌虚发髻的赫连雪云，眼波流转，眼尾上挑，嘴边露出米粒小酒窝，任是铁石心肠的人看了也会心猿意马。

她移步至椅上坐下，指尖摩挲刺绣缠枝莲图纹的袖袍针脚密度，漫不经心道来："总归是近朱者赤，近墨者黑。"

那两名宫女一听这话，如抓住根救命稻草，跪爬在皇后脚面发誓："娘娘就是观世音菩萨啊，奴婢们甘当牛马，供娘娘奴役。"

吕金瓶听皇后语气不善，大有暗讽她管教不严的意味，心生不快，正待思忖以什么话语回应她，玲珑飞腿横挡宫女们想要前进的野心，皮笑肉不笑地讥讽她们："娘娘，这两个奴婢呀，天生就是恶魔附体，小时是小恶鬼，长大后是烂心肠的坏妇人，年老后，便成老妖婆了。"

"太子妃说的也是，本后的承华宫清冷，比不得含章殿热闹，就当唤她们来添点人气罢了。"说这话时，赫连雪云抬起百看不厌的俏脸，幽幽叹息道。

人性本就高攀慕强，吕金瓶想到皇后赫连雪云家族灭亡，剩下她孤苦无依，生出一丝恻隐之心，点头应许了。

夜色彻底暗了，玲珑燃亮四壁烛台，殿内刹那间明亮起来。她怨恨地瞟了眼那两个宫女，稍稍停顿，拜向皇后："娘娘，这两人就是那碎嘴的墙头草……"

"不妨事,本后正缺干粗重活的奴婢。嘴长在她人身上,要想堵住悠悠之口,唯有正身修德。"

赫连雪云手搭膝上,转头厉声发话:"还不速去殿外候着本后?"继而双目瞄了瞄太子妃腹部,笑得灿烂,"太子妃,可是立春后分娩?"

吕金瓶既伤感又期盼,笑着点点头。

"看这孕相,太子妃产下的定会是龙子。"她顿了一顿,似在权衡斟酌,"到那时是得需要位体健心善的乳母。"

吕金瓶恍然大悟,皇后期期艾艾的真实意图,原是向她引荐乳母人选。她还是困惑不解,皇后为何热衷本该掖庭司管辖的琐事?

"噢,这个……"不善撒谎的吕金瓶,慌乱得有些口吃,正不知如何推脱时,皇后赫连雪云徐徐起身,似一道移动的玉屏风,纤手搭住她肩,吹气如兰地言笑道:"本后已替太子妃备好可靠人选。"

皇后赫连雪云虽是肌肤白胜雪的柔弱体质,纤手却是出奇地热乎,吕金瓶感受到她气血充盈的温暖与力度,正欲张嘴致谢,又听见宫女在珠帘外禀报:"太子妃,菊夫人到了。"

菊夫人怎么也会来?满腹狐疑的吕金瓶低头瞟了眼玲珑,她弯腰伸手分开珠帘,一朵红云飘落白珍珠帘内,吕金瓶正眼一瞧,身着桃红新服的菊夫人,手提裙摆,微微前倾上半身,步态妖娆地走近。

"咦?"吕金瓶听见赫连雪云惊讶的轻呼声,并迅疾抽走纤手,吕金瓶暗觉好笑——这皇后就是一只受到惊吓的狸猫,缩回试探的爪子,想要静观其变。

"妾身参见皇后娘娘。"菊夫人也没料到皇后在此,她震惊地张张嘴,很快恢复镇定,弓腰叩拜时,凌虚发髻插戴的血红凤首玉步摇,战栗出夺目光泽。

"江左吴都的土壤气候好,滋养得菊夫人的气色,比起刚入宫的二八佳人还要娇嫩呢。"皇后赫连雪云坐回扶手椅上,虽是夸赞的语气,但神色间流露出毫不掩饰的鄙夷。

"娘娘过奖了,妾身还要感激娘娘成全之恩呢。"菊夫人优雅地抬起头,桃红新服纹绣的蟹爪橙黄对菊,姿态潇洒,显出傲雪风霜的怒放之意。

皇后的面色更白了,她的双目寒星点点,樱桃小嘴绷紧如弓弦。

"菊夫人,此话从何说起?"

菊夫人抬起宽袖袍，唰地背对两人，露出后背中心气焰嚣张的蟹爪橙黄菊，冷冷面向众人。

她缓步挪至窗边，发髻间的玉步摇剧烈抖动，切齿怒喝道："终南山崩塌，若非娘娘怂恿陛下，妾身哪能出宫养出好颜色？"

吕金瓶听得云里雾里，见皇后神情呆滞，不发一言，暗自叫苦——这皇后与昭仪的旧怨，凑巧要在含章殿爆发吗？她才不要卷入后宫夫人们的明争暗斗，羊肉没吃上，反倒惹得一身骚。她颤巍巍走下地，坐在紧挨睡榻的椅中，向一旁的玲珑抬抬下巴。

胖墩墩的玲珑扭身斟满热茶，将黑釉陶盏递给怔怔不语的皇后赫连雪云："娘娘，请吃茶。"赫连雪云握住茶盏，凑近失色的唇边，蜻蜓点水般触碰下，望了望幽暗的天色，强笑道："天色不早了，本后该回宫了。"言毕，原封不动地把茶盏搁置到玲珑手上。

吕金瓶长舒口气——皇后赫连雪云不愧是具母仪风范的正宫娘娘，并不计较菊夫人的矫情言语。

她略略弓腰，微笑颔首："妾身恭送娘娘。"

"娘娘，何必那么心急火燎呢？回宫不也是独守空房？"菊夫人的字里言间充满露骨的挑衅意味。

连吕金瓶也觉她过分了，皇后的地位尊贵过昭仪，菊夫人胆敢公然冒犯，当真愚不可及。

"菊夫人，玉之表里，刚柔自有得体之处。莫要忘了后宫的尊卑礼数，难不成定要本后抬出宫廷刑罚以示惩戒？"赫连雪云话锋一转，面罩不怒自威的寒气。

菊夫人轻蔑地笑了，眼神流露出玉石俱焚的决绝，也许她认为皇后只是纸老虎般的摆设。

"妾身领教过皇后娘娘的手段，不惧怕再多一次。"

赫连雪云的脸色羞得紫红，吕金瓶生怕事态严重，强压对菊夫人无礼顶撞的不满，不顾行走不便，挽住皇后抖作一团的手臂，暗示她躲开菊夫人这头暴躁野兽的发威。

"玲珑，夜深天冷，恭送娘娘回宫。"

好在，皇后赫连雪云是经历过大风大浪的女子，她镇定自如地向她的好意致以平和的微笑，转身离去。

一脸鄙夷的菊夫人，带着满腔恨意藐视皇后渐行渐远的身影，拖过吕金瓶的手，苦口婆心指点她："太子妃啊，你还太过年轻，不知她就是吃人不吐血的猛虎，你无疑是为虎作伥。"

"菊夫人，夜访含章殿，专程来与皇后斗嘴吗？"吕金瓶轻轻撇开她的手，掩口笑问。

"那倒不是，唉哟，不提那烦人的陈年旧事了。秋菊，快把那缎面拿进来。"菊夫人扬手向珠帘外招手呼唤，看得出也是快言快语的性情。

"是。"随着声脆生生的应答，一位笑靥如花，身裹白底点缀绿梅花萼长裙的俏佳人，怀抱一匹橙黄绸缎，一头撞乱齐齐整整的珠帘，顺势将手臂间的缎面搁置几案上，脆声禀报：

"太子妃，这匹'凤羽振翅'的团花锦，是菊夫人送太子妃用来做春服的面料。"

"凤羽振翅？"吕金瓶听这花名甚为刺耳，瞄向折叠缎面露出的半片张牙舞爪的艳丽花瓣，这并非她钟情的审美意趣，碍于菊夫人的情面，含笑着点头表达她矜持的谢意。

"不过是一种菊花的品名。"娇小的菊夫人，扬起天鹅般修长的美颈，取下玉步摇，高举眼前，饱含激情念叨道，"本夫人就爱这块黄中带红的血玉色泽，才令玉工雕琢成'凤羽振翅'的造型，真是祥瑞的征兆呢。"

吕金瓶并不关心什么祥瑞征兆的血玉步摇，脑海被一个执念缠绕——为何菊夫人喜欢"凤羽振翅"？重九菊会，她也收到菊夫人送来的数十朵开得绚丽的棕黄菊，那时她没意识到此花背后的意味，眼下看来，这菊夫人是深藏功与名？

"谢菊夫人的厚爱与恩赏。"她单手托住沉重不堪重负的孕肚，腹内胎儿开始不安分地踢打。

菊夫人拿手攀住她臂膀，凑拢她，殷红口腔散发一股来历不明的烂杏臭气，咧嘴嘻嘻笑道："太子妃，江左吴都的乳娘，不光是生得模样端庄，手脚勤快，奶水更甚，如波斯金桃香甜多汁。"

菊夫人自以为是的热切话语，吕金瓶听得极为不快：这些外人凭什么来替尚未出生的世子引荐乳母？置她这位嫡亲的阿娘何在？

烛台灯花突爆，事出反常必有妖。她疲于应付地懒懒笑道："妾身也做不得主，还得遵从陛下、太子的安排。"

话音刚落，殿外响声雷动，一阵爽利笑声响彻夜空，吕金瓶既惊且喜，这可是她最熟悉的太子的笑声。

她果断抛开菊夫人软乎乎的肉手，起身迎将出去，脑后听到菊夫人语气软糯的冰冷讥讽，如平地刮来冷飕飕的阴风："太子妃，陛下年岁已高，太子殿下忙于监国，怕是没工夫。"

玲珑早上前一步，拨开珠帘，吕金瓶稍作停顿，只当菊夫人私愿未得逞的冷嘲热讽为耳旁风。她手托孕肚，脚步踉跄跨出门槛后，心口当场就被隐藏暗处的毒蛇咬了一口。

一位通身素白洒金水纹缎面长裙的可人儿软软搭在太子金曜星的肩上，在宫女手执八角朱红灯笼的迷离灯火映照下，如柔弱的菟丝子必须依附参天大树，更像蛊惑男人心的白蛇精幻化为美人勾引太子。

这就是饶舌宫女嘴上所指的新美人？吕金瓶的笑凝固在嘴角，是该笑还是该哭？

"朝露夫人，这是太子妃。"春风得意的太子金曜星挽住那千娇百媚的可人儿，走上殿来。

都封赏为夫人了？吕金瓶内心的妒火如草原的狼毒花蓬勃绽放——为何这世间会层出不穷冒出如此多千刀万剐的年轻美人来？她伸手撩起风吹过面颊的一缕发丝，表情僵硬地挤出一丝笑意，弯腰施礼。

"妾身参见太子殿下。"此言一出，她已泪如雨下，忙以衣袖遮挡。

"妾身朝露，参见太子妃。"那朝露夫人也鹦鹉学舌，跪拜在她脚面。

珠帘晃动，菊夫人从暗处现身，越过吕金瓶，娇滴滴的吴侬软语，更似在吕金瓶滴血的心脏撒上一把海盐。

"恭贺太子殿下，又俘获一颗美人心。"

"咦，菊夫人也在？怎不见吴王陪同？"太子金曜星面上笑容转瞬不见，双目充满戒备，警惕地四下张望。

菊夫人从衣袖扯出绸巾，在眼窝处干擦数下，做出痛心疾首的悲状来。

"太子，儿大不由娘啊，你也该管教下不成器的皇弟，陛下要他守护平城，他日日不是出城围猎,就是通宵达旦饮酒作乐。"

"哦,那皇弟初来乍到,一时贪图新鲜,玩性大了些,也属正常。"金曜星恢复常态,笑意浮现眼角,双臂环绕朝露夫人的肩,指示她拜见菊夫人。

挺起大肚子的吕金瓶吹了半日冷风,见太子当她是透明人,气得五脏六腑缩成团。她抠紧手心肉,强迫自己不可当场发脾气。

菊夫人瞧见她备受冷落的难堪样,眼神灵动地扬起脸,嘴上高呼:"哎哟哟,太子好福气,这朝露夫人可谓是艳绝后宫!秋菊,拿过那匹'凤羽振翅',就当送给朝露夫人不成敬意的见面礼。"

"菊夫人,这,这不是已送给太子妃了吗?"秋菊颇感意外,迟疑地喃喃低语。

"人家太子妃哪会稀罕呀。对不对,太子妃?"吕金瓶真想朝狂妄的菊夫人那张势力脸狠狠扇过去,但理智提醒她,决不能轻易动怒。她紧咬下唇,强颜欢笑向太子示好:"菊夫人惯会说笑了,这'凤羽振翅'花色娇艳,与朝露夫人匹配,就当本妃借花献佛。"

不等秋菊动手,胖玲珑一个箭步冲进内室,扛出缎面,太子身后的两名宫女接过去,退回暗处。

菊夫人自觉无趣,领着秋菊悻悻辞别。

太子金曜星这回总算有人君之风了,他牵起吕金瓶的手,拍拍她手背,吕金瓶感激得热泪盈眶,以为太子定会陪她进殿嘘寒问暖关心她腹中胎儿。

"起风了,回殿歇息。本宫顺道过来,是陪蕙心纨质的朝露夫人认认路。"

金曜星说完,抖动黑丝绒的斗篷,转身搂住朝露夫人,无情地快速离去。吕金瓶的期盼落了空,脑海回响着太子夸赞朝露夫人蕙心纨质的用词,这四个字如锥子刺破她的满腹自信。

她呆立原地,偌大的空庭,仅剩下枝丫上沉寂无声、冷眼看世相的一排老鸦,突地呱呱叫起来。

吕金瓶头靠冰冷的墙面,悲哀地意识到自己与这些乞讨生存的寒鸦并无区别。

"玲珑,取点吃食喂它们。"她听见自己心碎一地的声音。

【第十八章】

菩提果　常鹤兰

士兵举起桦树皮引燃的火把，将后院事发地照得明晃晃如白昼。躺在血泊里的一具无头死尸，丑陋的下半身裸露在外，命根子被生生斩断！

胖墩墩的秃头黄须军官黑着脸，站在高个子士兵举起的火把下，阴狠的双目审视着女俘群。

偷偷溜回俘房营的常鹤兰乘乱挤进人群，她们嗡嗡如苍蝇般乱叫，多是不敢流于表面的幸灾乐祸。

她费劲地从俘房们的大腿缝隙间，望向血地上那令人做噩梦的死尸被齐刷刷截断的脖颈处，不觉头皮发麻——是什么样的仇家会出手这般凌厉痛快？

"究竟是谁？"秃头黄须的军官张嘴暴喝，女俘们纷纷向后退步，七嘴八舌否认。

夜空布满密集如蜂鸣的喧嚣。

常鹤兰双臂环抱胸前，嘴唇哆嗦。寒冷与饥渴使得她怨气冲天，她痛恨身处的时代——世界上总有自以为是的傻瓜和恶棍，制造出这种日日都要与死人、与恐惧荒诞打交道的乱世。

她望了眼天际，希望能在黑暗里见到一线曙光，哪怕是稀疏的几粒星子。伸手不见五指的高空，她见到的是更为深邃的无边黑暗。

那就听天由命了。并拢发软而战栗的双腿，绝望的常鹤兰保持顺从的沉默。周遭的女俘们开始低声咒骂那军官死得不是时候，牵连她们无故活受罪。

"谁认识那些失踪的女俘？"

无人应答，唯有萧瑟秋风在头顶惊悚地来回扫荡。万名女俘骤减为上千人，沉默不语的人群中，弥漫着死神来临的阴霾。

"不说？那就将尔等全部砍头！"秃头军官坏笑着恐吓这群砧板上的鱼肉。

依旧是死一般地沉静。遭受了国破家亡、亲人生死离别的痛苦，再成为俘虏，被迫接受辱骂、强暴、非人折磨，女俘们似乎已不再那么惧怕死亡——死亡固然可怕，苟且偷生的未知艰险，何尝不也同样令人恐惧？

"真当老子的话是吓唬尔等？"秃头军官揪过身前的年老女俘，拖出人群，抡起大刀架在她皱纹似干核桃的脖颈。

常鹤兰认得，那可是干活最卖力的老好人。她恐惧地闭紧眼，耳旁响起呀呀惊叫，倒霉的女俘房扑倒在地，秋风裹挟着刺鼻的血腥味，又渐渐消淡在夜空。

常鹤兰偷偷向后退缩，暗暗叫苦：这秃头黄须的军官总不能真将她们杀个干净吧？

影暗处冒出位短粗浓眉、狭长细眼的络腮胡须老兵，他胸前挂了串硕大的黑亮佛珠，显得僧非僧、道非道、兵非兵地不伦不类。他阔步走近无头军官尸体旁，俯身仔细查看后，语气确凿推断道：

"大人，这刀法不似出自弱女子之手，此处有践踏凌乱的马蹄痕迹，凶手恐是异族部落所为。"

"异族部落？"秃头军官狐疑地抬起脸，高空猝然飞过一只猫头鹰，他纵身挥刀，猫头鹰俯冲过来，要啄他手背，秃头军官狂叫着躲闪，大刀滚落在地。

"磨笄山的猫头鹰，只有在黄昏时刻才出现。"常鹤兰悚然心惊，凝视飞远的猫头鹰身影，想起老婆婆常念叨这句话语，顿觉毛骨悚然。

胸前佛珠晃荡的老兵捡起血迹斑斑的大刀，神色恭谨地递给秃头军官，手指向苍莽夜空下的东方。

"大人，何必与畜生斗气？马蹄印的方位指向磨笄山的东面，臣熟悉那片地域，是东方部落的养马场，长满了紫花苜蓿草。"

秃头军官接过刀刃滴血的大刀，愤愤不平地斜视无头军官的尸体，再次砍向女俘群的上空，发出为同类哀号的咆哮。

"强暴这帮贱货！"

女俘群集体保持麻木不仁的寂静无语。横竖这张皮囊也臭不可闻了，多一次糟蹋少一次糟蹋，有甚分别？

"大人，眼下缺粮少穿，谁有心思作乐？不如渡过这难关要紧啊。"饥寒交迫的络腮胡须老兵站出来说话了。他单手盘着佛珠,黯淡无神的双眸在提到粮食的字眼时,会散发出些许微弱的亮光。

"那东方部落不是被魏国消灭了,怎会有人有粮食?"

全场一片死寂,所有人都被粮食这个敏感的字眼所吸引,这才是关乎生死存亡的根基。

"一群养马人离开部落去牧马,成为漏网之鱼。有人、有马就有吃食,不过,终究是要靠蛮力去掠夺。"络腮胡须老兵飞起一对扫帚浓眉,瞪大温和的眼神,语调充斥着看透世事的淡泊与饱经风霜的苍凉。

"一切战争都是掠夺!"随着话音落地,秃头军官歪歪屁股,放了个响屁,像是回应这话的真伪。

"滚,滚!"秃头黄须军官余怒未消地收起大刀,驱逐畜生般驱散女俘回到院内。

常鹤兰暗道侥幸,她摸索到膳房熬豆粥的清冷灶台前,后院火光敞亮,将手伸进半锅霜花,掌心抓了把冰凉的残汤剩水,从指缝间淅淅沥沥淋下来。常鹤兰疯狂地舔着蘸湿的指头,全是清汤寡水的碱水味。

她绝望地瘫在灶孔前,酸楚的泪水夺眶而出。还未到平城,恐怕就饿死在这磨笄山下,此生怕是见不到她心心念念的幼儿和夫君季康了。

纷乱的脚步声闯进来,常鹤兰在泪光迷离中见到络腮胡须的凶恶老兵,他手兜硕大佛珠,大咧咧地坐在灶孔前,离她半步之遥。常鹤兰鼻端闻见狐臭的异域体味,她忙擦拭泪水,畏惧地向后挪挪屁股。

"饿坏了?吃个菩提果垫垫底。"那神色从容的老兵瞟了她一眼,扯断脖颈间一颗佛珠掰开,取出滴溜圆的黑丸递过来。她犹疑不定地接过黏糊糊的黑丸——这恶人也太聪明了,竟将吃食装进空心佛珠内。

"放心,这是师父用各种浆果制成的菩提果。"这扫帚粗眉的恶人咧嘴笑道。

"寺庙的师父?你不是大魏国的士兵?"常鹤兰将黑丸丢进嘴里咀嚼,她吃出了松果仁、葡萄干、核桃、红枣、甘草混杂的绵密香气。

"贫僧俗姓武,法号僧觉。曾是烧毁的大恩寺的扫地僧,陛下的灭佛诏令,弄得庙毁人散,无容身之处,只得还俗成老兵,填饱肚皮。"武僧觉苦笑着脱下盔帽,露出发中戒疤的光头。

常鹤兰不懂什么灭佛诏令，想起抄经生的令狐生也深受其苦，含着嚼碎的丸渣不舍吞咽，问他："灭佛可是不好的事？"

"嗨，南朝四百八十寺，多少楼台烟雨中？师父说佛法兴亡也不过是万事万物的运行规律。"武僧觉不以为然地撇撇嘴，摊开短腿，躺在柴垛上，双臂枕着后脑勺，嘴里感叹，终究是躺在柴垛上睡得踏实。

常鹤兰见他性情率真，心中自亲近他几分，吞下这黑丸后，恢复了些许体力，便扯出话题与他攀谈："你为何要成为士兵呢？"

她注意到他生有一排浓密的眼睫毛，对这武僧觉倍加好奇——明明长了对凶巴巴的扫帚眉，却有双眼神柔和的温暖眼眸及柔情的浓密眼睫毛。

"为了活命，找到阿娘，为她养老送终，尽尽儿子孝心。"他拎起佛珠在掌中搓出圆润的哗哗响声。

这粗莽汉子倒是个孝子，可怜季康无父母。常鹤兰思绪恍惚，不觉走了神。

"你又为何忍耻含辱成为俘虏？"他侧身横躺在她面前，宛如一截千年古松树桩，替她遮风挡雨。

"国、破、家、亡，为了与儿子季寿安、夫君季康团聚。"她噙着热泪，嘴皮咬得生疼，一字一顿，近乎哭出声来。

他神情略显尴尬，沉默良久，然后抬起长满络腮胡须的宽阔腮帮，目光闪闪地凝望她。

"嗨，你这副容貌倒似我阿娘。"

"呸呸，哪有这么夸人？"常鹤兰被他盯得心如鹿撞，又看他是真有趣，不由得破涕为笑，笑着笑着想想自己仍是前路未卜的俘虏身，眼泪不争气地滑落下来。

武僧觉傻笑着搔头无语。秋夜的露水浸湿心田，孤苦无依的灵魂都各自深藏难言之隐。

从此处能窥见院内的火光逐渐熄灭，武僧觉突地起身丢给她两颗菩提果，蹒跚着步伐，摇摇摆摆就要离开膳房。

"武大哥？"她惊慌地呼唤他，从未有过的失魂落魄，从未有过的热切渴望，想要恳请他留在身旁。

"在这替你防住冒失鬼撞来。"武僧觉张嘴打哈欠，揉揉扫帚眉，仰面靠在门槛后的墙面，不多会，鼾声渐起。

这看似粗莽的恶人武僧觉，也有察人于微的心思。常鹤兰倍感心安，合拢双眼。这夜，她睡得香甜，是平生以来睡得最舒适的夜晚。她甚至做了梦，梦中的她是原始古林中的小松鼠，在巨松的树身安了家，与松树相依相伴。

次日，进军东方部落，女扮男装的常鹤兰自告奋勇跟随武僧觉加入秃头军官率领的乌合之众，抵达一道长满芦苇的蛇形浅滩时，绛紫色的晚霞照射得天地五彩斑斓，像是有喜事发生。

对岸便是部落群居地。

牛粪燃烧的烟雾飘浮空中，青草的香气随风散落。十几座白毡搭建的圆形帐篷，稀稀落落地绽放在浅滩对岸的草原，上百头牛羊拴在栅栏后，静等次日黎明的太阳照样升起，重复单调且安乐的平凡生活。

头戴盔帽的常鹤兰紧跟武僧觉，藏身密密匝匝的芦苇丛中，毛茸茸的芦苇花不时拂着她的脸庞，搅得她心慌意乱。武僧觉的敦实后背如坚不可摧的铜墙铁壁，她内心生起一丝异样的情愫——他与季康完全不同，季康阴柔、温顺，他则豪迈、鲁莽。可她与季康是一条藤蔓结出的俩倭瓜……

"武僧人，你他妈的名字取得真鸡贼，舌头打结就喊成'武圣人'了。"

隐藏在芦花深处的秃头军官突然回头打趣武僧觉，掐断她异想天开的幻觉。她低垂滚烫的脸，回到不堪的现实世界。

"臣为扫地僧，不懂经书要义，会念诵几句佛号持戒。大人可喊'扫地僧'顺嘴些！"武僧觉正说得热烈，两只丹顶鹤从芦苇深处飞向高空，亲密相依的飞翔姿态，向世人展示它们忠贞不渝的爱情。

众人都惊了一跳，慌忙望向浅滩对岸，那边有篝火燃烧，陆陆续续的人群聚拢火堆，有人敲响手鼓，有人吹奏尺八，欢歌载舞，浑然不觉杀机四伏。

尺八的乐声哀怨，透过密集如林的芦苇丛，飘进常鹤兰耳膜，一旦想起生死未卜的季康，她的眼泪就会流下来。

武僧觉紧皱扫帚眉，警觉地回头望向她，温和的眼神流露出些许愠怒。常鹤兰猛然惊觉——决战当前，她岂能牵肠挂肚儿女私情？天下擅吹尺八者多如牛毛，怎能肯定就是季康呢？她羞惭地埋下头，留心起对岸动静。

天际的霞光褪成酱红色，月亮偷偷躲在云层后，如同心机深重的主谋者，漠然窥探生死场的喧哗闹剧。

对岸草原的火光里隐现着一群载歌载舞的人影，似一帧远古的画面，虚幻而宁静。

一股黑旋风吹得芦苇丛向后倾，秃头军官面色大变，一句"兵不逆风"冲口而出。

"事急矣，何用古法？"武僧觉皱了皱扫帚眉，经验老到地下判断。

"跟过将军的扫地僧，口气就是大，那你去打头阵。"秃头军官不满地嘟囔着，眼神漂移不定，冷峻的面孔掩藏在白夹灰的芦花穗间，叉开双腿想要随时撤退。

"大人，在下策马跑进人群时，请大人命全军敲鼓，用鼓声壮军威。"武僧觉拉下头盔的网状面罩，以眼神示意她照办。透过渔网状的面罩，常鹤兰见到被切割成无数个场景的画面。她紧张且慌乱地望向武僧觉，他伸出宽厚的手掌，两人牵手向芦苇丛外的阴沟奔跑，那里藏有他们的坐骑。

"尔等记住，守住羊群即可，用火鞭恐吓他们骑马逃散，不伤人性命。"

武僧觉舒展扫帚眉，对二十位精骑下令完毕，抱起常鹤兰与他同骑黄骠马背，一路颠簸。常鹤兰搂住武僧觉的腰，对他产生无尽的依恋。这一刻，她忘记了季康，忘记了失踪的幼儿季寿安。

在夜色掩护下，一行人马悄无声息地迈过芦花浅滩，靠拢帐篷，打开拴马的栅栏，无数匹骏马跳跃奔驰。武僧觉抽出腰间软鞭，将马群驱赶至歌舞喧天的草原中央，猛地振臂高呼："大魏国的人抢马了！"

常鹤兰嗅到武僧觉血脉偾张的男性体味，那是一种说不出来的动人心弦的气息，她承认自己被他深深吸引，想起下落不明的夫君季康，她为自己产生的念头感到羞愧，但他的魅力如磁铁，她无法抗拒，只得壮胆将脸贴在他后背，情愿被他独特的狐臭夹杂麝香味的雄性力量驯服。

密集如雷的鼓声敲响，喝得醉醺醺的部落男女，真以为大军来临，慌不择路，翻身骑马，打起呼哨，成千上万的骏马跟随他们跑出漫天烟雾，瞬时不见踪影。

鼓声停息，秃头军官领着人马气势汹汹地包围火势熊熊的欢乐场，精壮的汉子全跑光，只剩下几个烂醉如泥、身裹兽皮的孱弱老者在遍地狼藉中咿咿呀呀。

秃头军官揩把油乎乎的秃脑门，提起大刀冲上来破口大骂："好你个扫地僧，给老子玩明修栈道暗度陈仓？"

"大人，把狼崽子都杀掉，来年可就无猎物射杀啰。"武僧觉抱起常鹤兰滚鞍下马，笑嘻嘻地拱手作揖道。

双腿酸麻的常鹤兰站定火堆前，明媚月色下，蜷伏着裹着兽皮的长发男子，他抬起醉眼惺忪的紫红脸，常鹤兰无意与他目光对视，如遭雷击，这不是她苦苦寻觅的夫君季康吗？

"季康?!"常鹤兰不敢相信自己竟会如此走运，她快速掀掉渔网面罩，忘记女扮男装的身份，跪在地上抱紧酒气熏天的男人，又哭又笑，使劲摇晃他："季康，我是常鹤兰，我们的儿子季寿安，他……"

常鹤兰蓦然醒悟，羞愧地拿手蒙住嘴——儿子被她丢弃了，她该如何启齿？唯有号啕痛哭来掩盖内疚与不安。

男人毫无反应，任凭她又哭又笑，像一截木桩立在原地。

"滚开！哪来的野货抢我的男人？"阴影处走来位眉目凌厉，高鼻厚唇，浑身散发狂野气息的女子。

常鹤兰停止哭泣，怀着深深的恨意，审视夺走季康的情敌——不能说她不美，她是独树一帜的野性美。她身披金黑相交的耀眼兽皮，头戴树杈编织的花冠，眉心垂挂银器镶嵌的鸡蛋大小的黄宝石，漆黑剑眉下的琥珀色眼珠，扑闪出阴沉的冷光，如一头草原的年轻母豹。

这头母豹不顾大腹便便的孕肚，狂怒地冲常鹤兰胸前吐唾沫，羞辱她。

"他已经成为我的男人，我们的儿子即将出生。"异族女子嘴角挂着胜利者的得意笑容，轻巧地把常鹤兰推倒在火花飞溅的篝火旁。

摔得骨头散架的常鹤兰瞥见她的大肚，嫉妒的恨意取代仅存的负罪感——他为何要与其他女人生子？！

"季康，我要杀了你这个负心人！"她趴在被火烤得滚烫的地面，双手揪住把泥灰，盯住燃烧的火焰，想到自己承受的屈辱、痛苦，换来的却是他的背叛！鼻涕、眼泪模糊了她的双眸。

"我要杀掉他！杀掉他！"这个可怕的念头盘踞脑海，挥之不去。

那头凶恶的母豹一个飞腿，将丢在地上的头盔踢到她身前——这是强者在嘲笑弱者。

常鹤兰捡起裹满烟灰的变形头盔，忍痛站起身，戴端正头盔，流不尽的泪水如汩汩涌动的清泉，她如被人操控的傀儡，挪步到武僧觉身旁："武大哥，借刀一用。"

【第十九章】

无遮大会　武僧觉

"要刀何用？"武僧觉为难地按住腰间佩刀，明知故问。

"杀掉负心的季康！"常鹤兰用尽全身力气喊冤，跪伏在他脚下号啕大哭，好似这天底下的男人都辜负了她。

腰身别尺八的断臂醉酒男子跪在火堆旁，那异族女人双手搂住断臂男子的脑袋，充满敌意的碧蓝双眼瞪向常鹤兰，似是在警告她不可打她男人的主意。

武僧觉看得黯然神伤，世间男女，谁也逃不脱情欲的魔咒。他心痛地将常鹤兰扶起身："杀人容易，他日若与你儿相逢，将以何为言？"

双目呆滞的常鹤兰，失去血色的双唇欲言又止，神色凄楚，喃喃低语："那，那我也不想活了。"

"你真狠心，宁愿你的儿子独活于世？"武僧觉愤恨地抬高音量，不觉泪溢眼眶。他就是五岁被阿娘遗弃在庙中的孤儿。他从娘胎带出狐臭的怪病，村人怀疑他是阿娘与野狐苟合产下的半兽半人怪物，并扬言要处死他，生怕他带来不幸。

他从未见过阿爷，阿娘忍受周遭的冷嘲热讽与白眼辱骂，将他抚育长大。

夏日麦田，金黄的麦浪滚滚，燥热的空气里蝉鸣不绝于耳，麦香浮动。他跟在阿娘身后捡麦穗，阿娘割麦穗极快，他捡起把麦穗，跑到阿娘身后，揪住她衣襟，天真地发问："阿娘，他们说阿爷是狐狸哩？"

阿娘扭身抱起他，黝黑发红的脸蛋上流淌着滴滴汗珠，在阳光下闪耀出深海珍珠般的纯洁光芒，睫毛浓密的丹凤眼眯缝着凝视一望无垠的麦田，认真地纠正他："傻儿子，别乱说，你阿爷是狐仙。"

"哪，什么是狐仙？"几只花麻雀飞来啄食田垄麦粒，他懵懂无知地问道，从阿娘怀里滑落下来，跑去捉麻雀。

"狐仙就是，嗯，庙里的菩萨，保护好人的菩萨。"阿娘的声音苦涩，她放下割麦刀具，从背篓翻出半截凉透的熟玉米，塞住他嘴。

五岁那年，天旱、水涝灾害频出，到处都有饿死人的残骸，村人借机要处决他来祭祀发怒的天神。

阿娘背着他东躲西藏，混进鸣钟击鼓、檀香缥缈的大恩寺，不承想这里正举办无遮大会。

上千贫民倾巢出动，把个无遮大会的空地挤得水泄不通，等待大和尚讲法参禅后的慷慨布施，阿娘抱着他绕过充斥寒酸臭味的人群，摸进寺庙内观音殿，拿起供案上的供品充饥。

狼吞虎咽吃掉几个新麦蒸的麦饼后，阿娘拉他跪在蒲团上，要他闭眼向观音娘娘跪拜，等他睁开眼，就不见了阿娘踪影。他以为她是和他玩捉迷藏的游戏，安静地趴在蒲团上，看着石缝内的蚂蚁搬家。

是住持和尚收留了他，十五年了，从干杂活的小沙弥剃度为扫地僧。

往事如白驹过隙，武僧觉从未对女性动过心，哪怕身在军营，常能遇上年轻的女俘或者来历不明的貌美的单身女子。昨夜，在膳房，他对眉眼神似阿娘的常鹤兰一见钟情，这份复杂的情愫，既有单纯的男女之爱，也有同病相怜的悲悯。

牛粪的火苗微弱，常鹤兰发出轻细的哭声。他上前抱住瘦得如纸片人的她，动情地以五指为梳，替她梳理凌乱的黑发，她脖颈处带有暖乎乎的乳香，是似曾相识的阿娘的体味，他沉迷地以额头抵住她冰冷的额面："放过他，活下来。"

"放过他，就能活下来？"常鹤兰神色不自在地挣扎着扭过头，夜风吹拂她的黑发，露出她幼白如霜的面孔，如荒野中形单影只的灵秀白狐，清冷而幽怨。

武僧觉瞬间热泪滚滚，他原是个无父儿，狐狸是他的人生梦魇，村人猜疑阿爷是狐狸，阿娘说他是狐仙。他将身世说给师父，师父初听一言不发，而后长叹道："那补天的女娲都没听说过有父母，那哪吒还将血肉之躯悉数还给父母，徒儿何必执着此念？血亲固然重要，汝已成人，福德造化皆靠汝所心所念。"

师父的劝解，他仍未释怀。他不接受自己是孤儿的事实，宁愿认定阿爷是托为人身的狐仙，而眼前的常鹤兰虽是凡人，也带有狐仙的神韵。

"季康。"呆若木鸡的常鹤兰突地挣脱他的怀抱，转身向后跑去，年轻男子双膝跪地，拖着半截断臂，弯腰哇哇呕吐，怀孕的女子则为他捶打后背。

武僧觉本能地张开双臂，拦住她去路，凶巴巴地出言警告："你不见人家已有怀孕的妻子？"

"他的妻子是我啊。"常鹤兰凶狠地还击道，痛苦地捂住嘴，躲到阴暗处独自伤悲。他本欲追上去，想想还是罢手。

羊儿咩咩惨叫，武僧觉望见士兵们正赶出十几头肥羊，迫不及待地要宰羊，几个士兵怀抱牛粪饼，胡乱码在火堆上，火苗嘭地蹿出来，燃起欢快的火焰。

他的腹内也咕咕作响，便走向卧倒在地休憩的黄骠马，头靠温暖的马腹，准备休整精力。

"哟呵，东方部落也有不怕死的女人？"是秃头军官那故作姿态的腔调。他迅疾踮脚扯掉异族女子额面的黄宝石，轻薄地拿手去抚摸女子隆起的腹部，醉酒呕吐清醒过来的季康伸出单臂上前攥着他的手腕，反被秃头军官摔出老远！

士兵们放肆地坏笑起哄。

武僧觉暗骂这家伙禽兽不如，竟然会去欺负孕妇！这种无法无天的人真该给他点教训！这么想着，一个鲤鱼打挺站起身，踏步前去。

那异族女子挺起肚腩，动作轻快地亮出袖间匕首，雪亮的刀尖逼近秃头军官青筋暴突的脖颈。她面色羞红，冲地上挣扎的独臂男子发话："季康，快召汗血宝马。"

"大人！"士兵们丢掉忙碌的活路，呼啦亮出各自的兵器，将两人团团围困。

"扫地僧，快杀掉这对野蛮的男女！你留下的后患，活该你来料理！"神色狼狈的秃头军官，双目赤红怒斥道。

武僧觉并不言语，加快步伐走上前，权且当他的话放屁，脑中紧张思索应对之策，手上缓慢拔出佩刀——他不是轻易用刀的屠户，刀法仰仗义父大将军代无碍所教授，大将军立下军规：不杀妇孺、病弱、老残。

一轮圆月当空照，他停住脚步，瞥见季康费力地掏出尺八，放至唇边，音调颤抖不成调，常鹤兰飞跑到他身旁，他熟视无睹地吹奏出哀怨凄婉的曲调，随着曲调高昂，一团红影飞速出现在他视野，渐渐近了，是匹其貌不扬的枣红马。

武僧觉暗自窃喜，将佩刀缩回刀鞘，抱拳致歉。

"大人，恕难遵命，大将军立下不杀妇孺的军规。"

"你，胆敢抗令？"秃头军官冒火的怒目直视武僧觉，恨不得要生吞活剥他，又不敢动弹，稍有不慎，就会被异族女子的匕首割破喉管。

武僧觉眼见闭目吹奏尺八的季康，似沉浸在乐曲中，又似心虚不敢睁眼面对昔日的发妻常鹤兰，曲调渐趋舒缓时，枣红马飞奔近前。

他看得分明，嘴里大嚷："保护大人！"手扯项上佛串，照着季康的头抛过去，稳稳套住他脖颈，异族女子惊得松手大叫，回身见到枣红马，喜得拽住季康衣领，两人飞身并骑马背，驰骋而去！

月明如旧，夜空残留尺八的缭绕余音。

这一切，不过眨眼间，秃头军官尚未醒悟，待众士兵齐声呐喊"大人"时，他方如梦初醒，抽出大刀，凶猛地砍向武僧觉。

武僧觉灵巧闪躲，大刀扑了个空，秃头军官气咻咻地尤不解恨，武僧觉笑嘻嘻搀扶他坐在火堆前，喊来女扮男装的女俘奉上大碗酒水给他压压惊。

吊脚铁锅内炖的羊肉，冒出嘟嘟血泡，武僧觉下意识地抬起双眼，搜寻常鹤兰的身影，见她呆呆地蜷缩在季康离去的地面，忙示意女俘照料她。

他捡起树杈，挑起一个接一个涌现的羊血泡，出言恭维秃头军官："大人，兵不血刃，获得肥羊、壮牛上千头，全赖大人英明决策。"

秃头军官咕咚喝掉碗内酒，手背揩干下巴的酒珠，并不卖他讨好的情面，阴阳怪气地讥讽他：

"扫地僧也动了凡心欲念？直接摁在地上完事呗。"说完，再次接过大碗酒含在嘴边，哧溜吸干碗内酒，色眯眯的双眼射向女俘们："你们过来，谁伺候老子舒服，这黄宝石就赏谁！"

女俘们你望我，我望你，谁也不敢上前。

"大人应当尊重女人，尊重女人就是尊重母亲。"羊肉的汤汁翻滚出雪白的水花，他扔掉树杈笑道。

秃头军官恼羞成怒，摔碎酒碗，举起手上的黄宝石，恶声怒喝："哈哈哈，本大人年近不惑，还需你来教化如何做人不成？你两个过来！"

被他指中的两名女俘，硬着头皮，唯唯诺诺地爬到他身旁，战战兢兢地陪伴左右。

武僧觉眼皮一跳，抿嘴嘿嘿冷笑不语。寺庙清修的惯性与跟随大将军出生入死，他已做到荣辱不惊——既能仰望星空闪耀的柔情，也有直视沼泽黑暗的勇气。

女俘把沾有泥沙的沙葱放进锅内，葱香盖住羊肉的膻味，他摸了下腮帮的胡须，用袖间匕首插起块热滚滚的羊肉："大人，怨恨是冰，遇热就化。"

"哼，肉熟了？不是看在你义父大将军面上，你这个扫地僧早就去阴曹地府替阎王爷扫地了。"

他屡屡提及义父大将军代无碍，武僧觉大口啖食鲜嫩羊肉不语。大将军随陛下南征前，言辞一贯模棱两可的他，态度强硬地留下自己跟随秃头军官，说他此去南征，定会血染沙场，凶多吉少。

想到与戎马半生的大将军的生离死别，武僧觉的胸腔顿被一股荡气回肠的悲怆所淹没，他无从掩饰内心的悲痛，用手掌按住胸前，听到秃头军官断断续续的醉话从风中飘来。

"扫地僧，大将军随陛下南征，若立下赫赫战功，你小子可记得在大将军面前替本大人讨个封赏。"

"那是当然。"他客套地闷哼道。

"乱世飘零，最好今朝有酒今朝醉。本大人是过来人，你若喜欢那女俘，今夜就入洞房。明日，明日的事，谁说得清？横竖她们都是砧板上的鱼肉，任人宰割。"

秃头军官的酒话，饱含世事无常的悲凉，如锋利的大刀刺穿他肉身。武僧觉松开手掌。战乱带给女人的摧残更甚。他愤懑地攥紧拳头，这畜生的话，也不无道理。他喜欢她，为何不在当下占有她？假若义父大将军在场，也会怂恿自己这么干。

情欲之蛇贪婪地吞噬他的理智，武僧觉倒满酒，一甩脖子喝个滴酒不剩。秃头军官还在继续夸耀他的神勇战功，他趔趄着起身，月影暗淡，不知何人吹起篪来，浑厚文雅的呜呜篪声，划破夜色寂然的上空，敲醒他沉睡灵魂。

武僧觉的眼、耳、口、鼻、舌、身、意全然进到清冷悠远的世界，周遭的喧闹与他无关，只剩这篪声，如一道光，抵达幽暗的身心灵肉，内心的震撼，与在庙内安静打坐听见钟鼓齐鸣的感受相同。

他想起自己躺在观音殿的蒲团上，众僧对他的呵斥，嫌弃他的狐臭，是师父拉起他，对僧众说，众生平等，恒顺众生。

"僧觉，好生修行。无遮大会是太平盛世佛教举行的一种广结善缘，不分贵贱、僧俗、智愚、善恶，都一律平等对待的大斋会。汝要精进勇猛，力争在吾有生之年，能再主持无遮大会。"

师父！他深感愧对师父，在军营里，刀光剑影，不比寺庙，清静安宁。一时头重脚轻，阿娘的面孔与师父的身影在脑海里折射出幻影重重。他欲哭无泪，像无头苍蝇四处寻觅属于他的精神家园。

月夜冷风，时而是阿娘的轻声呼喊，后来是大将军严厉的苛责，继而是师父温和的教诲，交织成钝器，捶打着他的心脏。

月影轻移，武僧觉在恍恍惚惚中听见一线细细的哭泣声，循声而去，见到常鹤兰了，她蹲在他的黄骠马边悲啼，无助地耷拉着丹凤眼，眼角眉梢皆是情意。

武僧觉又悲又喜，跑去将她横抱在怀，常鹤兰支支吾吾地死命挣扎，如同砧板上的一尾白鱼，待看清是他，她慢慢地停下扑打，也许她认命了，也许她臣服了。

他虔诚地抱着她，如同怀抱向诸神祭祀的献祭物，满怀敬畏地走进帐篷。

【第二十章】

伏龙山　太守代无碍

　　太守代无碍困在伏龙山，逃不出去。

　　曙光隐现的一轮乳黄色朝阳，直射在潮湿的石榴裙褶皱般的孤峰上。顾名思义，从下往上，由古老变质岩、红色嶂石岩、白色石灰岩构成的山峰，活脱脱就是俯首称臣的"伏龙山"。

　　笔直如削的山脉岩石，被斗转星移的时光雕琢出褐红色纹理，如火龙浸润的锃亮龙鳞，岩缝中钻出的繁花野草，如宝石点缀在俯首的龙颈间。

　　无数座帐篷像雨后春笋，密密匝匝地紧挨在山脚下，排列成品字，南康城太守代无碍的帐篷，位居龙头正中。

　　代无碍的胃寒顽疾复发，搅得他睡意全无，只得翻身坐在绿锈斑斑的铜镜前呆呆出神。

　　火盆的火光模糊映照出镜内有位环眼高鼻的白头男子，他的左面颊有道触目惊心的紫红疤痕，如缓慢爬行的蜈蚣贯进耳郭，隐隐彰显主人是与死神交过手的狠角色。

　　代无碍摩挲着手感粗糙的狰狞疤痕，目光不由自主地落在横放睡榻枕下的大刀，那是兵营中的铁匠季康仿照已失传的名刀"大夏龙雀"锻造出的复制品。刀背同样铭刻"古之利器，吴楚湛卢，大夏龙雀，名冠神都，可以怀远，可以柔迩，如风靡草，威服九区"的字样。

　　季康是善锻造刀剑的铁匠，太守赏识他高超的技艺，重用他，但脸上这道伤疤，也是拜季康所赐——不是每道伤痕都会成为他值得炫耀的勋章，这道醒目的疤痕是他羞于启齿的耻辱印记。

火盆内的火焰呼呼跳将起来，他起身侧头望向纹丝不动的帐篷门帘。

"啥时辰了？"他是蜀人，语音有改不掉的蜀腔。

"禀太守，三更鼓声后，是寅时，离天亮尚早咧。"卧在门旁的随从揭开门帘，探头望望天色，语气笃定地禀告完毕，又偏头迷迷糊糊假寐。

代无碍本想再睡个囫囵觉，黄发胡僧那句"太守不日会官至大将军"的断言，如勾魂小鬼索走睡意。

"大将军"是那些鄙视他的家伙嘲讽他的戏称。

起因不过是他醉酒后吐露的一句不知天高地厚的豪言壮语，蹉跎岁月大半生，他还只是个守护南疆边界的南康城太守。

守护南康城是苦差事，这里是鸟不生蛋的荒漠野地，本无人问津。近年来，昆仑狼族屡屡侵犯边防，朝廷才开始重视，派重兵把守。

陛下要亲征昆仑狼族，他直觉他的人生即将迎来转变——能面见圣颜，本身就寓意着有荣升的机遇。

南疆是狼族人攻打的重要防御，也是大魏王朝的命门所在，他采纳黄发胡僧的策略，率领全军驻扎南康城的咽喉重地伏龙山，迎接陛下的到来。

代无碍重新坐回铜镜前，镜中男子头顶银发稀疏得刺目，他拿起黑玉簪束住这缕银发，不舍地摸摸鬓角粗粝的发根。

"武僧觉，为何英雄也要白头？"火舌哗哗跳动，无人应答他的疑问，武僧觉的笑脸从铜镜里一晃而过。他乍然惊醒，义子武僧觉已被他打发去护送女俘回平城的军营。

那是他不能言说的秘密。

闷声不吭的季康，是他代无碍的心腹大将。不赌博、不饮酒，更不找女人耍乐，是兵营将士中他所倚重的另类。他甚至动过待他功成名就后收季康为义子，替他配门好婚事，将自己养老送终的念头——如果死灰复燃的东方部落没偷袭南疆城的话。

两军在伏龙山下正面厮杀，他俘获了首领与他漂亮的女儿，押送回南康城的地牢，准备送到平城敬献给陛下邀功。

那蛮夷的首领死到临头还大放厥词："自己虽没读过书，听到的宫廷传闻不少，外戚少有能保其族者，女儿若获宠，必为诸贵所嫉，若无宠，为天子所憎。"

代无碍当场大怒，要斩杀首领泄愤，若非素来寡言的季康出面求情，他定不会轻饶那首领。

翌日，季康偷走他的大夏龙雀，假冒他口谕，将死牢中的父女二人送出城，他气得暴跳如雷，骑马直追。

季康会用刀，两人交战，他削断季康一只手臂，季康用他的这把大夏龙雀划伤自己的面颊，然后仓皇弃刀逃跑。

"对不住，太守，季康不愿再杀人。"凛冽寒风吞没季康细弱的诀别之言。

随从们气呼呼地要去追杀，被他拦住，季康是不可多得的人才，杀掉太可惜，他捡回刀刃染血的大夏龙雀，下令收兵回城。

"太守大人，蛮族人性情反复，切不可有妇人之仁，放虎归山……"他的幕僚刘佛儿是南康城土著，就是他屡次谏言要杀掉季康和逃走的部落父女。

"随他们去，不就是想过小日子的铁匠嘛，翻不起啥大风大浪。"代无碍面颊的伤口血流如注，等随从为他敷上止血药膏，他忍着剧痛，遮遮掩掩制止刘佛儿继续说下去。

气势磅礴的赤红朝霞铺排在幽蓝天幕，季康与那对父女的背影成为一个个小黑点，消失在伏龙山的龙首孤峰后。

"太守大人，您偏袒季康，不严惩则会动摇军心，日后定将酿大祸。"刘佛儿不顾他的怒目圆瞪，摔掉头冠，拂袖而去。

代无碍不为所动，仰望那片赤红的朝霞，鲜艳得近乎血腥。他比任何人都憎恨战争，他的父母妻儿不是丧生战火，就是病死、饿死于乱世。

他已近五十岁，没有战死，没有饿死，没有染瘟疫死，实属万幸。孤身一人在这肮脏污浊的尘世存活，极目所望，仍然是看不见尽头的荒漠与青黛色的群山——他的所想所念不过是衣锦还乡，荣归故里与妻儿老小相伴。

季康，你可要好好给老子活着。代无碍莫名生出些许凄凉，想要咧嘴笑笑，药膏贴得半张面颊神经麻木，他笑不出来。

火盆的火苗灭了，偶有零星的火花哔哔暴跳，随从卷起帐篷门帘，难得无风的早晨，一束红光投射到边沿焦黑的火盆，照得盆中灰烬如烧红的透明赤炭。

代无碍张嘴打个哈欠，揉揉酸涩的双目，腹内咕叽咕叽叫不停。他懒散得不想动弹，一头栽在睡榻，倚靠方枕半闭双目歇息。

冷风带着呜呜如妇人的悲啼横扫过来，代无碍熬不住冻，打个冷战，瞟见他的幕僚，满面病容的刘佛儿慌慌张张地跑进来，高声责问他：

"太守大人，南康城内怎么成空城了？莫非大人是要模仿那诸葛匹夫唱空城计？"

他对这自以为满腹经纶的刘佛儿早就不满，这家伙是有点学识，可小肚鸡肠，明明知晓季康是他的心腹爱将，还总在他面前中伤季康。

"你不是要称病隐退？"他不快地白了眼刘佛儿蜡黄的倒三角脸。这厮天性矫情，疾恶如仇，一点也不利落爽快。

刘佛儿紧皱浓黑蚕眉，三角眼射出精明的亮光，不慌不忙道来：

"大人深思，南康城三面环山，一面有深涧可乘小舟直达城中，若有内鬼接应，岂不是拱手将南康城送给昆仑狼族？"

代无碍听得心惊肉跳，这厮的推断句句在理，丢掉这座城的后果严重，不是全军覆没，就是追责问罪。他吓得赤足下地，一面手忙脚乱地套上鹿皮软靴，一面抬头急急追问："依你所言呢？"

"容小的先请教，大人缘何一意孤行，弃城到伏龙山驻扎？"

刘佛儿干瘪的嘴角抿出狡诈的笑纹，他慢条斯理地扶正头上的帽冠，得寸进尺地逼问他。

代无碍臊得无地自容，这家伙是听到什么风吹草动？难不成是随从泄密？他懊恼地一屁股跌坐睡榻，暗自悔恨将义子武僧觉放走。

怎能告知他原委——自己是听信黄发胡僧的话，要他背靠伏龙山的龙首孤峰，抛弃武僧觉，方能官至大将军的预言。

他强压住恼羞成怒的恨意，出手攀住他的帽冠，不屑地反诘："昆仑狼族善骑射，不谙水性，伏龙山乃咽喉要道，本太守的策略有何不妥？"

"大人，不是小的疑心，恐怕大人听信谣言，中人奸计，传闻到陛下耳朵……"突遭他袭击，刘佛儿丝毫不慌乱，语气稍做停顿，将他捉住的帽冠索性扔在地下，他黑油油的浓密毛发暴露在大庭广众下，代无碍更觉锥心刺目——传闻南康城的男女眉发黑浓，皆因涂抹当地一种乌斯玛草的汁水，想想自己忧心操劳导致银发稀少的丑陋头颅，不由恨意满腔。

两名一脸倦容的守夜随从，慢吞吞地掀帘进来，看这架势，都不敢吭声，只把手插在袖笼，倚靠门后看热闹。

代无碍见他公然不尊的装腔作势，连随从也看他笑话，窝了满肚皮火，咬牙拔出枕下刀鞘的大刀，横放在膝前的大夏龙雀的刀刃寒意浸骨，真想一刀把他劈成两段，以儆效尤。

"放肆！本大人忠心护国，还怕啥血口喷人！"

大夏龙雀的刀柄缀满琉璃饰品，但闪烁出比真宝石还勾魂夺魄的光彩。

刘佛儿的三角眼眨巴了下，他收敛了不恭的神情，奸笑着退步："大人执意而为，小人就回城养病了，望大人好自为之。"

给老子滚回来！分不清大小王的蠢蛋，你以为本大人召之即来挥之即去？代无碍冷眼漠视他瘦削如竹竿的背影，在心头怒骂不休。

他深一脚浅一脚地追上前，负责膳食的随从一手端着热腾腾的胡辣面汤，一手拎筐胡饼径往帐内而来。

"大人，享用早膳啰。"

圆头圆脸圆眉眼的胖随从递到嘴边的大盆胡辣汤，气味呛鼻，惹得他连打好几个喷嚏。

代无碍坐回腰鼓凳，偏头擤把鼻涕，不顾汤面滚烫，端起碗喝下肚。这胡辣面汤是武僧觉的拿手绝活，这小子粗通医药，为了调理好他的胃寒老毛病，高价从波斯商人手上买来胡椒这种燥热的香料，放在面汤里，着实是冬日里暖胃的好汤。

"胡椒还有多少？"他抓起竹筐内烫手的芝麻胡饼，塞进嘴里卖力咀嚼。胡辣汤就这胡饼，是天底下能治好他胃寒的最佳药方。

"大人，没吃出这胡椒味比往年更辛辣？这是武僧觉临走时重买的胡椒，足够吃三五个冬季呢。"胖随从的话呛得他喷出满嘴碎成残渣的胡饼。

"大人，别噎着了。"胖随从帮他拍后背，雪上加霜，他呛得更凶了。

"这小子，这小子……"代无碍摆摆手，话说出口时，眼泪不由分说地飞蹦出来——都说男儿有泪不轻弹，只是未到落泪时。

武僧觉与季康同为孤儿，但两人个性迥异。闲来无事只爱吹奏尺八的季康到底是曲高和寡了些，当他因胃寒卧在睡榻前，季康会笑容满面地问他："大人，容小的为大人吹奏尺八驱走病魔。"

尺八悲凉，听者无不动容落泪，哪能真就解除病痛？代无碍苦笑无语。

季康叛逃后，还俗的武僧觉来到他的军营，这小子有狐臭，被不少军营拒收，代无碍见他可怜似无家可归的野狗，留下他。

他乐呵呵地口称自己是扫地僧，又手脚勤快，性情豪迈，兵营上下对他交口称赞。代无碍胃寒引发肚绞疼时，他自告奋勇地采用草药煎服与食药同源的方法，缓解他的病痛，他喜得当场就收武僧觉为义子。

季康对外界冷漠、疏离，如幽夜的弦月，捉摸不透；武僧觉健朗、豁达，似初生的朝阳，温暖坦荡。

代无碍虽不信命，打打杀杀大半生了，他心底渴望能有份告老还乡值得夸耀的功勋赏赐，倘若真能官至大将军，此生便足矣。

那日领着武僧觉骑马在城中溜达，半路有位长相凶恶的黄发胡僧跑来，提出他不日将官至大将军的预言。

"大将军是本大人的另一个尊号，是不是喊着喊着就当真了？"他以为遇见骗钱财的江湖骗子，狂妄地耻笑他。

"照大人说来，那陛下也是喊着喊着就能当陛下了？"那黄发胡僧瞪圆碧蓝眼，凶恶地冷冷怪笑道。

代无碍顿时如芒在背，当即口噤心悸。寻思这胡僧想来也确有功夫，不然何以胆敢口出狂言，冒犯圣颜？心下便有些信他。

正犹疑间，武僧觉凑近，附耳低言："义父，这胡僧话出有因，不如带回府内，好生款待？"

他点头称是，武僧觉虽面貌粗莽，实则心细如发。

武僧觉滚鞍下马，双手合掌走向那黄发胡僧，口念："阿弥陀佛，一云所依，一云所孕，众生平等，恒顺众生。"那黄发胡僧指着武僧觉鼻头，拊掌笑道："用霹雳手段，显菩萨心肠。看你也是个心底刚直的爽利人。"说完，过来挽起武僧觉的手臂，两人似同门师兄，手牵手一道回府。

这西域胡僧不茹素，嫩鸡、肥鹅、炙烤羊肉、醇酒刚摆上桌，他便风卷残云地吃个精光。

酒足饭饱后，代无碍领着胡僧到后院雅室，那胡僧打着饱嗝，凶恶的碧眼四

处逡巡,代无碍忍着笑,心急火燎地发问道:

"敢问师父,本太守不日官至大将军,此言可当真?"

那黄发胡僧耳聋口哑般,自顾拣张太师椅,盘膝而坐,口诵咒语不理会他。在旁扫地的武僧觉过来扯扯他的衣袖,劝道:"义父,这胡僧入定了。"

哪知,那胡僧突地睁开碧眼,哈哈怪笑:"不,大人,天机不可泄露,还请左右回避。"

武僧觉很是识趣,拖起扫帚,大步出去。

代无碍对这胡僧的话,言听计从,胡僧要他遣散武僧觉,说他身上煞气太重,会阻碍自己升官。

"武僧觉,你小子,你小子太实诚了……"代无碍想到因自己的私心撒谎撵走义子武僧觉,跌坐在凳,抓起银制的面具戴上,遮盖老泪纵横的泪脸。

帐篷门帘外,橘黄的一簇朝霞映照进来,闪现两名头破血流的老兵滚跑前来的身影,他们筛糠般发出颤抖的声调:"大人,昆仑狼族攻进南康城!是,是刘佛儿做内应,将昆仑狼族引狼入室啊。"

"啊?!什么?!"代无碍惊得毛发倒竖,臂膀挥动,铜镜哐当翻滚在地,照出他扭曲、变形的面庞。

【第二十一章】

诈降　金世祖

金世祖骑着赤龙,双手紧擒龙角,翱翔于风声呼呼、波涛汹涌的云层间,狂喜地嗷嗷直唤:"赤龙,快,飞高些!"

赤龙昂首怒吼,一头俯冲至峰峦叠嶂的群山,停靠在山嘴突起、头部弯曲如象鼻、似龙首的孤峰。

"赤龙,错也!向上,快,向上腾飞!"金世祖松手捶向坚硬的锥刺龙鳞,这灵物耷拉着脑袋,嘴角流淌出亮晶晶的龙涎,无声承受他的鞭挞,就是不肯再听令动弹。

他被悬在山巅,两旁是光溜溜的峭壁,骑龙难下,上不能入天,下不能落地,焦躁万分,不知如何是好。

"南康城降了!"鼓噪震天中,他惊愕地回过身,望见浓烟滚滚里,闪现半截城池的青砖墙面,火焰吞噬了城墙上的旗帜,戴着狼族面具的将士们高举手臂欢呼,南康城降了。

固若金汤的南康城,怎么可能会沦陷?眼前这一幕,不可置信。他的舅舅、爵位大司空的大将军杜庭应该知晓战况。金世祖扭头面向被昆仑狼族人霸占的南康城,以为身处万寿宫,手摸向腰间的镇山宝剑,厉声下令:"魏喜,速召大将军杜庭!"

群山回荡帝王的命令。

头顶掠过成堆的乌云浓烟,震耳欲聋的呜呜怪叫当头传来,他拔剑在手,茫然无措时,抬眼发现一支染血的鸣镝向他额面射来,金世祖慌得低头躲避,虎躯倾斜，整个人从龙背上猝然坠落。

"陛下，陛下。"

金世祖从梦里惊醒，原是躺在兽皮毡毯上。后脑勺冰冷刺骨，伸手触到镇山宝剑的剑鞘，双眉紧锁的侍卫魏喜躬身上前，替他盖上罗纹锦被。

他揉揉头疼欲裂的太阳穴，想起不可思议的梦境，便觉烦躁不安，直视魏喜，闷声低问："大将军杜庭还未到营地？"

魏喜紧皱浓眉，缩了缩后脖颈，摇头后退，就是不肯言语。

"那，朕的逍遥丹呢？"金世祖眼前出现飞蛾黑点，双目干涩，头疼，痛感从后脑勺向天灵盖蔓延。他愤恨地把罗纹锦被揪成一团，咬紧牙关忍着痛："这该死的头风又发作了，速去拿朕的逍遥丹缓解缓解。"

"陛下，那仙丹，不是，不是已下令停服？"魏喜走上前，语气隐含恐慌。

"啊？朕下过此令？快来壶菊酒，朕得借这延年益寿的菊酒止疼了。"他费劲地变换手指，猛揉眉心，是年老健忘了吧，头疼不饶人，先止疼再说。

魏喜这才露出舒口气的轻松笑意，似乎早有所备，双手捧来装有大肚金壶、金杯的朱红托盘，嘴上嘟囔道："陛下，自菊夫人从江左吴都搬回宫后，撤了仙丹，改饮菊酒。处决了炼丹的道长，烧毁了丹炉呢。"

金世祖乍听他无意的唠叨，一口酒呛在喉间，灭佛诏令他是记忆犹新，怎会全然不记得处死道长之事？难道真是年老体衰？他暗自思忖，半壶菊酒下肚，头痛的症状减轻了些。

他放下酒壶，奴婢撤走托盘，魏喜抢步过来，神色显得慌乱迟疑，突然扑通跪在地上，掩面哭诉道："陛下，大将军昨夜巡逻时，左眼中了昆仑狼族银甲勇士的冷箭，流血过多，危在旦夕。"

啊？！他脑海一片空白，整个人呆住了。封为大司空、大将军的杜庭是他的亲舅舅，虽位极人臣，但不好声色，以善治兵威震边疆，深被昆仑狼族忌惮。此番南征，特派遣他来助阵，就是想一举将昆仑狼族斩草除根，可竟然出师不利？

金世祖又气又急，碍于太医令慕容白要他少动怒否则伤肝的叮嘱，学着练习慕容白教他运气调息的方法：紧握拳头，松开手掌，口里咝咝吸着冷气，放缓语调责问道：

"混账东西，怎不早些禀报？"

"陛下，事发太过突然，大将军卯时抵达，他本骑马绕营地一圈准备例行巡逻，不想……"魏喜的哽咽声淹没了他后面的话语。

金世祖痛心得脊背发凉，出师不利，便折一员大将，自己虽仗着熟读兵书的底气，但并未与昆仑狼族交过手，这一仗，能赢否？随即用手指揪住根胡须，用力拔掉，皮肉的疼痛会让他意识清明。沉吟良久，他恢复镇定，沉着下令：

"全军保密，切不可泄露大将军重伤之事。令太医令慕容白日夜守候诊治，定要救活大将军。"

"臣谨遵圣令。"

"太卜令黄济城人在何处？"金世祖手肘枕住毡毯上的几案，梦境古怪，自己的坐骑是通体枣红色，名为"赤龙"的西域骏马，缘何化身为龙，与攻打狼族可有干系？

"回陛下，太卜令前去营地五十里外的伏龙山观天象。"

"伏龙山？"他听着这山名不妥，头皮开始隐隐作痛，手伸向端酒的奴婢，示意再来杯菊酒。

"陛下，伏龙山是南康城的咽喉要道……"魏喜话音未落，帐篷帘掀开，冷风袭来，身穿靛青色将领装束的信使口吐白沫，上气不接下气地滚爬进来，嘴里叠声嚷嚷滚："侍卫大人，南康城降了！"

"怎么会？！"守候在帐篷外的羽林军闻讯，一窝蜂冲进来，将那送信的士兵围个水泄不通，七嘴八舌的杂音如苍蝇嗡嗡乱飞，又似巫婆叫魂。

"守城的太守不是做好应对了？莫非是太守叛变？太守不会弃而不守啊……"

南康城降了，降了！如回音壁的声波震得金世祖耳膜生疼，眼前出现无数个飞蛾上下飞舞，他一头栽倒在罗纹锦被上，魏喜赶忙蹲身前来，金世祖直觉自己已气若游丝，急不可耐地向他挥舞双拳："快，急召太卜令黄济城。"

"是，陛下。尔等少安毋躁，还不退去？扰了陛下清静。"魏喜慌慌应道，双手摇动撵走羽林军与那信使。

营帐内恢复安静，眼前的飞蛾消失了，金世祖长松口气，双臂拥起罗纹锦被，陷入沉思。宫内道长也常提及清静无为，说修道人就是练就一颗清净之心。

"魏喜，朕因何事处决道长？"

"陛下不记得了？那日服下仙丹，陛下突地操起镇山宝剑在万寿宫乱砍乱杀好几个宫女、太监……幸得太子与太医令在场，太医令验证陛下食用的仙丹有毒，导致神志不清，为保圣体安康，太子当机立断，下令处决道长并毁灭炼丹火炉一应家什。"

神色阴郁的魏喜，嘴角难得显现笑意，引得金世祖更加狐疑——以英明著称的他，岂会神志不清？极有可能是崇佛的太子，乘着自己酒醉铲除道教的借口？毕竟是他所倚重的大臣、崇道抑佛的东郡公任伯渊主张灭佛，并修建道家炼丹台。

"太子行事倒也果绝。"他没好气地挥洒衣袖，掀翻几案。太子金曜星胆大妄为，是以为自己羽翼渐丰？他愈想愈动怒，真想废黜他，另立吴王金曜明为继承者，不过，改立太子乃动摇国家根基，大臣们恐会反对……一时千头万绪，纷繁芜杂，烦得他闷闷不乐。

魏喜错以为是对太子的褒扬，弯腰扶正几案，不忘回头补充："太子侍奉陛下，孝心可鉴。"

金世祖兀自冷笑不语。论起孝心，诸位皇子中，三皇子吴王金曜明还称得上孝敬他；西平王金曜熙虽忠贞雅正，但背地与太子交好；四子临怀王金曜谭是个药罐子，成日与五子楚阳王金曜建厮混，斗鸡走狗，笙歌燕舞，不堪大任。

终究得靠自己去面对这充满凶险的残酷现实，他招手要魏喜扶他起来，穿戴好戎装，坐在供案后的虎皮椅上，开始享用浓稠奶香的马奶茶就着胡饼、烤羊肋骨的早膳。

刚吃掉三张胡饼，正拿手抓起渗血的羊肋骨啃食，一阵马蹄纷乱的杂音响起。

"来者何人？"

"禀大人，南康太守代无碍欲参见陛下，烦请大人通报。"帐外传来羽林军瓮声瓮气的声音。

令大将军重伤的罪魁祸首主动上门来了，金世祖气得抡起羊肋骨砸得桌案嘭嘭响："羽林军，还不将太守大人'恭迎'进帐？"

咚咚咚如磨盘碾压地面的重响，脸罩银色镂刻猛兽纹面具，身披枣红镶黑边斗篷的高大壮汉，双手拘谨地交叉在前胸，缓步走近。

金世祖略略拿眼尾扫了下，认为他不过是位雄赳赳的莽夫，便低头喝完陶碗的奶茶，再次抬眼见到他时，有一瞬间的错愕——这位太守的身躯、神态酷似他的舅舅、大将军杜庭，暗想世间还真有两片相似的树叶呢。

他不自觉地挺起胸膛，他拥有皇族的高贵血脉，但并无皇族的高大身形，听宫中老人说起阿娘身形修长曼妙，他完整继承了金氏皇裔的标志性身高——他们大都身形矮壮、彪悍。

"太守可是负荆请罪来了？因汝轻敌大意，导致城中百姓有倒悬之危，君臣有累卵之急，该当何罪？"

"臣，臣惶恐，陛下，那昆仑狼族收买臣的幕僚，内外接应，何不将计就计……"跪在他眼前的代无碍摘下银面具，露出面颊那道蜈蚣紫红的疤痕，怒不可遏地紧皱浓眉，渗透血丝的环眼喷出团怒火来。

"汝有何良策？"

金世祖将手执斟满酒的金杯摔向他。金杯"哐当"弹起，菊酒喷洒在他面上的蜈蚣形状的疤痕上，那条蜈蚣似乎被酒气激活，疤眼透出亮闪闪的水汽。他无畏地伸手揩了把脸颊的酒珠，抱拳朗声作答："陛下息怒，倘有用臣之处，臣当万死不辞。"

是个不惧死的勇士。金世祖冷眼瞅着与舅舅杜庭七八分相似的代无碍，把手旁羊血凝固的羊肋骨照他面上抛过去："骨亲肉疏，所以相付。"

代无碍将羊腿稳稳抓牢，头颅垂至前胸："臣代无碍谢陛下恩赐。"

长夜寂寂，金世祖率领太卜令黄济城、太医令慕容白、太守代无碍、侍卫魏喜同登高台南望。

月明星稀，遥见群鸟飞起，似能听闻昆仑狼族聚集城墙饮酒欢歌，瞥见身后几人畏首畏尾，金世祖不由仰天长叹。

太医令慕容白心有余悸地嗫嚅："陛下，昆仑狼族的神箭手不可小觑，大将军的左眼是废了，亏得他穿了明光铠，不然……"

金世祖怒不可遏，欲哭无泪的悲痛从头兜到脚，痛恨地抡起镇山宝剑乱舞一气。

一颗长尾巴的彗星在南方上空掠过，太卜令黄济城面带喜色跪地奏曰："陛下，彗，除旧布新之象，当有易主。"

"噢，那该是何方易主？"金世祖漠然回顾。

这太卜令黄济城与生了张阴沉瘦脸的侍卫魏喜相反，他天生一副腆着大肚、咧嘴大笑的弥勒菩萨像，见到他便使人身心快意。加之他博通五经、言谈诙谐，深得金世祖器重。

"陛下，这自然是指向你的心头大患——昆仑狼族。不过，大将军的伤势，看起来有些棘手。"黄济城捻起稀疏如虾须的山羊须，嘻嘻笑道。

"朕率甲士三万、骑兵一万，攻破昆仑狼族，当是指麾可定！众位爱卿，朕急需攻城良策。"

大风袭来，刮得满地掉落松针残枝。

高台上的四人面面相觑，太守代无碍走出来，胸有成竹地徐缓道来："陛下，狼族号称精骑八万，皆善骑射；臣以为，若正面厮杀，我军不善骑射，必处劣势，只能智取，不可硬攻。"

金世祖听得暗自讶然，这对手也太强悍了些。魏喜在旁嘲讽道："他们有八万精骑？不过是壮军威的吹嘘之语，不可信！"

太卜令黄济城足踏落叶，逆风而立："陛下，臣推断那昆仑狼族首领，实无积德，视其相貌，寿亦不成；嗣君无独见之明，宰相非柱石之寄，易主乃天意。"

金世祖气冲冲地挥起镇山宝剑："爱卿耳聋了？朕要攻城良策！"大风直扑过来，灌进他衣襟，冻得他嗓音发抖。

漆黑夜空，士兵在高呼："陛下，昆仑狼族射来朱漆信。"

代无碍立刻横眉竖目，摩拳擦掌道："可恶的狼族人，尽管放马过来，老子不怕死。"

金世祖见他气势昂扬，不由得激发起自己的斗志，拍掌笑道："走，回帐内商议。"

五人骑马疾行，一盏茶工夫，回到营地帐篷。

火炬高燃，照得帐内亮堂，魏喜略懂昆仑狼族的语言，结结巴巴地翻译给金世祖："明日，誓要在伏龙山下与他们的世仇大敌——大将军杜庭决战。"

就这些？金世祖翻来覆去想不明白，号称八万精骑的昆仑狼族不过是逞一时之勇，浩浩荡荡就为向区区大将军复仇？

"陛下，那细作刘佛儿是臣的幕僚，这信是不是试探虚实？"代无碍低下健硕的头颅，摸着面上的蜈蚣疤痕，猜测道。

"极有可能，昆仑狼族不是忌惮大将军威名？"魏喜黑着瘦削的马脸，随声附和。

金世祖不置可否地冷哼——这些不重要，他要的是击败对手的良策。

太卜令黄济城扯着山羊胡须，思索良久，笑哈哈地拱手作揖："陛下，臣有个李代桃僵的法子。"说完，双目瞟向代无碍。

金世祖心思一动，抬抬手示意他说来听听。

"臣想，昆仑狼族不就仗着有善射的神箭手，擒贼先擒王。太守大人与大将军有七八成相似，可让太守大人伪装成大将军坐在布幔遮盖的马车上诈降，后面站着善使长矛的将士，长矛绑上能砸碎人脑勺的铁勺，待大将军与神箭手对话时，将士趁机从身后偷袭神箭手……"

"对！神箭手毙命，狼族必会乱了阵脚，再以万人骑兵进攻。"代无碍兴奋地接过话头，脸上的蜈蚣疤都张牙舞爪起来。

"太守不怕有性命之忧？"金世祖大喜，这当是以最少力量博取的胜仗。

"臣以报效国家为荣，无惧生死！太卜令不就是要臣为大将军换命？"脸色泛红的代无碍，停顿良久，方表明心迹。

"是换命，也是续命。代无碍，太守的名取得相当妙啊，代替无碍，冥冥中注定的天意了。陛下，事不宜迟，可速传令下去，即刻率兵前往伏龙山，明日迎战昆仑狼族。"

"伏龙山，伏龙山，会不会不吉？"金世祖踌躇不定。

"不，陛下，刚刚相反，是擒拿昆仑狼族首领的伏龙山。"

"陛下待臣荷恩深厚，敢不尽言。臣死不足惜，若陛下能封赏臣为大将军，赏赐'明光铠'一领，臣定当万死不辞。"

"既是代替大将军赴战，朕自会赐卿封号及'明光铠'。"金世祖略有迟疑，明光铠是宫内珍品，他仅赏赐舅舅杜庭一领。罢了，令魏喜先去索来。

"臣还有一事，望陛下成全。臣有一私生子武僧觉在军营干粗重笨活，臣若为国捐躯，还望陛下让他继承臣的大将军封爵。"

"太守大人，别以为找陛下讨要了大将军封号及铠甲，就真把自己当大将军了。"一脸苦相的魏喜暴躁地拔出剑来。

"卿想他世袭大将军封号？"金世祖摩挲腰间镇山宝剑镶嵌的宝石，虽不满他的得寸进尺，但面上仍平静如许。这些人啊，把个封号当宝，以为就真能与他平起平坐了？哼，听着唬人的大将军，不是狮子，本质还是供狮子猎杀的麋鹿。

"君要臣死臣不得不死，愿陛下许他半生荣华富贵。"代无障说完，也是泪流满面。

"依你就是了！行军打仗，总要有人去送死！魏喜，传令三军，连夜出发伏龙山。"金世祖神色泰然，拊掌下令。

【第二十二章】

明光铠　大将军杜庭

　　天空突显煞白、炫目的闪电，把厚重的墨灰云层劈开，撕裂出深涧般的血口，倾盆血雨如瀑布兜头盖脸淋下来，即刻遮盖他的双眼。

　　"我的双目什么也见不到了。"杜庭惶恐地摇摆双臂，发出凄厉的惨叫。

　　一对温和的手掌捉住他的双臂，唇边有滚烫的热气扑来，混合着花香、草味。他仔细分辨，觉出是太医令慕容白。

　　"大将军，请勿乱动，会引发伤口渗血。喝下掺杂罂粟花籽的药汁，能止疼。"慕容白轻声说道。

　　"我的眼睛瞎了？"左眼剧痛非常，是烈日灼心的火烫，是寒冰刺骨的冷痛，又是群蚁噬心的酥麻奇痒，总之是万种难以描述的痛苦。

　　他欲伸手去摸左眼，被慕容白拦住了，他将药盏贴近他的嘴边，用温和且耐心的口吻解释道："大将军的左眼中了昆仑狼族的冷箭，流血甚多，臣用麻沸散麻醉，取出箭镞，麻醉失效后，疼痛实属正常。"

　　"那就是说本将军的这只左眼废了？"杜庭听他说完，情绪反而平静下来，张嘴喝掉药盏内苦涩的药汁。

　　药盏掉在地上，砸出哐当的碎响，慕容白的声音含有惊慌的战栗："请大将军宽恕臣医术平庸之罪。"

　　他当然明白医术高妙的慕容白的潜台词——他的左眼瞎掉也是不争的事实，耳旁清晰地传来随从扫走地面药盏残渣的脚步声及慕容白打开药箱的轻响。

　　杜庭明显能感受到左眼有黏稠的热血在汩汩流溢的不适，他垂首沉默片刻，算是与失去光明的左眼告别。

他在黑暗中抬起头，循着慕容白的方位，强做洒脱挥手干笑："哈，本将军连年杀伐征战，哪能保得身心无碍？不就缺只左眼？左眼受伤，为何右眼也蒙住了？"

"大将军，取箭镞时，为防血渗右眼，臣这就为大将军解除右眼布罩。"慕容白轻手轻脚地走到他面前，杜庭嗅到他身上浓烈的草药味和带有泥巴的土腥味。

右眼布罩取下，杜庭迫不及待地要睁眼，被慕容白手捏的热毛巾敷上，他语态柔和安抚道："大将军，请拿住这热巾热敷会，切莫慌，臣为将军的左眼换药膏。"

疼痛使得杜庭变得温顺，他右手拿起热巾捂住，强忍左眼撕心裂肺的炸疼，耳朵一刻也不放松周遭的动静。其实内心早已焦灼不安——自己伤势严重，能否重返疆场与陛下并肩作战？

营地静悄悄，唯听得见风吹鸟啼，这太不寻常了。

"尉迟青，军情如何？"他双手向空中抓取。

半晌听不见回应。

"尉迟青。"他双手按住膝上，加重语气。

"禀大将军，陛下获悉将军伤情后，已火速部署明日攻城。"这尉迟青平素走路都带风，快言快语利索得很。此时，他感受到这位偏将的情绪低沉，说话的声调也是消极无力。

杜庭久久不发一言——陛下都不曾来探视他这位舅舅？姐姐在花朵初放的年华被赐死，他得以享有大将军、大司空的职权。皇权无情，他名义上虽是有血缘关系的外戚，实质君臣之分尊卑有别。

他弃掉毛巾，努力睁开右眼。独眼的世界，并未少什么，但实际上是少了点什么。

一脸愁容的尉迟青垂手站在他面前，似有满肚皮苦水要向他倾诉。

"怎么黑着脸？"他灵敏的嗅觉在指引他，感受到硝烟味在逼近。

"大将军这一伤，功劳都让无名鼠辈抢跑了，末将如何欢喜得起来？"

"哪里冒出来的无名鼠辈趁机猖狂？本大将军不过少只眼，尚未殉国！"杜庭勃然动怒，抡起拳头砸向膝面。不承想，用力过猛，牵扯左眼伤口，汩汩鲜血涌出眼眶,剧痛无比。

"大将军,不可动怒,拖延伤口愈合。"慕容白摁住他肩胛,好意提醒道。

杜庭坐正身躯,任凭慕容白动作舒缓地清洗伤口,止血,重新敷上药膏。

瞥见在旁的尉迟青神色迟疑,他以手势示意他但说无妨。

"大将军,昆仑狼族下战书,定要挑战大将军,太卜令黄济城献出诈降计谋,要那南康城太守代无碍冒名顶替大将军明日迎战。"

杜庭听罢,合拢右眼,慢慢咂摸尉迟青的话里深意。是自己运气不好,本是要靠此战立下汗马功劳,为这帮出生入死的将士赚取些许富贵……却成一场空。

"陛下果真威武,决策神速。"停顿良久,杜庭憋着股气,苦笑道。

尉迟青热泪涟涟。杜庭不忍与他的爱将对视——他们对他抱有太多期望,他却令他们失望了。

左眼的药膏敷好,戴好眼罩,慕容白令人手持铜镜过来,杜庭摆摆手,笑得酸楚:"本将军又不是以色侍君的妇人,用不着揽镜自顾。"

"大将军,静养十日方可下地活动。"尽管是冬日,慕容白也忙得额头渗汗,他收好药箱,再三叮嘱。

"什么?十日?昆仑狼族如何肯等十日?"他下意识冲口而出,旋即后悔,抬头与尉迟青幽怨的眼神相撞,方醒悟陛下已做好部署,与他无干。

杜庭尴尬地搓搓手掌,茫然四顾。

挂在墙上的明光铠,前胸打磨成镜片的椭圆状护甲,在火光照映下,发出冷冰冰的寒光。

他心头一动,示意尉迟青搀扶他,来到铠甲前细看,这是属于他大将军的荣耀标志,一如玉玺是帝王的象征。

陛下赏赐别的将军多是黑光铠、两裆铠,唯独他是明光铠。见日之光,天下大明。这是明光铠的得名由来,且一领铠甲的制作费时、耗力,至少需半载,在朝中也算珍品。

杜庭挽起布衣袖襟,擦拭这光滑冰冷的铁器。金戈铁马的生涯重现眼前,这领铠甲已与他血肉相融、魂魄相依。

陪伴他踏遍疆场,陪伴他冲锋陷阵,陪伴他孤独战斗……他深情地用手指头划过片片泛出银光的铁片,想到自己将面对残缺的光明,无限伤悲涌来。

屈指算来，距离他初战边疆凯旋，陛下对他恩赏的这份独占鳌头的殊荣，已近五载。

陛下曾问诸位大臣所好，他慷慨陈词，所好为将。

"应如何为将？"陛下饶有兴致地追问。

"披坚执锐，临难不顾，为士卒先，赏必行，罚必信。"他答得铿锵有力，陛下喜得拊掌欢笑。那时，君臣欢洽……

自他替太子求过情后，陛下刻意疏远他。杜庭想起来就懊悔：人家是父子，自己这个外戚掺和进去，弄成耗子钻风箱——两头不讨好。

左眼的痛楚浸润到眼眶周边，杜庭收敛起面对明光铠引发的愁思。正待转身，手臂被人抱住，回头看见神情恭谨的慕容白，他指了指左眼，揪住他衣袖哀求："大将军，还请卧榻疗伤，不宜多动。"

杜庭情知他是为自己伤势考量的良医，感激地拍拍他的手背，缓步走向帐篷居中那把以梅花鹿角装饰的铁质高背椅。

"大将军，以汤止沸，沸愈不止，去其火则止矣。疗伤同理，也要治本而非治末——克制七情六欲的外泄，保持平和之心。"

慕容白扶他在铁椅坐定，凑拢上半身，边查看伤势，边絮叨不止，表现得极其谨慎。

"慕容太医，本将军死不了！你该忙就忙去。"杜庭听得烦了，他是身强力壮的武夫，这点伤还承受得起。

"大将军，此言差也，陛下吩咐，要臣随时侍奉。"慕容白见无大碍，退步在侧，从衣袖摸出素巾擦拭额面，咧嘴笑道。

杜庭听得心头一暖，陛下也并非无情无义之辈。双掌平放腹部，他要捋捋思路，替陛下权衡制胜昆仑狼族的战术。昆仑狼族首领勇猛但轻敌，三军以将为主，主衰则军无奋意。

"慕容太医，那箭镞可曾留下？"能在黑夜射中他的狼族人必定是部落的神箭手，更有可能就是首领本人——昆仑狼族以射箭技艺推举领袖。

"大将军，这该不会是昆仑狼族的'飞狼箭'？"慕容白弯腰从药箱拿出箭镞，握在掌心反复细看后，以不太确定的语气猜测。

杜庭有些紧张地接过那支血锈泛幽光的箭镞，箭头为倒三叉形，两边有飞翼，与那尖利狼牙神似。确是飞狼箭！他掌心渗出冷汗，这飞狼箭极为阴毒，中箭者即使取出箭镞，也活不过三载！稍不留意，就会箭伤崩开血流而亡。

"大将军，那更要静心疗伤了。"慕容白也知晓飞狼箭的厉害，他神色冷峻，显出意味深长的忧虑。

杜庭勉强冲他笑了笑，虽说生死有命富贵在天是他们武夫的口头禅，但真正面临死亡，他还是心生胆怯。

"禀大将军，魏大人前来领取'明光铠'。"

原本心寒的杜庭听到陛下的侍卫魏喜跑来要索走他视为珍宝的明光铠，心里别提多羞怒了——戎马不解鞍，铠甲不离傍。夺走明光铠，无疑剥掉他身上的一层皮，陛下难道不知？

慕容白悄无声息地靠过来，他不想杜庭箭伤崩裂，落得个冤死。杜庭尽量克制着愤怒："尉迟青，还不将魏大人带进来？"

"大将军，伤势可有好转？"冷面人魏喜身披金棕斗篷，穿戴两裆铠，大步流星走到近前，行礼问询。

"谢大人挂念，尚无大碍。"杜庭本不喜这木头人般无表情的冷面人，碍于他是陛下侍卫，还是礼让三分，向他颔首微笑。

"明日两军作战，还请大将军顾全大局，割爱'明光铠'。"语气冷冰冰的魏喜说完后，转身朝帐篷外大吼："代将军，还不过来参见大将军？"

"大将军，这'明光铠'乃陛下所赐，怎会随意索回？"尉迟青神色不满埋怨道。

杜庭假做没听见，抬头凝视墙上静静不语的明光铠，跟随他多年的明光铠，以为能做他陪葬……君子不夺人所爱，陛下此举用意何在？

冷风吹来，烛火摇曳，一位体态魁梧、脸罩银面具的将士进到帐内，他声如洪钟，纳头便拜："代无碍参见大将军。"

杜庭认真打量他，如见到另一个自己。他穿了残旧的灰蓝布袍，外披的褐黄色斗篷也脱线破洞，那双掩藏在银面具背后的双眼，如两颗寒星，闪烁着微弱的暗光。

代无碍也同样以愕然的神色审视他。

杜庭惊诧得无语，这代无碍也太像自己了，命途亦然——从某种意义而言，彼此都是垂死之人。杜庭抬起下巴，冲他友好地笑了笑。

代无碍利落地取下面具，露出面相凶煞的脸。他面颊的蜈蚣疤痕，是濒临死亡的僵直虫影。

"代将军，大将军是明光铠的主人，你得自个开金口向大将军要。"冷面人魏喜面露不屑，丢下这句话，独自走出帐篷外。

"大将军，你是真正意义的大将军，吾是代替你送死的大将军。这一刻，地位平等。明光铠、汗血宝马、胡姬美人、传世兵器，能得其一，此生无憾！"代无碍独步上前，张开双臂搂紧明光铠，如与久别的故人重逢，嘴里深情地直呼，"所向无敌的明光铠啊……"

杜庭五味杂陈，他舍不得，这是他拼却蛮力与热血换回的功勋啊！左眼的剧痛开始折磨他的神经，杜庭痛苦地咝咝吸着冷气，真想倒在地上翻滚，像狗熊那样哭嚎——大将军也是寻常人，同样会脆弱、会恐惧、会战栗、会认怂。

"大将军，明光铠可再有，身体安康为重；陛下已部署完备，与吾等无干系了。"慕容白凑近他耳旁低语。

"快，给本将军再来盏止疼的汤药。"杜庭脑海嗡嗡，犹如成千上万只蜜蜂鸣叫。他虚弱至极，什么明光铠，什么大将军，什么昆仑狼族，都不及眼下一盏止疼的汤汁管用。

"那汤汁不可多饮，大将军，多饮会上瘾、嗜睡乃至癫狂致死。"

慕容白态度坚决，摇头拒绝。杜庭只能死撑住，下唇咬破出血，纵然不舍，也是无奈，从牙缝里憋出"拿走"两字。

代无碍慌里慌张地解开斗篷，丢弃在地，手忙脚乱地想要取下明光铠，急不可待地穿上。明光铠是铁甲所打制，不是用蛮力就能穿戴的，得用巧劲，杜庭充满凄凉地瞅着傻乎乎的代无碍，看他狂喜如黄毛孩童。他图什么？就是大将军的虚名？不值当。

"大将军，陛下驾到。"

杜庭忙以手掌捂住左眼，要慕容白、尉迟青将他扶上睡榻。他摊平四肢，装作伤重不醒，平躺在榻。

"大寒既至，霜雪既降，朕是以知松柏之茂也。"金世祖的话音随着他的脚步飘至榻前。

杜庭撑开独眼，真龙现身，他不能装睡，挣扎着欲起身参拜，被金世祖拦住。金世祖冰冷的手掌按住杜庭冰冷的手背，语音哽咽："朕的大将军受苦了。"

杜庭暗觉欣慰，毕竟受到过陛下的知遇之恩，君臣理应欢洽。

不等他作答，金世祖抬起赤红眼眶，目露凶光，摁住他臂膀，腰间镇山宝剑的剑光粲然："太子莽撞，朕征战边防，能杀敌片甲不留，却难了断结党营私之朋。"

杜庭听得汗流浃背——陛下疏远他，原是自己亲近太子所致。双臂不受控制在发抖，他惶恐不安，急切向金世祖剖白心迹："陛下勿忧，臣若不忠，死于万刃之下！"

言毕，泪花的刺痛感与左眼伤口的剧痛齐齐袭来，似在提示，他来日无多。

【第二十三章】

赐婚　花荫公主

大雪节气，并无雪。

用以挡风御寒的两扇墨紫厚帘后，是花荫府的正堂。

晨起梳洗完毕的花荫公主，肩搭赤狐皮尾剪裁的护脖，胸前挂了龙眼核大小的枣红珊瑚珠串，富贵逼人。

她歪坐睡榻，手握玉梳，有一搭没一搭地替趴在她怀中的大脸花猫梳理本就柔顺服帖的猫毛。

体态纤弱的奴婢霄云，蹲身在地。她腰肢扭摆系着浆洗得半新不旧的烟灰长裙，像鹅毛般轻盈飘至铜盆前，手执长柄铁钳，拨弄铜盆呼呼燃得欢快的黑炭。

个子高挑的侍女锦瑟，裹着松绿拖地曳尾裙，端了挂满红柿子的陶盘安放在墙角花架上。

花荫公主宿醉未消，便觉眉眼飧涩，高广的窗棂稀疏有致地雕刻有数朵重瓣梅花，里面蒙了层白色绢纱，能隐约见到庭院内寸草不生的荒凉景象。

从前可不是这般荒芜景致。从前，院内有百年古紫藤搭成的曲形花廊，暮春时节，远远望去，雪浪般的紫藤花串如云烟氤氲，花香沸腾整座府邸，连犄角旮旯也会清香沁鼻。

这本是前朝大司空的旧宅院，皇兄赐给她作为下嫁敦煌郡公赫连盛的新婚居所。

推开宅院大门，来到后院，赫连盛欣喜地驻足乌油油的百年古藤下，原本阴郁的俊秀面孔，霍然明朗如月："公主，这宅院好似专为公主所备，等这紫藤花全开，可不就是绿叶森森的花荫府？"

花荫公主乐得扑哧一笑，这就是骄傲的亡国之君在向自己示爱的情话吗？她得意地攀住他的臂膀，紧贴他前胸撒娇，大胆露骨追问道："敦煌郡公爱公主吗？"

赫连盛臊得粉面通红，他尽力回避她笑吟吟的直视，支支吾吾地敷衍道："公主芳名颇美，使本郡公想起紫藤花开的盛景。"

"敦煌郡公的故国也有此花吗？"她对他的故国生出几分好奇。

"噢，不，有，是樱花。春樱似雪，眨眼工夫，就是年下了。"赫连盛抬起脸，露出轮廓优美的下巴，带着惋惜的语气追忆往事。望着他突出的粗大喉结，花荫公主有些意味阑珊，唉，可惜啊，爱，不能强取豪夺。他们夫妇的情感，就像天上的云，飘来荡去，却始终形不成雨。

赫连盛叛国被处决后，她令人连根拔起这百年紫藤，他所爱即是她所恨。从密集交织如网的紫藤树荫下，猝然窜进来的大脸花猫，生得奇丑无比，却自带冷傲与憨态，她第一眼见到就视为至宝。

这是她人生的分水岭，她至此与美背道相驰——视漂亮的女人为异类。甚至特意挑选黥面的宫女侍候她，这位名叫霄云、面刺"丑"字样的舂米宫女，从未意识到她也会时来运转——黥面的刑罚本是对她与男主人通奸的惩戒。

寡居大半载，花荫公主的乐趣就是逗弄这骄傲寡言的小家伙。

"公主，这老猫又胖了，还需喂它奶酪吗？"不施粉黛的锦瑟，嘟起干裂脱皮的双唇，手捧双耳琉璃盏，里面盛了白莹莹的酥奶酪。

"难不成你个奴婢还想吃掉猫的口粮？"她嘴上说着话，手指用力抓起，把猫向上提。喵喵，猫痛醒了，咻溜从她怀里跳下地。

"公主说笑，奴婢哪敢？"锦瑟赔着笑脸，招手叫霄云取走琉璃盏的奶酪去喂猫。她从袖笼摸出淡绿色的汗巾，殷勤地上前为她扑打牡丹花纹蜀绣常服上沾染的毛屑。

"蛇蝎妇奴那有何动静？"花荫公主推搡着锦瑟，"蛇蝎妇奴"是她私底下给皇后赫连雪云取的绰号。她恨透这个女人了，要不是她的撺掇，赫连盛怎会叛国身亡，自己又怎会守寡至今？

锦瑟踉跄倒地后，立即爬起身，以淡绿绸巾捂住干裂渗血的嘴："公主，霄云，她，知晓得多。"

花荫公主瞄一眼正蹲身角落看猫舐食的宵云，她是个其貌不扬的中年妇女，看上去安守本分。想不通她的男主人会与她私通，还产下个私生女。不过，听人说那私生女却生了副绝世好皮囊。

世道变坏了，令人不可理喻。

"她美得太邪恶了，你说，她是不是迷惑人心智的罂粟花转世？能令男人窒息，为其赴汤蹈火，在所不惜？"花荫公主丧夫后的满腔余恨无处诉说。她不懂男人的心思，不能理解皇兄为何就不赐死这妖艳妇人，还保留她皇后身份的真实用意。

"公主，皇后也不过是血肉之躯，哪有那么玄乎？"素颜无妆的锦瑟，以百般容忍的身段，弯腰下拜后，扬起蜡黄的面庞，眼尾间堆满细碎的笑纹。

稍作停顿，锦瑟眼尾的笑容消失，取而代之的是疾言厉色的呵斥："宵云，还不过来向公主禀报军情？"

宵云慌不迭直起身，像片灰色的浮云，悄无声息地飘落地面，跪拜行礼道："公主，娘娘身后有中常侍大人撑腰……"

莫非两人有奸情？她满怀恶意地笑着向宵云招手，要她凑近来。

"你可见到皇后与那阉竖苟合？"

锦瑟发出怪异的嗤笑，花荫公主不满地回头瞪了她一眼，看人家宵云这奴婢都见惯不惊，沉得住气呢。

"公主，这，中常侍大人是阉人哪……"宵云神色难堪地掩嘴私语。

花荫公主本想说那有何难，匹夫无罪怀璧其罪，想起那中常侍万盛不是好对付的阉人。她换了较为舒服的坐姿，心想宵云不是有位美貌的私生女，何不用这个小女孩去夺走皇后的尊荣？

"宵云，你的女儿可到及笄之年了？"她要锦瑟搬过锦墩座，赐座宵云。

"公主关爱，奴婢深感惶恐，小女轻鸿三月就到及笄之年了。"宵云不胜感激地撩起线头脱落的土黄色残旧袖袍，伏身磕头不止。

"可有婚配人家？"花荫公主缩起双腿，腰眼塞了条厚实软绵的锦方长枕，不紧不慢地问道。

"尚未，奴婢斗胆，愿公主……"宵云的话未完，就被锦瑟粗暴地打断："宵云,别在那痴人说梦,你女儿不单是出身卑贱,连她阿爷是谁都没弄清,不是吗?"

花荫公主瞟了眼锦瑟——她耸动着未敷颜料的八字淡眉,一副小人得势的嘴脸,同为奴婢,也是相互不肯放过谁。

她伸手托起霄云的下巴,玩味地注视这张镌刻"丑"字的洁白面容,眉眼细细、口鼻细细的她,谈不上容颜出众,胜在肌肤如雪幼白。

霄云慌乱地忙拿手遮掩,她的细小手掌如何能挡得住这刺透皮肉的墨色耻辱?

"你是阿娘,怎会不知晓女儿的生父?"花荫公主悻悻垂下手,可恶,这奴婢的皮肤当真白得出奇。锦瑟虽个高,奈何皮肤粗黑,自己的肤色也是偏向昆仑玉的奶黄色——都不如霄云的幼白无瑕。

"公主,奴婢命格下贱,在主人府中遭受多人欺凌,真分不清是谁的骨肉。"眼神空洞的霄云平静地拢了拢脖颈的散发,不咸不淡地作答。

"你不就是爱卖弄你那身白肉?引得臭男人神魂颠倒,这才捣鼓出野种来!"锦瑟对这如柳似羽般纤弱的霄云很不客气地讥讽道。

造物主也是造化弄人,霄云纤细,显得精致,锦瑟高挑,生出豪迈,鲜少有柔媚与英气为一体的尤物。哦,还是有,皇后赫连雪云就是。

话说这世间万物,一物降一物,能降服皇后的克星是不是比她更年轻的美人?手捻珊瑚珠串的花荫公主决定冒险尝试:"霄云,明日把你女儿带到花荫府来,让本公主瞧瞧她是不是可造之才。"

霄云一怔,空洞的双目更为茫然无神,似乎不敢相信天上会掉馅饼。

"哟,欢喜傻了?"体态高挑的锦瑟伸出粉拳,重重捶打了下她单薄的肩膀,霄云惊得娇躯摇摇欲坠,捂着嘴,又哭又笑:"谢,谢公主。"

花荫公主傲慢地抬起下巴,笑着摆摆手,要她退下。

冬日白花花的阳光散漫,零零碎碎地在前庭的空地上移形换影。一只顶着翡翠蓝头冠的孔雀慢悠悠地从后院的月洞门走出前庭,它身后是一只红顶、黑白羽毛交错的仙鹤,随它闲庭信步。

花荫公主懒懒地伸展腰肢,见这日影的位置,快到用午膳的时辰了,接下来的光阴,她还得想法消磨打发。

"公主，听宫内人传言，霄云那贱婢就是颗灾星，她的主人刚犯罪，被满门抄斩了呢。"锦瑟搀扶她下地，语调显出大惊小怪的讶然。

你不过是见不得人家霄云有个美貌的女儿。花荫公主心中明镜似的看穿她的小九九，才懒得搭理锦瑟搬弄是非的嫉妒妄语。

"还不去备好午膳？本公主想静静。"花荫公主说完，一手撩起妃色底面、牡丹缠枝纹蜀绣面料的新裙裙摆，一手攥紧胸前枣红珊瑚珠，以防它荡来荡去，迤迤然走到庭院，追着仙鹤、孔雀的身影。

她在紫藤花树桩突出的位置站定，无风的天穹，透出深海的诡秘蓝，一尘不染的蓝，隐藏着深渊般深不见底的哀怨，如同赫连盛那对碧蓝动情的美目，正回眸凝望她，对她温存低语，公主的惊翠眉又描长了些。

仰视天际的花荫公主，双眼突被巨大的悲恸刺痛，一时忍不住泪花飞溅。她发现自己大约是永远也忘不了那负心的夫君赫连盛。

忘不了。

他是无耻的混蛋！他是愚蠢的莽汉！他是不忠不义的亡国之君！他不配拥有自己的爱！

她流着辛辣的热泪，在脑中极力搜索平生所学、能想得到的卑鄙的词语，想要用来忘记他、憎恨他、诅咒他。

但她仍然做不到。她能诅咒并憎恨他，可无法忘记他。一想起他，她的心房就似点燃喜炮，炸裂生痛；双目沾染大把胡椒粉末——他彻底伤害了她，伤得她遍体鳞伤还不肯放过她。

"花荫，慢说是朝中望族的贵公子，就是整座大魏王朝的俊男，任汝挑选！朕再厚赏！"这是皇兄处决赫连盛后，对她做出的承诺。

"皇兄，若真疼爱花荫，请皇兄将皇后赐死。"

"皇后是皇后，他是他，不可，不可。"皇兄断然拒绝，笑容凝固在嘴角。

红顶仙鹤与蓝翡翠头冠的孔雀，走出闲云野鹤的既轻快又缓慢的步履，一前一后向她走来。

"如此，请皇兄也别再提赐婚两字了。"悲愤中的未亡人，说出嘴的气话，令皇兄当场失色，拂袖而去。

公主难不成要当尼姑？公主毫无气节……后宫夫人们的流言蜚语，如支支冷箭，令她防不胜防。

躲进花荫府这大半载，吃穿用度的恩礼渐薄，皇兄也记着仇呢。

前阵子刚立冬，太子妃吕金瓶差人送来黑炭、蜀绣新料、一串珊瑚挂珠；锦瑟带回的口风是太子妃意欲让皇兄将自己赐婚给她的长兄南宫侯。

花荫公主心安理得地享用着这些好处，明知那南宫侯吕常勇是个贪财重利的粗鲁武夫，她岂能瞧得上他？真是癞蛤蟆想吃天鹅肉。

起风了，风吹翻红顶仙鹤与孔雀的羽毛，这两只灵物不约而同地驻足缩脑，躲避风头。

身后是锦瑟有力的脚步声，花荫公主收拢双手，想着是锦瑟拿御寒的斗篷来了。

锦瑟俯身她耳旁，哈着热气密语："公主，万寿宫那边的中常侍大人传赐婚诏令来了。"

"赐婚南宫侯？陛下也忒等不及了。"花荫公主奋力掰断枣红珊瑚串珠的丝线，散落的红珊瑚与搭在肩上的赤狐毛护脖随之滑落在地。

风从领口灌进来，寒意浸身，她望向层层宫阙的核心，心酸的眼泪流下来，就算她位极人臣、贵为公主，仍然摆脱不了君王的掌控。

【第二十四章】

大将军　代无碍

"大将军，威武！"

太卜令黄济城看似奉承的话里不夹杂丝毫的喜悦之情。刚换上明光铠甲的代无碍，满心欢喜，来不及理会他奉承话的真伪。两人并肩踏步走出杜庭大将军的帐营，牵马小兵紧随其后。

代无碍拿手掸了掸颇为合身的明光铠甲前胸的护镜，以傲视群雄的步伐，走在两旁原本鄙薄他的羽林军队列中的通道。这批势利眼的羽林军，总以侍奉帝王近侧的骄横仗势欺人，他们纷纷向他投来嫉妒、惊愕、蔑视的复杂眼神。

谁不是挖空心思以求亲媚主上？代无碍故意缓步慢行，他清楚，这就是他人生的巅峰时刻——每一个人都会迎来属于自己的巅峰时刻，迟或早。

众多羽林军，只有魏喜一人始终冷冷地看着他，带着识破他本来面目的蔑视意味。

代无碍以草莽之身，混迹军营多年，虽稍建功勋，但何曾被这些君王身边的人正眼瞧过？他们只是把勇猛不怕死的他当成杀人的利器，但往往忽略利器也同样身怀报效国家的凌云壮志。

今时今日，他披戴着大将军才有资格拥有的明光铠站在他们面前，就是想要证明他这位卑贱如草芥的小人物也有辉煌的时刻。

他们除了嫉妒、艳羡，就是景仰了。代无碍掩饰不住内心的狂喜，以大将军该有的威严神色，抱拳作揖："魏大人，战场见分晓。"

魏喜鼻孔哼了哼："大将军，昆仑狼族的飞狼箭不长眼，倘若不幸中箭，明光铠就得易主啰。"

这目光短浅、胸襟狭隘的魏喜就是他命中的克星。他与魏喜曾同进军营，跟随不同的主将军，两人并无深仇大恨，不过是两个地位卑贱的小兵天生不对路。

代无碍听他这通带有诅咒的风凉话，不觉挺起胸膛，怒声作答："大人，本将军以老迈之年，卒遇其时，正所谓丈夫生不五鼎食，死亦五鼎烹耳。"

魏喜不为所动，翻了翻白眼，掉转马头，羽林军迈着整齐的步伐，追随他的身影，如羽翼迅疾在夜色里消失。

代无碍备感失望，原本想在这帮看不起他的家伙面前扬眉吐气一番，出出胸中恶气，希望的泡沫再次破碎了。

孤立在冷风乍起的夜空下，代无碍方觉察这身明光铠的沉重，陛下能公然夺取彪悍的杜庭大将军的明光铠……他不禁毛骨悚然。想起远方的武僧觉，这个凡事肯替他分忧的义子若在，会为自己的骤然荣升感到骄傲吗？

以他淡泊名利的秉性，应当不会。

夜风凛凛，代无碍感到一种前所未有的困惑，一种虚无缥缈的虚脱。原来，追寻许久的东西到手后，也不过尔尔。

前方的将士们排列齐整，他们身穿的甲胄犹似夏日夜空的萤火虫，闪烁微弱的光芒，后方是灯火暗淡的杜庭大将军的帐营。

向前、后退均昏暗不明，代无碍犹豫不定。

千米开外的阵列中，不知是谁带头吼了句大将军威武，全体将士气势如虹，声震如雷。

代无碍的眼眶湿润了，不离不弃的还是他身边这帮流寇啊！身后马蹄纷乱，响起杜庭大将军的偏将尉迟青高亢的音调："大将军，留步。"

代无碍回身望着骑马追赶他的这位偏将，甚为疑惑，他不侍奉伤情严重的杜庭大将军，匆匆追来所欲为何？

"是大将军有口信吗？"

"不，他令末将助大将军一臂之力。"手持红缨长矛的尉迟青在马背上高声作答。

代无碍大喜过望，正发愁善使长矛的将士哪里找呢，想不到杜庭大将军思虑周详，直接送人来了。

"大将军真乃雪中送炭，若明日凯旋，本将军的功劳定会与汝对分！"

骑在大白马上的尉迟青，围着他打两圈后，停到他身旁，面色冷酷："大可不必，末将是遵大将军命令行事，并非邀功而来。"

代无碍虽不满他这冷傲的态度，不过，他是从冷嘲热讽中摸爬滚打过来的人，练就厚颜无耻之本领，只故作轻松地抖动双臂，抱拳回礼："那就有劳尉迟大人了。"说完，翻身跨上自己的坐骑，向他的队伍奔去——那里会有对他充满敬畏的将士。

寅时，天色灰蒙。

代无碍躺在毡毯上翻来覆去不能成眠，恐惧与期待交织胸腔，令他睡意全无。

"大将军，可是要起身？属下侍候将军穿戴'明光铠'。"蹲身角落和衣而眠的尉迟青似被他惊醒，一个鲤鱼打挺走到挂在明光铠的铁架下站定。

再过几个时辰，两人就成为战场厮杀的主力军。代无碍转头望望透有一抹微弱亮光的门帘，横竖睡不着，躺身如干尸也着实无趣！他蹬腿踢掉盖住双腿的旧被，翻身起来。

尉迟青见状，忙掀帘出去，吩咐士兵们生火煮饭。

"大将军先洗面，属下先把这领明光铠擦拭擦拭。"尉迟青一头撞进来时，两手各端着一个铜盆，一盆洗面热汤搁置他身前，另一盆看着明晃晃不知为何物的液体在盆内荡漾。他手脚勤快地拿出布片浸湿后，从上到下擦拭明光铠。

"这明光铠很娇贵吗？须得成天拿清水擦洗？"代无碍看他动作娴熟，想来也是日常替杜庭大将军清洗这领珍贵的铠甲。

"是啊，明光铠是大将军视为与性命同等重要的宝物，往日都是属下在护养哩。"尉迟青头也不抬，须臾间，把整张明光铠涂抹得锃亮夺目。

代无碍听他这话，甚为扎心，那就是说他无赖夺取了杜庭大将军所爱？一脚踢翻盛有热汤的铜盆，恨恨出声道："本将军可是去替大将军送死的。"

尉迟青双手拎起铠甲，从厚厚的铠甲后穿出浑浊不清的闷哼："大将军息怒，属下不过随口一说，杜大将军感念大将军苦心，才令属下助战。"

代无碍转念想着这一战生死难料，在生死面前，逞口舌之强算得了什么？他大度地笑着背对他，尉迟青将铠甲披在他身上，伺候他穿戴整齐。

"今日这战，还要靠大人的神勇臂力。出发前，来坛南疆产地的烈酒，以壮斗志。"

代无碍抖抖套紧在身的铠甲，意欲与他握手言欢。他有这个嗜好，每每上阵，都要提坛烈酒饮尽，主将勇猛，则军威大震。

熟知他习性的军士已提了两坛南疆烈酒，放至他脚下。尉迟青则握住红缨长矛焊好的铁勺，仔细检查其松紧牢固状况。

"大将军还需饮酒壮胆？杜大将军则相反，他以茶醒脑。临阵杀敌，主将必须保持头脑清醒，而非以勇猛逞强。"

代无碍见他处处拿自己与杜庭大将军对比，内心着实不爽，停顿半晌，他终忍不住反驳他："诱敌出城，近距离射杀，就靠逞强的血性。"

外面突然鼓声震天，出征的时辰到了。代无碍心头一紧，弯腰抓取一坛酒香扑鼻的开封烈酒，咕咚咕咚仰头灌个干净！

"大将军，剩下这坛放置车内，射杀神箭手后，再喝不迟，如何？"尉迟青肩挑红缨长矛，单手拎起这坛酒，笑着向他提议。

"出发！"代无碍点点头，拿手背揩干面颊酒珠，摔掉空酒坛，罩上面具，大步流星走出帐来。

冬风吹，战鼓鸣，代无碍油然生出一股风萧萧兮易水寒的悲壮感。

他的前方，是四面用青幔围紧的三匹战马拉起的黑漆战车。在他看来，就是一副死气沉沉的棺材。

他手持腰间佩剑，踏步向战车走去。

"大将军，大将军。"

身后是日夜相处的将士们此起彼伏的悲呼，酒意涌上喉，代无碍的热泪夺眶而出。他不敢回头，尽管有面具遮挡，生怕流泪的窝囊样会辜负他们的热切期盼。

对方的战鼓也擂响了，急躁、尖锐，充满着狼族的特性，响彻天地。代无碍不再迟疑，飞身登上战车，手持红缨长矛的尉迟青也随之站立在他身后。

"出发！"代无碍下令。

骏马奔驰，挺立于朔风中的代无碍恢复了大将军的铁石心肠，心无旁骛地观察前方的战况。

马背上的昆仑狼族统一身束金铠甲，戴着狼牙面罩，居中的一匹黑骏马背上，应该是作为首领的神箭手，只有他的金头盔垂挂一截赤红的狐狸毛，在冬日晨光里，随风摆动出耀眼的红光。

他竭力搜寻那叛徒刘佛儿的身影，几番查看后，发现他贼头贼脑地躲在首领身侧东张西望。

这该死的叛徒，定饶不了你。代无碍朝地面吐口痰，尉迟青附身他脑后低言："大将军，你引那戴狗尾巴的家伙出来。"

近了，近得能嗅到对方马尿的腥臊味，代无碍喝令马夫停下来，飞扬的尘土逐渐消散，他清清嗓门，抬高音量，不待发话，昆仑狼族的首领将刘佛儿推出阵队，那刘佛儿强作镇定，向他们喊话："你们若有来投降者，即刻封为特勒。"

代无碍听见身后是雷鸣般的呼哨声，那是对叛徒刘佛儿喊投降的蔑视与质疑。

他挺身上前，怒吼道："狗贼刘佛儿，少废话！将士们无罪，何不各自派出一位神勇的壮士决一胜负？若我方战败，必来归降！"

那刘佛儿也自心虚，他骑马返回阵营与首领耳语，那昆仑狼族的首领拍掌应许，拍马出来高喊："好，一言为定！"

代无碍高声用蜀地家乡话向身后的众位将领喊道："尔等听好了，今日效命，以谢国家，乃我等天命使然。"

"誓死效忠国家！"将士们的呐喊惊天动地。

代无碍飞身跨上前方的骏马，砍断缰绳，冲上前去。与他迎战的是神箭手首领，他瞄准他，快速搭弓抽箭。

代无碍的心脏剧跳不已，酒气涌上头，热血沸腾，他抽出他的大刀，用尽蛮力向那首领的腰身砍将过去！

那首领动作奇快，箭即刻射出，代无碍拍马躲闪，那弓箭穿过他腰际，他暗自心焦，怎么不见尉迟青偷袭呢？

一柄红缨长矛从半空挥向那首领头颅，哐当，是铁勺碰掉首领金盔的声响，那首领露出光头，神色自若地继续搭弓射箭，红缨长矛再次挥舞，砸中他后脑勺，是钝刀劈断西瓜的闷响。

代无障听见掌声如雷的欢呼，他知道是尉迟青这小子得手了，狂喜地正待回头，眼前一黑，那首领射出的箭刺中他额面。

"快将大将军抬上车！"他听见尉迟青替代他沉着指挥，他的意识瞬间模糊，两军混战，四面射来无数冷箭，戳破青幔，一支箭射中他前胸，他浑身抽搐着，张嘴吐出口酒味浓烈的鲜血。

胸前的血汩汩涌出来,代无碍知道自己要死了,他多么不想死啊,穿上这领明光铠不过一日而已。

奈何,他的命由不得他,耳旁的厮杀声渐渐远去,他感到极度冰冷与困倦,一个人步履蹒跚地在满目疮痍的战场,望不到尽头的死尸堆积如山,他身躯歪斜,也倒进腐臭糜烂的死人堆中。

【第二十五章】

芦苇浅滩　武僧觉

　　武僧觉从未想过自己会面临生死之危。以他习佛多年的沉静心性，天上掉馅饼之类的所谓幸运与祸从天降的突发灾难，都不过是妄想执着、业力牵扯的显现。

　　一缕朝阳穿透门帘的缝隙照射胸前，武僧觉拢起毛边粗糙的毡毯，半坐起身，昨夜酒醉的荒唐行径，如掉线珍珠，清晰地穿连成串。

　　破戒了，破戒了！貌似师父的训斥声，叨扰得他无地自容。怀着追悔莫及的胆怯，瞄了眼身旁皱成团的破旧兽皮，那里空无一物，早不见常鹤兰的踪影。他懊恼地捶打胸脯——饮酒、女色，触犯僧人的两大戒律。

　　"狐臭味的扫地僧也发情了，快出来讲讲，那女人的滋味如何？是不是和啃羊腿一般好吃？"帐篷外传来闹哄哄的调侃声，那是平日就爱捉弄他的兵士们在起哄呢。

　　武僧觉更感难堪，忙套上磨破边的羊皮靴，抓起脏毯把头脸包住，只露出双眼，跨步揭开门帘时，一股麦子烘熟的粮食与羊奶的乳香味不由分说地呛进口鼻，他瞥见衰草地上蹲了帮手持盛羊奶的豁口陶碗，张口嚼食胡饼的军士。

　　等他一出现，这些人犹如吸血蚂蟥呼啦围上来，叽叽呱呱，更有那刁钻的老兵大声叫嚣这扫地僧也破戒了的讥讽之语。

　　武僧觉最怕让人抓住这把柄，在这帮以杀人取乐、今朝有酒今朝醉的虎狼之辈眼内，还俗的僧人会和女人睡觉，最能激发他们聚众围观的人性之恶。

　　他逃不过他们的围攻，索性将那腥臭的破毯劈头盖住他们，慌张逃窜出来。

　　武僧觉一路狂奔，风声如锋利的匕首割裂他的耳朵与嘴巴，也难以阻止他脑中回放昨夜细枝末节组合的片段,惶恐又欢喜。直到在飘摇多姿的芦苇丛浅滩前,他才有种虚脱的飘忽感,勉强站稳脚步。

此时,旭日东升,一束七彩晕圈的光轮照耀着他,他有种不真实的幻觉,那如千年白狐柔媚的常鹤兰,跑去哪儿了?

一丛丛芦苇在他面前花枝招展,摆动出意乱情迷的舞姿,似引诱他破戒的魔女。上气不接下气的武僧觉心如止水,目光越过白茫茫的芦苇浅滩,只有一个念头,要找到与他有过肌肤之亲的常鹤兰。

除了芦苇与飞鸟,天地寂寥,哪有伊人芳踪?他失望地蹲下,想着她是女俘的身份,该是被人驱使干活去了。

"扫地僧,如何一脸懊恼?"

秃头军官晃荡着吊儿郎当的醉步,瞪着布满血丝的双目,一手执着干瘪的牛皮酒囊,一面向他摇手招呼。

武僧觉双手抱头,极不情愿地走到他面前苦笑道:"哎呀,酒后乱性,破戒了。"

"哈哈哈,好笑!不就睡了个女奴?算破什么戒律?你不是已还俗了?早开荤吃肉、杀人不眨眼了!"秃头军官愈说愈兴起,随手将牛皮酒囊当头砸向他!

武僧觉被他这一通奚落,顿时豁然敞亮,他跳将起来,稳稳接过牛皮酒囊:"是咧,是在下愚钝,不记得早还俗了。"

秃头军官拿手搭着他肩,以一本正经的口吻教导他:"扫地僧,何谓佛?佛不就是普度众生?你睡那女奴,就是在度她。"

"我睡她是在度她?"师父可从未这样来诠释度人度己是这种度法。

"扫地僧,啧啧啧,亏得你还在庙里学习佛法,白学了!世间法不就是遇妖杀妖,见魔斩魔?"秃头军官掀了掀他那对黑黢黢的八字眉,欲笑不笑的满面得意之色,俨然自己方为武僧觉剃度的师父。

武僧觉释然:"已然与她有过鱼水之欢了,那在下就得娶她进家门。"

"你还想娶那女奴为妻?"秃头军官音量陡然增高,在冷清寂然的空地显得极为怪异,他惊骇地瞪视他,如同见到青面獠牙的鬼怪出现。

武僧觉半天不言语,暗想他虽无父母之命媒妁之言,好歹也是男大当婚女大当嫁,有何大惊小怪。

"大人，该用早膳了。"手臂挎着筐胡饼的年轻女奴，蓬乱黑发随性盘绕头顶，鬓角戴枝芦苇白花，凌乱中也有规整的妖娆姿态，从芦苇丛间冒出来，垂手侍立。

那女奴身后是一袭姜黄旧衣裳的常鹤兰，她娇躯孱弱，像是株弱不禁风的雨后美人蕉。双手捧着放有银壶的银托盘，低眉顺眼，步态娴雅慢慢靠拢。

武僧觉乍见心仪的女人突现眼前，顿感浑身不自在，她还是那么娴雅贞洁的风姿，好似什么也没发生，甚至都不正眼看他一下。他面颊发热，不时偷眼瞧去，纳闷她缘何能保持镇定如许？要不，她是天生没皮没脸的荡妇，不然，就是遭遇磨难多到已麻木不仁的木头人。

秃头军官施展长臂抓过奶壶，轻佻地掀翻壶嘴，热马奶溢出的白色泡泡扑腾得垂头正对的常鹤兰的乱发星星点点。

见到她的狼狈状，武僧觉心疼地大步走过去，伸手替她擦拭发丝上的奶滴，她的黑发长久未洗已打结，发散出令人作呕的酸臭味，武僧觉有种寻觅到同类的欣喜若狂，自己就是因狐臭遭人嫌弃。

他弯腰替她搓揉发丝，想起了阿娘，勤劳的阿娘身上常有这股汗渍味，他萌生出保护她，不再让她受到任何人欺负的念头。

不知常鹤兰是处变不惊，还是逆来顺受，她不言不语，温顺如待宰的羔羊。

"你要走运了！这扫地僧要娶你啰。"秃头军官粗蛮地扯过武僧觉的手臂，带有酒气的唾沫横飞，轻浮地冲着常鹤兰揶揄道。

常鹤兰羞得粉面通红，头压得更低了，话语如泉水叮咚那般动听："大人说笑，武大人从庙里出来，自有菩萨心肠。他这么说，不过是为掩护贱妇不再受军营的恶人欺凌。"

武僧觉听得通身舒畅，这女子当真不是寻常人，能不卑不亢、沉着应对。他满怀柔情地望向她，希望能与她四目相对，但仅能见到她乱蓬蓬的黑发遮挡着她半张脸，露出玉色粉嫩、线条柔美的下颔，腮边有粒小黑痣，尤为夺目。对常鹤兰生出既内疚又钦佩的复杂情愫，更坚定要护佑她的意念。

"笑话！你以为小小一个扫地僧就能保护你？真是不知天高地厚的女奴啊。"秃头军官做出鄙夷的神情讥笑道，把手中盛有马奶的银壶摔给武僧觉。

武僧觉接过壶身温热的银壶，晃荡几下，估摸着有大半壶马奶，他不忍喝，眼底见到没精打采的常鹤兰弓腰在冷风中不住发出轻微的哆嗦，强行将银壶塞给她。

常鹤兰始终不曾抬起头，只拿双手要推开银壶，武僧觉哪肯，只顾把银壶往她怀里放，两人拉拉扯扯，不承想惹恼了秃头军官，他夺走银壶，返身丢在手挎胡饼竹筐女奴的腹部，抓起张胡饼，一头大口吞吃胡饼，一头口沫横飞地与他说话。

"喂，扫地僧，这热马奶精贵，是大补之物，莫要喂饱白眼狼，这些女奴拉回平城后，是要入宫伺候皇宫贵族，哪会瞧得上你这混军营的扫地僧。"

武僧觉见他是只许州官放火，不许百姓点灯的蛮横无理，径直走到这女奴身前拱手哀求道："你，你少喝点，给，给她留点。"

女奴放下剩有几张冷却胡饼的竹筐，掩嘴罕然道："怪哉，怪哉，天底下还真有多情的和尚咧。"

武僧觉臊得耳根立时滚烫，他曾是和尚不假，但和尚也是人，同样有七情六欲，投身佛门，自然要遵循清规戒律……一时矛盾重重，真是剪不断理还乱。他只得讪笑不语，一面拿衣袖遮脸，一面瞧向常鹤兰，不意瞟见秃头军官对她正图谋不轨，那刚撕扯胡饼的油腻猪蹄肥掌顺着她后背衣领探进去摸来摸去，匍匐在地的常鹤兰吓得瑟瑟发抖。

武僧觉霎时怒火中烧，这秃头军官和他还算熟稔，明知常鹤兰是他的女人，不顾礼义廉耻当面轻薄，若他不在场，那还不直接强暴？愈思愈羞愤难当。

"大人……"

他手摸向腰间大刀，听见自己的喊声中透出哀告的哭音。

那秃头军官眼皮也不掀一掀，猪蹄掌在常鹤兰背部游走自如，武僧觉强压喷涌上头的怒火，克制着杀他的冲动，不能杀他！杀了他，自己和常鹤兰都活不了。

他松开拿刀的手，捡起草丛的石块握在手心，向那眯眼享乐的秃头军官面部抛去，石块正中秃头军官肉嘟嘟的鼻梁，哇，他惨叫着跳开，哇哇大叫。

武僧觉见到他鼻梁皮开肉绽，一个箭步跳到常鹤兰身旁，挽住她纤弱的臂膀，扶她起身，并肩站立寒风中，面对即将到来的暴风骤雨。

"你个狐骚味的扫地僧，真以为自己能拯救世界？这俘虏军营是本大人的王国，这些娘们，想弄谁就弄谁！"秃头军官怒骂着亮出他的佩剑，底下那帮吃喝完毕的士卒们，听见动静，纷纷操起家伙跑来围攻他。

武僧觉见到逼近的士兵们，也拔出大刀横挡胸前，常鹤兰死死拖住他胳膊，哀求他："不要杀他，不能杀他！"

"大人，在下并无恶意，望大人不要欺凌她……"武僧觉拽住常鹤兰步步后退，嘴上向秃头军官恳请，大风裹挟了他的话语，飞落芦苇丛。

"佛法不是讲求无分别心？你真有种，真有仁慈之心，那就该保护全部的女奴，而非一个女奴！"秃头军官铁青着淌血的浮肿脸，坏笑道。

武僧觉如雷震一惊，立在原地不动身。秃头军官的话并非胡言乱语，如何做到无分别心？师父从未告诉他终极的答案，只说行坐皆禅，那些狂魔也是杀人放火不易云云。他一时困惑无解，是该依佛法教义还是遵循世间法则？

"大人，少与他啰唆，费时耗力！把这狐骚味的扫地僧砍他个七零八落，不就省事？"

他循声望去，那撺掇秃头军官的老兵，不就是声称要与自己贫贱之交不可忘之人吗？呼啦啦的风吹得芦苇毫无方向地随意荡漾，武僧觉手中的大刀哐当掉落。他笑了，笑中带泪，这是个人心不古的世道，恐惧使得人人相互倾轧，可曾知了，这般自私自利的互害，到头来是谁也逃不脱毁灭的下场。

常鹤兰突地挣脱，碎步跑至秃头军官脚前跪下，声泪俱下恳请道："大人不是常念叨扫地僧的义父与陛下征战南疆昆仑狼族，他若立下大功，也要提携大人吗？大人如何就忘了？"

年轻的女奴刚替秃头军官的鼻梁伤口敷上黑乎乎的膏药。那老兵心怀恶意，煽动秃头军官："大人，话可不是这么说，扫地僧是个记仇的人，倘若反将大人一军，恶人先告状，恐怕大人性命难保，望大人三思。"

秃头军官用胖胖的手指头推着鼻梁膏药，踌躇不定。时间凝固了，众人都在等候对武僧觉的处置。

武僧觉思量着不能束手就擒，干脆趁人不备，欲捡起大刀，被几位眼尖的士兵围拢，合力将他推倒在地，摁住后背，他动弹不得。

满嘴的泥沙草屑，武僧觉吭哧吭哧喘息着，秃头军官走到他面前，边扇他面颊，边恶声恶气地骂道："世间英雄，哪个不是有恩报恩，有仇报仇？你让本大人吃皮肉之苦，岂能轻饶？不令你伤筋动骨，也得断胳膊少腿。自己选，是自我了断只手还是他们动手?"

武僧觉想过自己会面临生死,但猜不到的竟是同类的自相残害。

"师父。"他绝望地猛烈扭动脖颈,面朝天哭喊着呼救。常鹤兰的嘤嘤哭泣提醒了他,秃头军官心性不定,嘴上一套,背地里又是一套。若真听话断臂求生,也是死路一条。

他不能死!

"大人欸恭磊落,在下自行解决!"武僧觉使出四肢蛮力,摆动压住他的士卒,跳到秃头军官身后,飞快地抓起大刀横住他脖子!

"啊!不,不要杀他!"传来女人凄惨的尖叫声。

他以为是常鹤兰,迎面跌跌撞撞前来的是年轻的女奴,她捂住腹部,跪在他脚下磕头求情。

"求求你,别杀他!奴婢怀了大人的孩子啊……"

武僧觉警惕地观望,他并非要杀掉秃头军官,只不过是想威胁他饶恕自己与常鹤兰的性命罢了。

"鹤兰,求求你,不看僧面看佛面,你也是当过阿娘的女人……"那年轻的女奴又爬向常鹤兰求情。

"放了他。"常鹤兰抬起惨白的脸蛋,眼神出奇地黑亮,气息虚弱地对他说道。

"要大人答应先放过我们,就放他。"武僧觉点点头,这本是男人之间的战斗,与女人无关。

"好,本大人答应你。尔等听令,速速后退,放走扫地僧与那女奴。"秃头军官松口气,惶急命令道。

武僧觉收起大刀,横腰抱起常鹤兰扛在肩上,慌不择路,直向芦苇丛深处急速逃窜。

他也不知道要逃到何方。天下之大,何处是他们的安身之地?

深一脚浅一脚地穿行在泥潭间,芦苇的飞絮迷离双眼,肩上的常鹤兰咳嗽起来,他才惊觉,远处浓烟滚滚,芦苇丛燃烧起来,火势喧天,就快蔓延到他们藏身之处了。

"天哪,他们是想要烧死我们?!"常鹤兰惊恐地叫喊着,从他身上滚落下来。

听着噼里啪啦的火声，见到火龙吞云吐雾席卷过来，武僧觉悔恨地用拳头砸着脑袋——这可如何是好？是自己糊涂，钻进这芦苇丛干吗？

"春枝，你忘了我们苟富贵勿相忘的姐妹盟约了吗？"常鹤兰踮起脚，绝望地向天号叫。

"没有用！他怎会听命一个女奴？"

"那不是普通的女奴，那个女奴怀了他的孩子！不到最后时刻，绝不能放弃！"

娇弱的常鹤兰目光炯炯："快，抱起我，我要坐在你肩上呼喊，她才听得见！"

英雄的归宿不会是妻儿牵绊的家庭。武僧觉没说出口，担心会令她希望破灭，只得乖乖照做。

"你怕死？"他仰起头。

"不，我不能死！我要找到我的儿子。"她低垂眼睑。

"我也不能死，我要找到我的阿娘。"

两人相视而笑，这一刻，心意相通。心领神会的片刻沉默后，常鹤兰以坚毅的目光注视着他，神色温婉："所以，我们不会死！"

武僧觉笑着点点头，不远处是烤焦的芦苇，上空是烟雾染黑的云层，死与不死，冥冥中自有定数。

"春枝，苟富贵勿相忘！"

常鹤兰再次发出命悬一线的呼救，武僧觉的双腿已深陷泥潭，仍尽力向上托高她，本对她的呼救就不抱希望。

苍天有眼，在他精疲力竭快到坍塌的紧要关头，头顶湿被的骑马士卒，如同天神，无惧熊熊火光，走向他们。

【第二十六章】

庆功宴　金世祖

城墙飘扬的崭新绣龙旗在风中欢呼，金世祖紧绷心头多日的弓弦，略略松动了些。

他登上城楼，极目瞭望远方。

乌云密布的高空，飞来成群结队的老鸦，欢叫着在堆积如山的尸体上方盘旋，啄食漂浮水面的死尸。

一股令人窒息的腥臭味蹿进鼻腔，金世祖捂住口鼻，他恨透这帮赶不尽、杀不绝的昆仑狼族，骚扰边疆不得安宁，逼迫他的臣民流离失所。尾随身后的太卜令黄济城也发出"白骨露于野，千里无鸡鸣"的悲叹。

金世祖呆立城墙，眼见自己的臣民沦为乌鸦的盛宴，生死不过转瞬之间，难以名状的凄凉涌上心头。他双手撑住墙头，仰望鸦群遮蔽的暗黑天空，迟疑不决。

"战火蹂躏后的城池需要时日整顿，是班师回朝开庆功宴还是……"

侧身的太卜令黄济城皱起八字眉，手指向城池内浮动的死尸，语音急促："陛下，城内死人太多，须尽快清理，不然易引发尸毒传染病。为保陛下龙体康泰，臣斗胆请求陛下到伏龙山下设宴犒赏，再启程回宫。"

金世祖闻言大惊："会有这般严重？"

黄济城一脸冷峻之色，点头称是。

他不甘心地俯视下方，高悬城墙的一排昆仑狼族人头中，有颗皮肉剥落的白森森骷髅，黑黢黢的眼眶溢满密密麻麻的蚂蚁，金世祖恶心地撒手后退，骇然大叫："快回伏龙山！"

黄昏时分，一行人马抵达伏龙山。

身披金地龙纹斗篷的金世祖下得马来，站在山嘴的风口处，仰视赤、褐、橙三色交错的彩色岩石缝里凋零的野花，回想起那颗人头正是叛徒刘佛儿——是大将军杜庭的侍卫尉迟青下手，斩首、剥掉皮肉，一气呵成。

"陛下，大将军这领明光铠如何处置？"他转过身，魏喜手捧暮光下泛出冷冷寒光的明光铠，鞠躬请示。

金世祖走近前，爱惜地摩挲这寸尺间锁扣精密、浸透大将军鲜血、代无碍热血的冰冷铠甲，这领明光铠须得五十工匠，耗时半年方成。现今物资匮乏，丢弃可惜了。

"依旧赏赐杜大将军，也算是物归原主。"他不舍地划过铠甲雪亮的护镜，抬手摸了下络腮胡须，想来大将军不会嫌弃。

眼尾瞥见站立远处的太医令慕容白，衣着靛蓝棉袍的他，站在风口，也不嫌冷。金世祖向他招招手，身躯单薄的慕容白，如一颗流星倏忽飞来眼前站定。

"大将军伤势恢复如何了？朕还要靠他守住这南疆边防咧。"

慕容白神色不安地搓搓手，窥探四下无人，悄然低语："陛下，大将军恐命不久也。"

"当真？"金世祖心如刀绞，拿手揪紧胡须，这可是他最为倚重的老臣。满朝武将，具备谋略者稀有，能保持忠诚的将士更是凤毛麟角。

"狼族人的箭镞，本就是置人于死地的阴毒。大将军若要保命，除非是当个万事不操心的遁世修行人。"

金世祖听出慕容白的言下之意是杜庭大将军成废人了。他发愁地转身望着伏龙山向天地臣服的顺从姿态，沉吟不语。这南疆城已从荒漠山野变为守护平城安危的重要边镇，原本是杜庭大将军驻守最适合不过，现在换谁来接任？

天边的灰蓝天色透出一抹殷红晚霞，闪现一只白头苍鹰，在半空哀鸣不已。金世祖触景生情，想起了他的皇子们——这几头刚长出利齿的小苍狼谁会成为头狼？

急速的脚步声在他背后停息，冒出羽林郎史鼎鼻息不通的粗哑声音。

"陛下，宴席备好了。"

他的肠胃一日不如一日，离不开精通烹制的高手为他医食同源的悉心调养，善烹制美食的中常侍万盛留在平城辅佐吴王，膳食重担就交给羽林郎史鼎了。

一弯淡黄色的弦月慢慢弹跳出来，暮色如浩渺烟波，无声浸润天地。

金世祖感到腿部发冷，忙把斗篷扎进十三扣的金腰带，向搭建好的帐篷移步走去，魏喜与羽林军士们不远不近地追随左右。

帐篷四壁，分别斜挂手臂粗的松油火把，映照得帐篷内明亮温暖。

每张食案都摆有炙烤半熟的羊排、堆积如塔的环饼、整坛菊花酒及一把泛冷光的锋利小刀。

唯有他的食案多了切好的马肠子、冒热气的马奶——战马珍贵，不轻易宰杀。

坐在属于帝王的宝座上，金世祖威严地扫了扫右首正襟端坐的将领们：单眼蒙上黑眼罩的杜庭大将军，面色略显浮肿，气度依然不凡，莫非慕容白是在危言耸听？他的部将尉迟青，擅使长矛的狠人，剥皮削肉可不含糊！

一张食案，整齐地摆放着那领明光铠，是顶替大将军战死的代无碍。金世祖内心飘过一丝不快，不是诏令赏赐杜庭大将军？怎么又死尸还魂般搁这儿？末后两张陌生面孔的将士，他都懒得瞟上一眼。

终日阴翳的魏喜与满面喜气的太卜令黄济城、神色寡淡的太医令慕容白依序而坐。

所谓的庆功宴，不过是贿赂人心的安抚手段，金世祖与诸将们心照不宣。

他端起余温犹在的马奶，一气喝干，先暖和暖和受寒的五脏六腑要紧。伺候在旁的史鼎接过残留马奶汁的碗，递上蒸好的乳酪，洁白嫩滑的乳酪淋了层金黄的岩蜜，他顿时舒展眉头，此物最合心意。

空腹垫底后，金世祖环顾众人，起身高举酒盏，诸位爱卿嘴上唯唯诺诺，一甩脖子都喝个痛快！当冰冷的菊花酒滑落喉咙，金世祖不禁打了个寒战。

酒过三巡，再论功行赏。

"陛下，头功当属为国捐躯的代无碍大将军，这领明光铠就该随他厚葬以显尊重。"

大将军杜庭站在席位上禀报时，金世祖正拿匕首切割大块渗红血丝的羊排，送入口腔细嚼慢咽。羊肉肥嫩、鲜美，唇齿间流淌出草原的芬芳气息。大将军的话没毛病，他是心疼那领明光铠，那是多少将领眼馋的至高荣誉与丰厚赏金。

众人皆不言语，帐篷内安静得能听得见火苗闪烁的呼哧呼哧声。

冷面人魏喜发话了："陛下，那代无碍不过是军营老痞一个，哪配得上这领明光铠陪葬？杜大将军嫌弃，朝廷其他大臣可不会嫌弃。"

杜庭大将军听得面色一变，他重重地放下酒盏，碍于魏喜的身份，不便发作。坐在末端的一位枣红脸的将领起身辩护："魏大人此言差也，大将军视明光铠的荣耀等同性命，哪有嫌弃之理？"

魏喜是他肚里的蛔虫，金世祖赏识他寡言阴沉的本性，掌管权力的霸主，就得是个性阴鸷，手腕老辣。张眼望向大将军身旁的尉迟青，见他面带愠怒，暗觉好笑，论起头功，定下奇计的太卜令黄济城、善用长矛的尉迟青少不了，大将军为何单单替死去的代无碍邀功？

他斜睨着冷面枯坐的杜庭大将军，戴着黑皮眼罩的彪悍气质，更像是出没荒漠的盗贼，而非忠于朝廷的外戚。稍加思索，金世祖大手一挥，发号施令。

"南疆城由大将军驻守，这领明光铠赏给长矛勇士尉迟青。"他并非有意遗漏太卜令黄济城，这位一团和气的老者，本就不计较功劳，就算封赏给他，也会百般推脱不受。

"太卜令，想讨什么封赏？"他照例要客套一番。

"陛下英明！臣不过小小文官，哪能与立下汗马功劳的武将们论功？"酒醉酡颜的太卜令在席位上，满面堆笑地作揖谦让。

喜从天降的尉迟青慌忙跪拜在地，假意推辞："谢陛下恩赏，望陛下收回成命。臣何德何能，胆敢领受明光铠的荣耀？"

杜大将军离开席位，拿脚猛踹尉迟青的屁股，厉声训斥道："陛下的赏赐，你小子收下就是了，哪来那么多虚伪的废话？头功本就有你一份。"

帝王的意志不容辩驳，金世祖饶有兴味地揣摩这将士间的一唱一和。杜庭大将军数落完他的部将后，缓步走近他的食案前。

火光熊熊，金世祖清晰地瞥见他浮肿的眼窝隐现几滴泪花，杜庭大将军跪拜在地，言辞恳切："陛下，臣年迈力衰，不堪重任，尉迟青虽勇猛敢冲，但也非肩负守护整座南疆城责任的人选，望陛下另择贤人。"

金世祖默然拔掉插在羊排上的匕首，刀柄的羊油凝固，滑溜溜的不好使用。他扔掉油腻的匕首，抓起胡饼撕碎成渣——说得轻巧，贤人去哪里找？他目不斜视地揉捏手心的面饼残渣，冷冷问他：

"不如有劳杜爱卿举荐。"

"陛下，臣以为陛下的诸多皇子，当属吴王……"

金世祖霍然抬头，充满怒意地瞪着杜庭，强行将他未完的话生生吞掉。他不过瞎掉一只眼，怎会连敏感发达的大脑神经也死掉了？吴王金曜明守护平城，身为大将军的他岂能不知？难不成是为太子分忧，借机调吴王离开平城，方便太子顺利登基？

"吴王不妥。"他以极其厌恶的眼神飞快瞪了眼杜大将军那只尚存的独眼，扬手把掌心的饼渣泄愤般四处抛撒，半空飞落的面渣，像遭风吹雨打的暮春残花，飘落在杜庭大将军的臂膀，又似垂死的花神在做最后的喘息。

众人都被他乍然发作的暴怒吓得仗马寒蝉。

"谁来举荐？"金世祖抓起张胡饼撕断，攥在掌心使劲捏揉、搓动。

太卜令黄济城举高衣袖，替身躯伟岸的杜庭大将军拂去肩上残渣后，不慌不忙跪地道来：

"陛下，诸位皇子里，西平王金曜熙堪称文武双绝，且忠贞雅正，派遣他来守护南疆大门，定会震慑周遭蕞尔小国。"

西平王金曜熙？金世祖丢掉手心饼渣，脑海里竭力搜寻这位皇子的音容笑貌，他天生一张神似自己的稚嫩面孔，东郡公任伯渊曾赞叹过他神勇有智。

他示意杜大将军、尉迟青回到席位，再唤史鼎取来面巾，擦拭双掌后，把撕碎的饼渣收拢碗内，舔食干净，发出幽幽长叹：

"太卜令，西平王金曜熙年甫弱冠，朕怕他孤掌难鸣啊。"

"有杜大将军、尉迟青大人辅佐西平王，陛下可高枕无忧也。"太卜令黄济城的话音刚落，地面颤动，火把的火光也随之晃动。

"不会是地震了?!"金世祖大惊，双掌撑住食案，厉声发问。为人君王，最怕天象作乱，警示人君不能厚德载物。

尉迟青猛地扑倒在地，耳朵紧贴地面，聆听片刻，即弹身起来，弓腰禀报："陛下少安毋躁，是快马奔来的动静。"

金世祖不相信尉迟青的判断，他转向紧闭双目、搬动指头念念有词的太卜令黄济城，克制着心急如焚的暴怒，放缓语调责问："到底是怎么回事？"

密集如暴雨的马蹄声渐渐近前，帐篷门帘被人掀开，进来位面黄肌肉的矮壮士兵，他连滚带爬地呼喊道："陛下，中常侍大人派小人日夜兼程送来十万火急的密函。"

将士们失声惊呼，快速闪出条道来。

金世祖握紧拳头，深宫内的中常侍万盛捎来急信，怕是与皇子有关。托盘内的信纸在火光下隐现着诡异的暗光。他本要魏喜拆开来，想想又不妥，伸手接过信纸，轻薄如羽毛的信纸，在他手心却有千钧之重。

所有人的目光都聚焦在信纸上，金世祖感受到剑拔弩张的紧迫与肃穆凝重的僵局。

他可不能让宫廷的秘密被边陲的部将获悉，于是挥手要信使退下，突地仰头大笑，把信纸放进袖笼，转移话题："尉迟青听令！朕封汝为左将军，赏明光铠一领，赐物千段！西平王金曜熙为右将军，尔等辅助杜大将军守护南疆城。"

"臣遵令。"尉迟青面上流露出穷人乍富的自鸣得意，举止超出本分的癫狂，越过杜庭大将军，磕头跪谢。

金世祖颔首不语，他的布局，不过是要杜庭大将军与左将军尉迟青不和，唯有两人内讧，对西平王方有利，不然，两人同谋倒戈一击，架空西平王，这可是宫廷政权变动常有的事。

"大将军可有异议？"

"臣谨遵圣令，恭候右将军到任。"神情恭敬如常的杜庭，看不出喜怒哀乐的变化，唯有独眼闪动着英雄不灭的光芒，使人动容。

金世祖捻须不语，史鼎奉上煎熟的马肝，他注目切割齐整均匀的血红马肝，这是慕容白开的滋补龙体的药方，若要为了一己口腹之欲，大肆杀戮战马，不符他的节俭作风。

想起太医令慕容白对杜庭大将军的断语，金世祖心底多少有些伤悲，杜大将军是舅舅，从不恃宠而骄，忠诚履行身为外戚的责任。

"罢了，杜大将军需要进补，赐他享用。"

"陛下？！"史鼎满脸写着不可思议的愕然。

他乏力地坐在席位上，靠身搭了兽皮的椅背，疲倦地合拢双目，向众位爱卿挥挥手。

"朕累了，众位爱卿可自行欢饮通宵达旦。"

众人识趣地一一离去，空荡荡的帐篷剩下四个火把、杯盘狼藉的食案，以及孤独的他。

他展开信纸，笔迹娟秀的小楷出自任伯渊，赫然写着短短两行字："太子擅自回宫，与吴王争夺骏马，兵戎相见，望陛下火速归来处置。"

金世祖愤恨地将拳头砸向食案，他是至高无上的君王不假，却容不得半点松懈，时时刻刻皆临内忧外困，如履薄冰。他把信纸凑近火把，火苗吞没了信纸，化为泛白的灰烬。

坐回高位，金世祖望着无尽长夜，发出残酷冷笑。对太子胆敢擅自做主的冒犯之举大为光火。两虎相斗，必有一伤，无知的太子，你以为爱拼才会赢？朕最不缺的就是皇子啊。

"陛下，臣恳请陛下遵守承诺。"杜大将军不知何时偷偷溜进来，跪拜在他脚下。

"什么承诺？"金世祖羞恼地低吼，平生最恨身旁人窥探、出卖、背叛。

"善待代无碍大将军的义子武僧觉。"

"善待？慢着，舅舅，他已死了，犯不上为一个死人遵守君子之诺。"金世祖的脑中一团糨糊，恨不得插翅飞回平城处理太子与吴王的纷争。

"陛下不怕其他将领们寒心？不怕失去民心？民心比神意更为重要：'夫民，神之主也，是以圣王先成民而后致力于神。'陛下三思。"

杜大将军的独眼射出咄咄逼人的无惧之光。

金世祖强压不满，笑着草草敷衍："爱卿所言甚是，所谓君臣道合，非青蝇所能间也。爱卿处置即可。"

【第二十七章】

重英殿　菊夫人

冬夜的重英殿，流光溢彩。

吃了七八盏菊酒，便有些微醺的菊夫人歪坐在织锦菊花屏风下的睡榻上，心情振奋，使得她难以安睡。

对墙的落地铜镜，朦胧地照出她色如桃花娇嫩的双颊，菊夫人不由拿手轻抚扑了铅粉的柔滑腮边，耳畔犹响起中常侍万盛对她的吹捧："菊夫人美貌不减当年，宫内二八佳人也要自惭形秽呢。"

世间女子，谁不奢望青春永驻？她对众人避而远之的中常侍万盛刮目相看——她要拉拢他，成为她与吴王在宫内的靠山。

陛下南征，她本意趁这空当，指望善烹美食的中常侍赐教羊羹做法，以便日后讨好陛下。

那乖觉的中常侍万盛亲自登门造访，并献上新制的琥珀饧、蜜姜两道甜食，请她品尝。

色泽漂亮的琥珀饧，其味甘甜；蜜姜滋味香辣，不光是佐酒的好料，也极对嗜好甜食的她的胃口。

乐滋滋的菊夫人吩咐奴婢们摆上菊花酒，唤来椒房柔荑——原名秋菊，她的侍女。陛下爱她那双白嫩玉手，宠幸后被封为椒房，赐新名，入住重英殿的偏殿。

三人落座后，中常侍万盛率先呈上张食单："夫人，喜新厌旧乃君王本性。陛下已食用羊羹数年，夫人何不另觅妙方，博取圣心？"

"大人所言极是，是本夫人忽略了。"菊夫人听他说起君王喜新厌旧的话深感刺耳，但却是不争的事实。

她接过食单，字体秀丽的楷书写着蜜姜制方：洗净削皮后的生姜，放入瓮中，用十月的酒糟来藏，瓮头用泥封住，十日就熟了，拿出来洗净，放到蜜里面，竖着摆四块在盘中。

收起制方后，菊夫人欲夹块琥珀饧，许是天冷，盘内画作棋子形的琥珀饧粘连一起，幸得柔荑伸手相帮，她终能细细品味。

坐在下首的中常侍万盛，额面布满细纹，他身披酒红斗篷，领上毛茸茸的狐毛簇拥汗毛密重的猴脸，闪烁不定的棕黄色猴目落在柔荑轮廓优美的手背上，以不胜仰慕的口吻赞叹："手如柔荑，指似青葱，说的就是椒房的纤纤玉手了。"

柔荑大冬天还穿着浅绿清新的绸缎，梳着凌虚髻的发间插戴银叶步摇，俯首间，银叶相撞，就会发出叮叮咚咚的脆响。

面对中常侍的刻意讨好，她得意地笑而不语，挽起浅绿金边袖袍，露出白得发光的手腕，葱管修长的五指握住朱漆筷，红白对照，尤能显出她手的洁白可爱。她夹了块蜜姜放在菊夫人的碗盏内。

菊夫人颇感欣慰，从吴都带来的这女子还算会顾念自己的提携旧情。她手执装菊酒的犀角杯，向柔荑微笑示谢，眼角扫向中常侍万盛。万盛举起酒碗，咻溜饮尽后，揩着湿漉漉的乌紫色厚嘴："夫人，陛下胃寒，蜜姜能驱寒，陛下可常食。"

"中常侍大人真算是陛下肚中的蛔虫，难怪深得陛下厚爱。"改名后的椒房柔荑说话拿腔捏调的，改了天性一般。

"陛下腹内的蛔虫可不止老臣一位。满朝大臣，谁不是呢？呃，菊夫人，吴王又去狩猎了？"万盛探头探脑地扫视重英殿的新牌匾，忽然笑道。

不提吴王还罢，一提他，菊夫人就有满肚怨言，儿大不由娘了，本寄厚望在他身上，但这小子眷恋的是郊外马场的飞禽走兽。她闷头连喝下四五注菊酒，悻悻放下犀角杯，侧身望着悬挂廊下在风中飘摇不定的宫灯，以手捂胸哀怨叹道："吴王是本夫人的心病啊。"

万盛伸出猴爪般的五指，抓起块黄澄澄的蜜姜，丢进嘴里咔哧咔哧吃得带劲："菊夫人勿忧，太子也是皇后的心病。"

菊夫人扯了扯光溜溜的领襟，瞄了眼万盛身穿的斗篷领上那一圈蓬松绵密的狐毛，估量他狐皮斗篷的价值，应当不菲。早听闻这阉人家资丰厚，家中常备山珍海味，自己贵为夫人，都没他那样一件值钱的狐皮斗篷，不由得对他心生嫉妒、钦佩的复杂之情。

"菊夫人是为吴王，皇后难不成是为太子？"柔荑椒房瞪大乌溜溜的杏仁美眸，双手捧着酒盏，浅浅抿嘴啜饮着，好奇地追问。

"等柔荑椒房有了皇子，当上阿娘，就会明白，围绕女人一生的烦恼不是来自夫君，便是儿子。"中常侍万盛神色自负，晃动空酒杯，紧抿嘴角时，两边的褶皱深如刀刻，露出一副深谙女人心的骄纵轻狂样。

"皇后并非太子亲生阿娘，哪里会烦忧？"菊夫人想起赫连雪云那张美丽面孔下的蛇蝎心肠，忍不住就嫉恨交加。

"夫人，太子阿娘早因子贵母死的祖制被赐死，太子乳母年迈，皇后青春正好，陛下钦定她为太子阿母，他们是一条绳上的蚂蚱。"

这中常侍明明在巴结皇后，怎么这会儿说起她的谗言来？他究竟是何用心？菊夫人喝完犀角杯内寡淡无味的菊酒，暗自嘀咕。

犀角杯的酒空了，没想到闲闲说话间，一坛菊酒就喝光了。她向站立角落的奴婢青竹下令，再搬两坛菊酒来。

中常侍万盛拦住了，他起身挥挥衣袖，从殿外跨门而入一位怀抱土褐色大瓮的壮汉。万盛喜笑颜开："夫人，这是老臣带来的平城盛产的'梨花春'，请夫人尝尝。"

"大人是专为饮酒而来吗？"柔荑椒房捂嘴笑道。

"非也，不过，有些话，老臣需要以酒壮胆向夫人禀告。"

三人正说笑间，身披五彩羽裘的吴王金曜明愤愤不平地冲进来，嘴里喃喃地骂道："气死本王了，明明是本王看中的宝物，又被太子强夺了。他不就是眼红父皇令本王守护平城，所以仗势欺人？"

正在气头上的吴王谁也不放在眼内，如斗败的公鸡，横冲直撞，抬腿坐在屏风前的榻上，扯下羽裘，旁若无人地仰面栽倒在睡榻上，也不管围坐食案前饮酒的客人。

这可气坏了菊夫人，她上前拖住吴王的胳膊想拽他起来，细长的指甲触断在吴王坚硬的手臂上，菊夫人痛得眼泪直流。吴王是常年在外射杀的武将，娇弱的她当然拖不动他。

"阿娘,别烦儿子,快想法从太子手上将那匹千里马夺回来!"金曜明跳下睡榻,如同任性的小霸王,偎依在菊夫人身前撒娇。

菊夫人闻到他身上呛鼻的酒味,忙推开他,吴王金曜明此刻方注意到面前的中常侍万盛,慌忙站正身姿,向他行礼致歉。

万盛唇边挂着一抹意味深长的笑意,双臂拢在胸前,一副看热闹不嫌事大的神情。

"吴王,是何等品相的千里马,连太子都要去争抢?别是从产马的小国盗来的野马?"

"中常侍大人有所不知,那匹千里马是父皇着人带回宫的战利品,是鼎鼎有名的宝马'踢雪乌骓'!通身乌黑如缎,只得四个马蹄白如雪,真是本王平生见过最漂亮的骏马了,威武雄壮!天生就该属于王者的胯下之物。谁知,半路撞见本该在漠南屯兵的太子回宫,他也看中这宝马了。"

"阿娘,你看,儿子的脸、手、腿都被他的白虹宝剑刺伤了!"

瞅着吴王喷着满嘴的酒气,菊夫人猜到多半是他醉酒行凶,千里马不过是导火索,太子早看吴王不顺眼,吴王私底下也恨着他。两人明为兄弟,实则算既生瑜何生亮的冤家。

"快说怎么和太子发生争斗的?"菊夫人直觉不会是太子故意挑衅,定是这热衷玩乐的儿子无礼顶撞。

"阿娘也太过势利了,怎去偏袒太子?是眼热太子是皇位继承者,就瞧不上你的亲生儿子了?"

看这宝贝儿子金曜明委屈嘟嘴埋怨的傻样,菊夫人又好气又好笑。原本若有所思的中常侍万盛发话了:"太子不会单单只抢走一匹宝马,他可是贪财好色、臭名昭著的太子。"

"对,对,对!他的手下秦道生、裘青山可没少顺手牵羊,拿走值钱的财宝。"金曜明心领神会,慌不迭地点头附和。

夜风送来淡雅的安息香,是柔荑点燃铜镜前香炉里的香料。菊夫人慢慢走近睡榻欠身坐下,从中常侍与儿子的一问一答中,渐渐琢磨出些意思来。

"夫人,借信纸、笔墨一用,总不能要我们的吴王白受这番委屈。"中常侍万盛抖抖脖间狐毛,阴阴笑道。

"对咧!生我者阿娘,爱我者中常侍大人啊。"金曜明快步上前,搀扶起他的双臂,引到屏风后的书案,两人叽叽咕咕,交谈热烈。

心中落下石头的菊夫人总算松了口气,柔荑适时端过她的犀角杯:"夫人,快来尝尝这清洌爽口的'梨花春'醇酒。"

她接过犀角杯,望着柔荑明亮的双眼内蕴含着欲说还休的迷蒙水雾,想到她原本明朗的笑脸,为防备她生子夺宠,逼她吃药酒的下作手段,菊夫人有些内疚,拍拍床榻边沿,柔声对她说:"菊儿,来,坐到这边来。"

"夫人,陛下,陛下何时回宫?"

柔荑迟疑着抬头看向殿外,不敢落座,蹲身睡榻旁的椭圆锦凳旁。

菊夫人吞吸着犀角杯中的酒:"可是思念陛下了?"她是过来人,也曾对陛下充满少女怀春的美好幻想。

柔荑自小在吴都水乡长大,性子野惯了,她扯下银叶步摇,像小孩玩耍拨浪鼓般在手中扭动,放在耳旁听着这窸窸窣窣的银器声响,显得怅然若失:"夫人,妾身不喜此名,什么柔荑?听着以为是鼻涕呢,还不如夫人取的秋菊顺耳。"

"傻女人,可不能在陛下面前浑说,会掉脑袋。"她惊恐地摇摇手,继而为她的无知悲叹,"能幸运地成为皇帝的女人,是天底下多少女人的梦想?别不知足了。"

"夫人,陛下,陛下可不如吴王身强力壮。"柔荑扔掉银步摇,突地起身,凑到她耳旁,语气暧昧地低声言语。

这愚蠢的女人,不会勾引吴王与之苟合了吧?菊夫人气得如遭蝎蜇,手中犀角杯滑落在地。她愤恨地揪住柔荑椒房的面颊嫩肉,像暴怒的老巫婆恶狠狠地威胁她:"你可是皇帝的女人!"

"夫人,松手啊。"她盯着柔荑羞红的脸颊,耳听她细弱的求饶哀音,暗骂自己太过善良,怎么就没提防爱吃窝边草的儿子。

绣着凤羽振翅菊花的屏风后,探出吴王金曜明的头,他快步跑出来,急切地掰开菊夫人的手,毫不避嫌地扶起柔荑:"阿娘吃醉酒了,何苦为难她?"

"给老娘跪下!"

菊夫人气得泪珠夺眶而出,积压多年的怨恨爆发了。他还是不是亲生的儿子？他可曾考虑过，她为他所付出的苦心、所承受的屈辱？好不容易回到宫中，不务正业也就罢了，还玩火自焚，胆敢罔顾伦理道德，私通父皇宠幸过的女人？不知道这会将她母子置于死地吗？

菊夫人愈想愈气，一时悲从中来，但碍于中常侍万盛在，她强压内心的痛楚，抬眼见到殿外聚来好几个闲着的奴婢，她慌了，家丑不可外扬，忙令青竹把奴婢们全赶跑，紧闭殿门，她要好好管教自己的不孝之子。

面色由红转青的吴王金曜明，此刻也心虚地冲到中常侍万盛的背后躲起来，嘴上不甘示弱地强词夺理："阿娘，别大惊小怪了，父皇又不缺女人。"

中常侍万盛不安好心地袒护着他："夫人，男人都是贪图新鲜的馋嘴猫，尝尝就忘了。无伤大雅，无伤大雅。"

菊夫人如吞下只苍蝇般说不出话来，这些男人就是如此对待女人的真情？她把捂面哭泣的柔荑推出来，冷笑道："柔荑，听见没有？"

柔荑转头趁势扑进吴王金曜明怀中，哇哇大哭着抱住他不放手！

菊夫人气得眼冒金星，这两人何时勾搭成奸的，她已顾不上了，斩断情丝才是当务之急。她走到中常侍万盛身前，他是最足智多谋的人，不等她开口，老奸巨猾的中常侍示意她到屏风后。

"菊夫人，老臣有个一箭双雕的主意。"他将书案上的信纸折好，移走宫灯，旁若无人地坐在暗黑角落的高背椅上，这副尊容，与山中无老虎猴子称霸王的嘴脸极为相似。

她屏住呼吸，洗耳恭听。

中常侍万盛的身上有股腥臭体味，熏得菊夫人头昏脑涨，她勉强克制呕吐的冲动，听完他的计谋，频频点头称是。

屏风前晃过一道颀长的黑影，是谁？中常侍万盛敏锐地飞身跃出来，高背椅被他撞倒在地。

是面色煞白的奴婢青竹！

菊夫人感到大祸临头——这奴婢要是告密，这殿内的人谁也逃不掉，万全之计，青竹必须死！

"夫人，这种脏事，老臣来处理。"中常侍万盛一面轻松说笑，手掌用力，嘎嘣一声，青竹连喊都来不及，脖子就被扭断了，像条死鱼软软地挂在他胳臂上。

菊夫人当场吓傻眼了,她一手捂住心脏乱跳的心窝,一手蒙住嘴,阻止自己叫出声来。

万盛脱下狐毛斗篷,倒提起青竹的双腿,麻利地塞进酒瓮,一边忙活,一边撇嘴阴笑道:"陛下收到这封急信,来回也得一月有余。吴王,及时行乐!不过,既然是偷腥,那就得偷偷摸摸,方为妙事。"言罢,他重新穿戴好狐毛斗篷,扛起酒瓮,神色自如地躬身退出殿门。

菊夫人眼见方才活蹦乱跳的青竹成为瓮中死人,吓得手脚酸麻,大气也不敢出,无力地跌坐榻沿,恨恨地瞟了瞟如菟丝草深情缠绕儿子的柔荑,真希望装进瓮中的人是她。会的,有朝一日,她会大义灭亲。

这般思量后,她甩甩衣袖,将香炉掀翻在地,手指向殿门,冲着柔荑怒吼道:"滚!"

【第二十八章】

琥珀饧　太子金曜星

太子金曜星正埋头拿手帮柔荑椒房切割盘中粘连成团的琥珀饧，握匕首的手指无意触碰到她柔滑的手背，不由注目这双平生罕见的纤纤玉手，头脑立刻蹦跳出手如柔荑、肤似凝脂的香艳诗句来。

手腕一阵冰凉，抬眼瞧见柔荑椒房猝不及防地扼紧他，摇晃着向坐在高位的父皇示威，以愤恨且嫌弃的口吻恶人先告状："陛下，太子无礼！"

这突如其来的变故，不过瞬息间。金曜星气得热血上头，正欲反手将掌心匕首直刺眼前这人面蛇心的女人，羽林军史鼎飞身上前，右掌打落他的匕首，左掌摁住他的脑袋，将他抓离席位，跪在众目睽睽下，听凭父皇发落。

见这柔荑椒房明目张胆地诬陷自己调戏她，金曜星似掉落冰窖，吓得噤声无语，满腔愤恨地昂头瞪视围坐父皇身侧的这些人：吴王金曜明、菊夫人、中常侍万盛，尤其是无惧寒冬腊月，还裹了身轻薄绸服、显得丰胸呼之欲出的柔荑椒房——不就是多看了眼她洁白的丰胸与白嫩的纤手，怎么就酿成大错了？错也在她，谁要她穿这轻薄风情的水红单衣，惹得他心猿意马？谁要她天生几分姿色？这些便是她的错。

柔荑将手缩进水红袖笼，金曜星暗自咒骂，她那双红酥手，早晚被他砍下来泡酒。

眼见他们都做隔岸观火之势，金曜星只得高声连呼冤枉，期盼着守在殿外的秦道生、裴青山能听见他的呼救，去向中书博士羊公允报信救援。

"父皇，是柔荑要儿臣帮手，那琥珀饧粘连成团，委实切不动。"他竭力搜索席间细节，为自己开脱罪责。

哪知，那柔荑椒房迎风摆柳般扭身走近金世祖，不顾廉耻地撕开胸衣，露出白嫩饱满的胸上的两道刺目红印，捂嘴啼哭："陛下，是太子屡次凌辱妾身。陛下请看，抓痕、齿印犹在。"

金曜星气得火冒三丈——这淫荡的妇人，不知和谁偷情落下纵情欢爱的把柄，把这屎盆子扣在自己头上！他何曾受过这般羞辱与刺激，怒吼几声后，眼前一黑，昏厥倒下。

大寒未到，平城先飞起了飘飘荡荡的柳絮飞雪。

太子金曜星尚在梦乡，就被朝露夫人吵嚷着"下雪了"的叫声惊醒。想来她是少见雪景，瓜子小脸激动得绯红，缠住他手臂不放，定要陪她出宫赏景去。

"下雪有甚看头？到处光秃秃的一片荒凉景象。"金曜星揉揉宿醉的酸涩双眼，窝在暖和的锦被里不肯起身。

朝露夫人不依不饶地强行把他拖下睡榻，令人伺候他洗漱穿衣。她则一头在镜前试穿新做好的猩红地绣金菊斗篷，一头喜得眉开眼笑："殿下，妾身与殿下同骑宝马'踢雪乌骓'出宫好不好呢？"

金曜星默然不语，秦道生替他穿上玄色刺绣骏马的厚实新袍，裴青山端来盛满热汤的金盆，他俯身把脸浸在温热汤中，闭目静心数秒后，抬起滴满水珠的脸，拿热巾擦拭后，方觉头脑清爽。

随后，阔步至窗前，望见承安殿前两侧两棵苍翠古松，蓬密的松针、核桃大的松果，覆雪重叠，染出几许翠枝白雪的清雅。

又快到年下了，金曜星心思一动，想看看华林园的鹿野浮屠修缮进程，不如顺道去溜达溜达。

"无须出宫，带上酒肉，到华林园赏那雪里梅花，岂不风雅？"他对来到他身前的朝露夫人说完，叫来秦道生，要他将中书博士羊公允也邀约到华林园同赏雪景。

披上黑狐毛领洒金点的斗篷，金曜星挽住朝露夫人，两人走下殿，来到积有薄雪的空庭。

"殿下，妾身披戴这新斗篷可好看？"面带娇羞的朝露夫人在纷纷飘落的雪地扭腰转圈，旋转飞舞的猩红斗篷炫目似高原怒放的罂粟花，凄美妖冶。

金曜星看得神情恍惚，朝露夫人美得一尘不染，如娇贵的自然精灵、雪娃娃，不似生存在这人间烟火的红尘凡人。他情不自禁猛地将她横抱在怀，亲吻她冻得发红的脸颊，动情地许下誓言："夫人冠绝后宫，本宫愿与夫人生生世世结为夫妇。"

一粒雪花滴在朝露夫人的眼窝，融化为缓缓破碎的泪珠，她神色哀怨："只怕殿下见到更年轻、貌美的新人，便会忘了朝露。"

金曜星不忍见到朝露夫人苦楚的模样，想起惨死的慕容朗，将她抱得更紧，亲吻她发丝上的雪点，雪水在口腔内融化，冰冷苦涩，他向她赌咒发誓："你孤苦无依，本宫如若负你，便遭天谴。"

"不，殿下，妾身不许殿下发此毒誓。雪大了，殿下，戴上兜帽吧。"朝露夫人惊惶地捂住他的嘴，替他戴上斗篷的兜帽遮雪。

清脆的铜铃声缓慢近前，裘青山牵着良马"踢雪乌骓"垂手而立，金曜星搂住娇柔的朝露夫人，纵身飞上马背，向华林园出发。

雪花飞飞扬扬，掩映着重叠如小山的宫殿，那些黄瓦红墙、雕梁画栋沉浸在雪景里，便似在天上宫阙一般。

从承安殿到华林园，骑马须得三炷香工夫，金曜星抱紧蜷缩怀中的朝露夫人，夹紧马肚，催促它加快速度。

到了华林园时，雪渐渐稀疏，金曜星翻身下马，单留朝露夫人骑马缓行。

华林园内名贵花木繁多，一场落雪，把园中的银杏、松树、红枫、龙爪槐、翠柏等参天古树弄成全身披挂积雪，像是严阵以待的士兵，在等候帝王凯旋后阅兵。

金曜星顺手扯下兜帽，走在静悄悄的华林园内，张嘴呼吸这夹杂燥土、枯木的冷空气，不由得连打几个响亮的喷嚏，惊得栖身树丫的老鸦腾空飞远。

"这天也太干冷了。"他仍旧戴好兜帽，边搓手取暖，边回身关切留意着骑在马上的朝露夫人。

身披猩红斗篷的她，白狐毛的兜帽包着她粉嫩的俏脸，趴在通体漆黑的骏马身上，缓步雪地，美似画中佳人，夺目如一团火球，不，一朵猩红的罂粟花。

"殿下，中书博士到了。"裘青山眼尖，他拿起马鞭指向前方，金曜星顺着方向看去，透过积雪覆盖的树影，隐约能瞥见矗立云端下的一座高塔轮廓，定是修缮完毕的鹿野浮屠了。

金曜星大喜过望，甩手快行，向着他心中的神殿跑去。

"殿下，妾身去梅园了。"朝露夫人的娇声呼喊随风吹走，他充耳未闻，抬腿在深雪中挪步前行。

雪完全停止了，空气更为干燥，金曜星觉得鼻窦火辣辣地干疼，是该死的顽疾鼻炎又犯了。他揉揉鼻头，想起葬身火海的昙慧师父，有无托生、托生何处都未知，禁不住泪水涟涟，按住腰间白虹宝剑寻思道：父皇灭佛，本王要来兴佛。

经过低矮的灌木草丛，一座单檐亭阁式石塔突然映入眼帘，金曜星怀着朝圣的激动心境，顶礼膜拜。

他满怀敬仰地合掌遥望，这座造型古雅的十二层石塔并无雪粒，房檐下运用阴刻技法，雕出佛像飞天图，并挂有铜铃铛，倘若秋风呼啸穿过，便会叮叮当当响作一团，与这林间飞鸟、花中昆虫合奏，想来就不甚美哉。

正自思绪纷然时，体形瘦削的中书博士羊公允从石塔后钻出来，他身穿领间缀满白羔羊毛的灰黑棉布袍，虽是面容干瘦，但双目如点漆，闪闪如繁星。

"殿下，别来无恙？"中书博士羊公允照例向他行礼。

"中书博士，鹿野浮屠的修缮，可快竣工了？"金曜星边说边靠近石塔，诧然见到塔身全无雪粒。他伸手触摸被岁月风化的冰凉岩石上雕刻的莲花、祥云、水波的纹理，要是昙慧师父在世，也会惊叹这工匠的手艺高超。

"天子以四海为家，非壮丽无以重威。释、老之宫，饰金碧而奏笙钟，媚者匍匐以请命，非必服膺以其教也，庄丽动之耳。殿下，尚有三进三出的六座大殿，来年立春，便能修缮完整。"

中书博士羊公允委身禀报后，手指向藏身松树林中的一座规整玲珑的寺庙，粉饰一新的蓝色底面牌匾挂好了，鎏金楷书写着"鹿野浮屠"四个字。

金曜星心知肚明，羊公允引经据典，是在向他传授治国之道，不由拍掌大笑："巧了，巧了，太子妃的产期也是立春，莫非这孩子佛缘深厚？"

"殿下，愚民以其荣观。来，请随臣绕塔。可向全国发出诏令，邀请得道高僧来鹿野浮屠诵经祈福，以保殿下福祉绵长。"

金曜星听从中书博士羊公允的话，随他顺时针绕塔，刚绕一圈，从梅园方向传来朝露夫人伴随骏马长嘶的惨叫声，在这朗朗雪后晴空，着实有些瘆人。

"裘青山！秦道生！"金曜星迅疾冲出石塔，高声疾呼两名侍卫。朝露夫人是他的手心、白马良驹是他的手背，皆为他所爱。

"殿下，莫慌，雪地路滑，谨防跌伤。"中书博士羊公允颤巍巍地追上来。

梅园紧挨着菊圃。梅园是金世祖为皇后赫连雪云所建，当菊夫人回宫后，金世祖又新开辟这处园子，令花匠栽种数百种菊花，美其名曰方便后宫夫人、皇子们秋时看菊，冬来赏梅。

菊圃有两扇涂成西瓜绿的篱笆竹门锁着，茅草搭起的房檐，落满残雪，一派荒芜衰败气象。隔壁墙探出一枝不安分的红梅，似乎在嘲弄不再风光的菊圃。

梅园风头正劲，与菊圃万紫千红不同，仅种植红梅、绿梅两个品种——如皇后赫连雪云疾恶如仇的本性彰显。

金曜星还未跨入梅园的月洞门，鼻端就嗅到一点细弱的梅香，忙踏步进去，那香气渐渐庞杂，汇聚成团，钻进他鼻窦，浸润他心房。

雪色掩盖不住梅花傲骨铮铮的风姿，稀疏有致的数百株红梅迎头怒放，错落排列的数十棵绿梅含羞待放，"踢雪乌骓"站在绿梅树下，喷出轻微的鼻息，优雅地甩动着漂亮的马尾。

他心爱的朝露夫人蜷缩在红梅树下嘤嘤哭泣，小小的娇躯被猩红的斗篷罩住，红梅树下红衣女，看得金曜星胡思乱想，朝露夫人是不是堕落凡间的仙女？

"殿下，快替妾身杀掉那不通人性的畜生！"听见脚步声的朝露夫人松手抬头，见到是他，立马滚到他脚下，抡起娇小的粉拳打他。

金曜星抱起她，裘青山、秦道生从菊圃的篱笆墙翻身过来，中书博士羊公允也赶到。

"殿下，恕臣来迟，'踢雪乌骓'好端端载着夫人走马观花，进到梅园，突地发狂将夫人颠下地。"裘青山跪地请罪。

秦道生忙为骏马开脱："殿下，也不怪这畜生，是有头梅花鹿突地飞跃而过。"

"殿下，不管，不管，妾身要殿下杀掉这畜生，妾身的腿都瘀青了。"朝露夫人搂着他的脖颈，一个劲地嘟嘴撒娇。

中书博士羊公允背叉着手，一面仰头在梅树下看花，一面口中缓缓说道："依老臣看，殿下，还是割爱把这'踢雪乌骓'送回给吴王吧。"

金曜星了解寡言慎语的中书博士羊公允，他这番话也是深思熟虑，绝非冒失之言。自己与吴王金曜明争夺这宝马，闹得不可开交，差点误伤吴王，这梁子算是结下了。

"干甚还他？殿下可吃了他不少苦头。"原本躬身垂立的裘青山跳将出来，晃头晃脑地睁着他那对发亮的铃铛大眼，愤恨不平之意溢满胸怀。

虽同为武将，但比起粗莽的裘青山，秦道生显出饱读诗书的内敛持重："中书博士，吴王诬陷殿下贪财好利，盗取陛下战利品，说是要等陛下回宫告状哩。"

金曜星听得怒火朝天，丢下朝露夫人，赶到中书博士身旁，不满地抱怨道："中书博士，不是本宫爱惜宝马，是吴王太过可恶，今日父皇偏爱他，要他守平城，明日，哼……"他自己也觉失态，忙噤口不言。

中书博士羊公允捻着他的山羊胡须，神色严峻。

"殿下，可要掂量仔细了，是天下重要还是这一匹宝马重要？"

金曜星悚然醒悟，父皇派人运送回宫的财宝，秦道生、裘青山这俩小子是挑拣了好些值钱的先敬献给他，中常侍万盛也痴心妄想分一杯羹走，他自然不肯，若中常侍万盛怀恨在心，撺掇吴王金曜明和菊夫人去父皇面前哭诉，父皇定不会轻饶他，算了，暂且忍一时海阔天空。

"中书博士所言极是，是本宫糊涂了。"金曜星心悦诚服地向气定神闲的羊公允拱手相拜。

"让朋友低估殿下的优点，让敌人高估殿下的缺点——还应向重英殿的菊夫人登门示弱、致歉，化干戈为玉帛，殿下树敌愈少，总归将助益殿下登基。"

"这？也太为难本宫了。"金曜星踌躇未决，目光落在倚靠梅树的朝露夫人身上，她身披的猩红底棕黄菊花纹斗篷，隐约记得就是用了菊夫人送的面料裁剪的，说叫什么凤羽振翅。

"大丈夫能屈能伸，吴王金曜明不可怕，他一个人是条虫，怕就怕他笼络亡命之徒壮大成龙。"

一句壮大成龙听得金曜星心肝战栗，不是谁都可自称为龙！他恨声啐了口痰，咔嚓两下，折断越过他头顶的梅花枝丫，抛出篱笆墙外。

梅花的枝丫在抛向高空时，花瓣纷纷跌落。天色转暗，寒风吹得雪点漫天飞舞，金曜星蒙眬中见到父皇率领着旌旗招展的军队归来。

他内心到底是畏惧性情严苛的父皇，但他的命运由父皇主宰，他无法选择——是继续等待主政的父皇退位，还是日暮途穷，倒行逆施？金曜星无从得知，充满怨恨的绝望——皇位是他的梦想，看似触手可及，实际遥不可及。皇位又是那随时撩拨他心魂不安的荡妇，不停给他渺茫的希望，又无数次破灭他的希望。

"再议。看这天色，会来场暴雪呢！中书博士，且回承安殿吃酒避寒去。"金曜星急急戴好兜帽，唤起朝露夫人，仍旧同骑宝马，原路返回承安殿。

大雪飘至，天色冷得紧，远远望见的重重宫殿都被漫漫雪花压住，一行人在冷风怒吼中踏雪狂奔。

回到承安殿，幸得秦道生早令奴婢们搬了四五个火盆，烤得整座殿内热烘烘温暖如春，金曜星进殿就觉浑身燥热，忙脱去锦袍，换上单衣，外罩貂鼠皮甲，盘腿与中书博士羊公允围坐食案旁。案上摆有炙烤的肥鹅、清炖羊蹄、熏干鹿肉脯，皆是佐酒好菜。

中书博士羊公允素有海量，他先搓揉冻得青紫的双颊，随即提起酒壶喝掉大半壶，待面色稍微缓和，张嘴即是老调重弹："殿下，冤家宜解不宜结。"

金曜星听得这话，如坐针毡，暗忖道：总要寻个适合的时机方好。

光阴迅速，前后不过月余，菊夫人以庆贺金世祖归来的名义邀约太子到重英殿赴宴。他欣然赴宴，以为能借此机会化解与吴王的仇怨，不知是自投罗网——菊夫人备下的这盘琥珀饧，原是引诱他上钩的鱼饵。

他幡然醒悟后，已身为罪臣，为时晚矣。

【第二十九章】

审判　金世祖

金世祖梦见华林园那条欢快奔腾的溪流结冰了。冰面走来一头漂亮的梅花鹿，亲密地偎依在一只俊秀的白山羊身边，两个不同族类的灵物，卿卿我我走出冰面，跳跃着经过菊圃的篱笆墙，急急忙忙进到花香四溢的梅园。

园内怒放的红梅，似一簇红霞映照天边，金世祖尾随在后，暗想这畜生也通人性，要来赏梅吗？他探头望去，那白山羊和雌鹿竟然靠在梅树上交配！非同类的种群交配，不是打破自然界繁衍的规律？金世祖惊得目瞪口呆，把这荒诞的梦境视为天方夜谭。

当柔荑椒房哭诉太子无礼时，他莫名其妙地想起这怪异的梦境来，大千世界，无奇不有，太子烝父皇的后宫嫔妃，前朝也不是没有先例，泱泱大国之君，绝非是冲冠一怒为红颜的勇夫。故而，他保持按兵不动的沉着冷静。

菊夫人捧着夹有蜜姜的朱漆筷，喂在他嘴边，他不动声色张口咬进嘴里咀嚼，辛辣、甘甜的蜜姜，比起常吃的羊羹滋味略胜一筹。

太子金曜星被魏喜推搡在地，他一味干号冤枉，柔荑椒房虽是蒙面啼哭，少了本该有的女儿羞态。若听柔荑椒房的片面之言，太子好色至罔顾伦理，似乎不太近情理。

吞下最后一口嚼烂的蜜姜，金世祖的泪水涌在眼眶内，那是他尚存敏锐的味觉受到老姜辛辣刺激的效果，一旁的菊夫人还以为他悲愤过度，拿出散发香味的汗巾，为他擦拭泪水。

中常侍万盛松开棕色丝绒斗篷的领结，施礼禀报："陛下，太子色胆包天，是该重重惩罚，方能以儆效尤。"

太子与中常侍万盛一贯不和，后宫人人皆知，金世祖表面也不当回事，暗中希望维持这个局势。宫廷政变的导火索，往往就坏在互相勾结，太子与阉人中常侍万盛不和，起码保证这两人不会联手谋反。

他双臂交叉胸前，也不作声，饶有兴致地注视因宫闱私情引发的这场闹剧。太子停止号叫，爬身指向中常侍的猴鼻头，破口大骂："好个心术不正的阉竖，本宫身边的美人何其多？怎会看上那乡野村姑？"

原本别转脸呜咽的柔荑椒房，似被太子歧视她是乡野村姑的语气伤了自尊，她干脆跳起身来，一面在地上打滚撒泼，一面哭声凄惨哀婉："陛下，太子出言羞辱妾身，妾身无颜存活了。"哭骂间，低头撞向太子金曜星，叉开纤纤玉手的长指甲，在太子脸颊乱抓一气，太子被柔荑搞得措手不及，狼狈不堪地躲闪这无赖泼皮的追杀。

金世祖见这年轻的柔荑椒房暴露出乡野的泼妇架势，好笑之余也有些嫌弃，他愤然起身，怒喝道："柔荑，你这贱人胡闹够了没有？"

衣衫散乱的柔荑椒房这才唬得狼狈起身，灰溜溜地躲到角落去。余怒未消的金世祖望向菊夫人，她正与吴王金曜明掩面窃窃私语！

金世祖忍了忍气，坐回位置，暗自思忖：太子烝柔荑椒房的丑事，不管真假，总要先给太子来个下马威，不然无法收场。

面有血痕的太子金曜星气急败坏地一手提着揉皱的袍襟，一手抽出魏喜的宝剑，径直奔向柔荑椒房，挥剑砍过去！

"菊夫人救妾身啊。"花容失色的柔荑椒房如被猎豹追赶的小野猫飞窜到菊夫人身后，体态娇小的菊夫人站起身来，足足矮了太子大半个头。她举手罩住柔荑的头，柔声娇笑道："太子，是想要杀掉柔荑椒房灭口不成？"

金世祖侧耳且听太子金曜星会做何辩解，他失望了，气得张口结舌的太子只张了张嘴，此时，殿外闪现衣袂飘然的中书博士羊公允，他三步并作两步，匆忙跪地行礼："中书博士羊公允参见陛下、太子殿下、吴王、菊夫人。"

金世祖瞬时精神大振，中书博士羊公允最是明事理，这等鸡毛蒜皮的烂事，就交给他来摆平好了。

"爱卿来得正当时，你来审判审判，柔荑椒房咬定太子金曜星无礼，而太子矢口否认。"金世祖呷口热茶，言辞隐晦。

"陛下，君贤臣忠，国之盛；父慈子孝，家之盛。此乃陛下后宫家事，臣不敢妄加揣测。"

这中书博士羊公允也学会推诿了，金世祖托腮沉思，后宫男女乱伦丑事，朝堂大臣，怕是谁都会装聋作哑。但他仍不死心，招手唤羊公允走近前来，低语问他："爱卿，总得要拿出个法子来。"

"陛下先得宽恕臣直言之罪。"

"爱卿但说不妨。"

"昔楚庄王绝缨之会，不究戏爱姬之蒋雄，后为秦兵所困，得其死力相救。今椒房不过一女子，而太子乃陛下骨肉，陛下若将椒房赐予太子，不就堵住了悠悠之口？"

金世祖沉吟良久，点头称是。

"柔荑，你说太子与你私通，朕便将你赐太子，可好？"

"父皇，儿臣才不要这心如蛇蝎的淫娃荡妇！"太子金曜星气得面红耳赤，坚决不要。金世祖看他羞愤怨绝的神态，暗自猜测是太子在伪装，还是他本就无辜。

"陛下，妾身生死是陛下的人，妾身宁死不辱，陛下不如赐死妾身好了。"柔荑也成贞洁烈妇了。

金世祖左右为难，虽是讨厌这柔荑的野性难驯，可也着实难舍她那双举世无双的纤纤玉手，侍奉他身心愉悦的温存。

他闭上双眼，权衡利弊，东宫太子是他的至亲血肉，柔荑是他喜爱的新宠，拿谁下手呢？

"陛下，柔荑椒房满腔痴情侍奉陛下，望陛下莫要辜负她的真情，寒了后宫诸多嫔妃的心。"突然，菊夫人拢了拢她的凌虚发髻，面色肃穆的一通劝慰说辞，义正词严，仿佛是受了后宫夫人们的请求，为她们谋利，替她们说话。

金世祖的眼尾扫视跪伏脚面的菊夫人，这位惯为自己谋私利的争宠者的胸襟格局，远不及皇后赫连雪云。

太子金曜星理顺衣袍，恢复他精明强干的本来面目，朗声作答："父皇，儿臣誓死效忠父皇，儿臣愿将新获美人朝露、骏马'踢雪乌骓'敬献父皇。"

"哈哈哈，太子当真孝顺得紧。"金世祖乐得拊掌笑纳。亲情也需贿赂，他对那位名为朝露的女人动了心,一代枭雄不也感叹过人生苦短,譬如朝露?那应该是极为绝色的女子吧。

金世祖欠身离开高椅,伸出双臂,拉起太子金曜星,要随同他去收取猎物。

"陛下,妾身……"

菊夫人急赤白脸地哀叫,意欲让他留步。中常侍万盛站出来,横挡她前面,扭着中书博士羊公允的衣袖,讥讽道:"有中书博士在,陛下自然照拂太子,菊夫人何必白费口舌。"

听这阉竖夹枪带棒的话语,金世祖松开太子金曜星的手,转过身,看看这两位高手如何对决。

"中常侍大人是想令陛下蒙家丑之羞?太子仁慈,并未追究柔茣椒房污蔑之罪,是还想重新审判?"中书博士羊公允奋力挣脱中常侍万盛的钳制,针尖对芒刺。

身披乌金亮泽孔雀羽裘的吴王金曜明突地蹿出来,拽住太子金曜星的臂膀,高声叫嚷:"太子,且慢。父皇,太子目无兄友弟恭,竟然抢夺儿臣的'踢雪乌骓',拿来借花献佛。"

"父皇,吴王撒谎!"太子金曜星勃然变色,他甩手挣脱不过,情急下用右腿踢向吴王金曜明裤裆,吴王金曜明见势不好,撒手撇掉太子臂膀,扭身跳将出去,脚步踉跄,一屁股摔飞在地,哭骂道:"父皇,太子狡辩!"

菊夫人颠跑着拉起吴王金曜明,哭得呼天抢地:"陛下,宽恕妾身管教无方,吴王贪图骏马醇酒之乐,妾身屡劝不止,亏得太子牵走,妾身感激不尽哪。"

菊夫人的正话反说,听得金世祖神思不安,他恍惚觉得太子这边有可疑隐情,见天色已晚,也觉身心俱疲,便返身走回高椅前坐下,要中书博士羊公允带走太子,中常侍万盛、吴王金曜明、柔茣椒房悉数退下。

菊夫人欣欣然去重新匀了面、理了妆,换上明艳的衣裳,牵了他的手,并肩同坐食案前。

金世祖闷头喝下整壶菊酒后,不觉歪倒在菊夫人的酥胸前,他伸手抚摸菊夫人嫩滑的腮边,存心逗她:"朕欲废黜太子,改立吴王,如何?"

菊夫人信以为真,眼泪吧嗒吧嗒地滴落到他面颊:"陛下是要逼迫妾身自杀吗?太子已立,天下人皆知。陛下仓促改立吴王,不是将妾身投入众多大臣的口舌刀下？"

金世祖还想再撩拨她，但一阵困意涌来，便翻身在她怀里睡沉了。

醒来时，鼻端闻到熟悉的解酒暖胃的胡辣酸汤味，金世祖坐起身，穿了银白绣金菊花纹长袍的菊夫人，嫣然巧笑，双手捧来盛满热气腾腾醒酒汤的银盏，喝掉整盏醒酒汤后，金世祖想起东郡公任伯渊在万寿宫等候觐见，忙忙赶回宫。

早有中常侍万盛倚首宫门张望，见他出现，便垂手跟上前，语气殷勤地嘘寒问暖："陛下，怎不多睡会儿？"

"你是以为朕会从此君王不早朝？"金世祖白了他一眼，一边奚落，一边加快脚步，噔噔跑进宫内。

"太子送陛下美人，不就是想陛下落个昏君的后世骂名吗？"中常侍万盛不自觉提高音量，金世祖听他又在编派太子逸言，也不吭声，径奔桌案后坐下，案上堆有奏章，随意翻开一张，就是东郡公任伯渊提出要尊道教为国教的慷慨陈词。

"东郡公呢？"他放下奏章，灭佛已渐收成效，自诩为儒家大成者的任伯渊怎么是要推崇道家的清静无为，而舍弃儒家的仁、义、礼、智、信？

"陛下，老臣恭候陛下久也。"细皮嫩肉的东郡公任伯渊，形如妇人，从宫内阴暗角落轻手轻脚地走来跪拜在地。

"修炼仙丹的道坛可是修建好了？"他放下奏章，西平王金曜熙派去驻守南疆城，外患算是暂时可省心，又来处理这内忧。

"回陛下，清静宫建成要在立春后。陛下，当务之急，是要人心安稳，还请陛下尽快尊崇道教为国教。"

老庄学说无为而治，并不适应眼下他想要民富国安的发展。金世祖一手盖在他的奏章上，一手捻起胡须，皱眉深思。

羽林军史鼎疾步附耳，密语太子送来美人、骏马在宫外等候他召见。

金世祖想起中常侍万盛的风凉话，面对最爱拿芝麻绿豆大事做文章的东郡公任伯渊，他不得不忌惮几分，悄声要史鼎传达他的口令，收下美人、骏马，应付太子离去。

"任爱卿，朕年事已高，依爱卿来看，早些要太子登基主政可妥？"

"陛下春秋正富，何出此言？依臣愚见，太子尚需到边陲磨砺数载。"

中常侍万盛抬起毛发浓密的黑面，凑拢金世祖，附声应和："陛下，东郡公所言甚是，太子贪杯好色，留在宫中，终归是祸事。后宫美貌夫人居多，指不定又闹出丑事，污了陛下清誉。"

金世祖笑而不语，魏喜端来一盏煮沸的热茶，茶香袅袅，他接在手中，放至唇边吹拂茶沫，心头雪亮，他们都恨不得将太子废黜，不过是心怀鬼胎：东郡公忧心太子继位，打压他这位尊崇道教的宠臣；万盛、菊夫人是想吴王金曜明成为皇位继承者，他们获利；他并不在意他们各自的算盘，始终，他是如来佛祖，这些人顶天不过是撒野的孙猴子。

金世祖颇为自负地抬起头，眼尾瞥见史鼎从幕帘后闪将出来，心头暗喜——是把朝露美人安顿好了？心急火燎地想要一亲芳泽，便放下茶盏，驱赶他们："朕疲乏了，爱卿先退下，明日早朝再议。"

"陛下，万不可被女色所惑。"东郡公任伯渊似有先见之明，出言警示道。

金世祖勃然动怒，成天被这帮大臣监督，不得半分自由喘息的时机，他是强者，强者就该为所欲为，弱者只能接受事实。他冷笑道："宴安鸩毒，不可怀也。朕听爱卿的说教还不够多？"

中常侍万盛忙拉起东郡公任伯渊的衣袖，快快离去。金世祖痛快地吸尽茶盏内的残茶，钻进重重幕帘后的内室。

他先见到朝露美人的背影，她临窗而坐的身影在暗黄的纱帘下，勾勒出琴弦般魅惑人心的曲线。金世祖的心莫名地快速跳动，他屏住呼吸，伸出双手拦腰抱起她，他以为他的恶作剧会令她惊慌失措，但她没有，只是娇羞地别过脸，露出天鹅般优美的脖颈。

"朝露，可是对酒当歌，人生几何，譬如朝露的朝露？"他亲吻着她的腮帮，以迷恋的含混不清的腔调问她。

"陛下，是朝露洒时如濯锦的朝露。"她的气息微弱，有香草的幽香覆满他鼻腔。

金世祖将她拥入怀中，坐在榻上，细细端详，一番打量，顿时惊为天人。她的美集了后宫嫔妃们的美，有赫连雪云的冷傲，也有菊夫人的柔媚，那双玉手，与柔黄椒房不分伯仲，真是不可多得的人间宝物。他欣喜地搂紧她，朝露喘息着，娇俏的脸蛋憋出樱花粉，嘤嘤落泪："陛下，太子妃临盆在即，陛下何不等太子妃产下皇子，再令太子离宫？"

她偷听他们君臣对话？满怀喜悦的金世祖警觉地松开手，这朝露不会是太子安插到他身侧的耳目吧？

"陛下，妾身性命乃太子所救，望陛下垂怜妾身，暂时赦免太子罪责，也算是妾身报答太子恩情。"朝露真是朵解语花，哭似梨花带雨，说辞合情合理。

这小女子原是知恩图报，金世祖释然了，放松戒备，仍旧抱她在怀，爽利地应许她并不过分的请求："朕答应你。"

【第三十章】

南疆城　武僧觉

芦苇丛的火光爆响不息。

"我们怕是要死在这里了。"

常鹤兰哑声哭喊着从武僧觉肩上滑落在地。他顾不得呛鼻烟火的熏烤,弯腰抱起她,战栗着双腿,走向火势蔓延的芦苇丛。他们必须得自行想法穿过这片火势猖獗的芦苇丛,对岸的骑兵才能救出他们逃离火海。

"从今往后,我来保护你。我,我要娶你为妻,使你免受颠沛流离的苦难。"武僧觉的双目被烟火熏出泪水,干裂的嘴唇贴着她的后脖颈发誓。

"你不会嫌弃我?我曾有过夫君、孩子。"鼻孔熏黑的常鹤兰无力哭道。

"不说身逢乱世了,就算天下太平,也不是嫌弃不嫌弃的事。男人与女人间,逃不过个缘字。我从娘胎就有体味的顽疾,承蒙不弃。"

体力不支的武僧觉边安抚她,边在芦苇丛的淤泥中咬牙前行,举步维艰。不过半盏茶工夫,他的虎躯便筛糠般颤抖不止,怀中的常鹤兰已重如泰山,压得他即将坍塌。武僧觉自知无能为力了,便用尽最后的力量,把她抛向近在咫尺的骑兵,浓烟灌进他的口鼻,霎时昏迷倒地。

醒来时,他已躺在牛车上,头顶一轮白晃晃的暖阳,随着牛车骨碌骨碌缓缓前移。

"这是到哪里?"他慌乱地坐起身,惊恐高呼。

赶车的是位头戴斗笠的黑面老者,他扭过头来,大笑道:"好家伙,你都昏迷整整三日了。"

三日了？武僧觉困惑地揉着眉心，不敢相信引以为傲的强壮体魄也会如此不堪一击。

前方是一队轻骑徐徐慢行在荒漠的旷野。牛车车轮碾压着荒野的褐色碎石粒，挤压出干涩、刺耳的尖厉声。武僧觉见不到熟悉的秃头军官和心仪的女人常鹤兰，翻身靠拢到黑面车夫的后背，问道："不是押送俘虏回平城的军队？"

"这是大将军的队伍，回南疆城。威名赫赫的杜庭大将军，在漠南是令敌寇闻风丧胆的人物。"横坐牛背的车夫挥舞蛇皮斑斓般的牛鞭，摇头晃脑地自言自语。

武僧觉听到南疆城三个字，立时大喜，拿手揪住黑面车夫的衣领："老伯可知南疆城太守代无碍？"

"他？为国捐躯啰，被昆仑狼族的人杀死！你是不知那场死人无数的血战，惊险得很，险胜，险胜！好歹算是赶跑了那帮龟孙。"黑面老者掀翻斗笠，转过头来，不无惋惜地搔搔黝黑脱皮的后脖颈。

不可能！武僧觉天旋地转——他的义父死了?! 噩耗如朗朗晴空一道闪电劈来，他翻身扑倒在狭小的牛车内，抱头痛哭。

不过才别后数月啊，竟然阴阳相隔了？世间再无义父代无碍了。武僧觉哭得天昏地暗时，有人拖住他的手臂，附耳轻呼："武僧觉大人，节哀顺变。"

他抬起泪眼，逼仄的牛车上，蹲着位面容陌生、神色冷漠的武将。他伸出戴有银铠甲的手臂拍拍他的肩，语速迟缓。

"大人，末将是杜庭大将军身前的尉迟青，遵照代大将军遗愿，杜大将军派末将接大人回南疆城继承代无碍大将军的勋爵，大人走运了！"尉迟青眼里闪过一丝艳羡的余光，冲他拱手贺喜道。

武僧觉垂首无语呜咽，哪有什么走运不走运？哪有什么喜从天降？天道循环，万事万物福祸相依才是常理。

他撸起双袖，搓揉着面颊被风吹干的泪痕。赶车的黑面老者扬起牛鞭，啪啪打在牛背上，车轮吱吱呀呀向前走，遥遥青山向后移远，武僧觉想起芦苇丛中的常鹤兰，生死未卜的她是去平城，还是……

他不敢想象下去，自己到南疆，若她生还，岂非南辕北辙？武僧觉仰面沉思，德不配位必会遭殃，这听着威风凛凛的大将军称号，自愧承受不起，不如先随他回南疆城，安顿好义父，再去平城寻找常鹤兰。

"敢问尉迟青大人，义父安葬何地？"

"自然在南疆城的伏龙山下，他本是此地太守，也算得偿所愿，魂归故里。"尉迟青的眉头拧成川字，见惯生死的平静语调，淡淡说道。

"那劳烦大人借匹日行千里的快马，小人要日夜兼程祭奠义父阴魂。"

"这，大人是在为难末将啊，杜庭大将军令末将带大人回南疆城。"尉迟青面色一沉，直言拒绝。

牛车吱吱呀呀地龟速缓行，武僧觉不免焦躁起来，此去南疆城，少说也有千里，照这速度，不知会走到猴年马月。

"大人勿忧，杜大将军探寻到一条隐秘的捷径要道，不比千里马的脚力慢。"尉迟青看出他心思，冷言冷语说完，跨上他的坐骑，疾驰而去。

"大人，因祸得福，干甚还苦着脸？换作是老汉，脸都笑抽筋呢。"黑面车夫不时扭身回头讨好谄笑道。

武僧觉苦笑着摆摆头，他不喜被人呼作大人，不惯被人吹捧。他跷起二郎腿，面朝天躺在牛车上，沉思不语。天空的暖阳向西前移，一排人字形的大雁，排列齐整飞向南方，剩下一只落单的老雁，发出细弱的悲鸣，勉力追赶属于它的阵营。

自己也是孤雁一只了，武僧觉自嘲道。心底涌现同病相怜的悲凉，眼泪滚下来。人人都说男儿有泪不轻弹，偏偏他最心软，也最易动不动流泪，义父常拿他这毛病奚落他，他也不觉丢脸。

尉迟青并未说谎，不过七日，穿过两座雪山中的幽深阴暗隧道，一行人就回到寒风呼号、大雪纷飞的南疆城。

这里的冬日会连续三月下暴雪，过往商旅的官道全部封闭，全城人都学伏龙山的野兽，在洞穴内冬眠闭关，待来年开春才活动。

南疆城池成为皑皑白雪的世界，竖立城墙的旗帜也冻成整片锯齿分明的冰雕。武僧觉换上虎皮长袍，戴紧羊羔毛帽，两手戴上厚实的羊皮手套，先随尉迟青拜见杜庭大将军。

将军府的正厅，两盏灯笼挂在左右两根铁柱上，若明若暗地照着大将军身后描画出的棕黑色地形图，弧形线条诉说着无尽的孤寂与苍凉。

面如金纸的杜大将军身裹整张黑黄条纹的虎皮做的袍子，双手按住膝盖，看着精神不济。见到武僧觉时，他嘴角扯出丝笑意，语音低沉虚弱。

"总算找到你了。"

武僧觉听得心惊，这话什么意思？见这杜庭大将军有几分义父的神态，不觉生出亲近心，看他面色晦暗，好似身负难言之隐的重伤。

"小人武僧觉拜见大将军，恕小人斗胆直言，大将军可是受了严重的内伤未愈？"

杜庭大将军拿手托了托面上的黑色眼罩，独眼射出一点凌厉冷辉，他无动于衷的神色，像是在说无关旁人的闲事："伤了这只眼，被昆仑狼族人的秘制弓箭废了，传闻活不过三年。"

"那是说这弓箭的箭镞喂了毒药？小人曾是寺庙僧人，庙中师父擅长解毒治怪病，大将军可愿一试？"武僧觉听到活不过三年，怜悯之心油然而生，急忙想要为他疗伤。

"宫廷的太医都已下了定论，你的好意本将军心领了。人终有一死，身为将军，理应无所畏惧。尉迟青，把明光铠端出来。"

杜庭大将军笑着抚摸独眼的眼罩，侧面迎向灯笼的光影，口中虽是客气，实则是不信任他的态度，转向尉迟青招招手。

面色凝重的尉迟青端来一领寒光闪闪的沉重铠甲，看起来这领铠甲承载的意义深远，武僧觉慌得跪下磕头谢绝。

"大将军，小人武僧觉无才无德，无功受禄，岂敢以白丁的卑贱身份继承义父的宏伟遗愿？这会消耗小人福报，望大将军收回成命。"

"天下真还有你这种淡泊名利的奇人？怪哉怪哉。那你义父可就白死了，你可考虑过九泉之下，他的良苦用心？他用他的死，换取你的荣华富贵。"

杜庭大将军从座位上站起来，走到他身旁，令尉迟青搬来虎皮圆凳，要他坐下说话。

"义父苦心，小人岂会不知？不过小人受寺庙师父教诲，深知天道无常，获取非分名利，绝非吉事。小人愿以疗愈大将军的伤来论功行赏。"

武僧觉说着说着，不禁痛哭流涕起来。义父代无碍情愿以牺牲性命换取他的人生富贵，此等恩情，他感激不尽。只是义父误解了，生性喜好和平的他做不了以杀戮为乐的将军，若要以这为代价换取富贵，违背了他的初心。再者，作为曾受过戒律的修行人，他不忍、更不能、也不会接受这无妄之喜。

面露惊诧喜色的杜庭大将军，忽地迈出门庭，站在落雪纷纷的院内，向北仰天长啸，啸声短促、粗哑。

武僧觉听得隐隐不安，听杜大将军的啸声，也露出颓败气象来。他跟出去，望向杜庭大将军，他的面容、他的身躯，包括他说话的动作、手势，太酷似义父了。眼见大将军身上落满扯絮般的雪花，慌不迭强拉他进入房内，心直口快责备道："大将军，寒气侵身，最易引发内伤复发。"

"驻守边疆，征战多年，本将军率性惯了，哪会在意这些？人嘛，脱不了生死有命富贵在天。尉迟青，快去找人烤肉，本将军也好些时候滴酒不沾，嘴里早淡出鸟来了。雪下得正紧，宜围炉烹酒，开怀畅饮。"

杜庭大将军笑意和善，一把拽过武僧觉："忙为名、忙为利，忙里偷闲喝盏茶；苦劳心、苦劳力，苦中作乐吃碗酒。来，到城墙看雪去。"

两人抬腿穿过庭院，来到黄石夯就的楼梯，刚爬上城墙，一阵迅疾的冷风当头打来，武僧觉冷得浑身哆嗦。

"再过些时日，这风就会成为刀子，上来就割破脸上的皮肉。这就是北方，一切都是赤裸裸的直接。"杜庭大将军拉起他的手，无奈地笑着摇头感怀。

插满城墙的各种兵器，被冰雪密封为坚不可摧的冰雕，城墙凝结成透明冰面，武僧觉不由得缩起手，插进袖笼保暖。

飞雪愈来愈繁密，一朵朵从天上飘落下来。

"白茫茫一片，好一座世界大同的天地。"大将军裹紧豹纹的披风，独眼圆睁，紧盯着呼呼大雪，若有所思。

"世界大同？！"武僧觉听这话甚为新奇，极目所望，暴雪掩盖了所有的肮脏、崇高、美丽、阴暗、灰色地带……确是世界大同，洁白无瑕。

坐在烧得发烫的火红铁网前，上面铺满切成薄片的牛、羊肉，手指长的细细沙葱，剥开的紫蒜，香气扑鼻。

武僧觉先喝掉大碗温热好的姜丝酒，腹中热浪滚滚，他快意地夹起烤得八分熟的牛肉，就着蒜瓣囫囵吞下后，发出疑问：

"大将军把昆仑狼族赶尽杀绝了？"

"哈哈哈，哪有赶尽杀绝？昆仑狼族消灭了，又会冒出东方虎族、龙族。他们哪，要在这片贫瘠的土地上讨生活，当真不易。无可供农耕的土地，只能靠偷盗抢劫为生。"杜庭大将军是喝急酒的人，翻动着烤肉片，慢悠悠间，半坛酒就喝空了。

尉迟青两手拎着敞口的酒坛，重重搁在火盆前。武僧觉举起酒坛，起身为杜庭大将军的空碗注满流淌粮食香味、色泽清亮的醇酒。

"大将军怎会替这些杀人狂魔说话？"

"我军骂昆仑狼族是杀人魔王，在他们看来，本将军不也是嗜血的杀人魔头？战争的本质就是杀戮，哪有正义可言？这世上，有人要赢，就得有人要输。有人要活，就得有人要死。这就是现实，无情、残酷的现实。为何要找你来，要你继承代无碍的勋爵？本将军是不忿啊，凭君莫话封侯事，一将功成万骨枯！将军的功劳不过杀人多也！"

杜庭大将军情绪激动地抬高音量，独眼淌出亮晶晶的泪花来。

"杀人多也？"武僧觉头皮发麻，仿佛眼前堆满密麻如林的人头骷髅。他打了个寒战坐回原位，失魂落魄地注视着那些在铁网上翻卷挣扎的肉片，吡吡淌出肥油，蜷曲成焦黑的脆片。

静默良久，武僧觉方从灵魂出窍中清醒过来，他大口喝干酒，把空碗扔开，笑得好不苦楚："将军现在可明白小人为何万般推辞，不接受明光铠、继承义父勋爵了吧？"

"你是不想成为杀人如麻的刽子手。"杜庭大将军收拢双脚，倚靠火盆上，与他对视的独眼，散发出看透人心的睿智光彩。

在旁端茶递水伺候烤肉的尉迟青突地摔掉手中夹肉长筷，愤然怒吼："大人，你无牵无挂、无欲无求，自然可当那高风亮节、大公无私的正人君子。大人可想过在军营厮杀的小兵？他们上有老下有小，全靠拼却性命博点封赏维持生计。死人也要死得其所！代无碍大将军是陛下首肯的荣誉，不能白白因你的一句话，朝廷该给的封赏就打水漂了，让这帮兄弟们如何过冬？"

言毕，尉迟青捡起长筷，在铁网上胡乱戳一气。

武僧觉被他说得耳根子都发烫起来，暗怨是自己太过憨痴愚笨，不通达人情世故，江湖就是人情世故，军营同理。

面色平静的杜庭大将军利落地举起酒碗："武僧觉，把你找来，就是要以你的名义把赏赐要来，还请包涵。我这位大将军不是自己的大将军，是陛下的大将军，也是这帮军营上下将士的大将军。上要效忠皇上，保家卫国；下要奋勇杀敌，以军功获得丰厚奖赏，养家糊口。"

武僧觉听完，如释重负——就说嘛，天上哪会掉馅饼？他有些羞惭地端起酒碗挡住脸，干笑道："小人愿听大将军安排，小人此番就为来祭奠义父。"

杜庭大将军一边吃肉，一边喝酒，一边闲闲笑道。

"代无碍将军埋葬在伏龙山脚下，现下大雪封山，去不了。等到来年开春再去。不过，本将军也不亏待你，等西平王抵达南疆城，本将军再带你进宫，引荐给陛下寻个功名利禄轻松混日，再者为国家推荐人才，也是本将军的职责所在。"

"为何等到来年开春，不是有秘道可通行？"

"那是军事要道，不到万不得已不可泄露！"杜庭大将军勃然动怒。

"只能等到来年开春了？"武僧觉怅然若失地倒满酒，喝得满腹愁绪，醉眼惺忪地望向庭院，暗中寻思：常鹤兰若活着，恐怕也到了平城，那时再去找她，会不会又是另一番光景？

"大将军，病情不容迟缓，恳请大将军开通秘道与小人同往平城，找平城寺庙的师父诊治顽疾可好？"

杜庭大将军的独眼闪现一丝希冀的亮光，似乎在顾虑着什么。身后的尉迟青向他掩耳嘀咕，武僧觉只见大将军听得不住点头。

"也罢，快逢岁时元日的中宫朝会了，本将军领你进宫拜会陛下，先把封赏讨到手。"

俄顷，杜庭大将军便笑逐颜开，击掌应许。

【第三十一章】

大恩寺　西平王金曜熙

朔风飕飕，平城郊外的官道两旁，夏日绿荫如伞盖的龙爪古槐，树叶尽数脱落，裸露出灰黑枝干在风中摇摆。

骑马驰骋在官道的金曜熙率领他的一队贴身护卫，在平原上驰行大半日后，进入山势险要的陡峭山壁，山脚一簇簇衰败的枯竹林间，闪出座乌黑的吊脚木楼驿站。

"先在此歇歇脚。"金曜熙翻身滚落马鞍，右手擒马鞭，左手提起袍襟，目光飘过滴落鸟粪的石梯，嫌弃着不肯踏足前行。这座紧贴山面建成的驿站，废弃有些年头了，沾满尘土的灶头塌了，灶膛挂满蛛丝网，瘸腿的木桌、几把藤编歪脚椅，满地都是灰白鸟粪。

素有洁癖的金曜熙把马鞭抛向他的侍卫马博君，捂嘴察看这前不着村后不挨店的地形，狭窄的山路，迤逦直通前方，不知名的树木在崎岖黄泥路的两旁随意生长，荒无人烟，满目凄凉。

"西平王，此处有条山路，瞅着那半山腰貌似有座败落的荒庙。不如上山到庙内歇歇脚，也强过在这喝风吃沙？"马博君牵来他的马，眯缝着眼，指向那条如线狭长的山道。

"也成，尔等可要睁大狗眼好生行走，别失足跌落摔伤。"金曜熙望向那条坑洼不平的碎石小道，撩起袍襟，抢先走在前头。

随从们牵马紧跟上来，行了四五百步路，转角山嘴，上到半山腰，便见修建在辟成宽阔地上的荒庙，寺庙的山门有面旧朱红色匾额，内刻有三个鎏金剥脱的楷体字——大恩寺。

庙门两侧各有两株古银杏树,树下卧着两只石刻大乌龟,乌龟背上堆满腐烂的树叶,斜刺里胡乱生长着一蓬蓬无名野草。

庙门也倒塌了,两面彩塑的菩萨罗汉悉数露出黄泥胎木的本来面目,居中供奉的是油漆剥落的大肚弥勒佛,张口大笑的惨白色元宝嘴,甚是吓人。

马博君把马拴好,扬鞭敲打进射出石灰尘粒的墙面,朝着这些泥塑菩萨们呼喊:"可有住持师父在?过往客商叨扰。"

呐喊半天,无人应答,房梁上簌簌掉落些尘土下来,呛得金曜熙逃避着俯冲进内殿。

内殿有个生锈的铁六角塔香炉,金曜熙站在香炉旁,暗自寻思大恩寺落得这般荒芜,想必是灭佛诏令惹的祸,僧人们还俗的还俗,逃散的逃散,即使能留在庙中,也是些无去处、跑不动的老弱病残者,胡乱凑合着苟且偷生。

"可有师父在?"他张嘴呼喊,风吹铁塔的嗡嗡呜咽声,令他想到马场狩猎捡到的人头骨和石刻小佛像,不觉自言自语,父皇的灭佛诏令真是赶尽杀绝啊。

"何人在高声喧哗?不懂庙内要禁语?"从偏殿的香积厨颤悠悠地走出位瘸腿的老和尚,金曜熙看他面黄肌瘦,话音虚弱,应是饿了好些时日。

"师父,怎么这庙中无人、无香火?"金曜熙见有人出来,喜得扯住那老和尚的衣袖连声发问。

瘸腿的老和尚倚靠门框,焦黄的面皮落下几滴浑浊的泪珠,他摇头哀叹:"施主不知举国上下张榜的灭佛诏令?我寺中僧众走散,独独剩下些年迈羸弱的老者,前几日,又往生两位,现庙内只得我们闭关出门的方丈住持慈法法师和两三个打杂的老和尚。"

金曜熙隐约听太子金曜星提过慈法法师,夸赞他是国内少有的得道高僧。急急忘形地揪住这和尚瘦弱如枯藤的手腕,急忙追问:"慈法法师在何处?烦请师父带在下去瞻仰高僧大德荣光。"

"这般急吼吼又是为何?看施主这身打扮,也是富贵人家,莫不是陛下派来要灭佛的达官贵人?"瘸腿老和尚忽然变脸,瘸腿向后挪动,身躯闪进门后,不肯相信他。

金曜熙急得不知如何与他辩说,想起这寺庙的和尚也要香火供养,便从腰间的锦囊掏出几片银叶子，硬塞到他手中，赔着笑脸："师父，小人是平城人氏，平日礼佛殷勤，都怨这灭佛诏令，往常交往的师父全寻不见人影了。"

"好好，难得施主一心向佛，请跟贫僧前来后院寮房。"瘸腿和尚将信将疑地接过银叶，一瘸一拐地掀开室内竹帘，来到修竹茂密的齐整后院。

金曜熙心中愕然，怎么山下竹林枯萎倒毙，庙中翠竹青青如许，真是两个世界了？正惶惑间，四面传来敲木鱼的脆响，声声直入人心。

有位男子的浑厚腔调，听者欢喜："凡人皆有心，有心必有念；地狱天堂皆生于念，是故三界唯心，万法唯识，一念不生，则六道俱销，轮回斯绝。"

这定是慈法法师了？金曜熙暗自欢喜，抬头望见竹林中的高台上，有座茅草顶的六角竹亭，一位神色飘然的老者盘坐绿荫笼罩的亭中。

他快步踏上铺满竹叶的松软地面，噔噔拜倒在飞落竹叶的台阶上，合掌作揖："慈法法师，别来无恙？"

"西平王，一别数年，出落得面相庄严，丰神俊朗，甚好，甚好。"慈法法师是位长相普通、皮肤洁净的中年人。他指向地上的蒲团，要他坐下。

他如何识得本王？一头雾水的金曜熙依言盘坐，方案有个塔形白瓷香炉，有淡淡细香飘入鼻内，白瓷四格碟内是花生米、核桃、红枣、炒米，旁边放着碗清水。他暗自咋舌，慈法法师依止的苦修法门，寻常庸众，难以企及。

"贫僧本在平城内的大恩寺，为躲避灭佛诏令，辗转至这荒庙，闭关清修，方出关几日。当年曾有幸进宫为太子讲习佛法，那时的西平王不满十岁，也能在旁安静聆听法喜，贫僧想来当时盛景，如昨日重现。"

神色平和的慈法法师合掌追忆过往，金曜熙恍然大悟，见到他的八字眉上冒出几根长寿毛，想起圣人曰仁者寿想来不假。

他抡起拳头砸向地面，兀自愤愤不平。

"父皇的灭佛诏令，委实本末倒置，天下生灵涂炭，僧众自残，哪里就真落得清静？人心惶惶，如何能国泰民安？佛法妙音，对那些欲求安宁的普罗大众是有益无害啊。"

"世上之事，不是东风压倒西风，就是西风压倒东风。况且，失势一方只有寸草不留，才能使刽子手得胜者安心。西平王此行，将如众人熙熙，如享太牢，如登春台。"慈法法师捡起一粒花生米，丢进嘴里细细咀嚼，双眼露出赞许之色。

"法师说笑，本王不过是替太子出征。戍守边疆、防御敌军的苦差事，诸皇子躲之不及，怨本王势单力薄，比不得根深叶茂的吴王在宫内吃喝玩乐自在。"

慈法法师不再言语，停顿少许，他眉宇间布满忧虑："东宫太子恐遭劫难。"

金曜熙听得心跳如鼓，此行被父皇催促，他阿娘向陛下哀求过了中宫朝会再走，却被父皇无情地断然拒绝，声称边疆军事安全为大。此行仓促，都来不及向太子告别。他与太子交好，算是同条藤蔓的倭瓜，太子若出事，怕会城门失火，殃及池鱼。

"还望慈法法师指点迷津。"金曜熙慌忙合掌乞求。

香炉的香气停息了，慈法法师弯腰捡起三根细如发丝的线香，重新点燃，插进香炉的孔眼，金曜熙闻出来了，这是凝神定气的安息香。

"西平王勿急，太子兴许等会便到了呢。贫僧出关，就为劝告太子。"

慈法法师搓搓手背残留的香粉，莞尔笑道。

"太子在宫内，他又不是修炼成天眼神通的神人，怎会得知你我在此？"金曜熙以为他在说笑，忍不住出言不逊抢白道。

话音刚落，一阵风吹来，眼前闪现黑白双影，定睛看时，原来是一对雌雄双色的信鸽从半空飞落，停栖在慈法法师的肩上。

慈法法师嘴里咕咕叫着，从瓷碟内抓起把花生米，两只信鸽跳在方案上，毫不怯生地啄食花生米，随后，扑棱翅膀，飞进竹林。

慈法法师这才笑道："稍等片刻，立见分晓。西平王，贫僧曾有位名为武僧觉的顽徒，他还俗去了军营，若能相遇，还望西平王多加照拂。此人佛缘深厚，他日能修得正果。"

"法师且放宽心，本王抵达南疆城，就派人在军营寻他，必会委以重任。"金曜熙拍着胸脯，信誓旦旦。

"不必兴师动众，这武僧觉天性顽劣，不服管教，不堪大任，好赖给他口饭吃就是了。"慈法法师笑着摆摆手。

竹林中传来太子在询问法师在何处的嗓音。

是太子?！金曜熙惊得爬身起来，一个箭步飞奔进竹林。

绿意婆娑的竹林，身裹黑袍的太子金曜星，视而不见前来迎接他的金曜熙，疾步直奔竹亭。

金曜熙失落地返回竹亭，见慈法法师站起身，快步跑出来时，袖袍掀翻装清水的碗，他失色动容地挽住东宫太子金曜星的臂膀："阿弥陀佛，善哉善哉。太子，贫僧恭候多时了。"

"法师，对不起，本宫无能，没能保护昙慧师父……"太子金曜星羞愧地掩面低语。

"这是昙慧的业力所造，太子无须自责。来，西平王，同坐。"慈法法师宽厚地笑道。

"二弟，本宫还以为见不到你了，父皇严令本宫不得擅自外出，以陪伴太子妃为由，囚禁含章殿。若非慈法法师的飞鸽传书……父皇听信那阉人谗言，有意废黜本宫。法师，本宫不能束手就擒！"面容清瘦的太子金曜星，双目红肿，坐下就开始怨气冲天地诉苦。

"太子可愿暂时舍去富贵，随贫僧闭关山洞半载，远离宫廷是非祸乱？"

"不妥，不妥！即将举办一年一度的中宫朝会，本宫乃堂堂东宫之主，未来的皇位继承者，岂能因贪生怕死避而不见，蜷缩洞穴避难？"看着金曜星态度坚决地谢绝慈法法师的建议，金曜熙默然应许——换作他是太子，也不会答应，此举太过荒唐。

慈法法师闻言，面露不忍之色，望向青翠欲滴的竹林，而后，语气变得急促，试图说服太子回心转意。

"太子，人生运势起伏无常，比起韩信忍受的胯下之辱，躲在山洞也并无不妥。留得青山在不愁没柴烧。贫僧提前出关，就为陪同太子云游，暂避祸乱，望太子三思。"

金曜星仰天长叹道："拳拳之忠，终不能自列。慈法法师，恕本宫不能遵从法师好意。太子妃即将临盆，本宫做不到袖手旁观。身为太子，宫廷方是本宫的归宿，不是山野。"

言毕，太子来到金曜熙跟前，目视他溢满泪水的双眸，金曜熙无言凝噎。

金曜星握紧他的手，眷恋不舍地告别道："二弟，边疆要道，虽风险重重，也算脱离宫廷的是非之地，一路保重！"

"慈法法师，珍重。"太子金曜星挥挥衣袖，转身飞奔出亭，不见人影。

"西平王，太子劫难重重。十年后，唉，无人能救他，这也许就是他的命数。"慈法法师说完,盘腿坐在蒲团上,如老僧入定。

"太子!兄长?!"一股巨大的悲痛如世界末日临近的绝望吞噬着金曜熙,忆及马场狩猎,他们几兄弟齐声长啸的盛景,怕是不会再有了,与太子生死诀别的哀伤,溢满胸腔,他欲哭无泪。

金曜熙向着太子离去的方位发出沉痛的长啸。瞬间,太子回应的呼啸声,清晰传入耳中。金曜熙悲喜交加,生离死别的伤痛,将他彻底击垮,不由得抱头痛哭。

【第三十二章】

中宫朝会　皇后赫连雪云

晨起，雪后初晴，承华宫的庭院融雪犹湿，赫连雪云令宫女鹦鹉去要了些木屑，用来铺在地面防滑。

时逢岁时元日，按往年宫中惯例，陛下在前朝大宴群臣，后宫嫔妃、公主们到后宫朝拜皇后，俗称中宫朝会。

窗外朔风凛凛，宫门加有挡风的厚幕帘，里面的人便不觉得寒冷。身穿单衣的赫连雪云端坐铜镜前，伺候她梳妆的是两位侍女，本是含章殿的太子妃嫌弃的饶舌妇，她领来后给两人改名，一个叫寂语，一个名静墨。

"皇后娘娘，大喜的日子，是梳凌云髻吗？"梳头的静墨，快嘴快言的本性难改。手拿玉梳在皇后头上灵巧地上下缠绕着。

"猜猜两位昭仪和那几位椒房、花荫公主会梳什么发式？"寂语端来首饰匣子跪在她膝前仰头问话。华贵的匣内摆有宝石指环、纯金手镯、玉石步摇簪、花钿、珍珠耳环、银臂钏、琥珀钏、珊瑚珠串。

赫连雪云听到花荫公主也要来，心头大不自在——自赫连盛死去，忧戚不尽的花荫公主怀恨在心，将满腔怨恨冲她发泄，保不齐会当场给她难堪呢。她扫了扫首饰匣的满目珠翠，一时发起愁来。

"听闻安昭仪会梳双环飞天髻，菊夫人是灵蛇髻，几位椒房肯定是梳回心髻，花荫公主最喜修长蛾眉、惊鹄髻。"静墨灵巧地将黑发梳顺盘好，抹上桂花油定型，薄薄的两片嘴皮上下翻动，炒豆子般说不停。

见静墨说得头头是道，赫连雪云随手挑了镂空金镶红宝石的指环、金手镯、金扇吊坠几样首饰，撇嘴讥笑她："你有千里眼，顺风耳？还能见到后宫夫人们的发式了？"

"娘娘不知，奴婢有个外号'包打听'。不就多嘴问了尚衣局的人两句，她们掌管后宫夫人们的新服，消息不假。"静墨得意地嬉笑道，手上可不含糊，刚在发髻插戴步摇簪，又把一串绿梅花骨朵贴在鬓边。赫连雪云鼻端闻到一股幽幽的暗香，不觉夸她心灵手巧，能想出这花招来。

"娘娘是后宫之主，得用真花，真的假不了！那些个庸脂俗粉，拿绢花滥竽充数就罢了。"放好首饰匣的寂语，双手旋即捧了从熏笼上取下的烟罗紫绣白牡丹的新服，侍奉她更衣。

"就你两个牙尖嘴利，一唱一和，真假难辨，怪不得会遭太子妃嫌弃呢。"

"娘娘，奴婢们冤枉！太子妃是把心底的怨气撒到奴婢们身上，太子喜新厌旧，她嫉妒眼红，又要装作大度，不冲我等下人发泄，难不成是太子？她在太子面前，可是连个屁也不敢放的缩头乌龟。"

"你两个还狡辩？就不能消停消停？好赖她也曾是你们的主人。"

"娘娘，太子妃想要撮合南宫侯与寡居的花荫公主成亲呢，以陛下赐婚的名义托了中常侍大人。"

"又是哪里的空穴来风？本后不信，明明花荫公主还比南宫侯虚长三岁，太子妃怎会哭着喊着和丧夫的她攀亲？"

"南宫侯自己没真本事，就靠他姐姐是太子妃，在南越作威作福，搜刮民膏送进宫。"寂语在旁添油加醋。

赫连雪云听两人叽叽喳喳如麻雀嘈杂半日，放宽了心，太子妃要去热脸贴花荫公主的冷屁股，无形中为她转移了矛盾的导火线。

"不晓得那南宫侯比起已故的敦煌郡公来，孰高孰低呢？"她懒洋洋地起身，一面漫不经心问道，一面舒展双臂，两人伺候她披上紫红羽纱黑狐狸毛里的鹤裘。

"娘娘，怎能相比？一个翩翩君子，貌若潘安；一个面丑如鬼，状似钟馗。嘻嘻，不就是太子妃的主意，以为公主寡居，就会饥不择食。"

赫连雪云听得好似雪天里吃了盏热酒，舒心快意极了。但又不能喜形于色，便假意喝令两人住嘴，要鹦鹉开锁取来莲花宝冠，稳稳戴好。

梳洗停当后，看看时辰尚早，赫连雪云懒懒吃两口羊奶，推脱胃口不好，缓步走出宫来。

鹦鹉从梅园采摘许多红梅插在花盆，将那垂挂枯藤衰蔓的高墙也重新粘上七彩缤纷的绢花绸带，这边真花红梅怒放，那边高处的假花争奇斗艳，她的承华宫里外都透出股春意焕发的喜气。

赫连雪云在一盆满树含苞待放，仅有一朵红梅花开的枝条前驻足，拿手攀着那孤零零傲雪风霜的花朵，想到旧日时节，他们赫连家族的老幼数十人，鸡鸣时分已穿戴簇新，早早候着来领赏吃酒，料不得原是她家族的最后荣光。无亲无势的自己就剩下个皇后虚名，忍辱偷生。

往事如烟，赫连雪云忍住悲伤——皇上在前朝接受百官献寿酒，她在后宫履行母仪天下的义务，以包容万物的胸怀欢颜示人。

"娘娘，瞧，安昭仪先到了。"鹦鹉眼尖，扯着她衣袖。

赫连雪云吞声望去，墙上显出两位拉长的人影，她被鹦鹉托住臂膀，急急返回宫内，坐在正厅的皇后宝座上，肃容以待。

两侧的太师椅都铺上翠羽的璀璨锦绣坐垫，几案摆有两色高脚瓷盏，是产地在西蜀的邛窑白瓷、青瓷的茶盏；白瓷内盛满椒柏酒，青瓷里是桃汤，只等女眷们落座后，斟上分饮之，驱寒辟邪。

穿戴齐整的嫔妃、公主将依次拜贺，年幼者贺其增添一岁，先饮；年长者减寿一岁，后饮。身为后宫之主，她得备好每人的赐礼。

"鹦鹉，赏赐物可都备齐了？再把那琥珀钏添上给花荫公主。"赫连雪云细细想了想，那匣内的珠宝，琥珀钏最为贵重，赏赐花荫公主，以显诚心交好之意。她扭身向站立屏风前的鹦鹉说完，就听见安昭仪甜美的声音传进来："昭仪拜见娘娘，愿娘娘新岁凤体安康，长安喜乐。"

赫连雪云瞄了眼她，原本体态丰腴的安昭仪，眼下有些为伊消得人憔悴的清秀韵味。她真梳了双环飞天髻，穿件蜜合色绣青竹春服，腰际黑色腰封收束得她腰身曼妙，外罩寻常的黑孔雀羽毛旧裘，往日的富贵气象一洗皆尽，露出文雅练达本色。

"多日未见，昭仪清瘦不少。快快坐下，喝盏热茶驱驱寒。"

赫连雪云笑着安排静墨斟茶。自打立春太子妃产下皇孙，她们在含章殿送贺礼时见过面，淡然打过招呼，掐指算来，又快月余了。

"娘娘,听那太子妃的口气,根本不想要乳母抚育皇孙。妾身暗示多次,她均装聋作哑呢。"安昭仪端起茶盏至唇边,急乎乎说道。

"寂语、静墨,到宫门接客。"赫连雪云先支走爱嚼舌根的两名奴婢,以目示意鹦鹉守在门前。

太子妃的心思,她略知一二。按照宫内祖制,皇孙满三月,就得与生母分离,由乳母抚养。太子妃无非是想拖延母子分离的时长。

"她怎扭得过祖制?不过是拖一日是一日罢了。昭仪可是有合意的乳母人选?"

"宫内新进一批妾身故国的女奴,有位分在尚医局,在太医令手下打杂的女奴,查出初孕,妾身察看她身强体壮、做事稳沉,应是极为合适的乳母人选。"

宫内甄选乳母,相当严格,身体素质好是首选。赫连雪云点点头,一一追问她的年龄、识字否、会针线女工否这些琐碎的细节。

见安昭仪面皮涨得紫红,答得吞吞吐吐,赫连雪云猜出她来不及打探,机智地换了个话题。

"陛下与群臣饮完寿酒,晚间趁臣子们观赏歌舞时,他会携几位近臣、皇子们来承华宫重开宴饮。"

"太子妃也会来?"安昭仪一贯性急。

"不,太子来。太医令嘱咐太子妃别带皇孙出门受凉。太子可能过完元旦,就得出宫到边陲担任重责,守护边疆。"

"太子离宫,偌大的皇宫不就成了吴王、菊夫人的天下?"安昭仪撇撇刻薄的薄唇,不快地讥讽道。

"怎么会呢?这天下是陛下的天下,不可撼动。"赫连雪云拿起茶盏,擒在手心焐热,浅浅笑道。

"娘娘,菊夫人到。"

鹦鹉掀开厚帘,一股冷风夹杂着甜香吹卷进来。

赫连雪云与安昭仪会心一笑,安昭仪手拢腹前,起来欠身而立。头梳灵蛇发髻的菊夫人披了曳地大红金菊纹缎面内衬白狐狸里的鹤裘,使得原本娇小的身姿看上去高挑不少。她以趾高气扬的步态,眼角飞快扫了下安昭仪,自顾端起白瓷酒盏,就要向赫连雪云躬身敬献寿酒。

赫连雪云正纳闷与她同住重英殿的柔荑椒房怎未同行时，耳听安昭仪吃吃掩口笑话她："菊夫人错也！"

菊夫人恨恨地回头，绷紧的面皮冷得要撕裂开来。赫连雪云赶忙忍笑打圆场："岁时元日敬献寿酒，是以年岁最幼者先敬酒，年长者为后。"

"后宫夫人，年幼者可是陛下的新宠朝露昭仪，听闻她可是位二八佳人。"

安昭仪的话，无疑是火上浇油。菊夫人憋得脸红耳赤，噘了嘴抢白她："哟，听昭仪这口气，朝露可成了昭仪的女儿？"

赫连雪云见安昭仪被呛得两眼微红，似要掉下泪水，忙向菊夫人摆摆手，岔开话来。

"菊夫人，怎不见给吴王婚配？"

"儿大不由娘，想本夫人聪明一世，也拿这自家的混世魔头束手无策。过完正月，死活也得给他寻门婚事收拢他心。"

两人正叙闲话，鹦鹉又报朝露昭仪到。赫连雪云呷口热茶，暗自寻思这小女子倒也机灵，比那几位皇子的阿娘来得还快。

菊夫人抬抬屁股，拉长脸端坐着，赫连雪云内心有种如临大敌的戒备与紧张。毕竟这后宫夫人中最为年轻的美人朝露，方是陛下的新宠，是前程远大的后起之秀。

赫连雪云屏住呼吸，下意识地朝铜镜方向望望妆容，自我安抚，女为悦己者容，谁都会走到色衰的田地。

一团香喷喷的紫云飘现眼前，嗲声嗲气的娃娃音，听得赫连雪云浑身不自在。

"妾身朝露参见娘娘，愿娘娘新岁万事吉祥。"荣升为昭仪的朝露梳了十字发髻，不施粉黛的面庞如白珍珠，身穿月白底面绣深紫葡萄连枝团花的洒金长裙，说不尽的妩媚风流。

她乖觉地依序向安昭仪、菊夫人行礼，再双手捧着绣了五色富贵花的平安袋下跪施礼："娘娘，妾身无才，仅会调香的雕虫小技。这是妾身用麝香、龙涎香、牡丹花、罂粟花调和的曼陀罗香，为娘娘贺喜。"

赫连雪云见这朝露昭仪言行甚为得体，忙要鹦鹉取出压箱底的那件豹纹孔雀毛里的斗篷赐她。她揭开曼陀罗香袋，深邃的奇香直冲脑门，险些失态，定定心神，曼声夸道："香气果真奇特，本后凑巧有好些个准备赏赐皇子们的平安袋，内里装些寻常香草,比不得昭仪调制的香气稀罕。"

"娘娘若嫌香气浓烈,可分散放入香草平安袋,皇子们出行,既能辟邪,也能遮掩不洁气味。"朝露昭仪娇媚地笑着坐回她的席位。

"此法甚好,鹦鹉,照朝露昭仪的法子分散装好。呀,都这时辰,她们该在路上了。"赫连雪云瞥了眼窗外的日影,对姗姗来迟的那几位椒房生出不快。

"娘娘,这几位椒房,磨磨蹭蹭,不就是想挨到陛下来承华宫?不如不等了!"菊夫人不耐烦地跺脚抱怨。

"柔荑椒房到。"守在宫门的静墨这嗓门,叫得震天响。

安昭仪扭扭腰,起身扑打新服的褶皱,手叉着腰身,挤眉弄眼地说道:"她们来得真巧,论起来,后宫的朝露昭仪年龄最小,其次是柔荑椒房,再次是三位皇子的阿娘,她们同龄,最年长者是菊夫人。"

菊夫人拿手攥紧衣袖,也不言语,喘着粗气,霍然起身,摔帘子出去了,迎头撞在身着鹅黄缀满绢花长裙的柔荑椒房怀内。柔荑椒房惊讶地闪身避让,关切地问道:"菊夫人,怎么急慌慌地出门了?"

菊夫人没好气地回她:"茶水喝多胀肚了。"

面色桃红的柔荑椒房,调皮地吐吐舌头,见到朝露昭仪时,她眼里闪出一抹嫉恨。这时,三位皇子的阿娘齐齐跨进来,寒暄一番,行礼落座。

赫连雪云暗自歇口气,祈盼着把这套繁文缛节的过场快快走完,落得个大家轻松。

她们依据年龄长幼,跪地献酒。她这边接纳喝下,再赏赐礼物。喝完这七人敬奉的寿酒后,赫连雪云也觉昏沉沉,体力不支,见备好的赏赐之物悉数发完,只剩得几个粉红芍药花的平安袋及为花荫公主备下的琥珀钏。

她硬撑着醉意,令她们退下——或是各自回各自的寝殿欢饮,或是留在承华宫午膳,随她们心愿。

重头戏在晚宴。

整个上午,就刁蛮、霸道的花荫公主迟迟不露面。赫连雪云也懒得去管,斜躺在睡榻休憩,养足精神,以备繁重应酬的晚宴。

众位夫人一哄而散,宫内静悄悄的,弥留着曼陀罗的奇香,赫连雪云沉沉欲睡,却被鹦鹉急促喊醒,说太子金曜星求见。

赫连雪云惊得困意全消，这个时辰，按理太子应陪同陛下在前朝与大臣们同贺新岁，怎会贸然求见？她觉察出一丝来者不善的异样，忙要鹦鹉领他进来。

满面堆笑的太子金曜星通身绯红新袍，捧着装饰华美的漆匣，向她贺拜。

"娘娘，儿臣贺娘娘新岁添新福，特献上这颗东海明珠，以助娘娘安神。"

太子手中漆匣内是颗鸽子蛋大小、色泽洁白的明珠，想来世间罕有。赫连雪云生出疑虑，太子莫非是要她当说客，要陛下留他在平城？祖制后宫女人不得参政。她虽然乐得喜笑颜开，实则忧心忡忡，强行敷衍："太子孝心，必得苍天庇护。只怕本后人微言轻，陛下不会听从，太子还请收回明珠。"

"娘娘误会，娘娘慈心仁厚，儿臣另有要事相求。"金曜星说完跪在地上，赫连雪云明知他是无事不登三宝殿，忙向鹦鹉使眼色，要她们回避。

"既是家人，太子尽管说来，本后自有主张。"

"娘娘，儿臣花费重金从胡僧手中买下一面能照见人前世、今生、来世的三世古镜，这胡僧着重交代，古镜阳气重，须得阴气中和，方能彰显法力神通。他指出唯中宫之主的皇后寝宫最适宜。本宫意欲献给父皇，为贺岁之礼，还望娘娘美成。"

太子金曜星从随身的锦囊掏出面生出绿毛锈迹的古镜，赫连雪云见此物并无特别，不疑有他，便爽快答应。

"这有何难？"

"多谢娘娘美意，本宫在晚宴开始前再去放好古镜，望娘娘保密，本宫要给父皇惊喜。"

想着轻易到手的东海明珠，赫连雪云对太子的请求自然满口应承。先前的倦怠也抛到九霄云外，她要鹦鹉将睡榻重新铺整，在东南方位立张高脚方案，以便太子安放古镜。

准备就绪，赫连雪云倚靠铜镜前的椅内，重新匀面敷粉，鹦鹉来到她身后，心情大好的赫连雪云扑哧笑道："她们都巴不得天早些黑呢。"

"陛下肯来承华宫重开宴席，心中还是惦念娘娘情分。"见多了后宫夫人命运沉浮的鹦鹉，语气显出一些伤感。

"点宫灯，燃燎火！"赫连雪云拍拍她的肩下令，帝王哪有情分？无情无义才能当君王。

皓月长空，承华宫的庭院燃起熊熊的燎火与灿如火树的花灯，时时细乐声喧，真有说不尽的太平气象，富贵风流。

宴席就设在庭院，陛下已喝得面颊酡红，赫连雪云嗅着他龙袍上沾染脂粉香的酒气，猜想是不是朝露昭仪调制的香。花荫公主仍然没现身，陛下的另两位昭仪、五位椒房全在场，群星捧月般围绕在陛下右首。

杜庭大将军带了位陌生的勇猛将士坐在陛下左首；后面依次是太子金曜星、中书博士羊公允、吴王金曜明、东郡公任伯渊、中常侍万盛与南宫侯吕常勇。

酒过三巡，独眼的杜庭大将军推出身旁像愣头青的陌生武将，朗声发话了。

"陛下，臣带来的这位武将，便是代无碍大将军的义子武僧觉。君子言而有信，陛下该赏赐他大将军勋爵。"

"走上前来，朕，朕来看看他有没有这本事。"醉眼蒙眬的金世祖打了个臭熏熏的酒嗝，朝他招招手。

赫连雪云见到这面目憨厚的年轻人，他虽比不得赫连盛一表人才，但也算身躯伟岸的男子汉，尤其是他那对质朴无华的清澈双眼，全然不似混军营的粗莽将士。

那人神色腼腆地走上前来，女眷们有些捂住口鼻，有人小声抱怨好臭。对气味敏感的赫连雪云猜出这小伙子怕是有体味，不忍他被夫人们嫌弃，悄声安排鹦鹉拿来装麝香的平安袋，替他挂在腰间，遮挡气味。

"臣武僧觉参见陛下，愿陛下新岁福寿康宁、功德无量、修行圆满。"武僧觉跪拜在地，不伦不类的话语，惹得众人捧腹大笑。

陛下也笑得喘不过气来，颤抖的手指向满面风霜的杜庭："他是将士吗？满嘴佛言佛语。"

"皇兄，怎么吃醉酒了？还说要与皇兄通宵达旦畅饮呢。"身穿玫红芍药对花长裙的花荫公主，从火树银花里闪将出来。她牵着位小美人，那小美人穿月白色底纹绣浅紫绣球花的曳地长裙，宛如天上仙女降临。

"哎哟，公主，总算等到公主了。"南宫侯吕常勇站起身，激动地抓耳挠腮，他委实生得太过矮壮了，赫连雪云注视着他，暗笑这莽撞大汉对公主是单相思。

赫连雪云一面命人腾出陛下身旁空位，请花荫公主与她的小美人落座，一面催促鹦鹉把平安袋系在武僧觉腰间。

"南宫侯也在？本公主不是回绝了你，中常侍大人没给你回话？"花荫公主连串爆珠般发问，问得呆头呆脑的南宫侯手忙脚乱，可怜兮兮地朝中常侍万盛挤眉眨眼求助。

花荫公主暴躁如野马的脾气，后宫夫人们都领教过，她们均垂首顾盼，暗暗替不知好歹的南宫侯捏把冷汗。

"中常侍大人？"花荫公主看出端倪来，她晃荡着惊鹄髻，以睥睨众生的冷傲，走向一语不发的中常侍万盛。

"公主，岁时元日哩，讨个吉利好彩头？"中常侍万盛挤出谄媚讨好的笑意，拱手作揖告饶。

"好，岁时元日，崭新开始。当着皇兄面，把话撂这了，本公主宁死不嫁南宫侯！"

"公主，本侯何时得罪公主了，公主这般绝情无义？"满腹冤屈的南宫侯自讨苦处，臊得面色紫红，嘟起香肠嘴质问。

赫连雪云见势不妙，忙用手肘碰碰金世祖，他也意识到性情霸道的花荫公主过分了，情急之下，高声命令："花荫，到朕身边来。"

花荫公主再任性，也不会驳陛下圣颜，她极不情愿地来到金世祖身前，伏倒在他肩上假哭。金世祖被她吵闹得没了主意，只是耐住性子哄着她："你不嫁南宫侯，是想守寡一辈子？那你想嫁谁？"

花荫公主立马停止假哭，在他耳旁坏笑道："随便哪个都强过那坨铁饼、那截矮树墩。"说完，放肆地咯咯咯爆笑起来。

无人应和她的欢乐，赫连雪云也不敢吱声，跪在地上的武僧觉大约不耐烦了，忽然起身，嗓音洪亮，震慑全场："陛下，臣的义父为国捐躯，请陛下封赏臣勋爵，边疆将士们定会齐声称颂陛下威德。"

"皇兄，就他了！"花荫公主止住笑，愕然打量武僧觉，儿戏一般，毫不羞怯地指向他，当众宣告。

莫说赫连雪云惊呆了，就连金世祖也觉好笑："花荫，你喝醉了？如此草率？那人不过是边陲的无名小卒，哪能配得上皇室贵女。"

独眼的杜大将军先是一脸惊诧，随即满面喜色，他疾步走近武僧觉，两人如对烛并肩而立："公主慧眼识英雄！不瞒陛下，武僧觉是臣刚收的义子，大将军的儿子，与公主联姻，也算门当户对了。"

"这？大将军缘何厚爱这傻小子？"金世祖酒醒大半，眯缝双目，从上到下审视那走运的武僧觉，总觉得是公主糊涂吃大亏。

"陛下，岁时元日，喜上加喜，大吉之象啊。"独眼大将军推搡了似呆鹅般的武僧觉，暗示他磕头谢恩。

"花荫，这回可是你自己选定了？"神色狐疑的金世祖皱眉追问。

"皇兄，花荫还有的选吗？也就赶巧撞上了。"花荫公主突然收敛轻狂的做派，怀着满腔幽怨，在武僧觉面前停下。赫连雪云以为公主会嫌弃这小子的体味，当场悔言，不由得替武僧觉担忧起来。

"哟，这芍药花的香袋蛮眼熟呢。"花荫公主弯下腰，拿手扯断他佩戴的平安香袋，塞进袖笼，回眸露齿欢笑，"皇兄，花荫决定了，非他不嫁！"

座中人一片哗然，一家欢喜一家愁，南宫侯像失去心爱玩偶的孩子，蹲身痛哭。

武僧觉的脖子都红透了，似乎鼓起极大的勇气，讪笑着拒绝："公主，臣，臣有体味顽疾，辱没斯文……"

"你的心有顽疾？"花荫公主飞扬起她的惊翠长眉，似笑非笑。

"呃，不是，心，不是心。"武僧觉难堪地闹了个大花脸，点头又摇头，期期艾艾欲言又止，惹得众人哄堂大笑。

"那就对了，这世上，多的是漂亮好看的臭皮囊，缺的是有情有义的好儿郎。"

花荫公主的指桑骂槐，听得赫连雪云怔怔落泪。她回转身，无意瞥见一脸焦躁不安的太子，悚然心惊：太子尚未敬献古镜！

【第三十三章】

古镜　吴王金曜明

庭院燎火的火势渐微。

歪靠扶手椅背的金曜明已感到不胜酒力,料不到皇后赫连雪云拿出的平城名酒"鹤觞酒"如此甘美醇厚,不免贪杯多吃了几盏,醉眼惺忪地瞟向父皇身旁的朝露昭仪,她的一颦一笑,竟有似曾相识的心动。

终究是父皇有艳福,天底下什么样的绝色女子,但凡他想要,皆能尽收囊中。金曜明将酒壶的残酒一口吞完,再次痴痴地凝视百看不厌的朝露昭仪。看她温柔似水,全然不像那野性难驯的柔茣椒房——这女人执拗痴情,且野性生猛,初入手还喜其活泼爽利,时间长了,便觉苦不堪言,她一根筋要跟定自己,不是痴人说梦吗——她是皇帝的女人,自己则是皇帝的儿子。

若这蠢笨的女人再闹腾,势必会毁了他们母子的富贵前程,同样会让她跌入万劫不复的深渊。是该终止与她偷欢了。吴王金曜明痛定思痛,腾开手,握紧注满醇酒的酒盏,再次喝得滴酒不剩。

放下空盏,无意抬身,竟与柔茣椒房热辣的凤目相对,金曜明狠心视而不见,垂头抓根羊腿放在嘴边啃食,暗骂她这傻女人,视男人的情爱为生命的唯一,不知生存与活着的艰辛,对紧追不舍的柔茣椒房愈发厌恶。

眼帘飘来团红云,抬头见到身穿朱红袍的东郡公任伯渊,他也喝得双颊绯红,紧抿单薄的嘴皮,手执酒盏走来向他致贺:"吴王,新岁顺意,老臣先告退了。"

金曜明顿觉受宠若惊,慌忙丢开羊腿,来不及擦拭沾有羊油的手掌,端起酒盏回敬他:"东郡公,新岁长乐,慢走。"

夜深寒意重,手握空盏的金曜明抖动双肩,起身目送东郡公任伯渊稳步迈向高位的父皇跪地告辞。他踮脚扫眼望向席位,见独断专横的花荫公主来去如风,早走了;临怀王金曜谭、楚阳王金曜建两位皇子也喝得脸颊通红,他们的阿娘借机搀扶着他们离席,醉态踉跄地向陛下辞别。

父皇被他们团团围住,金曜明直觉肚腹发胀,想着找个地方小解,扔掉空盏,挪开高背椅,走向庭院,拉过火堆旁的女婢,问她净手方便的位置。

顺着那女婢所指的方位,金曜明一径登上台阶,掀开厚帘,进到空无一人的正厅,有屏风隔离的内室,埋身钻进去,借着窗外火光,能见到内室有张铺饰华美的宽阔睡榻,高案上摆设一面泛幽光铜镜、一樽喷射香气的青瓷莲花樽,转角有便桶,他匆忙解开腰带,先行方便再净手。

正欢快撒尿呢,金曜明的后腰突地被浑身透出香味与酒气夹杂的女子双手抱住,他以为是哪位宫女和他搞恶作剧,嘴上呵斥道:"快放手!"

那女子咯咯娇笑着不放手,金曜明的耳垂被她轻轻咬住,贴身锦裤也被她剥掉,不用回头,也知是冤家柔蕟椒房尾随他来。

"你就不怕死?"他恨恨地抬腿想将她撞开,她如蜥蜴贴紧他后背,在他耳旁吹气如兰:"他们哪里会顾得上你我?热闹、繁华、丰盛都是他们的,空虚、寂寞、孤独留给我们。"

"别胡闹,误了本王大事。"金曜明撒完尿,锦裤被她褪在脚上,刚欲弯腰提裤,就被柔蕟椒房死死摁住手,她温香的娇躯黏着他不放:"不,今日是新岁元日,我要和你在一起!"

这傻女人疯了!金曜明慌得探头看向窗外,瞥见东宫太子金曜星正殷勤地奉上寿酒,向父皇敬献哩。

眼见他们父子情深,金曜明顿觉愤懑,且由得他们父子亲热去!与这烈性的女人再快活一回,当是无碍。

刚这般思虑,就有股奇特的异香钻进鼻窦,扭头触见华美温暖的睡榻,他冲动地回身,抱起扒掉他锦裤的柔蕟椒房,她就像那乡间稻田里的栀子花,粗粗大大地压着他胸脯,身上总有那掸都掸不开的香气!欲火焚身的他幻想着柔蕟椒房是那温柔的朝露昭仪,把她摔倒在睡榻,与之疯狂纠缠、撕扯,口中怒骂:"你这害人精，这分明是作死！这一次可也是最后一次！"

柔荑椒房的肉体似团燃烧的火焰上下翻滚，吞噬着金曜明，她喘息着呻吟："吴王，哪怕是死在你的剑下，死在你的怀中，秋菊死而无憾！"

意乱情迷的金曜明听她自称秋菊二字，如雷轰顶，霎时清醒，他猛然推开她，赤脚跳在地上，一边慌里慌张套上锦裤、系好衣袍，一边嘴里怒喝："还不穿衣走人！若是被奴婢们撞见，可是真死定了。"

柔荑椒房傻傻地攥紧锦被蒙头大哭，金曜明正要丢下她逃离此地，一行人说说笑笑从屏风后现身，为首的是两名提灯宫女，照得昏暗的内室通体光明。他暗自叫苦不迭，此刻真是上天无路，入地无门。

父皇挽着东宫太子的手，语气亲昵："太子，你敬献的古镜，真有照妖露原形的法术？"

金曜明哆嗦着想要藏身桌后，被高举灯笼的宫女发现，她上前见到他真容，如见厉鬼，尖叫着扔掉灯笼！

"天哪！吴王怎会在娘娘寝宫？"

空气顿时凝固，皇后赫连雪云、朝露昭仪、中常侍万盛等人如中魔怔附体一般，呆立无语。

菊夫人最先醒悟，她慌里慌张地跑到他身旁，声音高亢："明儿，你定是酒醉眼花误入娘娘寝宫！"

听阿娘为他申辩，金曜明既感动又羞惭，他费力地张张嘴，想着借阿娘的话来替自己开脱罪责，不料，另一位宫女掀开睡榻上的锦被，失声惊叫："哎呀，睡榻上还有光身子的女人！"

金曜明悔恨地双拳捂面，自己这是要堕入无边黑暗的地狱深渊啊。

又是死一般的沉寂，金世祖冷冷发话了："不知廉耻的东西，还不穿好衣裳，出来受罪！"

金曜明松开拳头，东宫太子金曜星诚惶诚恐地躬身后退，一行人随着父皇走出内室。

菊夫人落在最后，她似伺机捕猎的猛虎，冲着跪在睡榻慌乱套裙衫的柔荑椒房一顿拳打脚踢，口里恨恨怒骂："贱货，你是存心要害死我们母子吗？我又不曾亏待你，你为何这般恶毒？"

柔荑椒房哪里敢躲闪？任由她雨点般捶打的报复。黑面大猩猩的中常侍万盛突然跑进来，拖起金曜明手臂，话语急促："吴王、菊夫人，生死攸关，无用抱怨作甚！"

"恳请中常侍大人救我们母子性命！"灵蛇髻乱成团的菊夫人飞蹿到他身旁，苦苦哀求。

恢复镇定的金曜明边扶起阿娘菊夫人，边思索对策，他不是不怕死，但有中常侍万盛这棵大树，这点男女私情的事，定不了死罪。

"阿娘，有中常侍大人在，我们母子不会死。"他搂着阿娘的腰身，俯身看着比他矮大半个头的阿娘。阿娘眼尾满是细密皱纹，他不由感到锥心刺疼，此刻才意识到阿娘是真老了，而自己依然不成器！

中常侍万盛在他背后阴森森地说道："吴王，要有勇气直面死亡的危险！"

金曜明的嘴角抽搐，胆敢与父皇的女人乱搞，他还不够有勇气？他无力地回头，望了眼鼻青脸肿的柔荑椒房，狂热的激情退去后，仅剩下一张空虚无助的漂亮皮囊。

她傻呆呆地跪在睡榻上，还不知死神逼近。他有些难过，但稍纵即逝，自身都是泥菩萨过河哩。

父皇坐在前厅的居中宝座，左侧是太子金曜星、中书博士羊公允、中常侍万盛，右侧是皇后赫连雪云、安昭仪、朝露昭仪。

金曜明跪在地上，心存侥幸地揉着眼窝干号："父皇，儿臣有罪。可儿臣对父皇是拳拳之忠，终不能自列啊！"

"太子，交由你来处置。"父皇看上去焦躁不安，他拿手揉着太阳穴，半眯双目，喷着酒气说道。

"父皇，儿臣不敢。"东宫太子金曜星虚与委蛇地推辞着。

"不妨，朕要看看未来的王者，如何雷厉风行地处理政务。"

金曜明听这父子一唱一和，情知罪过大了，暗暗苦思脱身之计。

兴许是父皇的话太露骨了，堵塞住太子金曜星的所有退路。只见他硬着头皮，清清喉咙，强作威严："吴王与柔荑椒房，因醉酒罔顾人伦私通，按律，两人当贬为庶人，流放边疆。"

"金曜明，你这逆子，可曾听清楚了？"父皇半闭双眸，神色冷漠地厉声质问。

"父王，太子此举分明是以私怨报仇，还望父皇明察秋毫。"金曜明口出狂言，生死当前，活下来比丢掉颜面重要得多。

父皇蓦然睁大双目，逼视他："都捉奸在床了，你还不认账？非要生出私生子？皇后，你来说道说道。"

金曜明倔强地背过头，不予理会。

赫连雪云嫣然媚笑的柔声细语，听者无不为之倾倒。

"陛下，妾身愚钝，不敢妄议朝政，还是请中书博士、中常侍发表高见为好。"

中书博士羊公允沉吟良久，捻起稀疏胡须，慢吞吞道来，却是字字诛心："臣以为太子所言极是，陛下，柔荑椒房淫乱后宫，菊夫人管教无方，也该问责。"

金曜明明知这中书博士与太子是一丘之貉，意图将他们母子驱赶出宫。惶急之下，哭着向父皇哀求：

"父皇，是儿臣酒后乱性，与阿娘无干，望父皇顾惜阿娘年迈，惩罚儿臣就是了。"

父皇竖起苍白的中指压住浮肿的眼窝，并不为他的言辞所打动，冷漠地发问："酒后乱性？把那贱人拖出来问话。"

金曜明心如死灰，他能撒谎，那刚烈的女人会不会？两人破绽百出的对质，不更是摆明他们的私情，甚至有可能会泄露污蔑太子的丑事……金曜明瞬间呼吸急促，喘不过气来，只得暗暗在心底祈求神灵保护，祈求这情痴的秋菊真心爱他，愿意牺牲自己，周全他。

衣衫齐整、黑发垂过腰际的柔荑椒房被两名侍卫押出来，她被揍得面部瘀青，但眉宇间神情自如，还真有点超然物外的人淡如菊的气韵。

"柔荑，不，贱人秋菊拜见陛下，愿陛下新岁龙体安康。"

"哼，尚有自知之明，速速从实招来，你与吴王的奸情何时开始的？"

"陛下，妾身钦慕吴王，便乘了他酒醉，尾随他到寝宫，胁迫他仓促成好事。是妾身执迷不悟，难逃情爱迷网，请陛下赐妾身死罪。"

神色平静的柔荑椒房不哭不闹，从实道来。金曜明初听胆战心惊，中途见她肯全盘认罪，悬吊的心便放回原处，暗暗庆幸脱险。但，他不会感激她，这是她自作自受。

菊夫人悲悲切切地跪身说道："陛下，柔荑椒房本性纯良，是妾身误了她，本以为能博取陛下欢心，世间情爱，由不得人如意，恳请陛下赐她好死。"

金曜明羞惭地垂首不语，耳旁传来万盛的公鸭嗓："陛下，既查明罪不在吴王，望陛下重新审判吴王罪责，但贬为庶人流放边疆，万万不可。臣以为，罚吴王、菊夫人半年俸禄，以示惩戒即可。"

见静观其变的中常侍万盛不再惜字如金，终肯替他出面，金曜明暗自松口气，想着日后定会重谢这阉竖。

"父皇，吴王虽非主犯，但罔顾人伦，形同兽行，若不重罚，何以树威？前有诸多皇子，后宫有诸多夫人，如何堵得住悠悠之口？还望父皇深思。"

太子金曜星从旁谏言。

金曜明不禁怒从天降，他不是傻瓜，太子的真实用意不就是想撵自己离开平城？奈何他现在百口莫辩。

"陛下，太子言之有理，吴王断断不可留在平城，江左吴都富庶之地更不能赐予他。"中书博士羊公允的话，无疑是火上浇油。

"太子莫要健忘，太子在重英殿引诱柔荑椒房，吴王宽厚，顾念兄弟情义，可没逼迫陛下贬太子为庶人流放边疆。"中常侍万盛擅长打蛇七寸，捏住要害。

"别吵了，朕看还是中书博士的谏言公正。吴王，朕派遣你随南宫侯去南越任刺史，过完正月，随同南宫侯离宫出发。"

金曜明强忍愤恨，磕头谢恩。实则心中发怵，谣传那里是瘴气萦绕的蛮夷之地。不是命大的人，走至半途就会被瘴气夺走性命。

"菊夫人，你就随同吴王去南越养老，以后都不用回宫了。"

金世祖的语气是不容置疑的武断，他双目空洞，看也不看一眼菊夫人。金曜明抑制不住内心的失望，真想冲父皇怒吼，不可以这样对待他们母子！他懦弱地捂住嘴，哪敢再惹怒父皇。

歇斯底里的菊夫人抖散灵蛇髻，如同饥饿的下山虎，咆哮出她的心声："不！陛下。妾身死也要死在深宫，妾身哪里也不去！除非陛下与妾身恩断义绝，当场赐死妾身！"

金曜明万万想不到柔弱的阿娘体内能爆发出这般强大的力量，他深切体会到是自己的任性牵连了阿娘，痛哭流涕地跪爬至父皇脚下，磕头哀求："父皇，都是儿臣的过错，儿臣甘愿领罪，随南宫侯到南越，父皇开恩，留下阿娘在重英殿终老。"

陛下如僵硬的石雕，纹丝不动，还是皇后赫连雪云看不下去，说了句公道话："陛下，菊夫人不易，恳请陛下留菊夫人在重英殿终老吧。"

"陛下，恳请准许菊夫人留在重英殿终老。"安昭仪、朝露昭仪依次起身跪下求情。

金世祖睁开眼皮，眼里射出一道狠毒的冷光，直视金曜明："朕恩准就是了。金曜明，你来亲手处死这贱人。魏喜，备好白绫、鸩酒、匕首。"

金曜明刚爬起身，魏喜就端来放有白绫、鸩酒、匕首的朱红托盘。

秋菊跪爬至菊夫人裙裾边，重重磕了三个响头，神情悲切，语调诚挚："夫人，秋菊本是田埂的一枝野菊，生性爱自由。服从就能获益，那是大多数人的选择，原谅秋菊是不受管教的野菊。感念夫人栽培之恩，若有来生，秋菊愿为夫人做牛做马，以赎今日之罪。"

双目泛红的菊夫人将她扶起，探手在她瘀青的面颊上轻抚着，失声痛哭。

秋菊起身，拢了拢散乱的黑发，一步一步走向金曜明，她眼含热泪，露齿轻笑："吴王，动手吧。"气定神闲的模样，不是赴死，倒像是回家。

金曜明望着眼前这位痴傻的女子，有些佩服她无惧生死的勇气，转而想到她勾引自己，贪图情欲之欢酿成的大祸，他硬起心肠，以冷酷无情的官腔问她：

"你来选，白绫、鸩酒、匕首。"

"吴王喜欢什么？"

"本王用惯了刀。"

"那就用刀。"

他快速抓过匕首，凶猛地反手插进秋菊腹部！她啊呀两声，扑倒在他身上，脑袋软软搭着他的肩，气息微弱地耳语道："我，我怀了你的龙种……"

金曜明一愣，原来她知晓自己的野心？！被人识破企图的羞愤，激发他的怒意，他用力拔出匕首，照准秋菊的血窟窿再深插一刀，扑哧，似婴儿的号哭，秋菊双手脱离他，滚翻在地，热血喷他一脸！金曜明惧怕地扔掉匕首，噔噔后退。

"太子，陪朕去看看那面古镜。"

金世祖的话如晴天霹雳，金曜明跌在血泊里，傻傻地盯着沾满秋菊腥血的两手，疑窦丛生——这是否是太子设的局？

【第三十四章】

长亭击剑　太子金曜星

夜色漫漫，承安殿的正堂，炭火熊熊，暖意融融。

火盆上的双耳黑铁罐咕嘟咕嘟冒起热泡，烹茶的奴婢攥紧罐耳，将滚烫的茶汤注入桌面的青瓷茶碗，褐红色的茶汤上密密匝匝的透明浮沫依次破碎，飘散着栗与栀子花的香气。

太子金曜星与中书博士羊公允围坐一起烹茶、吃酒。

"总算是出了口恶气，把金曜明这尊瘟神送出平城。"金曜星乐不可支地欢笑道。

三世古镜不过是一个幌子，他找了会幻术的胡僧施法，将金世祖骗至皇后寝宫，目睹吴王与那贱人苟且——不用这招重拳，不足以击垮金曜明母子。

"这回不过是侥幸险胜。太子，尚不能高枕无忧。就怕他们寻找到裂缝，死灰复燃，卷土重来。"

神色稳重的羊公允把玩着掌心纤巧的青瓷酒盅，小口啜饮，又把口凑至茶碗，抿上一嘴，细细咂摸酒与茶交融的滋味。

借了些醉意，金曜星颇为自负地冷哼道："裂缝？那不可能。胡僧远遁，残留迷情香的香炉也原地销毁。那指路的宫女，被喂食丧失记忆的草药，就连皇后本人也被蒙在鼓里。"

"太子误会了，臣所指的裂缝，并非此事，乃是人无远虑，必有近忧的常态。"

向来爱烹茶、不善饮酒的羊公允放下拇指粗的小酒盅，撸起啡色棉袍的袖笼，夹了块焦黑的熏鱼吃起来。

金曜星捡起盆内的鹿肉脯撕咬，想起金曜明母子撺掇柔荑椒房污蔑他的骗局，就余恨未消。

"在所有的骗术中，最易使人相信的就是眼见为实的骗术。父皇心思深沉啊，本宫还以为他受此羞辱，定会将金曜明贬为庶人流放边陲，他就永无出头之日了呢。"

羊公允拿起桌面的湿巾擦擦手，握紧茶碗一饮而尽，伸展衣袖，缓慢起身，从容踱步至窗前，望向漆黑夜空中升起的一弯月牙。

"对于心怀天下的君王而言，男女私情不过是满桌盛宴的丁点佐料，太子以牙还牙，虽是泄了私愤，杀死柔荑椒房，驱逐吴王，到底还是棋差一筹。若陛下亲眼所见吴王有谋逆篡位的意图与铁证，那吴王必定死路一条！"

两鬓斑白的羊公允慢慢走过来，蹲身火盆前，双颊深陷的他，眉淡、眼小、唇薄，有点阴险、疏离的面相，唯有笔直的高挺鼻梁，透出宁直不弯的浩然正气。

金曜星一时慌了神——中书博士是在怪他不够心狠手辣，未将金曜明斩草除根，留下后患吗？

他叉开双腿架在火盆上烤火，直勾勾地盯着中书博士那对精光熠熠的小眼睛，暗自思忖：那里面隐藏了诸多不为人知的秘密。

"中书博士的意思是？"

"臣是替那勇气可嘉的柔荑椒房惋惜，她不怕死，这种勇气，多少男儿都不如，可惜所托非人了。"中书博士羊公允神色怪异。

他话锋一转，言语间有种看穿未知的忧惧与悲观："太子，踏上皇位的征程甚为漫长，且充满不可掌控的变数与凶险。"

"漫长？中书博士的漫长是以何数字为年限？三五年？七八年？十年？"金曜星感到呼吸不畅，他不是有耐心的人，更不可能理会有勇气的柔荑椒房，她的勇气与自己无关，再者她是吴王的女人，两人还合谋陷害自己，可怜之人必有可恨之处。

胯下火焰烘得他火烧火燎地难受，他起身走至冷飕飕的窗前寻思：三五年，他能等，七八年？他暗暗摇头。

金曜星怅然无趣地在中书博士羊公允身旁走来走去，忽而抱头思索，忽而如笼中困兽焦躁不安，甩手推倒杯中残酒、碗内茶汤。

"若是太过漫长，恐会消耗本宫的意志。中书博士，本宫意欲孤注一掷……"

伺候煮茶的奴婢茶虫不见人影，羊公允一手提铁罐，一手端茶碗，将罐内的剩汤茶渣，悉数倒在碗内，不紧不慢地吹着热气，语速不徐不疾地警告他：

"太子殿下，穷途末路，最易孤注一掷，勿要心存妄念。陛下龙威犹在，不可觊觎。臣奉告太子九字真言：'等待，等待，再伺机行动'。在等待中铲除潜在的路障。"

金曜星收住脚步，思量他话中潜在的路障所指何人，是吴王金曜明，还是西平王、楚阳王、临怀王三位皇子？他们个个能文善武，又都是父皇的血脉，似乎都可能是潜在的危险，总不能血洗父皇的骨肉，斩尽杀绝吧？！

金曜星想想就不寒而栗，忙赔着笑脸，揣摩道："中书博士是要本宫大开杀戒，血洗诸皇子？"他希望听到中书博士羊公允斩钉截铁的强烈否认。

"太子殿下能拿主意。"中书博士羊公允从来都不是顺从他意志的谋臣，他把空茶碗归拢到铁罐前，摆放齐整，头也不抬，语调是轻风细雨的平静："时辰不早了，老臣该告辞了。"

金曜星好生失落，本有心讨教安国宁家之术，怎会半道戛然而止？暗自思索莫非是中书博士故意不说透，借此来磨砺自己，让自己学会些担当重任的本领？他方转忧为安，爽口答应，并令贴身守卫裘青山亲自送中书博士羊公允回府。

裘青山揭开幕帘，金曜星刚探头出来，一股旋风兜头打来，想来是料峭春寒意不减，他抱臂在胸，站在廊下送别中书博士。

月牙隐没云层，院内景致，模糊能见个大致轮廓，裘青山猫身进殿，取了盏宫灯照路。

金曜星唤来专干笨活的奴婢茶虫，重新烫热酒，熬沸茶，独坐承安殿的火盆旁自斟自饮自寻思：这些王子中，驻守南疆城的西平王与自己最交心，楚阳王、临怀王次之，他们一个是病歪歪的药罐子，不用当回事，一个是胸无大志的纨绔子弟；首要高危的潜在路障还是被贬到南越当刺史的金曜明——他必然怀恨在心，会伺机实施报复。

"太子殿下，南宫侯来访。"正喝着闷酒，秦道生掀帘进来，身后闪出壮实、黑胖的南宫侯。

金曜星大喜，真是想曹操曹操到。"快请进来，续酒添肉！"他高声传唤奴婢，对这位淳朴、诙谐且慷慨大方的矮胖子外戚甚有好感。太子妃吕金瓶产下皇子，胖舅舅不辞辛劳从水路换陆地，不惧万里之遥，送来满车厚礼，就连宫内的奴婢们也都受其惠泽，夸耀小皇子是来替阿爷、阿娘报恩的招财童子。

"太子殿下，怎能自己吃独酒呢？走，走，随本侯出宫击剑消遣去。"身穿桃红团花锦袍的南宫侯像蹴鞠滚进来，他张开挽起衣袖的双臂，露出黑毛浓密的胖胳膊，肉嘟嘟的胖手掌伸过来要牵他出门去。

金曜星正为吴王后患难除烦恼不堪，不想南宫侯撞上来。他大喜过望，将南宫侯拖住坐下，举起酒樽嗔怪道："如此猴急做甚？明日寻几位勇士与你来场马背击剑，不更过瘾些？来，陪本宫吃几盏酒。"

南宫侯耷拉着生无可恋的愁容，坐在他对面，早有茶虫重新摆上碗筷、蓬莱盏、海川螺、斗笠大海碗、鎏金银杯、金蕉叶等各色酒器。

他一眼相中斗笠大海碗，茶虫忙捧着酒樽替他筛上酒，南宫侯闷头喝掉海碗内的醇酒，哭丧着黑胖脸诉苦："太子殿下，本侯过两日就得回南越。此番进宫不吉，本侯颜面大损，以后也不打算进宫了，这华丽的宫廷太没人情味了。"

金曜星亲见南宫侯被公主当众拒婚的场面，见他认怂的可笑模样，不禁笑着揶揄他：

"谁要你自不量力要攀那女霸王？你是南越的南宫侯，会缺美貌的女子？"

南宫侯的黑亮双眸定定地望着他，跳跃着无限向往的狡黠光芒："太子殿下，广散钱财就能迎娶的女子，任凭她美若天仙，又有何稀罕？本侯不过想看看皇室公主到底与民间的庸脂俗粉有何不同罢了。陛下宠臣中常侍大人出面都不行，到底是时运不济，时运不济。"他抡起胖手，痛心疾首地捶胸顿足。

金曜星见他左右离不开花荫公主，心下有些不耐烦了，虎着脸说："什么时运不好？是无缘！你府上的南越娇娃不嫌多，还打起刁蛮公主的主意。你不知连父皇对她都要礼让三分？她自小就任性惯了，不是本宫吓唬你，你莫去沾染公主，以免自身性命难保。"

南宫侯被他认真的表情吓坏了，咚地放下大海碗，拱手作揖求道："啊？太子殿下，你是最知公主底细的人，不会公主是天生克夫命吧？那倒也好，让那憨头憨脑的傻小子去占这便宜。"

瞅着南宫侯胆小如鼠的自私丑态，金曜星冷笑不已，就凭这窝囊的熊样，以为仗着太子妃的外戚身份，就真当自己是皇室贵胄要与他们平起平坐？这天底下自不量力的蠢人真不少。

他放下冷却的茶汤，拿手指蘸着茶水，在桌面胡乱写写画画："南宫侯，敦煌郡公死状悲惨。"

"本侯就是替公主不平呢，敦煌郡公放着陛下赏赐的富贵生涯不过，偏要去复甚国，不是自找死路?！执政时不守护国土，国家灭亡了，才嚷嚷要复仇兴国，本身就很滑稽！不过，听闻敦煌郡公有雌雄双刀，可惜了，可惜了。名刀与公主都错付于人了。"

金曜星着实丧失与他周旋的耐性了："本宫听那太卜令私下说花荫公主八字太硬克夫的缘故——谁找公主，谁就死得快！你还想找公主？"

南宫侯面色大变，连连摆手："哎哟，借本侯十个胆也不要了！本侯还是和英雄好汉们击荡风云，剑舞长空来得有趣。"

"吴王金曜明也爱飞剑摘花。南宫侯几时动身？本宫赠你宝剑、勇士，与你在长亭击剑送别？"

金曜星见他念念不忘击剑之乐，脑中灵光乍现，有了主意，慢慢诱他上钩。

"哈，他那三脚猫功夫不提也罢，中常侍大人还嘱咐本侯在南越关照吴王。殿下，你说话可算数？当真赠本侯宝剑、勇士？"南宫侯抬起脸，露出朝天大鼻孔内的黑毛，黑亮双眼紧盯他不放。

"君子之诺，驷马难追。"他伸出手，两人击掌为盟。

正月里的天气，仍然冷得紧，小北风吹得脸如被荆棘钩刺，生硬僵痛。

金曜星早早披上御寒的貂毛连帽斗篷，戴上老虎面具，裘青山、秦道生也全副武装，各自戴上狼、狮子的动物面具，三人均背负宝剑，骑马疾驰。

古道长亭，一排排老柳在结冰的河岸枯立无语，落叶不剩的垂枝硬邦邦地冻在风中。

金曜星抬眼看向纤尘不染的碧蓝天空，竟有些许的紧张与兴奋，不时以中书博士羊公允对吴王轻狂无礼、天生败相的断言来激发自己，增强必胜信念。

按照约定，两人对决的击剑赌博，黄金百两是胜者的奖励，重赏之下必有勇夫，秦道生、裘青山也主动请缨。

河里的冰面发出轻微爆裂声，金曜星抬眼见到四团黑影骑马压地飞来，不多会儿，马上四人一起跳下。

四人均蒙了黑色面罩，身披黑丝绒披风，为首的矮胖子是南宫侯无疑了，他老远见到金曜星，就要扯下面罩打招呼，被金曜星伸手拦住："你就不怕陛下追查聚众赌博的罪责？"

为保击剑赌博的安全性，参赛的剑手都不能说破对方身份，这也是金曜星突发奇想的权宜之策，就为能秘密处死金曜明这个心腹后患。

"太子殿下，百两黄金，就连吴王也心动，要来赌把试试手气。"

"他不怕输？"

"他心大，说反正都遭贬，碰碰运气，赢了就拿这百金好吃好喝地去南越。"不明就里的南宫侯挤眉弄眼大笑道，好似他胜券在握。

金曜星听得有些气馁，哀兵必胜，搞不好这小子真会赢。箭在弦上，不得不发。他朝戴雄狮面具的秦道生点点头，三人中，就数他的剑术最高，能制服吴王金曜明使的那把削铁如泥的云纹长剑。

秦道生用的是黑漆三尺剑，虽非价值连城的名器，也是世上罕有。

金曜星、南宫侯只做旁观者，高手过招，三两下见分晓。秦道生的黑漆三尺剑接连刺败两位勇士，轮到最后使云纹长剑的吴王金曜明上场时，金曜星胸口莫名疼痛起来。他强忍剧痛，倚靠马背，暗自祈祷疼痛快点过去。

"他赢了！云纹长剑的主人赢了！"南宫侯跳脚欢呼，金曜星的痛感更甚，他慌忙转头向裘青山下令，这是他密谋至关紧要的一步。

裘青山会意，他飞上马背，径直朝吴王金曜明冲撞过去，右臂的袖笼射出支喂有毒药的冷箭，稳稳射中吴王的心脏部位后向前窜逃远去。

中箭的黑衣人哎呀惨叫着翻滚在地，欣喜若狂的金曜星正欲揭开面具，另一位败下阵来的勇士抢先掀翻面罩，原来他才是金曜明！

"哈哈哈，本王就知道这筹码太高会有蹊跷，南宫侯，这百两黄金就算我们的盘缠了。"

发现上当的金曜星又惊又气，他怎么忘记了金曜明本就是天生的赌徒，要诈是他的惯用伎俩。慌得蹬腿上马，与秦道生并驾齐驱，挥鞭逃离。

【第三十五章】

尚药局　　常鹤兰

常鹤兰进宫了。

她同二十位女俘,跟随一位面色枯槁的老宦官,走在寂寂无人、两旁高广的朱红宫墙封闭的后宫甬道上。

女俘们个个敛声屏气,在通向无数道宫门的青砖路面,肃恭严整地走向她们未知的前路。

繁密的古柏粗桠掠出一截宫墙,浓荫蔽地,时有鹿鸣夹杂狗吠鸡跳的热闹欢腾,夹在队伍中的常鹤兰在裙裾移动中四处逡巡,好奇这魏国的国君、嫔妃们的宫内也会像乡野农户养狗喂鸡吗?

领路的宦官手指宫墙夸耀道:"算你们这批女俘走运,这条甬道是通往陛下与夫人们赏花、观景的华林园,华林园是后宫四季景致最美、祥瑞动物聚集的风水宝地。"

众女俘发出未经世面的惊叹,常鹤兰忙加快脚步赶路。这华林园甚为广阔,一眼望不到尽头的朱红宫墙,翩然飞停数只如深山隐士的白鹤,在墙头漫步。

经过一座宫门敞开的崭新殿宇,露出几位白头老妪在浆洗镀金粪桶、便壶的佝偻背影。常鹤兰不由得心生悲凉,想来宫门一入深似海,她熬成白头宫女时,大概也就与这些清扫便桶的女奴为伍了。

来到座飘散着葱姜蒜的浓烈气味,门楣上书写"膳食局"三字的红门院前时,领头的宦官尖声尖气地命令她们停住。

这位管事的宦官,看着一团和气,但说出嘴的话却尖酸刻薄,他的双眼像夜色里明晃晃的灯笼，全场扫视一遭，以买卖牲口的语气，对她们指指点点。

"你、你，那个一脸麻子的，还有那瘦子、那眉眼没长开的、那个胖墩，你这小眯眼，统统跟我来，在'膳食局'干杂活。这可是多少奴婢们求爹爹告奶奶的好差事。"

他喊走过半的人，剩下的女俘，有那惴惴不安者、担惊受怕者，更有艳羡能去膳食局的人，唯常鹤兰不慌不忙——她从来都是逆来顺受，坦然处之。

"走！"宦官大摇大摆地跨出膳食局的高门槛，两臂甩开袖袍，仍旧在前头带路。

三通转弯抹角，甬道变得狭窄幽深，她们静声不语地穿梭其中，只听嗒嗒的脚步声，偶尔一两声的蝉鸣，回荡在空无一人的甬道。

"大人，这是要带我们去哪里呢？"胆小怕死的女奴，壮胆问道。

"啰唆甚？不知这是深宫宅院，不可高声喧哗？跟本大人走就是了。"一团和气的宦官发威了，众人都吓得不敢再吱声，唯唯诺诺地紧随其后。

常鹤兰细听这宦官暴怒的口音，是有些她故国的尾音，此种乡音，融进血脉骨肉，如同积习难改，但凡在那片土壤生活过的人，就能彼此认出。

"大人，听口音是龙城人吗？"她挤到队伍前，热切地用乡音向他套近乎。

"唉，故国已亡，还提甚乡音？宫中有位夫人，就是亡国公主。来到平城宫廷，就安守本分，当好平城奴婢。"宦官面色缓和，上下打量着常鹤兰，那神情，仿佛是在鉴别她的真伪。

"大人，故国虽亡，乡情不灭，还望大人能眷顾龙城乡情。"常鹤兰克制着内心的惊喜，仍旧用热忱的乡音，竭力打动他。

"你可识字？可会女红？可吃得苦？"面对他一连串的发问，常鹤兰喜得拼命点头，激动得说不出话来，双手也不知放在哪里好。

"中药里有一味药材名厚朴，本大人看你就是一株拙中藏慧的厚朴。发配你到尚药局当太医令、太医丞的手下！日后富贵贫贱，全看你个人的造化了。"

"师傅领进门，修行在个人。常鹤兰谢大人不弃，请大人留下尊姓大名，日后容鹤兰报答成全之恩。"

两人正热络攀谈之际，后面的女俘们眼热了，呼啦围拢上前，叫嚷着向宦官讨要去处。

"住嘴，你们瞎嚷嚷什么？机会是留给有准备的人，本大人要帮也是那些值得相帮之人！"

暗自窃喜的常鹤兰识相地落在队伍末，她不想成为众矢之的，让未到手的幸运擦肩而过。

那些女俘们被宦官发配进洗衣局、掌灯局，独留下她，立在尚药局后院一株来自西域的酒杯藤下，静候分配。

这黑油油的藤大如臂，叶似葛，花、实如梧桐，实大如指，味如豆蔻，香美消酒——这些都是在旁切草药的药童断断续续告诉她的。

宦官抢先进到一扇蓝地白花门帘挡住的内室——在路上，他已说明尚药局不收女俘，要身强力壮的男俘，他得先去通融通融。

常鹤兰等得忐忑不安，索性沿着藤树下用石板围砌的池塘走来走去，有几只白鹅摇摇摆摆地在浅水池内悠闲划水。

"怎么还养天鹅？不会是要拿这天鹅做药引子？"她走近正用铡刀铡成捆干枯艾草的药童，帮他用脚踩着翘起来的艾草根。

"呵呵呵，你是看花了眼，那不是天鹅，就是家鹅，是太医令要养，说鹅能盗警，还能辟蛇，鹅粪可杀死蛇呢。"

"哇?!"常鹤兰为孤陋寡闻的无知暗觉羞惭，目力所及皆为新鲜。院内有处水井，井盖旁生了两株枝叶交结的树，像是永不分离的夫妇，大自然的力量太过神奇了。

"那是雌雄梨树，春天里，开得整座后院华光灿烂，可美啦。"药童笑嘻嘻地怀抱大捆艾草，向她解释道。

常鹤兰听得神色恍惚，想起她在龙城的家，后院的古槐树，会不会早被战火烧焦了？环顾四周，莫名生出亲近感，就如曾经某一世在这里生活过。原以为后宫都是阴沉可怕、了无生机的囚笼，但眼见这院内鲜活的鹅、梨树、酒杯藤，墙下盆盆翠色染人的菖蒲，重新激活她潜藏体内的生机与爱意。

她沿着池塘走了三圈，眼见同乡宦官还未现身，常鹤兰虽沉得住气，但还是未免有些焦躁起来，凡事就怕生变。

"小师傅，大人怎么去了如此久？"

"嗨，大抵在陪太医丞喝酒。阿姐不妨先坐这廊下吃盏热茶。"药童搬来小竹凳，递过半陶碗黑乎乎的茶汤，累得腿脚软麻的常鹤兰连连致谢，坐在竹凳上，手捧陶碗，垂首吃茶。

"阿姐稍坐，快至未时了，我得出去偷偷懒，顺道吃两口酒去。"药童说完，从后门一溜烟跑出去了。

静寂无声的后院，剩下常鹤兰一人，茶汤入喉，辛辣且苦，唇齿间药香萦绕，半碗茶汤刚落肚，只听门帘响动，有男子笑说："不能怠慢安大人的故乡小友。"常鹤兰慌忙拿衣袖擦擦嘴角，放正陶碗，起身垂首恭立。

"这阿姐看着忒眼熟，安大人，你没看出来吗？"这男子调笑的话音有着更为明显的龙城口音。常鹤兰局促不安地微微抬起脸，眼帘下露出截靛蓝长袍，移动着向她靠近。

"皇甫大人不光手巧还眼毒，本大人还真没看出来，日后就要皇甫大人多关照，送佛上西天啰。"

常鹤兰闻言暗喜，忙俯身跪地，向两位大人磕头谢恩。

"起身，快起身，这位太医丞皇甫灵，是名动天下的针灸神手，也算本大人的老交情。他酷爱饮酒，你要记得伺候他醒酒，你若能伺候好他，便能在这后宫内活得舒舒坦坦，也可尽情作威作福了。"叫安大人的宦官此刻红着双颊，边说边笑，和蔼可亲得很。

常鹤兰喜之不尽，忙抬头以大人称之，对他赔笑行礼。身穿靛蓝棉布袍的太医丞皇甫灵生得相貌魁伟，看上去也就三十出头，他亲热地拍打安大人的肩。

"无须客套，安大人曾有恩于我，再加同乡情谊这一层，安插个把人来尚药局打杂，也不违规逾矩。只盼安大人常来饮酒！"

宦官抓过皇甫灵的手，神色间有些眷恋不舍："明晨，我就得出宫寻个安葬地，日后，怕也难见上面了。"

常鹤兰又惊又慌，刚认识个同乡贵人，立马就要失去？忙惶急追问："安大人年富力壮，怎么说这般伤心话？"

"莫非是殷殷要嫁人？你可是说要终老宫中的。"皇甫灵也大惑不解。

宦官安大人面上笑意全无，他左右张望，方凑拢皇甫灵，低声说："是啊，小女殷殷当值中宫朝会后就变傻了，神情恍惚，丢三落四，迟早要被撵出宫。我是想守着她离宫，在平城先医治她这怪毛病，再找人婚配，一家子苟且余生，就不再进宫了。"

安大人说完话，池中白鹅呱呱叫着相互追逐起来。

常鹤兰听得心惊肉跳，听安大人话里意思，他自知女儿殷殷猝然大变是有讳莫如深的隐情。身为阿爷，同在宫内，照旧束手无策，真是人间悲剧。

看安大人焦急的面容，想起生死未卜的阿爷，她忍着泪，默然走近堆满艾草的廊檐，从铡刀旁搬来竹凳，请安大人坐着。

"殷殷也是和你这般高，这般细心、孝顺。"安大人笑了，虽然还是一团和气，但常鹤兰感受到那是笑意隐藏的酸涩苦楚。

皇甫灵沉吟不语，倒叉双手在背，走到墙下盆盆绿意欣然的菖蒲前，静静思索片刻，转头边走边说："安大人，我进去调服药，兴许能治殷殷的病。"说完，他钻身进到内室。

日影斜长，已至未时。

"这宫内有位安昭仪，是我们燕国的公主，你先在尚药局站稳脚跟，伺机攀上她这高枝，就能脱离女俘的低贱身份。宫里的女儿，就得像那缠枝藤萝，依附高墙，接受阳光、雨露的滋养，才能体体面面活下去，不能学我那活泼可爱的殷殷，成为任人宰割的羔羊，变成傻子，令我这当阿爷的痛心！"

面对宦官安大人如慈父般的叮嘱，常鹤兰哭得泣不成声。在她成长的路途中，严苛的阿爷对她不是责备就是抱怨，从未对她有过暖心的循循善诱。她感受到的温暖，却是来自陌生的同乡长辈，一位身份卑微的宦官。

皇甫灵掀开门帘，手中捧了鼓囊囊的黑缎包裹，塞到宦官安大人手中，窃窃私语："这服药连了药方、一封书信、一包金叶子都在里头，权当殷殷的嫁礼。宫内凶险，平城也不安生，出宫后，你和殷殷改名换姓，朝东南方信中所指的地名走，去投靠开药庄园的故友，足可安身立命。"

"天下虽大，故国难回，所幸有同乡人眷顾。多谢大人美意，这女子就拜托大人照拂了。"安大人将包裹夹在腋下，疾步转身离去，正巧与推门进来的药童相撞。

满面醉红的药童嘻嘻笑着拱手作揖："罪过罪过！安大人。"

皇甫灵跳脚过去，揪住他耳朵，笑骂道："你这偷奸耍滑的懒虫又去哪里吃酒了，醉得手脚酸软，如何抄写药方？"

药童偏着脑袋，哀叫不已："哎哟，大人，不是来了个现成的红袖添香？饶了提笔忘字的奴婢，奴婢情愿下力气去铡草捣药。"

"你个狗屁不通的奴婢，还懂什么红袖添香？这是来学手艺傍身的阿姐。"皇甫灵把药童揪到门帘前放脱手，瞥了瞥手足无措的常鹤兰，向她招招手，扭身打起门帘，朝里边走边问道："对了，阿姐，姓甚名谁？婚育否？"

常鹤兰忙紧跟进去，内室充盈着呛鼻的药气草香，整面墙全是红漆铜环的抽屉药柜，每张抽屉用白色字体写上药名："当归、蛇床子、黄连、厚朴、连翘。"常鹤兰仰着头，如看天书，白花花的大字，勉强认得几个。

"阿姐坐。"耳听金钵响，她惊了下，见坐在药柜后的太医丞皇甫灵宽厚地笑了笑，手执纯金捣药杵在那捣药粉。

她方醒悟自己失态，含羞坐在方桌对面的高背椅上，定定心神，将她的遭遇略略拣那重要的说来。

听完常鹤兰坎坷的身世，皇甫灵唤过药童，拿副碗筷，端来碗热面汤、半只嫩鸡，摆在她桌面。

"阿姐不易，先填饱肚，待到黄昏，药童领你到掖庭，安顿好住处，以后就当这尚药局为家。本大人要去给宫内的夫人们诊脉去了。"

"鹤兰谢大人收留之恩。"常鹤兰欢天喜地，欠身送行。想着总算能有个落脚点了，那憨厚的武僧觉不知流落在哪里，盼着他也能遇贵人相帮，一时间又是欢欣又是悲伤。

自此，常鹤兰每日早早来到尚药局浇花灌草、切草药捣药粉、誊写药方，忙得团团转，一日下来，也不觉累。

如此过了月余，常鹤兰在给那几只白鹅抛撒谷糠时，见那绿汪汪的池水，突感一阵恶心涌上喉，她忙撒了谷糠，俯身在石池前干呕不止，碰巧太医丞皇甫灵提着药箱回来，从旁经过时，扫了她一眼，随嘴问她："俘虏营可是有男俘虏？"

"没有，有看管俘虏的男兵将士。"常鹤兰擦拭嘴角流淌的酸口水，不知他问这话的用意，以为自己不过是感冒着凉了。

"进来，诊脉瞧瞧。"

常鹤兰略有迟疑，但还是坐在他往常给宫里人诊治的高椅上，撸起袖笼，伸出消瘦的手腕。

"阿姐，喜脉啊。"皇甫灵挪开手，似哭非笑。

"啊?!"常鹤兰顿时臊得无处可逃，她将头垂至胸前——该死的武僧觉，你在哪里？

皇甫灵从药柜里找出颗青橄榄、一枚青杏，摆在她手旁，常鹤兰见到这俩青色小玩意，口腔溢出酸水。她咬紧下唇，虽觉丢人现眼，但内心着实也生出异样的喜悦——天可怜见，她和季康生的儿子失踪了，上天又给她送来一个，无论如何，不管付出多大的代价，都要生下来。

"阿姐，你在尚药局，保胎还是不保，不过是一剂药的事。"

"大人，若在宫内产下孩子，算不算有违宫廷法制？"

"阿姐想生下来？孩子阿爷……军营的将士都是有今日没明日的人，怕是不会认，阿姐不就苦了一辈子？"

常鹤兰明白他是误解自己是被众多士兵糟践怀孕，所以委婉劝她放弃这孩子。她不能告诉他，这孩子的阿爷是武僧觉，他在南疆城受领封赏去了。这是个值得托付终身的男子汉。她要生下来，等待他体体面面地接走她们。

坐在这高椅上，能完整见到水井旁的鸳鸯梨树，常鹤兰深情地凝视着那两株交缠的古老梨树，寻思道："待到来年春分华光灿烂，武僧觉就该来接走她了。"

一想到满树花开的盛景，常鹤兰的心如浸在蜜汁里，她神态庄重，极为认真地对皇甫灵说："大人，鹤兰要保胎。"

【第三十六章】

《通天经》　太子妃吕金瓶

正月的倒春寒不容小觑。太子妃吕金瓶居住的含章殿内，燃烧整个冬季的火盆日夜不熄。

紫红如意纹锦褥包裹的小皇子，躺在她怀里。他的眉眼颇似太子，鼻子嘴巴像自己，吕金瓶爱怜地摸摸他嫩滑如凝脂的小脸蛋，整颗心都融化了。

一道臃肿的身影扑落前来，这是南宫侯从南越带来精通膳食的昆仑婆。体态丰腴的昆仑婆把卷发梳了十字髻，中间插戴大红绢花，配着她松垮的绿棉薄袍，吕金瓶看她这装束，倒是有一团热闹的喜庆。

通身肌肤如黑漆的昆仑婆拖着不利索的卷舌音："太子妃，该食无盐猪蹄汤了。"这是依照太医令慕容白开的催奶食方烹制的。

吕金瓶轻手轻脚地放稳小皇子，伸展酸麻的腰背，两位奴婢端来方几横放榻上，清炖的无盐猪蹄汤，皮肉软糯滑口，吕金瓶三两下扒拉完整只猪蹄，问她可还能做出新口味。

昆仑婆张开血盆大口，露出满口齐整白牙，黝黑肥胖的面庞滴着渗油的汗珠，她是不惯殿内火盆烘烤的热。

"太子妃，奴婢试试。"她闪动炯炯有神的双眼，做出努力的表情点点头。

揉揉鼓胀的乳房，吕金瓶仰靠在摞成小山状的被褥上，想要眯眼躺会儿，背上又发痒了，拿手挠，又够不着。

"玲珑。"她习惯性地喊着心腹侍女的芳名。

"太子妃，娘娘送来犀如意的扒痒呢。"吕金瓶抬起头，侍女玲珑捧着素白锦缎长袋，一脸喜色地站在睡榻前。

这皇后娘娘竟成她知音了？自产下皇子，没敢沾水洗澡，背上皮肤干痒，用手抓挠，又担心划破皮肤，正思量要抓扒，不想真就送来个如意。

她背过身，冲着玲珑下令："来，给本宫挠挠痒。"

冰冷的犀如意从领襟插入滑落到她后背，玲珑顺着她的指令上下左右抓扒，吕金瓶一边闭目享受难以名状的惬意，一边埋怨道：

"这犀如意是比你的狗爪舒服多了，怪哉，娘娘怎会知晓？是你这嘴上没把门的贱货说漏嘴，还是那对长舌妇过来偷听了？"

"太子妃何必疑神疑鬼？不就是赶巧了，兴许是可怜南宫侯在娘娘的承华宫出尽洋相，娘娘过意不去，赐了这宝物表表歉意呢。"

玲珑的话也不是没有可能。她放宽了心，丢开这芝麻绿豆小事，思虑起乳母即将要取代她的棘手大事。

按照祖制，小皇子满三月，就得与亲生阿娘分开，就为防止母子情深，让外戚趁机染指朝廷政务，酿成宫廷祸乱。

不，三个月太短了，不，不行。她得从祖制里找出漏洞，找到令陛下不能拒绝的理由，尽可能延长她抚育皇子的时间。

"太子妃，东方椒房、尉迟椒房均有喜了。"玲珑一手撑住她的背，一面加快抓扒的力度，轻轻说道。

"再揉揉脖颈。"

吕金瓶把玲珑捎来的消息，当作耳边风吹散了。这些个只顾自己的势利小人，见她产下皇子，抵挡子贵母死的祖制灾祸，便松口气，接二连三地怀孕。太子也是，死了个慕容朗，送走位朝露夫人，就马不停蹄地宠幸后宫这几位椒房。有就有，多生几个也无妨，她无所畏惧。椒房们的孩子始终是庶出，自己的嫡出小皇子，方是皇位不二人选。

"宫内可有何动静？"吕金瓶想起决策大权掌控在万寿宫的陛下手中，闲闲问道。

"听万寿宫的值班宫女说，昨夜天象奇特，一大早，太卜令黄济城就急慌慌地上朝要向陛下禀报。"

"占卜结果是什么？"小皇子咿咿呀呀叫起来，是要喂奶了。吕金瓶弯腰把小皇子抱在怀，懒懒问她。

玲珑解开金钩，放下纱幔："宫女哪说得清？待太子下朝，奴婢再跑去打探打探。"

太子忙着对三位椒房雨露均沾，也就冷落了含章殿的女主，吕金瓶想来到底是意难平。她摊开双腿，露出腹部松软的赘肉，不免生出些愤愤然的自卑。

"你多跑两趟，先请太子，再以太子名义，邀请太卜令黄济城到含章殿享用昆仑婆烹制的南越风味的晚膳。"

玲珑领命离去，怀中的小皇子吃相凶猛，他一头抬起肉肉的小脚，一头晃动小脑袋呱唧呱唧咂奶不停，吕金瓶简直是爱他到不忍丢手。

吃饱奶水的小皇子，葡萄黑眼半张半启，是要睡了。当婴孩真好，吃饱就睡，无忧无虑。吕金瓶撩开纱幔，两位奴婢忙俯身过来，抱走小皇子，轻轻放在睡榻旁的小木床上。

吕金瓶一时倦怠，欲睡中觉，便钻进锦被合拢眼，恍惚睡去。她抱着小皇子，悠悠荡荡，进到绿意盎然的草原，明媚的太阳高空挂，洁白的羊群在天际飘浮如云朵，有匹黄马卧在草地上歇息，一位牧马人跪在马背前唱呼麦。

四野寂然，牧马人高如登苍穹之巅、低如下瀚海之地底的呼麦乐声，如闪电撞击她全身神经，泪水夺眶而出，双腿不听使唤地跪在草地。她茫然无知，所跪为何？是在向天地的神灵跪拜，还是内心尊崇的灵魂？

一曲呼麦终了，那汉子高呼："我问太阳，我的儿子在哪里？历经人间疾苦的太阳闪着冷光哭泣——你的儿子成了太阳神的儿子；我祈求天上诸神，我该去何处寻觅我的儿子……"

原是个失去儿子的疯子！吕金瓶悚然惊醒，抱紧小皇子仓皇躲避，一位秀发编结成麻花辫的蒙面女人冷冷地立在她面前，夺走她的小皇子，反身疯狂奔跑！

吕金瓶慌忙去追赶她，天空飘散着透明绒球的蒲公英花，一朵挨一朵，模糊了她的双眼，她什么也见不到，只有成千上万朵晃晃悠悠的蒲公英的花絮飞来。

"啊，我的小皇子啊！"她双手在空中乱抓，哭喊着醒来，前心后背均湿透了。吕金瓶赶忙赤足跑下睡榻，见到小皇子睡得安然，这才以手扶面，吩咐奴婢烧热香汤，沐浴更衣。

坐在温热漂浮熏香的木桶内，热气蒸腾得她大汗淋漓，天象、梦境，满脑子都是天象和梦境。陛下最为信奉天象。这个梦太过怪异，是不是也和天象有关？

更衣后，坐在梳妆台的铜镜前，热水香汤刺激得她气色桃红，心里正委决不下是梳凌虚髻还是飞天髻时，镜内显现玲珑缓缓走近的身影。

"太子妃，太子、太卜令都会准时赴宴。"玲珑嘴上说着话，一边去铜盆内先净手，再端了掠鬓用的郁金油、敷面用的龙消粉，放在梳妆桌前。

"太子妃，梳凌虚髻，插银雀步摇，再换上南宫侯送来的高丽白锦裁剪的春服，太子必定喜欢。"

吕金瓶瞅瞅身穿的红紫锦绣袄，是艳丽了些，蓦然记起太子爱素色："那就依你所言。本宫那憨直的长兄啊，定是受了谁的挑唆，他不知帝戚强盛的苦楚，看看满朝文武百官，谁不躲着花荫公主，偏生他还去自讨无趣。"

她与南宫侯相依为命，一人得道鸡犬升天，她的家族没落，就剩这血亲骨肉。长兄在中宫朝会求亲公主的丑闻，后宫传遍了，真真羞煞人也。

"多半是吴王身边那些热衷呼卢喝雉的奴婢们怂恿，报应来得也快，吴王贬到南越当刺史，可惜那柔蒉椒房了，被吴王亲手刺死。哎哟，女人不能痴情，痴情总被无情伤。"玲珑口上絮絮叨叨，扭着胖胖的腰身，双手灵巧翻飞，凌虚髻就梳成了。

"别胡诌，什么报应不报应？提防被有心人听去，定你个朋党之谤，罪责就大了。"吕金瓶警告她。长兄南宫侯平素是爱玩呼卢喝雉的赌博，玲珑猜测的可能性极大。中宫朝会，先是南宫侯被花荫公主奚落，接着是吴王醉酒与柔蒉淫乱后宫，原本的欢宴成了惩处奸情的刑场。

"若吴王是犯傻，柔蒉椒房就是狐狸精，这两人情知陛下在场，还冒死交欢，不就是活腻了？"玲珑为凌虚髻抹上发油，吕金瓶注视着铜镜里的佳人，乌油油的凌虚髻，为她的美貌添色不少。

"这你就不懂了，风流茶说合，酒是色媒人。"她套上金钏、蓝宝石指环。

"酒后乱性，估计以后吴王会谈酒色变。"

主仆两人闲谈间，吕金瓶从镜内见到满头大汗的昆仑婆一手提酒坛，一手拎多层食盒，独自忙碌着晚宴，不由感念长兄的关怀之情——他送的这位南越的昆仑婆，能抵五位奴婢呢。

梳妆罢，她换上高丽锦的春服，在镜中左顾右盼，长及地的裙裾如层层涟漪的水纹，青杏色腰封包勒出她的丰乳肥臀，毋庸置疑，这是一位雍容华贵的女王。

朝来临镜台，妆罢暂徘徊。吕金瓶冲着铜镜里的女王傲然地眨巴双眼，内心是从未有过的踏实与安稳，她执着地认为这是小皇子带给她的独特愉悦的感受——身为母亲的幸福，大抵如此。

昆仑婆没令她失望，南越风味的丰盛佳肴，赢得口味挑剔的太子的称赞，那太卜令黄济城自然也是如应声虫般妙语连珠地叠声附和。

酒是产自南越的"金桂春"，甜香绵长，口感醇正。半坛酒后，吕金瓶见太子喝得爽快，趁机提出向太卜令黄济城请教天象事宜。

太卜令黄济城喝到兴头上，他哧溜喝完杯中桂酒，双手撕扯着蜜汤炙烤的酥香鸡腿，皱眉摇头："太子妃，不妙，昨夜天象'月犯南斗'，占出南方大臣、贵人忧。"

"南方是指？究竟是什么意思呢？"吕金瓶迅速想到长兄南宫侯在南越，也算是南方地界，不由得心慌。

"漠南、南疆城、南越，这三个带有南字的地域，会有朝廷重臣或者贵人毙命。"

太子金曜星搂着她的腰："太子妃，怎么挂心奇幻天象？是牵挂南越的长兄吧？不用慌张，父皇推断最大可能是驻守南疆城的杜大将军，他中过昆仑狼族的毒箭。"

吕金瓶顺势歪倒在他胸前撒娇："不是南越就好，妾身只得他这位长兄，不想他有个三长两短……"

太子好似不堪重负，喘息粗气扶她坐正后，端起酒盏，毫不顾忌身边有奴婢在旁："本宫希望是南越。"顿了顿，他阴阴笑道，"与南宫侯无干系，吴王金曜明不是去南越任刺史？"

吕金瓶既恼怒又惊恐，恼怒太子好似嫌弃她，惊恐太子分明就想吴王死在南越！她跟随太子数年，也算他的知心人，但不知他与吴王已形同水火之势。太子能明目张胆地表现胸中恨意，该是对吴王积累了多深的怨念？

她只怕隔墙有耳，酿成大乱，忙以目示意玲珑要奴婢们退下。

太卜令黄济城虽也喝得七八成醉意，头脑尚清醒："太子殿下，天机不可泄露，不出半载，自见分晓。究竟是南越、漠南，还是南疆城，唯有上苍众神知晓。"

殿内死寂，火光摇动。

太子金曜星突地扯住太卜令衣袖："黄济城，何时将那颇有道术的女冠寇先生带进宫来？本宫要当面重谢她相赠古镜之恩。"

"太子殿下不是严苛遵循尊佛贬道？这会子又不讲究了？原来也是墙头草，两边倒。"黄济城撇嘴耻笑他，扯开他的手。

吕金瓶也觉诧异，从来修道的道观是男子居多，莫名对这称为先生的女冠来了兴趣。

"女冠寇先生？她可会奇门遁甲、搬运法术？"

"太子妃，这些不过是道术的雕虫小技。寇先生身怀绝技，常年云游四海，忽而在河南广武山'流桂泉'的炼丹井炼丹，忽而去五台山北台下的'青龙池'驯龙……"

"驯龙？"吕金瓶几乎与太子异口同声。

"人间真有龙，佛经曰青龙池'囚禁五百毒龙'，我亲眼见过寇先生驯龙。太子殿下，寇先生是神人，她的道行高深莫测，她有部修炼法诀名为《通天经》，能让人成仙，是通天之术的世外天书。"

"通天之术？不会是什么妖术蛊惑人心？何不引荐给父皇和东郡公任伯渊？他们可是对道教喜欢得紧。"太子金曜星说出口的话，总有些阴阳怪气。

吕金瓶朝玲珑使使眼色，玲珑会意，抱起小皇子到太子身旁，交给他逗弄。太子见到小皇子，欢喜地抱在手，虽是笨手笨脚，也算想尽慈父的责任。他抱起小皇子走到一边去。

"太卜令，可否引荐女冠寇先生给本宫？本宫有大事需得她施展法术……"

"太子妃，道教法术，若为一己私利，必遭阴谴。时来天地皆同力，运气英雄不自由。"

"只管急速引荐本宫相识即可。可惜寇先生人在千里之遥，书信也得辗转数月。"

"无妨，寇先生会御风术，万里路途，也不过一两日。寇先生的道场在东郊齐云山庄。她性情古怪，任是何等的王亲贵族，都要去山庄拜见，她不会进宫。"

"那就有劳太卜令了。"

"太子妃如此惶急，是为小皇子？"黄济城似笑非笑，对她的欲望了然于胸。

"一言难尽，本宫须得见到寇先生。"吕金瓶当然不会对他坦言相告，在这深宫后院，她不会幼稚到随意轻信他人，哪怕是鞍前马后的太卜令。

"太子妃，世间任何高妙的道法，都离不开此消彼长的宇宙运行规律。就拿搬运财物而言，不过是巧取豪夺，杀富济贫。"

"不是有点石成金，水银炼成黄金？"

"太子妃误会臣的本意，臣的意思是假若太子妃要寇先生施展法术是为小皇子获得什么，太子妃必然就得失去什么——这就是此消彼长，如此，可还愿寇先生施展法术？"

"本宫，仍然愿意！"她不假思索，答得斩钉截铁。

【第三十七章】

齐云山庄　寇先生

平城东郊的齐云山，贯通南北，此山山巅终年积雪，白雪皑皑之下是乱石嶙峋的灰白悬崖峭壁，素来人迹罕至。

山涧横流着雪水潺潺，杂以繁花葳蕤，山腰及山脚皆为野生百年的皂荚树，远观泾渭分明的群山，既有缥缈蒸腾的云气，亦有黑白无常的神秘鬼魅。

山脚平原，清亮亮的沟渠，浇灌着阡陌交错的菜畦，平整的高处一溜青瓦白墙、前后三进院的房舍，便是女冠寇先生落脚的道场：齐云山庄。

齐云山庄的庄主是平城内一富户陈继善，他本善生产治理，积攒万贯家产后，既不喜琴棋书画的雅好，又不爱高朋满座、呼卢喝雉的闹腾，寻到齐云山，爱这漫山遍野的皂荚树，建好这所山庄，平日只交游些道人僧客，使唤几个粗笨奴婢，伺候他日常起居生活，颐养天年。

寇先生走出山庄大门，转脚来到大片翻好土的菜地，一望无际的褐红色肥沃土地尚未播种。庄主陈继善正挥舞锄头刨地挖坑，一个个排列整齐的褐色土坑内，散落数不清的白莹莹珍珠，如同无数星星。

她不由哑然失笑，人性变幻莫测，陈继善以每日埋下珍珠播种，次日刨土收获珍珠为乐，长年累月，乐此不疲，真乃世间少有的老顽童。

"陈施主，这游戏玩不腻啊？"

"寇先生，有趣得紧啊。"天生圆圆小孩面的陈继善蹲下身，扔掉锄头，双手刨着泥堆内的珍珠，不厌其烦地一颗一颗捡起来，凝视聚拢在掌心的莹白珍珠，露出孩童的纯粹笑容："看，又是一个丰收年！"

寇先生被他纯粹简单的快乐感染了，也笑起来。不要说红尘浊世，就是寺庙、道观的修行者，能保持赤子童心者，都少之又少。

她遥望神秘莫测的齐云山，山巅飘来几团黄色、紫色的浮云，此二色是有贵人来访的征兆，寇先生不由举目思量，推断何方神圣来访。

"寇先生，洛阳开元寺有位老僧会来山庄小住时日，听说他有炼金术，寇先生可找他讨要这法术的秘方，你炼好金块，老身也来每日栽种，岂不乐哉？"

陈继善扬起他那张小孩圆面，神秘兮兮的期盼表情，把寇先生逗乐了。她摆摆手："陈施主，个人因缘不可强求，贫道对黄白之术历来无感，还是上五台山驯龙惊险好玩。"

"是啰，可有带回几条小龙，给老身开开眼界？"陈继善惊喜地扯住她的道袍袖摆。

"有，答应施主的事，岂会失言？"寇先生笑着挥挥她形似鸟爪的手掌，走出松软的菜地，来到长满枯黄野草的田埂，田垄地边隐约冒出些青绿的草芽。春天快到了。

和煦的微风吹拂面上，寇先生想起松涛云海的洛阳嵩山的三重石室，那是师父成公梁隐居成仙的天地。

师父成公梁本是她家奴婢，他身强力壮，干活从不知疲倦，而她自小体弱病多，喜天象数理，家人戏称为"喜数女"。

有日，她在树下算《周髀》不合，遇上收工回来的成公梁，见到树下算数公式，稍加思索，就解出答案来，她大为惊讶，遂拜他为师，成公梁却说他不日就要隐居深山修道，要她同行。

成公梁带她到嵩山一处天然三重石室，她住第二重，师父住第三重。师徒两人每日采药服饵，运气吐纳，不觉时光过了七载。

忽一日，师父成公梁说有小童会送吃食，等那小童送来吃食，她见到净是毒蛇及恶臭的爬虫类，惊惧得拒绝食用。师父得知后，长叹道："你成仙的机缘不够，不过，尚能去人间当帝师。"

寇先生自是不肯拜别师父。

成公梁执意要她离去："徒儿，为师本是天上仙人，因失手烧毁七间房舍，贬谪凡间，给你当师父七载，罚期已满，师徒情分至此了结。"

话音刚落,一阵鼓乐喧天,师父被两位仙童接上云霄,她只得以寇先生的道号云游四海。

心念所致,两只仙鹤从空中俯冲下来,围绕陈继善发出高亢、洪亮的鸣叫声。

"寇先生,你把这两只灵禽召回院里,奴婢们会拿干虾、干鱼喂它们。"陈继善对姿态娴雅的仙鹤可没耐心,他蹬腿挥袖,不厌烦地驱赶它们。

寇先生仍旧笑了,从腰间取下一管青翠玉笛,放在唇边,手指按着笛眼,慢悠悠地吹着欢快的笛声,走向齐云山庄虚掩的正门。两只仙鹤如受到魔笛呼唤,听话地跟在她身后。

仙鹤进到院内,寇先生停止吹笛,它们的鸣叫引出在膳房内的两位奴婢,他们捧来装满鱼虾的两个陶碗,放在地面,两只仙鹤扑扇翅膀,争相啄食鱼虾,叫得更欢了。

寇先生从鹤鸣九皋中听见有三匹马奔向齐云山庄的嘈杂声响,脑中倏然闪现天上的祥云,果真有贵人来访。

她疾步跨到厢房,这间方正的室内,只摆了张容得下四人的高脚宽榻,榻上铺着四个蒲团,地上的桌案摆放一面镌刻如意花纹的古镜,一只大肚细脖的青瓷瓶,一本翻开的《阴符经》。

寇先生拿起《阴符经》放在蒲团上,想想不妥,还是把《阴符经》塞进挂在墙面的布袋,袋里有她修习道法的宝物《通天经》。

随后,她盘腿坐在南面的蒲团上,双手交扣双膝间,闭目沉思。

"寇先生,寇先生,太卜令黄济城携友人叩见先生。"门板被捶打得嘭嘭响,听得出他心急如焚。

黄济城是她萍水相逢的道友,得知黄济城是宫内太卜令时,记起师父要她入宫当帝师的嘱咐,便与他交往起来。

"门没锁。"寇先生睁眼高声说道。木门吱呀敞开,首当其冲的不是黄济城,是位身披黑金豹纹披风、面貌陌生的汉子,他身躯矮壮,气势不怒而威,身后闪出位体态丰腴、圆润的贵夫人——她穿了黑面红狐狸毛里的斗篷,一看就不是寻常富贵人家;圆滚滚的太卜令黄济城畏首畏尾地跟在最末。

寇先生冲三人微微颔首,伸手要他们各自落座。师父教过她,王公贵族面前,都无须跪拜行礼。

身手矫健的汉子飞到她对面的蒲团，张嘴就是富可敌国的自负口吻，向她致谢："寇先生，本宫多谢寇先生相赠三生三世古镜，寇先生想要何谢礼，本宫定当竭尽所能满足你。"

寇先生笑而不语，她随师父游走天下多年，口气轻狂的豪客下场皆非善终。他所指的古镜是师父交给她的宝物阴阳古镜，黄济城找她借出去用用，但并未告知她借给何人。她疑惑地望向黄济城，他眼光闪烁，做贼心虚地嗫嚅低言："寇先生，嗯，嗯，这是太子、太子妃。"

寇先生神色平静，坐姿一动不动，只是略略低垂头，双手交扣在下巴，以道家的仪式行礼："太子、太子妃，贫道有礼。"

"寇先生，那面古镜……"太子是位骄傲也焦虑、急躁的人，他始终在提那面古镜，好似那古镜藏有不可告人的秘密。

"太子，古镜是师父留给贫道的宝物，道法讲求阴阳平衡。"寇先生指向桌面摆放的另一面古镜，那阴阳古镜本是成双成对，若是让居心不良者拿去哄骗钱财会坏人心性，终究还是收起为好。世间人，无不对自我的前世今生感到好奇、向往，习道之人，绝不会迷恋这些虚幻外相。

一旁察言观色的黄济城向她不住眨眼，忽然插话进来："寇先生，别提古镜了，快给太子、太子妃展示展示先生的驯龙本领！"

"好，这个容易。"寇先生从榻上走下，在墙角端来洗面的铁盆，注入半盆清水，将桌面的青瓷瓶拔掉塞子，倾倒出两尾细长的泥鳅，它们遇水即活，在盆里活蹦乱跳。

"这？寇先生是存心戏弄本宫？这明明就是普通的泥鳅嘛！"太子急不可耐地抬起头，语气不快地指责道。太子妃相对沉稳得多，她笑吟吟地瞅着她，曼声问道："寇先生必不是那会欺哄诈钱的人，对不对？"

寇先生气定神闲地站在地上，她是师父传授驯龙法术的女道长，师傅再三告诫她，若非贵极人臣，不可轻易示宝。

"太子妃慧眼识珠。太子，请勿焦躁。随贫道至后院的大水池。"

她将两条泥鳅吸溜进青瓷瓶，照旧盖好瓶塞，推门走到前头带路，后院的大方池塘养了许多鱼儿，初春的池面结有白色霜花，寇先生来到池塘前，高高扬起青瓷瓶，拔掉塞子，两尾泥鳅幻化为两尾大青鱼，扑通扑通砸碎霜花后，渐渐搅动整座池塘的水花,定睛看时,水面暴涨,两条首尾相顾的青龙将大池塘塞得满满当当,不留一丝缝隙!

"寇先生真是大有神功!"太子惊得面色通红,急忙改口。太子妃同样喜形于色,连连向她作揖。

"寇先生,这两条龙可是从五台山的毒龙池抓回来的?"黄济城惊叹地问。

"对啊,不过,不能放在这池内,神兽壮大,难以制服。还是收进瓶内,放回毒龙池。"

寇先生见他们都已心悦诚服,掏出青瓷瓶,瓶嘴向池,嘴里轻念咒语,两条青龙渐渐变为泥鳅,飞入瓶内。

往回走的途中,太子妃亲热地拉着寇先生的手臂:"寇先生,有此神功本领,当替国家效力,不如让太子向父皇举荐先生。"

"太子妃过奖,贫道依照师命,以医术游走人间,解除病患苦痛,这点皮毛之术,恐难登大雅朝堂。"寇先生的言语间保持着道学的清静无为。

"寇先生太过谦虚,本宫还想请教先生,能否为本宫解惑?"

太子妃突然停下脚步,双眼发红,神色犹疑不定,寇先生见她这般愁容,想来也有难言之隐。

她暗暗念声咒语,屏蔽庄园,将四人密封在咫尺见方的空间。

"太子妃直言相告无妨。"

"寇先生,宫廷祖制,本宫产下的小皇子岁满三月,就得母子分开,另由所选乳母抚育成人,直到继承皇位。本宫欲打破这一祖制,延长抚育小皇子的周期。怀胎十月,三月就与亲子分离,本宫实在难以忍受这离别之痛,还望寇先生成全。"太子妃双眼垂泪,将来意道明。

双手抱胸的东宫太子转头,寂然无语,黄济城也瞅着院内仙鹤轻盈的身姿。寇先生闭目遐想,她需要接受来自天地神灵的神秘指引,不,准确地说是远在嵩山的师父成公梁魂魄的指引。

师父成公梁容貌如昔,他穿着残旧的白色单衣,全然是位山中砍柴的樵夫,在三重石室前的高台休憩。

不等她开口,师父也知她来意:"徒儿,随太子妃进宫,面见圣颜,师父自有主张。"

寇先生睁开双目，展颜欢笑。

"太子妃，此事不难，请带贫道进宫。"

"寇先生肯进宫了？"太子妃惊呼，太子与黄济城相互交换眼神，均是一派欢欣神色。

"阴面古镜尚在宫内，贫道得让阴阳古镜团圆。"寇先生呵呵笑道。

寇先生从马厩牵走枣红马，四人从后院离开齐云山庄，她是无拘无束、自由来去惯了，陈继善与奴婢们都随她去。

薄暮时分，抵达太子妃的含章殿。

四人原本围坐烹茶商议，其乐融融，太子火气突然爆发，起因是黄济城要他请出东郡公任伯渊来共谋。

"本宫怎能与他沆瀣一气？本宫刚得知，东郡公私自提拔一批联姻的世族子弟担任要职，连本宫都被蒙在鼓里，他何曾遵纪守法，尊敬本宫？他眼里只有父皇，与万盛那阉竖一个样！你小子想要投靠他？"太子怒目圆瞪，怀疑黄济城窝藏私心。

"太子殿下，怎能猜忌臣？先抛开个人恩怨，东郡公虽遵循道教，打压佛教，不过是彼此立场不同。纵观天下大势，合久必分，分久必合。"黄济城又急又怕，忙引经据典申辩。

寇先生见太子暴躁易怒，那东郡公为一己私利，宁肯得罪东宫太子，以后怕是难得善终了。她深知宫内人情利益错综复杂，初来乍到，不能妄语，只宜旁观。

"殿下，太卜令的话不无道理，东郡公与殿下并非深仇大恨。就算为了妾身，为了我们的皇儿，委屈殿下……"

"妇人之见！当然是深仇大恨！本宫贵为太子，岂能与虎狼同道？"

东宫太子金曜星并不顾及寇先生在场，丝毫也不给太子妃半点夫妻情面。言罢，愤然起身，拂袖扬长而去。

殿内三人，相对苦笑无语。盘坐高背椅上的寇先生暗忖：莫要说太子，贵为真龙天子，照样有制服他的克星。宇宙运行规律，天生天杀，相互牵制、相互滋养。她取下背负的布袋，平放于手肘旁，对神情沮丧的黄济城问道："太卜令是个什么计策，说来无妨。"

"寇先生，陛下重臣东郡公任伯渊信奉道教，太子及中书博士羊公允遵循佛法，臣本想请东郡公助力，陛下对你信任的胜算大些……"

寇先生笑了，她取出《阴符经》，天之无恩，而大恩生，迅雷烈风，莫不蠢然。

"本末倒置了。陛下信任贫道不是信任人，应是道术的玄妙。太子妃，可与太子传递贫道原话：世间万物，相生相克。有专食龙的金翅大鸟，曾有帝王梦见金翅鸟飞来殿庭，食小龙无数，乃飞上天。"

"噢，那太吓人了。"太子妃的脸色与她身穿的高丽白锦裁剪的春服一般白。

寇先生笑了，她喜欢笑，无论面临美好、丑陋、喜爱、憎恨，笑的意义不同。她将师承所学，娓娓道来。

"君子和而不同，混沌世界，人类、动物等存活在这个世界的万物，都是不可分割的整体，此消彼长是运转的规律。不必鄙视低等的生物或非同类的种群，万物共生是世界运转的核心。"

"寇先生是胸中元自有丘壑，盏里何妨对圣贤。失敬，失敬！臣以为先生不过寻常术士，该打，该打！"黄济城目露崇敬的光辉，坦承自己的浅薄无知，跪身成为奴颜媚骨的俗人。

太卜令黄济城的诙谐风趣，令寇先生掩嘴失笑。片刻后，她止住笑，郑重地拿出《通天经》递给他："太卜令，烦请你把这本《通天经》亲自送到东郡公任伯渊手上，他自会欣然相见。"

"寇先生，这可是世外天书《通天经》？怎不敬献陛下？"神情激动的黄济城，捧着《通天经》的双手颤抖不止。

寇先生心如止水，收起空布袋，爽朗轻笑道："不用重器，东郡公岂能心动？"

【第三十八章】

阴阳古镜　东郡公任伯渊

沉潸天地，夜色沉沉。

东郡公任伯渊走进万寿宫，瞅了眼烛光微弱的前殿，蹑手蹑脚地跨进殿门敞开的前殿。

不承想殿内有人！是名身穿黑白相间菱形道袍、体态纤巧飘逸、面容清秀苍白的女冠。

她单枪匹马地站在莲花浮雕的砖面上，嘴角弯弯，蔼然可亲，算得上是位清丽出尘的美人。

凭借直觉，这女子当是太卜令黄济城所说的女冠寇先生了！她能轻易进到戒备森严的万寿宫，想来确是有些功力。

任伯渊捏了捏藏在袖笼的《通天经》，推断她背后有高人指点，是想跻身朝廷谋划私利吧，且把她来探个虚实。

面带微笑的寇先生走向他行礼叩见："贫道拜见东郡公，听太卜令夸赞东郡公道行精微，贫道想来参拜学习。"

"寇先生谦逊，不知先生师从何门何派？"

"贫道不才，仙师乃嵩山成公梁，初识些道学毛皮，还望东郡公指点一二。"

东郡公任伯渊在脑中寻思半日，对她所指的嵩山成公梁是何方神圣闻所未闻，他想了想，取出《通天经》双手奉上，要物归原主："无功不受禄，寇先生还请收回宝物。"

寇先生捂嘴笑着推辞："哈，东郡公，贫道实受太子妃所托，望东郡公收下

《通天经》，助太子妃达成心愿。"

仁义之人，其言蔼蔼如也。见这寇先生言笑晏晏，任伯渊脑中跳出这话，手里感受到《通天经》的分量。太子妃所求，不通过太子、中书博士羊公允，转而找他这局外人，实属古怪。

他顾虑此为太子一党对他的图谋，他与太子本就面和心不和，正欲强行推辞，宫外传来喧闹的嘈杂声，接着是众人纷至沓来的脚步声。

寇先生头也不回，跨步从他身旁擦肩而过，急言利语："东郡公，师父想要当今陛下能推崇道教，还望东郡公能将贫道引荐天子，贫道将以道家法术获取天子信任，日后也能助东郡公一臂之力。"

任伯渊窃喜，这可与他所思所虑不谋而合了。松木的淡香盈来，他嗅出这是南越进贡的沉香木的香味。妻子范阳卢氏在家中供奉佛像，也用了这种熏香。他不信佛，一气之下把佛像连同檀香烧成灰，抛洒于粪厕；也不信道，《老子》《庄子》读不过十行，就弃之不看，推崇道教为国教，是他试探圣心的说辞。

轻移莲步的太子妃吕金瓶披了桃红绸底白狐狸毛领的长披风，她的身后是太卜令黄济城及她的一干奴婢，独独缺了东宫太子的身影。

任伯渊暗觉疑惑：自己是受陛下诏令前来，太子妃怎么也来了？是陛下撒谎还是他们胆大妄为假传诏令？他决定静观其变。

"臣任伯渊拜见太子妃。"

"东郡公免礼，妾身冒大不韪见东郡公，实属无奈。"太子妃在两位奴婢的搀扶下，坐上高椅，示意他也落座。

万寿宫前殿，本就是为平日朝臣们等候陛下召见的居所，原备有书案、睡榻、高椅等一应家什。

黄济城拍拍他身旁的空位，任伯渊紧挨他坐下，牵线搭桥都是这太卜令，他把嘴凑拢到太卜令耳朵问道："陛下会来？"

"当然，不然搞这么大架势作甚，可不是小孩子玩过家家的游戏。"太卜令黄济城点点头。

"东宫太子呢？"

太卜令黄济城耸耸肩，不再言语。任伯渊放心了，太子脾气火爆，最忌与他正面交锋，既辱没斯文，又丧失颜面。

太子妃吕金瓶拉着寇先生坐在她下首，两人窃窃私语商议着什么，不多会儿，太子妃扬起面如满月的娇颜，以如获至宝的热情撮合他与寇先生熟络起来。

"东郡公，寇先生可是真神人，你们都算学道中人，可切磋切磋道艺高下。"

任伯渊笑而不语，太子妃终归是女人见识，他以为男人都如女人，叽叽喳喳见面三分熟？所谓道不同不相为谋，友谊与情义都不能拔苗助长，唯有随缘顺心，不可强求。

"太子妃谬赞，贫道才疏学浅，不比东郡公学富五车，精通道家、阴阳家、墨家，贫道惭愧，仅知道学一门，尚在摸石头过河呢。"

任伯渊见这寇先生一口一个贫道来贫道去的，暗觉好笑，学道之路，艰难险要，岂是女流之辈能大施拳脚的领地？

他正欲训诫不知好歹的她几句，一阵香风熏面，是安息国的龙脑香杂糅肉桂的辛辣与麝香的馥郁。太卜令按住他手背，话音惊颤："嘘，皇后娘娘怎么也来造访万寿宫？"

任伯渊也觉惊诧，转身望去，身披紫缎白牡丹团花披风的皇后赫连雪云从软辇上走下，顾盼生姿的她犹如夜明珠，照耀得前殿明亮异常。

"皇后娘娘驾到。"宫门外响起激昂的宣告声。

前殿的人全都坐不住了，太子妃吕金瓶带头起身，跪地迎接凤驾："妾身参见娘娘。""臣等参见娘娘。"此起彼伏的呼声响彻前殿。

皇后赫连雪云浅笑嫣然："众位爱卿都请起身，怎么，陛下还未回万寿宫？"

任伯渊正待作答，一位穿羽林郎服饰的年轻将士雄赳赳地跨步进来，鞠躬禀报。

"娘娘，陛下在来万寿宫的途中传来口谕，请诸位进到中殿入座等候。"

"好，那就请众位爱卿移步中殿，恭候圣驾。"

中殿四面都有一株火树银花的灯树，照得殿内熠熠生辉，宫娥们穿梭其中，忙前忙后地布置酒席。

莫非陛下是有喜事庆贺，邀请众人前来欢饮？任伯渊暗暗揣摩圣意，中宫朝会引发的丑闻刚过，喜从何来？吴王金曜明随南宫侯出任南越，南疆边陲派了二皇子西平王金曜熙协助杜庭大将军，西北重境恢复商贸，四海安宁，仍不能放松警惕。

"太子妃，来，坐在本后身前。哟，这位飘逸出尘的女道长是太子妃的贵客？"皇后赫连雪云像发现天外来客的娇呼声，转移了任伯渊的视线。

他眺望着皇后赫连雪云、太子妃吕金瓶、女冠寇先生，三个女人一台戏，一出好戏即将登场。

"娘娘，这位寇先生是东郡公引荐的真人，她有神通法术。"

任伯渊没料到堂堂太子妃也能睁眼说瞎话，她与东宫太子真是绝配的夫妇。他忙把《通天经》缩回袖笼，拿人手短，就得替人消灾。

皇后赫连雪云扬起勾魂摄魄的惊翠眉："哟，神通法术？陛下本好阴阳术数，定喜欢得紧。他龙体正不太舒爽，满朝重臣，总归是东郡公为陛下日思夜虑得最多。陛下来后，寇先生最好能大显神通，助兴圣心欢悦。"

"谢娘娘厚爱，贫道能进宫，有东郡公的美意成全，也有这精灵的指引。"寇先生边说边从腰间的布袋抓出面锈迹斑驳的古镜来。

"又是古镜吗？"

皇后赫连雪云凝视着寇先生所说的精灵，面色大变。

任伯渊正欲凑拢看个究竟，前殿传"陛下来了"，呼声雷动。奴婢们惊得忙忙慌慌跪列成形，皇后赫连雪云挽住太子妃吕金瓶，任伯渊与太卜令黄济城躬身随后，齐齐上前迎接圣驾。

身披苍龙游雏凤图纹黄斗篷的金世祖，踏进中殿后，一股霸道、凌厉的龙涎香覆盖全场，众人皆屏息凝神，大气不敢出，刹那间，殿内静寂无声。

他行至属于他的帝王宝座，挥起刺绣灼眼的金线袖袍，突地转头问道："东郡公到否？"

任伯渊慌忙抬头作答，瞥见双目昏沉的陛下，印堂隐现青黑色。心中骇然：陛下被何事困扰，导致龙体有恙？

"臣任伯渊恭候圣驾多时。"

"听太卜令说，爱卿要引荐什么真人给朕？朕近日烦忧不堪……真人在何方？"

任伯渊暗自责怪这帮家伙串通好了，拿本真伪不知的《通天经》贿赂自己，只得装出满面春风的愉悦样："寇先生还不来拜见陛下？"

"陛下，坐下说。"皇后赫连雪云看出金世祖龙体堪忧的异样，她上前挽住他，强行将他按在宝座上。

后背直挺挺的寇先生，仰头注视陛下，毫不避讳直言道来："贫道叩见陛下，陛下面色发青，可是受到噩梦惊扰，难以安寝之故？"

"咦，寇先生可为朕化解烦恼？朕常有心悸胸闷的苦楚。"

"陛下是照三生三世古镜了？那古镜本是雌雄阴阳双镜，极阴极冷的阴面失落，贫道这面是纯阳雄镜……"

金世祖不等她说话，举起手掌打断她，向侧身的侍卫下令，要把太子召来万寿宫。

太卜令黄济城神色尴尬，像是他做错事了，双唇艰难地蠕动："寇先生，是太子敬献给陛下的古镜。"

皇后赫连雪云则笑靥如花："寇先生，本后无知，请教先生，这古镜看出人的三生三世又如何？"

任伯渊暗自钦佩皇后娘娘问得犀利，生命不是神秘玄幻的传说，生命本身就是一连串短视行为与无意义思绪的叠加。他感受到的生命本质是荒原里的一株苦艾，看似通身青翠，内里塞满苦涩的液体。

"娘娘，你不想知道自己的过去、现在、未来？"

皇后赫连雪云凝神思索片刻，她也笑了，笑得凄楚。

"不想，过去已埋葬、消亡，当下才是意义，至于未来，本后不信有轮回之说。"

寇先生抿嘴轻笑，团扇大的古镜夹在指间灵活飞旋。太子妃、太卜令看呆了，寇先生的眉眼活泛，她的声音有着不可抗拒的魔力："娘娘不信轮回来世之说，总得要信自己的眼睛，娘娘要不要试试？"

"皇后，朕看试试也无妨。"金世祖也来了兴致，握住她的手怂恿道。所有人的目光都聚焦在皇后赫连雪云的身上，她无所适从地挣扎几番，无奈屈从："妾身听从陛下诏令。"

任伯渊暗自琢磨这古镜有何魔力，手持古镜的寇先生，挡在金世祖及皇后面前，任伯渊仅能见到她黑白交错的飘逸道袍的背影。

"陛下、娘娘，请看。"

"啊。"他听见皇后娘娘发出耸人听闻的尖叫声，陛下也发出狐疑的自言自语——娘娘前世是老虎？

"陛下，妾身不看，不看。"皇后赫连雪云方寸大乱，捂着粉面竭力躲闪。

"皇后莫怕，看看来世，来世。"精明的金世祖诱使皇后赫连雪云上钩。

任伯渊静静看着寇先生的表演，暗想寇先生是古镜的主人，她能使镜相幻化，借此操纵人的心智。

"娘娘莫怕，前世消亡了，来世，兴许还是人道。呀，娘娘你看，来世娘娘是朵出淤泥而不染的白莲花。"

众人皆惊叹不已，任伯渊替皇后松了口气：陛下喜怒无常，嫉恨身边人背叛他，若是一味忠诚，他又嫌弃愚忠的臣民，个中分寸拿捏委实苦不堪言。

"来世，唉，不知皇后这朵白莲花将被谁采去喽。"金世祖搂着皇后纤腰，轻薄地笑道。

皇后赫连雪云趁机偎依在陛下胸前，温柔可人地抚摸着他的胡须："陛下，妾身能伴陛下左右，也是大幸。对了，按照祖制，小皇孙满三月后，就该由乳母抚育。"

太子妃吕金瓶急躁得慌忙起身，疾言厉色地指向坐在陛下怀中的皇后赫连雪云："娘娘也忒急切了些，小皇孙刚满月，怕是娘娘不曾当过阿娘，不知阿娘疾苦。"

任伯渊转向太卜令黄济城，用唇语质问他搞什么鬼？他恶作剧般挤挤眼，并不搭理他的问责。

金世祖愤恨地皱起黑眉，怒喝道："太子妃休得无礼，皇后不过是履行后宫之主的权力。"又低头柔声询问靠在他胸前的皇后，掖庭可选好合适的乳母。

"陛下，妾身如何统管后宫？"皇后赫连雪云嘟嘴撒娇，从陛下怀中站起身来，神态倨傲地走向太子妃："太子妃，本后只是遵循大魏国的祖制，为抚育好陛下的后嗣着想。"

太子妃吕金瓶后退数步，手撑着身旁奴婢的肩，色厉内荏地回敬她："娘娘，无利谁起早啊，妾身不信娘娘不存丁点私心。"

皇后赫连雪云冷笑着抽出发髻间的凤首步摇，发威地摔向地面："是啊，本后当然有私心，这私心就是依循大魏国的祖制，尽好六宫之主的职责！"

"陛下，皇后仗着恩宠欺凌妾身，陛下就不管吗？"太子妃吕金瓶疾步绕到方几后,跑到金世祖桌前跪下,捂面悲啼。

"皇后,来,回到朕身旁来。"婆媳间的龃龉,即使英明如金世祖,也大感头疼。他向皇后招手,想要息事宁人。

任伯渊不愿卷入后宫女眷的纷争,他寻思着如何脱身离去。眼前晃过那女冠寇先生的身影,她踱步到太子妃旁,将她拉起身,柔声抚慰道:"太子妃,何不把皇孙抱来,贫道用这古镜替他看看尘世缘分?"

"这,他太小了,刚满月,会不会受到伤害……"太子妃吕金瓶哭得鼻尖泛红。

"不怕,这是纯阳古镜。"寇先生眨巴着双眼,似乎在对她暗示什么。

"玲珑,快去含章殿将皇子抱来。"太子妃吕金瓶恍然大悟般唤来侍女玲珑。

泄愤后的皇后赫连雪云换了张笑脸,倚靠陛下身旁,陛下突然推开她,探头向前张望,嘴里念叨着魏喜如何还未来的话语。

"儿臣拜见父皇、母后。"

披了黑金丝绒披风的太子金曜星大步冲进中殿,身后闪出任伯渊的宿敌、亲家安西将军卢圣的身影!任伯渊暗自心惊,他来做甚?自己虽与此人同为中原豪门大族,且有联姻之亲,但他素来鄙视卢圣贪图财利的本性,曾屡次在陛下面前诋毁过他,两人暗自较着劲哩。

披了白色镶嵌金边披风的卢圣,在任伯渊看来,煞气太重的他与东宫太子就是催命鬼的黑白无常。他本能地向里靠靠,与蛇鼠一窝的两人拉开距离。

袖笼的《通天经》滑出手背,任伯渊举高手臂,《通天经》回落藏身处,他急于逃离是非,踱步到陛下面前,准备辞行。

"东郡公,不能走!这出好戏,不能没有东郡公。"太子金曜星伸手揪紧他衣袖,手无缚鸡之力的任伯渊挣脱不了力大如牛的太子,他恼羞成怒地戗声道:"那老臣奉陪到底!"

【第三十九章】

《录图真经》 金世祖

金世祖从古镜里见到令他惊悚不安的镜像——他不是真龙,只是一条趴在万寿宫殿内横梁的长脚蜈蚣!这使得他疑虑重重,不停地审视自己粗壮的四肢,胳膊上浓密的汗毛,是有些密密麻麻的蜈蚣腿的错觉。

他的噩梦就从蜈蚣开始,他总被一只喔喔啼叫的大公鸡追杀,任他逃到哪儿。在梦里的他四面楚歌,孤苦无依,绝望困窘……

金世祖意识到自己在迈向衰老之路,开始追忆往昔,情不自禁地落泪,莫名其妙地想起早逝的阿娘,按照祖制,他的登基大喜之日,就是阿娘的死日。那时,他仅是十五岁的小男子汉,穿了簇新的龙袍,登基大典完毕,冲进后宫,想要与阿娘诀别,一切都太晚了,气绝身亡的阿娘躺在睡榻,与他阴阳相隔。

他甚至都不能悲痛太久,身为帝王,就要放弃诸多常人的七情六欲……

如今,他三十六岁,除了缅怀过往,又多了疑神疑鬼的猜忌心。他怀疑身边一切人的用心不良,哪怕是至亲骨肉的东宫太子。

人为什么都会变呢?金世祖神色不安地望向与太子金曜星厮打的东郡公任伯渊,袖手旁观、唯恐天下不乱的安西将军卢圣。他们都变了,尤其是安定西凉的大功臣卢圣。

东郡公说卢圣收了西凉王的财宝,他不信,认为是东郡公嫉妒他重用卢圣的污蔑之言。这也难怪东郡公眼热,被封为安西将军的卢圣统领西凉近十载,深谙西凉风土人情,成为帝王倚重的雄霸西凉的大臣。

朝廷的权力局势,哪能由东郡公一家独大?鹬蚌相争,渔翁得利。金世祖搓搓手，先处理好后宫，再来整治前朝。

"太子，你可知罪？"他向前倾身质问道。

"父皇，儿臣惶恐，不知罪在何方，还望父皇明示。"太子金曜星悻悻然放开柔弱如妇人的东郡公，一个箭步伏在他脚下，以蛮不讲理的语气辩解道。

自满从来都不是明智之人的举动。金世祖带着狂躁的急切截断他的话头："那为何朕用了那三生三世古镜，龙体即刻不舒泰？"

"父皇，儿臣委实不知那面古镜有甚古怪？只是想着为父皇解解闷，定是那胡僧哄骗儿臣，说能窥视人的三世……"金曜星原本嚣张的神色渐有萎靡之势，最后竟至声息全无。

金世祖厌恶地瞟了眼东宫太子金曜星，原来他张牙舞爪的刚强表面实则是不堪一击的懦弱天性。他环顾四周，无人出来替太子解围。

他倒要看这太子的独角戏如何收场，不想，衣袂飘然的女冠寇先生挺身而出："陛下，这阴阳古镜暗藏玄机，贫道来揭开谜团。陛下所看的是凝集极寒阴气的古镜，照看的是某一世的令人心悸不安的恐怖画面；贫道这面阳镜，则是累世的美好镜像。"

金世祖听说此言，蜈蚣的噩梦烟消云散，顿觉舒心快意，喜得拊掌高呼："怪不得，怪不得啊。魏喜，将寇先生的那面阳古镜呈上来！"

跪在地上的魏喜双手高举持正的古镜，金世祖对着镜面，皇后赫连雪云、太子妃吕金瓶等人都想凑近看看，被他拦住，这是属于他的秘密。镜内是一条浑身闪金光的飞龙！这下金世祖如吃了秤砣安了心，东宫太子对他并无歹意。

他令魏喜收起古镜，想着要如何嘉奖这女冠寇先生，殿堂响起太子妃吕金瓶恳求寇先生的话语，原来是胖胖的奴婢怀抱包裹严密的皇孙进殿了。

"陛下，请闲杂人员退避，留皇后娘娘、太子、太子妃在中殿，贫道用纯阳古镜照出小皇子的镜像。"他答应寇先生的请求，要东郡公任伯渊、安西将军卢圣、太卜令黄济城以及奴婢们到前殿等候。

太子妃怀抱小皇孙，寇先生举起古镜，太子、金世祖和皇后俯身探视，镜面出现更为惊悚的画面，太子妃怀里的小皇子幻化为一条蠕蠕爬行的小青龙，太子妃则是浑身赤鳞的火龙，盘旋在小青龙身旁。

当火龙离开小青龙后，天空忽然飞来一头肉冠如盾牌的大鸟，俯冲进殿庭，直接叼走小青龙！火龙听见动静，怒吼着飞上云端，喷出火焰席卷那头大鸟，大鸟被袭，鸟嘴松口，小青龙摔落云层，跌落在开满梨花的鸳鸯树上，一只玄鹤以翅膀接住摔得血肉模糊、奄奄一息的小青龙。

惊心动魄的生死搏斗画面，看得金世祖魂飞胆裂，他坐回宝座，手指搓揉太阳穴，思索这古镜显现的寓意。

"陛下，恕贫道直言，这古镜是在警示陛下，太子妃能护佑小皇子，倘若换作别的乳母抚育，小皇子命将休也。"

"大魏国的祖制呢？擅自改动祖制，如何对得起前朝先帝？"皇后娘娘赫连雪云神色激动地驳斥道。这也是金世祖所忧虑的心结，他不能成为背叛祖制的君王，不能！一时左右为难，将目光投向东宫太子。

"儿臣，儿臣……"太子窝囊地嗫嚅不语，一个劲推搡身旁的太子妃吕金瓶的后背。

"父皇，皇后娘娘，妾身无意冲撞祖制，妾身念及皇子幼弱多病，不过存了身为阿娘的私心，想要抚育小皇子满至两周岁，再遵从祖制，另择乳母抚育。"

满面泪痕的太子妃吕金瓶刚说完，皇孙就哇哇啼哭起来，听这孩子惨烈的哭声，金世祖想起为他身亡的阿娘，铁石心肠的他有些犹豫不决，延长至皇孙两周岁再让她母子分离，算不算是违背祖制。

"皇后，太子妃的请求也不过分，是不是？"金世祖踌躇着，牵起皇后冰冷的纤手，询问她。

"妾身听从陛下安排。"皇后赫连雪云真是乖巧的女子，她浅浅甜笑着，是肯退让、与他同进退的皇后。

"魏喜，小皇孙的乳母人选，令掖庭依照寇先生所言，延迟至两周岁时再择优选用。太子妃，还不谢谢皇后？"

满心欢喜的太子妃吕金瓶一手抱紧皇孙，一手牵起太子，并列跪在地上谢恩。

"太子妃，抱小皇孙先回含章殿，好生抚育。皇后，你等女眷可先回宫，朕尚有政务处理。"

皇后、太子妃离去后的中殿，空旷清冷。金世祖下令赐座寇先生，意欲与她深究易理。

"寇先生，除了那阴阳古镜，可还有别的宝物？"

"陛下，贫道有师父成公梁炼成有强身壮体功效的云海仙丹，贫道愿敬献给陛下。"寇先生从腰间布袋摸出碧色的小瓷瓶。

金世祖以目示意太子金曜星接住，他不稀罕丹药，宫内不缺炼制长寿仙丹的道人。

"听闻你们道学有世外天书《通天经》？野狐狸都能修炼成精？"

"陛下，喜道者众，闻道者寡，修道成仙者，寥寥无几。《通天经》对有志于道学者，是宝物，但是其他人，就是本破烂的册子，因人而异。陛下是天下人的陛下，《通天经》是一个人的天下，算不得什么宝物。"

寇先生的这通堂而皇之的论说，金世祖颇为失落，他原以为这神通广大的女冠寇先生面圣，总不至于空手而来，还真是空手而来呢。

他不死心："那寇先生见朕所为何来？"

"陛下，师父教导贫道，我命在我不在天。贫道见陛下，为天下大道而来。"

"何为天下大道？"金世祖来了兴致，甚少有大臣会与他探索这幽深的玄学。就连学富五车的东郡公也不认同老庄之说，而他需要与真理同行，与大道同修。

身披黑白相间道袍的寇先生，来回踱步时，如一张棋盘在移动，她似在沉思如何将浩瀚星空的道学经纶化繁为简。半响，她在中殿的龙柱前驻足，黑如生漆的双目凝视扑满金粉浮雕上的片片龙鳞，缓慢道来。

"陛下，道可道，非常道。贫道谨遵师命，奉持《录图真经》的道学经卷，辅佐北方真君，修炼出天宫静轮之法。"

金世祖听得稀里糊涂，他以为天下大道，便是民心归顺。见这寇先生虽博览百家之言，然未能达其意。这天下大道究竟指向何物？正待问个仔细，一脸阴沉的魏喜飞身过来，附耳低语："陛下，东郡公与安西将军在前殿打起来了。"

世间事，总是怪哉，这对生死冤家竟然结成亲家。他又好笑又好气，指派闻听道学如坐针毡的太子金曜星："太子，你随魏喜到前殿处理。"

中殿只得两人，梅花结的落地高窗，夜色暗沉，排列齐整的宫灯像苍穹的星星忽闪忽闪。金世祖一时走了神，天穹吞没的秘密，地中埋葬的秘密，全是谜一般的未知数。就算倾尽余生，他也没得解。沉重无力的挫败感如利剑，将他击倒在龙椅上，动弹不得。

"寇先生，朕也是天上的一颗星子吗？"当他想到自己也许不过是一粒尘埃或一颗星子时,就有莫名心悸的空虚茫然。

寇先生笑了:"陛下,从仙界俯瞰浩瀚宇宙的宏观视野,我们人类就是飞扬半空的粒粒尘埃;若从微观角度而言,陛下就是雄霸天下的大魏国国君。请陛下阅览,先师要贫道敬献的诰文。"

她边说边从腰间的布袋取出卷印满黑字的白绸。

金世祖接来,铺平桌面,白绸刻印有祥云花纹,篆隶杂体的古文鸟迹,婉而成章。诰曰:"吾处天宫,敷演真法,教化虽无大功,且有百授之劳。今赐汝迁入内宫,太真太宝九州真师、治鬼师、治民师、继天师四录。修勤不懈,依劳复迁。赐汝《文录》五等,一曰阴阳太官,二曰正府真官,三曰正房真官,四曰宿宫散官,五曰并进录主。坛位、礼拜、衣冠仪式各有差品。凡六十余卷,号曰《录图真经》……"

他草草浏览,顿时兴趣索然,诰文与他的王朝兴盛无关。

寇先生倒叉手在身后,背诵下半段内容:"付汝奉持,辅佐北方大魏真君,出天宫静轮之法。能兴造克就,则起真仙矣。又地上生民,末劫垂及,其中行教甚难。但令男女立坛宇,朝夕礼拜,若家有严君,功及上世。其中能修身炼药,学长生之术,即为真君种民。"

金世祖丢掉白绸,对这天书样的谜语文字不感兴趣,他急切需要的是实用的治国方略,寇先生最终令他失望了,只得敷衍了事:"寇先生,那《录图真经》在何处?"

"陛下,藏在齐云山庄内。贫道愿将《录图真经》献给陛下。"

金世祖不以为然地点点头,收《录图真经》事小,要不要将寇先生留在宫内,他犹疑不决,毕竟道学的若存若亡,不可全信。前殿的辱骂、争执声冲破梅花墙,他按捺住暴怒,抬起头,迅疾做出决定。

"寇先生,明日朕就派人随同先生取回《录图真经》,先生暂住齐云山庄,所需一应费用,朕派人安排。"

"陛下,治理天下,敬天爱民为本;长生之道,清心寡欲为要。欲统一天下者,必在乎不嗜杀人。望陛下谨记,贫道告辞。"寇先生遭此冷遇,面上笑容不变,说完后,拱手飘然辞别。

所有人都走了,空荡荡的中殿成为他一个人的天地,他也成为名副其实的孤家寡人。

金世祖咀嚼着寇先生的临别赠言：治理天下，敬天爱民为本；长生之道，清心寡欲为要。欲统一天下者，必在乎不嗜杀人。他自认为不可取，欲统一天下，哪能不大开杀戒，威慑四方？

他站起身，东郡公任伯渊质问安西将军卢圣的话语，一字不漏地落进他耳朵："人在做，天在看。安西将军，你与西凉王宴饮，他一边大不敬地怒口破骂大魏国，一边塞给你珍宝作为贿赂，要你不告发他，可是事实？"

安西将军卢圣在怒声叫骂："事实就是，你在血口喷人！"

东郡公任伯渊不与他正面交锋，继续控诉他的罪证："陛下要征战西凉，你撒下弥天大谎，欺骗陛下凉州无水草，不能供应物资，阻止陛下西征，是不是事实？"

"东郡公，你嫉妒本将军威名赫赫，你在污蔑！"安西将军卢圣跺脚跳骂，嗓音透出虚张声势的意味。

金世祖双臂交叉，跨出中殿门槛，这两件事，任伯渊也不算冤枉安西将军，确有其事。

他缓步穿过殿庭，身穿银铠甲的羽林军史鼎从暗处闪现出来，躬身请示："陛下，听完究竟，再到前殿也不迟。"金世祖觉得有理，轻手轻脚地站在后墙，细听前殿动静。

东郡公任伯渊尖细的话音抬高八度，像是泼妇骂街："安西将军，平定西凉，陛下要你按功赏赐将士，你收取贿赂，奖赏不公，引发下属告发，你不会不认！"

"莫须有！东郡公买通了亡命之徒，这般造谣生事，不就想致本将军于死地？陛下信赖本将军，岂能听信你的一面之词就治本将军的罪？"

听着安西将军卢圣的猖狂口气，金世祖气得一脚踢翻后墙的暗门，大步跨进去，羽林军史鼎拔出腰间长剑，紧跟他身后。

见到金世祖突然现身，安西将军卢圣面色煞白，东郡公任伯渊、太子金曜星、太卜令黄济城纷纷跪伏地面，"陛下，父皇"呼声不绝于耳。

"东郡公，安西将军还有何罪？"他威严地喝令臣子们全部起身，他站在他们中间，左右审视。

东郡公任伯渊含笑作揖："陛下怎会不记得西凉国宁愿自行处决，都不肯送给大魏国的那位西域大咒师?"

金师祖一个激灵,怎会不记得?又是这安西将军从中作梗,那西域大咒师拥有至高的法术,深得西凉国王的器重。他得知后,要西凉王将大咒师送到大魏国,哪知,安西将军默许西凉王把大咒师刺杀,并不深究罪责。

安西将军卢圣急了,他指着任伯渊的鼻头臭骂:"任伯渊,你这不要脸面的泼妇,尽要些妇人手段陷害本将军,你枉称为男人!"

"卢圣,你这一毛不拔的大公鸡,贪财好利,你不是最爱那西凉国的油炸蜈蚣?那你滚到西凉国去,少到我们大魏国来使诈,误国误民。陛下,安西将军有不忠朝廷死罪,望陛下明察。"

金世祖正觉左右为难,耳听油炸蜈蚣这话,想起公鸡追杀蜈蚣的噩梦,转头向安西将军卢圣喝问道:"爱卿因何称为铁公鸡?还有什么油炸蜈蚣?"

"禀陛下,臣,臣属相为鸡,偶有食用蜈蚣的嗜好。"安西将军卢圣慌忙跪下,老老实实作答。

金世祖立刻对他厌恨至极!梦境是现实的反映,果不其然!他不顾冲动是魔鬼,急迫下令:"羽林郎听令!将不忠大魏朝廷的卢圣拖下去,明日午后死刑,城西行刑!"

"陛下?!"身披白披风的安西将军卢圣面如土色,错愕地不敢相信自己的耳朵。

"父皇?!"太子金曜星受到同样的惊吓,酥软在地。

"陛下英明!"东郡公任伯渊不胜之喜,与太卜令黄济城团团拥上来。

"你们一个一个,可都别太自满了。"

由他们去窝里斗,由他们去横,横竖他们的命脉死死攥在朕的手心。金世祖发出深不可测的警告声,反身踏出前殿。

【第四十章】

鸳鸯梨树　常鹤兰

晚春寒食时节,尚药局的鸳鸯梨树开花了,香气盈鼻。

宫内常有人跑来,围在吐露芬芳的满树白花下绕圈,把原本清冷的尚药局搅得熙熙攘攘。

晨风吹得梨树发出扑哧扑哧的娇笑,挺着八月大孕肚的常鹤兰,仰坐矮凳,背靠艾草堆,熟练地蹬腿碾药,趁这早起的清幽时光,静享劳作的快乐。

虚掩的大门呀地被人推开,常鹤兰埋头不理,双腿呼呼蹬得更快了,这么早不会是看花的闲人,该是尚药局负责熬药的药童。

一股似曾相识的雄性体味,忽地蹿进鼻窦,她忍不住打了个响亮的喷嚏。抬头见到位身罩绿绸披风、体态魁梧的武将,目不斜视,直奔院内梨树,倒叉双手站在鸳鸯梨树下看花。

常鹤兰揉揉眼,瞧这武将的身影也忒眼熟了些,该不会是武僧觉?不可能,他怎会栖身在深宫后院?不知是哪里冒出来的看花客罢。她仍低头蹬腿碾药不止。

"驸马都尉,跑去哪里了?"娇滴滴的呼喊声裏挟着甜腻的脂粉浓香,飘进院落。

常鹤兰慌张起身,躲进枯萎的艾叶草堆后偷眼细看,门后跑出位身裹火红披风的贵妇,头梳灵蛇髻的她扭身四顾时,常鹤兰瞅见她惊翠长眉下的凌厉双目,忙把头压低,猜测是后宫的某位贵夫人慕名赏花来了。

"公主,武僧觉在此。"那武将转过身,眉目端正的阔面映照在绿荫花树下,甚为分明,不是她念念不忘的武僧觉还是谁?常鹤兰看得呆了,心脏仿佛停止跳动,身子软绵绵瘫靠在艾叶草垛上,她所希望的美好世界坍塌了,只剩下残垣断壁。

"常阿姐,太医丞要的黄连药引子可碾碎了?"药童慌慌张张地跑来迭声催问她。

常鹤兰回过神来,忍住肝肠寸断的心痛,忙忙弯腰抓起碾碎的黄连粉末,装进药罐,交到他手中。

"阿姐,还要再碾碎些当归。"药童捧起药罐,风风火火地跑向后院,掀开布帘,不意与迎面出门的太医丞皇甫灵撞个正着。

"你这野猴,疯疯癫癫急甚?别把罐内的药粉撒没了。"手提药箱的皇甫灵,嘴里笑骂他,扭身见到花树下的那对男女,吓得放下药箱,疾步过去跪地行礼:"不知花荫公主驾到,老臣有失远迎,还望恕罪。"

常鹤兰听太医丞皇甫灵嘴里尊称那贵妇为花荫公主,惊惧不已,这其貌不扬的武僧觉竟然与地位尊崇的公主结为夫妇了?又是惊诧又是自卑,赶忙低首藏身艾叶草垛后,生怕被他认出来。

"后宫人人夸尚药局的鸳鸯梨花开得好,说是花神下凡,见者祈福,会得花神庇佑,夫妇琴瑟相和,本宫顺道过来沾个彩头,讨点喜气。"

"哈哈哈,尚药局的鸳鸯梨,哪里比得上公主花荫堂的那株古藤紫罗兰年代久远?紫气东来,满堂华彩!才是奇幻仙境的美景咧。"

太医丞皇甫灵亦步亦趋地拍着马屁。

花荫公主扬起精心粉饰的脸庞,望向那一树繁花,眉尖堆簇一团浓得化不开的愁苦:"太医丞是许久未到花荫堂了,古藤旧年突遭天雷袭击,连根都烧焦了。"

"噢,老臣糊涂,花也有宿命。公主不必忧伤,若想赏花,随时移驾尚药局即可。"

花荫公主话锋一转,指向那鸳鸯树,语气刁蛮霸道:"太医丞,花荫堂地势开阔,本宫想再栽种些奇花异草,不如就将这株鸳鸯梨树移植过去?"

"花荫公主,饶命吧,这鸳鸯梨树在尚药局数百年,若是猝然移栽,怕会惹怒花神,变生不测……华林园的合欢树、羽毛枫甚多,公主与驸马都尉情投意合,花荫堂遍植合欢树,不更为应景?"太医丞皇甫灵慌忙跪地祈求。

"公主，太医丞言之有理，待公主产后，僧觉带公主出宫到边陲漠北、漠南的草原，骑着骏马驰骋在一望无垠的辽阔天地，过段逍遥自在的快活日子。"

躲在艾叶草垛后的常鹤兰听着武僧觉向公主诉说的缠绵情话，想起在大火蔓延的芦苇丛，他也曾许下照顾自己的话语，原来，男人的诺言都会随风逝去……她摸着即将分娩的孕肚，不禁泪如雨下。千万次的呼唤与思念，何曾想到，盼星星盼月亮，临到头，盼来个有妇之夫的他……

"好，那就听驸马都尉的话，暂且放过这鸳鸯树！"花荫公主神采飞扬如怀春少女。她右手放在微微突出的孕肚上，左手挽着绿披风的武僧觉，两人并肩从花树下走近堆放艾叶草垛的廊前。

常鹤兰忍着身心皆疲的伤痛，将整个身躯都蜷缩在草垛后，暗暗祈愿这两人快快离去。

天不遂人愿，太医丞皇甫灵唤住正待离去的公主，一味谄媚示好："花荫公主，来趟尚药局，哪能空手而归？臣有秘制的保胎丸，敬献公主安胎。"

说完，他探身撩开布帘向内高呼："药童，把阿姐常服用的保胎丸装匣，再捡些上好的当归、黄芪、厚朴碾碎的药粉，一并装来。"

"什么阿姐服用的保胎丸？本宫可不用那些下贱货用过的赃物！太医丞，别枉费心思了。"花荫公主一脸嫌弃，扬扬衣袖，手里的锦帕飞落艾叶草垛前。

药童手臂挎着猪肝红药匣，边走向艾叶草垛这边，边嘴上催促："常阿姐，当归药粉可碾好了？"

常鹤兰见躲避不了，只得缓步挪出艾叶草垛，武僧觉正蹲身捡起公主锦帕，无意抬头，直通通撞见她挺起的孕肚。他缓缓站直身躯，待看清是常鹤兰时，两人均神色大变，谁也猜不到，他日重逢，竟是这般身份、地位悬殊极大的尴尬光景。往日的推心置腹已经一去不返，同谋与私情变成敌意与嫉恨。

"你是？"武僧觉吃惊不小，语音颤动问道。似乎认出她来，又不敢相信，他走近她，伸手想要撩开她面颊散落的黑发来确认她的身份。

面前的武僧觉，身上有股复杂的体味，是麝香与浓烈的男性荷尔蒙汗味，撩拨得常鹤兰心慌意乱，她双手蒙面，带着哭声凄厉大叫："不是！"一步步向后退缩。

那边厢，太医丞皇甫灵像个长舌老妇在唠叨："公主，常阿姐也不算卑贱的奴婢，她身子壮实，皇后与那安昭仪来过几趟尚药局，有意要选阿姐当小皇孙的乳母呢。"

花荫公主慢吞吞地走到廊前，面上挂着居心叵测的笑意："噢，是吗？她这一脸麻点的麻雀会飞上枝头变凤凰喽？"

常鹤兰羞窘得真想钻进地缝，可她无处可逃，前后左右被武僧觉、花荫公主、药童、艾叶草垛堵死了。

"那也不一定，还得看她的命数。不过，论起身强体壮，后宫备选的乳母人选，都比不上阿姐。当然，这是老臣乱猜，兴许那皇后娘娘和安昭仪就是过来赏花。"

"她们哪，都是醉翁之意不在酒。"花荫公主蹙着惊翠眉，伸手掸掉呆若木鸡的武僧觉后背的花瓣，柔声说道，"驸马都尉，该回花荫堂了。"

武僧觉猛然惊醒，口上答应着，转身临走前，扯断腰间平安袋的绳索，丢弃在常鹤兰脚前。

刺绣桃红芍药花的平安袋，在粉末残渣的地面异常醒目，常鹤兰忙弯腰攥在手心，残存着他体温的平安袋，散发出麝香的香味。这熟悉又陌生的气息，似钝刀狠锯她的心房，她痛到近乎窒息。

"怎么，皇后赏赐的平安袋掉了？"

"不喜麝香味，太过呛鼻，不如梨花的香气清新。"

"那还不易？改日令尚药局配制梨花香的平安袋。"

耳听公主与武僧觉亲昵的对话，渐行渐远。常鹤兰终能缓口气来，跌坐在艾叶草垛前，揉着绞疼的腹部，神情麻木地望向那鸳鸯梨树的芳华绚烂，如傻如痴。她所期待的希望再一次破灭了，又将面临孤立无援的困境。她失去了季康和儿子，不期偶遇武僧觉，以为是上苍垂怜赐予她能倚靠的大山，对未知的前路重新燃起希望，哪知他与公主结为夫妇，难道，她的人生就是在希望与绝望中摇摆？

"太医丞，你看阿姐那痴傻样，是不是中邪啦？阿姐，阿姐，该用午膳了。"药童端着半陶碗稀汤豆粥，走到她身前，拿筷子敲打碗边，大呼小叫起来。

太医丞皇甫灵歪着他略显方圆的脑袋，慢声慢气地挤对她："阿姐怕成了寂寞空庭春欲望，梨花满地不开门的断肠人。"

常鹤兰这才如梦方醒，羞得耳根子发烫，她捂住隆起的腹部，想起方才突发的阵痛，忙向他呼救："太医丞，腹部疼得厉害，该不会是要早产？"

太医丞皇甫灵听后，神色严峻地伸手搭在她手腕上诊脉，安抚她："不会早产，你是忧惧过度，腹内胎儿感应到你的悲痛……"

常鹤兰泣不成声地摆摆手，愈想愈痛苦，突然抬起泪脸，恨恨地扔掉平安袋，拽着他衣袖负气说道："太医丞，阿姐不想要这孩子了……"

"阿姐，你疯了？孩子又不是树上的花朵，风吹雨打碾落成泥，那是条活活的生命。"皇甫灵愤愤然起身，捡起草药渣堆的平安袋，塞进她袖笼，神色是看透人间情事的淡然："阿姐，谨记谨记，万万不可和宫中的男人有丝丝缕缕的牵扯。阿姐，有儿万事足，孩子比男人靠得住……"

萍水相逢的皇甫灵是她寒冷旅途中的一丝暖意，常鹤兰感动不已，不要孩子当然是说赌气的话，怀胎十月，她与胎儿早已心连心了。她听话地把安平袋塞进袖笼深处，抓起装有豆粥的陶碗，拌着泪滴，一点点吸溜进肚。

皇甫灵拿起地上的药箱，挎在肩上，本来已走到门前，不放心地回过头，蹲在她面前，常鹤兰恐慌地发现，他那布满密集皱纹的额面，如风烛残年的石雕刻痕。

"阿姐，你腹内的胎儿是你的希望。其余，别强求，也别妄想。若有男人要来认这孩子，别承认，一旦承认，你和孩子的命都保不住了。宫内的丑人脏事，我看得多，也经手得多。"

他语重心长地嘱咐道，充满善意的大眼，闪耀出慈父的关爱之光。常鹤兰咬紧下唇，认真记下。

过了三五日，来尚药局看花的人中，总会冒出个面目和善的男子，有意无意地跑来与常鹤兰套近乎。

他有一搭没一搭地闲聊，不是话指常鹤兰的身世，就是言辞闪烁地打探她腹内胎儿的生父。常鹤兰心里早疑忌，想起太医丞皇甫灵的提示，她便刻意躲去后院打理草药花卉。

倏忽时光半月过，鸳鸯树的梨花开败了，常鹤兰恢复到前院劳作，太医丞皇甫灵情知她即将待产，安排的活儿是不费气力的晒草药。

这一日甚为清闲，她先把院内飘落的花瓣扫拢，合上水井的井盖，搬来把竹躺椅在梨树下吹吹风。

天气稍热，阳光洒在树丫间，漏出斑斑点点的光影。她闷得无聊，摸出芍药花的平安袋在阳光下研究针脚绣法，看桃红的芍药花纹刺绣精美，不似民间集市卖的绣娘粗鄙的手艺。

没曾提防，药童半路窜出来，伸手夺过平安袋，边飞腿跑到艾叶草垛，边嘻嘻笑道："哟，阿姐，这香囊真香，借药童戴几日玩玩可好？"

"别胡闹了，童子，快还给阿姐。"体态臃肿的常鹤兰，又不能去追赶这淘气的药童，只得躺在椅上，又急又气地拍打椅背，催促他还来。

"不还，不还！阿姐忒小气了，玩几日又不少根毛。"玩性重的药童哪里肯还，他高高举过头顶，扭摆着小胳膊腿，跳走至大门。

常鹤兰想着这药童贪新鲜，便随他去了，仍旧懒洋洋在躺椅上歇息着，寻思待产要备下的杂物。

"那贱人在哪里？"耳中突闻妇人的怒喝声，她吓得不轻，慌忙双手兜住孕肚，颤巍巍地站起身来向门口张望。

领头的是那眼神凌厉的花荫公主，她一手挽起洒金石榴裙边，一手攥着平安袋，气势汹汹地冲到水井前，将那平安袋照她头面打过来，嘴里骂着难听的话："贱人，你偷了驸马都尉的平安袋，是何居心？"

常鹤兰偏头躲避，桃红平安袋掉落井盖，她又惊又气又怕，浑身不停战栗，泪水在眼眶内打转，她能说出真相吗？不能！她跪在地面，死死咬住下唇，逼迫自己要打死不认账。

"公主息怒，喊来驸马都尉当场对质，不就水落石出了？"一位身段轻盈的黧面妇人，在旁出主意。

"霄云，速去找锦瑟去召驸马都尉来。"气急败坏的花荫公主点头首肯，早有奴婢搬来高椅，搀扶她坐在椅上。她跷起二郎腿，逡视着常鹤兰。

跪伏门后的药童，头脸遭人暴打得红肿，常鹤兰的心悬吊半空，暗暗叫苦：那武僧觉要是承认了，不就害她与腹中胎儿两条人命？

"来人，把这贱人捆绑起来！"花荫公主发起威风来，常鹤兰惊惧得手颤脚麻，真是叫天天不应，喊地地不灵。

日光照着褐色木井盖面的桃红平安袋，炫目刺眼。而她的世界一片灰暗，自己的人生将毁在这平安袋上？不，那她会死不瞑目。

【第四十一章】

芍药平安袋　皇后赫连雪云

暮春时节了，华林园的合欢树也该开花了吧。注视着整面影壁乌油油的爬山虎，赫连雪云脑中闪现的却是太子妃吕金瓶阴谋得逞的假笑，那张并不算漂亮的笑脸似在嘲弄她的失败。

是啊，她是失败的女人，可，不也还未到盖棺定论的时辰？赫连雪云甩了甩手中团扇，嘴里轻哼，手提百鸟裙裾，踮起脚走下台阶。

还差半年，小皇孙就满两周岁了。她抬手摩挲着藤蔓肥实的叶片："时光太慢。"她抱怨道。

安昭仪怕也和她一般心思？小皇孙的乳母，是两人后半生的依靠，她不会再给太子妃机会，又去找什么高人来找托词。捏碎指尖叶片，她向身后的奴婢下令：

"鹦鹉，去请安昭仪来承华宫，陪本后赏花去。"

"娘娘，是要赏哪儿的花？是华林园的合欢，还是尚药局的梨花？"静墨与寂语两位多嘴的奴婢像苍蝇一前一后扎堆飞来。

赫连雪云转过身，数落她们："就你们逞能，真当自己是千里眼，顺风耳？"

静墨拿手拢着鬓角一缕乱发，嘟嘴埋怨道："娘娘偏心，眼里全识得个鹦鹉姐姐，哪里有我们姐妹？鹦鹉姐玉体欠安，娘娘也忘了？"

赫连雪云一愣，是健忘了，鹦鹉的喉疾对花粉过敏，近日在静养。身边少了鹦鹉，倒似失去了些什么，好生不惯。她神色怏怏，拾步上台阶，边轻摇团扇，边细细说道："华林园内百花争艳，会比不过尚药局的梨树花开？"

走在影壁前的寂语回身扑哧一笑："娘娘不知，尚药局的可非寻常梨花，那是五百年的鸳鸯梨树，据说祈福灵验得很。最是那想要夫妇相和的女子去祈福的多。"

夫妇相和？赫连雪云听着不发一言，偌大的后宫，如许多的夫人，就得一位皇帝，这些女子，谁都想与帝王做情投意合的夫妇，不是白日做梦，滑天下之大稽？

"那也没什么趣，还是去邀请安昭仪到华林园赏赏合欢花有趣。"赫连雪云一头嘴上说着话，一头进到内室更衣，换上浅紫色绣着娇黄迎春花的长及拖地裙，乳白色腰封裹出纤腰，凌虚发髻仅插了凤首金步摇。

梳洗停当，日光散出热气来，赫连雪云正待吃杯茶，就见寂语急得脸盘通红，慌张跑来，嘴里疾呼："娘娘，花荫堂的侍女轻鸿说有急事求见哩。"

花荫堂是公主所居，自己与她早心生芥蒂，形同陌路。她会有何事上门？"领进来。"赫连雪云狐疑着起身踏出宫门。

青幽幽的影壁下，有位雪花白样的晶莹剔透的俏女子正步履匆匆，她粉面渗出红晕，声音清脆如珠玉落盘："娘娘，轻鸿是奉了驸马都尉的密令，恳请娘娘速去尚药局救人！"

驸马都尉？她想起来了，中宫朝会那晚的幸运小子！她还赏赐他芍药平安袋呢。她对这轻鸿也有印象，那晚随同花荫公主的奴婢中就有她。真是百年难遇的美人儿，赫连雪云目不转睛地盯着她，愈看愈爱。

"娘娘，救人一命胜造七级浮屠。快走吧！"那轻鸿如片羽毛飞落，神情凄婉地哀求她速速到尚药局。

赫连雪云镇定心神，一面吩咐寂语去玉烛殿将安昭仪请到尚药局，一面吩咐静墨："把本后的芍药平安袋捎上几个，平日难得去趟尚药局，装些香草药粉末回来，也不枉走这一遭。"

宫门备有两匹枣红马，赫连雪云预感事态严重，驸马都尉能以快马请她，想来是到了生死攸关的绝境。

轻鸿与静墨同骑一匹马，两匹马并头前行，赫连雪云问起驸马都尉发生何事，那轻鸿也无头绪，只说公主见到驸马都尉丢失的平安袋在尚药局女奴手上，就大发雷霆云云。

赫连雪云大致猜出是公主吃醋了，想不到小小的平安袋也能掀起醋海风云？

她感到莫名的新奇有趣，赶紧扬鞭疾驰。

尚药局的门口围拢了乌泱泱的奴婢们，争先恐后地要看热闹。静墨大呼："皇后娘娘驾到！"他们皆做鸟兽散。

赫连雪云从未来过尚药局，踏足进门，就闻到股清雅的花香与凉飕飕的药草味，触目见到那翠荫环绕的梨树下，跪了位五花大绑的孕妇，同样身为孕妇的花荫公主姿态舒服地坐在椅上，跷脚吃着软糯的梅花糕点，不时与她的奴婢嬉笑。

赫连雪云抬眼四顾，不见驸马都尉身影。她装出讶然的神态，拍掌笑道："巧了，巧了，真是前世缘分，能在尚药局碰上足不出户的公主，公主也是慕名赏花来了吗？"

花荫公主自顾冷笑着，纹丝不动——按照后宫规矩，她得行礼。赫连雪云忍着气，情知她是公主，仗着怀孕，又对自己心有怨念，就是要她不痛快。

"娘娘来得可不巧，若是来赏花，可这梨花已开败了呢，不巧。"怀孕的花荫公主依然爱美如命，描了惊翠眉，涂了殷红的胭脂，灵蛇发髻插戴闪花人眼的金簪银钿。

赫连雪云恨她恨得牙痒痒也没用，有些人出现在生命中，就是为了让你去恨她，却拿她无可奈何，比如太子妃吕金瓶，比如眼前这位骄横的花荫公主。

日头晒人，赫连雪云开始可怜那位跪在井盖上的孕妇，她咬咬牙，寻思着要打压打压公主的气势，便示意静墨拿来平安袋，故意在公主眼前晃动。

"公主不是喜香？本后带了些旧年中宫朝会赏赐驸马都尉的平安袋，想着好不容易来趟尚药局，新装些调制的药膏香粉，给公主逗个趣头呢。"

花荫公主听罢，放下跷起的二郎腿，嘴角浮现一抹虚伪的笑纹："皇后真如此挂心？"

赫连雪云低眉顺眼地假笑道："本后哪能对公主不存敬意，不挂心上？"她边说边捧起几个桃红芍药花的平安袋，走向捆绑在地的孕妇身前，假装无意发现水井盖旁丢弃的残旧平安袋："呀，这也是出自本后赏赐的平安袋，不过本后赏赐诸多奴婢，想来弄混也是常有的事。公主，为何绑缚这怀孕妇人？"

花荫公主恨恨地白了那俯首无语的孕妇一眼，正待言说，身披翠绿锦袍的驸马都尉旋风般奔过来。他摸了把满面的汗珠，蹲在公主身前，举起个鼓鼓囊囊的粉色纱袋，霎时间，院内飘起满车甜瓜翻车碎一地的果香。

"公主，武僧觉刚去华林园移栽两株合欢树到花荫堂，这些散落在地的合欢花，捡来装进纱袋，送给公主闻香。"

花荫公主拿起装满粉色合欢花的纱袋，不落手看了一回，展颜笑道："好，你也算是会识情趣的人。"

赫连雪云冷眼看这两人新婚燕尔般旁若无人，自始至终，那武僧觉并不曾瞄一眼跪在地上的孕妇，这反而令赫连雪云生疑：水井盖旁的平安香袋是武僧觉的无疑，怎么到这地位卑贱的孕妇手里了？花荫公主虽本性蛮横，但也非撒泼胡闹的主。

"怪不得，左右寻不到你人影，原来是去华林园了，还以为你故意躲避着呢。"花荫公主拿出绸巾搓揉他油腻的脖颈，眼里满是爱惜之情。

武僧觉大约生性木讷，他握了握公主的手，起身环顾四周，提起装合欢花的纱袋，走至廊下，拣了个空箩，悉数铺放在内，阳光直射在合欢花上，泛出梦幻迷离的光影。

武僧觉掌中捧着把合欢花，似有所感，诗兴大发："夜合枝头别有春，坐含风露入清晨。任他明月能相照，敛尽芳心不向人。"

"驸马都尉作得好诗，我家孩儿有福，阿爷原是能文善武，不是只懂打打杀杀的粗莽壮汉。"花荫公主手抚腹部，笑得咯咯脆响。

"公主谬赞，莫说公主爱合欢，武僧觉也欢喜得紧。"武僧觉面皮臊得紫红，他抬眼瞟了瞟跪在水井盖似石化了的常鹤兰，恭敬地向赫连雪云行完礼，将公主扶起身，赔着小心出言替那妇人说情："这日头甚是毒辣，公主，何不发发慈悲，把那可怜的孕妇松绑……"

"驸马都尉心疼了？这贱妇嘴硬得很，怎样打骂，一个字也不肯吐露，莫非成了哑巴？"花荫公主倒竖着惊翠眉，摔翻他的手臂，悻悻走到廊下堆放药材的草垛，兀自吃着干醋。

赫连雪云沿着水井的高墙挪步至有张碎花布帘遮挡着月洞门的后院，上前掀开布帘，一众药童身叠身趴在墙面正偷看得起劲，眼见得是她，全倒散在地上，几个一溜烟躲远了，还余几个嘴里慌慌嚷着娘娘饶命。

后院的药柜齐整排列，园内有棵千年老槐，浓荫覆地，左右两侧是煎熬中药的药罐子。她记得太医令慕容白不常在这里，太医丞呢？

"回娘娘，太医丞一早就被含章殿的人叫去给太子妃催奶了。"

赫连雪云暗自欢喜，心性要强的太子妃啊，看你还能挨到几时。转头命令身后的静墨，要那帮药童熬制些上等好茶来，搬些高椅到院内，等安昭仪到了，好戏开锣，一时半会也散不了场。

扭身见这武僧觉像根木头桩子立在原地，想起死去的兄弟赫连盛，赫连雪云对他产生一丝怜悯，有心帮他解围，便自作主张地扶起跪地的孕妇，静墨忙替她松绑，扶她站起身来。

"复道交窗作合欢，公主，既然大家同为阿娘，何必彼此为难呢。"

花荫公主听了她的话，撇开扶着她腰际的黥面奴婢，走到她面前，皮笑肉不笑："娘娘，你会善待后宫的夫人们？不是本宫天性刻薄，要彼此为难，是诸神的安排，女人与女人，哪有真正的友情？不过是各自利用争风吃醋，彼此为难的相互成全，是不是呢，皇后娘娘？"

赫连雪云情知说不过能言善道的公主，也不屑嘴上争个胜负高低。她沉默着低首顾盼，静墨从手脚笨拙的药童手中端来飘溢出初夏气息的香草茶递给她。

"人生就是一条污河。"她挹着香草茶的热气，话里有话。

"娘娘，公主也许说的对，对付女人最好的武器就是另一个女人。"

上身樱桃红绸衫、下身杏子青缎裙的安昭仪，如五月成熟的黄桃，溢满甘甜诱人的汁水，滴落到她们中间。

赫连雪云松了口气。

她与安昭仪也非什么姊妹情深，生存的恐惧远远超越姐妹情深的虚幻，两人需要彼此的成全，比任何情义都来得实在。

"是什么风把玉烛殿的安昭仪也吹来了？"花荫公主神色戒备，双手交叉盖住腹部，抬腿坐回她的高椅。

"是这暮春的风，是这飘荡着梨花香的风。恭贺公主双喜临门，喜得夫婿与贵子。"手执羽毛扇的安昭仪以轻松的口吻调笑道，眼尾不经意间扫了眼梨树下的孕妇，身后的奴婢躬身捧上红绸缎包裹的木匣。

"公主，这是龙城鲍鱼，滋阴上品，望公主笑纳。"

趁公主收下鲍鱼的空当，安昭仪走近赫连雪云，掩嘴耳语："娘娘，妾身选中的这孕妇常鹤兰就是小皇子乳母的最佳人选。"

赫连雪云望了望那位始终一言不发的孕妇，对她超常的忍耐力甚为认可，想着公主不肯放她一马的恶意，肚内思忖如何救下她来。

花荫公主得理不饶人，神色恼怒地发话了："驸马都尉，你来说说，平安袋如何会在她手里？"

"公主……"驸马都尉武僧觉慌得张口结舌，一脚踩翻装合欢花的细箩筐，淡粉色的合欢花飘飘荡荡如蒲公英的花飞散了。他手脚无措要去捕捉那些飘远的合欢花。

"驸马都尉，别水中捞月了，从实招来，你们是不是曾有私情？"花荫公主端起盛满花草茶的瓷碗，也不喝，只拿鼻尖凑拢去闻茶味。

"不是！"沉默不语的孕妇常鹤兰突然尖叫起来，矢口否认。

众人都被惊了一跳，花荫公主脸上的笑容凝固在嘴角，手一松，瓷碗掉在地面，摔得粉碎。

"不是什么？"花荫公主霍然起身，像发怒的母豹，飞奔过去，双手使力晃动常鹤兰的双肩。

赫连雪云与安昭仪四目相对，大家心知肚明，真要坐实了驸马都尉与常鹤兰的私情，且不管是从前还是藕断丝连的现在，这一地鸡毛的残局如何收场？

"娘娘，快想法子保住那乳母……"安昭仪一边急急摇晃羽毛扇，一边说着她能意会的腹语。

赫连雪云想着公主不是不明智的女人，她走到公主身前，好言抚慰道："公主，圣人曰，人生就是一条污河。就算公主查出个水落石出来，驸马都尉与尚药局的女奴有私情，不是辱没公主颜面？便宜了后宫那帮不安好心的人看公主笑话？"

花荫公主侧过脸，皱起惊翠双眉，反唇相讥："娘娘，本公主与敦煌郡公的婚姻不就是后宫最大的笑话？"

赫连雪云被她还击得哑口无言，呆立半晌，才带着满腔愤懑回敬她："公主，你已有新欢在旁，何不放过旧爱？"

花荫公主托腮思索许久，招手要武僧觉走近前，语态轻佻："本公主可以不追究，如果你们真清白无染，是你亲手赏她二十个耳光，还是她以腹中孩儿的性命来发毒誓证明？"

赫连雪云暗骂公主心狠手辣，竟然以此两难来诛心？这烂摊子被她搞得愈发没边没界，她也不打算插手了。

安昭仪慌忙走上前来，恳请公主道："公主，这位孕妇是掖庭为太子妃的小皇子钦定的乳母，还望公主手下留情。"

花荫公主不耐烦地将搁置身旁的木匣打翻，滚落一地的干鲍鱼，弥漫起海产的腥臭味。她捂住口鼻，语气严苛："安昭仪，本宫可管不了许多！别说你是人微言轻了，就是皇后娘娘的话，也未必管用。本宫就要落得个心中踏实，驸马都尉，可曾选好了？"

眼见安昭仪也讨个无趣，赫连雪云心乱如麻，哀叹这常鹤兰的命运坎坷，后宫什么女人不沾惹，偏生沾惹上这霸道无情的母豹。谁能救她？怕是天王老子来，也救不了。

面对死寂的沉默，那奴婢常鹤兰挺起大肚，步伐蹒跚走过来，她面上看不出半分伤悲，躬身请求道："公主，奴婢愿以腹中胎儿起毒誓。上苍诸神，奴婢常鹤兰若与驸马都尉有半点私情，请诸神罚奴婢即将出生的孩儿夭亡！奴婢断子绝孙！"

常鹤兰的毒誓一出，莫说花荫公主一惊，就连赫连雪云也感到毛骨悚然，能以自己的孩子起毒誓，这女人不是一般的狠角色啊。

她望向武僧觉，泥塑木雕的他立在公主背后，空洞的双目去追逐半空晃悠悠的一朵合欢花，仿佛吓傻了，也仿佛是事不关己。

"驸马都尉，回花荫堂。"眼见强势的花荫公主到底还是服软了，赫连雪云与安昭仪不禁长松一口气。

【第四十二章】

花荫堂　驸马都尉武僧觉

华林园的雌雄两株合欢树移栽到花荫堂的阔院后，武僧觉站在高直的树前愣愣出神。

暑气正浓，合欢花已开散，空余碧绿、翠色的繁叶缀满树冠，沐浴在凉沁沁的绿荫伞盖下，他想起怀孕的常鹤兰跪在花荫公主面前发毒誓的决然与平静，既有英雄气短的羞惭，更有对自己无能的唾弃。

往后是不能对她有非分之想了，听她发毒誓的狠绝与无所畏惧，旁人会以为她腹内的胎儿不是她亲生骨肉，只是与他人苟合的野种。

后背一阵香风吹来，他转过身，见到侍女轻鸿左手执着花鸟团扇，右手拎起串紫丁香花，扬起丁香花般的俏脸，向他逗乐："驸马都尉，不见合欢花，空倚相思树呢。"

武僧觉见她一副无忧愁的小女儿娇憨样，不由笑着刮了刮她鼻头："轻鸿，别没大没小，公主见了，又得训你。"

人人都厌恨花荫公主的霸道、骄横，他却甘之如饴。阿娘说过，女人心海底针。花荫公主不过是个性刚烈，刀子嘴豆腐心罢了。他愿意去体谅她，去宽容她——哪怕她对常鹤兰那般凶煞，他也不怨恨公主。他不心痛常鹤兰吃尽苦头，受尽折磨。相反，悲伤是一种炼金术，能提炼出智慧，这种智慧，即使不能带来欢乐，也许能带来幸福。他自信常鹤兰是有慧根的女子，应当能靠她的自救、自度，硬闯出属于她的锦绣前程。

这古灵精怪的轻鸿，常常仗着公主宠爱，跨过男女、尊卑的界限和他嬉笑打闹，他不能任由她胡来，轻鸿以后将会是皇帝的女人，花荫公主不止一次在他耳旁唠叨。

轻鸿毫无顾忌地在他面前撩起裙裾，露出曲线优美的洁白脚踝来。她蹲身拿手指在脚踝挠痒痒，半昂起小脸，眨巴着水雾蓝的迷人眼珠问道："驸马都尉，你得如何谢谢我这送信人？"

武僧觉双手交错在胸，立在合欢树下暗自思忖。公主自从尚药局回来后，就疑心他与常鹤兰的私情，他应对的策略是不发一言地傻笑，想着时间久了，公主自己也闹得没趣，这事就是大事化小小事化了了。

谁能料到，这会成为公主挥之不去的心病！当公主捆上常鹤兰，要拿他去对质，还真多亏这机灵的轻鸿出了搬来皇后救场的主意，自告奋勇地骑他的马跑去送信。

武僧觉侧过身，迎头与轻鸿的那双目含情美目相撞。他心如鹿撞，慌乱闪避她热烈的直视。

她虽过及笄之年，但始终还是个孩子。他充满歉意地拉着她的手故意逗她："等我回了公主，把你盛装打扮，送到万寿宫去，算不算是份大礼？"

轻鸿的蓝眼珠瞪了他一眼，噌地跳起来，扭着细腰撒娇："不去，不去！那个胡须满面的半老头子，谁稀罕谁去！"

嘘嘘！武僧觉急了，这天真无邪的小姑娘啊，冒冒失失，不知帝王是九五至尊？

他蹲在她身边："小点声，轻鸿，可不能要公主听见，否则你和你阿娘的性命难保。那是陛下，神圣尊贵的君王，他主宰天下百姓的生死。不能不恭敬！以后要叫他为陛下，可记住喽，傻丫头？"

轻鸿似懂非懂，跑去捡地上飞落的一朵蒲公英，她转动着伞状的蒲公英，放在嘴里噗噗吹得起劲，娇笑道："驸马都尉，为何轻鸿不是公主？轻鸿不想嫁人，就想守在你身边，阿娘都说，整座后宫，真男子汉就是驸马都尉你了。还说，嫁人就得嫁驸马都尉这样的汉子。"

武僧觉听得羞愧难当，他哪里算得上什么英雄好汉？不过是勉强充了回门面罢了，就被她们信以为他是顶天立地的男子汉了？他清楚自己的德性，是连女人都不如的尿人。

他在火光熊熊的芦苇丛，对常鹤兰许下照顾她下半生的承诺，谁承想，进宫后，他成了驸马都尉，那些说出口的大话，就成为天大的笑话。

想到这些，武僧觉双腿先虚软了，他摩挲着轻鸿柔软纤细的黑发："你呀，愈说愈没正行！还是太年轻了，不知道人生的变幻无常与世事的无奈！"

"不要松手，轻鸿喜欢驸马都尉。"轻鸿忽然捉住他的手，热烈大胆地吐露心扉。

"哈哈哈，驸马都尉也喜欢轻鸿得紧呢。"武僧觉仰天大笑，只觉她单纯、可爱，不假思索地回应她。他是修行人，明知情深不寿，已辜负常鹤兰，不能再辜负别的女子了。

少女轻鸿信以为真，欣喜地搂紧他的腰，武僧觉爱怜她的幼稚无知，任由她抱着不放手，两人在合欢树下相拥，彼此心境大不同。

侧边丁香院的半月门吱呀推开，一身紫碎花绸袍的花荫公主，在两位奴婢的簇拥下，缓步走过来。

武僧觉匆忙掰开轻鸿的手，自认问心无愧，踏步迎上前，花荫公主也不动怒，只是满嘴风凉话，听得他汗毛倒竖。

"哟，驸马都尉还真是风流多情呢，色迷心窍，不知道轻鸿未来会是谁的女人？"

"公主，武僧觉有几个脑袋，敢色胆包天？轻鸿淘气，和她逗乐罢了，不信，你问她。"武僧觉搂着公主日渐臃肿的腰身，低声下气赔着好话。

"公主，驸马都尉说喜欢轻鸿得很呢。"轻鸿不知深浅，瞪大雾蒙蒙的蓝眼珠，神情认真。

"武僧觉！"花荫公主气得抡起粉拳，作势要狠揍他，武僧觉也不躲闪，直挺挺地站在公主面前，抓过她的手，赌咒发誓："公主，情深不寿，僧觉该打。"

花荫公主被他逗笑了，武僧觉牵过她的手，公主的气血不通畅，手脚冰冷。他寻思着要去尚药局找来太医丞诊治诊治。

黧面的奴婢霄云远远地从正门走进来，她手臂挎了朱红漆的食盒，边迈着碎步，边张口低呼："公主，含章殿的太子妃差人送来的南越冰镇荔枝。"

"太子妃的长兄南宫侯对她关爱周到，一会儿南越荔枝、一会儿南越贡品沉香……太子妃也是福报很好的女人，是不是，扫地僧？"花荫公主挽住武僧觉的手臂，她的头紧挨在他身上，不顾他手臂的汗水湿透，也不避讳他挥发在空中的浓烈体味。

武僧觉很是受用公主叫他扫地僧的昵称，虽然置身在华美的宫殿，身份是大多数人都要敬他三分的驸马都尉，他的心灵深处，仍然当自己是位扫地僧——扫荡天下不平之气。

他嗅着花荫公主的脂粉香，触目所及的富贵气象，不禁喃喃低语："太子妃的福报再深厚，也不及公主一半。"

"扫地僧，就算本宫聪明一世，也没料到能与你相遇，慢说那朝廷贵胄，书香门第、名门望族，统统入不了本宫法眼，你信不信？"

"贫僧能不信吗？公主的话，一言九鼎。"武僧觉忍住好笑，继续与她解闷。

小脸蛋绯红的轻鸿从后面慌慌张张地追上来，急得快要哭了："公主，驸马都尉说要早些送轻鸿到万寿宫呢，轻鸿可不可以不去？"

花荫公主驻足，猝不及防地亲吻他的额头，武僧觉笑了，他知道这是公主示好的信号——她知道自己并无二心，对轻鸿也是纯粹的长者情感。

"扫地僧，你处心积虑地想早些送轻鸿进宫，是担心自己定力不够怕被色诱犯戒，还是有别的企图？"

花荫公主嘴角挂着一抹深不可测的暧昧坏笑，毕竟是生长在波诡云谲的宫廷，她的血液里流淌着皇室血脉，不信任人性，是皇族的本能。

武僧觉也笑了，花荫公主看着霸道骄横，其实也有善解人意的一面。他不想成为锦衣玉食豢养的猛兽，他要走出宫门，在军营磨砺他的意志与斗志。

他深情地将她拥入怀，鼻尖抵在她乌油油的发髻，陶醉在浸润桂花油的馥郁浓香中。"生我者，阿娘；知我者，公主也！宫里的脂粉气太重，僧觉担心陷在温柔乡不能自拔。"

"驸马都尉错也，脂粉香气只是漂浮在外的轻衣，那些深埋在地的戾气、煞气、血气、怨气才是宫廷的真相。唔，不知天高地厚的轻鸿小妮子，该怎么说服她乖乖伺候陛下呢？"花荫公主双手插在他腰间的箭袋，下巴抵着他的肩膀，发愁得很。

正午阳光，烈日灼心。武僧觉看见侍女轻鸿提着裙摆，手摇团扇，晃悠悠小跑着隐没进丁香院的月洞门，长长的翠绿披帛像青蛇迤逦在地。

他捡起花荫公主掉在地上的彩色披帛，替她搭在手臂："公主，日头毒辣，还是先回内室尝尝那冰镇的荔枝，凉快凉快。"

"妾身遵命。"花荫公主笑容可掬，学着后宫夫人们对金世祖的顺从姿态，边施礼边后退。

两人牵手进到堂内，武僧觉坐在竹编的矮凳剥荔枝，晶莹剔透的荔枝球放进银盏，黥面的奴婢霄云用银筷夹起来喂公主。

吃掉大半盆荔枝后，顶着油亮大脑门的奴婢锦瑟进来禀报，说万寿宫那边派人请驸马都尉、公主前去享用樱桃晚宴。

武僧觉把黏糊糊的双手放在银盆内的冷水清洗洁净后，拿起桌上的汗巾擦干手，向坐在对面、显出倦怠神色的公主笑道："公主，心想事成啊。"

"怎么心想事成？"花荫公主一脸不解，她抬抬下巴，要霄云把吃剩的荔枝端走。

"万寿宫的樱桃宴，不就是轻鸿登台亮相的天赐良机？"武僧觉走到她身后，为她揉捏双肩的肌肉。

花荫公主的语音渐次放低，哼哼唧唧道："她那犟牛脾气，连她阿娘霄云也说不动，唉，终得靠你来想法。"

武僧觉看见她眼神涣散，知道她疲乏了，忙要站立两侧的宫女搀扶她到玉石雕刻的凉榻睡中觉。

伺候好花荫公主，武僧觉走出门外，白花花的日头，晒得院内走廊花架上的兰草也显得蔫头巴脑，没精打采。他毫无倦意，经过合欢树，走向丁香院，想着找到轻鸿，去劝说她。

呈长方形的丁香院两边是七八株丁香树，中间空地栽种着带刺的玫瑰花、美人蕉、菊花等。长水缸内养了几尾红腹鲤鱼，三五处茅草房顶的木屋供贴身的奴婢居住，房前屋后东一片竹林、西一簇藤蔓、北一丛大芭蕉，颇有些野趣的风光。

刚推开乌黑的月洞门，一座玲珑假山后，跳出轻鸿的身影。她咯咯笑着跑来把他的衣襟一拉，武僧觉挣不脱她的蛮力，嘴里忙呵斥她："快放手，快放手，你都是大姑娘家了，成何体统？！"

"怕什么！丁香院人都跑光了，这会子怕都躲在膳房里偷吃冰镇的南越荔枝去了呢。谁会有这闲工夫搭理我们？"轻鸿娇羞地跺跺脚，全然不拿与他的亲热举动当回事，拖着他走近一株残余几串紫花的丁香树下，晾干的丁香花是花荫公主用来口含的香料。

武僧觉看着如丁香花的女子，不禁愁肠百结——既爱她，也愁她：爱她不谙人事的纯洁天性，愁她在这充满尔虞我诈的后宫，如何存活下去。

抬眼见到张竹编睡榻横放假山下，武僧觉搂着轻鸿盈盈一握的纤腰，扶她坐上去。假山后是丛紫竹，伸展出细嫩、弯曲的枝条在两人眼前荡漾。

武僧觉爱怜地注目她洁净无瑕的小脸，想着世间少女纯彻如清泉，最终仍免不了结婚生子后的憔悴、枯萎，如花开花谢的残酷，竟有万般不忍的痛彻心扉。

他拿开她的手，把滑落地面的披帛捡起来，折叠齐整，放到她手心，欲言又止："轻鸿，听话，好生梳洗一番，带你到万寿宫。"

头顶的日光亮晃晃地灼人双目，他以为轻鸿必定会再撒娇不肯去，等了半日，也不见她有什么动静。

轻鸿抓起滑落眼前的纤细竹枝条，展开细细的贝齿啃咬紫竹的嫩叶，调皮地冲他挤眉弄眼："武哥哥，你来求我，轻鸿就答应你，为你走上这一遭。"

武僧觉哭笑不得，幼稚的轻鸿啊，说什么为别人，那些看似伟大的人，最终也不过是利己主义者。他低头思忖半日："当真要我求你，你才肯去？"

"是呢，武哥哥，你求轻鸿，轻鸿就非去不可了。"一脸娇憨的轻鸿歪着小脑袋，瞪大雾蓝湖水般的眼珠，嘤咛着点头。

武僧觉见四顾无人，单腿跪在竹编睡榻前的玫瑰花地，双手交叉至下颌，一本正经："臣武僧觉恭请轻鸿夫人入万寿宫，赴夏日之欢的樱桃宴。"

轻鸿虽是拿手捂嘴忍笑，但还是憋不住，咯咯咯笑不停息，翻滚在睡榻上！

"去不去？！"武僧觉一刻也不肯放过她，抓起她的披帛，向她轻轻扑打，嘴上故作严苛地喝问道。

轻鸿笑得上气不接下气，稍稍停息，却把头别转着，低声说道："去，去啦！"

暮色里的万寿宫，金碧辉煌，香气蒸腾。

身着夏日常服的武僧觉手牵口含鸡舌香的花荫公主，缓缓走向位居中央的天下霸主金世祖。

两人的身后是穿了刺绣点点樱桃红的白地丝绸长裙的轻鸿——也是巧合，花荫公主新裁剪的夏服，本是若隐若现的轻纱面料，纯为消夏，轻鸿穿上刚好。

武僧觉与公主分别行礼跪拜，坐在席中。金世祖左边是着一袭华美高丽白绸长袍的皇后娘娘赫连雪云，右侧是着紫衣白裙的朝露昭仪；下首是面色红润的安昭仪，她那果绿色撒白花瓣长裙包裹得她丰乳肥臀；面色忧戚的菊夫人，一身黑地绘金菊花的夏服，看着压抑、沉重。

食案上摆有用玛瑙盆堆积如山的橙黄莹亮如水晶的樱桃、荷叶金杯的风月美酒。

武僧觉暗觉好笑，真就以樱桃充饥？脚下食案的铜盆内是冒白烟的冰块。他扯了扯公主的手，要她别大意碰翻冰块。

"花荫公主，你选的这驸马都尉可还满意？"双目灼灼的金世祖右手捧金杯，左手撸了撸浓密如钢针的一圈络腮胡，露出难得的笑容，饱含热烈的关切，笑问道。

花荫公主拉了武僧觉走下席位，双双跪谢龙恩。

"多谢陛下成全，圆了花荫与驸马都尉相见恨晚的良缘。陛下盛情相约樱桃宴，花荫献上位能在盘中戏舞的女子轻鸿，博君一笑。"

花荫公主说完，以目示意轻鸿，这精灵般的小妮子脚尖点地，舒展双臂的披帛，扭转娇躯，呼呼旋转出来。众人眼里只见到一团樱桃在滚动，在上天跳跃，在入海俯冲……

"呃，那轻鸿所跳为何舞？"金世祖伸长短促的脖颈，看得如只呆鹅。

"回陛下，轻鸿所跳为飞天舞。"轻鸿旋转的速度慢下来，娇喘吁吁作答时，险些跌倒。

武僧觉看得心疼又心酸——不论男女身，学成文武艺，终究是货与帝王家。耳旁飞来酸溜溜的冷言讥讽："什么飞天舞？不就是转陀螺？妾身还会踏歌舞呢。"

说这话的是菊夫人，她的儿子吴王金曜明被贬去南越，遭此重创的她，不仅不收敛锋芒，反而变本加厉，成为怨妇。

孤立无依的轻鸿立在殿堂，双手不知摆放何处，慌乱的神色如欲放未尽的丁香花结。

"菊夫人，要不你也来转转这陀螺？"花荫公主吐出口含的鸡舌香，故意挑衅她。

菊夫人神色傲然，抖了抖双臂闪金光的披帛，步态娴雅地走下席位，将行云流水般的披帛抖落在地，挺直修长的脖颈，曼声笑道："若她能在鼓面反弹琵琶旋转而不坠落，那才见得是真本事。妾身就算能重跳失传已久的七盘舞又如何？陛下，你还会有兴趣欣赏吗？"她驻足回首，望向含笑不语的金世祖。

"高山流水，知音难觅。"菊夫人的话音掩饰不住失落。她来到轻鸿身旁，围着她晃悠一圈，好似在挑选高徒。

安昭仪有些吃醉了，眯缝着迷离的美目，出言讥讽她："菊夫人糊涂，不知千里马常有，伯乐不常见的老话？花荫公主与陛下兄妹情深，何必较真，自取其辱。"

"是吗？是姐姐我较真了？"自言自语的菊夫人停顿双足，神色恍惚，眺望着安昭仪。

皇后赫连雪云也在向她遥遥招手："菊夫人，快回席位来，别扰了陛下观舞的雅兴。"

菊夫人侧耳细听皇后的呼喊，她有些不甘心地扫视自己的裙摆，老气横秋的黑色绣金丝爪菊的拖地裙摆，在如丁香花怒放的轻鸿面前，相形见绌。她以无比绝望的眼神瞟了眼轻鸿娇柔洁白的面庞，后背深陷下去，蹒跚着老态龙钟的步履，一步一回头，向花荫公主啰唆着："原来我真是多余的人，花荫公主，原谅我这年迈眼花的老妇人吧。"

面对菊夫人前倨后恭的落差，武僧觉悲哀地认清一个现实：击败一个自命不凡的女人，最厉害的武器就是拉上另一个比她更为年轻貌美的女人。女人啊女人，天性就是谁也不肯饶过谁吗？

他拉扯着花荫公主的衣袖，暗示她别再践踏失势的菊夫人。她的儿子吴王失利，自己也美人迟暮，实在算得上是位孤苦的女人。

花荫公主轻轻按住武僧觉的手背，起身牵起轻鸿的手，缓步走近汉白玉栏杆雕刻的高台："陛下，花荫想着把轻鸿留在万寿宫，替陛下解解闷，可好？"

胡须浓密的金世祖，喜得飞扬起嘴角，收拢袖袍，正欲走下高台，皇后赫连雪云与朝露昭仪都伸手要搀扶他，被他强行甩开——是在向年轻的美人证实他宝刀未老，或是龙威犹在。

君临天下的金世祖站在殿堂中，确实不够伟岸，武僧觉下意识地向后挪退脚步，他明白自己长身玉立的优势，与帝王相比，委实太过明显，并非吉事。

"轻鸿，去拜见陛下与皇后。"花荫公主推着轻鸿的后背，轻鸿胆怯地频频回头，搜寻武僧觉的所在。

殿堂忽然响起皇后赫连雪云的尖锐惊呼："朝露妹妹，你是怎么了？陛下，快回来啊，朝露昭仪不知何故晕倒了。"

金世祖只得无奈转身走回他的宝座，抱起瘫软在席位上的朝露昭仪，向身后的魏喜下令，要他召太医令慕容白速来。

武僧觉暗想这朝露夫人猝然发病得也太巧了，花荫公主愤愤地抱怨道："什么朝露夫人晕倒，肯定是皇后在这节骨眼上使坏！"

整座宫殿，皇后赫连雪云的声音最为高亢刺耳："陛下，妾身看朝露昭仪面色苍白，又在干呕，会不会是有喜了？"

"魏喜，太医令慕容白在哪里？"金世祖如临大敌，抱起朝露昭仪，催命般跺脚怒吼。

"陛下，臣到了。"身穿道袍的太医令慕容白奔上高台，扔掉药箱，跪在地上，探手为朝露昭仪搭脉诊断。

万寿宫变得异常安静，就连樱桃滚落玛瑙盘的声音都听得见，众人屏住呼吸，等待太医令慕容白的诊断结果。

"贺喜陛下，朝露昭仪是喜脉。"闭目把脉良久的慕容白，凝神思索，得出有人欢喜有人愁的结论。

"当真？"陛下喜得合不拢嘴，抱起刚刚苏醒的朝露昭仪，鸡啄米般亲吻她的脸。

"千真万确，陛下，朝露昭仪怀了陛下的龙种。"慕容白神色笃定，点头确认。

座中夫人们呼啦集体起身，跪在地面，齐齐称贺。

武僧觉见到花荫公主气得浑身发抖，忙搂住她的腰，安慰道："公主，命中注定，轻鸿的好运还需要等待时机。"

皇后赫连雪云高举长袖，望向台下的轻鸿，神色有些迟疑，她扯了扯金世祖的龙袍："陛下，公主虽是好意，不过，妾身听闻这舞者轻鸿的阿娘出身极为卑贱，且还……"

话至一半，她很识时务地不作声了。

"还什么呀？娘娘为何吞吞吐吐？"性急的安昭仪忍不住插话。

赫连雪云举起衣袖，挡住嘴："陛下，轻鸿的阿娘是遭女主人黥面的女奴，起因是她淫乱府邸，搞得鸡犬不宁。轻鸿，究竟是谁的私生女，尚未搞清呢。妾身怕有其母必有其女，淫乱后宫，给陛下引来大乱。"

金世祖闻言，当即不悦地皱起浓眉，似在强忍怒气的爆发。

"陛下，娘娘言之有理。轻鸿到底年轻，舞艺也不算精进，不如，交给菊夫人调教几年……"安昭仪趁势接上皇后的话头，见缝插针很是及时。

花荫公主听得分明，见这皇后与安昭仪一唱一和，生生打乱她的如意算盘，不禁勃然发怒："休想！轻鸿是花荫堂的奴婢，你们一个个想算计本宫，夺走花荫堂的奴婢。哼，陛下，她们眼里还有没有王法了？"

安昭仪双颊绯红，她喝了满杯酒，借酒壮胆，说出口的话，很不给花荫公主情面："哎哟，公主，可别动怒伤了胎气，妾身可就真的担当不起了。"

"公主，何必与醉人计较？"武僧觉在旁，心中敞亮，也是自己思虑不周，怎会没料到送轻鸿进宫，会对皇后、夫人们产生的威胁呢。她们要保护各自的利益，自然会站在同一战线。

金世祖发话了，他背对着公主，不带丝毫感情色彩的冰冷语调："花荫，你带驸马都尉和那女孩子退下，樱桃宴，散了吧。"

走在回花荫堂的途中，花荫公主将满肚皮的火气，迁怒到寸步不离跟随身后的黥面的奴婢霄云头上："都怪你这阿娘不好，耽误了轻鸿的大好前程，落得后宫都传开了，日后，谁还愿意迎娶轻鸿？"

霄云哭哭啼啼地捂住面上的黥字："那，奴婢明日找人要点药水洗掉这耻辱的印记，哪怕面上的这块肉烂掉也好！"

骑在马背上的轻鸿仿佛置身事外，她嘻嘻哈哈地与身旁的锦瑟逗趣。

"轻鸿真是没心没肺啊。"锦瑟摇头苦笑道。

"她何止没心没肺，简直就是没心肝呢。"霄云没好气地抱怨道。

她们主仆数人骂骂咧咧走得快，武僧觉一个人落单在后，快要经过尚药局时，他瞥见门楣上的灯笼在夜风中飘荡，心思一动，想起待产的常鹤兰，不由踏马上前。

他下马推门进去,见到几位药童在廊下吃酒赌钱,耍得正欢。

武僧觉自顾掀开后院的门帘,里面黑黢黢,什么也看不见。

"药童,你们尚药局的孕妇呢?"

"阿姐?她被玉烛殿的安昭仪领走了,听说生了个大胖小子呢。"

武僧觉听了,顿有喜极而泣的冲动,内心在狂喜地大喊大叫:"我有儿子了!我有儿子了!"

"太医丞都说,阿姐命苦,也不知是谁的野种,还得替那混账王八蛋养育儿子。"另一位药童的话,浇灭了他刚点燃的喜悦之火。

且喜且悲且惭的武僧觉头重脚轻地走出尚药局的大门,呆立在无边的夜色里,深巷中传来花荫公主焦急的召唤,他猛然惊醒,自己不再是毫无牵挂的扫地僧,而是身不由己的驸马爷。

人生的重逢远不如永别多,就此别过了,常鹤兰。他这么决定时,眼泪随之流下来。

【第四十三章】

荷塘密语　安昭仪

七月，暑气热重。

午后的玉烛殿静悄悄的，偶有响起蛰伏于酷热之下的蝉发出的嘶哑鸣声。

安昭仪头枕羽扇，歪躺在竹编睡榻上，天热心烦，她迷迷糊糊直犯困。

纱帘被风吹开，日光里走出怀抱果盆的婉儿身影，她径直将瓷盆放在方几上，安昭仪扫了眼，盆内盛了好几瓣青皮黄瓤的尖角甜瓜。

"昭仪，承华宫的皇后娘娘赏赐的西凉甜瓜，说是给昭仪解解暑气，降降心火。"

安昭仪鼻孔里轻哼了声，没再搭腔。皇后赫连雪云与她的情谊，不过是现实使然——有些交情是和利益相连，没有了利益，也就淡了交情。

她懒懒地起身走到屏风前，嘴里问她："金银花茶凉透没有？"

待婉儿转身捧来金银花茶，安昭仪接过来，先以茶漱口，再从果盆拿起一瓣冰镇过的甜瓜，清脆爽口，凉透到心尖，但她仍嫌太甜，吃了几口，将余下半截赏给婉儿。

安昭仪望着明晃晃的毒辣日光，只觉身乏力倦，正想再睡会儿中觉，厢房那头响起婴儿洪亮的啼哭声，那是她选为乳母的奴婢常鹤兰生下的儿子在哭闹。

她听这哇哇哭闹就心烦意乱，下令婉儿把剩下的甜瓜端去给厢房的常鹤兰，要她哄好孩子，别吵得人睡不安宁。

婉儿端着甜瓜离开，厢房的哭声渐渐低下去，传出常鹤兰在哼哼哈哈唱着的摇篮曲。

安昭仪听这似曾相识的童谣,是她故国的语调,立时惊得睡意全无。突然记起这常鹤兰是从她的故国押送到平城的女俘,怎么就忘记了?！一个激灵,她披上软绸青纱袍,迈着匆匆碎步来到厢房。

简陋的厢房门敞开着,一股子热烘烘的乳香味飘散出来,安昭仪立在门槛外,狭窄的里间如火笼烘烤,面容浮肿的常鹤兰,盘腿仰靠墙角的木榻上,蓝布服的前胸被汗水浸透了,她双手抱着正叽叽呱呱吸食奶汁的黑胖婴儿,闭眼哼唱童谣。

婉儿背对她,正蹲身偷吃甜瓜。安昭仪拍打门框,婉儿回头见到是她,慌得打翻果盆,紧张地拿手背擦拭嘴唇:"安昭仪……"

常鹤兰睁开双眼,想要挣扎着下地行礼,安昭仪摆摆手,手指地上的甜瓜,要婉儿捡起来洗洗干净,别浪费了。

婉儿捡起几瓣残瓜抱在怀里,一溜烟跑出门去。

室内闷热,安昭仪从破败的方桌上抓起芭蕉叶蒲扇缓慢摇动,想着如何开口。

在这异国的后宫太久了,她以为自己早已忘却久别的故国,怎能忘却啊?物产丰饶的大海,在潮涨日,山呼海啸的浪潮,汹涌着奔向坚固的石墙……

"你从龙城来?"犹疑半响,安昭仪倚靠门框前,装作漫不经心的语气问道。

常鹤兰没有回话,她回头直视这位来自故国的不幸女子,想必她是吓怕了,不敢说真话。

"但说无妨,本昭仪便是燕国国君的女儿、长公主。"安昭仪慢悠悠地摇动芭蕉扇,挤出一丝善意的笑容,期望得到她的信任。

常鹤兰垂下眼帘,拘谨地拍打着婴儿后背,似乎下定决心,终于肯将自身遭遇,断断续续道来。

"回昭仪,奴婢常鹤兰的阿爷,曾是燕国太守,谁承想到,兵败如山倒,不过瞬息间,奴婢就成了女俘……"

安昭仪听见母国早已灭亡,惊得手中芭蕉扇跌落在地,眼前金星直冒,两耳嗡嗡作响,似飞来上千只蜜蜂蜇得她无所适从。她忙将头靠在门框上,镇定心神,以防失态摔倒。

"陛下,你瞒得昭仪好苦啊。若非遇见常鹤兰,昭仪还在深宫做着有朝一日,父兄能战胜大魏国,将自己接回故土的春秋大梦呢。"

她紧咬牙关，对金世祖生出无穷怨念——他对自己为何要刻意隐瞒燕国灭亡的噩耗？是怜悯，还是根本就不屑一顾？安昭仪想起了同样是亡国之女、孤家寡人的皇后赫连雪云，想笑笑不出来，想哭哭不出声，原来两人真是同病相怜。

"昭仪，昭仪。"常鹤兰的急呼将失魂落魄的安昭仪唤回现实世界。

望着浑身湿透、邋里邋遢的常鹤兰，安昭仪心思一动，她踢走地上的破洞芭蕉扇，揉揉泛酸的鼻头，强颜欢笑道：

"过些时日，你来玉烛殿侍候本昭仪，待到机缘具足，本昭仪会举荐你为小皇子乳母。"

常鹤兰喜得泪水涟涟，差点从睡榻上滚落下来，抱着婴儿不住地磕头谢恩。

恢复平静的安昭仪跨出门槛，头也不回地向玉烛殿走去。她实在不忍说出口，若要成为小皇子的乳母，必须先处死她的亲生孩儿。

天空突然传来闷雷滚滚，乌云密布，是即将下暴雨的征兆。安昭仪要婉儿赶紧备好香汤，她得沐浴更衣后，再去承华宫觐见皇后娘娘。

她赤身躺在撒了鸡舌香料的热汤内，雾蒙蒙的水汽中，模模糊糊瞥见透明纱屏风外，婉儿跪地整理衫服，发着牢骚。

"老人说六月天，孩儿面，说变就变，真不假呢。那卑贱的奴婢常鹤兰真是固执得古怪，明明是泥菩萨过河，偏要生下没爹的孩子自讨苦吃。"

丧失故国的安昭仪对婉儿喋喋不休的毛病也失去了耐心，她趴在沐桶边的玉石枕上，喊她过来搓背。

婉儿手抓搓澡巾，卖力地上下搓擦。稍加停息，话痨的毛病又犯了："朝露昭仪送了些东方小国的丹椹，说是上等的仙药呢。"

"悉数赏给常鹤兰。"

"安昭仪，怎么独对她格外好些？"婉儿眼热了，手下力度稍减。

雾气翻腾，香汤渐凉，安昭仪冷冷地瞟了婉儿一眼，她大概意识到自己的蠢笨，不敢再吱声。

当暑气渐消的暮色来临，安昭仪手持写着"蝉噪林逾静"小楷字体的团扇，走进承华宫的庭院。

夏日的承华宫，最为丰盛。且不说爬满整面影壁的藤蔓与凌霄花纠结的绿意给庭院捎来些许清凉，单是廊下排列齐整如水缸大小的青瓷盆内栽种的荷花，就会有居在荷塘水乡的错觉。

她转过乌油油的影壁来到走廊前，数枝绽放的白荷惹得安昭仪停步逗留。

凑近洁白无瑕的花瓣，金线般的花蕊吐露奇香，并列的小荷才露尖尖角，玉盘大的荷叶，舒卷着泪珠般的水滴。想起地处辽西的故国，鲜少能见到南方花卉，荷花更为稀罕。不过，父皇有荷花金杯，母后有荷花金步摇，国破山河在，现如今，它们都掩埋在坍塌的废墟里，与过往的繁华和光同尘。

"妹妹，是在睹物思乡吗？"香风细细，皇后赫连雪云的手搭在她肩上，安昭仪忙将思绪拉回来，转头见到身穿荷绿色轻纱长裙的皇后赫连雪云，手持团扇，立在面前。

安昭仪此刻见她，竟有见到久别重逢的亲人般亲近——在这深宫后院，她与皇后赫连雪云同是深负亡国之痛的天下沦落人。她还抱有一丝幻想，故国若真正灭亡，她血亲的姐妹、侄女们都会成为女俘，但并没见到朝中重臣、宫里贵妇们为奴的身影，那应当是父皇和兄长与大臣们集体逃亡别处，自会卧薪尝胆、励精图治，择机卷土重来。

她是指望不上他们了，当下与未来；在后宫生存，只能靠自身了。安昭仪念及此，挽起赫连雪云的手，两人并肩穿行在荷香阵阵中。

"姐姐好雅兴，真是将菊夫人在江左吴都的荷香别院搬进承华宫了。"

赫连雪云边轻摇团扇，边娇笑着自嘲："与江左吴都的百亩荷塘相比，这就是小巫见大巫。不过，姐姐就爱荷花出淤泥而不染的高洁习性。"

安昭仪举起扇面题有蝉噪林逾静的娟秀楷书，嘻嘻笑道："妹妹与姐姐不谋而合了。姐姐爱出淤泥而不染的高洁荷花，妹妹喜'蝉蜕于污秽，以浮游尘埃之外'的蝉性本洁。"

赫连雪云却面现忧戚："你我均是公主，谁不是高贵出身？谁不会自命清高？唉，荷花高洁，终究会凋零衰败；蝉以餐风雨露为生，也逃不脱生命短暂的下场。"

这话触动了安昭仪的心事，她摩挲着扇面的蝉纹："居高声自远，非是藉秋风。蝉蜕羽化成仙，不就是世间万物生死的涅槃轮回？"

皇后赫连雪云停下脚步，站在最末一盆含苞待放的荷花前，拿扇指向含章殿的方向，画了个半弧形，俯首低语："妹妹提到生死轮回，令本后想起南越的南宫侯猝死的事来。"

南宫侯是含章殿太子妃吕金瓶的长兄，安昭仪大吃一惊："咦，南宫侯进贡宫廷的荔枝，都还未吃完呢。"

"哼，所以嘛，生死有命啊！不要说妹妹想不到，谁能想到南宫侯会被瘴气毒死。"

"不可能？！他在南越多年都安然无恙，怎会突地被瘴气毒死？除非是有人陷害！"安昭仪急得冲口而出，立马觉得不妥，四下窥探，所幸无人。

天色暗下来，奴婢们手持烛台鱼贯而入，渐次点亮宫灯。

两人驻足荷花间，窃窃私语。

"姐姐，不会是太子妃得罪了谁？前几日听奴婢婉儿提及太子妃奶汁不够，当时没在意，看来，是和南宫侯出事有关。"安昭仪扶住额面，止不住头皮阵阵发麻。

"太子妃生性逞强，她的奶水本就不够。唉，菊夫人家的吴王在南越任职刺史，南宫侯一死，整个南越的统辖权不就名正言顺地归拢他手中了。"

皇后赫连雪云的眉端愁容显现。

"姜是老的辣，妹妹见菊夫人神色萎靡，还可怜她失去势力，怕是要在冷宫终老呢，这么一来，吴王岂不是又有翻身的机会？"

安昭仪愈想愈后怕，宫中的权力游戏似乎永不会谢幕。

赫连雪云摇着团扇，抬头望着流动的云彩，语气确凿："明面上是毒死太子妃的长兄，实则是冲着太子金曜星，极为高明的一箭双雕。"

"如此说来，太子的东宫位堪忧？"安昭仪听得心惊肉跳，虽说太子东宫位与己利益纠葛不大，但宫廷祸乱，往往起因便是毫不起眼的小人小事。到那时，谁都不是无辜者。

一线弦月的金边从灰白的云层露出暗淡的光芒。两个面目模糊的奴婢手提宫灯，踏着碎步走下台阶。皇后赫连雪云果断喝住两人："寂语、静墨，还不去膳房切盘冰镇甜瓜端来？"

见两位奴婢匆匆忙忙提裙扭腰离去，赫连雪云这才莞尔一笑："这两个是宫内出名的顺风耳、千里眼，我们姐妹的私房话，不能给她们偷听到。罢了，休管他人瓦上霜，各人扫好门前雪。说回那乳母，她的孩子是个累赘，照宫内规矩，乳母的奶汁哺育小皇子,她亲生的孩子无权享用。"

安昭仪靠近皇后,与她并肩走向空旷的庭院,掩嘴低语:"妹妹哪能不熟读宫廷法规?妹妹正要向姐姐求教,若是妹妹动手处死乳母的亲生孩子,怕她记恨,就不能为妹妹所用。"

晚风习习,安昭仪嗅到皇后赫连雪云的体香与她鬓角浸出郁金香油的甜香,不由暗自感叹,皇后真是用香料捏出的女人。

赫连雪云听完她的话,转身对着她,高扬起美丽的头颅,露出胸前雪白的肌肤与性感的锁骨线。她反手拿起团扇,挡住半张脸,安昭仪清晰地见到团扇描绘着松树下冲出的吊睛下山虎,凶神恶煞地瞪视他人的图画。她吓了一跳:"姐姐,你怎么拿了男人用的团扇?"

"谁规定只许男人才能用猛虎团扇了?妹妹没听过,女人也是老虎的笑话?处置乳母的小孩,何必要妹妹动手,乳母一人即可。"

"姐姐说笑了,虎毒不食子,天下阿娘,谁肯杀自己的亲生儿子?"安昭仪苦笑着摇头。

"姐姐有说是要她动手杀吗?百密一疏,她就不能意外失手摔死孩子?"皇后赫连雪云摇摇猛虎团扇,眼尾飞扬的笑纹显得神秘莫测。

安昭仪注视着那头悚然心惊的下山虎,豁然开悟。

【第四十四章】

含章殿　太子妃吕金瓶

太子妃吕金瓶的心情糟透了。

长兄南宫侯从南越进贡含章殿的荔枝，整筐溃烂、发霉！众人皆大惊失色，她虽讶然，但表面还是若无其事地要玲珑扔掉了事。

坐在殿院竹榻乘凉的吕金瓶，总觉这荔枝烂得太过蹊跷，南宫侯给她的南越贡品，多是精心挑选的上品，怎会闹出这种败坏兴致的乌龙？这不是长兄南宫侯的一贯作风。

地毯上的昆仑婆俯身逗弄小皇子。玲珑捧着装满萤火虫的陶罐，揭开罐塞，嘭的一声，一道流光飞舞的尾巴在夜空散开，那些闪闪发光的萤火虫四处乱飞，惹得穿黄肚兜的小皇子蹒跚着小腿，挥舞着小胳膊，咿咿呀呀地爬着就要去抓。

"玲珑，太子去哪里了？"进入酷热天，怀孕的几位椒房都躲着以安胎之名不露面，太子不会又去寻觅新的美人了？惴惴不安的吕金瓶手拍凉榻，唤来玲珑催问。

"太子妃，你都问过三遍了，太子与中书博士羊公允在华林园的鹿野浮屠诵经。"怀里捧着陶罐的玲珑，耐心解答。

"噢。"吕金瓶焦虑的情绪稍稍缓解，一眼瞅见桌上水晶盘内堆满红艳艳的丹椹，想起那筐霉烂的荔枝，她丧失了食欲，起身在殿庭散步。

丹椹是怀孕的朝露夫人派人送来的，夸口是来自东方小国的上等仙药。在吕金瓶看来，不过是借机向后宫夫人们展示她宠溺的普通野果。

她揉揉发胀的胸，为了催乳，她胖得变形了。若从背后看来，就是个虎背熊腰的壮汉，这不是夸张的话，是她亲自从铜镜看到的真相。

独自抚育小皇子这大半年，吕金瓶既苦也乐，起夜喂奶，伤神耗力是苦，眼见小皇子天天壮大，便觉得快乐。

太子金曜星何曾体会过她的艰辛？他十天半月过来一趟，不是酒气熏天就是醉意蒙眬，不如不来，还落得个清净。

吕金瓶对太子虽有敢怒不敢言的怨气，但无从发作，无处发泄，唯有堪忍。

亮闪闪如精灵眼睛的萤火虫飞来飞去，与夜空的莹莹星光相映成趣。吕金瓶双臂抱胸，神情麻木地看着这纷繁喧嚣的天地，内心的荒芜如一望无垠的沙漠。

在这世间，她还剩什么？她还拥有什么？也许，只有昆仑婆抱着的小皇子，她只有小皇子。

太子金曜星不属于她；远在南越的长兄南宫侯，血脉相连，但相距万里。念及于此，她就感到无比地凄惶，自己实则孤独无依——明明看着她拥有太子妃的尊荣地位与唾手可得的富贵生活。她伸展五指，抓向繁星点点的璀璨夜空，抓了个空。

"啊，啊……"小皇子张开粉嫩的嘴，扭身寻找她。

黑壮的昆仑婆慢腾腾地走过来，露出满口白牙："太子妃，小皇子怕是要吃奶了。"

吕金瓶慌忙张开双臂，稳稳抱着温热乳香的小胖子，这可是她身上掉下的一坨肉啊，她亲吻着小皇子的肉手肉脚。

小皇子并不吃奶，他睁大明亮的双眸，目不转睛地盯着她，咿咿呀呀地露出无牙的粉红嘴巴笑了——儿子这天真无邪的笑，融化了吕金瓶堵塞在心的所有烦忧。

她抱着小皇子，一边漫步，一边哼唱着童谣，哄他安睡。

玲珑慌慌张张地从暗黑处闪现出来，一个劲向她招手，那双眼隐现出欲说还休的惧怕，吕金瓶见状，心脏猛然加速跳动，感到不太妙，忙把小皇子轻轻交给昆仑婆。

"是太子出什么事了吗？"她提起裙摆，走近问道。

"不，太子妃，是南宫侯，奴婢听说南宫侯突染瘴气，不治身亡了。"玲珑哆哆嗦嗦边说边后退，生怕遭到她震怒下的暴揍。

"荒谬！无稽之谈！南宫侯在南越多少年，他怎会染瘴气而身亡？"

吕金瓶气得上前挥手，一耳光打在玲珑的胖脸上："不许诅咒兄长！"

玲珑捂住面颊，眼含泪花，不服气地为自己辩解："太子妃，奴婢哪能去诅咒南宫侯，他是大肚弥勒佛样的慈悲人物，奴婢是听到中常侍万盛那边的奴婢传出的口风。"

"当真？"吕金瓶听到是中常侍万盛，神经绷紧了，她揪着玲珑的耳朵，拖到暗黑深处，低声发问，"到底怎么回事？"

"太子妃，奴婢寻思去膳房端点冰块，冰镇未吃完的丹椹。在半道上，听见几位阉人鬼鬼祟祟地说什么，奴婢偷听到是南宫侯染瘴气身亡的消息，吓得马上跑回来报信。"

玲珑疼得龇牙咧嘴，吕金瓶松手放过她，整个人犹如虚脱一般，快要散架了："玲珑，快扶着本宫。"她软软说道，头靠在玲珑壮硕的肩臂，她需要缓口气。

"太子妃，哎呀，早知如此，就不该告诉你。"玲珑也吓坏了。

吕金瓶强迫自己恢复镇定，她没有伤悲的时间，一掌推开玲珑："速去把太子、中书博士羊公允请来含章殿，快，快去……"

玲珑消失在夜色里，她深深吸口这仲夏夜的热气，按住跳得激烈的心脏，闭目思忖。南宫侯的暴死不正常，堂堂南越的首领，统辖南越数年，平安无事，一朝就被瘴气染上身亡？太可怕，也太不正常了。

暗处响起此起彼伏的蟋蟀叫声，杂有夜莺的歌声，本是寻常的夏夜，本该岁月静好的夏夜，她却得到失去至亲兄长的噩耗！吕金瓶不由跪在燥热的地面，捂嘴痛哭。

"太子妃。"有人在她肩胛上一捏，她抬起泪眼，在明晃晃的皓月下，高大如截黑炭的昆仑婆，向怀里酣睡的小皇子努努嘴。

吕金瓶忙擦拭双眼，起身整整裙摆，跑进含章殿内。她边脱去汗湿的轻纱袍，边走向珠帘重重的内室，在门口踅将来，向殿内几位呆鹅状的奴婢们下令："你，端出甜瓜、樱桃、丹椹及羊腿、驴肉、鹿肉脯；你去抱两坛桑落酒。"

草草沐浴后，她换上月白色的夏服，顺手将盆内开得正好的玉簪花摘取一枝插在发侧。

先去探视小皇子，见他睡得香沉，放下心来，坐在摆好的食案前，满腹愁绪涌上心头，吕金瓶不禁自斟自饮起来。

长兄南宫侯若真遭不测，她该如何安身立命，几番思量，皆为愁，正所谓酒入愁肠愁更愁，喝了三五盏淡酒后，微微出得一身汗，浅浅的醉意上头时，听见玲珑踏进殿邀功似的脆声禀报："呀，太子妃，太子、中书博士到了。"

吕金瓶听得这话，忙放下酒杯，抬起脸，冷眼睃见神色冷峻的太子携了身着布袍的中书博士羊公允，慌里慌张地来到食案前。

她扶着晕乎乎的脑袋，差点站不稳脚，好在，她能强装若无其事，向太子、中书博士行礼。

"南宫侯的消息可属实？"太子金曜星抢步坐在他的席位上，屁股还没坐热，手抓把樱桃，一颗颗丢进嘴里，边吃边问。

"回太子，是奴婢玲珑的道听途说，妾身也不敢断定真假，敢问中书博士，有何高见？"吕金瓶见不惯太子金曜星焦躁的举止，她转向中书博士羊公允。

"如果是从中常侍万盛的侍从处听来，就绝非空穴来风。太子妃，南宫侯应该真的身亡了，不管是染瘴气还是……"

"不，这不可能！兄长好端端在南越数年，怎么会突染瘴气啊……"吕金瓶急忙打断中书博士的话，一面伏案痛哭，一面闷声捶打桌面。

"太子妃，怎可对中书博士无礼？别吵醒小皇子了。"太子金曜星语气严厉，无情地呵斥她。

吕金瓶好不伤悲，她多么需要太子的抚慰，哪怕只是一个无声的拥抱。太子会去宠爱他的椒房，与她们卿卿我我，却从来也不会对她有半点温柔相待的爱意。是啊，自己享用了太子妃的尊荣，还要奢望太子的专宠，未免是贪心了些。

想到这里，她忙止住啼哭，强忍悲痛，成为识大体的太子妃，向中书博士、太子的酒杯分别注满酒。

太子吃完樱桃，示意奴婢们回避，他将高椅搬近中书博士身前，凑拢低言："中书博士，本宫有种不祥的直觉，南宫侯出事，是不是重英殿那位……"

吕金瓶克制伤悲，静静地听两人的对谈，中书博士羊公允酒量不佳，眉头深锁的他端起酒杯，继而重重放下，点点头。

"哎呀，是本宫失策了。"太子喝掉杯中酒，悔恨得捶胸顿足。

听见此言，吕金瓶感到万念俱灰，她颤抖不息的双手交叉于腹部，咬牙克制如山洪暴发的悲痛。

"臣推测，死讯从中常侍万盛手下传来，必然是他们做了手脚，太子妃，还请……"

三人都不再言语，殿外传来夜蝉、蟋蟀的鸣叫。

吕金瓶的舌尖渗出血来，锥心的刺痛与血的腥味，迫使她意识清明。她抓起杯中酒，连同口腔的血水，生生吞咽。

"中书博士，他们可是冲太子而来？"这回，中书博士羊公允不再犹豫，神色坚定地点头默认。

"太子妃见地英明！你与太子本是一家人，他们对南宫侯下手，就是在向太子发出战书。怕就怕他们会斩草除根！"

吕金瓶听得毛发倒竖，吓得望向小皇子沉睡的方向——不，不能让他们得逞！

"依中书博士所言，本宫该如何应对？"太子金曜星也陷入恐慌，忙借酒壮胆。

"臣以为，不如将计就计，待南宫侯死讯确认，太子即刻向陛下请求，让吴王继任南宫侯，统管南越。"

"这不是助纣为虐？"

"天欲其亡，必令其狂，英雄之道，先狂后亡。太子，倘若吴王永远回不了宫，他不就丧失了问鼎中原的机会？"中书博士说完后，伸手夹起一粒丹棋佐酒。

在旁的吕金瓶也慢慢咂摸出中书博士的本意了，进宫多年，此时此刻，真正体会到深宫生存的凶险。每一步，原来真要如履薄冰般谨小慎微。

"妾身的长兄南宫侯就白白被他们害死吗？"吕金瓶的眼泪滴答滴答滑落。死去的是她的亲长兄，她唯一的娘家亲人啊。

中书博士羊公允沉吟半日，方才徐徐说道："宠辱若惊，贵大患若。太子妃，君子报仇，十年不晚，再者，也有因果轮回报应不爽的理。"

太子金曜星将手臂按住食案，偏头问道："中书博士，父皇不会怀疑本宫居心不良？"

陛下最看重孝道，太子殿下是出于孝顺的初心，为陛下解惑，陛下岂会多想？就算太子殿下不谏言，精明老道的陛下也会如此安排。

吕金瓶见中书博士爱吃这丹椹,起身把剩下的丹椹全部堆放水晶盘内,知晓他不是嗜饮之辈,换了拇指大的酒器,斟满给他。

她提着酒壶,走到太子席位,帮他倒上酒,躬身太子身旁,望向面容清瘦的中书博士,道出她内心之惑:"太子本与吴王不和,若太子谏言,中常侍万盛不会引起猜疑?"

太子拉着她的手,捏了捏她的手心,吕金瓶感受到一丝温暖的情意,她放下酒壶,手搭在太子肩上,不敢太过放肆,失了太子妃的仪态。

"不然,不然。臣估计数日后,南宫侯的消息就会以千里传达的急信送到朝廷。太子殿下,务必,务必谨记,推荐吴王继任南宫侯,终极意图是将吴王长久安放在南越,直到太子顺利登基。"

三人均不再言语,敞开的殿门能瞥见暗沉沉的夜色笼罩在殿庭上空,黑云压城城欲摧。

暑热的温度降下来,墙角蟋蟀的叫声也停止奏鸣。

太子金曜星打破这可怕的沉默,他起身到小皇子榻前,俯身抱起他,悄声问吕金瓶:"乳母的人选定了没有?"

吕金瓶的心思一动,想起皇后与安昭仪两人猴急的嘴脸,气鼓鼓地回他:"皇后娘娘早就备好了,太子,妾身,妾身不愿与小皇子分离……"话说至此,她也说不下去。宫廷祖制,太子也无能为力。情急之下,她扭头求助中书博士:"中书博士你最多智谋,能否帮妾身想想法子?"

中书博士羊公允从衣袖里摸出一卷黄麻纸的经书,他摊开在桌面上,吕金瓶瞄见是书名以楷书写就的《金刚经》。

"过去心不可得,现在心不可得,未来心不可得。太子妃,上次借助太卜令黄济城的天象,尚能圆场。这次,恐怕谁也帮不上了。太子妃,又何必执着,母子始终是要分离,或早或晚。"

吕金瓶听得泪流满面,始终要分离?她瞬间想起生死不明的长兄南宫侯,与至亲的长兄生离死别,马上又得与挚爱的小皇子分离?

她做不到……

吕金瓶捂嘴丢掉酒杯,任由手臂的玫红金纹披帛滑落在地。

怀抱小皇子的太子金曜星突然醒悟,他转身冲向守候在殿门的裴青山,下令:"太卜令,是了,太卜令当时就占出南方贵人不吉的天象预兆。裘青山,将太卜令黄济城带来含章殿!"

小皇子被他的震动惊醒了,哇哇哭闹,太子手忙脚乱,吕金瓶强撑着无力的双腿,将小皇子抱在双臂间,眼泪吧嗒滴落在小皇子的唇上,小皇子咂着她的泪水,以为是乳汁,感受到泪水的咸涩,又哇哇哭起来。

吕金瓶知道他是饿了,中书博士在场,有大事商议,她没心思哺乳,忙唤来玲珑,要她与昆仑婆给小皇子喂些糜豆粥。

食案前的中书博士羊公允埋头翻阅《金刚经》,太子金曜星撸起袖笼,一手握酒壶,一手抓起剩下的樱桃,一口酒就颗樱桃,吃得有滋有味。

"看来,中书博士已修炼到'此心不动,如如不动'的境界了。"

吕金瓶捡起披帛,换上壶冷却的茶汤,以茶碗代替羊公允的酒盅,搁置在经书旁。中书博士羊公允头也不抬,念着经书:"一切有为法,如梦幻泡影,如露亦如电。人生啊,就是一场梦幻游戏,我们置身其中,几人能感知?名利财富,不过是风水轮流转的过眼云烟。"

太子金曜星埋头吃酒,乘了酒意,他开始卖弄他的学识。

"博士此言差也!倘若人人悟道成佛,国家岂不乱了套?国有国法,家有家规。本宫以为,佛法虽好,并非要人人得道成佛。"

中书博士羊公允掩上经书,端起茶碗饮尽后,目光灼灼,摆出雄辩的架势来。

"释家宣言人人可成佛,那是不可企及的美好理想。从古至今,悟道者有几人?太子,你我皆在宫廷,尔虞我诈,鱼死网破的事还见得不多?"

吕金瓶对佛法一知半解,她静默地听着,丧失亲人的痛楚使得她无法感受论辩的乐趣。

昆仑婆与玲珑伺候小皇子吃奶的动静甚大。小皇子不时发出咯咯咯的快活笑声,引得中书博士羊公允也面露和善的微笑,他思虑良久,忽而拊掌轻笑道:"太子殿下,臣能与你成为师徒,也是前世善缘的延续。小皇子长大,也会安排师傅。臣提议,把鹿野浮屠设立为皇宗学,宫廷的皇室子弟都能来此学习、修炼心性,可好?"

吕金瓶欣喜地走近中书博士,为他重新斟满冷茶,不胜感激:"倘若是博士你能教授小皇子,那真是太好不过了。"说完,不住拿眼瞟向太子。

太子金曜星明白她的暗示，起身走向中书博士，双手作揖，动容致谢。

吕金瓶大感欣慰，在老谋深算的中书博士面前，太子也好，作为阿娘的自己也罢，论及为孩子的长远谋划，都比不上深思熟虑的羊公允。

"臣喝得多了些，不妨说点心中话。小皇子的师傅，不单单是臣，须得博采众家之长，臣本与东郡公任伯渊略有交往，算是同门，不过，学成文武艺，货于帝王家，各为其主，是诸神的安排，也是个人命运的注定。"

"东郡公自然不成！本宫眼里只认中书博士羊公允。"太子金曜星愤而起身，怒目瞪视，断然否决。

吕金瓶苦闷地垂头不语，她是女流之辈，本不该过问前朝政事，就算是小皇子的师傅人选、乳母人选，她一样都插不上话。

她缓步走向睚眦必报的东宫太子，按住他的双肩，意在抚平他贪嗔痴的怒火。小皇子要继承大统，师傅的人选，父皇必定也是慎之又慎。

"太子，有容乃大，眼里要容得进沙子啊。"羊公允宽和地笑着理顺自己的衣襟褶皱。

"太子，中书博士待你不是父亲胜似父亲，忠言逆耳，太子还当顺从。"吕金瓶忍不住在他耳旁轻声劝慰。

"妇道人家，少管闲事，还不去喂奶！"太子金曜星阴沉着脸，劈头盖脸就是一通教训。

吕金瓶讨了个无趣，心下好不委屈，又不能发作，中书博士羊公允聪明地装聋作哑，端起茶碗慢慢吃茶。

殿内氛围一度陷入尴尬。

"太子殿下，太卜令到了。"裘青山的语音传进殿内。

吕金瓶如见救星，急忙迎上前。

【第四十五章】

灵瓜会　太子金曜星

凡所有相，皆是虚妄，若见诸相非相，则是如来。

金曜星诵读到《金刚经》的这段经文时，思绪蓦然飞向长亭击剑南宫侯懵懂无知的表情——他并不知自己利用他陷害吴王金曜明的真相。

难道在失手之际，就已埋下后患？回想起中书博士羊公允的警告，金曜星顿觉毛骨悚然。

他撂下经书，走出中殿，迈步到鹿野浮屠的前院，月色皎洁的夏夜，异常闷热。徘徊在低矮的牡丹花树丛间，金曜星莫名挂念起孤身在南越的南宫侯。吴王金曜明虽是贪图享乐的纨绔子弟，但本质同样是凶恶的虎狼之辈，憨直的南宫侯自然不是他对手……

愈想愈后怕，转身飞奔至中殿的普贤菩萨殿，普贤菩萨坐像前是堆满鲜果、香花的长条乌漆供案，案上两盏灯台的烛火明亮，伏案抄经的中书博士羊公允正挥毫疾书。

"太子，何事惊慌？"听见动静的中书博士羊公允放下笔，拿起对青玉狮子镇纸按住写好的经文纸两角，不徐不疾地抬眼问道。

"怪哉，平白无故惦念起南宫侯来。"金曜星摸出袖笼的绸巾擦拭后脖的汗渍，埋身查看他抄写的经文。

羊公允善写小楷，秀丽的经文力透纸背，一个个浸润出松香墨味。他解惑道："日有所思夜有所梦，太子不是牵挂南宫侯，是忧心在南越的刺史金曜明。"

随后将蘸满墨汁的笔丢进装有清水的陶质笔洗内，金曜星盯着飞溅出团团乌墨水花的笔洗出神，羊公允的话总能说到自己的心坎上。

"他该不会卷土重来？"他甩甩略感酸痛的脖颈，将汗湿的绸巾扔下，走在供案前，仰头望向塑金身的普贤菩萨坐像，面相庄严的菩萨双目含情，注视着人间万物。

"倘若他勾结中常侍万盛一起作妖的话，卷土重来是必然的趋势。不信，太子可问问菩萨。"素来严谨的中书博士也会说笑。

他不无嘲弄地谐谑道："中书博士也会昏聩糊涂？空心的菩萨，泥塑的身，涂抹的金箔，哪一样能说话？"

中书博士羊公允闻言，掸掸两肩的褶皱，长跪作揖笑道："贺喜太子殿下开悟！菩萨并非彼岸，菩萨能带领人抵达彼岸。释迦牟尼佛在菩提树下证悟成道，人人皆具佛性，佛性是我们生而为人的灵性。雕刻菩萨像供人顶礼膜拜，拜菩萨，就是要我们凡夫俗子生起恭敬心，启发潜伏在体内的佛性。"

金曜星暗自诧异中书博士羊公允的佛法修为精进勇猛，若昙慧法师在世，恐怕也会折服他这番论道。

烛光忽而摇晃不停，堆成宝塔状的荔枝果盘颤动了下，冒尖的一粒荔枝跌落案面，骨碌碌滚在地上，摔得皮开肉绽。

殿前跑出侍女玲珑的身影，烛光映照出她额面油乎乎的汗渍，她手扶门柱，捂住胸脯吭哧半天，慌慌张张道来：

"太子妃有请殿下、中书博士速到含章殿……是南宫侯，呃，是南宫侯出事了。"

金曜星虎躯一震，真是担忧什么，就来什么。他阴沉着脸，疾步跨出中殿，中书博士羊公允也随之跟来。

比起清凉的普贤菩萨殿，含章殿太过燥热了。金曜星进得殿内，就开始不停抹着后脖、前额的汗滴。

他故意不去看太子妃吕金瓶泛红无助的泪眼，一旦证实南宫侯被吴王金曜明陷害，也与他脱不了干系——长亭击剑的伎俩或许早被老谋深算的中常侍万盛用来将计就计，他们自会认为毫不知情的南宫侯是自己的同谋。

怀着一丝侥幸，希望太卜令黄济城能占卜出南宫侯染瘴气而亡不过是空穴来风。

当太卜令黄济城雪球般的身形滚进他视线时，金曜星以百米冲刺的快速，抢在太子妃前，拉住太卜令黄济城的袖袍往身边拽。

"殿下，松手，这大热的天，不嫌弃臣体内的浊气重？"黄济城是那种天塌下来，也会嬉皮笑脸的没心没肺之人。

"太卜令，近日天象可有异常？"面色灰白的太子妃抢过话头。

"回太子妃，天象倒是正常，只不过，只不过……"向来快人快语的黄济城犯了难，他揉揉老寿星般突出的亮脑门，变得吞吞吐吐起来。

"都快闹出人命了，磨蹭作甚？有屁快放！"他这事出反常必有妖的态度，使得慢性子的羊公允都看不下去了，急得口吐粗言，拿手推搡他肥膘肉厚的粗腰。

黄济城故作痛苦的神色，闪了闪肥腰，冲羊公允挤眉拱拱手，再来到太子妃近前，躬身行礼道："嗨，臣这不是担心太子妃受不了……事关南宫侯生死，太子殿下、太子妃，还请先宽恕臣无罪，臣方能百无禁忌，畅所欲言。"

"说罢。"心急如焚的金曜星早按捺不住，暗暗祈祷——南宫侯啊南宫侯，万万不要有什么闪失。

"太子殿下，说来话长，数月前，南宫侯专程拜会臣，要臣替他解梦。他说连日梦见自己获得头大象，来问吉凶。臣占曰：'君当为南宫侯而不得善终。大象者，大兽也，取诸其音，兽者守也，故为侯。'不过，臣说出前半截吉祥的寓意，凶险的后半截寓意，臣未据实相告，象以齿焚身，蚌以珠剖体，终将遭人所杀。"

他话音未落，本是倚靠高足花几架旁的太子妃，连人带花架上那盆开得妩媚的玉簪花哐啷一声巨响，摔跌在地。

金曜星忙一头扶起晕厥的太子妃，一头朝殿门的裘青山怒吼，亏得那小子机灵，扭头瞥见倒地的太子妃，立马跑去叫来几个奴婢，搀扶起太子妃回到她的寝殿休养。

看着她们离去，金曜星烦闷的心情渐趋平复，这是属于男人的战场，他不能让太子妃掺和进来。

他关闭殿门前，下令秦道生、裘青山守护殿门，不经准许不得放人进来。

在蒸笼般的殿内，金曜星爽利地脱掉汗水湿透的轻便常服，裸露上身，叉开两腿在桌案前，招呼中书博士、太卜令坐下谋划对策。

他一手摇团扇，一手拍着胸毛稠密的心口："两位大人，本宫坦诚相待，还望你们也能敞开心扉，与本宫促膝长谈。"

黄济城最胖，却最耐热，他撩开见不到半滴汗渍的玄色布袍，笑眯眯说道："太子殿下，臣这小身板就不与殿下争辉了。臣忠心侍主，绝无二心。"

金曜星无视他的说笑，抬身发现中书博士羊公允轻微地皱了皱眉头，情知中书博士为人刻板，肯定看不惯自己放浪形骸的随性举止。

"中书博士，本宫实在太憋屈了，望中书博士海涵。"

站立一旁的羊公允摆摆手，双眼飞向黄济城："太卜令，快想法替殿下解惑，方能早日脱离这困顿的樊笼。"

黄济城拍打着油亮的脑门沉吟良久，收敛笑容，正色道来："殿下，以臣的推断，这次南越进贡的荔枝，也非出自南宫侯之手，恐怕他早遭不测了。不然，太子妃怎会收到霉掉的整筐荔枝？看似巧合，但更像是警示。博士以为呢？"

金曜星暗自震惊，这中常侍万盛与吴王金曜明能如此明目张胆地恐吓太子妃，岂不是在向东宫之主的自己下战书？

不惧酷热的羊公允来回踱步："太卜令的推论不无道理。殿下，中常侍万盛虽为阉人，但不可小觑，此人惯使阴招，下手狠绝，南宫侯死得诡异，唯有让金曜明滞留南越，不得入宫半步，方能消解危机。"

金曜星紧闭双目，回想起长亭击剑的诸多细节，抡起拳头狠砸前胸，是他疏忽大意了，没有当场痛下杀手，以绝后患，才令无辜的南宫侯白白送掉性命。

"殿下也无须自责，南宫侯的命数早已注定。他好骏马，采买骏马成群，有一骏马名白鹄，此马奔跑时，唯觉耳中风声呼呼，马蹄好似不着地，乃是乘风而行的一代神骏，南越人称'凭空虚跃，吕家白鹄'。匹夫无罪怀璧其罪，本就好游猎的金曜明岂能不眼馋他的骏马及南越宝地？"

"那，有何妙法化解？"世间后悔药最不能多食，他咬紧牙关，从牙缝间憋出问话。

"须得从长计议。"羊公允倒叉双手在背，慢腾腾的语速，与疾言快语的黄济城相比，始终慢半拍。

"来不及！太卜令……"金曜星用手掌揩干面颊的汗珠，如置身火炉般灼烤，他竟感到莫名的亢奋，满怀希望瞟向胖嘟嘟的太卜令黄济城，这家伙鬼点子多，常常剑走偏锋。

黄济城站起身，推窗望月，中空明月，泛出乳黄色的一层光晕，金曜星暗想，到底能有什么两全其美的法子？

稀疏的几颗星星，倏然隐没，黄济城兴奋地拍着大腿，转头低呼："有了，寇先生找臣，说她新近去了趟蓬莱山，幸得西王母遗落的崆峒灵瓜一只，本欲以'灵瓜会'的名义献给陛下及重臣们尝新。"他顿了顿，又说道，"殿下，自古邪不压正。臣看驸马都尉武僧觉此人有股浩然正气，应该笼络在身边，以他的正气消解中常侍万盛的邪气。"

金曜星眼前浮现一张眉目质朴、其貌不扬的魁梧汉子，他那是傻人有傻福，花荫公主还瞧对眼了。

"殿下，那驸马都尉武僧觉原是从寺庙遣散的僧人，不如借花献佛，以寇先生的'灵瓜会'先邀请驸马都尉到鹿野浮屠的中殿叙叙交情，再邀请陛下、皇后及夫人们共品灵瓜，趁热打铁，将吴王金曜明长留南越的事提出来，获取陛下信任，有了诏令，先斩后奏送达南越。"

"陛下尚未得知南宫侯生死……"金曜星有些犹犹豫豫。

太卜令黄济城拊掌轻笑："就以南宫侯突染重病为幌子，他们能兴风作浪，就不许我等替天行道？"

金曜星如释重负，起身打开殿门，明月当空照，夜风吹拂赤身，通身毛孔舒展，真是爽哉。

"好，那就'灵瓜会'见。"

三日后，金曜星坐在鹿野浮屠的普贤菩萨殿中桌前，用小楷抄写《普贤菩萨行愿品》。

太卜令黄济城约见驸马都尉武僧觉来此与他会面，吃茶抄经。

"一念一切悉皆圆，成就众生清净愿。"

他刚抄写到此，天色渐黑，殿外传来沉重的脚步声，咚咚咚如擂鼓，敲击他的心脏。这定是那空有身蛮力的憨直家伙。

金曜星合拢经书，放下笔，走至普贤菩萨坐像前，装作整理供案插花的繁忙样。

"臣武僧觉参见太子殿下。"驸马都尉的声音洪亮，魁梧的身躯挺立殿内，金曜星嗅到股狐狸骚气的体味。

他转身审视眼前这位有傻福的男子。剑眉细眼的他，鼻头圆润、方唇丰厚，乍看就是那重情重义之人的憨厚面相。他穿了通身果绿色绸缎常服，使得原有的粗莽气质流露出些风流倜傥的意味，腰上悬垂紫红刺绣香囊，更隐隐显现贵气。金曜星暗叹，终归是人靠衣装马靠鞍。

"听闻驸马都尉也曾是寺庙中人？"金曜星边走向窗前的茶席，边做出请他落座的手势。

中殿已被太子妃吕金瓶安排得井然有序，灵瓜装在葫芦形状的瓷器上，搁在供桌正中；吃茶的长条案中间摆了盆绽放的青莲，邛窑的茶盏内是冷了好些时辰、用旧年雪水煮沸的南越五指山的紫云团茶。

两人相对落座，武僧觉撩起袍襟，低头摸把后脑勺，露齿大笑："殿下抬举臣了，臣在寺庙不过是位扫地僧。"

金曜星端起茶盏，浅浅呷一口，茶香溢满口腔，确实算得上是消暑的佳茗。

坐在斜对面的武僧觉，大大咧咧地抓起茶盏，一饮而尽。金曜星暗想这是个爽快汉子，就是不知能否为他所用。正思忖间，武僧觉环顾四周，双目停留在金身的普贤菩萨坐像上，颔首低眉合掌赞叹：

"殿下，宫中能建有这座鹿野浮屠，臣备感欣喜，殿下功德无量呢。"

金曜星矜持地笑而不语，暗地里想的是吴王的事，眼见太卜令黄济城这家伙又是姗姗来迟，还要周旋这呆头呆脑的武僧觉，暗自不快。

"驸马都尉喜欢这里？本宫正欲向父皇请求，将这前殿空置的厢房改为皇宗学，公主不是有喜了？皇室子弟都可在此学习。"他随口闲扯，不时瞟向殿门，期盼太卜令与寇先生早些现身。

"殿下仁慈，诸般善缘俱足，利益众生，阿弥陀佛。"武僧觉却当了真，向他低眉顺眼地合掌作揖拜谢。

金曜星瞅着他这顺从的姿态，甚为眼熟，猛然想起圆寂的昙慧法师，爱屋及乌，不由对武僧觉升起一丝好感来。

他拎起茶壶，一面为武僧觉斟上茶水，一面缓慢说道："本宫与报德寺的昙慧法师算是深交了，奈何他圆寂了，不然，这座鹿野浮屠也会成为他的道场。"

"臣听说过昙慧法师，他精通佛法，也善制茶。"驸马都尉手捧茶盏，金曜星留意到他的双眼浮现一层静谧的佛光。何不邀请他在鹿野浮屠讲经习法？这个荒唐的念头在他脑海一闪而过。

窗外蝉鸣咝咝，普贤菩萨殿内凉风习习。

两人都不言语，金曜星忆及昙慧冲进火海，慕容朗断头的惨状，就不禁黯然伤魂，逝者如斯夫，当年发誓要为慕容朗报仇……唉，他重重一声叹息。世事变幻，他原以为能掌控的人与事，皆不可控。

"殿下，寇先生来了，陛下随后就到。"太卜令黄济城欢喜雀跃地跨进殿来，他肥胖的身躯与寇先生清瘦如仙鹤的体态相映成趣。

金曜星忙打起精神，离开茶位，这寇先生会驯龙，有通天本领，不可怠慢。

冷若冰霜的寇先生，伸出似鸡爪的双手，金曜星这才注意到她的双手奇异，脖颈顿有一股冷飕飕的阴风吹来。

太卜令黄济城毕恭毕敬地将寇先生引荐给金曜星、武僧觉，她淡漠地颔首不语，是草草敷衍两人的神态。

"寇先生，请先吃杯茶。"太卜令黄济城点头哈腰地将她引到窗前茶位。

"可有烈酒？贫道嗜饮醇酒。"寇先生站着不动，对桌上冷却的茶汤看也不看一眼。

金曜星暗暗心惊，修道人要清心寡欲，怎会与凡人一般欲望炽热？

武僧觉也向寇先生合掌劝慰："寇先生，佛门净地，恐不宜吃酒。"

"贫道是道非僧，不受此拘束。灵瓜会怎设在普贤菩萨殿？太卜令，不该是在有酒有肉的万寿宫？不妥，不妥。"

寇先生边说着话，边走至供案前，抱起那装灵瓜的葫芦瓷器，转身就要走。

金曜星见这寇先生诸多讲究，虽心中郁郁不乐，但这灵瓜会是药引子，少不得，朝太卜令使眼色要他拦住，自己到殿门唤过秦道生、裴青山回含章殿搬酒来。

黄济城张开双臂，母鸡护小鸡般拦住寇先生，好说歹说，神情寡淡的寇先生方留步，要灵瓜会设在中殿前的庭院内，不惹菩萨怪罪，也不得罪真人。

金曜星点头首肯。武僧觉也不闲着，帮众人一通忙碌。眼见这驸马都尉手脚勤快，金曜星暗中欢喜，自昙慧法师圆寂后，身边不曾有个知心清谈佛理的僧人，便有心将他笼络身边。

庭外鸟鸣啾啾，灯台烛火高燃，金曜星令人摆上熏香，三人团团围坐在装有灵瓜的葫芦器皿的长条案旁，每人面前均有副碗筷、酒杯、茶盏。万事就绪，就等东风。

坐在香气袅袅的开阔殿庭，金曜星也觉得舒坦自在多了，这寇先生确是个神人，当着菩萨面，暗行鬼神事，确实是对佛祖的大不敬。

身着苍黄色夏服的金世祖手挽身穿薄纱金紫衣的皇后赫连雪云，两人身后是面罩黑气的黑衣中常侍万盛，三人似三团云朵，飘然而至。

寇先生把葫芦盖揭开，露出倒立葫芦盆内通体碧绿的香瓜，烛光映照得这瓜剔透如昆仑山的青玉。

"寇先生，这灵瓜真是西王母遗落在蓬莱山的神物？"金世祖饶有兴致地注视着葫芦盆中的宝物，捻须问道。

寇先生以鸡爪手按住玄色道袍的领襟，露齿轻笑："陛下，灵瓜生长在集天地神气的蓬莱山，虽不能延年益寿，但常人食之，半月不觉饥渴，当下暑热湿重，最是消乏解暑。"

言毕，她手执酒碗，张嘴饮酒。

太卜令黄济城正欲动手剖瓜，中常侍万盛手握雪亮匕首，飞身跳至桌前，他阴阴笑道："陛下，臣自动请缨切瓜。"他手起刀落，灵瓜被剖成齐崭的九瓣，可媲美桌上盛开的青莲。

众人一阵喝彩。

金曜星见他挥刀的手势，比杀人如麻的刀客还利索，想起南宫侯，怕也是被他直接斩断脖颈的？长亭击剑后，彼此的杀机已起。

中常侍万盛呈上灵瓜给陛下、皇后，便站立在帝后身侧。

"吃瓜，众位爱卿，吃瓜。"

金曜星接过片无籽的灵瓜，冰清玉洁的瓜瓤，看着就诱人，他三五下吃进肚内，一股透心凉的清爽直逼脑门，暗呼爽哉。

金世祖吃完灵瓜，意犹未尽地边擦手，边与身旁的武僧觉话家常。

"花荫啊，脾气大的花荫，夏日就是她的克星……"

金曜星竖起耳朵，想要听听武僧觉如何回话，一道黑影裹挟着长途跋涉的汗臭酸气扑倒在地，发出上气不接下气的惊呼："陛下，南越传来急报，南宫侯突染瘴气身亡了！"

金曜星虽有心理准备，仍觉得整个人如同石化一般动弹不得。

他扭头瞪向中常侍万盛，那家伙正俯身与他的奴婢密语。他愤愤不平地望向太卜令黄济城，中书博士不在场，谁来当说客？

金世祖仅仅愣了片刻，似在回味灵瓜的滋味，他咂咂嘴，抬起头，平静的目光越过庭院，幽幽叹息："南宫侯的运气也忒差了些，南越不能一日无主，太子，朕欲把南越交给刺史金曜明统领，意下如何？"

金曜星料不到父皇会轻易将自己的心结抛出来，狂喜之余，他更不敢贸然作答。父皇多诈，不知他真实用意。正埋身沉思间，听见皇后娘娘搭话了，以她软糯的腔调说道："陛下，南宫侯死讯，暂别告知太子妃。她若伤心过度，小皇子可要挨饿了。妾身想了想，是该让乳母替太子妃哺乳小皇子了，陛下以为可好？"

"后宫琐事，全凭皇后做主。"金世祖拍拍皇后的手，双眼直视金曜星。

金曜星只得硬起头皮跪地禀报："父皇，儿臣以为南越乃边陲重镇，金曜明不熟地形，不知能担当重任否，望陛下三思。"

中常侍万盛迅疾逮住机会："陛下，太子言之有理，不如委派朝廷大臣驻守南越，让刺史金曜明回宫……"

太卜令黄济城蹿出来，粗暴地打断中常侍万盛的话："荒唐！你以为陛下是朝秦暮楚之人，噢，不，会朝令夕改？陛下，臣以为刺史金曜明统领南越恰是他的天赐良机。臣夜观天象，掐指算来，南越与他的缘分，不亚于南疆城与西平王金曜熙，天造地设。"

"哈哈哈，太卜令惯会说笑，刺史是统领一座城池，又不是婚配。"中常侍万盛撇嘴阴笑道。

太卜令懒理万盛的冷嘲热讽，继续强词夺理："陛下，天地运行的阴阳之道，不单单指向男女，就如这天下，是上苍诸神的旨意，归于陛下统辖。刺史与南越，当要做那长久夫妻，方能夫唱妇随，保一方平安，富庶永远。"

金曜星在旁忐忑不安，这黄济城红口白牙地胡搅蛮缠，精明的父皇会不会大发雷霆？

金世祖先是沉默不言，最后才摇首止住太卜令口若悬河的吹嘘。

"魏喜，传朕诏令，封金曜明为南越王，非诏不得入宫。朕就是要他死心塌地守护南越。"

皓月升空，金曜星欣慰地舒口气，一抬头，与中常侍万盛阴森的眼神对视，这头黑猩猩瞪大棕黄眼珠怒视他。金曜星很清楚，他们的较量这才刚开始。

【第四十六章】

普贤菩萨殿　常鹤兰

常鹤兰的儿子满月这日，后宫下起了瓢泼大雨。雨声滴答滴答，顺着房檐落进廊柱下的陶罐内，奏响急促、欢快的乐曲。

她孤零零地坐在窗前旧榻上，抱着通身似黑炭般黝黑的儿子，满腔柔情化为苦涩的泪水，谁说儿子是野种？儿子的阿爷就是驸马都尉武僧觉，这世间就她这个傻女人还肯为负心的男人生孩子。

儿子的肚兜是武僧觉丢弃的桃红芍药花平安袋缝制而成的——明知成为驸马都尉的武僧觉不会抚育他的私生子，就当日后留个念想。摩挲着芍药花平安袋的花纹，隐约能嗅到淡淡的苦艾香，想起那个荒唐的月夜，从芦苇丛里逃脱险境后的分离，似乎一开始就注定两人情深缘浅。

雨滴声变得稀疏了些，原是这暴雨来得快也去得快。常鹤兰探头出去，廊下陶罐内细叶纷披的菖蒲竟开花了，湛然浅碧中的黄绿花穗，在湿漉漉的地面光彩照灼。菖蒲花有灵性，它是为贺儿子满月才开花吗？她抱起儿子，蹲身廊前，看花戏水。

后背突被人拿手一拍，回身看去，是玉烛殿的春风姑姑。她手提藕色旧裙摆，踮起脚在水面上跳，嘴上高呼："常阿姐，安昭仪有请呢。哎呀呀，这菖蒲还开花了？真是稀罕呢！"

常鹤兰抱起呀呀乱叫的儿子，慢腾腾地站起身，不解作为宫中老人的春风姑姑为何视菖蒲开花为怪事，叫声令整座玉烛殿的人都能听得见。

"春风姑姑，小点声，不然又会挨安昭仪痛骂了。对了，安昭仪唤奴婢去，可是有什么活儿要忙吗?"常鹤兰忍不住好心提醒她,安昭仪口头上是说过要她去玉烛殿当值,但迟迟未见动静,兴许是一时兴起的玩笑话,当不得真。

春风咂咂元宝大嘴:"倒不是,膳房蒸了笼米糕,要你抱上儿子去尝新呢。"

常鹤兰望着雨后一洗如碧的晴空,再看看菖蒲花开的娇艳,不再犹豫,便抱起儿子,跟随她走向玉烛殿。

玉烛殿两侧摆有如黄蝶翩飞的唐菖蒲,儿子嘴里呀呀叫着要去抓花,常鹤兰低头疾走,半刻也不敢停留。

春风将她引入殿后,自行忙去了。常鹤兰见到身穿杏黄色百蝶长裙的安昭仪坐在窗前桌旁托腮沉思,忙局促不安地走上前跪拜施礼。

"噢,你来了?"面色苍白的安昭仪扫了眼趴在她胸前戴了挂脖肚兜的婴儿,神色显得有些慌乱,只努嘴示意她坐在摆有两盘蒸糕的方几前。

"膳房刚出笼的米糕,你拣着吃吧。"

常鹤兰慌忙弓腰致谢,偷眼看那盘中有两种冒热香的米糕,一盘顶上嵌着红枣,一盘嵌颗青葡萄。虽眼馋那白糕,但还是强吞着口水,假意推辞:"谢谢昭仪赐食,奴婢不饿呢。"

安昭仪笑得意味深长,拖长的腔调隐含着恩威并重:"不是赏你吃,是喂你儿子。他不是今日满月?这可是承华宫的皇后,赐你儿子日后步步高升的蒸米糕。"

常鹤兰听闻尊贵的六宫之主的皇后还会惦记她这奴婢的私生子满月,自是受宠若惊,激动地呜咽着磕头不止:"奴婢的贱种何德何能?承蒙皇后、昭仪惦念。"

安昭仪走来扶起常鹤兰,支支吾吾地说起辽西龙城官话:"常阿姐,别瞎哭了。皇后才不会安什么好心,惦记你的孩子呢……"

常鹤兰听她话里有话,又见她似有难言之隐,吓得抱紧儿子,跪地苦求:"安昭仪,请救救我们母子啊。"

安昭仪拿起把艳蓝的孔雀羽毛扇,一边轻摇羽扇,一边又改回原来的语调,笑着安抚她:"是好事,大喜事。你就要当小皇子的乳母了。"

常鹤兰瞄了眼那两盘洁白鲜美的蒸糕,哪肯相信她的话?她不怕死,只要能与儿子一起,哪怕要她上刀山下火海呢。

"不，昭仪定是有事隐瞒奴婢，奴婢不当乳母，情愿在玉烛殿当最低等的贱奴，侍奉昭仪到老。"常鹤兰搂抱着儿子，不便磕头，只恳求安昭仪能对她实言相告。

安昭仪并不搭理她的请求，摇动羽扇，走到书案前，伫立不语。常鹤兰紧张地环顾四周，玉烛殿的陈设谈不上奢华，硕大的整张玉石雕刻的书案与玉石睡榻，算得上是奢侈的家什了。

书案的邛窑梅瓶插了三两枝节节花开的白色唐菖蒲，与殿外的黄菖蒲颜色不同，常鹤兰乍见这白菖蒲，与安昭仪苍白无血色的脸庞，均透出说不清的怪异。

安昭仪侧身瞄了眼她怀内婴儿，缓步靠近她，面露恻隐之情："飓风起于青萍之末，真正的欲望，是你无法克制的欲望。后宫的女人们，各有各的欲望，各有各的幸与不幸。"

她说着话，突然劈头揽手夺过孩子！常鹤兰始料未及，两只手臂悬吊半空，立在原地出神。

呆了半晌，方醒悟怀里空无一物，见安昭仪抱着孩子，坐在摆放蒸糕的方几前，单手抓起竹筷，朝她巧笑嫣然："常阿姐，你不忍心下手，那就怨不得我狠心了。实话告诉你，这红枣无毒，青葡萄有毒，你选哪个喂你儿子？"

"啊！不能，不能毒死奴婢的儿子啊！"常鹤兰尖声叫喊，为什么她们都要抢走自己的儿子？她发疯般冲过去，将桌面的两盘蒸糕掀翻在地！

"反了！反了！你这疯婆子！"安昭仪怒气冲冲地扔掉竹筷，拿手猛拍婴儿后背心，恶声恶气地臭骂她。

侍女婉儿瞪着对大金鱼泡眼，跑过来把常鹤兰推搡在地，嘴上骂个不停："下贱的奴婢！胆敢忤逆昭仪？"

常鹤兰的儿子双腿乱蹬，哭得更凶了，搞得安昭仪手忙脚乱，不得不做出凶神恶煞的鬼脸吓唬孩子。常鹤兰哭喊着摊开双臂想夺回来，又被她飞脚踢翻在地。

鸡飞狗跳的玉烛殿，引来承华宫爱看热闹的寂语、静墨。这对在奴婢们中享有千里眼、顺风耳美称的后宫姐妹，双手抱胸，倚靠殿门，观看着宫内的风吹草动。

常鹤兰翻身坐在狼藉的地上，眼瞅白花花的瓷器碎渣与抖散满地的蒸糕碎屑，求生的欲望使得她要孤注一掷！她选了嵌有青葡萄的蒸糕，抓在右手，左手捡起块尖锐的三角形瓷片，横在脖颈，厉声威胁安昭仪："安昭仪，若要毒死奴婢小儿，不如先赐奴婢自尽！"

"常阿姐是在恐吓本昭仪吗？"安昭仪毫不示弱，坏笑着把小儿高高举起，抛向玉床！常鹤兰惊得迅疾扔掉手中利器，跃身猛扑玉榻，展开双臂将小儿稳稳抱在怀内，号啕痛哭。

一旁的寂语躲着地面的瓷器碎片，来到骂骂咧咧的安昭仪跟前，躬身禀报："安昭仪，皇后娘娘请昭仪带上常阿姐到鹿野浮屠去礼佛。"

静墨手里拈了朵开败的唐菖蒲，踩着高脚，摇摇摆摆凑近常鹤兰趴身的玉榻，在她儿子眼前玩拨浪鼓样翻转手中的菖蒲花，逗得他咯咯笑起来。

安昭仪的百蝶长裙凌乱起皱，头上的灵蛇髻也松散了，她大口喘息粗气，拿起手指头点着常鹤兰的鼻头，说着风凉话："是啊，你是母子情深，宁愿去死都不肯当乳母？在这后宫，本昭仪想要杀死你们母子，不就像碾死只蚂蚁——只需要轻轻踩一脚就可以了？还不去梳洗更衣，到鹿野浮屠拜见皇后！"

常鹤兰忍着腰身撞向坚硬玉石睡榻的痛楚，听她发泄完毕，这才长嘘口气，抱着儿子忍痛走出玉烛殿。

"安昭仪，这条护儿的母狗，后宫谁也不怕咧。"后脑勺传来静墨半是钦佩、半是嘲弄的话语。她暗自苦笑，她哪里是不怕后宫夫人？是不能怕，一害怕、一退缩，她和儿子都会没命！

暴雨后的地面蓄满雨水，她拖着湿重的裙摆，走向偏远角落的那个小窝。为了活着，她要勇敢地去挑战比自己强大的势力。想到这里，她无畏地抬起脸，既然同在一个轮回世界，狭路相逢在一座后宫，那她就有机会逆转她的人生！

"常阿姐，慢点，慢点咧。"寂语追上来，扯着她臂膀摇晃。

"不是要快些去拜见皇后娘娘？"她头也不回，儿子压得她手有些酸麻，加快前行的脚步。

"常阿姐，你是真糊涂还是装糊涂？你要去当乳母，你儿子就保不住了。"

"就算我不去当乳母，一个低等奴婢的私生子，就能在后宫好好活着？"常鹤兰回想方才的凶险，不免生出心惊胆寒的悲哀。

饶舌的寂语攀住她的手肘："倘若你真的地位卑贱到连蝼蚁也不如，谁还去管你的私生子？你爱跟谁生就和谁生！就如花荫府内黥面的霄云淫妇，她那个漂亮的女儿，连霄云自己都说弄混了，谁是她女儿的阿爷也不知情。"

常鹤兰臊得面颊滚烫,低头快走,她可不是那轻佻、风流的奴婢。

寂语如麻雀叽叽喳喳聒噪不停:"常阿姐,你是不知晓,若真能当上小皇子的乳母,那是祖坟冒烟的天大喜事。先帝的乳母就被封为太后,不得了啰,身边的人都沾她的福气,享受了荣华富贵哩。后宫女奴们,哪个不想,要么成为被皇帝宠幸的女人,要么就是当上小皇子的乳母显贵。"

"那你怎么不去当乳母?"常鹤兰虽是听得心动,但要在那荣华富贵与儿子间做出选择,她宁愿过清贫日子,也不舍与儿子分离。

寂语跑到她面前,扳着她的手臂,以过来人的语气指点她:"哎哟喂,常阿姐,乳母可不是人人能当的。其一,须得刚生完孩子,奶汁充足;其二,身体健壮,无疾病;其三,还得模样、身段周正;其四,知书达理。啧啧啧,不比皇帝选妃挑剔。"

她的一席话,常鹤兰当成耳旁风,猫身从她腋窝下钻出来,从水花四溅的路面跑到厢房廊下的菖蒲花前站定:"哎呀,寂语姑姑,别挡路了,奴婢还要赶去鹿野浮屠,觐见皇后娘娘。"

追上来的寂语扶着廊柱,表情认真:"你要把你儿子交给我。"

"怎么?连你也要来害死我儿子?"常鹤兰拿头顶开木门,欲哭无泪。

"哎哟哟,平白无故害死你儿子作孽干啥,你不是要更衣觐见娘娘?我是好心帮你照看孩子。"

寂语指向她被泥水溅脏的裙摆,常鹤兰明白误会她了,忙把儿子递到她手中,勾着脑袋,端起水盆舀水。

门口人影晃动,是双手捧着新衣的静墨在跺脚催她:"常阿姐,安昭仪差奴婢送来这套蜀锦新服,换上快走。"

常鹤兰放下水盆,拿上新服舒展抖开,尚透着股蚕茧味的新服是珊瑚釉红绸底,前后稀疏刺绣数朵白玉兰花的夏服。她一见倾心,忙喜滋滋地钻身到里间,沐浴更衣。

外面是寂语和静墨在逗弄孩子的闲谈,不时飘落她耳朵。

"那套新服可是安昭仪嫌弃颜色暗沉老气的夏服?"是寂语在问。

"可不是嘛,赏赐给常阿姐穿,常阿姐可比你我都有福呢。"酸溜溜的声调是静墨发出的。

常鹤兰换上这套华贵的新服，掀开门帘走出来，寂语和静墨睁大双眼，一个晃动她的手臂，咂嘴夸赞："人靠衣，佛靠金，这话真不假。"一个拿来朵殷红的菖蒲花别在她发髻："常阿姐，戴上这朵菖蒲花，添些喜庆，日后在皇后娘娘面前可得为我们姐妹美言美言，我们还指望多赚点养老送终的棺材本呢。"

常鹤兰哭笑不得。

三人骑上马，来到距华林园不远的鹿野浮屠。

这座掩映在古树、翠竹间，用白色巨石堆砌成的三层楼建筑，与常鹤兰想象中的金碧辉煌的寺庙大相径庭。

她滚落马鞍，将困倦酣睡的儿子搂抱在怀，寂语、静墨紧跟她左右，三人并肩疾行在幽静的林中道路。

常鹤兰弯腰进到虚掩的石门，一片摇曳的青青翠竹林映入眼帘，原来此处并非正殿。她绕过竹林，鼻端闻到股似曾相识的檀香体味，耳听有人在沙沙扫地的响声。

前方一位着黑色僧袍、身躯魁梧的男子手执青竹扫帚，哗啦哗啦扫着地面的杂物。

"师父。"常鹤兰上前喊道，想要问他正殿的大门，那汉子转过身，两人四目相对，都呆若木鸡。

这人是驸马都尉武僧觉！

常鹤兰的眼泪不由分说地滚落下来，她百感交集地低头思忖，莫非他不再是驸马都尉，被惩罚在这干苦工？若是这样，也不是坏事。她鼓起勇气抬头端详，面容憨厚的武僧觉没有太大的变化，要说变化，那就是他漆黑如墨的双眼，闪耀着睿智、坚定的光芒，不再是往日的黯淡、无力。

"你怎么会在这里？"两人异口同声，倒像是心有灵犀。

武僧觉盯着她胸前酣睡的幼儿，不忍离去，嘴角挤出无奈的苦笑："武僧觉破了戒，被佛祖惩罚面壁思过。其实，我本是扫地僧，能来鹿野浮屠扫扫地，心头也爽利。"

常鹤兰竭力克制想要告知他是儿子阿爷的冲动，只故意将儿子托高，以便他能看得清儿子的长相。

"皇后娘娘宣我来这拜佛……"寂语、静墨匆匆跑来，她忙止语，两人扯着她的手臂，高声叫嚷："常阿姐，走错了，正殿在那头呢。"

"呀，这不是花荫堂的那位？好端端的驸马都尉不当，怎么跑这里干粗活？"眼毒的寂语不负她千里眼的盛名。

常鹤兰知道这两人是后宫夫人避之不及的传声筒，急忙否认："不是，不是，认错人了，快走吧。"

她无法挣脱两人的拉扯，一步一回头，见武僧觉呆立原地，不觉心如刀割，为何与他情缘浅薄？泪如雨下的同时，她以龙城方言向他发出撕心裂肺的呼喊："你要救儿子！"

远了，远了，她听不见武僧觉的回答，他的身影逐渐与那片竹林一起消逝。

跨进正殿，来到写有普贤菩萨朱红楷体字样牌匾的中殿，空荡荡的中殿供奉着一尊高至房梁的金身普贤菩萨坐像，长条供案摆满香花鲜果，素面朝天的皇后娘娘与安昭仪坐在供案前的蒲团上，闭目养神。

承华宫与玉烛殿的奴婢们肃然端坐角落，常鹤兰一行三人怯手怯脚地走进静默的殿内。

她拘谨不安地东张西望，正不知如何是好时，身穿褐灰色素袍的皇后赫连雪云最先睁开眼，上下打量她一番，留意到常鹤兰发间的菖蒲花，眼光一亮，扑哧轻笑道："莫讶菖蒲花罕见，不逢知己不开花。安昭仪，这乳母身穿玉堂富贵的白玉兰花绸夏服，头上草木郁茂，看来也是吉气相随。"

那换了粉紫素色轻纱袍的安昭仪负气说道："回皇后娘娘，是妹妹怜惜她没甚新衣，方赏她那白玉兰花的夏服穿。唉，指不定人家不在意吉气不吉气呢，舍不得孩子套不住狼啊。"

"还是昭仪心慈，不过，玉兰花是富贵花，虽不能与牡丹、芍药相提并论，但也是清贵的吉花。按理，不该随意将寓意富贵的新服赏给卑贱的奴婢，让奴婢占了便宜。"皇后赫连雪云斜睨着常鹤兰，话里有话地讥讽她。

安昭仪苦笑道："若她真是识时务者，岂不更好？好赖她是燕国的人，妹妹还盼望着有朝一日，父王能来接妹妹回燕国叶落归根呢。呀，不提这丧气话了。皇后娘娘，眼下事要紧。倘若是这孩子命不该绝，那也只得遵循天意了。是不是就该另择他人为乳母人选？"

"这泼天的富贵，说没就没了，煮熟的鸭子也飞走了，妹妹这心可堵得慌。"

见这两人你来我往唱双簧，常鹤兰惶恐不安，她们召她来这佛门圣地是何所图？

皇后赫连雪云突然紧盯着常鹤兰手臂间的儿子，轻启朱唇："鹦鹉，把那小孩抱来，本宫瞧瞧是不是生了三头六臂？"

角落冒出位穿着华美、面目可憎的侍女，她冷冰冰地走过来，常鹤兰臂弯一轻，儿子就被她抱走了。

"娘娘，饶命……"常鹤兰悲痛万分，跪伏在地。这还是在菩萨眼皮子底下，为何她们就不能放过她的儿子？

看着温柔的皇后赫连雪云接过儿子，常鹤兰的心悬吊在嗓子眼，生怕她会像安昭仪那样狠心投毒。

"啧啧，这孩子生得虎头虎脑，将来定是个壮实的小伙子。"皇后边说边拿手使劲掐着他屁股，好似买牲口的商人在试探货物的成色。常鹤兰听儿子痛得哇哇啼哭，比掐她的肉还疼，她无助地转头望向竹影婆娑的窗外，痛恨地咬紧下唇，不愿开口说出半句求饶的哀告。

终于，她听见地板咚咚发出轻微震动，身披翠绿底面绣白花夏服的武僧觉大步跨进殿，叩头行礼。

"武僧觉参见皇后娘娘、安昭仪。"

"噢，怎么不见公主与随从？"皇后娘娘面色一惊，她将哇哇啼哭的孩子交到身旁的侍女鹦鹉手里。

"回娘娘，武僧觉本是庙中扫地粗人，独来独往惯了。公主连日被噩梦缠绕，想来是盂兰盆节将到，六道轮回的孤魂野鬼、修罗道、恶鬼畜生们出来作恶。特来为公主祈福，不想撞见娘娘。若有莽撞，还请娘娘宽恕。"

常鹤兰见到他出现，心中五味杂陈，且喜且悲——他不过是无权的驸马都尉，能斗得过后宫这两个有权势的女人？

"真是白驹过隙啊，盂兰盆节就快到了。驸马都尉来得正好，这小孩天生有致命顽疾。本后也是吃斋念佛信因果之人，更不忍杀生，倘若留下他，对他阿娘将是无穷尽的折磨，抉择真难啊……"

皇后娘娘双手合十，做出副慈悲为怀的愁容惨淡嘴脸——有些人往往以至诚的外表和虔诚的行动来掩饰一颗魔鬼般的内心。常鹤兰气得暗骂："皇后撒谎！她在胡言乱语！"

"娘娘慈悲，武僧觉正要出宫到大恩寺为公主做场超度冤亲债主的法事。这孩子可交给我，放在寺庙自生自灭。以佛法教义来论，孩子与父母的缘分，不外乎报恩、还债、报仇。这孩子怕是来报恩还债的良缘。"

常鹤兰听完武僧觉的话，再也忍不住痛哭流涕，她明白，武僧觉的话专程说给她听，就是要她安心放手儿子。原来，她终将失去儿子，这是她的命数，与儿子情深缘浅的命数。

"如此甚好，如此甚好。"

皇后娘娘与安昭仪欣喜地相视而笑，常鹤兰傻呆呆地望着武僧觉笨手笨脚抱起他们的儿子，飞身跨出殿外，渐渐远去。

"回去吧，妹妹，明日随本后到含章殿拜见太子妃。"皇后赫连雪云起身拉过安昭仪的手，两人如姐妹花，并列走出殿外。

"常阿姐，别哭丧着脸，你现在时来运转，富贵逼人了。保不齐，日后，皇后还得仰仗常阿姐你呢。"

"可不是？这人的命啊，诸神也不能轻下论断！先帝的乳母就是享受太后之尊，富贵终老的。"

常鹤兰像个木偶，被饶舌的寂语、静墨搀扶起身。她的乳房隐隐发胀，在提醒她儿子该吃奶了。

可儿子被武僧觉抱走，送到寺庙了！常鹤兰奋力挣脱两人的纠缠，转身扑倒在普贤菩萨金像前，虔诚地磕头许愿：愿佛菩萨保佑我苦命的儿子。她木然地嚅动嘴唇，泪水染湿了新服衣襟的玉兰花。

【第四十七章】

月轮仙宫　东郡公任伯渊

东郡公任伯渊收到来自齐云山庄寇先生的邀请，这封采用黑白仙鹤羽毛粘成字的邀请函是由太卜令黄济城转交的。

"平城郊外竟有座齐云山庄?!"他从府邸后花园的石凳上起身，手中扬起羽毛信，向座中宾客喝问。

夜风吹来，粘连的羽毛信随风吹散，他手里顿时空无一物，任伯渊深感玄机重重，摩挲无须的下巴干笑道："有点趣味，嘿嘿，有点趣味。"

送走众位宾客，酒至半醉的任伯渊走进书房搜寻出弃置墙角的《通天经》，坐在高椅上，掩卷沉思。

身着素白夏服的卢氏，端来热姜茶，神情恭敬地放在桌上，悄然无息地掩门退下。任伯渊颇为满意她当前恪守妇道的谨小慎微的姿态。卢氏是名门望族的后裔，平日善好礼佛，常遭他驳斥，安西将军卢圣便是她嫡亲的表哥，同样是才智超群的拔尖人物。唉，既生瑜何生亮？他赢得先机，解决安西将军卢圣后，妻子卢氏彻底丧失她从娘家带来的那一丝骄慢。

任伯渊喝完姜茶，吹灭烛火，在黑暗中进到神思游荡的时刻。他的至亲，也是他的宿敌安西将军卢圣终于被处决了，喜悦之情只停留了短暂的数秒，很奇怪，他抚摸着额头的细纹，竟然生出积重难返的失落感。

满朝文武百官，他与中书博士羊公允是同门师兄弟，两人各为其主，虽非劲敌，不过，羊公允是太子太傅，使命是辅佐太子登基。自己选择春秋正富的陛下，使命是延长陛下主政的时间——皇帝与太子，情感微妙的父子，皇权争夺的对手。

他尊道毁佛，杀害大批假僧人，也误杀掉一些真正修行的僧人，包括太子的恩师昙慧。并非他以私怨报公仇，故意与太子作对——就是要证实自己在皇帝心目中的位置，他是陛下不可或缺的得力宠臣。

为什么定要陛下处死安西将军卢圣？任伯渊在黑暗中扪心自问，是嫉恨他渐渐处于上风的功勋？是恐惧他会成为取代自己的人，还是满足自己潜藏内心的私欲？那私欲就是他任伯渊，要成为大魏国皇帝最重要的大臣，成为谱写大魏国统一天下、风云变幻的主笔人。

大魏国啊，大魏国。任伯渊头靠椅背，满腹豪情壮志，在脑海里勾勒出他所渴望的大魏帝国的版图。他来自河东任氏望族，以毕生之学，光宗耀祖是他的天命。

黑黢黢的墙角冒出几声凄楚的猫叫，它是在求偶还是在悲号？在深山老林的师父就常以林中鸟叫或者野兽呼号要他们来做出推断。

任伯渊无法理解隐世高人般能幻化龙相的师父，视世间庸众垂涎三尺的名利富贵为粪土，偏偏要他的徒儿任伯渊、羊公允学成文武艺，货与帝王家。

也许师父是没品尝过权力的美味。他自我解嘲，歪头进入梦乡。

在梦里，他骑在玄鹤身上，扶摇九千尺，飞出平城，来到山顶积雪、山脚树林苍翠的郊外田园。玄鹤落在田陌交错的平地上，他跳落地面，见到位白胡子老头在弯腰挖地，他一挥锄头，就刨出个金娃娃来。

任伯渊虽见多识广，也不免诧然相问："老伯，你是撒了金娃娃的种子，才收获了金娃娃吗？"

那老伯似耳聋，兀自挥舞锄头，向前挖掘不停，一锄头下去，又冒出个金娃娃。他沉浸在丰收的喜悦中，心无旁骛，一路向前挖。

任伯渊抬头四顾，一座青瓦白墙的四合院于幽林中，遮遮掩掩显露出半截墙面来。他纵身飞跃，自身成了一片轻飘羽毛，徐徐飞落在院落门前，那黑底绿字的牌匾上，写着四个楷体绿字：齐云山庄。

这就是齐云山庄？任伯渊惶惑不解地推门进去，里面有好几只或白或黑或玄色的仙鹤，在庭院迤迤然踱步。

"寇先生！"任伯渊高声呼喊，他的喊声惊得仙鹤飞奔出门，二楼的雕花木窗被人用木棍支开，飘出股浓烈的脂粉香气，一位披散黑发的年轻女子探出头来，向他摇手招呼："是东郡公吗？请稍等片刻，寇先生采摘灵芝仙草去了。"

任伯渊在庭院内走来走去："她是到昆仑山还是蓬莱仙境？"

"都不是，她就在齐云山巅。"

那女子梳好发髻，从窗户抛下本淡黄色的经书："东郡公若觉得闷，不妨看看这《玉女经》。"

任伯渊接过轻柔如绸缎的《玉女经》，一股沁人心脾的幽香从经书中飘来。他胡乱翻阅着《玉女经》上看不懂的文字，自嘲道："寇先生的经书还真多，老夫连《通天经》也没看明白，又来本《玉女经》。"

"这有何难？《通天经》是梵文，《玉女经》是西域文，无非都是讲求修道人练习心静生慧的咒语与法门。不是东郡公看不懂，而是东郡公的心无法安定。"那女子嫣然浅笑，露出白藕般的一截手腕，对镜理妆。

任伯渊不好女色，他拿手指弹了弹《玉女经》的封皮，仰头问她："敢问真人，佛家云：'行住坐卧皆为修行。'道家修行也脱离不了一个清静无为，这《玉女经》的真谛口诀是个甚？"

"嘻嘻嘻，这个可要寇先生来面授了，小女子哪敢班门弄斧？"那女子掩嘴吃吃娇笑，半空骤然掉落件白色披风，任伯渊见问不出个所以然来，正待离去，瞥见那白披风染了团团血渍，他揉揉眼，天哪，正是安西将军卢圣日常穿的披风！

"东郡公，你就不怕机关算尽太聪明，反误了卿卿性命？"是安西将军卢圣嘲弄他的语气。

他朝天击掌怒骂："你这死人，胆敢与活人作对？本郡公有会奇门遁甲法术的高人，你再来兴妖作怪，要你在阴间也不得安宁！"

地上的披风倏然不见，院内恢复安宁，就连那阁楼梳妆的女子也不见踪影，雕花的木窗也闭紧了，好一场黄粱梦！

"郡公，郡公醒醒，五更天了。"

是随从任修在叫醒他，一缕晨曦照得桌上《通天经》的梵文金光熠熠，他拍拍脑门，梦境依稀。

"东郡公，府外有位骑鹤的女真人求见。"五大三粗的任修是跟随他的武将，说话的音量带着气吞山河的瓮声瓮气。他把室内四扇木窗逐一打开，光束照在墙上绘有泛舟游春图的竖屏上，万道金光投射水波涟涟的池面，辨不出真假来。

肯定是寇先生无疑，想起不可思议的梦境，羽化的邀请信，正要去拜会拜会那神秘兮兮的齐云山庄呢。东郡公忙忙洗漱、换衣，碎步走出府邸，门前挤满众多奴婢，个个一脸敬畏，仰面注目骑在玄鹤上的寇先生。她穿了一身灰白菱形长袍，衣袂飘然如仙人。

　　见到他出来，寇先生嘴里发出清脆的长啸，呼啦啦的声响中，另一只玄鹤从天而降，任伯渊毫不迟疑地骗腿骑上鹤背，望着府前成群的人，他笑了："寇先生故意哗众取宠，是想平城百姓赞誉先生为仙师？"

　　"仙师？不，贫道的天命是帝师。东郡公，昨夜可有好梦造访？"

　　寇先生抿嘴轻笑，她所骑的玄鹤穿过飘浮的云朵，飞速将他远远地抛在身后。

　　真神人也，能感知到他的梦境。任伯渊暗自佩服，清冽的气流吹拂，呼啸的风声飘过，他壮胆俯瞰，轮廓模糊的世界抽象而渺小，就连那高不可攀的崇山峻岭，也只不过是点点墨渍，更不论宫阙殿宇了。

　　他闭上双目，想象着羽化登仙的那一刻，也许与此相似吧。

　　"齐云山庄到了，东郡公。"

　　不过一炷香工夫，他张开眼，眼前出现一处世外桃源，与梦境中的齐云山庄分毫不差。

　　两只玄鹤一前一后飞往荒草萋萋的田埂，他举目四顾，大片平坦褐黑、肥沃的土地上，唯独不见那挖金娃娃的老农。

　　齐云山庄坐落在松、槐杂林间，远观宛如画中景。他捡起衣袖上沾的几根仙鹤羽毛，吹口气，那羽毛随风而逝，偌大的天地，似乎只得他与寇先生两人。

　　任伯渊感到纳闷："寇先生不过神仙的隐逸逍遥日子，怎会向往朝堂危机四伏、伴君如伴虎的生涯？"

　　寇先生沿着山庄外扎的一圈青幽幽的竹篱笆缓步前行，篱笆后是红、白色的芍药花，她在花间站定，笑意融融。

　　"贫道与东郡公是同一类人，君子谋道不谋食。吾毕生苦学，不是为了隐居终老，逍遥快活；就如东郡公你，也不单纯是为了荣华富贵啊。"

　　任伯渊心思一动："那寇先生所图为何？"

　　玄鹤的鸣叫突然响彻天空，寇先生仰头望了望那座终年积雪的齐云山巅，淡淡说来。

"守志嵩岳,精专不懈。辅佐当今陛下,兴盛道学一门。"

任伯渊瞬间明了,大有相见恨晚之意。这女流之辈的寇先生原与自己皆非碌碌无为的平庸者。心怀天下的师父,从不向他与羊公允明说要推崇儒学为尊,不过,他能感知这是师父的抱负,他若担当起来,比起师弟羊公允高出一等,不就遂了自己要和他争出高低的心愿?

任伯渊笑吟吟地抱拳作揖。

"寇先生能以女儿之身,心怀志向高远的英雄抱负,实为难得,难得。"

"在人生远大的理想抱负前,何须有男女身的分别心?"寇先生分别摘下红芍药与白芍药,并列在指间揉捻,"道家化符赈灾,希冀太平;儒家讲经论道,施学弘教。东郡公以儒学,兼济贫道的道学辅佐陛下,不就相得益彰?"

任伯渊深以为然,若引荐陛下重用寇先生,他就不再怕孤掌难鸣,而是如虎添翼了。联手对付太子一党,自是易如囊中探物。

"寇先生言之有理,可恨东宫太子崇佛,将宫内的鹿野浮屠修葺一新,还听从中书博士羊公允怂恿,不光把鹿野浮屠当成讲经习佛的圣地,还要成为皇宗学的学堂!道家讲求阴阳平衡,寇先生难道不想谏言陛下,修建一处道观,与之分庭抗衡?"

他当然愤愤不平,本欲在华林园修建炼丹台,被太子从中作梗,炼丹台至今未寻觅到风水宝地,只胡乱凑合挪用宫内荒废的老房来修炼丹药。

寇先生沉吟不语,抬脸望向那座高深的齐云山巅,以无限向往的迷醉声调说道:"那就得看东郡公的本事了。说动陛下,以举国之力,在这齐云山巅修建一座与天神对话的月轮仙宫,也不是不可以。佛法有西天净土极乐世界,道教也有抵达仙乐飘飘的清虚境地。"

"在齐云山巅?"任伯渊感到不可理喻,那可是终年积雪之地,常人能否攀爬上去都是未知数,怎可运输木材石块修建道观?

"齐云山被称为众山之父,是各路神仙常去戏耍玩乐之地。选择那里修建月轮仙宫,就为免去尘世污垢,直抵一尘不染的缥缈仙境。"

任伯渊沉思片刻,寇先生也好,太子也罢,都有留存世间的实体。自己却空负盛名,雁过无痕。不,老夫也要留存精神财富,超越他们!脑中灵光乍现,他要提议陛下由他来主编,修撰大魏国史。

这般思量后，任伯渊见这眼前景致，无不充满勃勃生机。竹篱笆后是条涌出雪浪泉水的潺潺溪流，两旁有开出遍地灯笼的蒲公英、摇曳不定的狗尾草，杂色繁花野果，红蜻蜓、花蝴蝶飞来飞去，翩跹起舞。转念想到梦中寇先生曾在雪山采摘灵芝仙草，不知自己有无口福享用。

"寇先生常去山巅采摘仙草？雪地不是寸草不生吗？"

"世人只知其一，不知其二，虽是大雪茫茫，极目所望，见不到生灵，但不代表雪地没有生灵存活。东郡公意欲青史留名，不如饮下贫道备下的清心寡欲汤来驱火减欲。"

寇先生机智地揭穿他隐藏的野心，任伯渊面皮烧得发烫，连连矢口否认，摆手婉拒："清心寡欲汤？老夫无福消受。寇先生，生而为人，若无欲望，等同禽兽，忙忙碌碌只是饱腹，有何意义？若无欲望，大魏国的疆域版图会延伸到辽西极地？欲望，是人类文明进步的驱动力，诚然，欲望也是毁灭人类文明的导火索……"

站在碧蓝天穹下，夏日凉风袭来，任伯渊油然生出天地苍茫的萧索感，尽管他是寄蜉蝣于天地，渺沧海之一粟，但人心之欲望如黄河之水滔滔不绝、无穷无尽。

寇先生清凉的双眸蒙上迷惑不解的水雾。她耷拉着眼帘，显露出身为女性的柔弱："如此说来，贫道修道成仙，也是无尽的欲望？"

"寇先生，欲望无时无刻不存在。走，随本郡公回万寿宫！你不是说成为帝师才是你的根本欲望？"

任伯渊手指平城方位，以高人的眼界点破她的意图。

【第四十八章】

冰蚕丝锦褥　皇后赫连雪云

从含章殿回来后,皇后赫连雪云就有种中了暑热的烦闷不安。

侧躺睡榻,念及耗费心神将常阿姐举荐为小皇子的乳母,终究是为他人作嫁衣时,不免长吁短叹起来。

她们进到含章殿时,小皇子正哇哇啼哭,一干人慌得束手无策,也无法将他伺候安稳。常阿姐稳稳走去抱起小皇子,小皇子不仅不认生,反而两只小手揪着她的胸衣,只顾寻奶吃。常阿姐掀开衣襟,小皇子呱唧呱唧吃得欢。

皇后瞥见太子妃吕金瓶神情凄楚,安昭仪喜不自禁——毕竟常阿姐成为小皇子乳母就成铁板钉钉的事了。

坐在陈设华贵的含章殿,赫连雪云冷眼看去,丧兄后的太子妃容颜憔悴,身着素白单衣,头插洁白玉簪花,失去往日有长兄护佑的飞扬跋扈的神采——她也是个落寞的女人,丧兄、失子接踵而来。

见安昭仪忙忙慌慌拉过太子妃的手,商议着如何按照祖制来安顿常阿姐与小皇子的住处,自己这位幕后主使,反倒成为多余的人。赫连雪云借故离开,热闹与欢喜是他人的,落寞与愁苦属于自己。

午后的蝉鸣不绝于耳,宫中铜盆放了冰块也不顶事,苦夏炎热,新换的夏服后背全湿透了。

赫连雪云恨恨地解开黏糊糊的绸服,起身到内室,脱掉能捏出水的湿衣,换上色彩淡雅的白底绿牡丹的绸长袍,坐在铜镜前,重新敷面涂粉。

鹦鹉禀报,中常侍万盛午后会来承华宫。

她猜不到中常侍万盛突然造访的意图，对这位黑猩猩般的阉竖，内心从未放松过警惕。

梳妆完毕，仍见不到鹦鹉身影，怕是她也耐不住热，躲到阴凉地方偷懒去了。

赫连雪云走到会见客人的前殿，寻把扶手椅坐下，捡起团扇，有一搭没一搭地摇动，一股倦意涌来，她打着困倦的哈欠，想着吃盏凉茶提提神就好了。

白花花的日光里，照出寂语拖长变形的身影，她端着漂浮茶沫的斗笠碗，欠身行礼："娘娘，鹦鹉姑姑要奴婢替她一会儿。"随即掩嘴密语，"中常侍大人已在宫门前下马了。"

赫连雪云接过盛满冰镇乌梅紫云茶的斗笠碗，吹掉浮沫，垂首浅饮，拿起绸巾擦拭唇边茶渍，示意寂语将中常侍万盛请进来。

不等寂语出门，一尊铁塔似的黑影出现在珠帘前，挡住烈日灼心的热光。

赫连雪云忙欠身，抿嘴媚笑："劳烦中常侍大人赶来承华宫。寂语，快去给大人搬来锦凳，端上好茶。"

这大热的天，中常侍万盛还是通身密不透风的黑色长袍，赫连雪云快速瞟了眼他汗毛浓密的面颊，暗自心惊，这阉竖的长相愈来愈显出黑猩猩的兽形了。

她坐正身姿，寂语搬来翠绿色花纹的腰鼓锦凳，中常侍万盛并不落座，贼眉鼠眼地左顾右盼，躬身从怀里掏出莹白耀眼、折叠成方块的丝织品，敬献给她。

"娘娘凤体金贵，臣刚获得波斯至宝，乃冰蚕丝所织的锦褥。暑日烈阳，铺在睡榻，必会满室清凉，请娘娘笑纳。"

赫连雪云拿手摸了摸，冰冷冷如抓在蟒蛇身上，吓得缩回手，勉强笑着推辞："如此稀罕宝物，本后哪敢笑纳？还是敬献给陛下吧。"

哪里料到，中常侍万盛忽地起身，杀气腾腾地语带双关，威逼她收下："娘娘是嫌弃臣？"

赫连雪云惊慌地抬头张望，寂语端茶去了，其余奴婢守在宫门墙后。她不敢声张，忍气吞声地接过锦褥。

她走至中常侍万盛的身旁，故意做出娇弱的语气，向他示好："中常侍大人误会了，本后是担心让别的夫人知晓，传出风言风语，有损大人清誉。"

中常侍万盛伸出毛茸茸的手掌，扯住她轻薄面料的袖笼，赫连雪云想要挣脱，哪里扯得过臂力惊人的他？她又羞又恼，明明清楚这阉人对她不怀好心，奈何一人在后宫，孤掌难鸣，只得忍辱应付他。

寂语端着茶托的身影走近，中常侍万盛这才放过她，红嘴白牙地说道："娘娘，臣身为阉人，何来清誉？臣想不通，娘娘为何喜欢替他人作嫁衣？"

赫连雪云正为此烦忧，她若不替安昭仪、常阿姐作嫁衣，日后将如何立足后宫？有时候，为他人作嫁衣也是迫不得已的权宜之策。

她坐回椅内，一手搭在扶手椅背，一手轻摇团扇，若无其事地接过茶盏，亲手递给他："大人，请吃盏凉好的团茶。"

中常侍万盛的黝黑多毛的手指轻佻地划过她的手背，赫连雪云又惊又怒，这阉竖忒胆大了！她转头向寂语使眼色，要她守在宫门外。

中常侍万盛小口品着团茶，不发一言地放下剩有大半碗茶汤的碗。

"茶是好茶，遗憾的是，煮茶的水不是雪水，熬制的火候也差了些——就如人生大事，总得要诸缘俱足，方能圆满，少一样也不成。"

赫连雪云听出些弦外音来，不由得朝他靠拢探个究竟："大人，莫非是指本后为太子妃引荐乳母一事？"

中常侍万盛抬起他多毛的手掌，向她肩上摸过来，赫连雪云心中动怒，但面上分毫未显现，这头黑猩猩胆敢如此放肆，陛下百年后，岂不会将自己生吞活剥？她机敏地旋转上身，让他抓了个空。

中常侍万盛脸上堆积着殷勤的谄笑："娘娘，朝露昭仪也有孕在身，何不替她也张罗张罗乳母人选？"

赫连雪云听得怔怔无语，朝露昭仪生下龙种，是不是就该废黜自己了？手中团扇失手掉地，也浑然不觉。

"娘娘，发什么愣啊？"

"大人的意思？"她猛然惊醒，弯腰捡起团扇，攥着扇柄，心下顿有茫然苍凉之感。

"娘娘勿忧，臣是想扶持朝露昭仪的儿子为皇位继承人，到时候，娘娘成皇太后，照样安享荣华富贵。"

赫连雪云不可置信地斜睨他那双棕黄色猴眼——这双闪烁不定的眼睛，见过多少肮脏的秘事？她才不会相信他的谎言。

"大人，小皇子是命定的皇位继承者，大人是想强行扭转乾坤？"

中常侍万盛并不作答，起身将宫门关闭，赫连雪云惊得揪住团扇扇柄的手微微发抖。

中常侍万盛返身走近，那张令人作呕的黑脸与她近在咫尺，她反感地向后仰身，耳听他笑声诡异："娘娘，太过天真了！皇位继承者哪有什么命定不命定？当今陛下的皇位是继承，那先帝的先帝呢？哼，谁还不是靠了心狠手辣杀出条血路，抢夺得来的？"

他张开的血盆大口，吐出鱼肉腐烂的腥臭气，赫连雪云忍着满腔羞愤，强装笑脸："大人，你，你踩到本后的裙裾了。"

中常侍万盛毫无半分羞耻，嘴角挂着一丝阴谋得逞的笑意，挪开踏着她裙摆的大脚板，恬不知耻地以言语猥亵她："噢，娘娘的体香，引得臣心猿意马。今生与娘娘无缘，来生，臣，愿为娘娘做牛当马。"

赫连雪云听他满嘴大不敬的胡言乱语，暗觉悲哀，她是堂堂皇后，他不过一个下等的阉人，还敢对皇后有非分之想。可见，他心里根本就没有陛下！他的竭力奉承，无非是伪装讨好陛下，可惜，蒙在鼓里的陛下还对他宠溺有加。

"大人对本后的痴情，令本后惶恐不安，大人若真有心，哪用等到来世？今生能对本后好，本后也不枉与大人相识一场了。"赫连雪云决定以假乱真，她不能向陛下告密，那只会带来引火烧身的灾害——男女私情泄露，多数会谴责并迁怒于女方，女人是红颜祸水，生得美丽，本身就是自带的原罪。

"问世间情为何物？一物降一物。娘娘，有臣在，就能保娘娘富贵双全。"

看着跪在脚下这只厚颜无耻的黑猩猩，赫连雪云气得心中怒吼："做你娘的春秋大梦！本后的富贵，拜陛下所赐，与你无关！厚颜无耻的畜生，胆敢把陛下的恩宠剽窃，邀功成自己的本领！"

她怒不可遏，真想踢他两脚，忍了又忍，冲着紧闭的宫门高呼："寂语，还不把宫门打开，给大人奉上新茶？"

厚重的宫门吱呀推开，中常侍万盛早恢复常态，规规矩矩地坐在锦凳上，双眼注视着她，笑里藏刀："娘娘，臣的建议，还望娘娘采纳。"

赫连雪云懒散地打着扇，展颜欢笑："大人，莫非你属猴，这么按捺不住？朝露夫人新孕，乳母也得是一年半载后了。"她顿了顿，继而声若蚊音，"再说了，你想陛下怎会无视太子妃的小皇子？"

"臣，自有办法令小皇子……"

寂语和静墨并行跨进来，一个端了新茶，一个手托切成花瓣状的血红瓜瓤的西瓜。

中常侍万盛识趣地收住话头，起身行礼告辞。

送走这尊黑神，赫连雪云也觉手脚酸软，她躺在铺了冰蚕丝锦褥的睡榻上，凉快是凉快，可她总有被阴冷的雪花大蟒蛇缠身的窒息感觉。

赫连雪云后怕地翻身下地，吩咐寂语把这冰蚕丝锦褥装好，送给玉烛殿小皇子的乳母常阿姐。

裹了身翠绿黑纹长裙的鹦鹉走进来，拦住寂语，走到赫连雪云身旁谏言："娘娘，这般贵重物品何不自己享用？常阿姐当了乳母，后宫好几位夫人争着奉承她，承华宫的人，用得着自降身份凑这热闹吗？"

赫连雪云想想也在理，默许了鹦鹉的建议，令三位奴婢围坐方案，分食西瓜。

"娘娘，盂兰盆节快到了，听说那朝露昭仪要出宫到寺庙祈福呢。"静墨抬起脸，嘴角附着几粒西瓜黑籽，像是嘴角长出来的黑痣。

寂语呼哧呼哧啃完一瓣西瓜，拿起衣袖抹了抹嘴："陛下不是厌佛吗？朝露昭仪还会违背陛下心意去礼佛？"

坐在高背扶手椅上的赫连雪云吃茶不语，脑中思索的是中常侍万盛——是拉拢还是远离？宫廷女眷，看似她在统领，实则她无人可倚靠，她得自保、自救。

她抓起绘有林中猛虎下山图的团扇，拿手摩挲老虎的额头，每个人都有不可告人的秘密，她的属相是老虎，谎称自己属兔，善良温顺的小白兔，就为免去陛下疑心。她时刻在提醒自己，她是一只特立独行的老虎，天生强者的山中之王。

"有陛下信赖的中常侍大人陪同，他怎会不放心？说是去给朝露昭仪远在东方部落的双亲祈福，宫外的大恩寺，祈福又最灵验，陛下要以孝治国，自然就佯装不知。"

顺风耳的静墨比起千里眼的寂语还要急躁，她一气说完，又埋头咔嚓咔嚓啃瓜。

"娘娘，中常侍大人的爪子伸得真够长，一会儿给娘娘献宝，一会儿到玉烛殿安昭仪处给小皇子送稀罕物；这会子又陪同朝露夫人出宫拜佛。凭借阉人身份，在后宫女眷的居所穿梭自如，他定是居心不良。"

还是中年宫女鹦鹉看得穿——女人一旦丧失青春，饱经沧桑的慧根就开始萌芽了。

赫连雪云不动声色地笑而不语，中常侍万盛是想把朝露昭仪当成他能掌控的傀儡。

朝露夫人——她摇动虎图扇——朝露夫人的美有目共睹。赫连雪云最记得她那双偏长的杏仁眼，清澈中蕴含着缱绻的妩媚。中常侍万盛会不会用同样的暧昧取信于她，来掌控她？想来就不寒而栗，这狠毒的阉竖，不能要他得逞。

她瞄了眼那床莹白耀眼的冰蚕丝锦褥，计上心来。

"鹦鹉，去尚药局要那太医丞皇甫灵原地待命，他擅长针灸，本后筋骨有些酸疼，顺道摘几个大青梨尝尝。"

鹦鹉应声而去。

太阳落山时，晚霞在尚药局泻下一地流光溢彩，赫连雪云携了鹦鹉，踏着这纷纭的光影，进到药草清香的院落。

太医丞皇甫灵早已恭候圣驾，赫连雪云信步走上那株结有果实的老梨树，沉甸甸的青皮斑纹雪梨，足足有壮汉的拳头那么大，压得枝条快要断裂似的。

"太医丞，这满树梨果，可算是大丰收了？"赫连雪云攀着梨树，想要亲自采摘最大的那只梨王来。

皇甫灵毕恭毕敬地跟随皇后身后，生怕她有什么闪失。

"娘娘，这可不算丰收。梨花开得繁茂，果子的收成就少些。祸福相依，与人一个道理，世上也没全然不幸的人。"

赫连雪云听他这话，似有些深意。她垂下手臂，仰头看大大小小的青梨，眼角无意扫见墙头摆有一溜翠绿叶片的茂盛植物，草叶厚实发光。

"太医丞，那又是什么药草？"

"回娘娘，这是南越的野葛，毒草也，俗呼为胡蔓草。叶片有兰花香，不过，含有剧毒。"

赫连雪云见其叶状可爱，还有兰花香，不由来了兴趣。她缓步走下水井台，坐在太医丞备好的高椅内，指向高墙上那盆绿油油的草，耐心问道："太医丞，那毒草，能否取其精华去其糟粕？本后素爱兰草的高洁，喜其香气的馥郁。"

太医丞皇甫灵埋头稍加思索，想出妙法。

"嗯，臣可将草叶碾碎，取汁滴在瓶内，随身携带，娘娘便能闻其芬芳了。"

赫连雪云听得心花怒放，这趟尚药局果真没有白来！她兴奋地接过鹦鹉端来的香草茶，闻到金银花的苦涩味，赫连雪云喝不惯苦茶，摆手不喝，假装漫不经心地问太医丞："陛下喜食甜物，可有何甜味的草药，做成糕点，给陛下解解乏？"

"娘娘，陛下嗜好南方龙眼、荔枝、蜜比西国葡萄的石蜜。再甜的草药也是药，始终要回苦。"皇甫灵搓手笑道。

"那，何不将那些草叶榨取汁水出来，当香料用？本后想着分点给花荫公主及爱香如命的朝露昭仪。"

太医丞皇甫灵思量半日，似乎有些为难，随后又点头应允，但不忘加重语气，叮嘱道：

"臣谨遵娘娘旨意，不过，定要告诉她们，万万不可服食，点滴都会要人命。半日内，若无解药，就得毙命。这种剧毒，需用活羊的热血来解毒，宫中少见活羊，臣才将它放在高处养。"

走出尚药局，暮色已将后宫笼罩在灰红色的云层里。

赫连雪云亢奋得彻夜未眠，她令寂语给中常侍万盛捎口信，盂兰盆节，她要随同朝露昭仪出宫为逝去的亡灵们超度。

她相信，中常侍万盛不会拒绝她，只许他陪同朝露昭仪祈佛，不许皇后娘娘同行，那岂不是在昭告天下，他与朝露昭仪有私情，出宫是为幽会？

寂语欢呼雀跃地走进来，赫连雪云又安排静墨带上她压箱底的珍宝：火珠龙鸾金钗，贺朝露昭仪怀龙种之喜，并约她出宫祈佛前来趟承华宫。身为后宫之主，皇后要尽好庇佑夫人安全的使命，陪同她出宫。

盂兰盆节到了，赫连雪云四更起身，焚香、沐浴、更衣、梳妆。

尚药局的胡蔓草香液分三份，装进小瓶，缝制成挂在胸前的香囊，花荫公主与朝露昭仪均有身孕，便采用了多子多福图纹做成香囊。

赫连雪云穿了身月白金色牡丹团花纹的长裙，她的胸前同样挂了内装胡蔓草香液的绣金色双雁香囊。

铜镜里的她，依旧是令人惊艳的美人，赫连雪云自己清楚，她早就丧失了青春的美貌，不过，比起美貌，她多了洞察人心的阅历，也算是岁月对她的补偿。

天光放亮，一缕美丽的朝霞悬挂在东方。

"鹦鹉，消暑汤可凉了？"赫连雪云独留宫内，静候朝露昭仪的到来。

"娘娘，备好了。这碧绿的斗笠盏是留给朝露昭仪的，娘娘这碗是釉红的斗笠盏。"

看着鹦鹉放下汤盏，赫连雪云走过去："你去把本后的老虎扇找出来，不知被打扇的静墨扔到哪里去了。"

支走鹦鹉，赫连雪云解开胸前的香囊纽扣，拔出胡蔓草香液的瓶塞，在碧绿的斗笠盏滴了一滴，迅速盖紧瓶塞，扣好香囊，再用银色汤勺搅拌均匀。

她坐在桌前，缓缓饮下釉红碗盏内泛出香气的解暑汤汁，那如兰似麝的香气不是从汤汁散发的，而是从胸前的香囊流淌——离得太近，想来朝露昭仪也分不出是香囊还是汤汁的香味。

寂语跑来，手扶门框，躬身行礼禀报。

"娘娘，朝露昭仪到了。"

鹦鹉从身后翠绿青山的屏风后钻出来，高扬起手中团扇："娘娘，虎扇找到了。"

赫连雪云夺过团扇，跨出宫门，去迎接朝露夫人。

穿了通身黑底刺绣猩红曼陀罗花衫裙的朝露昭仪，头梳灵蛇发髻，插戴她赏赐的火珠龙鸾金钗，从整面高墙的藤蔓影壁下走来时，赫连雪云眼一花，将她头戴的金钗看成是只蝎子爬在她黑发上，暗自心惊。

"妾身朝露参拜娘娘。"朝露昭仪扬起美的无可挑剔的俏脸，向她欠身行礼。

赫连雪云留意到她的腹部轻微突出，忙拉过她的手，进宫落座后，赫连雪云先把那装有香液的香囊挂在她脖前，再端起那碧绿斗笠盏递给她。

"天热，妹妹可先喝下这盏尚医局调制的消暑汤，歇歇气，再走不迟。"

"谢娘娘费心牵挂，妹妹是觉得口渴了，哇，真香呢。"朝露昭仪不疑有他，拿手摩挲香囊，凑在鼻端闻了又闻，再咕咚咕咚把碧绿盏的汤汁喝个干净，笑着把空盏还给她，一旁的鹦鹉眼疾手快，接过空盏，要静墨拿走清洗。

赫连雪云紧张得话音打战："妹妹喜欢曼陀罗花？"曼陀罗花是通向冥界的鲜花，她视为不吉。

"娘娘不知，妾身部落的习俗，在盂兰盆节，穿上有曼陀罗花的服饰，是向九泉之下的亲人们表达思悼之情。"朝露昭仪那对会说话的杏仁眼，透出亮晶晶的光芒。

"原来有这般学问，是本后孤陋寡闻了，那就先出发，别让中常侍大人久等了。"

赫连雪云戴上白纱面罩的高帽，手执团扇，要鹦鹉搀扶起朝露昭仪出发，与等候在宫门外的中常侍万盛会合。

她骑马，朝露昭仪不能骑马，坐在八人软轿中，飞奔向前。赫连雪云心中急呼要快，要快。她担心毒草的药性发作，朝露昭仪死在半道，那她就脱不了干系。

宫外的大恩寺修建在半山腰，中常侍万盛早已准备停当，庙内的主持方丈、沙弥们簇拥一堆，在山门前迎接。

抵达山门时，赫连雪云望着头顶明晃晃的太阳，估计着朝露昭仪药性发作的时间。软轿抬着朝露夫人停在庙门前，庙内香风萦绕、梵音阵阵，鲜花瓜果摆满了每座大殿的供案。

一行人在正殿前停下，朝露昭仪要去后院小解，赫连雪云派鹦鹉伺候，中常侍万盛挥手要住持方丈和小沙弥到禅房等候。

正殿空院栽种有古老的槐树，赫连雪云站在如伞盖的槐荫下乘凉，浑身黑袍的中常侍万盛倒背双手，迈开八字腿走近，棕黄猴目流露出不安分的亮光，在她胸前瞟来瞟去。

"娘娘用了什么香料？臣是闻香的老手了，这种似兰草似麝香的香料，从未听闻过。"

中常侍万盛目不转睛地定格在她胸前的香囊上，如苍蝇叮住蛋缝。

赫连雪云得意极了，她故意挺起胸，后背靠在树身，手指夹起香囊，放在唇边，做出痴迷他的神情，试探他。

"是一种剧毒，名为胡蔓草的香液体。不知这香味，可合大人的心意？"

中常侍万盛见左右无人，上前紧抓她的手不放，毛茸茸的猴爪摩挲她光洁的手背，眼里闪动柔情之光："剧毒？！娘娘何尝不就是一味剧毒？诚如那鲜美的河豚，人人皆知剧毒厉害，可还不是令无数男人折腰品尝？"

赫连雪云举起手中的老虎团扇，狠力地摔在他脸颊，半推半就地怒斥他：

"别不知羞耻,这可是在庙里,你就不怕佛祖怪罪?"

"怕什么佛祖,臣从来不信因果之说,不过是想陪朝露昭仪出宫透透气的说辞。"他的动作收敛了些,满不在乎地狞笑道。

赫连雪云装出吃醋的生气样嗔怪他:"哼,你要打朝露昭仪的主意,以后别来沾惹本后!"

两人正在拉拉扯扯调笑间,只听得朝露昭仪的惨叫声从后院传来。

赫连雪云大惊失色,以为是朝露昭仪的毒性发作,急忙推搡着中常侍万盛,嘴里迭声催促他:"快,朝露昭仪……"

中常侍万盛也变了色,如一只黑猩猩飞跃起身,飘落至后院,两腿发软的赫连雪云双臂撑着树身,暗自祈祷不能露馅啊。

"娘娘,大人,不好了!昭仪,朝露昭仪被毒蝎子蛰在要害处呢!"

赫连雪云惊愕地捂住嘴,这,怎么会是这样?她转悲为喜,疾步跑向后院朝露昭仪如厕的地方。

迎面走出面色黑沉的中常侍万盛,他怀里抱着蜷缩成团的朝露昭仪!住持方丈、沙弥,个个呆若木鸡,谁也想不到庙内如厕处的房顶藏有毒蝎。

"怎么回事?"赫连雪云挥挥衣袖,紧追着鹦鹉责问。

"昭仪进去前,推动门板,谁承想到,刚踏足进去,一只蝎子抖掉下来,直接落进夫人衣领,叮咬她的脖颈……"

"中常侍大人,还不快马回宫叫太医!"赫连雪云又惊又喜又怒。

"不,娘娘,不要回宫……"浑身打寒战的朝露昭仪痛苦地呕吐着,伸手阻拦她。

"妹妹,姐姐对不住你。"赫连雪云一面干号,一面弯腰查看她的伤势,但见朝露昭仪红肿的脖颈赫然有根蝎子毒刺深进皮肉,暗地寻思,也活该她命苦,前有胡蔓草,后有毒蝎子,两下夹攻,必死无疑。

"不,妹妹在宫内实在是多余的人,死在这,埋在这……"朝露昭仪嘴边流着绿色泡沫的唾液,神色痛苦地拉着她的手不放。

赫连雪云听得心酸,原来,后宫中,自认是多余者,不止她一人!看上去天真无邪的朝露昭仪,内心也埋藏有相似的孤苦。

朝露昭仪费力挣扎,从胸内取出另一只刺绣并蒂莲的香囊,哆嗦着青紫的双唇，交代后事："姐姐，帮妹妹交给太子，妹妹怀的是太子的龙脉……"

赫连雪云的眼泪滑落下来，她多想告诫她，身为后宫的女人，不能爱得太深，因为情欲是敌人。

不过，为时已晚。

中常侍万盛如同战败的困兽，双臂高举朝露昭仪，似在向上天诸神献祭祭品，仰天咆哮……

赫连雪云吓坏了，连忙下令鹦鹉把朝露昭仪从他手中夺下来，交给住持方丈，令他厚葬，并为朝露昭仪连做七天七夜的法事。

众僧抬起朝露昭仪的尸体，口诵南无阿弥陀佛，渐渐远去。

赫连雪云走近捂面悲痛的中常侍万盛，她原以为他是铁石心肠的冷血人，他回过头，与他泛泪光的双眼四目相对，这一刻，她真切地感受到，原来，他还是有七情六欲的常人。

山风呼号，卷起满地尘沙，似在送别朝露昭仪的魂魄。

"大人，节哀。"她摸出锦巾，递给他擦泪。

风势渐小，站在无人的后院山巅，远方连绵起伏，看不到终点的苍茫山脉，是已消亡的故国。赫连雪云眼窝潮湿了，摸出锦巾递给他。

"大人，节哀。"

中常侍万盛夺过锦巾，只放在鼻端嗅了嗅，推还给她后，猿猴般细长的手臂环抱她的腰，声调冷漠："娘娘，你我现在可是一丘之貉了。"

想到回宫面圣，朝露昭仪的猝死，还得靠他在多疑猜忌的陛下面前圆场，赫连雪云不再拒绝他得寸进尺的非礼，心不在焉地附和他："是啊，大人，我们是同一条绳上的蚂蚱了。"

【第四十九章】

大千园　太子金曜星

深秋的大千园,满目萧索。

太子金曜星沿着园内的一池枯荷踽踽独行。十年了,一切都是那么熟悉,世界没有变化。虽然朝廷多了些新面孔的要臣,但本质仍然是弱肉强食,胜者为王。

他蹲在池塘边的碎石路面,湖水倒影,清晰能见两鬓花白。他悲痛地自言自语:"世界没有变,本宫却是华发渐衰,壮志未酬。"

父皇龙体康泰,全然不似西山日暮的垂垂老者。要等到猴年马月,他才能继承皇位?过去十年了,还要再等下一个十年不成?到那时,封为京兆王的儿子金承玄都满二十岁了,就该轮到他来继承皇位了。

不!他绝望地双手抱头低吼。

"太子殿下,怎么躲在这里伤春悲秋?太医丞皇甫灵到了。"

金曜星抬起头,见到腰围肥壮的驸马都尉武僧觉,身披孔雀蓝披风,踩踏满地落叶,阔步前来。

"你看看你……"金曜星站起来,踢腿蹬动发麻的腿肚,手戳他的肥厚肚腩,嘲笑道。曾经的武僧觉是位身手矫健的壮小伙子,岁月是把刀,生生把他劈成大腹便便的酒肉之徒。

武僧觉低头瞧瞧突出的肚腩,撇嘴无奈苦笑:"脑满肠肥,这便是富贵人家的烦恼。"

金曜星情知花荫公主对这其貌不扬的武僧觉管教严厉,差遣他经营宫外这座种植药材的庄园,就连回宫探望两人所生的儿子,也要经她首肯。七尺男人,活得窝囊，不终日饮酒买醉浑浑噩噩度日，又能怎么样？他同情驸马都尉的处境——人人都有不如意之处。

嘴上蹦出《金刚经》的经文戏谑道："以三千大千世界碎为微尘，于意云何？是微尘众，宁为多不？"

"如来所说三千大千世界，即非世界，是名世界。"武僧觉憨笑着对答如流，上前挽住他的臂膀，两人并肩行走在飞落梧桐树叶的庄园花径。

秋意渐浓，枫叶殷红似血，陛下应在马场围猎。金曜星到底意难平："唉，本宫能熟读《金刚经》，却无法做到圆满自在的空性，依然对皇权充满志在必得的执念。'一切有为法，如梦幻泡影，如露亦如电，应作如是观。'本宫做不到啊。"

"殿下何必自寻烦恼？最好的事物，总是姗姗来迟，耐心些。"武僧觉最会开解他。金曜星知道是这个道理，就是丧失了继续等待的耐心。

两人正说着话，前方颠跑过来位戴布帽、穿青衣的庄园奴，擦着满头汗，弓腰跪地请示：

"驸马都尉，中常侍大人手下那侏儒东方鸾又要来寻一味药材，说是给陛下熬制秋日进补的汤汁。"

武僧觉随口问他："倘若不是什么珍稀药材，那就痛快拿给他。"

那庄园奴获得准许，撅起屁股，飞奔离去。秋风卷起地面的枯黄梧桐叶，金曜星与武僧觉四目相望，彼此心照不宣。

"驸马都尉也怕得罪陛下的宠臣？那阉竖不过是拿着鸡毛当令箭罢了，何必要一味纵容他的贪性？"金黄的一片银杏叶晃荡着飞在金曜星的脚面，他抓起树叶，在掌心揉捏得粉碎。

"佛曰：'无分别心。'殿下，大千园的草药本就是作为供养众生的布施，与得罪不得罪他无关。东郡公任伯渊的国史修撰完毕，听闻陛下意欲庆贺，中常侍大人可能真是为盛宴来寻觅食药同源的药材呢。"武僧觉的语气显出坦荡荡的君子之风。

平生最憎恨的东郡公任伯渊在这十年，也干了件能青史留名的大事，反观自己，除了苦苦等待继承皇位，便一事无成！对，他就是无能的太子！

金曜星胸中忽然生出股嫉妒与怨恨的怒气，他伫立在松软的路面，满腹狐疑："庆贺国史修撰完毕？"

言罢，恨恨地走近移栽园内的一株古银杏树下，披挂浑身金黄树叶的古树，笔直地屹立在药圃的分岔路口，秋风卷起稀疏的树叶哗哗作响，似在回应他的心声。

"哼，满朝文武官员，就数他会迎合圣心，拉拢寇先生，耗费十年都未能建成的月轮仙宫，劳民伤财不说，又来歌功颂德吹捧父皇的丰功伟绩，父皇哪有不愿庆贺之理？"

金曜星愤恨地攥紧拳头，重重地捶打银杏树身，但任凭他如何下重力，这棵上千年的银杏树，始终保持直立的身姿，如倔强的父皇，固执得不肯让位。这更令他冒火，捶得双掌生疼，直至麻木，还不肯罢休。

武僧觉的话给他带来一线渺茫的希望："殿下，这回错也！有那看过的魏国老臣提出强烈异议，弹劾东郡公的国史在过度丑化先朝咧……"

"丑化先朝？"金曜星停住捶打，敏感地意识到，这是扳倒东郡公的大好时机！自己也能做出点大事来！不过，他收敛起欣喜之色，毕竟，他早已不是十年前暴躁易怒的热血青年，不会喜怒形于色。

"魏国老臣之后是不是指本尊？"一簇火红枫树间，闪出中书博士杜光文的颀长身影来。

金曜星吃惊不小，这杜光文不是父皇的舅舅杜庭大将军这一脉，而是来自天下诸杜姓氏中，名望最高的京兆杜氏后裔，以博学辩机见长，被东郡公任伯渊举荐为中书博士，按理算是东郡公的心腹。

"堂堂中书杜博士也学小人偷听吗？"武僧觉抱拳嬉笑道。

一身灰白翠竹图纹锦缎长袍的杜光文，倚靠在殷红枫树前，玉树临风的书卷气，果不负望族风范。他神色恭谨地转向金曜星行施，轮到武僧觉，杜光文换上调侃的语气："驸马都尉，什么小人、大人？圣人曰：'唯女人与小人难养也。'这个小人是指黄毛小童，你也夸赞本尊是天真小儿？"

腰粗膀圆的武僧觉亲热地搂着他瘦柴似的臂膀，爽朗大笑："饶恕贫僧吧，哪能说得过最擅辩机的杜博士？这般不声不响地跑来大千园，可不是最喜鲜衣怒马，最恨锦衣夜行的中书博士所为。"

"本尊是想来偷看蓝孔雀开屏，为避风大，方躲在枫树后，可没看到它们开屏，光看到它们脱了毛的光屁股了。"中书博士杜光文捂嘴坏笑着，指向在风中散步、被风吹得羽毛乱翻的雌雄蓝孔雀。

金曜星琢磨着杜光文的话中真伪。驸马都尉的大千园，就是大千世界无奇不有，满足朝中贵公子们的不同嗜好——喜养仙鹤的鹤场、放生乌龟的龟池、散养野鸡的山林、放飞野鸽的鸽舍等等。

中书杜博士喜欢蓝孔雀，将采买来的雌雄孔雀寄养在大千园，如期缴纳财物，不定期跑来欣赏孔雀开屏，武僧觉乐得大赚特赚，惹得他的两位宠臣秦道生、裘青山眼馋不已，跟着有样学样，私自经营田园，商贩获利。钱财能收买人心，也能通天地神灵，他唯有睁只眼闭只眼不管两人。

"殿下在大千园也养了什么稀奇宝物？"杜光文平素和金曜星交流不多，没话找话地寒暄道。

金曜星听中书杜博士这话颇为刺耳，正欲回应，身后传来瓮声瓮气的高吼："杜博士，此言差也。莫说大千园是殿下的，迟些时日，继承大统，天下也是归属殿下一人。"

三人皆惊愕地回转身，原来是杜庭大将军的儿子，披着黑披风的平凉太守杜道源，他手按腰佩的宝剑剑柄，雄赳赳地踏步前来。

金曜星听他这话，不由大喜过望，上前握紧他粗粝的双手："秋风有信，把这杜氏望族的文武人物都刮来大千园了。"

"还不是因东宫殿下，这才群星捧月般来了。"中书博士杜光文的这通马屁拍得正中他下怀。金曜星乐滋滋地拍拍武僧觉的厚背："走，到中书博士的珍禽苑逛逛，看看孔雀开屏，顺手逮两只野鸡炖汤吃！"

众人呼声如山，金曜星爬上两旁有竹篱笆墙的山道，走向修建在高处，养了杜博士的宝贝蓝孔雀的珍禽苑。他就想见识见识，孔雀美丽的羽毛被秋风掀翻，露出原形毕露的光屁股，是如何大煞风景、倒人胃口——就如掀开东郡公任伯渊的斯文长袍，让父皇见识他图谋不轨的忠心到底是红还是黑，岂非大快人心？

论及魏国老臣之后，当属父皇的舅舅杜庭的儿子杜道源。杜庭大将军在七年前死于箭伤发作，西平王金曜熙顺理成章地统领南疆，本该世袭大将军勋爵的杜道源，被东郡公任伯渊弹劾为不学无术，是靠阿爷功勋的纨绔子弟，最终被打发到荒郊边陲的平凉当太守。

"殿下，折煞本尊也，那孔雀的光屁股看了就会留下痛苦的阴影，怕是再也提不起兴趣去欣赏它开屏时绚丽多彩的美了。"中书博士杜光文慌得面色发白，躬身挡在他面前。

金曜星也不勉强，相比起杜氏家族年轻的子弟们，他宁愿选择信赖不名一文的老友武僧觉。

"驸马都尉，本宫来大千园，就想尝尝香料烤野鸡的味道。劳烦杜太守去抓几只替本宫解解馋。"

平凉太守杜道源是天生勇士，他撩起黑披风，拔出弓箭："殿下，杀鸡焉用牛刀？臣去射杀几只就是了。"然后，拿眼瞟向文弱的杜光文："中书杜博士，可愿陪同在下捕获猎物？"

"秋风起，猎物肥。本尊焉有不从之理？殿下、驸马都尉，臣等先行一步了。"杜光文虽是斯文读书人，但性情也还算豪迈。他拉起杜道源，两人跪拜完毕，跑向葱茏的松柏林中。

金曜星走到魁梧的武僧觉身边，搭住他的肩："驸马都尉，你我终究是年岁不饶人的老人了，比不得他们后起之秀的腿脚灵便。本宫对射杀猎物，早丧失了追逐的乐趣，不得不服老啊。"

武僧觉历来乐观豁达，他乐呵呵地吹起呼哨："殿下，万物都有荣枯，何况生而为人？佛家有言：'得一日斋粮，且过一日。'走一步看一步！"

瑟瑟寒意袭来，金曜星沉默不语，经过边开花边结果的枸杞园，武僧觉用手兜住大肚腩，单腿跪在地上，采摘红艳艳的小果实，丢进口中咀嚼。

他嘴唇爆出朱红的浆果汁水，神色变得忧虑："陛下若不举办这场欢宴，对东郡公或许是好事。唉，朝廷的大臣们对东郡公的怨言越来越深，他仰仗陛下的重用，提拔亲信，堵塞元老旧臣及新晋后辈的上升通道，谁不暗地里恨他？就怕拿这国史大做文章呢。"

金曜星心有所动，紧挨枸杞园的是花期已过的桔梗药圃，他连根带泥扯出把桔梗，话音丢在风中："东郡公自恃清高自负不说，又爱搞一言堂。陛下恩宠如水，既能载舟，也能覆舟。怕是多年的君恩使得他忘形了。"

武僧觉站起来，搓揉掌心朱红色的枸杞残渣，舌头舔着手指头，瞪圆他的小眼珠："殿下也要状告他？只怕不利中书博士羊公允。他与东郡公是同门师兄，一同参与修撰国史。"

"驸马都尉，你可愿参与状告东郡公任伯渊？"金曜星拎着沾满松土的桔梗，想着交往近十年的他，怎么样也得站在自己的阵营。

武僧觉那边久久没吭声，金曜星耐心地等候着，想要谋划大事者，就当保持必要的耐性。

他等来了。

武僧觉拍拍肥厚的肚腩，带着他常见的憨直笑意："太子殿下又在说笑，明明知道臣不参与朝政，游手好闲的外人一个。"

金曜星甩手扔掉桔梗，难以掩饰内心的失落，强笑道："本宫就爱和你开玩笑。满朝官员，就你置身事外，了无牵挂，本宫也就说说罢了，就如这秋风，吹皱一池水，又如何？东郡公根深叶茂，本宫也得让他三分哪。"

两人各怀心思，来到放生的龟池，上千只乌龟都躲进石缝，风吹得池面的水纹一圈一圈地向外扩散荡漾。

金曜星暗自想到，他要是风就好了，来去自由，不由得仰天长叹："列子御风而行，倚靠的还是风，本宫为何不能成为'风'本身？"

"殿下，是倾慕风有来去自由的力量？"武僧觉瞪圆他那对炯炯有神的小眼睛，说出的话饱含深意。

金曜星不置可否地耸耸双肩，眺望平坦药园前那殷红杂染金色的枫林，一只体态优雅的梅花鹿似乎从林中一闪而逝。他悲哀地闭上双眼，万寿宫的皇权宝座在隐隐召唤他。

他终将得到他的宝座，前提是，铲除东郡公任伯渊、中常侍万盛——这两人均为父皇不可或缺的重臣。一个是狡猾的千年老狐，一个是修炼成精的黑猩猩。

敌人强大且彪悍！金曜星的心跳加剧，脊背生出阵阵寒意，鼻塞的顽疾又犯了——杀掉他们的前景尚不明朗。他揞着鼻涕，不敢贸然失言。

武僧觉关切地拿手试探他的额头："风大了，殿下是觉得冷？还是回到满庭芳吃盏酒去暖和暖和身心要紧。"

满庭芳是专供王公贵族宴饮的院落。

他难受地捂住口鼻，点点头，两人加快脚步，一言不发地疾走在落叶满地的路面。远远就能听见满庭芳内人声鼎沸，最响亮的嗓门是高平王卢孝伯！只听他在击剑吟唱"风萧萧兮易水寒，壮士一去不复返"。拿腔捏调的怪声，惹得众人哄堂大笑。

大千园是纯爷们消遣的逍遥园，碍于花荫公主极为善妒的强势本性，这里的下人全为男性。

卢孝伯的高平王封号是靠真本事拼来的，他的阿爷，就是与东郡公结为亲戚也是世仇的安西将军卢圣。

金曜星听见卢孝伯的大嗓门，心情大悦，他移开手掌，笑问武僧觉："驸马都尉，你是特地给本宫来个大惊喜？要整一出群英会吗？"

武僧觉揉揉圆嘟嘟的肉鼻头，促狭地笑道：

"殿下，他们不过是闻风而动，殿下方才不是自诩为风吗？高平王，还不出门迎接太子殿下？"

院内的嬉笑怒骂刹那间消失，一阵桌椅乱翻的巨响，从满庭芳的朱红大门内，踉跄地奔跑出来位赤裸上身的红面壮汉。

金曜星看他不住翻动吃醉酒的惺忪红眼，乐得冲上前当胸捶打他一拳。高平王歪在地面，又强撑着起身，口中胡言乱语："陛下，臣，臣接驾来迟，望陛下宽恕臣的滔天罪过。"

金曜星暗自窃喜，假意发起怒来："驸马都尉，还不把醉酒撒泼的这厮绑起来，抽打一百鞭！要他长点记性，免得总分不清陛下与本宫！"

【第五十章】

皇宗学堂　京兆王金承玄

龙涎香的青烟在紫红纱幔萦绕，金承玄跪在万寿宫内冰冷的地面，紧张得瑟瑟发抖。

他本在鹿野浮屠的皇宗学堂上课，授课老师是太傅、中书博士羊公允，才摊开桌面的《周易》，羽林郎魏喜跑来说奉了陛下诏令，火速将他接来万寿宫。

黑面白须的皇爷爷，一言不发地坐在黄金龙椅上，比驱鬼的门神还要可怕。他偷眼望去，发现躲在纱幔内的乳母常鹤兰。

"承玄，太傅都教了你些什么道理，说来给朕听听。"皇爷爷板着面孔问他，话音透出不容违抗的威严。

金承玄打了个冷战，暗自憋着丹田之气，想起中书博士羊公允的叮嘱，皇爷爷问什么，照实说便是了，胆子大些无妨，皇爷爷喜欢诚实的男人，便抬高音量作答："回皇爷爷，太傅刚教了孙儿'民可使由之，不可使知之'哩。"

"那承玄说给皇爷爷听，是个什么意思？"皇爷爷轻咳了下，嗓音变得温和起来。

金承玄信心十足地爬向前，昂首作答："回皇爷爷，就是百姓认可的话，就要他们照着去做；百姓不认可，让他们知道为什么要这样去做。"

"喔，好好，承玄，来，到皇爷爷身旁来。"金承玄见到皇爷爷面露和蔼可亲的笑容，向他招手，心中一暖，无惧汉白玉栏杆围起的黄金高台，迅疾起身走上前。

皇爷爷笑着抖动腮边的雪白胡须，短短的双腿滑下龙椅，立身向他张开双臂，金承玄见皇爷爷个头虽不高，浑身自有种不怒而威的王者霸气。

他记起乳母的叮咛，以血缘关系而论，他虽是他的皇爷爷，但，金世祖最根本的身份是掌控天下的君王！心念至此，他忙毕恭毕敬地跪在地上磕头行大礼："孙儿金承玄参见皇爷爷，愿皇爷爷万岁万岁万万岁。"

"这小子，嘴巴甜得像搽了石蜜，你是知道皇爷爷爱食石蜜吗？来，和皇爷爷同坐龙椅。"

臂力惊人的皇爷爷乐呵呵地将他抱起，安放在龙椅上。椅面硬邦邦的龙椅，硌得金承玄屁股生疼，他不敢轻举妄动，学着皇爷爷挺直脊梁，俯瞰众生。

皇爷爷青筋突出的手背稀疏地有几块褐色斑点，他抓过他的小手掌，眼角堆起浓密的纹路，哑声问他：

"承玄，给皇爷爷解释'君子之道，暗然而日章；小人之道，的然而日亡'的本意。"

金承玄脱口而出："回皇爷爷，出自《中庸》，是说君子的道深藏不露而日益彰明，小人的道显露无遗而日益消亡。"

他见到皇爷爷双眼一亮，单薄的嘴唇轻微抖动。金世祖挪开衰老的双掌，平摊膝面，双目闪现孤傲之光，徐缓说道："朕的承玄比太子学业用功，朕深感欣慰。即日起，朕封你为京兆王，另搬别院紫华殿。承玄，可别学你阿爷，他，他好大喜功，急躁冒进……"皇爷爷停顿下来，紧皱的浓眉拧成川纹，大有恨铁不成钢的切齿之怨。

金承玄听得好不难过，太子是他的亲生阿爷，这边又是他的皇爷爷，全是至亲骨肉。坐在高冷的龙椅上，他深切体会到皇爷爷的孤独，那是属于王者的孤独。金承玄伸出小手，试探着想去握住皇爷爷冰冷、粗糙的手掌，用男人的交流方式，给予他亲情的慰藉。

皇爷爷叉手覆盖他的小手，扭头吩咐身侧的羽林郎："魏喜，带京兆王回鹿野浮屠的皇宗学堂。赏京兆王乳母锦缎十四、中书博士羊公允长寿玉如意一柄。"

乳母常鹤兰慌忙揭开纱幔，埋头弯腰走出来跪地谢恩。金承玄从高处俯视她，他由这位身穿墨绿色旧裙的中年女人的乳汁哺育成人，可她并非他的亲生阿娘。阿娘，他在心里呼唤无数次的阿娘，已成为身穿华服的疯癫、酗酒的女人，他对她既陌生又害怕，虽然他明知应该去亲近、爱护她。

回到鹿野浮屠的皇宗学堂，中书博士羊公允尚在给他同父异母的三位兄弟金延文、金延顺、金延平及花荫公主的儿子金庆山教授《诗经》。

"投我以木瓜，报之以琼琚。匪报也，永以为好也……"摇头晃脑的皇兄弟们用抑扬顿挫的声调，背得不亦乐乎。他与其他皇兄不同，授课的书册也有所区别。他不用学《诗经》，但《周易》《中庸》《大学》《尚书》，就要背得滚瓜烂熟。

金承玄怏怏地走进学堂，随手将长柄玉如意抛到羊公允的桌面，躺在睡榻上抱头想心事。他虚岁十一，就被封为京兆王，本该是大肆庆贺的喜事，他却无论如何也高兴不起来。

呆呆地盯着一尘不染的洁白房顶，很想与人分享这个快乐，和谁？是只会傻笑的阿娘，还是总板着一张似乎全世界的人都欠他债的冷面孔的东宫太子阿爷？罢了，阿爷不缺儿子，三位椒房生的都是儿子。

原来，他也孤独无依，与坐在龙椅上的皇爷爷感同身受，一滴泪珠从他眼泪滑落。鼻端闻到淡雅的茉莉香，是乳母常鹤兰独特的体味，他太熟悉了，熟悉到有些反胃。

"小皇子，没把这喜讯告知太傅先生？没把陛下的赏赐交给先生？"

一脸喜色的常鹤兰推门进来，坐在睡榻边沿，上半身向前倾。丰满热乎的胸脯，充盈着旺盛的欲望，差点抵着他的面颊。他想歪头躲闪，却被她温热、潮湿的手搭在额前不放。

金承玄耍起小性子，蜷缩起双腿，不想去搭理她自作主张的好管闲事。常鹤兰快速离身，抱来放在墙角的毛毯，边替他盖在身上，边自说自话："是哕！京兆王，以后该称呼小皇子为京兆王了。晚课后，先回玉烛殿，安昭仪炖好羊肉萝卜了。"

皇爷爷赏赐的紫华殿紧挨安昭仪的玉烛殿，金承玄闷闷不乐地点点头，听见她出门的脚步声远去，不知为何，想起孤独无依的凄凉境遇，他的泪水如决堤的河流，汹涌飞泻。

哭了会，听见皇弟们欢呼雀跃的打闹声，知道该轮到他上晚课了，擦干泪水，就见中书博士羊公允慢腾腾地跨门进来，他见到桌面镌刻长寿字样的玉如意，略略扫视一下，并不在意，就开始授课。

晚课是《道德经》开章："道可道非常道，名可名非常名。"金承玄始终心神不宁，不时偷窥窗前的翠竹林，突然见到位穿紫衣的少女藏身林间，咯咯笑不停。

羊公允面色一沉，扔掉戒尺，开窗朝那女子细声细气地责备道："姑娘，这里是学堂，不得大声喧哗、嬉戏玩耍。"

"哎呀，请中书博士宽恕，这是玉烛殿安昭仪家的侄女安文茵……"

金承玄听出是乳母常鹤兰的话音，也觉诧异，忙跑出学堂，绕到后院竹林，想去看个究竟。

秀挺的紫色斑竹前，亭亭玉立位文静的小女孩，她瞪着乌溜溜的大眼睛，歪着脑袋，毫不怯生地看着他。

她身穿八成新的浅紫色衣裙，茂密的黑发编织成麻花盘在脑门上，头上插了好些紫色雏菊，倒像是遗落凡间的花神。

常鹤兰见到金承玄，喜得拉起女孩的手，走过来，蹲下问道："哎哟哟，京兆王，来，来，这是安文茵，日后由她侍候你读书可好？"

金承玄拿手蒙住脸，他有位大力士随从名叫靳采春。每日来皇宗学堂，就是靳采春背负他。

"常阿娘，本王，本王有采春啊。"他结结巴巴地说完，示威似的瞟了眼那女孩。她嘟着轮廓分明如弓弦的红唇，清亮的双目，流露出不为所动的安静从容，有种超越她年龄的冷静淡然的气度。金承玄来了兴趣，暗想这女孩不怕事呢。

"那不同，采春是粗人，红袖添香是要女孩子，不信去问问中书博士。"对常阿娘的教诲，他常充耳不闻，便拿手推她："常阿娘，你先回去，本王还得与几位皇弟们温习功课呢。"

"那好，茵茵留下，等会儿和京兆王一道回玉烛殿用晚膳。"

站在窗内的羊公允抬手摸了摸额面沟壑深重的皱纹，向金承玄摆摆手："京兆王，有客自远方来，不亦乐乎？下课吧。"

"采春，采春！"金承玄巴不得这古板的老太傅这么安排呢，他欣喜地抖动衣袖，呼喊随从。

胖墩墩的金庆山斜刺里冲出来，他学着猴子走路，双手作揖讨要封赏的动作诙谐有趣。

"贺喜小皇子被封为京兆王，不给我们这几位皇兄弟们来点赏赐？"

金承玄笑了，这四位兄弟里，他与庆山走得近，这小子性格实诚、胸怀坦荡，不似那三位，面对他始终自卑庶出的身份，畏畏缩缩不爽利。他有心要捉弄安文茵那小女子，朝金庆山使眼色，他立马会意，扭腰甩胯走上前，嘻嘻笑道："呀，天上掉下个仙女妹妹来了？这是宫里谁家的女子，生得这般灵秀文雅？"

金承玄双臂抱胸，看她出洋相。哪知，这安文茵看着是个美娇娃，但言谈举止竟有些男子汉的豪气。她高举紫花衣袖笑问道："你们几人中谁会玩'五木之戏'？"

"本王会！"本凑在竹林间玩弹棋的三个皇弟呼啦围上来，都争先恐后地嚷嚷自己会。

胖墩墩的金庆山傻了眼，回身向他求助，金承玄对安文茵粗蛮的性情有些看不惯，厉声呵斥道："咦，女孩子怎么也玩'呼卢'？赌博是男人们的游戏。"

那安文茵面不改色，脆声作答："本姑娘琴棋书画样样精通，不过是看你们都是男子，樗蒲游戏必然也很精通，才想着练练手罢了。'但当在王侯殿上，快独樗蒲六博，对坐弹棋。'你们个个学富五车，难道没听过吗？"

三个皇弟咋舌惊呼，面面相觑，怯懦的眼神齐刷刷地盯着金承玄，等待他应对。金庆山急忙跑过来，掩嘴讥笑道："嗨，这女子可是匹不能圈养的野马。"

"什么野马？不过是不懂女儿家温顺、贤良的本分！没规没矩，怎么入了宫？"金承玄悻悻戗声反驳不知天高地厚的安文茵，继而抬手挥袖，把那木头人样的三兄弟赶跑了事。

他迈着方步，围绕她转圈，眼里打量她半新不旧的衣衫，嘴里不服气地查探她："你从哪里来？胆敢这般硬气？"

"辽西龙城，本姑娘阿爷也是君王，不过……"安文茵突然眼眶一红，似有盈盈泪光闪动，低垂高傲的脑袋，语音饱含凄楚。

金承玄见触到她痛处，大为得意，站在安文茵身后，暗中向对面的金庆山比画胜利的手势，模仿皇爷爷的威严与语调，冷哼道："不过是亡国之君吧？你入宫为奴，怎么还敢嚣张跋扈？"

金庆山见安文茵伤心垂泪，于心不忍，向他使眼色，意思放过她算了。

"本姑娘哪里跋扈了？不过是想和你们玩耍，若京兆王嫌弃，本姑娘不踏足皇宗学堂就是了。"小小年纪的安文茵，性子倔强，她举起手背擦拭泪珠，拔腿向竹林深处跑去。

气得金承玄跺脚怒骂她是不识礼数的女子！本想借此压压她自恃清高的气焰，谁承想还逼到她狗急跳墙了。

金庆山也慌了神，二话不说就去追赶她，嘴里急呼："别乱跑，文茵姑娘，天黑会迷路。常阿娘要你和京兆王同回玉烛殿用晚膳呢。"

"好生无趣的女子！靳采春，回来！"金承玄恨恨地飞脚猛踢林间嫩竹，竹枝晃动，惊起一群觅食的麻雀，叽叽喳喳飞跑了。大力士靳采春神色慌乱，拎住腰带，急跑出来："京兆王，奴婢来了！"

"你死到哪里去了？"京兆王将满肚怒火宣泄到他头上，飞腿踢他肥厚的屁股。

靳采春揉着肚腩，直叫苦："哎哟，我的小皇子，你已为王者，可别再耍小霸王脾气啦。奴婢吃错东西，刚拉肚子啊。"

"背本王回玉烛殿！"金承玄见天色发暗，爬上他结实敦厚的后背，在大力士靳采春奔跑的颠簸中，迷迷糊糊睡着了。

他做了个梦，梦中登上白石头堆砌的白塔，站在高塔，能见到潮水般涌进城内的俘虏，这批灰头土脸、蓬头垢面的奴婢中，有位身穿白衣的美貌女子尤为引人注目，他对她一见倾心，兴冲冲地跑下楼，拉过她的手，直奔宫内。

"京兆王，到殿了。"靳采春呼呼喘着粗气，将睡意昏沉的金承玄放下。

站在殿门的石阶上，金承玄看着张灯结彩的玉烛殿内灯火通明，他尚未从梦境的失落中走出来，望向撩起衣袖擦汗的大力士靳采春："你可愿跟着本王生死相随？"

靳采春露出不敢相信的神情，停住擦汗的动作，幡然醒悟，翻身跪地高呼："哎哟！京兆王，奴婢愿死生相随。"

"那就跟本王进殿用膳。"金承玄很是满意他机敏的反应。

殿内长排的食案前，站着金庆山与安文茵，两人正在恭候他的到来。常阿娘手搭在安文茵肩上，不言而喻，想要她来伺候自己用膳。

金承玄假装见不到金庆山的眼神暗示，默不作声，坐在尊位上。

"靳采春，坐过来，伺候本王用膳。"他无视常阿娘的殷切期盼，拍拍身边花色秀丽的锦凳，招呼神情拘谨的靳采春。

【第五十一章】

金蝉绸巾　安昭仪

宫里又新来一批女俘，安昭仪去掖庭挑选奴婢。

站在廊上，放眼望去，空庭挤满乌泱泱的女俘，她先看名册，侄女安文茵的名字抢先跳进眼帘！当年远嫁大魏国时，侄女刚满月，芳名文茵便是自己所取。她顿觉天旋地转，喘不过气来！听常鹤兰提到故国灭亡，还不曾有如此切身悲恸，眼见嫡亲侄女也成为女俘，说明她的燕国真的不复存在了啊，她怎能不痛苦万分？

安昭仪手扶门廊，绝望地别转脸望了望掖庭狭长的阴暗上空，泪湿满面——原来，多年的痴傻苦等，等待父王接她回故园的执念，变成了痴人说梦的泡影！

从掖庭回来后，安昭仪就大病一场。

万念俱灰的悲痛，如滔天巨浪，将她拖曳至海底，成千上万的鱼群将她吞没，开始撕咬她的躯壳：就这样死去吧！她心如死灰地暗中祈祷，在阴曹地府与父皇、兄长们相会。

她活着的意义就为等待故国的兴盛。如今，故国如一颗流星划过天际，留下无处可去的平民沦落为宫奴。

秋意凉爽，坐在殿庭的扶手椅上，安昭仪咳嗽不止，一口浓痰吐出血块来，吓得侍女婉儿瞪大金鱼泡眼，蹲在她膝前哭诉："昭仪，奴婢去尚药局召太医丞来为昭仪把脉诊治吧？"

安昭仪虚弱地摇摇头，深知自己这是忧思过度的心病，任华佗在世怕也治不了。

"你去备好软轿，送我到皇后娘娘的承华宫。"

婉儿走路不再风风火火，见到她步履蹒跚的背影，安昭仪不禁莫名心酸——她们都老了。

在这等级森严的后宫，她没有心腹朋友，仅有亦敌亦友的冤家皇后赫连雪云，她得去与她道个别。

"婉儿，别忘记把茵茵也带上。"安昭仪的牵挂是年幼的侄女安文茵，得给她牵线搭个桥。

整整十年光阴，她都未曾踏足承华宫。

站在瑟瑟秋风中，安昭仪的披帛似仙女的舞姿在半空飞翔。她踮起脚，摸到影壁枯萎下垂的藤蔓，手指在具有韧性的藤蔓间摩擦出刺痛的触感，一时百感交集，人老了，却不能如藤蔓老而弥坚。

一只目光沉稳的虎皮花猫跳出来，旁若无人地沿着影壁的藤蔓缓行。安昭仪嗅到一缕兰花幽香，转头瞥见着刺团花长裙的皇后赫连雪云，耳垂悬挂竖长金叶耳环，贴紧她瘦削的面颊——时间并未轻饶谁，她同样有掩盖不住的老态。

"妹妹，稀客啊，数年未见了。"皇后赫连雪云主动伸展手臂，声线残留历经岁月沧桑的嘶哑。

"姐姐，数年未见了。"安昭仪也感慨万分地伸出手，拉着她温热的纤手，两人并肩走进宫中。

踏足进宫，安昭仪留意到正面墙上挂了张青绿山水卷轴，多了些熏香的香球、香炉。

"姐姐，好生雅兴，竟嗜好品香了？"云雾缭绕的檀香中，她边奉承着皇后，边牵过身后的侄女安文茵，"文茵，快来跪拜皇后娘娘。"

"降真香，能避一切不祥。姐姐老了，总睡不安稳，唯靠香来助眠。"

赫连雪云看也不看黄毛丫头般不起眼的安文茵，挥手示意侍女鹦鹉带她去庭院内逛逛。

两位十年未见的老友，默然相对而坐。似乎一切都未变，似乎一切都有微妙的变化。

"妹妹是不嫌宫中沉闷无趣，还把娘家人也送进宫来做伴啊？"沉寂良久，赫连雪云先开口了。

安昭仪双手绞着绸巾，惨然一笑："娘娘怎么忍心取笑垂死之人呢。故园荒芜，侄女入宫为奴。唉，妾身的亲人们都不在人世了，活着也没甚盼头……"她捏住绸巾揉揉眼眶。

同为亡国之女的皇后赫连雪云应该明白安昭仪失去故国、亲人的惨痛。她曾遭受的悲痛、绝望，轮到她安昭仪了。

饱经沧桑的皇后赫连雪云，似乎对人间惨剧看得多了，她变得麻木不仁，只拿手捏着胸前香囊，垂头无语把玩。

两人一时无话可说。

金黄如锦鲤绚烂的云霞在殿外上空缓慢飘浮，安昭仪从伤悲中清醒，注目所见承华宫内的陈设，宫灯、桌椅都被岁月销蚀得褪色变味。

两名面色蜡黄的中年奴婢手持托盘，裙裾摇摆着跨门进来，一个端的托盘上是两盏热茶，另一个端着甘果蜜饯。

赫连雪云起身接过奴婢递上前的热茶，双手捧给她："妹妹，无牵无挂也不是坏事。成年人的世界，不就是遇山开山，遇河搭桥！"

见她无动于衷，安昭仪勉强笑着接过茶盏，抿嘴吞咽小口后，喉咙发痒，又开始剧烈咳嗽，这回咳得惊天动地，赫连雪云忙要两个奴婢替她揉胸捶背，一通折腾，总算停息了。

安昭仪颇感内疚，抬眼对着一脸担忧之色的皇后赫连雪云哭笑道："姐姐，道理妹妹不是不懂，看了如此多的书，依然没过好这一生，想来应是妹妹愚钝。"

赫连雪云笑了笑，不再接她的话茬，起身到靠墙而立的梳妆柜里翻出个花花绿绿的香囊，给她戴在脖间，以半开玩笑的口吻说道：

"这香囊送妹妹，里面是胡蔓草提炼的兰花香液。不过，这香液有剧毒，别误食了，会要人性命的。"

安昭仪仔细端详这红色花卉与翠绿枝条缠绕的香囊，不明白皇后娘娘送她的真实意图。听她说这香囊内置剧毒香液，本想着婉拒不要，又怕她是在说笑，只得暂且收下，免得扫了皇后兴头。

正在犹疑之际，有位年轻的奴婢在殿外禀报："娘娘，轻鸿夫人来访。"

赫连雪云神色显出些许的不自在，她对站在殿外的一个奴婢下令："寂语，你在这伺候好昭仪，本后去去就来。"

随即，按住安昭仪的双肩安抚她："妹妹，稍坐坐，姐姐等会再来陪妹妹说会儿体己话。"

安昭仪甚感纳闷,清心寡欲的皇后怎会与陛下宠爱的轻鸿夫人走得近?自皇后陪同朝露昭仪去大恩寺祈福,怀有龙种的朝露昭仪中蝎毒身亡后,虽有中常侍万盛竭力佐证皇后清白,不过,陛下明面未怪罪,实则渐渐疏远皇后。

皇后至此闭门谢客,吃斋念佛,借此维系摇摇欲坠的六宫后位。这也是她十年不愿踏足承华宫的缘由。

烟雾缭绕的香气浓烈,安昭仪愈想愈觉得可疑,此番本有心把侄女安文茵交给后位固若金汤的皇后娘娘关照的本意——倘若自己猝然病死,皇后与陛下宠臣中常侍万盛秘不可言的深厚交情,应该能照拂到无依无靠的侄女与乳母常鹤兰。

寂语走进来,安昭仪见她目光灵动,不似呆鹅般的蠢笨随从,从袖笼摸出片金叶子,塞给她。

"寂语,娘娘宫内是成日都要焚香吗?"她捂住鼻,这香料有辛辣味,刺激得她只想打喷嚏。

收了金叶的寂语笑得眉眼弯弯,慌忙替她的空盏内斟满热茶,向她泄密:"是啊,娘娘胆小,总说这宫内四处都飘荡着血腥臭味,这不是睁眼说瞎话?好端端的洁净宫殿,哪里会有鲜血嘛。"

安昭仪听得起鸡皮疙瘩,审视周遭一遍,这才发现,原本光溜溜的玉石地面,铺上了花色绚丽的波斯地毯。她心头发毛,强笑着为皇后娘娘开脱:"莫非是因朝露昭仪的死,娘娘惊吓过度产生的幻觉?"

喜形于色的寂语猛地拍掌夸她,吓了她一跳:"安昭仪,你真有两下子!那太医丞皇甫灵也是这话。娘娘是日夜离不得香料,惹得陛下都不愿来。"

陛下年事渐高,朝露昭仪身亡后,花荫公主将后宫夫人们最瞧不起的轻鸿收为义女,借此抬高她身份,直接送进陛下的万寿宫。

说来也怪,轻鸿夫人虽得宠于陛下,时常陪伴在身,倏忽十年的光景过去了,并无一儿半女,成为后宫夫人们避而不谈的隐晦秘事。

"娘娘与轻鸿夫人很要好吗?"

安昭仪放下茶盏,起身跨出宫门,随意闲扯。她疑虑的是皇后娘娘神秘兮兮为哪般?轻鸿夫人应该是她最为强劲的对手,而非交心的同伴。她又不是未听闻过朝露夫人就是死于皇后娘娘毒手的传闻。

寂语的话匣子一开，就关不住。

"娘娘近日为轻鸿夫人研制种易受孕的香料。昭仪，你也知道，轻鸿夫人多年未孕，想生皇子都想疯了，也不怪她，谁都想老有所依啊。"

安昭仪的心被针刺疼了，切齿冷笑："老有所依？那也不是人人都有这个命！"

抬眼扫视东西两边长廊，怎么不见侄女安文茵？

皇后娘娘身边的奴婢都是见风使舵者，寂语见她发火，不由得躬身行礼，语气虽是要求她宽恕，那可恨的双眼，却写满无所畏惧的精明与算计。

"哎呀呀，怨奴婢说错话，还请安昭仪恕罪。"

安昭仪后悔不迭，怨恨自己愚蠢，怎能到了慌不择路的地步？把安文茵带来，还奢望狼会救小羊？

皇后娘娘绝非善茬！在后宫生活多年，还以为自己与她同是天涯沦落人呢，从来都不是啊。皇后赫连雪云永远是皇后，尽管她们同是亡国之君的女儿；自己是昭仪，是身份永远比她低一等的昭仪。

站在殿外，回首往事。迎风而立的安昭仪，思虑起她与皇后娘娘的事事非非，不过是利益之交的选择，并非姐妹情深，对，并非姐妹情深。

认清这个残酷的现实后，安昭仪心头亮堂，也释然了，原来，心心念念想要来拜见承华宫的皇后娘娘，就是为了获此清醒的认知。

她急切地扯断娘娘亲手为她佩戴好的香囊，摔在地面。君子不立危墙之下，明知香囊有毒，为何要佩戴在身？

安昭仪四顾张望，想找到侄女安文茵返回玉烛殿。小皇子被封为京兆王，未来就是储君，侄女安文茵跟随他就好，到那时，是皇后娘娘来看她的脸色了。只怕，她自己是活不到那么长久，见不到那一日了。

咳嗽老毛病的根源是肝气郁结的忧愁引发，并感染到肺部的顽疾。太医丞皇甫灵暗示过她，这并非要人命的不治之症，但一旦发作，严重时会随时猝死。

听凭命运的安排！提起裙摆，安昭仪走上长廊，在空旷无人的宫中，焦急地寻觅她的侄女安文茵。

"姑姑，文茵回来了。"听见安文茵的欢呼声，安昭仪心中的石头落了地，谢天谢地！

中年奴婢鹦鹉牵着安文茵的手，站在日影高照的光晕里，向她躬身行礼：

"昭仪，娘娘请昭仪再回宫稍坐片刻。"

安昭仪拉过安文茵的手，三人跨过宫门，进到香气萦绕的内室。皇后赫连雪云正在一尊白瓷观音菩萨坐像前合掌作揖，安昭仪慌忙退避，暗自思忖，之前这宫内中并无佛像。

皇后拜佛完后，迅疾将山水画的卷轴向下一拉，遮住佛像。娘娘心中仍然忌讳灭佛尊道的陛下，安昭仪假作无知："娘娘，忙完了？"

赫连雪云以关切她的口吻埋怨道："妹妹，你还在咳嗽，不该出去吹风，易受风寒侵扰，加重病情。"

安昭仪拉着文茵跪下谢恩："谢皇后关爱，妹妹正想辞别娘娘，回玉烛殿歇息呢。"

赫连雪云将她扶起身后，不由分说地拉着她的手，走向摆好食物、美酒的方几。"慌什么？妹妹难得来趟承华宫，陪姐姐吃盏酒可好？日后妹妹恐怕也不会再来探望姐姐了。"

话已至此，安昭仪只能强装欢喜："娘娘有令，妾身岂能有不从之理？就算妹妹舍命陪君子了。"

"果真是姐姐的好妹妹，肯舍命陪君子。"皇后赫连雪云笑得花枝乱颤，眉角眼梢溢满了快活之意。她揽过她的腰，又拉起安文茵的手，安排两人坐好。

坐在席位上的安昭仪，隐隐不安，生怕皇后赫连雪云酒兴大发的背后又是场鸿门宴。

对面的赫连雪云豪饮三碗酒后，飞扬起绯红如桃花的面庞，眼波流转着无尽落寞："妹妹，整整又过去十年了，时间快如闪电。你我还有多少个十年？"一番悲叹后，她抖动宽袖，昂首吟唱起来，"春华谁不美，卒伤秋落时。突烟还自低，鄙退岂所期！桂芳徒自蠹，失爱在蛾眉。坐见芳时歇，憔悴空自嗤！"

安昭仪听出她同样有色衰爱弛的满腹愁怨与无奈——深宫女子的不幸大都相似。

一曲歌罢，面色发红的皇后赫连雪云晃动着桌面的琥珀酒碗，盛满的酒水洒湿她的锦袍，她毫无知觉，说出一番令安昭仪毛发倒竖的话来："妹妹，你信吗？宫里有些贱货在陛下跟前诽谤姐姐，说朝露昭仪是姐姐毒死的。妹妹，你信吗？"

安昭仪见她说得不着边际的混话，想来是酒后吐真言的醉话。为了抚慰失意的皇后,她不得不破口大骂那些乱嚼舌根的荡妇淫娃,来替她洗冤。

"哎呀,妹妹,怎么弄丢了姐姐送妹妹的香囊?也是怀疑姐姐会毒死妹妹吗?"

赫连雪云笑意吟吟,定定地盯着她空空的前胸,安昭仪急得一筹莫展,真是百口莫辩啊。身旁的侄女安文茵起身,脆生生的话音为她适时解围。

"皇后娘娘,姑姑把香囊放在我这里呢。"她手里举着自己扔掉的香囊!安昭仪暗自庆幸侄女聪慧机敏。

皇后赫连雪云见状,夺过香囊,走到她身后,重新为她佩戴在胸前,戏说道:"妹妹,姐姐和你打个赌,愿不愿意?姐姐滴一滴毒香液在酒碗,敢不敢喝?"

安昭仪想不明白,数年未见的皇后娘娘怎么变成酒鬼与赌徒了?打这个毫无悬念的赌有何用?她强忍不快,敷衍她:

"姐姐敢喝,妹妹就敢喝!"

"痛快!来,鹦鹉,斟满酒,滴上一滴胡蔓草的香液在酒碗!"

安昭仪假装失手弄翻酒盏,低头揪住拆酒坛封泥的寂语衣领,悄声问她:"这胡蔓草香液真有毒?"

"太医丞说有毒,不过,娘娘与好几位奴婢打过赌,无人中毒身亡。"

她稍感安慰,暗暗发誓,这是最后一次来承华宫,也是最后一次与皇后赌酒了。

"姑姑,让我来!"侄女安文茵主动请缨。

"不,姑姑能承受!不过一碗酒的事!"她态度果决,推开侄女,静等皇后娘娘履行她先喝的承诺。

两人目不转睛,看着寂语将小瓶翠绿色汁液,缓慢倒出一滴进酒碗,兰花的幽香迸裂空中。

皇后赫连雪云端起酒碗,眼里跳动着挑战死亡的亢奋光芒,暴露出她并不怕死的勇猛本性。

"妹妹啊,在这后宫生存,姐姐原以为是拼美色、家世、品性,后来发现,哪里是拼这些啊,拼谁的命大,谁活得够长久,便是剩者为王了。你说可气不可气?!"说完,她将碗中酒,喝剩一半,仰天长笑,那笑声透着邪恶的美丽,也有直指人心的漠然。

安昭仪听得不寒而栗，念及自身羸弱的病体，她是无法做到剩者为王了。接过皇后喝过的酒碗，也浅浅吃上一口，抚弄侄女安文茵柔顺的黑发："茵茵，要铭记皇后娘娘的话。"

"昭仪，你也会剩者为王。"

"娘娘，妹妹的身体一日不如一日了。"她举起衣袖擦拭眼窝，欲言又止，"每个人的命运不可强求，妹妹愿把这机会留给后来者，后来者居上。"

皇后赫连雪云浑身充斥着不服输的势头，安昭仪都觉得不可思议，皇后与中常侍万盛走得近，莫非真应了'近朱者赤、近墨者黑'的老话？想起中常侍万盛总是精力充沛的状态，安昭仪就感到莫名后怕。

她不便说出"老而不死是为贼"的话，怕惹怒皇后赫连雪云，低头默然吞咽炙烤酥脆的羊排。

"娘娘，该喝羔羊血了。"安昭仪顺着话音望去，皇后的另一位黑面奴婢手端盛满腥味的羊血，走近赫连雪云面前。

怪不得她要熏香呢，陛下爱喝生的鹿血，皇后娘娘爱喝生的羊血，都有挥散不去的腥味。

皇后赫连雪云抿着羊血，唇边留下圈血渍，看上去像冥府的吊死鬼。她张开血嘴，语无伦次地半真半假："妹妹，当一个人熬过最艰难的时刻，就不会想去外界寻找依靠——任何人都有他的负累——就会向内寻求安宁，寻求解脱。"

宫外，风声呼呼，烛火闪闪。

安昭仪起身告辞，回到玉烛殿，夜已深。

她的神经高度亢奋，喊来常鹤兰，郑重其事地命令她跪下，交代后事："常阿姐，要茵茵成为京兆王的侍读，聆听皇宗学堂学生们的授课。本昭仪身弱，怕是活不过这个秋天了。我们都是燕国人，你要带着茵茵在后宫生存，尽全力扶持她成为皇后，也算为故国报仇雪耻。"

"昭仪，说什么晦气话啊？后宫若无昭仪，奴婢不过是卑贱的乳母，如何能照拂茵茵成为皇后？"常鹤兰哭得声泪俱下。

安昭仪感到胸闷心慌，拼尽全力，招手要她凑拢身旁，附耳低语："卑贱？前朝有乳母荣升为太后的先例，何不去查查典籍，向你的前辈学习学习？"

"这？奴婢岂敢痴心妄想？"常鹤兰的双眸跳动两团希冀的亮光。

安昭仪觉得疲乏至极，她强打精神，鼓舞常鹤兰："有什么不可能？依愿而行，全在心念！若你能辅佐京兆王登基，不就顺理成章？怕是要熬过漫长的等待啊，太子尚未登基呢。"

话未说完，一股带有兰花幽香的热血从喉间呛出来。常鹤兰忙掏出刺绣金蝉图纹的绸巾，一手替她揩走血渍，一手帮她揉胸。

安昭仪捏住绸巾，摊开细看那金线刺绣的蝉，想起书中记载，比起朝生暮死的蜉蝣，蝉乃寿命最长的昆虫。蛰伏在黑暗的泥土中数年，破土而出，求偶、交配、羽化、重生，又钻进泥土蛰伏……周而复始，生生不息地轮回。

她知道自己已是油尽灯枯了，若能如蝉早日托生，那该多好。安昭仪感念至此，强笑道："常阿姐，洗净这金蝉绸巾，给本昭仪陪葬。皇后娘娘，绝非善类……"她用尽最后的力气，抬手指向承华宫，手里的金线蝉绸巾随她的手臂掉落在地。

【第五十二章】

国史案　金世祖

秋日的万寿宫，充满秋老虎余威未褪的煞气。

金世祖焦躁不安，围绕在堆满对东郡公任伯渊弹劾的奏章桌案前徘徊。前殿跪满朝廷大臣：以老臣之后的高平王卢孝伯、开国侯金世源为首，联手近百位大臣，集体对东郡公任伯渊暴扬国恶的罪行，掀起声势浩大的讨伐。

东郡公任伯渊以修撰国史为名，借机丑化大魏国的前朝先帝们犯下的滔天罪行，是用心险恶的诛心之举，背叛国家的无耻行径。

"陛下，东郡公任伯渊竟将国史刻印石碑，竖在平城的官道两旁，任凭百姓品头论足评述大魏国的前朝往事，这不是掀翻魏国老臣们的底裤？"

中书博士杜光文力排众议，为东郡公任伯渊辩解："陛下，古之为史者，莫不有奖善惩恶之情，随小大而立之鉴，故足以动人心而垂之久。"

金世祖没有言语，是他下令东郡公任伯渊召集中书博士羊公允等诸文人，共撰国记，并曰："务从实录。"

谁能料到会触犯到朝廷老臣们的利益？也怨东郡公素日恃宠自专，仗着他学养深厚、深谙经纬之术，公然招惹他们。

锦绣河山是由金世源这些旧臣拼死打下来的，东郡公任伯渊以学识、谋略的才干晋升朝廷，获得显赫的地位、名望。那些以性命博取功勋的老臣自然嫉恨于他——就算不是这场国史犯案，东郡公任伯渊也难逃老臣们蓄谋已久的清算。

攘外必先安内。

金世祖捏住拳头，向魏喜下令，要他将东宫太子金曜星唤来。

太子金曜星并不在这次讨伐东郡公的名单里，着实反常，他与东郡公是死对头，怎不借此机会落井下石？

金世祖坐回龙椅上，窗外一丛绿茵茵的芭蕉，尽收眼底。舒卷轻盈的蕉叶随风婆娑起舞，就如身穿绿裙的轻鸿夫人，在雨声滴答中柔情吟唱："芭蕉不展丁香结，同向春风各自愁。"

正凝神思索间，金世祖突感眼睛发涩，忙以指肚揉揉疲惫的双目，想着前殿那帮劳苦功高、闹得万寿宫乱糟糟的老臣们，此刻恨不得将平日嘲讽他们为茹毛饮血粗人的东郡公任伯渊碎尸万段。

"陛下，中常侍大人端来羊羹……"羽林郎史鼎小跑上前，垂首禀报。

"先放着。"金世祖闷声作答。这帮闹事不嫌大的老臣不打发走，他无法安心享用美食。

"陛下，太子金曜星到。"魏喜洪亮的声调，十年如一日不变。

他挪开手，睁眼见到太子金曜星身披酒红色丝绒斗篷，健步如风，跪在他脚前施礼："儿臣拜见父皇。"

金世祖起身相迎时，无意瞥见与他个头相当的太子金曜星，双鬓隐现的白发、鼻沟的两道法令纹，隐现岁月不饶人的沧桑。他蓦然惊觉他监国已十多年了，看太子表面如青山横亘前的处变不惊，内心是急不可耐还是心如止水？他不动声色地拿手指向桌案上堆积如山的奏章："太子，东郡公的国史案，朕听听你的想法。"

"父皇，恕儿臣直言相告。东郡公串通寇先生要父皇修建的月轮仙宫，功费万计，经年不成！就这一条，都该定东郡公死罪！当初东郡公极力撺掇父皇以安西将军卢圣面欺误国之罪，赐死他。今日，他则暴扬国恶，孰轻孰重？国史案，涉及的人员统统处死！东郡公为重犯，当诛九族！"

听太子金曜星恨意汹涌的乖戾之辞，金世祖不禁笑了，整治起罪臣来，太子手段也毒辣呀。想那东郡公任伯渊已是七十岁的古稀老人，是老糊涂了吧，犯下这令家族遭殃、蒙羞的灭顶死罪。

"中书博士羊公允也在其中，诛杀东郡公任伯渊，怎可免去中书博士羊公允的罪责？三十卷的《国史》，羊公允也是主笔人之一。"

太子金曜星撩起斗篷下摆，清清喉咙，侃侃而谈。

"父皇，请赦免羊公允死罪。儿臣查清楚了，羊公允小心缜密，且出身微贱，是东郡公任伯渊一人所为,他手下的著作令史常彪、常宽两人本性巧佞,深得东郡公宠信。两人以东郡公著作精微为由,欲令天下习业,后生得观正义。屡劝任伯渊将所撰国史刊刻于石,以彰笔直,列于衢路,使得过路往来者皆能品头论足,岂非暴扬国恶,大失国威?"

太子怎么会为羊公允开脱罪责?金世祖倒背手,踱步至窗前,秋日阳光照出蕉荫一地的清凉感。

"魏喜,召中书博士羊公允!"

东郡公任氏是河东望族,他们联姻的均为名门望族,有范阳卢氏、太原郭氏、南阳柳氏,全是姻亲,牵涉人多,浩浩荡荡上千人被灭族,也算惨绝人寰了。

金世祖于心不忍,神情间犹犹豫豫:"若真要重治东郡公,牵连的人太广,朕,朕想问问寇先生,会否杀生过妄?"

"父皇不知寇先生已羽化登仙了吗?"太子金曜星一脸惊愕。

"咦!这等大事,朕怎会不知?"金世祖深感诧异,寇先生死得也太蹊跷了,选在东郡公任伯渊国史犯案前。

"何时的事?为何无人向朕禀告?"

"父皇,事发突然,儿臣也是方才知晓。寇先生自知台榭高广,超出云间,欲令上延霄客、下绝嚣浮的月轮仙宫无法建成,儿臣推测她或是以死谢罪。她只身去郊外齐云山的月轮仙宫,盘坐宫内,夜半时,惊闻巨响震耳欲聋,修建于高处尚未竣工的月轮仙宫全部坍塌,寇先生坐化废墟间。"

金世祖沉吟不语,羽化登仙,以死亡换取新生,是自然界、也是修道人的法则。

"父皇,儿臣以为天人道殊,卑高定分,不可相接,理在必然。今虚耗府库,疲敝百姓,为无益之事,将安用之!月轮仙宫塌陷,天命所归,幸哉幸哉。"

太子金曜星此番是旧话重提。十年前,东郡公任伯渊将寇先生引荐万寿宫,提及修建月轮仙宫,便遭太子金曜星强烈否决,便是引用这套理论,当时听来刺耳,此一时彼一时,如今细品,他是有些先见之明的。

中书博士羊公允颤颤巍巍的身影一晃而过,他也到人生七十古来稀的高年。

"罪臣羊公允参见陛下、太子殿下。"羊公允抖动瘦削下颌的一缕山羊须,扑通跪伏在金世祖身前。

"羊公允,国书可是皆任伯渊所为?"金世祖怒喝道。

"陛下，太祖记，前著作郎申明所为；先帝记及今记，臣与伯渊共为之。不过，任伯渊所领事多，总裁而已，至于著述，臣多于伯渊。"

金世祖闻言，怒不可遏地转向金曜星，恨恨地瞪大双目质问："羊公允罪大过任伯渊，怎能赦免其死罪？"

太子金曜星面色大变，眼里露出惶恐之色："父皇，羊公允生来胆怯，怕是被父皇天威震慑，吓得语无伦次、口不择言，胡乱说一气。儿臣盘查严实，都说是任伯渊所为。"

金世祖踌躇不定，再次逼问羊公允："事实真如东宫所言？"

羊公允痛哭跪倒在地："陛下，臣罪当灭族，不敢虚妄。殿下以臣侍讲日久，哀臣衰老，欲救臣老命。就算陛下不问臣，臣也不敢胡乱撒谎。"

金世祖见这羊公允死到临头，仍敢直言自身罪过，不觉欣赏他勇气可嘉。随着怒气渐消，他已有赦免羊公允死罪之意，向金曜星拊掌称赞："羊公允不惧灭族之灾，临死不易辞，信也；为臣不欺君，贞也。宜特除其罪以旌之。"

太子金曜星拉着羊公允向他磕头谢恩，他摆摆手，急令魏喜去把引发众怒的罪魁祸首任伯渊拖来。

前殿那帮老臣的喧嚣声愈来愈不受控制，他们是不见兔子不撒鹰，不见他对任伯渊的处决，是不肯罢休了。

戴着沉重刑具的任伯渊，神色颓败不堪，早失去往昔东郡公的意气风发。他经过万寿宫的前殿时，冲出大批老臣，他们本身行伍出身，不是拿腿踹他，就是用胳膊肘推他，朝他脸上、身上吐痰，从前尊荣的东郡公沦落为过街老鼠，人人喊打。

金世祖站在中殿的门内，冷眼看着眼前发生的这一幕闹剧，不为所动。

"任伯渊，汝可知罪？"他厉声高呼。

似丧家之犬的任伯渊惊魂未定，顿首落泪，惶惑无语。金世祖见原本伶牙俐齿的任伯渊竟然会心虚无言，心下甚为厌恶，更确认他罪不可赦。

"羊爱卿，来拟诏令。"

羊公允麻利地铺展纸张，蘸湿毛笔，静等宣诏。

他想起任伯渊曾对他的劝阻："夫圣明御时，能行非常之事。古人语曰：'非常之原，黎民惧焉，极其成功，天下晏然。'愿陛下勿疑也。"不禁幽幽长叹，狠心沉声道来："任伯渊及僚属常宽、常彪、著作郎申明等，下至僮吏，一百二十八人，皆诛五族。"

金世祖宣完诏令，前殿传来山崩地裂般三呼万岁的高呼声，任伯渊未听完诏令，就昏厥倒地。他唯独听不见羊公允沙沙运笔书写的声响，转头看去，原来手握毛笔的他神情间似有万般不忍的恻隐之情。

"大胆羊公允，意欲抗朕的诏令不成？"金世祖勃然大怒，一拳掀翻桌案奏章，书页滚落，犹如蝴蝶翩飞。

"陛下，任伯渊罪大恶极，但连坐诸多，若直以触犯，罪不至死啊。还望陛下三思。"

"荒谬！羽林郎史鼎，将羊公允拖下去！"

"父皇，中书博士羊公允一腔忠心待父皇啊，若父皇一味痛快地赶尽杀绝，不是寒了朝廷其他大臣的心？谁再肯直心谏言？罪过最大者不过是任伯渊一人，他当诛杀五族！"

听太子金曜星一席话，金世祖稍稍冷静后，也觉自己太过冲动。本为平息前殿老臣们的怒火，使出诛族重罪，羊公允这老头，屡屡不顾自身性命，为其他人开脱死罪，也算朝廷贤明之臣。

这般思量后，他收回成命，令羽林郎史鼎押解羊公允回宫，参照太子金曜星所言，重新拟诏。

羊公允颠跑进门，金世祖起身相迎，扶着他双臂，仰天感叹："若无爱卿死谏，就当死去数千口人。"

"是陛下英明！"羊公允撩起衣袖擦拭眼窝，唏嘘感叹。

金世祖长舒口气，眼前这棘手的大事总算告一段落了。

"众位爱卿，都退下！将任伯渊押入死牢，明日午时，城南行刑！"

大臣们陆陆续续散去了，万寿宫恢复原本的沉寂，食案上是快要融化的羊羹，他喊了声中常侍万盛。

浓密蕉荫里，闪出中常侍万盛鬼鬼祟祟的身影。他手持托盘，箭步上前，躬身笑道："陛下辛劳了，尝尝臣刚做好的羊羹。"

"你小子躲在芭蕉丛中偷听啊？"金世祖接过盛羊羹的碗盏，拿起上面的银勺，三两口吃得干净，仍觉意犹未尽。

中常侍万盛一手接过空碗，一手拾掇起食案，话语间有些神色不安："陛下，好事不出门，坏事传千里。哪还用偷听？诏会一下，全平城的人都会传开，明日到城南去看行刑哪。"

"来，给朕捏捏后背。亏得东宫提示，朕方能留下羊公允这位良臣。"

中常侍万盛不光有烹制美食的本领，伺候人也自有一套，揉捏肩背、捶打腰腿，轻重缓急分得清。

"是啰，东宫太子没点厉害手段，哪能把东郡公这般狠角色都弄上刑场？"中常侍万盛动作灵巧，适度地说起风凉话来。

金世祖翻身躺在睡榻上，冷笑地讥讽他："你这渺小如沙砾的阉竖，哪里能轮到你操此心？东郡公任伯渊何等人物，你和他比？做好你的本分，过好你的安稳日子便是了。"

中常侍万盛轮番搓揉他备感酸麻的后背，嘴上也不得空："陛下，臣不是与东郡公比高下，臣是，是担忧东宫对陛下不利。"

"哼，东宫如何敢对朕不利了？任伯渊是咎由自取，与东宫无干系！"金世祖一个鲤鱼打挺，半坐起身，敲打他头。

"陛下，臣这榆木脑壳，能想多深？臣见东宫太子这雷霆手段，非寻常人可比，此番能诛杀东郡公，下一番，谁又说得清，他不会用这手段去谋害旁人？臣说句不中听的话，往年陛下南征北战，哪回少得了任伯渊的出谋划策？"

金世祖寂然无语，这阉竖也能说个头头是道了，在宫内的本事见长了呢。正自思忖，阴沉着瘦脸的魏喜急匆匆跑来，掩嘴密语："陛下，玉烛殿的人来报，安昭仪病逝。"

"噢。朕知道了。"金世祖神色平静。人生就是一场你死我活的较量。十多年前，安昭仪的故国就该灭亡，她那狡猾的父亲试图求助东方岛国力量，重新夺回皇权，多么幼稚、蠢笨的君王啊！他们遭到东方岛国的背叛，苟延残喘多活了十年，最终还不是全军覆没，成为亡国之奴？

安昭仪病逝，因郁郁寡欢的悲恸，更因灯尽油枯的绝望。与同为亡国女的皇后赫连雪云相比，她的心性终究逊色一筹。

他吩咐魏喜，传令皇后赫连雪云主持安昭仪的安葬事宜。

"陛下，这个秋天煞气甚重，会死不少人咧。"中常侍万盛哭丧着脸叹气。

金世祖蔑视中常侍万盛："那就活下去，在这个不确定的世界里。"

【第五十三章】

战鼓　东郡公任伯渊

　　任伯渊做了个梦，他站在华林园的高台上，四顾无人，远方战鼓擂动，鼓的节奏与他的心跳和应。"本公并非武将，如何会有战鼓督促？"他在梦中狐疑自问。

　　随后，他去齐云山庄问寇先生。

　　立在高插云霄的月轮仙宫的半截石门前，任伯渊明白，月轮仙宫的竣工已是遥遥无期。

　　如大鹏展翅的寇先生从三十楼高的月轮仙宫飞下来，她面色不太好。也难怪，这月轮仙宫修建十年，耗费国库钱财无数，东宫太子早有怨言，在陛下面前念叨着停止修建。

　　"东郡公，怎会面罩黑气？"寇先生以不无担忧的语气问候道。

　　"本公看寇先生也是面色如雪啊。"任伯渊抚摸自己的脸颊，不以为然。

　　寒暄一番，寇先生将他引到形似鹰嘴的山坳，这里有多株红枫，叶片殷红，秋风吹来枫木清香，大有停车坐爱枫林晚的意境。

　　寇先生盘坐于白石上，随意摊开手心，一片纤巧的红叶飘落掌中，她低头查看红叶的脉络，神色惆怅："月轮仙宫看来也就这般高了，贫道的有生之年，怕是无法抵达神明的高处了。"

　　"本公也深有同感。白驹过隙，日月如梭。寇先生，将来有些什么打算？"任伯渊捡起枫树下路人扔下的一把芭蕉破蒲扇，但呼哧呼哧扇不出风来。

　　寇先生抬头眺望蔚蓝天空的一对飞鸟，露齿轻笑，笑意突兀也迷茫。

"将来？哪有什么将来？不都是庄周梦蝶。东郡公，说吧，来找贫道有何贵干？"

"寇先生，神人也。本公被怪梦缠绕。"他扔下破蒲扇，将梦境详细告知，唯有鼓声遗漏未说。

"嗯。"寇先生是个慢性子，她低低哼了声，闭目思忖良久，面色青白如旧，眉宇间凝结成川纹："穷高为亢。易曰：'亢龙有悔。'又曰：'高而无民。'皆不祥也，公不可以不戒。如此，则公安于上，身全于下矣。"

"寇先生的推论与本公不谋而合。本公在暗室做了阴阳推演，也不见有神明的只言片语的提示。是天道或命数合当如此？"东郡公心头大惊，预感自己已走到盛极而衰的运势。

寇先生嘟嘴吹走手心的红叶，那片红叶摇摇欲坠，飞入山涧不见。

"东郡公，过往灭佛，杀僧过多啊。"寇先生扑闪着洞悉天机的清亮双眸，面无表情。

"寇先生，你是道门中人，如何替佛家传话？"任伯渊不满地抗议道。他素不喜佛法，以为佛法虚诞，宜悉除之。

性情宽厚的寇先生笑道："东郡公，你性也不好《老》《庄》之书，认为是矫诬之说，不近人情，必非老子所作。佛也好、道也罢，大道至简、殊途同归，皆不赞同杀生作恶。"

杀生作恶？人这一生，哪能不杀生，不作恶？望向寂寥的天际，他不由得心潮起伏，生起宏图难展之愤懑，辩解道："老聃习礼，仲尼所师，岂设败法之书，以乱先王之教？本公想要推崇儒学独尊。苦学《急就章》《孝经》《论语》《诗》《尚书》《春秋》《礼记》《周易》，三年方成；天文、星历、易式、九宫，无不尽看。至今三十九年，昼夜无废。本公禀性弱劣，力不及健妇人，更无余能，是以专心思书，废寝忘食，至乃梦共鬼争议。遂得周公、孔子之要术，始知古人有虚有实，妄语者多，真正者少。"

他内心深埋雄图大略，他是北方大族，试图借编纂国史之机，欲大整流品，明辨姓族。

"东郡公，只怕天不遂人愿。就如这月轮仙宫，若贫道寿命延长几十载，或许能修缮完成；如今看来，贫道所收的弟子们，平庸享乐者居多，道学后世无人，贫道尚未归列仙班，月轮仙宫已成废墟。"

寇先生站起身，笑意融融地望向天凉好个秋的晴空。面容平和，既无失望之色，也无喜悦之情。她长啸一声，玄鹤从枫林间飞出来，寇先生骑上鹤背，如同初次相见般洒脱："东郡公，就此别过了。"

"寇先生，喂，喂……"东郡公任伯渊瞠目结舌，跟随玄鹤飞驰的身影奔跑追赶，真的永别了？

飞向高处的玄鹤转瞬间变成半空的一粒黑点，他磕磕绊绊地跑到山坳的尽头，前面是泥沙冲刷的褐红色山墙，空茫的雾气从山涧腾飞，涧水哗哗，乌鸦呱叫，寇先生似羽翼生灵，消失在大自然中。

回到府邸，任伯渊独坐密室假寐，耳旁不时回响先祖的疾呼："正当享富贵于永久而遽以祸终，岂非命乎！岂非命乎！"

正感迷惑不解时，夫人卢氏推门而入。她手捧茶盏，眉心攒集心有千千结的愁苦。

"夫人，为何愁眉不展？"

任伯渊端起茶盏，吞下口热茶，抬眼怒斥。他的贤妻鲜少在他面前有愁容惨淡之状。

"夫君，祠堂供奉的祖先牌位无故倾倒在地，不知是吉是凶？"卢氏抓过他的手，眉眼低垂，话音惊恐不安。

任伯渊想起先祖在梦里冲他怒吼的那句岂非命乎的警告，虽不信鬼神之说，也是心头大震，毕竟是先祖显灵的告诫。他握住夫人柔滑的纤手，满腹悲凉，化作少来夫妻老来伴的深情感怀："夫人，兴许老夫走到盛极而衰的运势了。若真有不测，造成家门不幸，还望夫人担待。"

卢氏敛容正色道："夫君，说哪里话？佛家有云：'亲疏无常如露水，爱恨无常如闪电。'既为夫妇，理应同进退。妾身享用夫君毕生所学博取的功名富贵，难道就不能承受命运叵测的无常？"

任伯渊哽咽着握紧卢氏的手："夫人果真是望族贵种，风度、气节、学养，三才皆备。"

"夫君谬赞。妾身接到表弟书信，劝阻夫君若想借编纂国史之机，欲大整流品，明辨姓族，望谨慎为之。表弟认为创建立事，各有其时，仅凭夫君一人之力，怕是独木难成林。"

任伯渊默然无语，他已近古稀之年，若再不挑头去做，一生所学，意义何在？只得安抚妻子："老夫自有主张。已获得东宫太子首肯，理应无妨。陛下虽是春秋正富，然东宫太子羽翼日渐丰满，且监国多年，此事既为陛下提出由老夫主笔，又得太子应许，夫人大可放心。"

羽林郎史鼎来府邸将他抓走，任伯渊虽有大势已去的忐忑不安，但心怀坦荡，自认对陛下并无二心，怕是那帮蛮族旧臣，嫉妒他为人正直，且得圣宠的诽谤，哪料到会遭诛五族！

躺在万寿宫的芭蕉绿荫里，渐渐苏醒的任伯渊隐约听得有人躲在蕉叶丛窃窃私语，忙屏息凝神细听，原来是太子金曜星和中书博士羊公允！

只听太子金曜星的惊叹声："吾欲为爱卿开脱死罪，爱卿一意孤行屡犯直言，激怒父皇，本宫现在想来，也觉心惊胆寒。"

羊公允的腔调透着苦涩："夫史记，所以记人主善恶，为将来劝诫，故人主有所畏忌，慎其举措。伯渊辜负圣恩，以私欲没其廉洁，爱憎蔽其公直，此乃他的责任。至于书写朝廷起居，言国家得失，此为史之大体，为多违。臣与伯渊实同其事，死生荣辱，义无独殊。诚荷殿下再造之慈，违心苟免，非臣所愿也。"

任伯渊听得既恨又悔且喜。恨自己老谋深算半世，临到头遭到东宫暗害，太子答应把国史刻印在石刊立成碑林，却成为自己暴扬国恶的证据；悔自己不听从妻子及表弟劝告，为家族酿下夷五族的罪过，有违先祖们的期许；喜中书博士羊公允不失为同门一场，生死攸关，尚念及手足情谊。

耳听陛下暴喝众位爱卿退朝的熟稔嗓音，任伯渊不禁老泪纵横。君臣一场，落得个如此下场，是不能抗拒的命运吗？就连道术高明的寇先生也难抵命数的安排，抱憾无法完成的月轮仙宫，而羽化飞仙了，他一介凡夫肉胎，有什么意难平！

肩膀刺疼，是被人用铁拳五爪生生提起，他知道是羽林郎史鼎架着他向宫内地牢拖去。

他体质本就羸弱，粗重的刑具压得他背驼腰弯，单薄的锦袍也磨出血渍，养尊处优惯了的任伯渊深切地感受到生不如死的锥心痛楚。

"羽林郎，留步！"

任伯渊听见羊公允的声音，在萧瑟的风中战栗不止。

"中书博士是想臣关照他吗？"羽林郎史鼎指向他的头颅，任伯渊羞愧得埋首不语。

羊公允掏出包沉实财物，恭送到史鼎手中，哀叹："时也命也！我们本是同门，国史犯案，东郡公体弱多病，且又年迈，他独自承受罪责，老夫深感不安，还望羽林郎善待，善待。"

"师弟！"任伯渊感动得悲泣。

"师兄，夜深人静，师弟会带上酒食与师兄诀别。"羊公允捡起锦帕，替他擦擦泪窝，好言安抚。

羽林郎史鼎走至两人身旁，将他脖间刑具松动，对羊公允低语："中书博士放心，宫内人多口杂，走过这截路，臣便扶东郡公骑马行走。"

甭管宫内宫外，钱财开道。

羽林郎史鼎也是一言九鼎的汉子，他没为难任伯渊，真到无人处，就要他骑马代步，行至死牢前，再假惺惺下地。

阴风阵阵的死牢幽深黑暗，任伯渊坐在堆满蓬松干燥稻草的牢间，想着若非羊公允以财物帮忙打点，何以住在这稍微能睡的死牢。

楼下哭喊声不绝于耳，是他五族内的亲人。任伯渊的泪水再次滚落下来，他一人之祸，竟株连五族，罪过太大了。

幽暗的暮色降临，老鼠叽叽乱叫，蟑螂、苍蝇、虫蚊乱飞，昏昏沉沉的任伯渊静坐于稻草堆，思绪翱翔在万里之空。

"伯渊，伯渊。"他依稀听见是寇先生在呼喊他。"寇先生，本公死不足惜，能否救本公的亲人们逃出生天？"心底的话，憋在喉咙间，生生吞咽。

他在昏昧中睁开眼，眼前模糊不清，影影绰绰的光影里，出现的是羊公允的枯瘦老脸。任伯渊苦笑着摇头叹息，两人都是七十岁的白头家翁了。

"师兄，你来了？"两三位牢狱的士兵，有人将门锁打开，有人取掉枷锁刑具，有人拎出三层食盒，铺平在地，摆放齐整后，点燃香薰。

酒气、肉香在死牢上空浮动，任伯渊望着肥鹅、嫩鸡，饥不择食地扯断只鸡腿，羊公允为他碗中注满酒水，双眼噙泪，千言万语憋在胸膛，索性将整碗酒一饮而尽！

"师兄，不知师父在云游四海还是闭关山崖？活到这个岁数，方才明白师父所言成败是非转头成空,不若归去田园种菊的好。"空腹吃掉油腻腻的嫩鸡腿,任伯渊感到恶心,连忙倒满酒,一气喝完。

身披白斗篷的羊公允,蜡黄的双颊泪痕湿重。他双掌哆嗦着高举酒碗:"师弟,若非潦倒在这死牢,又如何能有此感叹?也怪师兄无能,未能劝阻你一意孤行。罢了,吃酒,吃酒。"

任伯渊转念想起羊公允在陛下面前抗令力争,免去数千口人死罪,真是不易。

"师兄,师弟死而无憾,只是连累五族内的亲友,深感此刑罚应该废黜或酌情减量,望师兄能择机面圣,就算造福后来者了。"

羊公允的面色由黄渐红,他擤擤鼻涕,揉揉通红的鼻尖,哭笑道:"师弟,师兄何尝不知这刑罚的厉害,你们任氏一家、姻亲的那五大望族,这回算是灭门了。唉,天道不仁,视万物为刍狗。"

任伯渊悔恨不已,瘫倒在地,中原硕果仅存的六大高门望族,因他大祸,就此覆灭,并烟消云散?自己本意是振兴中原门阀大族啊,适得其反,适得其反了!

"师兄,人之将死其言也善。师弟佛道不信,也自知罪孽深重。"任伯渊捂面痛哭。

"师弟,知错就改,善莫大焉。吃下这丹丸,明日行刑,少些苦痛。"羊公允从衣袖掏出一粒赤色丹丸,丢进酒碗,清冽的酒水化为雄黄色,任伯渊连忙起身,捧在手中,咕咚咕咚喝得干净。

"谢谢师兄,顾虑周全。"任伯渊想起贤妻爱子、高堂老母,顿时心如刀绞,他害了至亲骨肉,罪不可赦……不,不能轻饶构陷他的人!他坐起身,揩干泪水,面前坐着位高权重的羊公允。同门师兄弟,他是阶下囚,天壤之别的落差,任伯渊的心情难以平静。他沉默半响,以酸溜溜的语气自嘲:

"师兄,你我各为其主,师兄运气好,东宫太子羽翼渐丰,掌控皇权指日可待,师弟则是明日人头滚落的阶下囚。"

羊公允的双臂轻微颤抖着,勉强笑道:"师弟,冰冻三尺非一日之寒,当年你仗着圣宠,为了顺遂自己的私心,而与东宫敌对埋下的隐患,哪能保全自身呢?"

任伯渊冷笑无语,当年他能有恃无恐,就是仗着金世祖的撑腰,他今日诛族的惨败下场,不过是陛下与东宫太子博弈的后果,这一局,东宫太子完胜。

下一局呢？他已是垂死之人，没心思去推演。他将两只空碗斟满酒，递给羊公允："谢谢师兄诚恳道来，师弟死得明白无憾。天色不早了，师兄请回。"

　　两人喝完酒，羊公允上前抱住他，任伯渊不再流眼泪，他还有更为重要的事要办。

　　"师兄，师弟想吃中常侍万盛亲手制作的羊羹……"

　　他知道这个微不足道的临终愿望，师兄定能满足他。

　　"好，师兄马上着人安排。"

　　望着羊公允急速离去的背影，任伯渊无声地笑了，他哪里是热爱美食的凡夫俗子，从头到尾，他就是名谋略家，至死也本性不改，他要为陛下抛出这枚活棋，向东宫反击。

　　三更梆刚敲完，中常侍万盛裹挟着满身秋凉的干爽气，悄无声息地出现在任伯渊面前。

　　两位陛下的宠臣，相视无言，平日素无交集，这一刻，他们心意相通，结为同盟。

　　中常侍万盛先开口，黑脸上的笑意比哭还难看："东郡公，何烦劳驾中书博士大人呢？一盏羊羹，臣顺手的事。"

　　"你也以为本公是贪图你这口羊羹的美味？世间美味，有什么能比得上一手遮天的权力？"任伯渊怒叱道，随手将摆在眼前的羊羹挥手摔落墙角，让这羊羹成为老鼠、苍蝇、蟑螂等的美味。

　　中常侍万盛不怒反笑，他挪步走近他："那就有请东郡公赐教。"

　　任伯渊也不与他啰唆："东宫羽翼渐丰啊……"

　　每一个人都有可能攻破的弱点，太子金曜星的克星就是常被他蔑视的小人物中常侍万盛。

　　幽冥中，任伯渊见到中常侍万盛那双棕黄眼珠溅射出寒光点点，他猛然甩起斗篷下摆，狂奔出狭长的地道。

　　果然等不及啊。任伯渊冷冷瞅着附满苍蝇、蟑螂的羊羹，得意地笑了。

　　城南刑场，秋雨淅淅沥沥。

　　一道闪电劈断乌云，任伯渊无惧雷神发怒，赤足走在泥泞雨水地，脑海回旋师父对他的断语："伯渊才艺通博，究览天人，政事筹策，时莫之二。然，谋虽盖世，威未震主，末途邂逅，遂不自全。"

战鼓声声，从四面八方滚滚乌云的天际，撞击他的耳膜，震耳欲聋中，有儿童细声细气唱着歌谣："阳者德也，阴者刑也。故日蚀修德，月蚀修刑。夫王者之用刑，大则陈诸原野，小则肆之市朝。战伐者，用刑之大者也。以此言之，三阴用兵，盖得其类，修刑之义也。岁星袭月，年饥民流，应在他国，远期十二年。太白行苍龙宿，于天文为东，不妨北伐……"

他抬起头，雨水淋湿了他的双眼，脑中灵光乍现，梦境缘何有鼓声回荡。

儿童所歌是他当年力主北伐面圣的谏言。他助陛下征伐西凉、攻打南蛮、战胜北寇、击毙东敌……

凭君莫话封侯事，一将功成万骨枯。

震天的鼓声，是那些将士们的鬼魂，擂响战鼓为他送终。

【第五十四章】

山楂林　中常侍万盛

星月微明,天幕靛蓝,走出死牢的中常侍万盛警惕地环顾周遭,心中升起草木皆兵的忧惧。

迎面走来他忠实的奴仆侏儒东方鸾,他手牵黄骏马,缩了缩他本就丑陋不堪的鸡脖,以不确定的口吻请示:

"大人,是打道回府吗?"

万盛将手笼在袖中,望望藏匿云团的暗淡月色,不知何时才能破云而出?他思忖再三,地牢距离大恩寺不远,决定先去趟大恩寺。

"又去大恩寺?"

神色不解的侏儒东方鸾小声嘀咕着点亮灯笼,骑上老马,走在漆黑死寂的前方领路。

来到大恩寺,必得途经长亭驿站的狭窄山路。两人抵达山脚时,东方隐现一抹橘红朝霞,万盛滚下马鞍,东方鸾吹灭灯笼内的烛火,一前一后疾步上山。

秋日晨风拂面,清新爽利。从半山腰能见到破败的六角草亭轮廓,万盛驻足凝思,十年前长亭击剑的场景恍如昨日。

东宫太子派人假扮赌徒,邀请南宫侯做证,要与吴王金曜明击剑比赛,其意图是挖下谋杀吴王的坑,幸亏他预先做了防备,太子的诡计才没得逞。

蹉跎半载光阴后,万盛秘密授意吴王金曜明出手把南宫侯除掉,编造他染瘴气而亡的鬼话蒙混过关,算是向不可一世的太子提出警示。

原想着能趁机编派由头,将吴王金曜明从蛮荒之地的南越调回平城,未曾提防，又着了太子的道，把吴王明升暗降成南越王，非诏不得回宫。

数年间与东宫太子的一来一回，终究是打了个平手。

"东宫太子羽翼渐丰啊。"万盛想起任伯渊那声耐人寻味的感叹，能将陛下宠臣东郡公任伯渊搞得身败名裂不说，还搭上灭五族的悲惨下场，其手段、谋略仅仅是羽翼渐丰的后生？他一边暗中思量，一边惊出身冷汗来。

尚未爬至山门，咚咚咚三声悠长深邃的晨钟，响彻山峦。

"大人，能赶上吃早斋呢。"侏儒东方鸾回首，夸张地摇动六个指头的手掌，怪难为情地挠了挠脑袋，露出贪吃的黄板牙笑道。

大恩寺的豆粥斋饭，香浓稠密，远近闻名。心情糟糕的万盛哪有什么食欲？他懒得理睬侏儒东方鸾，跨步越过他，径直登上山门。

大恩寺的牌匾重新粉刷一新，两旁密密匝匝的山楂林，结满类似红灯笼的山楂果，丰盛的果实喜庆迎人，压得树枝匍匐腰身。

万盛站在果林前，摘下一枚红彤彤的山楂果，放嘴里咀嚼，酸涩的山楂，在唇齿间回甘无穷。

漫山遍野的山楂林算是庙中私产，每年下来也会有不少钱财。难怪世上那些游手好闲之徒都想出家为僧了——既能不劳而获，享受香客钱财供养，还能将寺庙种植的收成据为己有。

万盛吐掉山楂核，突然有些回味过来，东宫太子为何态度强烈地反对灭佛呢，是他虔诚真心向佛还是有不可告人的私心？或许就是为了寺庙私产？他搔着汗毛浓密的手臂，愈想愈生疑。

山楂林中传来窸窸窣窣的脚步声响，万盛忙闪身，爬上近身一树浓荫的刺槐树杈。

绿荫下猫腰走来两位背着背篓的小沙弥，他们边摘山楂，边闲谈。一个笑嘻嘻地说道："酒能使人欢愉，财能使万事遂心，当真不假，富有四海的东宫太子，连庙里山楂果售卖的散碎钱财也不肯放过。"

另一个口里嚼着山楂："谁说佛门净地了？不一样需要金叶子、金元宝来开销吃穿用度？你是没经历过佛法兴盛的好日子，哪尊菩萨不是塑金身？一月里来，大大小小的法事，忙得人手不够，达官贵人家的钱财哗哗如流水般进庙来……"

"大人，中常侍大人！"

侏儒东方鸾焦急的呼喊声,惊得两位小沙弥掩嘴不语,撒腿跑得比野兔还快,窜跳到反方向的山楂树林。

万盛从刺槐树上跳下草地,顺手扯断一枝山楂果,一颗一颗丢进嘴里囫囵吞下,晃悠悠迈步走出来。

金光万丈的霞光射来,他眯着双眼,抖动双肩,顺势将地牢内压抑沉重的肮脏不洁的气息随风抖落。

他抹了抹嘴,酸甜的山楂颇为开胃。

"吃上豆粥了?"

"赶得巧,吃得满肚皮豆粥了!大人,奴婢给你也盛来一碗。"侏儒东方鸾双手端着碗飘香的浓稠豆粥,神情恭敬地俯身在前。

万盛不经意间扭头瞄见大恩寺后院的一排茅草房顶,忽然想起十年前在大恩寺如厕时被蝎子叮了中毒身亡的朝露昭仪。他犹疑着缩回手,哑声说道:"罢了,赏你吃罢。"

侏儒东方鸾乖觉地捧起饭碗,凑在嘴边吸溜个底朝天。

"住持老和尚可在?"他边说边甩袖飞身跑进正殿。檀香萦绕的殿内,穿黑色僧服的七八个和尚盘腿蒲团,手持经卷,在诵经做晨课。

万盛的身影冲撞进来后,坐在最里间的矮胖老和尚慌忙站起身,躬身疾步前来迎接他。

他有着通红的蒜头大鼻,不似常见的那种慈眉善眼的和尚,倒像集市里长年累月浸身血水中的油腻屠户,他眼角油浸浸的褶子全是谄媚的笑意:"大人,怎会得闲来小庙?"

万盛沉默不语,大步跨出正殿的高门槛,熟门熟路地来到僻静的禅房,掀开竹帘,抬起屁股坐在扶手椅上,拍拍椅手把:"近日可有新货到?"

老和尚面上的笑容消散,改为一脸愁容的他,彻头彻尾就是个斤斤计较的市井小民:"大人,再宽限几日,要去远点才能搞到货了。"

万盛冷笑不语,这间大恩寺看着是寺庙,实则是他用来贩卖人口的中转站,低价买些年轻貌美的女子运送到三岔河,去干那娼妓的营生谋利。

他需要大量的钱财贿赂人心,并非满足自己挥霍,无钱寸步难行的苦头,他是受够了。

红鼻头老和尚颤颤巍巍地埋身柜间翻找，捧着张用黑绸缎包起来薄如纸张的物件拿给他。

"大人，贫僧在那驿站捡来封信，找识字的人看了，说是中书博士羊公允写给东宫太子的劝诫信。大人常在宫内走动，交给你，或许有用。"

万盛抖开黑绸布，仔细阅读信纸内容："天地无私，故能覆载；王者无私，故能容养。今殿下国之储贰，万方所则；而营立私田，畜养鸡犬，乃至酤贩市厘，不与民争利，谤声流布，不可追掩。夫天下者，殿下之天下，富有四海，何求而无，乃与贩夫、贩妇竞此尺寸之利乎！昔虢之将亡，神赐之土田，汉灵帝私立府藏，皆有颠覆之祸……愿殿下亲近忠良，所在田园，分给贫下；贩卖之物，以时收散；如此，则休声日至，谤议可除。"

匆匆扫视一遭，他大喜过望，正愁找不到东宫的纰漏呢，天助吾也！原来自从东宫太子监国后，他信任的两个宠奴利用太子声威经营田园收利，搞得怨声载道，这才引起中书博士羊公允苦口婆心的谏言。

他慌忙收好信，情不自禁地打了个哈欠，是有些疲惫了。

"大人，若觉倦怠，可先在此安歇。贫僧去端来寺庙炮制的桂花秋茶，给大人提提神。"红鼻头老和尚动作快捷，搬来锦垫给他垫背，躺在柔软的锦垫上，万盛心思一动，陛下嗜好甜食，刚巧腹内咕咕乱叫，便仰头问他：

"可有新做好的桂花糕？"

"有现磨蒸出的山楂糕，佐以桂花茶，信步观赏这山中秋景，是文人骚客们的消遣。"老和尚眉开眼笑，红鼻头泛出点点油渍。

"哼，百无一用是书生！本大人惯用酒下饭，不拘什么，现成有什么就端来。"万盛将信塞进袖笼。他选派的这大字不识的老和尚，曾是集市贩卖猪羊的小贩，见他本性懦弱老实，又有几分滑头的机灵，才要他褪下布衣，换上僧袍，管理这荒郊野外的大恩寺，数年下来，倒也折腾出些禅意佛相来。

"大人稍候片刻。"老和尚退步出门，放下竹帘。万盛顺势躺在墙边看着不起眼的乌木床榻，跷起二郎腿暗自思索，人人都道狡兔三窟，大恩寺这间禅房是他的安乐窝，三岔河也有一处，平城宫外的府邸至多是个摆设。

陛下最为倚重的老臣东郡公任伯渊都能遭到灭族的惨烈下场，想起来就不禁头皮发麻，大有兔死狐悲之意。不，他不能成为下一个被诛灭的东郡公。

竹帘发出轻微的晃动，侏儒东方鸾的声音在门旁响起："大人，重英殿那边来人说菊夫人癫狂症发作，要大人帮忙向陛下禀报，恳请太医诊治。"

"知道了。"

万盛双臂枕头，闷哼不语。他善待年轻貌美的女人，无非她们是他的摇钱树。时过境迁，他更青睐那些有头脑、聪慧的成熟风韵女人，比如皇后赫连雪云。菊夫人还是太过柔弱了，美色本就经不起时间的消磨，再加上意志薄弱，不堪一击的女人只能任人宰割。

"东方鸾，进来说话。"

侏儒东方鸾自夸是东方部落的智者，万盛盯着他乱糟糟如鸡窝的头发，好钢用在刀刃上，这么多年，他还没怎么动用这头怪物呢。

"大人，有事但请吩咐。"侏儒东方鸾掰着他的六指关节，笑比哭还难看。

"再过几个时辰，东郡公任伯渊就人头落地了，本大人很是心寒啊，任伯渊在朝廷树大根深，也不免五族诛灭……"万盛说着说着悲从中来，语音不免哽咽。

"再过几个时辰，天将降秋雨。"东方鸾举起短促如瘦猴的手掌，摩挲着鼻头，双目绽放出冷光，像是有神通的巫师能预测未来。

万盛迷惑不解，分明这竹帘外，凉爽的秋风吹拂，会有绵绵恼人的秋雨降临？他无暇追问天象变化，只是压低嗓门追问他。

"东方鸾，天象玄妙，不是你我凡夫俗子所能掌控，少操闲心，本大人只关心切身利益。东郡公这棵千年老妖树倒了，所谓树倒猢狲散……本大人可是属猴啊。"

"大人，不是已有锦囊妙计？"东方鸾拿手指头戳向他衣袖。

万盛恍然大悟，袖中是中书博士羊公允写给东宫的谏言，鬼使神差，流落在驿站，被大和尚捡到个便宜，归拢到他手心，岂非天意？

"大人，东宫太子是真心向佛，他身旁宠奴不过是利用他扬佛的名号，借机敛财是真。中书博士羊公允的谏言，看似大义凛然，对奴婢们就是断人财路，杀人父母的缺德事。东宫太子倘若听从，他的宠奴无利可图，哪里肯会为他卖命？亏得中书博士羊公允也是学富五车的老学究，还迂腐书生气，丝毫不通人情世故。"

万盛抽出信纸,当宝贝似的重头再看一遍,边拍着大腿边点头称是:"你小子看得通透!这信就是构陷东宫太子纵容部将与民争利的凭据?"

他信心满满地看着侏儒东方鸾,这小子原本丑陋的面容,此刻精神焕发。

"大人,仅凭这封信纸,不足以扳倒东宫,也不足以定他身旁的宠奴重罪。"

坐在扶手椅内的东方鸾哼哼唧唧低下头,双手交叉并拢于膝盖上,貌似陷入通灵神游的状态。

万盛是有耐心的人,东方鸾冷不丁抬起涨红的面庞:"大人,身为君王,最忌恨什么?"

"背叛?"万盛不由分说,答得斩钉截铁。

"不,奴婢以为是觊觎君王的皇权。通向皇权的宝座,背叛、杀戮是家常便饭。"

侏儒东方鸾不置可否地摇摇头,他蜷缩在椅内的身躯,浑如布满荆棘的肉球,谁能想到废物般的东方鸾,竟然拥有一颗举世无双的聪明脑袋?

虽然天地不仁,以万物为刍狗,但也给万物各自活路。万盛心中涌现不可名状的感触,他越来越胆壮了,曾经以为天授皇权,坐在皇权宝座的人必然是金刚不坏之身,想起金世祖痴迷长生之道,不顾惜龙体安危,食用丹药的疯狂行径;贵为东宫的太子也受制于下人的贪欲,哪有攻不破的城堡,攻不进的人心?

正天马行空思绪纷然中,东方鸾双手作揖,笑嘻嘻似在向他贺喜。

"打蛇七寸,大人,是不是有运筹帷幄之感?"

万盛一惊:"你还能读懂腹语?这可是大有用场的绝技。"

侏儒东方鸾嘿嘿嘿笑三声,惯常的平淡语气含有一丝悲凉:"大人,人类自诩聪明,不都是聪明反被聪明误?此等雕虫小技,不值一提。"

竹帘掀开,两位小沙弥端来一碟松软通红的山楂糕、两盘翠绿的蔬菜、一壶桂花茶与一壶桂花蜜酿、两副碗筷,摆在食案上。

万盛收好信,翻身起来,坐在食案前,招呼侏儒东方鸾也来吃糕喝酒。

"大人,小人不饿。"东方鸾神情局促,推辞不肯。

万盛知道他是自惭形秽,忙将桂花茶推在他那边:"行啦,这壶桂花茶归你。"

他手执酒壶,仰面咕咚咕咚喝掉大半壶,拿手抓起块山楂糕,软绵滑口,甜酸适中与桂花蜜酿的花香酒气,令人有飘飘然的开怀愉悦之感。

竹帘外,突然一阵秋风扫落叶的阵势,吹得竹帘抖动不停。

万盛探头看去,一丝凉意袭人,滴答滴答果真落雨了!他欢喜地握紧酒壶,似乎身在城南刑场,清晰可见纷纷滚落的数百人头及四处流淌的鲜血……顿觉如鲠在喉,手掌用力,瓷器裂为碎片!

"东方鸢,肯愿跟随本大人来场为自己而战的豪赌?"

"大人,人不为己天诛地灭,奴婢悉听尊便。"

瞅着侏儒东方鸢那对意志坚定的眼睛,万盛感到胜算在握。他伸出手臂,东方鸢跳下地面,将他瘦猴般的六指头手掌搭在他手心,达成默契。

【第五十五章】

桂花蜜酿　太子金曜星

秋风秋雨愁煞人。

满庭芳的曲形长廊,两面都挂有半卷起的青篾竹帘,淅淅沥沥的秋雨从帘隙斜飞进来,溅湿食案上的碟儿盘盏。

坐在案前的金曜星,背靠枕垫,抓把带壳的银杏果,剥壳、蘸青盐,边惬意地细嚼慢咽,边聆听舒缓的雨滴声——世上少了东郡公任伯渊,朝廷也变得清静了。

雨点渐小,两只灰肚喜鹊欢叫着在廊下飞落。金曜星拿起锦帕擦着指肚的盐粒,望向视野开阔外的那株上千年的古银杏树孤独地屹立在寂寥天地间,不禁神思恍惚:这棵历经沧海桑田的老银杏,为何能在万物凋敝零落之中,仍不失凌云壮志?正胡思乱想间,身披锈红披风的高平王卢孝伯骑着白马,踏着落叶,从细雨中奔来。

"殿下,好雅兴!"卢孝伯滚落马鞍,乐呵呵地扬手掀开竹帘进来。金曜星见他只身前来,深感疑惑:"咦,中书博士杜光文怎没随同前来?"

卢孝伯解下沾了雨渍的锈红披风,一面把披风搭在廊栏上,一面抬手擦拭脸颊的水痕,神色愤愤不平地埋怨道:"别提那小子了,也是个忘恩负义之徒。若非本王在陛下面前求情,他早受东郡公任伯渊的牵连,人头落地了!本王还想有恩于他,他必定感激不尽,哪里料到,他转身忙着跑去安葬东郡公了,还说日后都要闭门思过呢。"

金曜星也觉不快,站起身来,中书博士杜光文本是受到东郡公任伯渊的提携之恩，若非忙于皇宗学堂的授课，缺席国史编撰，他同样难逃罪责。

"平城的五大名门望族都灭亡了，他闭门谢客给谁看？"金曜星不悦地拉扯卷竹帘的绳索，整面竹帘掉下来，阴影遮挡半张食案。他叉腿坐下，愤愤不平地抓起酒盏，用力捏了个粉碎！

卢孝伯见他怒不可遏，提心吊胆地过来安抚他："殿下息怒，想那杜光文不过是脑瓜子迂腐的白面书生，是本王疏忽，没看出他就是白眼狼般的畜生。"

金曜星瞟了眼自责的卢孝伯，忍俊不禁，自己也是急糊涂了，小小中书博士，犯不上为他动怒。

卢孝伯见金曜星笑了，这才放心地坐在食案前，看着一堆扎人的碎瓷片，金曜星扭头冲着走廊尽头高呼："秦道生，臭小子还不出来？"

话音刚落，走廊上响起一串脚步声，面红耳赤的秦道生飞跑过来，跪在金曜星眼皮底下，打了个刺鼻的饱嗝，熏得金曜星捂鼻臭骂："又是和老庄奴那帮酒鬼喝烂酒了？"

"殿下，哪里是烂酒，老庄奴说是大恩寺派人送来七八坛新酿的桂花蜜酿，奴婢正想献给殿下品尝……"

"什么？你是说大恩寺还会私自酿酒？"金曜星揪住他衣领，裸露出红脖颈的秦道生掩嘴嘀咕："殿下，大恩寺不光会酿酒，还自制山楂糕、香浓豆粥……前几年换了位新住持，这些年搞得香火旺盛得很呢。裘青山还想向殿下请示，干脆把这大恩寺抢夺过来，本来，天下寺庙就该归殿下。"

"大恩寺是有何人在背后主使？"

"殿下，说来晦气，竟是中常侍万盛那老不死的。"秦道生提起万盛，眼冒怒火，仿佛与他是累世轮回无法化解的冤业。

他这猴爪伸得够长啊，连寺庙的私产也惦念上了。金曜星对中常侍万盛本就满腹怨念："本宫听闻他在三岔河有黑市、妓馆、地下赌场这些营生，还不够他花销？"

高平王卢孝伯啃着野鸽肉，话语含含糊糊："太子殿下，什么神秘桂花蜜酿？拿来给本王喝一壶可好？若是对了本王胃口，买些运载到西凉，高价转售给平凉太守杜道源，不也能从中牟利？"

秦道生扭身握紧高平王卢孝伯的手，喜得唾沫横飞："这招妙啊，高平王，少安毋躁，奴婢这就去搬来一大坛子酒，不醉不休！"

金曜星也跃跃欲试，这大恩寺的桂花蜜酿，究竟有何秘诀，能引得酒徒们的喜爱？

秦道生旋风般飞身奔至走廊尽头，片刻之间，冒出位鹤发童颜的老庄奴，肩扛大肚褐色酒坛，累得放下分量不轻的酒坛，趴在地上喘气。

"快，快，揭开泥封，倒上酒！"高平王卢孝伯急不可耐地抓起竹筷敲击空酒盏，催促老庄奴拆封酒坛。

雨停了，金曜星探头望向挂满金黄树叶的古银杏树，见秦道生两手拎着食盒，贼头贼脑地从树后钻出来，脑中忽然想起中书博士羊公允对他的劝诫："武王爱周、邵、齐、毕，所以王天下；殷纣爱飞廉、恶来，所以丧其国。今东宫俊乂不少，顷来侍御左右者，恐非在朝之选。愿殿下斥去佞邪，亲近忠良……"

他自然清楚羊公允所指的佞邪，就是他宠信多年的秦道生、裘青山两人。他们无非是经营田园谋取些私利，比起公然将整条三岔河尽收囊中的中常侍万盛不过是小巫见大巫。

羊公允的话虽言之有理，但他忽视了贵为东宫太子的苦衷——自己也要用源源不断的钱财来收买人心啊。

鼻腔钻进桂香的甜稠与烈酒的清冽，金曜星缩回头，见高平王卢孝伯手捧酒盏走过来，神色恭敬跪地敬献："殿下，请。"

金曜星满意地接过酒盏，只在鼻尖闻闻酒气，并不急于喝掉，最终以不喜甜酒为由，还给他。

高平王卢孝伯略感意外："噢，臣听闻陛下最爱甜食，还以为子承父业，一脉相承呢。原来也是龙生九子，各有不同。"

金曜星对他的荒谬言论只笑不语。

身后蹿出两手提食盒的秦道生来，他神情轻松地摆动头颅，抖掉双肩的落叶，放下食盒，抽出一屉山楂糕，眼里闪动复杂的亮光："殿下，大恩寺特制的山楂糕，引得多少人蜂拥排队去买！这老不死的黑猩猩，也还有点手段呢。"

金曜星不满秦道生艳羡劲敌中常侍万盛的口气，抡拳敲他脑袋："这山楂糕难道也是从大恩寺送过来的？"

秦道生动作敏捷地躲闪他的拳头，嘴上嘻嘻笑道："可不是嘛！还是那令人作呕的侏儒东方弯与庙内的几个小沙弥骑马送来,他们不就想讨好驸马吗。"

高平王在旁闷头吃酒不语,金曜星一眼扫去,盘中的野鸡、野鸽剩下几根碎骨头,装有桂花蜜酿的酒坛倾倒在地——不知是漏光还是被他喝完。

这贪吃成性的家伙忽然抬起醉醺醺的脸庞,张嘴哈出桂花酒气。他哆嗦着手,抽出腰间的剑,想要起身舞剑,不想,一个醉步踉跄,仰面倒在廊栏上,翻着白眼,斜视银杏树,胡言乱语:"求人如吞三尺剑,靠人如上九重天。殿下,这桂花蜜酿,本王再来个三五坛不在话下……"话未说完,他就困倦地合拢双眼,倾倒在地,呼呼酣睡起来!

秦道生砸了咂嘴:"桂花蜜酿的后劲够足啊,看这酿酒的也是个行家里手。太子殿下,得把这大恩寺拿下,省得奴婢与裘青山还跑去和市井民妇争夺贩卖丝织贱货的薄利。"

金曜星气呼呼地推开他,咬牙训道:"你,你两个不争气的家伙!怎么贪图小利,与那些妇孺争夺生意?难道中书博士羊公允的劝诫信,没拿给裘青山看?"

秦道生上半身扑在廊栏上,他含冤带屈地揉着发红的双眼,咧嘴嗫嚅:"劝诫信翻来覆去不就是要殿下制止奴婢们发财,再遣散奴婢们离宫?!殿下狠心,肯抛弃奴婢们……"秦道生说着说着,眼泪汪汪大哭起来。

金曜星满腹酸楚,不由得仰天长叹。这两人跟随他多年,自己久不能登基,也无法给他们更多的封赏恩宠。说起来也是荒唐,他们还不如中常侍万盛那些个手下个个穿金戴银,耀武扬威呢。

"大恩寺这块肥肉,就能满足你们的贪欲?"金曜星沉思半晌,拍拍秦道生的肩,问道。

秦道生听出他语气有松动的意味,喜得跪在身前,飞快密语道:"殿下,大恩寺单是那些香火、法事赚来的钱财,养活奴婢们就绰绰有余,还不提果林与私酿酒的大笔收入了。"

金曜星不置可否地点点头,令秦道生把烂醉如泥的高平王扶在席位上,要老庄奴端盆醒酒的热汤把他灌醒。

喝进半盆热汤后的高平王卢孝伯,哇哇大叫着睁开惺忪通红的醉目,口齿含混不清:"太子殿下,什么时辰了?还能接着喝否?"

金曜星白了他一眼,暗骂他是酒囊饭袋,本欲与他对饮舞剑的兴致全被败坏了，想冲他发火，又觉不值当，悻悻地讥笑他："高平王，就你这小肚鸡肠的海量，半坛子酒就把你放倒了，再喝下去，只怕连提剑的力气都没有啦。"

秦道生在旁拍掌哄笑，高平王卢孝伯哪肯服输？他面色憋得紫红，喘着酒味浓郁的粗重鼻息："殿下，瞧不起本王？不信，来与本王比剑，本王以坐骑黄骠马为赌注。"

金曜星慢腾腾地拍拍手掌，双臂靠在椅背上，神色疲惫："本宫可没兴趣与酒徒决高下。秦道生，你能赢他，那么，大恩寺……"他故意停顿不语，望向挂在廊柱的白虹宝剑，那宝剑闲置多年，也有英雄无用武之地的落寞之气。

"殿下，此话当真？"秦道生兴奋得双颊泛红，一个箭步奔上前，稳稳抽出冷光凛冽的白虹宝剑，飞身跳落廊下的空地，先自舞弄起来。见到臂力惊人的秦道生挥舞出白光闪闪的剑气，金曜星感到莫名的悲凉，恨恨说道："本宫的话何时不当数了？"

高平王卢孝伯也跃出廊下，口呼要与秦道生一决高下。秦道生趁了酒兴，在银杏树下站定，脱去玄色斗篷，露出银白常服，与内穿殷红常服的卢孝伯相映成趣。

两人运气出剑，金曜星站在走廊前的开阔处，双手交叉胸前，静静观看。

金黄的银杏树旁，飘动一红一白两团人影，在剑声铿锵中，上蹿下跳。金曜星看得眼花缭乱，忆及十年前的长亭击剑，他们戴了面具，最终还是失手败北，没能取了吴王金曜明的性命，反倒使得他擢升为南越王。

他为此悔恨不已，倘若穷追不舍，在半道上结果金曜明的性命，南宫侯也不会身亡，太子妃吕金瓶也不至因丧兄失子伤悲过度导致精神失常。

一步棋错，会不会步步皆错？金曜星原本坚定的意志开始动摇，若被动等待陛下薨逝，究竟要等到猴年马月……他痛苦不堪，满怀愁绪，与谁倾诉？

原以为除掉东郡公任伯渊后，就该腾出精力，轻松应付中常侍万盛这伙乌合之众，可怎会忽然生出焦灼不安的恐惧来？

不！不能有一丝一毫的犹豫，要一鼓作气。大恩寺，或许能成为中常侍万盛的葬身之地。

金曜星强打起精神，双手撑在走廊的雕花栏杆上，看见一团白影抱头惨叫、翻滚，高平王卢孝伯汗流浃背地提着宝剑，手舞足蹈地跑过来，嘴里呼出酒气，断断续续道："殿下，怎，怎么样？"

金曜星听秦道生哭得凄惨，以为伤到他要害处，不禁责备高平王卢孝伯："不是说好击剑打赌，怎么将秦道生刺伤了？"

高平王卢孝伯撩起衣袖擦拭额头虚汗，连声叫屈："殿下，冤枉啊！本王不过轻轻触伤了他的手臂，那秦道生自知输了，他是为得不到大恩寺伤心号哭，关本王何事？"

没出息的尿包！金曜星笑了："秦道生，还不滚回来吃杯酒压压惊？"

灰头土脸的秦道生，银白锦缎的前胸后背粘连几片枯黄的银杏叶。他手握白虹宝剑，灰溜溜地站在走廊下，忸怩着不肯上来。

"殿下，奴婢惭愧，无颜见江东父老。"

金曜星面色一沉，挥起拳头，捶得食案上的杯盘盏碟纷纷跳将起来。

"哼，你羞惭什么？你又非项羽。本宫命令你坐上来侍宴。"

彻底清醒过来的高平王伸出手臂，将秦道生拉上廊内，一本正经地调侃道："嗨，胜败乃兵家常事嘛。"说完，三人忍不住笑作一团。

一队着装艳丽的人马缓缓经过银杏树前，三人止住笑，探头望去，为首的是裹了红绿金纹衣袍的短腿男子，他头戴滑稽的尖角高帽，骑在匹脚力矫健的小矮马上，身后是四五位穿戴色泽光鲜锦袍的随从，个个气势昂扬，骑在黑骏马上。

金曜星退回座位，迷惑不解地指向为首的小子："这獐头鼠目的小矮子是什么来头，竟敢在驸马都尉的大千园大摇大摆闲逛？"

秦道生恢复了精神，走来低语："殿下，那侏儒名东方鸢，曾是敦煌郡公的随从，改换门庭跟了中常侍多年，兴许也是他的心腹，这几坛桂花蜜酿就是他亲自押送前来的。"

高平王卢孝伯发话了："殿下，不过是蛇鼠一窝！那侏儒看起来像潜藏于黑夜的吸血蝙蝠，面相不善呢。"

"高平王还会怕个侏儒男子？"秦道生逮住时机，不失时机地奚落他。

秋风卷起一地落叶，天色暗下来，园内陆续有奴仆们提着灯笼挂在廊柱上。

一位老庄奴颠跑着跪在廊下的地面请示："殿下，还需重新整治一桌酒菜吗？驸马都尉刚从宫里赶回来，说是要与殿下痛饮。"

金曜星不假思索，挥袖撵走他："那是自然。"

【第五十六章】

阴山却霜　金世祖

万寿宫的烛火，彻夜未熄。

躺在睡榻上的金世祖双手按住脑门，陷入沉思。

桌上堆了中常侍万盛与东宫太子的奏章，皆是剑指大恩寺。东宫太子状告中常侍万盛不顾灭佛诏令在先，抗令将大恩寺霸占，并私自酿酒营利的欺君之罪；中常侍万盛手握中书博士羊公允的亲笔劝诫信，指证东宫太子宠信佞臣，使婢千余人，织绫贩卖、酤酒，养猪羊，牧牛马，种菜逐利，与民夺利，视为贪而无义，受恩者竟怀二心的不忠之罪。

蜡烛的灯花哔哔爆响后，晃动出最后一抹亮光，终究油枯灯尽熄灭了。金世祖呆望着烛泪凝固的烛台，通宵未眠后的体力大不如前。他抬了抬酸疼的手臂，试着要坐起来，头重脚轻的乏力逼迫他半躺下来歇口气。

风把幕帘掀开道裂缝，露出微弱的亮光，披了身霞光的魏喜闪出来。金世祖瞥见他手中端碗泛血沫的羔羊热血，突感恶心，赶忙偏过头，要他端走羊血，先去将两位中书博士招来要紧。

"陛下，要不要膳房熬点豆粥，暖暖胃？"魏喜临走前，不放心地关切问道。

金世祖将手掌移至腹部，手感冰凉，兴许真是胃受寒了，需要借助轻鸿夫人的暖香温玉融化他冰山似的龙体。他咧嘴笑了笑："不，把皇后赫连雪云、轻鸿夫人请来万寿宫。"

他坐直腰身，无意摸到臃肿的两腿，内侧已堆积松垮垮的肥肉，不由抚额叹气。往年此时，他也率领大批朝臣回阴山却霜，整日林中狩猎，既不荒芜骑射功夫，又能捕获禽兽，以充军实，两全其美，不亦乐乎？

是该校猎阴山了。金世祖匆忙扫视桌面的奏折，暗自思忖，要快刀斩乱麻，速战速决。即刻启程到阴山过冬，直至来年三月回平城。

他幼时常随父皇去阴山却霜，马背上的游牧生活，充满狂野的激情与热血沸腾的豪迈，这已融入他的血液、灵魂，不可磨灭。

"敕勒川，阴山下，天似穹庐，笼盖四野，天苍苍，野茫茫，风吹草低见牛羊。"金世祖呢喃低哼，熟悉的敕勒歌啊，是他无法忘却的乡愁——哪怕他的铁骑已征服幅员辽阔的南方，萦绕他心头的始终是翱翔在北方苍穹的雄鹰，孤独地行走在林海雪原的野狼。

他的行宫有座广德殿，建在阴山之北的行宫西南方位。其殿四柱两厦，堂宇绮拱，图画奇禽异兽之象。行宫状似圆角而不方，四门列观，城内唯台殿而已。

阴山的世界黑白分明，白皑皑的雪山，黑黢黢的森林，千山鸟飞绝，万径人踪灭的清冷意境，是金世祖心驰神往的圣地。

"陛下，请用早膳。"

幕帘揭开，金世祖眼前一亮，冒出通身菜花绿长袍的中常侍万盛。他手捧托盘，徐徐走近。

金世祖懒懒地扫了眼托盘，除了豆粥与乳酪，在银碗银筷旁还有只香囊！他不由破口怒骂："大胆阉竖！把谁的香囊放托盘上，是想倒朕的胃口？"

中常侍万盛不慌不忙地放好托盘，过来扶他下地，一边招手要站在幕帘外的伺候洗漱的奴婢们进来，一边絮絮说道："陛下，这香囊大有来头呢。臣是看陛下闷得慌，想着给陛下讲讲故事，给陛下解解乏。"

金世祖见他笑得狡黠，知他不会胡乱说话，也就懒得说他。奴婢们忙服侍他洗面、漱口、净手。

坐在食案前，金世祖左右开弓，把豆粥、乳酪三两下吃进肚，挥手要奴婢们撤走。

他斜躺在龙椅上，端详这只绣有并蒂莲花的香囊，针脚细密，颜色残旧，有些眼熟，一时却又想不起来。

他搔搔头，望着弓腰垂手而立的中常侍万盛，先是东张西望一番，又蹑手蹑脚靠近，掩嘴悄声低语："陛下，香囊关乎后宫夫人清誉，皇后娘娘最清楚不过了。"

金世祖狐疑地拿手抓住他后背突出的脊椎骨:"你小子是在打什么坏主意?刚刚状告东宫太子,又扯出皇后娘娘来。"

"陛下,东宫羽翼已丰,东郡公那般根深叶茂的人物,也被他连根拔起……陛下,前朝儿子背叛父亲弑君的事还少吗?"中常侍万盛的口中,喷吐出肉食糜烂的腥臭味。

金世祖心尖一颤,听见有人走近的脚步声,忙举起手掌摁住他肩膀:"住嘴!你这阉竖,居心不良,是想离间朕父子不成?"

中常侍万盛发绿的面色与他的菜花绿锦缎长袍融为一体。他瞠目结舌,趴在地上,正欲磕头辩解。

"妾身参见陛下。"

皇后赫连雪云与轻鸿夫人双双前行的倩影落进金世祖的视线。他松开手,把香囊放在桌面显眼的地方,抬脚暗示中常侍万盛退下。

身着黑底绣蓝色团花长裙的皇后赫连雪云,苍白的面庞虽比不上年轻那时的饱满娇艳,但自有山涧幽兰的从容与娴雅。她侧边的轻鸿夫人不同,芳菲年华的轻鸿夫人裹了身桃红金线勾勒对鹿的长袍,如一枝出墙红杏,顾盼生姿。

金世祖招手要轻鸿来到他身旁,轻鸿柔若无骨的温热娇躯,正适合帮他暖暖龙体。他抚弄着轻鸿娇嫩的脸颊,抓过香囊,无情地砸向赫连雪云的裙裾前:"皇后,可识得这只香囊?"他怀疑这香囊是皇后与其他男人有染的铁证。

皇后宠辱不惊,落落大方地捡起香囊仔细观看,修长的惊翠眉紧蹙,若有所思。

"陛下,妾身听闻观千剑而后识器。后宫夫人们谁没香囊?妾身没记错的话,这并蒂莲香囊是朝露夫人的旧物。她被蝎子咬伤中毒后,神志不清,曾将这香囊交给妾身……对了,中常侍万盛大人可做证。"

金世祖语气缓和了些,他估量皇后赫连雪云也不敢做出违背妇道的丑事。既是朝露夫人旧物,中常侍万盛拿来有何用意?想起万盛一副吞吞吐吐的暧昧神色,大有隐情,便要魏喜去召中常侍万盛进宫。

怀里的轻鸿夫人不老实地捉着他的手臂,撒娇道:"陛下,娘娘仁心仁德,忙着给妾身调养安胎食方呢。"

金世祖暗觉好笑,自身未能怀孕的皇后娘娘还跑去给年轻貌美的轻鸿夫人张罗安胎妙法？他含有深意地瞟向坐在锦凳上的赫连雪云，想要从她的脸上看出些端倪。

赫连雪云欠身轻笑，不卑不亢地回应他："陛下，轻鸿夫人谬赞，本后不过是履行皇后的本分罢了。祈愿陛下多子多福，万寿无疆。"

金世祖听着皇后的恭维话，笑而不语。他并不奢望轻鸿为他产下皇子或公主。多多益善是用兵之道，儿孙太多，烦恼也多。他已有西平王金曜熙、南越王金曜明等五位皇子，光是一个东宫太子都令他焦头烂额了。

他摩挲着轻鸿柔滑的黑发，思量的是后宫诸多夫人，选谁陪他去阴山却霜。

轻鸿如妩媚的野猫，蜷缩在他腹部，青春的肉体能温暖他的身，但无法抚慰他坚硬如铁的心。金世祖宠溺地亲吻她冰冷的发髻，想起短命早夭的朝露昭仪来，年少的姑娘是他身边的玩物，只争朝夕的宠爱，一日少一日，见不到天长地久的未来。

"皇后，朕意欲阴山却霜，年后开春回宫。后宫诸多夫人，谁陪朕同去为好？"他出其不意地转头问皇后。内心深处，对这位孤身一人存活于世的亡国之女，尚存有敬重之心。

赫连雪云飞扬起英气逼人的眉梢，眼神茫然："陛下，往年不是夏末去阴山却霜吗，眼下可是即将入冬了。"

金世祖默不作声，帝王之心，不可被他人随意揣摩。怀中的轻鸿不知天高地厚，昂起头，欢快地叫嚷要去。

见她这小女孩的娇憨动作，金世祖与皇后相视而笑，两人心意相通。后宫夫人们，不是年岁渐大，便是凤体有恙，就这位热衷游玩的轻鸿夫人是不二人选了。

"臣万盛，参见陛下、皇后。"突兀现身的中常侍万盛撩起衣袍，跪拜行礼。

金世祖猜这狡猾的万盛就没离开万寿宫，不然哪会这么快回来。他使个眼色要宫奴搬来锦凳赐座。

"你不是要给朕讲故事解闷吗？"金世祖重新抓起香囊，稳稳地扔进坐在他下首的万盛腹中。

"陛下，臣要讲的故事，恐怕旁人听不得咧。"中常侍万盛赔着笑，目光闪烁不定，瞟向伏在他身上的轻鸿夫人。

金世祖会意，将轻鸿推向身后的侍卫。

"魏喜，送轻鸿夫人回锦瑟殿。"

幕帘飘动，宫女点燃香炉内的龙涎香，飘然离去。静寂的万寿宫中殿，剩下金世祖、皇后赫连雪云与万盛三人。

金世祖起身在中殿来回踱方步，倒要听听这阉竖万盛会讲出什么天方夜谭来。

"陛下，朝露昭仪的香囊实乃东宫太子的定情信物。她临死前对皇后说，腹中龙种是太子血肉……"

如平地一声惊雷，金世祖内心五味杂陈，是阻止万盛，还是任由他胡说八道？正在为难之际，皇后赫连雪云的樱桃小嘴发出声嘶力竭的尖叫。

"够了！"

中常侍万盛错愕得噤若寒蝉。金世祖如释重负，走到面颊羞红的赫连雪云身前，玩味地握紧她纤弱战栗的玉手："皇后是畏惧朕会争风吃醋迁怒于你吗？不怕，朕并非睚眦必报的君王。"

"请陛下宽恕妾身管教不严之过。"皇后赫连雪云露出恐惧的表情，跪着哭泣求饶。

金世祖神色冷漠地站立不动。皇后了解他，他是帝王，帝王的尊严不容侵犯与亵渎。

扪心自问，他待东宫太子送来的朝露昭仪不薄，可她还是嫌弃他衰老，才念念不忘年轻的太子吗？金世祖无法控制嫉妒的冲动——太子是他的儿子，也是他的情敌。他悲哀地意识到一个血淋淋的残酷现实：皇权里的父与子，从来都不是真实意义的血浓于水的父与子。

他怅然若失地叹口气，弯腰扶起皇后赫连雪云，与她并肩坐在睡榻上，做出若无无其事的神态，拍着她的手背。

"万盛，去把太子叫来。"

"陛下，东宫会把臣碎尸万段呢。"万盛不情愿地忸怩着壮硕的身躯，探头向殿外搜寻魏喜的身影。

"别看了，魏喜有事。你不是想朕处置大恩寺的事？"

"陛下，东宫欺人太甚，再不反击，可就错失良机了。"中常侍万盛黑沉着猴脸，不甘心地爬起身，边走向殿外，边喋喋不休。

金世祖哪里会听从他的恶意怂恿？搂着皇后赫连雪云的腰肢，鼻端嗅到她晚香玉花的发香，顾左右而言他。

"皇后，为何悲啼不息？"

"妾身，妾身为陛下不值，陛下乃天下大英雄，朝露昭仪……也怨妾身平日纵容她们，管教不严所致。"

金世祖听得心中一暖，搂紧她，下巴贴着她的脸，一时竟有高山流水遇知音的欣喜——后宫的诸多夫人，哪一个见识能比得上皇后赫连雪云？她是发自内心欣赏自己，并非仅恐惧帝王的地位，就一味阿谀奉承。

在感怀之余，金世祖冲动地亲吻她的朱唇："朕低估了皇后，从今往后，朕要高看皇后。阴山却霜，皇后跟随朕同行，可好？"

皇后赫连雪云抬起泪光盈盈的粉面，显露出痴痴向往的迷离眼神："陛下不嫌弃妾身人老珠黄吗？妾身进宫数年，从未踏出宫门半步，还真想出去看看宫外的世界呢。"

金世祖听得揪心，他长年征战边疆，后宫全凭她一己之力在统领斡旋，数年来，也无怨言，算得上是他的贤内助。他攥紧她柔嫩的纤手，贴在自己粗粝的脸颊，以此表达对她的爱意与歉意。

日光映照出一前一后的人影，跨进中殿门槛。金世祖听见脚步声，丢开皇后，走到桌前龙椅，正襟危坐。

东宫太子金曜星穿着紫红华贵锦袍，神色倨傲地越过中常侍万盛，抢先施礼："儿臣参见父皇。"

中常侍万盛虚伪地假笑道："陛下，嘿嘿嘿，赶得早不如赶得巧，臣刚出得万寿宫，劈头撞见东宫太子。"

东宫太子金曜星根本不理会他竭力掩饰尴尬的用意，毫不客气地直击要害："父皇，儿臣最恨口是心非的奸佞小人。中常侍大人贪图私利，三岔河的营生，儿臣都不愿提，怕脏了父皇的耳朵。他又抢占大恩寺，酿私酒大发横财……"

"太子殿下，你也别太嚣张了。老话说水至清则无鱼，殿下就这般自信，真没把柄让人抓住？"

中常侍万盛恢复起残暴的本性，毫不客气地回敬他。

金世祖冷眼瞅着两人你来我往的唇枪舌剑，一面翻翻东宫太子的奏折，一面打开中常侍万盛的奏折，冠冕堂皇的背后，是他们都想将大恩寺占为私产的真相。

他看着夸夸其谈的东宫太子，踌躇满志的青春俊秀样，难怪朝露昭仪会魂牵梦绕深爱他，心底浮现异样的羞怒。转而想起中书博士羊公允夸太子好读经史，颇通大义，为政精明，洞察细微；死去的东郡公任伯渊也赞誉他明慧强识，闻则不忘；中常侍万盛要自己防备太子的危言耸听……金世祖呆坐龙椅，心乱如麻。

直至龙涎香的烟云飘散了，金世祖才镇定心神，抽丝剥茧，慢慢理出个头绪来。他以不容置疑的口气，一字一顿，发出诏令。

"中常侍万盛听令，明日起，大恩寺交给东宫太子。"

"不，陛下，不可能！"中常侍万盛怒不可遏，高声抗令。

金世祖早料到万盛会有如此强烈的抵触情绪。他平静地望了望玉树临风的东宫太子——他还是太过年轻，面临从天而降的喜讯，他震惊得手足无措。

金世祖暗自冷笑，他一步步地退让、迁就，其真实的意图就是要东宫太子露出狐狸尾巴，确证他是否存在弑君的可能。

金世祖被彻底激怒了，谁胆敢挑战他的威严？震怒之下，他一把推掉桌面的奏折，气咻咻地瞪视不听话的中常侍万盛："由不得你！大恩寺、三岔河，选一个，愿意交出哪个来？"

中常侍万盛失望透顶的眼神，露出残忍、无情的冷光，他双腿一软，跪在地上，咬牙切齿的哭腔充斥着愤恨与无奈："陛下，臣选大恩寺！"金世祖挥手示意万盛退下，怀着失落与绝望，万盛如霜打的茄子，转身跑出中殿。

一家欢喜一家愁，世间事，阴阳平衡之道，素来如此。

东宫太子金曜星意气风发地掸平锦袍胸前的褶皱，喜得声音都走调了："父皇，儿臣谢过父皇的英明之举。"

金世祖背对着他，双腿踩进深黄色的幕帘中，憋着股气，冷冷发话：

"太子，朕要去阴山却霜，来年迎春花开时再返万寿宫。你来监国，可有信心？"

"父皇放心，儿臣誓死守护平城。"金曜星的话音湮灭在北风呼号的阴山雪地。

这是他近来出现的幻觉，恍如身置白茫茫的天地，金世祖顿有目眩神迷之感。他疲倦地攥紧光滑的幕帘，哑声要东宫太子退下。

"父皇保重。"

他转过身，目视东宫太子金曜星兴奋地蹦跳出门的背影，在灰蒙蒙的天空下渐行渐远，内心充塞言说不尽的孤寂与怨恨。

皇后赫连雪云迈着迟疑的碎步，距他咫尺之遥，垂头行礼："陛下，妾身告退。"

金世祖见她发髻冒出几根刺目白发，有道是红颜自古如名将，不许人间见白头。他生出惺惺相惜之意，手搭她肩："不，皇后留下来陪朕。"

赫连雪云扶他坐上龙椅，仰头靠在冰冷的椅背上，金世祖头脑清醒了些——猝不及防地打了万盛一棒，还得给他点甜头尝尝，便要魏喜把中常侍万盛召进宫。

殿内角落，皇后赫连雪云正与宫女商议午膳的食单，金世祖不经意听见有烤羊蹄，不由得产生饮酒的冲动，想要借酒浇愁。

"传令下去，要膳房备上两坛百花酒！皇后，朕许久未能大醉了……"他牵着赫连雪云的手，并排坐在睡榻，将沉重的头颅靠在她散发香气的胸前——尽管他是强大的王者，这一刻，仍然会流露出虚弱无助，依赖阿娘的孩童一面。

"陛下，太医令慕容白告诫过午时不得饮酒。"皇后赫连雪云抱紧他，温言软语地劝慰。

金世祖闭上干涩的双眼，享受这难得的温存时光，卸下铜墙铁壁的盔甲，他也不过是赤裸裸的男人，有男人的欲望、恐惧、自负、自卑，更有深藏人性的贪婪与妄念，想要有女人爱他，直到天荒地老，海枯石烂。

"人生难得几回醉？皇后，你也会嫌弃日渐衰老的朕吗？"他发出迷迷糊糊的追问。沉醉在皇后似兰似麝的体香中，犹如整个人躺在百花丛中的惬意与欢愉。

"陛下，怎会像孩子那般调皮可爱？"皇后赫连雪云咯咯笑得欢畅，听着像清溪潺潺的流水声。

"躺在皇后的怀里，朕愿意当个不谙世事的孩童。"金世祖未能说出心里话。想起他被立为继承人后就被赐死的阿娘，心下恻然悲痛。

在蒙蒙眬眬的睡意里，他仿佛看到一张危机四伏的罗网正在逼近他的皇位。他提起宝剑要斩断这罗网，但凭他无穷尽的努力，始终斩不断，急得他束手无策。

忽然，从暗黑无边的夜幕中，走出古稀之年的任伯渊拄着龙头拐杖的身影。金世祖惊喜万分地扯起他薄如蝉翼的衣袖："东郡公，快替朕想想法子！"

任伯渊神色淡漠，不再如从前般恭敬。他挣扎着甩开金世祖的手，冷笑道："陛下不记得了？臣的家族均被陛下杀戮。臣并非凡人，已归位为天上的文曲星。"说完，拄着龙头拐杖，颤巍巍隐身黑暗处。

　　金世祖羞惭且讶然，他懊悔地丢掉宝剑，捂面忏悔："东郡公，朕错杀你了。"皇后的脸贴着他的耳朵，悄声提醒道："陛下，中常侍大人到了。"

　　他揉揉眼，抬头瞥见铁青着脸的中常侍万盛，双腿跪在地上，心不甘情不愿地嘟着厚黑的嘴唇生气。

　　金世祖暗觉好笑，来到他跟前蹲下，紧盯着他那对闪耀野兽凶光的棕黄色猴眼："万盛，朕后悔杀掉东郡公了，他原来是天上的文曲星。"

　　万盛回避着他的目光，神色间隐含着一丝憧憬，负气问道："那，陛下，可后悔要东宫太子接手大恩寺？"

　　金世祖笑着拍拍他厚实的背部："当下不后悔，也许过段时间，朕也会心生悔意。不提了，要你回来是有重要事安排。"

　　中常侍万盛歪歪脑袋，不依不饶地顶撞起他来："陛下随口一说，臣苦心经营多年的大恩寺转给东宫太子，枉费臣一片赤诚忠心。这会子又想起臣受人之托，忠人之事的诚信来了？"

　　金世祖情知理亏，但尚有要事托付，任由他发几句牢骚后，假意笑道："你小子不想活命了？学那花麻雀叽叽喳喳在朕耳旁聒噪？"

　　皇后手执团扇，迤迤然走过来，轻轻扇动着飘荡殿中龙涎香的烟雾，目光锐利地点醒他："中常侍大人怎么也像小女子那样计较呢？可别辜负了陛下对大人的重任喔。"

　　随后，她从宫女手里接过茶盏，递给中常侍万盛。

　　中常侍万盛急得抓耳挠腮，眼珠转动不停，方才领悟过来，跪到金世祖脚前："陛下，恕臣冒犯之罪，幸得娘娘点拨……"金世祖举起手掌，不耐烦地制止他的废话。

　　金世祖从腰间摘取昆仑青玉雕刻的双鱼玉环，掰下一半，塞到万盛手掌，神情严峻："万盛，十万火急，你安排心腹骑上千里马，到南越将南越王金曜明接回宫。"

　　万盛那双狡诈的双眼闪过惊喜的亮光，潜藏体内的奴性活泛起来："陛下，臣遵令。"说完就要离去。金世祖强行把他摁在食案的席位上："好事不在急上。来，皇后、万盛，陪朕喝光这坛百花酒。"

"陛下，大中午的，臣就恭敬不如从命，陪陛下尽尽兴。"万盛乐得眉开眼笑，抱起酒坛，熟练地将三人的酒盏注满酒。

酒过三巡，风尘仆仆的羽林郎史鼎跨进殿内，金世祖忙拿言语撵走中常侍万盛，赶紧要奴婢换来大海碗，亲自斟满酒，端给史鼎。

"羽林郎，朕赏你吃碗酒，啃完这羊蹄。"

三两盏酒下肚后，皇后赫连雪云脸上飞起两团红云，她移步到金世祖身边，吹气如兰："陛下，可否告知菊夫人南越王回宫的事，以此减缓她思念成疾的病情？"

喝掉大半坛百花酒后，金世祖觉得脚板心发烫，但意识清醒，他抱紧皇后，附耳密语警告："皇后，少管闲事。菊夫人自有她的福分，南越王成不成器还两说。朕要他回宫，不代表他有机会问鼎皇位，只是用来钳制东宫太子，免得他太过嚣张。"

皇后愣了愣，流光溢彩的丹凤眼望了望他，默不作声。金世祖见她微有醉意，令奴婢搀扶她先回承华宫。

送走皇后，中殿变得冷清，金世祖边低头喝着醒酒的热汤，边思虑对策。

吃饱喝足的史鼎抚摸着滚圆的肚腩，打着饱嗝，迈着八字步走过来。金世祖不慌不忙地喝完热汤，指了指锦凳，要他坐下。

他摸出半截玉环："史鼎，替朕到南疆城的西平王金曜熙传朕的口谕，要他日夜兼程到阴山的行宫与朕会合。"

见惯血雨腥风的史鼎，属于沉默寡言的执行者，他接过半截玉环，谨慎地放进腰间箭袋，转身离去时，突然回首问道："陛下，怎么不派杜大将军的儿子平凉太守杜道源驻守南疆城？"

金世祖一怔，他这话说得古怪啊，忙招手要他回来，问个清楚："怎么提及平凉太守了？"

史鼎抓抓脖颈，神色严肃地道出他的推断："陛下，此去南疆城的途中本就经过平凉，若西平王随陛下驻守阴山，南疆城不可一日无主。"

金世祖听得顾虑重重，他召集西平王金曜熙、南越王金曜明，是在下一步险棋，而他并不希望太多人知晓他的意图，以免打草惊蛇。

"羽林郎，多虑了。朕去阴山却霜，需要征战杀伐的勇将捕获猎物。四皇子临怀王金曜谭是个药罐子，五皇子楚阳王金曜建与他形影不离。众人皆知，西平王的箭术一流，阴山却霜归来，他仍是南疆城主。"

史鼎仍然半信半疑："时间紧迫，西平王只能带少量轻骑走密道上阴山。"

金世祖有些不耐烦了，这羽林郎史鼎何时变得婆婆妈妈了？他狠狠地瞪视他，史鼎知趣地迈着八字大步远去。

夕阳西下，金世祖累得精疲力竭，斜躺在睡榻的靠垫上，宫女们在忙活着撤走食案上的残汤剩羹，开始晚膳的布置。

龙涎香换成柔和甜腻的安息香，这是金世祖闻惯了的气息。人的习性很奇怪，一方面，热衷追逐陌生的新鲜事物；一方面，最信任的是熟悉或者土得掉渣的怀旧之物。

夕阳的余晖投射在殿前的梅花窗棂上，看着地面温暖的阴影，金世祖想起轻鸿夫人天真的笑容。他兴冲冲地喊着魏喜，准备给轻鸿夫人一个悄然而至的浪漫惊喜。

"魏喜，随朕到锦瑟殿。"

轻鸿夫人的锦瑟殿应该是后宫殿宇里最闹腾的一座偏殿了。因这缘故，金世祖平日甚少造访。

锦瑟殿内陈列多种乐器，尤以鼓居多。殿门两旁分别是一面朱红牛皮大鼓。

轻鸿成为夫人后，依然不改女孩子的脾性，她所爱是粉红色，院内的花卉、幕帘、被褥统统粉红色当道，踏足进去，很容易使人进到梦幻虚无的粉红世界——这在金戈铁马中闯荡出来的金世祖看来，着实太过肤浅与寡淡了。

秋日斜阳，暮色寒鸦，金世祖与魏喜策马在宫内的甬道疾行，远远就能听见鼓鸣咚咚，催人奋发。鼓声终了，轻鸿夫人的歌喉吟唱出无限惆怅的歌词："锦瑟年华谁与度？月桥花院，琐窗朱户，只有春知处。"

金世祖轻揽缰绳，暗自寻思，听她这歌声，蕴含诸多愁绪。原以为轻鸿天真烂漫，不识愁滋味呢。

魏喜也情不自禁地欣然夸赞道："陛下，江山代有人才出，如今能冠压后宫者，便是这才貌双绝的轻鸿夫人了。"

金世祖哂笑不语，她那点歌舞才情算个屁！想那文曲星下凡的任伯渊，满腹经纶还不是因文引来杀身之祸？成也萧何败也萧何，是多数自以为是者的共通宿命。

锦瑟殿的高墙下，植遍粉色木芙蓉，花色大而艳丽的木芙蓉开得正盛，夕阳映照得流光溢彩，格外妖娆。

金世祖下马后，径直到花径，摘取朵含苞待放的木芙蓉，叉手在后，信步闲庭，经过两面牛皮大鼓的殿门，就见有位黥面的妇人，跪在石阶上嘤嘤哭泣。

殿内鼓声喧天，左右不见有宫女搭理她。金世祖见她哭得可怜，忙问她是何人，因何事伤悲。

"大人，老身是轻鸿夫人的阿娘，这小妮子攀上高枝，就不肯认老身了。老身屡次哀求相见，她都不肯……老身并非为贪图她的财物，此番来，是想最后见见她，就出宫另寻活路，望大人替老身说说情。"

这老眼昏花的黥面妇人认不出她面前的人是帝王，金世祖也不怪罪，想来轻鸿还是年轻，不懂为人父母的辛劳，该劝劝她，见见她阿娘。

殿中央被一面硕大的圆鼓占据，轻鸿的日常起居饮食都在鼓上。

她轻盈的娇躯站在鼓面，扭摆杨柳腰肢，单腿踮脚飞舞时，居高临下瞅见金世祖进来，惊喜地飞身扑进他怀里，神情娇憨地双手吊着他的脖颈撒娇："陛下！你怎么肯来锦瑟殿了?!"

她这从天而降的重力，冲击得金世祖几乎站立不稳。他抹了把额头的虚汗，把她放下，逗她："给你花戴啊。"

轻鸿夫人跳得香汗淋漓，发髻散乱，金世祖将手里的木芙蓉插入她的鬓角，退步再看，果真是人比花娇艳。

"殿前跪着的妇人是怎么回事？"金世祖牵着她的手，两人走向清静明朗的内室。

轻鸿一点羞怯的意思都没有，理直气壮地埋怨道："父母皆祸害！陛下，不是妾身无情无义，妾身的阿娘是花荫公主，阿爷是驸马都尉武僧觉，可不是她！"

听她这充满怨毒的语气，金世祖停下脚步，大为不快——她怎能毫无半分孝道之心？他掰正轻鸿的脸，神色严肃地正视她："为何说父母皆祸害？"

轻鸿以大无畏的表情，仰起她漂亮绝伦的面孔，语气充满寒意沁人的决绝："陛下，你知道她为何被黥面？妾身都羞于启齿。锦瑟，你来说给陛下听。"

锦瑟是轻鸿的奴婢，她的神韵与通身粉红长裙的轻鸿十分相像，也是娇弱漂亮的女孩子，金世祖不禁多看了她几眼。

　　"陛下，那妇人天性淫荡，勾引府邸众多男婢，连男主人也不放过，才被女主人黥面放逐，入宫为奴。轻鸿夫人从不知自己的阿爷是谁，那妇人也不清楚。"锦瑟的口齿伶俐，语音清脆。

　　原来有这般缘由。金世祖感叹着这世风是一日不如一日了。任伯渊还要他以《孝经》治国，就连后宫宠爱的夫人都没受到感化，如何能以身作则？他留意到侍女锦瑟在有意无意地向他眉目传情，娇羞妩媚的风情，比起轻鸿更胜一筹。

　　金世祖也不住拿眼瞟向她，看着含笑不语的动情样儿，心如猫抓，忙将轻鸿支走："轻鸿，去拿袋金叶子赏那妇人，打发她走！她总在那哭哭啼啼，就不怕闲言碎语淹死你，惹得皇后娘娘烦恼？"

　　轻鸿却拿手吊住他臂膀，搂得更紧："陛下，妾身有了陛下的宠爱，还会畏惧什么唾沫口水吗？不见！不见！谁要她水性杨花、自作自受了？活该！"

　　金世祖无奈，只得叫魏喜去把那老妇人拖走，要她再也别来骚扰轻鸿夫人的清静，影响夫人清誉。

　　殿外的哭声远去了，金世祖坐在轻鸿内室的长榻上，招手要立在一旁的锦瑟也坐在他身边。

　　锦瑟忸怩着捂嘴娇笑，不肯听话。轻鸿走过去，强行把她按在金世祖左边，自己紧挨他右边，嘴里炒豆子般说个不停："陛下，锦瑟唱歌可好听了！以后，妾身跳舞，锦瑟伴歌，我们姐妹为陛下解忧，可好？"

　　金世祖大喜过望地左拥右抱。年轻女孩子就是不同！换作是皇后娘娘、安昭仪、菊夫人，谁肯与其他女人分享他的爱？

　　"锦瑟，还会唱什么曲儿？"他亲吻着锦瑟比木芙蓉花还娇嫩的嘴，漫不经心地闲聊。

　　金世祖望着这美艳的小妮子，心想轻鸿真是傻丫头，居住的殿名偏生取了锦瑟，明明就是给锦瑟做嫁衣。

　　他瞬间改变心意，阴山却霜，决定带上这对姐妹花，到底是青春做伴好还乡。

　　他又得辜负皇后的深情了。不过，他毫不在意，皇后会理解他，不然，如何成为深明大义、忍辱负重的皇后娘娘。

【第五十七章】

雪虎　皇后赫连雪云

夜阑人静，承华宫漆黑似深井。

皇后赫连雪云如泥塑的菩萨，枯坐黑暗多时，陛下到阴山却霜，随行御驾的希望成泡影。

"娘娘，还不用点灯吗？"掀帘进来的寂语，端着牡丹图纹灯罩的红烛灯台放在桌面，轻晃她的手臂问道。

赫连雪云猛然惊醒，扔掉掌心捂得发烫的芍药花玉佩，负气下令："点灯，把所有的宫灯全点燃！"

寂语领命而去，取出火种，挨个点亮宫灯，刹那间，宫内亮如白昼。映照着静墨摆在几案上的金灿灿的一盘柿子，夺目温暖。

"娘娘，中常侍大人派人送来的柿子，说是从三岔河马场的柿子林刚摘下来，取个事事如意的好兆头。"

哪有事事如意，赫连雪云心不在焉，也不肯吱声。阉竖中常侍万盛随陛下阴山却霜，还能惦念她遭遇冷落的感受，不知是该喜还是该悲。

"后宫其他夫人是不是都有份？"她枯坐半晌，已觉身心俱疲，看这柿子是有些喜庆的诱人色泽。

静墨一脸小人得志便猖狂的得意嘴脸："不是咧，娘娘。听中常侍大人的随从赵黑说，他受命只给承华宫送柿子，别的夫人可都没这福分。"

这也叫福分？赫连雪云冷笑不语，浅薄的奴婢们只看得到表面的荣光，哪知隐藏的玄机。

陛下能对自己出尔反尔，当然也会猜忌东宫。明面是令东宫太子掌权监国，暗地里把南越王召回平城。随同他去阴山的是骠骑大将军高朱荣，渤海高氏望族后裔；留在平城的是善使百胜朱碧刀的车骑大将军李飞虎，东宫太子的舅舅，掌管平城的兵权——哪一个不是深得君王倚重的老臣？

在愠怒之余，她同样困惑不解：心机深重的陛下，究竟是老来昏聩的任性举止，还是兵不厌诈的杀人套路？

风吹得门廊的宫灯剧烈地摇摆不停，赫连雪云走到窗前，伸手不见五指的天地间，有种大厦将倾的阴风袭来。她仿佛见到金世祖、东宫太子金曜星、南越王金曜明幻化为三条互不相让的巨龙在唤雨斗法，疾风骤雨的汹涌海潮淹没平城，她置身浪潮，随波逐流。

赫连雪云后怕地闭上双目，身为皇后，她必须忠诚于君王！可这君王的言而无信令她心寒意冷，她到底该忠诚于谁？是忠诚于生存的利益还是道德的约束？

"娘娘，快别发呆了，吃个柿子，讨个事事如意的好兆头。"身后是不知危险逼近的蠢奴寂语、贪吃的静墨在热情招她品尝新鲜的柿子。

赫连雪云快步走过去，没好气地夺过她俩手中柿子，扔进盘内："快别吃了，本后明日要拿给重英殿的菊夫人尝尝。"

寂语与静墨互换了眼神，趁她不备，从盘内顺手牵羊地捡走两个大柿子："娘娘，这两个拿给常乳母和京兆王好不好？"

赫连雪云不屑地撇撇嘴："你两个奴婢别白费功夫了，去巴结京兆王和乳母有何用？东宫太子都还没继位呢。"

寂语吐吐舌头："娘娘，奴婢们可没想着攀高枝，常阿姐人好，安昭仪没了后，她一个人孤零零的也怪可怜啊。"

听她这般说，赫连雪云想想也在理，都说后宫奴婢们个个是拜高踩低的势利眼，也不尽然。她从盘内挑选几个摆出来："那就多捡几个去，横竖菊夫人一人也吃不下许多。"

"皇后娘娘仁慈。"静墨把柿子兜在怀里，寂语提着灯笼，两人掀开深紫色幕帘跑出殿。

赫连雪云一个人走来走去，嫌殿内烛火太过明亮刺眼，她吹灭几盏灯笼，呆坐在昏暗的睡榻上，等待鹦鹉来伺候她安寝。这几日她心神不宁，夜里辗转难眠，实在痛苦不堪。

怀抱酒壶的鹦鹉揭开幕帘，举起手中酒壶："娘娘，饮点酒助眠。"

"可是陛下常饮的百花酒？"

赫连雪云蹙眉发问，她是需要借助些烈酒来安睡了。

"是，娘娘。百花酒是太医令慕容白给陛下调制的有助安眠的酒。"鹦鹉把酒壶的壶嘴掉转到她唇边。

赫连雪云听话地张开嘴，吞下清凉芳香的半壶百花酒后，倒头睡着了。

恍恍惚惚中，她变成一只斑斓大老虎，四爪踏在寒冷的雪地中，饥肠辘辘地四处觅食。

雪花无声飘落，洁白的雪地折射出圣洁的光芒，哪有什么猎物出没？只有天上一轮圆月陪着她爬上陡峭的雪峰，额前的雪花融化成冰冷的雪水，一串串如同泪水在她脸上滴落：咦，老虎也会落泪吗？

眼前是孤寂的诗意世界，她饿得双目发花，差点瘫软在雪地！诗意管什么用？她要捕获猎物饱腹！

月亮散发的光芒如鸟蛋破裂流淌的乳黄色光晕，她抬起前腿，扑向天上的明月，腾起一团雪花，她无助地刨着雪团，一坨一坨地吞咽，饥渴令她视野出现幻影重重。前方有肥硕的野兔、胖胖的山羊，她一次次饱含希望扑上去，一次次希望落空，全是幻觉！

她又冷又累又饿，蜷缩在背风的洞穴内，苟延残喘。她想要掩面悲号，但手脚冻僵抬不起来！她惊骇地张嘴呼喊，但嘴里飞来坨雪团塞得她叫天不应喊地不灵。

"娘娘，醒醒！下雪了呢。"鹦鹉把她从噩梦里推醒。

"真个下雪了？"赫连雪云惊魂未定地揉着惺忪睡眼，以为听错了。

幕帘起处的寂语和静墨，抖落浑身冷雪，进到殿内伺候她起床洗漱。穿了旧色蓝花棉袍的寂语，绞干热巾，递给赫连雪云，兀自说个不停："鹦鹉姑姑，今年的雪来得忒早了些呢，该不会是瑞雪兆丰年的好寓意？"

赫连雪云正为恐怖的梦境烦忧焦虑，擦擦手心，将热巾丢进汤盆，厉声呵斥话多的寂语：

"少说两句你会死？"

殿内霎时静寂无声，赫连雪云望向殿外密不透风的飞雪，犹豫着还去不去重英殿。

鹦鹉找出御寒的黑、白、火红三件华贵的狐裘，在她眼前轮番铺平展开："娘娘，选哪件狐裘？"

外面雪天一色，她不想被白雪的光芒掩埋，赫连雪云的目光略过白狐裘，注视其他两件，难以抉择。

鹦鹉看出她的心思："娘娘，落雪宜浓妆，鹦鹉给娘娘梳灵蛇髻、描惊翠眉，外罩这火红狐裘，娘娘走在雪地里，就如九天仙女下凡来。"

赫连雪云点点头，鹦鹉愈发有见识了。她端坐铜镜前，鹦鹉边拿起玉梳替她梳顺黑发，边说起去重英殿的事。

"娘娘要去重英殿，单单拿这几个柿子怕是有损凤颜。奴婢见那菊夫人从气候温暖的南方回宫，怕是会缺件御寒之物，娘娘何不选件狐裘，雪中送炭，赏赐菊夫人？"

"南越王回宫了？"赫连雪云心里寻思鹦鹉这招抓乖卖俏正是时候。

无人应答，赫连雪云瞪了眼给她捶腿的寂语："平日废话最多，这会子怎么不说了？"

寂语脸上堆满笑："娘娘方才不是厌烦奴婢啰唆？听中常侍大人的手下赵黑说，按日子来算，就在这两日。"

"这雪下得太古怪了。"赫连雪云嘴上答非所问，心中想的却是南越王回宫，东宫太子知不知情？陛下把这烂摊子甩给东宫，是历练他还是陷害他？

梳洗完后，盛装的赫连雪云吩咐鹦鹉把火红狐裘包好，送给重英殿最爱橙黄色菊的菊夫人，又让静墨挑选些保暖的棉袍给玉烛殿的常阿姐拿去，身为后宫之主，总不能厚此薄彼。

雪在将近午时终于停息了，披上紫红披风的赫连雪云，领了手捧狐裘的鹦鹉，在雪地迤逦前行至重英殿。

重英殿冷冷清清，廊前摆放的几盆菊花，未开的花苞沾着落雪，绽放的花瓣覆着积雪，一片凋零气象。

赫连雪云叹息着撩开珠帘，叫声菊夫人，冷冰冰的殿内，连只火盆也没有。披了身半旧不新黑袍的菊夫人，双目呆滞地斜躺在睡榻上，拿眼瞄了瞄她，做出副爱理不理的冷淡模样。赫连雪云看她这般失意落寞，为使她精神振作，弯腰向她道贺。

"菊夫人，南越王要回宫了。"

"娘娘惯会哄骗人，陛下不是下令非诏不得回宫？"传闻菊夫人得了癫狂症，但话说得毫不含糊，哪有半点病相？

鹦鹉把火红的长毛狐裘披在菊夫人身上，扶她起身："娘娘何时说假话了？不信去问问中常侍大人的手下赵黑，南越王就这两日抵达呢。"

"当真？我儿要回宫了？"菊夫人顿时两眼放光，神采焕发地走下地，趴在门楣高呼："夏菊、寒菊，你们死哪里去了？还不给皇后娘娘奉茶？"

赫连雪云有些嫉妒菊夫人有儿子倚靠，她心酸地摇摇手："罢了，罢了，菊夫人保重。本后还要去含章殿探视太子妃呢。"

菊夫人挽住她胳臂，涎着脸说道："但得一片橘皮吃，莫便忘了洞庭湖。娘娘赐狐裘给妾身，就不肯赏脸与妾身这失意人叙叙姐妹情吗？俗话说：'天下哪有不散的宴席。'陪姐姐吃杯菊花酒暖暖心，再走不迟。"

赫连雪云想着安昭仪病逝，后宫几位椒房甚少与她来往，也就和这菊夫人走得近些，忙拍拍她的手臂："也好，本后那就吃盏菊夫人的菊花酒暖暖心。"

外面风住雪停，寒意更甚。赫连雪云攀住菊夫人的肩，并列端坐食案前。鹦鹉忙出门去安顿酒菜，进来的夏菊、寒菊原是两个团头团脸的粗笨奴婢，她们搬来火盆，焰火嘭嘭燃起来，烤得殿内热乎、亮堂。

就着肥嫩的烧鸡烤鹅，赫连雪云与菊夫人你一杯我一盏，喝得痛快。

"姐姐命好，有南越王可靠。不似本后，孤苦无依。"酒至半酣，赫连雪云忍不住吐出一腔苦水。

目光涣散的菊夫人苦笑摇头："娘娘，各家有各家的不堪。东宫太子的阿娘命好？也不见得。甘愿以自己的性命换回儿子富贵的阿娘，不也很傻吗？"

赫连雪云听得心脏倏然收缩，差点耽误大事了！要去含章殿探视太子妃，顺道看看东宫太子的动静哩！接着一面笑容可掬地说些不着边际的客套话，一面借故告辞。

走在咯吱咯吱响的雪地里，冷不丁一股旋风当面吹来，赫连雪云冷得直哆嗦，将手插进袖笼，深一脚浅一脚地碎步慢行。

"娘娘，不先回宫醒醒酒，再去含章殿？"鹦鹉一手撑伞，一手挽扶起她。

赫连雪云吐出口酒气，跺脚望望阴沉的天色，哈着寒气说道："省得来回吹风,走到含章殿,这酒只怕也醒了。"

尚未踏进含章殿庭院,嗅觉敏锐的赫连雪云便闻到股使人迷醉的酒香肉味,远远瞭见东宫太子的贴身随从秦道生、裘青山坐在殿门的食案前饮酒作乐的身影。

太子刚监国,随从就夜夜笙歌起来了?东宫也太纵容他们了。赫连雪云看在眼里,急在心中。忙丢个眼色给鹦鹉,换从偏门去太子妃在后殿的住处。

雪后的后殿静悄悄,从半敞开的殿门,瞥见殿内供案的青釉大肚酒坛内插了数株含苞待放的蜡梅,炉火熊熊旁,是太子妃吕金瓶俯身飞针穿线绣花的背影。

赫连雪云轻手轻脚地走到她身前,以为她绣的是鸳鸯戏水,但落入眼帘的是条金黄的飞龙在祥云中张牙舞爪!她惊得骇然后退,暗想东宫太子也忒心急了,太子妃吕金瓶绣的这条金龙完全能成为太子篡位的铁证,她不可能不知啊。转念寻思,太子妃前些时日,精神错乱引发后宫闲言碎语,看来,她是病情复发了?

鹦鹉埋头提示她:"太子妃,皇后娘娘驾到。"

太子妃吕金瓶惊得手中的绣花针跌落地面,她用幅高丽白锦遮掩住刺绣的花样,转过头来,神色慌乱地起身跪拜行礼:"妾身不知皇后娘娘驾到,有失远迎,望娘娘恕罪。"

赫连雪云忙将她扶起:"本后赏雪,碰巧经过含章殿,顺道来瞧瞧太子妃,还望没能打搅太子妃清静呢。早就听闻太子妃的女红最好,又在绣什么时兴的花式呢?"

"娘娘谬赞,前段时间,夜夜买醉,败掉胃口,伤了身。唉,闲来无事,胡乱刺绣些花样的锦袍留给小皇子……"吕金瓶猝然消瘦的面容,眼皮浮肿,双眉紧皱川字纹,显出红颜已逝的苦相来。她似乎意识到刺绣的花样不宜展示给皇后欣赏,慌乱地将赫连雪云领到内室的暖榻坐下。

"娘娘,要不要吃盏乳酪?昆仑婆做的乳酪嫩滑可口。太子连日与车骑大将军李飞虎饮酒欢畅后,都要吃盏乳酪呢。"

赫连雪云提起裙摆,抖落裙裾间的雪渍,暗自寻思东宫太子与掌管平城兵权的车骑大将军厮混一处,若陛下听闻,必然会猜忌太子结党营私。

她不动声色,嫣然笑道:"那是太好不过了。"

两人客套寒暄一番后,便无话可说。

殿内火盆的火苗闪烁,赫连雪云拢了拢凌乱的耳后黑发,想了想:"东宫监国,太子妃可得费心劳力了。"

"娘娘说笑,妾身懂得规矩,后宫不得干涉朝政。不过,自打太子监国后,总会做些怪梦,睡不安寝倒是事实。"吕金瓶将火盆内的炭火翻个身,火势更大了。

"会是什么怪梦?说来听听?"赫连雪云充满好奇,他也有怪梦啊。

吕金瓶左右望望无人,掩嘴低语:"娘娘,太子梦见他成为一头迷失在雪地的老虎。按理,他应该梦见飞龙在天,但是他梦到老虎,自然快快不乐,所以拉上车骑大将军解酒浇愁呢。"

赫连雪云如雷轰顶,四肢发麻,动弹不得——怎么会与她做的梦境相似?停顿良久,才强颜欢笑:"东宫为何不找太卜令黄济城占卜?"

"娘娘,太卜令随陛下阴山却霜了呀。"太子妃的话开启了赫连雪云的伤感之门,她无法原谅陛下对她的背叛,她要脱离皇后本该母仪天下的枷锁与束缚。

坐在暖榻上的赫连雪云神思恍惚,牛高马大的黑面昆仑婆端来洁白胜雪的乳酪,欠身敬献在前,她也视若无物。

"娘娘,吃乳酪啦。"鹦鹉接过装乳酪的银盏,跪地喂她,她才如梦初醒,麻木地张嘴吞咽奶酪。

一团人影连滚带爬,哭着跑进内室,众人大惊,赫连雪云推开银盏,听见那奴婢声泪俱下,泣不成声:"太子妃,不好啦,西平王金曜熙与太子说陛下、陛下、陛下在去阴山却霜的途中被猛虎所伤,薨逝了!要太子出城接丧!"

"玲珑,你可知这是在说大不逆的疯话?"太子妃吕金瓶面色铁青地扔掉银盏,叉腰扇她两耳光。

赫连雪云本就听不得老虎这个字眼,惊闻陛下薨逝,这可不就是天塌下来了!眼前金星直冒,不由得倚靠暖榻靠枕,稳定心神。

含章殿的前殿传出众人惊天动地的哭号声,夹杂群马嘶鸣,天崩地陷的绝望如黑压压的乌鸦笼罩后宫,压得她喘不过气来。

万念俱灰的赫连雪云呆坐半晌,寻死的念头回旋心头千百遍,终究难舍世间的诸多可爱,生存的恐惧压倒悲痛,她还得要活下去。

"走,回宫。"赫连雪云挽住鹦鹉胳臂,跨出含章殿。

【第五十八章】

迎丧　太子金曜星

含章殿的殿内酒气熏天，太子金曜星与车骑大将军李飞虎划拳猜酒，闹得正欢。

一股凛冽的朔风吹得灯台的火焰东倒西歪，原是殿门哐当被人从外撞开，扰乱他的兴致，正待发怒，回身却见披风载雪的西平王金曜熙闯进来。

"西平王？你不是陪父皇在阴山却霜，回宫做甚？"金曜星惊得撂下手中酒碗，扑身上前，擒住他的双臂迭声追问。

胡须浓密遮住嘴唇的西平王金曜熙，眉毛、眼睫毛上都沾着未融化的雪粒，他转动着黯淡无光的眼球，咧嘴俯身一顿干咳，喉咙被堵塞般发出锯木般的钝音："太子，父皇薨逝了。"

金曜星以为自己听错了！他呆立原地，两手揉着发烫的耳垂——莫不是我耳聋？面颊紫红的车骑大将军李飞虎蓦然横插过来，扭住西平王的鸦青色袍襟，睁大环形豹眼，喷撒酒气，打着饱嗝："陛下春秋正富，好端端怎会薨逝？"

神情悲愤的西平王金曜熙昂起头，奋力挣开李飞虎，后退着指向他的鼻头，一通呵斥："车骑大将军，本王日夜兼程赶来报信，你以为本王敢拿这天大的事说笑？"

怒骂完毕，他拖起金曜星的手臂就向殿外走去，口中疾呼："太子，还不快快准备出宫迎丧？"

金曜星一面随他趔趄前行，一面紧张地思忖对策，即将跨出殿门时，他收脚拦住西平王金曜熙："且慢，西平王，本宫出城，谁来守护平城？"

西平王金曜熙无言以对，地面轰隆隆似雷声颤动，一匹洁白无杂毛的骏马飞奔进殿庭，汗淋淋的马背上滚下的是身披红棕色披风的南越王金曜明，如团火球滚进殿内。

神情傲慢的他手举半截玉环，走至金曜星面前，语态倨傲："太子，父皇口谕，令本王辅佐监国，本王来守城！"

半路跑出死对头南越王要来辅佐他监国，摆明就是要与他争夺皇位！金曜星如见恶鬼现身，不由得怒气攻心，他暴躁地把南越王金曜明连推带拉地驱赶出殿，喷着酒气，冷言冷语地讥讽道："你从哪里来还得滚回哪里去！"

金曜明本就是体质虚弱的纨绔子弟，禁不住他拳打脚踢的偷袭，噗地滚翻在地，粘得满头满脑的泥水。他恨恨地摸着额角，见这边人多势众，早流露出几分怯意，爬身强装嘴硬，虚张声势："太子，本王是奉圣命前来，你想违抗诏令篡位不成？"

此言一出，众人都哄堂大笑，笑他好不晓事，陛下已薨逝，还说什么篡位不篡位的疯话。

"父皇薨逝，本宫就是一国之主，轮不到你来扯虎皮拉大旗。"金曜星夺过他手中的玉环，趁着酒意，半是炫耀半是恫吓他。

"什么？！父皇薨逝了？"南越王金曜明这回唬得不轻，他颤抖着四肢，从发威的老虎变为手忙脚乱的病猫，一屁股跌摔在地，捂面惊叫。

"秦道生，还不将南越王接到重英殿，要他们母子团聚？"金曜星好不得意，皇权在手，他就成了万人敬仰的帝王。

秦道生命令他的两位随从拖起挺尸般的南越王，金曜星忽然心生一计，在秦道生耳朵边密语："定要重兵把守，将南越王、菊夫人囚禁于重英殿。等迎丧回宫，再做处置。"

秦道生心领神会，弯腰抱起听天由命不做反抗的南越王，翻身跨上他的那匹白马，与随从们直奔重英殿。

打发走这丧门星后，金曜星长舒口气，挽起西平王金曜熙的臂膀，一同走进殿内。

他刚落座，屁股还没坐热，裘青山、李飞虎便上前跪拜，口中称颂，向他贺喜。金曜星的心情正似大热天吃了冰镇的西瓜，美滋滋的好不受用，眼尾瞥见西平王金曜熙，这家伙已四仰八叉地歪躺在长榻上，呼呼睡得香甜。

性情急躁的李飞虎正要叫醒他，被金曜星阻拦，他捡起搭在椅背的披风，走过去给西平王盖上。

看着金曜熙被风霜摧残的粗糙面庞，金曜星肚中暗自寻思，出宫接丧，派谁来留守平城？临怀王金曜谭常年病歪歪，算是废了；楚阳王金曜建？不，他更信得过在南疆城驻守十年之久的西平王——总不能自己皇位未坐稳，后宫就起火。

李飞虎揉着圆滚滚肚腩，踱步过来："太子殿下，何时启程迎丧？"

金曜星起身走到窗前，对父皇薨逝的真伪尚心存疑虑，便拿眼瞟向酣睡中的西平王金曜熙。

李飞虎见他不作声，心里也猜到八九分，挪身近前细语："殿下与西平王交好，他断然不会欺瞒殿下。可惜太卜令不在宫，不然可占上一卦，不如弄醒西平王，把来龙去脉问清楚？"

金曜星咧咧嘴，揉揉渗汗的鼻翼，算是默许。

裘青山眼疾手快，从孔雀团扇上扯下根羽毛，趴在西平王身前，拿起那根羽毛来回撩他鼻孔，只听西平王"啊呀"大呼一声，从梦乡里翻身坐起来，揉揉眼，打着喷嚏，眼泪鼻涕粘连在浓密如松针的胡须，狠狠至极地叫骂道："哪个龟孙撩拨本王？太子殿下，给本王备桌酒菜，本王一路忍饥挨饿，早撑不住了！"

裘青山坏笑着偷偷扔掉羽毛，金曜星令他去安排酒菜，并将中书博士羊公允请来，商议出宫接丧大事。

他换上悲痛的沉重表情，拉起西平王的手："来，二弟，给本宫说说父皇薨逝的来龙去脉。"

西平王金曜熙举起衣袖擦拭那胡须上的鼻涕眼泪，悲声道来：

"太子殿下，本王抄秘径赶到阴山与父皇会合，半道就撞见中常侍万盛，他慌慌张张地拦住本王，说陛下在山岭漫步赏雪时，被一头饥渴的雪虎伤到要害，血流如注……"西平王金曜熙眼眶发红，说不下去了。

金曜星暗暗欢喜，他连日所梦皆是幻化为雪虎，正发愁有何预兆，原来是伤了父皇性命。心里又自想到，看来父皇薨逝是天相助也。

车骑大将军李飞虎揉着肥软的肚腩，沉吟半晌，突然插话："陛下身旁有骠骑大将军高朱荣、中常侍万盛，这两人的臂力、剑法对付头猛虎，可是绰绰有余啊。"

"本王也纳闷，中常侍大人说陛下撇掉他们，只携了轻鸿夫人与锦瑟姑娘赏雪……"

"两位夫人那不吓得半死？"

"那还能有活口？说是坠落山崖，丢掉了小命。"

李飞虎与西平王正在那张家长、李家短，说白道绿，含章殿的昆仑婆手托摆满酒菜的方桌在头顶，稳稳走进来，把满桌酒菜摆放停当。

"车骑大将军，少啰唆几句，等西平王吃饱喝足再说。"

金曜星强行克制内心无处释放的狂喜之情，迈着踉跄的醉步，跨出殿外，吹吹风冷静冷静。

刚站定，迎面撞见秦道生从雪地里跑来，他身后是打着灯笼的随从们，金曜星抬头见到有几颗星子在上空一闪一闪，眨巴着暗淡的微光。

"急什么？别摔跤了。"他心情大好，笑着朝秦道生迎上去。

秦道生眼角噙泪，他抹了抹面上泪痕，又哭又笑："太子殿下，臣赶着向殿下道喜，能不急？盼星星盼月亮，殿下总算熬出头了。"

金曜星捉住他冰凉的手掌，感慨万分。这一日，是等得忒长了些！想起死去的知音昙慧与他钟情的慕容朗，金曜星真想朝天呐喊，要是他们同在，那该多好？奈何事事皆难圆满。他满怀愁绪地望了望浩瀚无垠的苍穹，也许是天人感应，一颗白得耀眼的流星倏忽划过，又一颗赤红的流星划过。金曜星愿意相信，这是在天之灵的昙慧和慕容朗在向他贺喜呢。

起风了，星光暗沉，雪花稀稀拉拉地飞落，冷得金曜星扯紧斗篷，转身向殿内走去："重英殿的事办妥了？"

"殿下放心，都妥了。南越王就是个扶不起的阿斗。除了像个娘们哭哭啼啼，他能干啥？真不敢相信，这花花公子般的人还能统治南越平安多年?!"秦道生冻得话说都磕磕巴巴。

红烛高燃的殿内，弥漫散不开的肉香酒气。西平王金曜熙正闷头撕扯、啃食半截羊腿，羊油涂抹得他的胡须黑亮。李飞虎一手托腮帮，一手攥紧酒碗，有一搭无一搭地拿双眼窥探西平王，似在琢磨着什么。

脚底飘然的金曜星泡在狂喜的旋涡里急速旋转，突如其来的惊喜搅得他没了头绪，神色慌张地命令他的贴身随从："秦道生、裘青山，你们也去吃几盏酒，早早躺下,明日准备随本宫出城。"

"太子殿下,可是安排本将军守城?"李飞虎挺直壮硕的虎躯,不忘收缩突出的肚腩,大有出征杀敌前的踌躇满志。

金曜星也有明确的守城人选,就是西平王金曜熙。车骑大将军李飞虎的兵权至关重要,须得与他同行出城迎丧。

他不能浇灭车骑大将军李飞虎的希望之火,等中书博士羊公允来后,再定夺不迟。

"车骑大将军是想守城还是随本宫出城?"他行至窗前,飞雪渐大,似柳絮,似烟花,飘落在殿庭,浸染得地面潮湿阴冷。

他暗自心焦,担忧中书博士羊公允怕是来不了了。

两盏宫灯,三团人影,在雪夜里忽明忽暗。金曜星大喜过望,定是他的太傅羊公允不顾雪天路滑,也要进宫见他。忙揭开幕帘,借助廊下宫灯,看得清晰——前头戴风帽的白须老者,不是他心心念念的中书博士羊公允,还能有谁?

"太傅,辛劳了。"金曜星不惧寒气,出得殿门,伸手挽住中书博士羊公允柴棒似的臂膀,踏足进殿。

羊公允不顾浑身披满雪花,进得殿后,扑通跪地,伏身不起:"太子殿下,老臣拼了老命也要随殿下出城迎丧……"

金曜星情知他已是七十高寿,哪敢要他在风雪交加的路途中冒险?赶忙扶他起身,先赐座,再让他烤火。

老泪纵横的羊公允冻得嘴唇青紫,他手脚并用地趴在地上,面朝阴山方向,兀自跪拜行大礼,哀号不息。

哀悼的悲痛感染了在场的众人,西平王金曜熙头一个摔掉酒碗,高声悲呼起来,金曜星紧挨着羊公允痛哭流涕,李飞虎、秦道生、裴青山也跟着号啕痛哭,哭声似穿刺人心的利箭,刺透宫墙,刺破天昏地暗的雪夜……

金曜星假作干号,偷眼瞧着其余几位,大家都哭得筋疲力尽,他忙止住泪,搀扶起忠诚侍君的羊公允。

"中书博士,节哀啊。本宫明日就要出城迎丧,还指望你帮忙谋划谋划呢。"

"殿下做事素来精微,想必有了主意。老臣赶来,不过是想陪同殿下出城,迎接陛下……"羊公允举起衣袖,擦拭哭得红肿的浑浊双目,说得几句,又悲从中来。

金曜星感激地握住他的手臂。是啊，他被封为东宫太子十余年了，屡屡监国而不得实权，羊公允也懂得他多年隐忍的苦衷，放手要他自拿主意。

他与这位理解、支持他的白胡须老臣亦师亦友："中书博士，你就安心在皇宗学堂教京兆王。你是本宫太傅，以后也将会是京兆王的太傅。"

中书博士羊公允垂泪应许，默然停顿，再次跪地，向他行起君臣大礼来："殿下，老臣受恩陛下与殿下，皇恩浩荡，老臣情愿以满腔忠心侍奉殿下，恭祝殿下万寿无疆。"

金曜星情知他是将自己当君王了。一时间，他喜极而泣——他是多少人的希望？苦熬多少年，他终未辜负他们。

夜深了，雪也停了。

金曜星毫无睡意，来到太子妃吕金瓶的寝殿，这里灯火通明，四周静寂，奴婢们各自安睡，剩下太子妃还在俯身刺绣龙衣。

"太子妃，你是有洞悉天机的慧根吗？"他从身后抱紧她壮实的腰身，瞥见她巧手用金线刺绣的飞龙在天，腾云驾雾，潇洒自在，不禁乐得吻着她的后脖颈，自作多情问道。

太子妃吕金瓶放下银针，转过身，憔悴的面庞露出丝苦笑："殿下，妾身哪有什么慧根？妾身是留给我们的京兆王……"

他笑着捂住她的嘴："我们的京兆王？唉，不知要等到何时啰？看看本宫，等了多少年？正赶上给本宫穿。"

吕金瓶从来都是温顺、贤良的太子妃。她听话地展开刺绣好的龙衣，起来在他身上比画，嘴上喃喃自语："横竖是比照你们父子的体态做的，谁穿都一样。"

金曜星张开双臂，吕金瓶脱掉他的内衣，换上这绣着金龙的小衣，大小、长短刚刚好，不就是为他量身定做的？

"殿下，明日记得外面套上夹棉白素袍，你是去迎丧的太子，须得戴重孝。"太子妃吕金瓶擦着红红的眼眶，慢声慢气地叮嘱他。

金曜星听得柔情泛滥，他从未好好对待过她——总认为她是不解风情的木头人，想起曾经荒唐的放荡不羁，金曜星对她生出一丝内疚："太子妃，本宫封赏你当皇后，怕不怕？"

"殿下是指子贵母死？人终有一死，妾身无惧。夫妇相宜，女配至尊，男承大业。殿下,天色已晚,该安寝了。"

神色平静的吕金瓶说完,吹灭烛火,亲手放下罗帐外的锦帘,整座含章殿陷进长夜漫漫的黑夜,金曜星累极了,头沾上枕头,就睡得沉实。

在梦里,他又幻化成雪地里的吊睛斑斓猛虎,孤身行走在茫茫原野。

为人王者,才会独来独往。他站在山岗,眺望着远方静寂的群山沉思,一阵山摇地动,他居然掉落深渊……

金曜星被关押进铁笼后,方才理解他梦见雪虎的真实寓意——他正是这头跌落陷阱的猛虎。有父皇在的一日,他就永远也成不了天上的飞龙。

大雪如团,渗进金曜星浑身的毛孔,还是太过自负啊,轻信父皇,轻信人心。没能谨记中书博士羊公允的警告:"不要相信人心,而要相信人性。"

父皇的阴山却霜,从头到尾就是引蛇出洞的阴谋。父皇以藐视的眼神、蔑视的语气,讥讽他是蛇,成不了气候的蛇。

他身着重孝,率领车骑大将军急急前去迎丧。刚行至大恩寺的驿站,就被骠骑大将军高朱荣浩浩荡荡的队伍拦住,正当他惊疑不定时,中常侍万盛命令随从推出只铁笼,趁他不备,将他抓住,锁进铁笼!

"你这阉竖,是想要造反了?"被困铁笼的金曜星且惊且急且怕,眼睁睁见到他的心腹爱将裘青山、秦道生、李飞虎全被捆绑起来。

旌旗猎猎,闪将出身着金铠甲的金世祖。他安然无恙地坐在马背上,眼神透出无情的冷漠寒光,直视他。

"不,是东宫心太急,要篡位。"

"哈哈哈,难道不是父皇太无情,让儿臣日夜备受希望与失望的煎熬?父皇宁肯相信阉竖,也不肯相信儿臣忠心。"

天上飞起片片落雪,金曜星绝望地仰面长笑,雪花飞落到他的眼、口、鼻,化为泪水,沾湿他的脸面,凉透他的心。

金世祖骑马在他的铁笼前站定,目光闪现出无尽的残忍与仇恨:"朕只相信亲眼所见。遗诏未到,你就胆敢狂妄地行起君臣之礼,将篡位的野心穿在身上!中常侍万盛,还愣着做甚?"

中常侍万盛钻进铁笼,撕掉金曜星的孝服,露出醒目的金龙内衣!

金曜星有口难言!原来父皇在含章殿早布有耳目。雪下得密集起来,他是死罪难逃了。

"车骑大将军李飞虎，有何话要说？"

李飞虎眼里蒙上层泪光，扭转头颅面向铁笼内的金曜星，惨然大笑："陛下家事，臣哪能掺和？臣既受皇恩福禄，愿杀愿剐，悉听尊便。"

金曜星顿觉肝肠寸断，他死不足惜，依父皇残暴无情的本性，这帮忠诚于他的下属，定是遭受诛灭五族的下场，与当年东郡公任伯渊一样！这莫非就是天道轮回？他心如死灰，黯然垂泪不已。

"太子殿下，臣追随殿下，死生无悔！"听到两位随从秦道生、裘青山的齐声狂呼，金曜星的内心涌起跌宕起伏的悲与喜。

"东宫惯会收买人心。朕若再不制止，满朝文武百官都会被你收拢了。"金世祖发出胜者为王的狞笑，"说吧，有何遗言，父子一场，朕也许会满足你。"

知父莫若子，金曜星不会哀求，他想起含章殿内眼巴巴盼他凯旋的太子妃吕金瓶、中书博士羊公允、京兆王金承玄，万般不舍啊。

"父皇，儿臣死后，父皇可会立京兆王为皇位继承人？若不是，那就请父皇废黜他的封号，要他当个普通的王爷，不至落得如儿臣身首异处的悲惨下场。"

他逼视着金世祖那对阴冷的双眼，想要看到答案。

金世祖眼里闪现出桀骜不驯的冷光，以天神自居的神态，向卷下漫天飞雪的天空努努嘴："东宫自负，不知神何以为神？那是因为神无仁慈。东宫愚昧，不知天授皇权。罢了，轮不到你这个死人操心，一切取决于上天诸神的旨意。"

雪压大地，金曜星脚踏飘落铁笼内的瑞雪，扬面迎向铁笼外的北风，泪水模糊双眼，他使出浑身的力气向天长啸……

【第五十九章】

春雨潺潺　中常侍万盛

雨水节气，大恩寺后山的两株玉兰开花了。

一株绽开象牙白，一株怒放藕粉紫，满树繁花，壮丽蔚然。中常侍万盛站在花香芳郁的树间，仰头沉思。乔木花开的气势非草本藤本可比。这玉兰花好似后宫体态高挑的皇后赫连雪云，其风采、神韵远盖菊夫人之流。

"大人，南越王来访。"

中常侍万盛回转身，寺院新住持、自带高僧法相的永信和尚含笑合掌前来，他是由南越王举荐的佛家弟子，专修净土宗。

东宫太子及其团伙遭到血洗后，大恩寺重归他管辖，撵走原来的屠户住持，迎来新和尚。

距玉兰花树不远的高台，盖了座茅草顶的六角赏花竹亭。身穿青葱如意纹长袍的南越王金曜明，手捏晶莹剔透的和田玉核桃，在亭栏前翘首以盼。

中常侍万盛慢吞吞地拾梯而上，他解救出软禁在重英殿的南越王金曜明、菊夫人后，想着这对母子能对他感恩戴德、唯命是从。

东宫太子被处决后，能有资格竞争皇位继承人的人选渐渐浮出水面——南越王金曜明、西平王金曜熙、五皇子楚阳王金曜建。三人中，前二人呼声最高。

中常侍万盛尚未走拢，南越王金曜明便收起手里把玩得油亮的玉核桃，塞进袖笼，作揖跪拜在亭内。

"大人，雨水洗春容，平田已见龙。"

中常侍万盛感受得到南越王双关语背后的焦虑，佯作不知，绕道坐在竹亭的圆石凳上，掸掉臂弯内的玉兰花瓣，以静制动。

"南越王不去参拜陛下，来这荒庙见老臣有何贵干？"

神色慌乱的南越王金曜明扯着他的袖笼，急切说道："大人，父皇近日不知是食错药了还是如何？怒斥本王不说，还责怪起大人来了呢。"

和煦的春风吹来云雀的欢叫，中常侍万盛撸起衣袖，挠了挠发痒的手臂，并不作声。陛下性情反复多疑，杀掉东郡公不久，便心生悔意。

见他不语，南越王金曜明急赤白脸，爬行至他膝前："大人是不信本王的话？"

他抬脸盯着春日下那株玉兰花树，四面舒展向云霄的树桠，白光耀眼的花苞渐次繁密，自有股孤寒冷艳的勇绝。

"陛下如何责怪起老臣来？"他不满地白了他一眼，阴阴问道。

"还不就是嗔怪大人动用计谋，诛杀东宫。"南越王金曜明爬起身，取出袖笼的玉核桃在掌心转动，不错眼珠地盯着他。

万盛听得耳朵嗡嗡地响，眼前仿佛有千万只蜜蜂飞来要蜇他。他们这种人，在陛下眼里，不过是藏在龙榻底下的便壶，要用就提出来，不用就摔落墙角，甚至还要替人受过，丢掉小命。

他既怒又怕，跳起身，飞腿踢翻圆石凳，那圆凳骨碌碌滚翻在地，南越王金曜明手托玉核桃，腿踏石凳，嘴上说着刺激他的风凉话："大人，冲这石凳子发火有屁用？陛下心，海底针。本王劝大人明哲保身方为正道。"

万盛斜睨着不安好心的南越王金曜明，实在是瞧不上这金玉其外败絮其中的浪荡王爷。他自身资质平庸，不就是投胎投得好些，衔着金汤匙出生。他不感恩自己屡次出手化险为夷，还摆着副未来皇位继承者的霸主嘴脸，中常侍万盛憋着满肚火气，假笑道："南越王有何妙计，化解陛下愁闷？"

南越王金曜明换了副讨好的口气，攀住他的肩，笑道："本王想着大人回趟宫，趁着父皇消消气的当口，拟诏立本王为太子。"

万盛早猜到他这心思，不便戳穿。平心而论，西平王金曜熙在这几位皇子中，文韬武略与陛下最为相近。中书博士羊公允这帮老臣就想推举他为皇位继承者；闷不吭声的五皇子楚阳王金曜建都比这南越王能力高，奈何这西平王、楚阳王对身为阉人的自己都爱理不睬。

他只笑了笑，倒背双手，晃晃悠悠走下竹亭，南越王金曜明紧随其后。

在石阶前，他收住脚，直瞪着南越王的鹰钩鼻尖："老臣帮南越王这忙，有甚好处？"

南越王金曜明歪嘴笑了笑，凑拢他耳："好处？与大人同分这天下，算不算好处呢？"说完，他纵情欢笑，万盛也咧嘴大笑，高举右手，算是与他击掌结盟。

万盛走出山门，翻身跨坐马背，东方鸾与侍从段天霸在他左右两旁跟随。

正待出发，就见庙门跑出永信和尚来，他手里捧着个白瓷将军罐，僧袍在春光烂漫里簌簌飘动，口里叫嚷道："大人，这是贫僧烘炒的早春云雾茶，恳请大人捎带回宫，敬献给陛下尝尝鲜。"

万盛示意随从段天霸收好茶罐，三人拍马下山。

万寿宫的春雨姗姗来迟，万盛踏足进到前殿庭院，路过高阔的芭蕉树时，从梅花窗棂清楚地瞥见陛下怀抱皇孙金承玄的背影。他躲进蕉荫避雨时，听见陛下正在伤感叹息："屋漏在上，知之在下，朕有过失，不能自觉。东宫不该死，不该死，是朕轻信了万盛那阉竖。"

这番话如惊雷在万盛头顶炸响，他立马转身跑出前殿，下意识地奔向承华宫。陛下去阴山却霜的途中，是他进谗言，诬告东宫有篡位异心，陛下本就多疑，设下诈死计谋，图谋东宫现出篡位原形，将东宫一干人马一网打尽。

他本是诛杀东宫的大功臣，但忘却陛下反复无常的个性。东宫尸骨未寒，陛下就开始追悔莫及，会不会情急冲动下迁怒、定罪治死自己，为东宫复仇？万盛愈想愈觉大有可能，惊恐之余，肚内暗自寻思要先下手为强。

暮色漫漫，雨声淅淅，万盛用双肩撞开承华宫的朱红门，撞翻两位奴婢的惊呼阻拦，跨步直奔皇后赫连雪云起居生活的正殿。

人影朦胧，甜香萦绕，皇后赫连雪云正与丰满、肥壮的奴婢鹦鹉在灯下刺绣香囊。见他乍然现身，皇后赫连雪云波澜不惊地挥手要鹦鹉端来锦凳赐座。

万盛撩起衣袖擦拭额面雨珠后，慌里慌张地向她行礼致歉："老臣夜闯承华宫，情急所致，望娘娘恕罪。"

赫连雪云埋头捡起桌面的香囊、银剪放入针线箩筐，胸前有只藕粉紫香囊晃荡不休，她娇笑道："春雨贵如油，大人这般惶急是为哪般？"

万盛扫了眼守在殿外的两位奴婢，冰雪聪慧的皇后赫连雪云使眼色要鹦鹉退下,关上殿门。

殿内就剩两人,万盛长嘘口气,盯着她胸前的香囊不放:"娘娘,老臣冒雨赶来,特向娘娘借一物,望娘娘割爱承让。"

皇后赫连雪云抓起香囊,皱紧惊翠眉,以思量的口吻,谨慎问道:"大人可是要这香囊?尚衣局多的是各色花纹的香囊啊。大人为何定要本后这香囊呢。"

万盛挨近皇后,伸出手掌强行索要:"娘娘当然知道,老臣并非买椟还珠,娘娘香囊内不是装有一味奇香、剧毒的胡蔓草吗?"

"大人要它何用?"皇后赫连雪云瞬间失色,捂住香囊,警觉地惊呼。

"还能有何用?不过是老臣睡意昏沉,须得这香来清醒清醒。"他故意以捉摸不透的笑容,虚晃一枪。

"大人从何得知本后有这胡蔓草?"身穿黑花紫面长裙的皇后赫连雪云,发白的面色,在早春的暮色与灯火的光照里,像极了大恩寺后山那株象牙白的玉兰花树,清丽高雅。

万盛看得呆了,他忍不住想要一亲芳泽时,被皇后灵巧地闪避了。他不敢再造次,这是在她的地盘。

他轻蔑地笑着揭穿她的秘密:"娘娘,若要人不知,除非己莫为。尚药局的太医丞皇甫灵在驸马都尉的大千园喝醉酒后,无意吐露出娘娘最喜胡蔓草的香味……"

皇后赫连雪云竖起一根纤纤玉指在唇边,眼神妩媚地向上飞扬。

万盛见状,忙住嘴不言。他侧耳聆听,窗外雨声停息了,这春雨如风,来去匆匆。

皇后赫连雪云从针线箩筐内挑选出只花色浅淡的蝴蝶香囊,嘴角抿出冷冷的笑意:"大人,乱世用能,平则去患。大人要提防变生不测,毕竟君心难测……"

万盛惊得一身冷汗,皇后娘娘也察觉到陛下对他动了杀心?他语气含酸,反讽道:"娘娘,前朝皇后最会隐恶扬善,娘娘何不学学呢。也是,能走到娘娘这样的高位,向前是满目凄凉,退后是万丈深渊。"

皇后赫连雪云被他这话戗得无言以对,她思索半晌后,将香囊扔给他,似笑非笑道:"顽童才会意气用事,成熟的人应当注重利弊。本后将这香囊借大人一用,大人该告辞了。"

皇后赫连雪云下逐客令了，万盛不能还赖在承华宫。他捏紧香囊，走出宫门，雨后天幕挂着弯蛋黄色的下弦月，踏着早春的料峭清寒与雨露的润泽湿气，径直去到膳房。

他要做胡蔓草的羊羹给陛下当消夜。他熟知胡蔓草的毒性，不过，香味能掩盖毒性，有香味的羊羹，陛下应该喜欢得紧。

东方鸾、段天霸守在膳房，万盛做好羊羹后，拿包牛肉肉脯、鹿肉肉脯塞入食盒，这是备给陛下身旁两位形影不离的贴身侍卫魏喜、史鼎的，再探头要段天霸到万寿宫打探下小皇子还在不在宫中。

膳房有不熄灭的柴火烧着热水，万盛在雾气蒸腾里忙忙碌碌，正觉一身热汗淋漓时，耳旁传来东方鸾那厮在百无聊赖中乱吟诗："宫外雨潺潺，春意阑珊，锦衣不耐三更寒，梦里不知身是客，一晌贪欢，独自莫凭栏。江山美人，别时容易见时难。雨打芭蕉春去也，天上人间。"

"东方鸾，你小子还有闲情逸致吟诗啊？"万盛嘴上骂道，手中自忙活。

东方鸾走到窗前，掀开一丝窗缝，邪笑道："大人，老奴笨手笨脚，怕坏了大人好事。吟诗消遣，不辜负这大好春日的夜色缠绵啊。"

万盛不再吱声，这精明的老鬼能揣摩出他的诡计，横竖东方鸾是他的人，虽不十分信任，但也不惧怕他背叛——他是船上的伙夫，自己则是掌舵人。

万盛手持利刀，犹豫着站在整盘冷却的羊羹前，这是最后的工序，划分图纹。

雾气茫茫，遮挡了他的视线，心急火燎的万盛探头向外怒吼："东方鸾，还不滚进来，给本大人掌灯？"

东方鸾慌不迭地进屋，踮脚握紧灯台，段天霸似弹丸射进来，喘着粗气："大人，中殿有陛下、京兆王小皇子、乳母，还有位后宫夫人。"

万盛心里有数了，这羊羹得分三份——陛下、小皇子、后宫夫人。

"会是哪位后宫夫人？"他一刀下去，稳稳切出棋盘形。

"呃，貌似叫什么姜椒房的夫人。"段天霸犯难地抓抓头，他是身躯彪悍的猛人，奔跑速度能与西平王金曜熙的随从绰号"飞毛腿"的魏远山不相上下。

"噢，那是五皇子楚阳王金曜建的阿娘。她也想来分一杯羹？"万盛熟悉后宫诸多夫人的秉性。一气呵成，三份羊羹完美呈现。

大功告成，万盛边擦拭满头的汗水，边歇口气，在灯下欣赏自己的杰作——

这是他作为热爱烹饪美食的行家里手而言，最为愉悦的时刻。

东方鸢用指甲盖剥下灯台凝结的一朵莹润的灯花："大人，这灯花若摆在陛下的那份羊羹盘内装点，不是会悦人眼目些？"

万盛心有所动，这老鬼真成他肚内的蛔虫了。他拈起白灯花，放在猪肝红羊羹盘上，果真锦上添花。把食盒挎在段天霸的臂弯，嘱咐东方鸢提上两壶好酒，取出牛肉脯、鹿肉脯去陪陛下的两名亲随魏喜、史鼎喝酒吃肉。

万寿宫内灯火辉煌，当万盛轻车熟路地抵达前殿时，段天霸、东方鸢已站在殿前的石狮像前静候多时。万盛接过食盒，拍拍两人的肩，指向魏喜、史鼎站岗的方位，三人兵分两路，踏上各自的征程。

即将跨进中殿门槛时，万盛感到从未有过的局促不安，他站在中殿的门槛外，内室是父慈子孝的温馨画面——陛下伏案疾书；椒房姜氏在旁红袖添香磨墨；京兆王金承玄坐在陛下身旁的扶手椅上，临摹碑帖；乳母常鹤兰斟茶递水，嘘寒问暖。

进去还是退步？万盛犹疑不决，最终，风声鹤唳草木皆兵的恐慌迫使他强作镇定，踩脚进殿。

"陛下，老臣带来新鲜羊羹，请陛下品尝这开春好物。"

面色酡红的金世祖是有些醉意了，他拿手指敲打弓腰端食盒的万盛头顶，直言不讳地羞辱他："万盛，你来得正好。京兆王，记住喽，不得过分亲昵、轻信这般宦官小人。"

当众被陛下羞辱，万盛恨得牙痒痒，惭得无地自容，恨不得地上裂条缝隙钻进去。陛下说的是酒话，也是酒后吐真言的大实话。"陛下，怨不得老臣心狠了，在这宫里，不是你死就是我活。"

他装出耳聋目盲的痴憨样，若无其事地将分好的羊羹，依次放在陛下、京兆王、椒房姜氏夫人面前。

醉意蒙眬的金世祖抓起竹筷挑块羊羹，哧溜滑进口腔，笑着招呼他们。

"唉，也是朕与这阉人有些缘分，朕不稀罕山珍海味，就好一口他做的羊羹！你们都来尝尝。"

金世祖从他盘里夹块羊羹，放在京兆王的盘中，赞不绝口："万盛，你的手艺愈发精进了。怪哉，这羊羹香得很，来，小皇子也尝尝皇爷爷这块羊羹。"

万盛的心顿时提到嗓子眼上，他可没想毒死他们爷孙啊。他紧张得双腿颤抖，生怕这京兆王吃了这羊羹，当场一命呜呼……

京兆王正待要吃，幸得乳母常鹤兰出面适时阻止，她谦和有礼地向陛下跪拜行礼："陛下，京兆王肠胃素来不好，不宜食用生冷羊羹，望陛下宽恕。"

金世祖眯缝醉眼，夹起盘内羊羹，边吃边念叨："噢，念你护主有心，朕就给你提个醒，前朝有位以乳母身份荣升为太后的先例。那太后学问好，知进退，护主于危难之际，更有常人不备的隐恶扬善美德。你可向她取经，好生抚育京兆王，自有你享不尽的富贵荣华。"

常人听陛下这话，谁不会喜得癫狂？可这乳母常鹤兰不卑不亢，只是神色如常地跪地连呼万岁万岁万万岁。

万盛对这乳母常鹤兰沉得住气的个性暗自赞赏，同时暗暗冷笑，陛下又在拿富贵荣华蛊惑人心。他当初不也是轻信陛下这番口蜜腹剑的谎言，死心塌地为他鞍前马后效命，那又如何？陛下不是也想除掉自己？

狡兔死走狗烹，天下常理不变。

默不作声的椒房姜氏，抚平她玉兰花色的粉紫新裙的裙摆，不失时机地向陛下邀宠："陛下，也该抽空看看楚阳王了，他的学问也大有长进呢。"

金世祖停止咀嚼，放下筷，凝视她那身在灯下显得富贵娇艳的新裙，双目含着藐视的意味，嗤笑道："姜氏，玉兰花是最知春意早的花，你却不懂朕心。朕刚失去东宫，又冒出南越王、西平王，你想要你的楚阳王来瞎添什么乱？"

椒房姜氏见仅存的希望化为泡影，她也索性放胆啼哭起来："陛下，妾身有自知之明。妾身哪敢有非分之想，不过念及陛下勤于政事，疏于亲情。楚阳王，可是好几年未能见到陛下圣容了。"

"亏你还是位椒房呢，只会哭哭啼啼，成何体统？就你这点见识，尚不如京兆王的乳母呢。"

万盛见陛下分明对京兆王的乳母常鹤兰有高看一眼的意思，不由得望向她，身穿半新不旧妃色长裙的常鹤兰，虽算不上绝世大美人，但其端庄沉静的独特气韵，也是一般奴婢所不能及。

她起身拜谢后，将盘内陛下赏赐的那块羊羹挑出来，放回陛下盘中。万盛暗自喝彩，这乳母心细如发，非比寻常人。

京兆王金承玄插话进来，许是想息事宁人："皇爷爷，人人都道诗言志。皇孙斗胆献丑，奉上诗一首：塞外悲风切，交河冰已结。瀚海百重波，阴山千里雪……"

金世祖触景生情，打断京兆王的激情诵诗，一手托腮，一手挥挥衣袖：

"且慢，阴山？皇孙可知阴山之北是祖宗们的福地？朕是该择日行幸阴山，观察云川了。皇孙啊，皇爷爷累了，改日再到皇宗学堂与你斗酒诗百篇，尔等先行告退。"

万盛上前扶起醉意昏沉的陛下，他的龙躯沉重如麻袋，刚扶他躺在龙榻上，陛下蓦然揪住万盛的臂膀。他吓得毛骨悚然，以为陛下察觉到他的诡计。

"万盛，朕是不是错杀东宫了？"面色由红转青的陛下，脑袋无力地垂在玉枕上，双眼泛出悔恨的泪光。

"陛下，世间没有后悔药卖啊。"惊魂未定的万盛从他的手臂硬抽出手来，闷头咬牙说道。

"朕不甘心啊，朕英勇一世，到头来落得个众叛亲离的下场……"

金世祖的话音愈来愈低，随着鼻息粗重，他发出野猪般尖锐的鼾声。

殿外雨声潺潺，又落雨了。

万盛长舒口气，蹑手蹑脚地蹲在龙榻前，抱臂沉思：陛下中毒身亡，魏喜会是最先发现的人，必得先和他达成苟富贵勿相忘的结盟。东宫太子在世时，陛下的侍卫魏喜亲近他，不就图谋富贵长存？

一旦陛下暴毙，他将联手魏喜，提起满坛菊酒，淋洒陛下全身，营造出陛下忧思过度，醉酒薨逝的假象。三日内秘不发丧，对群臣谎称陛下龙体不适……

思索一番，他将剩下的那块羊羹销毁，提起半坛酒，吹灭烛火，走出中殿，去前殿与值日的魏喜饮酒畅饮。

长夜已至，曙光重现。

【第六十章】

永巷密室　南越王金曜明

　　万寿宫的前殿，静寂似荒废千年的枯井。

　　南越王金曜明跪在黄门侍郎赵黑的左侧，右侧的西平王金曜熙不急不恼地夹在尚书左仆射宇文雍、侍中兰庭和雷震三人间，直视屁股撅在殿前的中书博士羊公允。

　　父皇昏醉，三日未醒了。

　　国不可一日无君，父皇又未留下只言片语的诏令，他们四位皇子、满朝文武百官，谁不人心惶惶？

　　魏喜、史鼎如两尊门神守护着紧闭的中殿宫门，所有人都不敢吭声，等着中殿后的皇帝金世祖从宿醉中瞬间清醒过来。

　　殿门撕开条缝隙，先是蹿出股酸腐酒馊味，随即是太医令慕容白的扁葫芦脑袋探出来。

　　羊公允率先起身，众人皆陆续站起来，南越王金曜明紧张地抬起头，黑面孔的中常侍万盛推搡煞白脸的太医令慕容白的后背，跨出殿门，反身锁上中殿大门。

　　"陛下可苏醒了？"驸马都尉武僧觉搀扶起羊公允，揪住太医令慕容白的长袖，颤音低问。

　　慕容白站定脚，垂臂摇头，语音悲切："中书博士，还是都散了吧。"

　　几位大臣听完，全呜啦啦捂面哭起来，金曜明暗自窃喜，连太医令慕容白也束手无策，父皇怕是熬不过这个春天了，皇位岂不是指日可待？想起与中常侍万盛在大恩寺的结盟，不由瞟向万盛，他正拉着中书博士羊公允、驸马都尉武僧觉，密谋大事般嘀嘀咕咕。

驸马都尉武僧觉突然昂起头，清清喉咙，咳嗽两声，哭声震天的前殿霎时安静下来。他挥袖摆手，拱手作揖道："西平王、南越王、楚阳王、临怀王，请四位皇子先行回避。容臣等商榷后，再召集各位皇子面议。"

五皇子楚阳王金曜建起身冲向中殿紧闭的殿门，皱眉质疑道："中书博士，跪了大半日，也不让我等进去侍奉父皇，尽尽孝道？"

身穿青绿锦袍，前胸后背绣着跳跃飞跑金鹿的西平王金曜熙从人群中站出来，以长者的口吻，安抚正在气头上的楚阳王金曜建：

"五弟，别添堵了，父皇兴许需要静养呢。三弟、四弟，我们几兄弟先去含章殿轮流候着，静等父皇醒来，再侍奉左右，可好？"

金曜明眼见西平王金曜熙出头充大，很是愤愤不平，西平王以为父皇薨逝，东宫去世，按照次序，他这二皇子就有机会成帝王吗？他低头瞅了眼朱红锦袍的金色麦穗图纹，鼻孔里哼了声，转身飞跑出前殿。不是去含章殿，而是躲进万寿宫后殿的芭蕉树后——世间本无公平可言，除非公平掌握在自己手中。

绿袍的西平王金曜熙、银灰锦袍的楚阳王金曜建、褐金色锦袍的临怀王金曜谭依次出万寿宫，骑上骏马，向含章殿的方位奔驰。

南越王金曜明见他们离去的背影，得意地笑着甩甩春服的长袖，从芭蕉叶下钻出来，蹲身前殿，趴窗偷窥。

父皇亲随魏喜站在史鼎、驸马都尉中间，拱手向中书博士羊公允、中常侍万盛禀报："臣以为能继承大统者，非东宫太子的皇子京兆王，他才是皇室的正统血脉。"

金曜明听得鬼火直冒，父皇的这位亲随魏喜还真是忠心耿耿呢，京兆王不过是十二岁的顽童，竟胆敢推荐他继承皇位，这魏喜是想将小皇子当成他的傀儡不成？

中书博士羊公允拈须不语，中常侍万盛嘴角牵强地抿了抿，也不表态。

尚书左仆射宇文雍、侍中兰庭和雷震三人面面相觑后，雷震出来发话了："中书博士、中常侍大人，臣等以为京兆王尚年幼，选为皇位继承者大为不妥。臣等认为二皇子西平王金曜熙文韬武略兼备，依序算来，才是继东宫太子的不二人选。"

在窗下偷听的金曜明气得暗骂这三人是鸡鸣狗盗之辈，惯会为虎作伥，怨不得西平王信心满满地先到含章殿静候佳音呢。

他渴切地希望中常侍万盛能力排众议，举荐自己这位三皇子为继承者。令他大失所望的是中常侍万盛保持着诡异的沉默与暧昧的中立——既不反对，也不支持他们提出的人选。

"中常侍大人，可有何建言？"鹤发童颜的中书博士羊公允顺手抓过倚靠墙角的紫藤拐杖，向地面叩了叩。

金曜明慌忙屏息敛气，他仍然抱着一线希望，侧耳聆听。中常侍万盛双手背在身后，黑面猴脸罕见地流露出犹豫之色："博士、尚书大人，老臣思量着，静候陛下醒来，再做定论，尚不为迟。"

金曜明暗笑万盛这老狐狸都成精了，紧要关头，还沉得住气，不慌不忙地向这帮老臣展示他的忠心。

中书博士羊公允将紫藤拐杖夹在腋下，露出老谋深算的笑意："大人，俗话说：'人间久别不成悲。'大人是有顾虑？"

中常侍万盛打了个不知所以然的哈欠后，揉揉眼尾，咧开紫黑厚唇说道："知我者，博士也。陛下一时半会也不能醒转过来，我等干坐在此也是虚耗精力。老臣思虑，明日待老臣先去回了皇后娘娘，若陛下仍未醒来，再做打算，各位可有异议？"

趴在窗沿上的金曜明连忙缩低头，中常侍万盛是在实施缓兵之计，却不知他葫芦里到底卖的什么药，他该不会忘记自己与他在大恩寺的结盟吧？

众位老臣窃窃私语探讨无果，最终是驸马都尉武僧觉出来打圆场："中常侍大人言之有理，吾等先且退下，明日等大人召唤，再聚集后宫商榷。"

中书博士羊公允走近中殿的殿门前，突地跪拜行礼，带着凄凉的哭腔："陛下，老臣年迈，只能指望羽林郎、中常侍大人照应陛下。唉，陛下这场酒醉得不值当啊。"

余下的老臣们也跪下向躺在中殿龙榻的陛下洒泪拜别，金曜明忙弯腰缩进芭蕉树荫里，等着纷乱的脚步声远去后，他方探出身来，想要找到中常侍万盛问责，怎么不提及他继位的事。

刚走至庭院，从前殿的台阶传出扑通声，接着是哎哟的惨叫，应该是中书博士羊公允摔倒在地，金曜明清晰地听见驸马都尉武僧觉在询问他的伤势。

他晓得即刻蹲到墙角，偷听动静。中书博士羊公允话音微弱地悲叹："驸马都尉，老臣这副体衰年迈的皮囊，愈发不中用了。陛下龙体康复，全得仰仗中常侍大人、尚书大人、侍中大人及驸马都尉了。"

中常侍万盛拍拍胸脯，信誓旦旦："博士放宽心养伤，有老臣等人在呢。驸马都尉，还得烦请你将博士送回府邸。"

驸马都尉毫不迟疑地安排奴婢们抬来软轿，扶着受伤的中书博士羊公允上轿后，尚书左仆射宇文雍、侍中兰庭和雷震等一行人飞速离宫。

万寿宫的殿前空庭站着陛下的侍从魏喜、羽林郎史鼎、中常侍万盛及黄门侍郎赵黑四人，正待拾级而上。

金曜明情急之下，模仿起野猫叫春的口技，想着要给万盛提个醒。机敏的阉竖果然明白了，他冲三人抱拳作揖："折腾这大半日了，你们先去用膳，老臣来值夜。"

金曜明见到忧心忡忡的魏喜在中常侍万盛身前耳语："大人，瞒得过初一，瞒不过十五啊，还得趁早拿个主意。"他听得倒吸口冷气，会不会父皇已薨逝了？不觉又惊又喜，见中常侍万盛举手拍拍魏喜的肩膀，给他吃定心丸："老臣心中有数，好好睡个饱觉，明日有的你们忙活。"

"臣等告辞。"魏喜、史鼎脸上见不到丁点笑意，两人躲避瘟神般急速跑出万寿宫。

剩下个黄门侍郎赵黑踩着迟疑的脚步，搓手缩脖，讪讪地蠕动嘴皮："大人，臣需得留守宫门吗？"

"不，你得替老臣干件事。"万盛推着他走向稍远的地方，对他耳语半晌，赵黑听完，回头就走。

金曜明听得不甚清楚，他弓腰驼背踏着碎步，挨近石狮身后。

"还不出来，整座万寿宫的人都走光了。"中常侍万盛皮笑肉不笑地张开双臂，仰头拥抱天穹。

"大人是年老多健忘了？"心怀不平的金曜明转身出来，拿手摩挲着石狮脖间的铃铛。

"老臣耳不聋眼不花，何来健忘一说？"身披黑披风的万盛，张开双臂的背

.433.

影，如一头展翅欲飞的雄鹰。

天空飞来团团灰霾的云朵。

"那为何不向那帮老臣提及继位？"金曜明冲到他身前，咬牙切齿地附耳喝问。

"提及就算数？眼下局势明朗，尚书左仆射宇文雍、两位侍中拥戴西平王；羽林郎史鼎、东宫亲近的魏喜、驸马都尉有心拥护京兆王，唯独无人拥立辅佐东宫监国的南越王。"

金曜明汗颜之余，转念思索，这黑猩猩素来多智谋，要想先铲平西平王、京兆王这两路人马，终究要靠他，寻思着说些什么话语来撩拨他的心性。

两只大石狮矗立在静悄悄的殿庭，万盛忽然睁开棕黄色双目，出言问道：

"南越王怎么都不关心陛下龙体康健？"

金曜明奇怪地望向他毛茸茸的面孔，心中说道："本王宁愿他醉死梦乡，不再醒来，也好过本王暗地诅咒他早死早超生啊。"

一群人字形飞鸟掠过头顶，金曜明抚弄着腹部的金麦穗图纹，这里饱胀着满肚皮的不自在，干笑道："本王只需大人记得在大恩寺内，本王对大人许的诺言。若是大人半道撇下本王，大人也就是个薄情寡义、成不了气候的小人。"

万盛摸摸腮帮的浓须，笑意阴险："老臣唯记得苟富贵勿相忘。什么小人、大人？老臣才不会在意他人的风言风语，生来就是要吃羊的狮子，会在乎羊群的想法？"

金曜明精神大振，观这厮言论，确实是肯与他合力共谋富贵了。不过，他尚存疑虑，拿手肘横向中殿合拢的宫门："大人，父皇会不会明日醒转来……"

万盛狞笑道："南越王是期盼陛下苏醒？后宫的诸位皇子，谁会真心渴盼陛下醒过来？陛下，不可能醒来了，太医令慕容白的话就是结论。老臣以为，陛下昏醉暴毙，总比那些遭到儿子囚禁、饿死宫中数月，直到龙体生蛆，蛆虫满地爬的帝王下场好得多了。"

金曜明见万盛这厮真如一只须发浓黑的黑猩猩，兀自龇牙咧嘴滔滔不绝，听得双脚发软，毛骨悚然。他心中明镜似的，躺在龙榻上的父皇真是凶多吉少了。

他退身石狮前，向中常侍万盛拱手作揖："世事有成必有败，为人有兴必有衰。本王绝非那点滴孝心全无的禽兽之辈。"

万盛走到他跟前，阴阴地狞笑道："古话说得好：'太平本是将军定，不许将军见太平。'南越王不做那过桥拆河之人，老臣也就能踏实睡个安稳觉了。"

为了打消万盛的顾虑，金曜明不惜赌咒发誓，并在他耳旁重申："猪狗不如的小人才会过河拆桥哩！本王言而有信，事成，必与君共分天下。"

"如此甚好，如此甚好。口说无凭，老臣看南越王这身烈火猩红的锦袍甚为悦目，可肯割下衣袍作为信物？"

"大人，若喜欢，本王赠予大人便是了，用不着割袍断义。"金曜明忙要解开锦袍，被万盛拦住："老臣不缺锦衣，要半截南越王的袖袍，是要你别到时赖账。"

"好说，好说。"

金曜明喜不自胜，慌忙拔出匕首，割掉半截袖袍，塞到万盛手里。

万盛抖开半截袖袍，细看那割断头的金穗花纹，若有所思道："又得来场血雨腥风。南越王，请回重英殿避难，静候老臣佳音，到那时坐享其成就是了。"

如释重负的金曜明与他辞行，甩袖轻快地步出万寿宫，见天色尚早，想着回重英殿不是听阿娘菊夫人念叨，就是枯坐喝闷酒无聊，不如去大恩寺溜达溜达，住上一日，避避风头，再回宫。

"马庸，到大恩寺。"他脱掉残袍，露出内里的黛青色纹绣群山祥云团纹的常服，踢醒蹲在宫门外打瞌睡的随从马庸，翻身跨上他的坐骑，扬鞭向前冲。

大恩寺山脚前的驿站，山路两旁匍匐出数丛枝条垂直的迎春，鹅黄色的花朵簇拥出金腰带的花状，马庸先滚落马鞍，牵着他的坐骑，正欲上山，只听得铃铛声响，迎头撞见骑马下山的西平王金曜熙率领他的亲信魏远山礼佛归来。

南越王金曜明知晓朝廷内的中书博士羊公允、尚书左仆射宇文雍、侍中兰庭和雷震等有意拥护西平王金曜熙问鼎皇位。两人已是水火不容、势不两立，他迎风站在路口，横挡金曜熙的去路，讥笑道：

"哟，西平王也想求神拜佛获得庇佑？只怕是临时抱佛脚咯。"

换了身朱红锦袍的西平王金曜熙显得畏首畏尾，尚未回应，他的随从魏远山抢上前作答：

"南越王错也，西平王是刚替陛下祈福完毕，马不停蹄地直奔万寿宫哩。"

金曜明一愣，想不到西平王还真有此孝心，自己却疏忽大意了。他心头发虚，扯起缰绳让路，口是心非地说着风凉话："西平王这份孝心，父皇想必也会感知。"

剑眉星目的西平王金曜熙，论及风度、气韵在五位皇子里最为出色。他的手停留在腰间别着的那根玉笛上，扬起俊脸，双目含泪，笑意苦涩："三弟，本王真愿替父皇受这份罪过。父皇苏醒，不就天下太平？三弟回你的封地南越，本王也启程踏上南疆城的归途，万物各归其主。"

金曜明哪里肯信他的一派胡言？他静静地看着西平王惺惺作态的一副兄友弟恭的伪装，有些不耐烦地撕烂他的面具：

"西平王，父皇终究会薨逝，你敢说你对继承皇位毫不动心？真愿一辈子驻守边疆吹风吃沙？"

"三弟，我们兄弟五人，坐上皇位者只得一位，有人坐高位，就得有人安于低位；有人享福禄，就得有人受清贫。东宫太子没了，余下四位兄弟，若再自相残杀，两败俱伤，想起来就没甚意趣。若三弟想坐镇万寿宫，本王赶回去向父皇禀明就是了。"

金曜明眼见朱红锦袍的西平王，出口全是大公无私的一派正气凛然，不禁又是嫉恨又是厌恶，暗想他真是虚伪的君子，嘴上一套，背地里又是一套。不然，为何尚书左仆射宇文雍、侍中兰庭和雷震竭力拥戴他为王？假惺惺装出仁慈的长兄模样，谁不知谁的底细？

他拍马先让出道来，假笑着敷衍他："本王说笑，西平王也别当真。快回宫吧，指不定父皇刚苏醒过来呢。"

西平王金曜熙轻笑无语，骑马下到山脚，经过金曜明身旁时，他突然嘬嘴长啸，啸声凄凉深邃，惊得金曜明的随从马庸人仰马翻。

"你这孬种，又非在深山旷野，就被吓破胆了？"金曜明扬起马鞭痛打马庸的屁股，边打边骂。打得手累了，望向在尘土飞扬中跑远了的西平王金曜熙，他那身耀眼的朱红锦袍缩成团血红点，金曜明看成他后脑勺涌出个碗口大的血窟窿，忙揉揉眼，以为是自己看花了眼。

眼见得尘土飞散后，马庸这才抱头告饶："南越王，不是奴婢胆小，是奴婢从西平王身上闻到股反常的血腥气，才吓得魂不附体。"

"当真？"金曜明吃了一惊，摔掉马鞭，想起方才眼花所见的西平王后脑勺冒出的血窟窿，自知他回宫性命难保，谁要那帮老臣拥戴他，不是祸到临头难走？

心下顿觉舒坦无比。

一路上到大恩寺，进到前殿，瞥见住持方丈永信大和尚正在给殿前的大肚弥勒佛拈香礼拜。

金曜明眼里只认锦衣玉食，哪里容得下佛法菩萨？这永信和尚是他在南越相熟的故人，只因这和尚懂点易经八卦、风水术数，时常要他指点一二，才将其举荐过来。

他一头扎进绿荫浓稠的山楂林，踏着松软的茵茵绿草，想起万盛那阴恻恻的索命鬼的叫声："遇佛斩佛，遇魔杀魔！"

山楂林中，不时会蹿出一两只肥胖的野兔，大摇大摆地在树上腾挪转移。金曜明趁其不备，只手擒着只打盹的灰毛野兔，反身走出山楂林，把野兔抖晕，扔给马庸，要他到山下找家酒馆炙烤的全兔宴提回庙来。

烧完香的永信大和尚双手合十，飘然走来，和颜悦色地恭请他："南越王，随贫僧到禅房吃盏茶去。"

"你这好不晓事的光头，明知本王不茹素，只懂喝酒、吃肉。"金曜明朝他厚实的前胸轻松地捶上一记老拳，亲昵地嗔怪道。

"贫僧与南越王是老相识，岂敢忘怀？大庭广众之下，不便放肆。禅房内早备好薄酒数坛，是庙内私酿的桂花蜜酒，专等南越王来一醉方休哩。"

永信大和尚抬起笑脸，欣然承受他的铁拳，两人说笑着走向无人的后院禅房。

"这大恩寺的香火可兴旺？"

"托南越王的福，自会愈来愈兴旺。"

永信大和尚撩开禅房的玄色幕帘，里间一尘不染，墙上挂了张青绿山水的竖条屏，供案上一个三足香炉喷出袅袅轻烟，一碟堆得宝塔样的糕点，长脖梅瓶内插了两枝嫩黄的迎春花。

靠墙的长榻上摆张方案，搁了坛褐色酒坛、几样下酒小菜、一副竹筷、碗盏。金曜明不客气地骗腿坐上去，斟上酒后，闲闲地问坐在他对面端起茶壶茶嘴抿茶的永信大和尚："方才进香的香客是西平王金曜熙，你可看得出他的气数将尽？"

双腿盘在椅内的永信和尚，双眼半开半合，神灵出窍的痴呆样，神情悲怆："贫僧见到宫内的永巷密室会死好几人。"

金曜明不以为然地吞下甜津津的桂花酒，手指敲响桌面："本王问的是西平王。永巷死人，关本王何事？"

永信大和尚双手突然抱头，如被人打中："哎哟，真疼啊，西平王的后脑勺挨了数记闷棍……"

金曜明吓了一跳，呸地吐出口中酒，想起西平王后脑勺涌出个血窟窿的幻觉，赶忙重新倒满酒，悉数吞落，压压惊。

永信和尚知晓点神通法力，他从神游的状态中清醒，回到现实，还会揉揉后脑勺，撇嘴叹气："那西平王是性情憨直的人，不如南越王懂得迂回，你能来大恩寺避过这大风巨浪，他做不到。常言道：有福之人送无福之人，也是命也，运也！"

金曜明不紧不慢地吞咽着桂花酒，暗自得意来大恩寺是明智之举。他伸长臂膀，摁住永信和尚的手腕，目光灼灼："和尚，照此说来，本王能扭转乾坤？"

永信和尚摆脱他的控制，起身下地，走至门前，回头叮嘱道："天机不能再泄露了。谨记抓大放小，抓大放小。快快享用荤菜酒肉。"

说完，他端起茶壶下地，推门走远了。

布帘揭开，单手挎着食盒的马庸埋身钻进来，嘴里迭声催促："南越王，炙烤的兔子做好了，另有烧鸡、肥鹅、嫩羊排，可算能大饱口福了。"

金曜明欢喜得仰头倒在睡榻，来回翻滚身躯。

翌日，直睡到红日高升，金曜明刚睁开眼，就被中常侍万盛派来的东方鸢揪着领袍，硬塞进顶软轿，八人轿夫飞奔前行，晃悠悠地抬进后宫，丢进永巷的密室内。

漆黑的密室，只一盏如豆的烛火摇摇欲灭，他的酒彻底醒了，拖住东方鸢的短胳膊，惊惶追问："中常侍大人呢？"

邋里邋遢的东方鸢翻翻大白眼，抹掉他的手，神色似在恐吓孩童："南越王，大人要你在此等候。事关重大，望南越王宽恕老奴的冒犯之举。"

"你得陪着本王。"金曜明将他拦腰抱紧，鼻端嗅到股尿骚的臭味，他强忍住不肯放手。一旦想起西平王的惨状，他就恐惧得脚板心发冷，宁愿身旁有这个体臭的老头子做伴。

东方鸢嘎嘎笑得瘆人："那怎么行？老奴还有大事要办。南越王，请放手，永巷等会儿有场血战，你谨记不要随意乱呼喊，便能平安无事。"

东方鸾无情地撇开他，咚咚跑出密室。

金曜明蜷缩在石门后，脸贴在冰冷的墙面，侧耳聆听永巷外的风吹草动。

永巷是狭长幽暗的深巷，通向后宫的无数宫殿。地面发出轻微的颤音，伴随纷至沓来的脚步声，响起尚书左仆射宇文雍的公鸭嗓音："中常侍大人传来皇后娘娘的诏令，会不会是要西平王继位？"

侍中兰庭是位和蔼的老头子，他絮絮说道："亏得和侍中有先见之明，将西平王接到永巷的密室，老臣们先去坐实娘娘的诏令，再将西平王迎送至万寿宫。"

雷震似乎在东张西望，嗓音低沉："每忆椒房宠，那堪永巷阴。尚书大人，不是老臣迷信，不该将西平王接到这永巷的密室，这里死人太多，飘荡着一股阴森森的阴气，怪吓人哩。"

宇文雍的话音透出苍凉的意味："百兽横行的宫廷，个人生死，命悬一线，怕也迟了。"

前方涌来巨浪滔天的喧嚣，金曜明再听不见这三位老臣的呼喊，耳旁响起数十条棒槌噼里啪啦的捶打西瓜的残暴声响，在黑暗的永巷回荡不息，如同恐慌的幽灵四处窜逃。

金曜明吓得四肢发麻，他想都不用想，这三位大臣怕是脑袋被砸烂成瓜瓢了。

还剩西平王与京兆王呢？他既感痛快又觉惊恐地紧闭双眼，继而在黑暗中睁开双目，顾虑重重。

石门外恢复死气沉沉的万籁俱寂，不知过了多久，响起中常侍万盛从容不迫的公鸭嗓音："老臣恭请南越王到万寿宫接皇后娘娘诏令。"

一束亮光照进密室，金曜明见到父皇的两位亲随魏喜、史鼎，上前架起他。

心怀不安的他向站立于暗黑中的万盛抬高下巴："西平王呢？"

万盛仍旧是从容不迫的腔调："老臣从背后偷袭他，一棒打得他后脑勺裂开个碗大的血窟窿。"

金曜明的双腿不自然地抖动起来，心情极度复杂——既有对即将登基皇位的满怀狂喜，也有对万盛的憎恨胜过恐惧的焦虑。

望了望前方黑暗中闪耀火光的万寿宫，他选择了容忍，攀住万盛强壮的臂膀。

"走！登基要紧。"

【第六十一章】

普贤菩萨　乳母常鹤兰

常鹤兰在玉烛殿内惊慌失措地来回踱步,后宫传闻沸沸扬扬,陛下酒醉昏睡不醒三日了!要不要告知京兆王金承玄?她紧张地向内室张望,安文茵正在里间伺候京兆王穿衣戴帽。

"常阿娘,干吗磨磨蹭蹭?"换上湖蓝色簇新常服的京兆王金承玄甩着胳膊,跑过来扯起她的衣袖走向殿外。

常鹤兰跨出殿门,招手呼唤垂手站立的靳采春背起京兆王。

三人一起向鹿野浮屠的皇宗学堂走去。

"京兆王,什么时候再去拜见陛下?"常鹤兰手提黑底白玉兰花长裙的裙摆,边疾步前行,边谨慎地斟词酌句。

趴在大力士靳采春背上的京兆王,偏头思索片刻作答:"吟诗作对也非皇爷爷所爱,缓些时日再去吧。"

常鹤兰见他虽是年幼,见识却老成持重。她放慢脚步,绞着手中丝帕,暗中寻思陛下龙体若有个三长两短,她这位乳母该如何应对。陛下对她,尽管只有三言两语的嘱咐,但自觉能受益终生。前朝先例的乳母荣升太后,不就凭借危难之际力挽狂澜立下护主功勋?

常鹤兰想得有些入神,渐渐落在后面,不想碰到横冲过来的承华宫的静墨。穿着鸦青色长裙的静墨睁着浑浊的三角眼,拉过她的手不管不顾地大呼小叫起来:"常阿姐,不得了啦,陛下怕是醒不过来了!"

这大逆不道的浑话也能如此声张?真不要命了?她慌忙左右四顾,所幸甬道无人。私下她与承华宫的这对千里眼、顺风耳的姐妹向来交好。

常鹤兰捂住静墨的嘴，拖着她来到僻静无人的角落，警告她："快别声张，这可是以下犯上的死罪。"

静墨当她的话是耳旁风，不住拿眼瞟她手中崭新的丝帕，常鹤兰知她心思，便将丝帕扔给她，静墨不客气地塞进袖笼，在她耳边悄声说："常阿姐，是中常侍万盛大人说出嘴的话。他这人可恶得很，总是贸然私闯后宫，拜会皇后娘娘。也怪，皇后娘娘也不生气，每回都要屏退奴婢，两人躲在里面，叽叽呱呱不知密谋什么大事呢。"

话痨的女人，话题漫无边际。常鹤兰哪有心思去管皇后和中常侍万盛勾搭，她心急火燎地扑打她的肩：

"哎哟，快说陛下龙体这事，到底是如何了？"

"昨夜，中常侍大人偷偷摸摸又溜来承华宫，和皇后娘娘谈到大半夜，我躲在幕帘后，只听见陛下薨逝，扶持谁登基这句话……"

常鹤兰喜得心跳加速，跌足惊呼："陛下薨逝，会不会扶持京兆王继皇位？"

静墨嗤笑着抽出丝帕，扭着屁股往甬道走去，撇嘴说起风凉话："常阿姐，想都别想，连永巷的奴婢们都晓得，能继承皇位的就是西平王金曜熙，朝廷老臣们个个推举，说西平王与陛下最为相像呢。"

常鹤兰傻眼了，心凉半截，暗笑自己痴心妄念，怎么能轮到京兆王？她情绪低落地踏上甬道，拍打静墨的后背，与她辞行："噢，我得去皇宗学堂陪京兆王，你也忙去，横竖这天上是不会掉馅饼！"

春风拂面，燕雀盘旋高空欢叫。常鹤兰埋头赶路，无暇理会这春意盎然的宫内风景，急急忙忙走到鹿野浮屠。

继中书博士羊公允告假后，皇宗学堂的授课老师换成年轻的中书博士杜光文，教授《周易》。

常鹤兰歇口气，从后院的窗台瞅见京兆王与金庆山认真听课的背影，身为书童的文茵站在旁边仔细聆听，她甚觉欣慰。

转身走出竹林，经过鹿野浮屠的普贤菩萨殿，无意瞥见供案的花瓶空空如也，想起尚药局的梨花该开了，不如跑一趟，摘几枝花来供奉菩萨。这般思量后，常鹤兰对守候在殿前发呆的靳采春吩咐两句，急匆匆地迈向尚药局。

随着路途距尚药局愈来愈近，常鹤兰的脚步愈发轻快，内心涌现莫名的哀愁，这尚药局是她的发迹福祉，也是她的伤悲之地。

从虚掩的厚实朱红门缝弯腰进去，刚一落脚，常鹤兰的目光就被高墙下水井边的鸳鸯梨树的密匝匝的青白色花苞所吸引，口鼻间钻来股又甜腻又清新的花香。她忘情地陶醉在沉醉不知归路的神游中。

庭院内，静悄悄地没个人影。

唯有那梨树的花纷纷开且落，井沿撒落白花瓣，常鹤兰欢喜地掀开褪色的蓝花布帘，捏起鼻子问道："太医丞可在？"

走廊堆着药草垛，两个黄毛药童东倒西歪地仰面躺在草药堆上打瞌睡，太医丞皇甫灵躺在藤编的长条椅上，鼻孔飞出响亮的呼噜，原来他们一个个都在睡中觉！

常鹤兰不便去摇醒他们，本来也无事，既不需诊脉抓药，也不用针灸疗伤。她退步出来，走近梨花树前，犹豫着究竟攀折哪几枝梨花带回普贤菩萨殿，插在花瓶内养着合适。

朱红门发出哐当巨响，有人骑马直冲进院，嘴里呜啦啦地乱叫一气："太医丞皇甫灵，死到哪里去了？"

常鹤兰本能地躲在梨花树背后，见这人面目可憎，也不知是宫中哪路得罪不起的神仙。

尚药局的红门完全敞开，陆续冲进来四五位骑马的武将，他们一律挎刀佩剑，气势汹汹地跟随方才的壮汉，齐声吆喝："太医丞皇甫灵，死到哪里去了？"

常鹤兰吓得掩身在一丛迎春花的藤蔓间，见到衣衫不整的太医丞皇甫灵掀开布帘，跌跌撞撞地跑出来，抬头看见领头的武将，慌慌地跪在地上作揖："哎呀呀，是什么风将贵客赵黑大人吹来尚药局了？"

"哈哈哈，是老子路过尿急，借宝地撒泡尿。"武将赵黑翻身下马，伸手扯掉布帘，大步踏进内室，后面的武将也跟他下马进去。

四五匹骏马将本就不宽阔的院落塞得无处落脚，皇甫灵捡起破烂的布帘，站到走廊的草药垛前，等候他们这帮杀人不眨眼的家伙出来。

院内弥漫起浓烈的尿骚味，常鹤兰捂住嘴鼻，只见皇甫灵呆立半晌，突然扔掉布帘，钻进内室，出来时，手里捧着两个银光闪闪的锦缎匣，向正翻身骑在马背的头领点头哈腰："赵黑大人，这是上好的红人参、天麻。"

那位赵大人嘿嘿笑了，接过锦缎匣，瞄了眼后，丢还给他："先不拿了，本大人要去紫华殿捉拿罪人，你派个药童送到府邸去。"

常鹤兰听见紫华殿，唬得眼前一黑，他们要去紫华殿抓罪犯？谁是罪犯？是她还是京兆王？

皇甫灵的嘴角挤着讨好的笑意，惊慌地问道："赵大人，不该是记错了？紫华殿哪有什么罪犯啊？那里是京兆王和乳母居住的地方。"

"你师父太医令慕容白呢？"赵黑大人答非所问，勒住缰绳笑问道。

皇甫灵神色茫然地抱紧锦绣匣："太医令出宫到驸马都尉的大千园了，说是要炮制新药，得有段时间不能回宫哩。"

赵黑举起马鞭，掉转马头，口中高呼："对啰，你师父真是明白人，你得好好向你师父取经，不该问的不问，该装哑巴就当哑巴。"

皇甫灵呆呆立在空庭，内室跑出位被淋湿头发的药童，他夺过锦缎匣，哇哇怒骂："撒尿也不看人的家伙，淋得我满脑袋臭烘烘。"

常鹤兰失魂落魄地钻出来，皇甫灵见她突然现身，连声叫苦："你怎么在这里？还不带京兆王逃命去？"

"太医丞，救救阿姐啊。"常鹤兰抓紧他的胳膊，双腿一软，攀住他的臂膀哀求道。

皇甫灵惊慌失措地推开她："后宫没人能救你们。噢，不，你快去花荫府找驸马都尉武僧觉，他能想法子。"

"武僧觉？花荫府公主若见到奴婢，还不将奴婢打死?！不，太医丞，你和阿姐同去，求求你了。"走投无路的常鹤兰抓住这根救命稻草不放手。

"嗨，药童，把天麻给我。快走，快走！"

皇甫灵拍着脑门，怀揣锦缎匣，拉起常鹤兰跑出尚药局，抄近道直奔昏暗不明的永巷。

花荫府的大门由四名站得笔挺的武将把守，一路急奔，常鹤兰已累得筋疲力尽。她喘着粗气，眼瞅着皇甫灵二话不说，上前抢起锦缎匣捶门，四名武将把他包围得水泄不通，常鹤兰趁机以肩顶开门，挥舞双手失态地高声嘶喊："武僧觉，武僧觉……"一路喊着、跑着，热泪也滚落下来，她想起了被大火吞袭的芦苇丛，想起了他舍命救自己的英勇，想起了与他过去的恩怨爱恨的点点滴滴。

丁香花院的月洞门，被众奴婢群星捧月般围在中间的花荫公主傲然走出来，通身富贵气息的她身穿刺绣紫藤花的拖地长裙，头梳凌虚发髻，手臂的披帛是薄雾般的紫纱，怀中蜷缩只冷眉冷眼的虎皮大脸猫。

花荫公主扬起精心修饰的脸，嘴角浮现出轻蔑的笑意："这是从永巷跑出来的疯婆子？敢直呼驸马都尉的尊名？"

常鹤兰见是公主本尊现身，忙吞咽咸涩的泪水，从合欢树处挪步至花荫公主身前，花荫公主是夺走她情郎的情敌，也是逼迫武僧觉杀死她孩子的狠毒女人。她逼迫自己跪在这位富贵的公主脚下，哀求她救救自己，不，是救救东宫太子的血脉京兆王。

体态丰腴的花荫公主斜睨着她，挤压出肥实的双下巴："哟，这不是紫华殿的乳母常阿姐？锦瑟，还不去请驸马都尉出来，就说他的旧情人来找他了。"

平白遭此羞辱，常鹤兰羞愤得深埋下头，她早就舍弃了妄念编织的梦，为了遥不可及的梦，疲于奔命，最终仍旧活在梦里。

她扑整裙摆，将满腹凄楚抛之脑后，姿态不卑不亢地禀报："公主误会，是京兆王，奴婢是来求驸马都尉救救京兆王。"

"笑话！普天之下，谁敢陷害京兆王？还有没有王法了？常阿姐，你不过是想来花荫府走一遭，何必红嘴白牙撒谎呢？"花荫公主一边捋顺虎皮大脸猫的尾巴，一边以质疑的口吻冷哼道。

被揍得鼻青脸肿的皇甫灵颠滚过来，锦缎匣内的天麻散落满地，他叉手跪覆道："公主，常阿姐此言句句为真啊。"

花荫公主站在合欢树前正疑思间，披身翠绿锦袍的驸马都尉武僧觉大步流星奔来，一脸惊愕地挽起她的臂膀，低声细语："权力之争，哪有王法可讲？京兆王的存在就是对篡位者的威胁，宫内有人对他下毒手也是常理。"

花荫公主呆了半晌，不觉跺脚失口道："京兆王可是在皇宗学堂？那驸马还不快去救他？"她臂弯内的大脸猫受惊了，喵喵叫着跳在地上。

左眼青肿的皇甫灵喜得高呼公主深明大义，拽起常鹤兰，起身跑出花荫府，武僧觉也提上刀，紧随其后。

行至鹿野浮屠石柱前，皇甫灵停住脚步，他手扶后腰，弓腰驼背如大虾，嘴里呼呼喘气道:"常阿姐、驸马都尉,凡办大事,半由人力,半由天意。臣这和事佬也该回尚药局了,可惜,上好的一匣子天麻给糟蹋了……"

驸马都尉武僧觉抽出腰间的银腰带,照头摔过去:"你快走,快回!"

皇甫灵捡起他那条银腰带,连滚带爬地逃去永巷。

"你只是手无寸铁的乳母,如何救得了京兆王?等会儿见机行事,万不可莽撞。"武僧觉额面渗出黄豆大小的油亮汗滴,三步并作两步,边说边冲进鹿野浮屠的竹林。

常鹤兰腼腆地别过身,不敢与他对视,只点头无语。走了两步,在一簇繁密的竹林前,武僧觉突然拉过她,常鹤兰臊得拼命挣扎,被他铁钳般的手臂钳得死死的:"别动。"他语气严厉地命令道。

武僧觉挨近她,一股浓烈的体味将她淹没,他的唇几乎咬着她的耳垂:"你先到普贤菩萨的殿内,掀开挡在供案前的幔帘,普贤菩萨像内里是空心的,我将京兆王带来,你与他钻进菩萨腹内躲藏起来。"

说完后,武僧觉飞奔进皇宗学堂,常鹤兰从眩晕的迷醉中清醒,生死关头,哪里还想什么儿女私情?

她立马掉转方向,朝着普贤菩萨殿跑去。

绿荫婆娑的普贤菩萨殿前,空寂无人。常鹤兰推开紧闭的殿门,随着吱呀的殿门开启,她见到怀抱虎皮大脸猫的花荫公主坐在供案前的扶手椅上,依然神态慵懒地捋猫。

"公主?!"常鹤兰的心脏咚咚直跳,暗自惊疑公主怎么也来这普贤菩萨殿?她是否知道这菩萨像是空心?

"后宫百兽横行,赤手空拳的驸马都尉怎么能对付得了这帮猛兽?打虎亲兄弟,上阵父子兵。对不对,常阿姐?"花荫公主笑了,是请君入瓮的淡定假笑。

常鹤兰本有些拘谨不安,看公主胸有成竹的笃定样,她也镇定下来,鼓起勇气爬向花荫公主。

"公主……"她刚说公主两字,一团黑影重重踏脚进来,驸马都尉武僧觉抱着京兆王冲进殿,披帛拖曳在地的花荫公主惊得从椅内站起身:"是有追兵到了?"

武僧觉转头怒视常鹤兰,瞪大发红双目喝令道:"你怎么还没钻进去?快,带京兆王爬到普贤菩萨肚内去。"

常鹤兰羞愧得一言不发，忙掀开供案前苍黄色刺绣红莲花的布帘，武僧觉也爬进来，挪动莲花宝座的座基石板，露出黑黢黢的大豁口。

武僧觉手掌推着常鹤兰爬进充斥黄泥巴土腥味的菩萨肚内，常鹤兰拉起京兆王的手，两人相互偎依，吓得大气也不敢出。

外面响起人多势众的热闹喧嚣，听话音是武将赵黑，他先向花荫公主、驸马都尉说明来意，口出狂言说他是奉了皇后娘娘的诏令，要将京兆王带回万寿宫。

"皇后娘娘怎么来插手政事？"语态傲慢的花荫公主，嗓音是飞扬跋扈惯了的高亢尖锐。

武将赵黑大约是不惧怕公主的作威作福，他也抬高音量，绵里藏针："公主不会连母仪天下的皇后娘娘的诏令也要怀疑？恕臣得罪，臣听命于皇后，前去紫华殿扑了个空，宫女都说京兆王就在皇宗学堂，也不见人影。还请公主、驸马都尉交出人来。不然，皇后怪罪下来，于大家情面都不好看。"

常鹤兰听见喵喵的猫叫，猜是公主的那只虎皮大脸猫在淘气，随后，响起驸马都尉武僧觉的声音："赵大人息怒，武僧觉与公主刚来这殿内祈福，不承想赵大人奉命恭请京兆王，大人何不四处搜寻，把整座鹿野浮屠掀个底朝天？"

"驸马都尉这招可谓高明，你们这帮傻蛋，还不快去搜查？找到乳母就能找到京兆王！"赵黑来了个骑驴下坡，一帮野蛮人开始东找西查，把个平日里安静无声的雅室，弄得闹哄哄的一团糟。

缩在常鹤兰怀里的京兆王忍不住抡起拳头砸向菩萨空肚，咚的一声闷响，常鹤兰连忙攥紧他的手，蒙住他的嘴。

"什么声响？听着似从这菩萨像传来。"赵黑很是警觉，他令人揭开供案的布帘，常鹤兰暗中向菩萨祈祷，不要让他们发现京兆王。

喵喵两声，供案下蹿出猫来，众人啊地叫着溃散开来。

坐在堂前的武将赵黑听着随从来报搜不到人的消息，虽不甘罢休，但也无可奈何。

殿外有人在催促他即刻到万寿宫，是中常侍万盛大人要他赶回去。

等到这伙人消失后，常鹤兰才松口气，菩萨空心不透气，两人都感到呼吸困难，她壮起胆子轻轻敲打菩萨的腹部，外面的驸马都尉武僧觉揭开石板，常鹤兰以为能出来透透气了，武僧觉丢进鼓囊囊的皮囊与几包肉脯，闷闷说道："常阿姐，还得委屈你和京兆王躲在这菩萨腹中些时日。中常侍万盛联手皇后娘娘传诏令，宫中恐将有大变……"

"驸马都尉，皇爷爷怎么了？"默不作声的京兆王突然发问。

"京兆王，陛下怕会凶多吉少。朝廷大臣推举西平王为皇位继承者，臣与魏喜推荐京兆王，却不知，这老奸巨猾的中常侍万盛有别的打算……"

驸马都尉武僧觉忧虑重重地说完，便将石板合拢，常鹤兰赶紧拍打菩萨空肚，这普贤菩萨殿得留人守护。

武僧觉趴在地上，取下石板，窝在黑暗里的常鹤兰柔声请求道："驸马都尉，将安文茵留在殿内，以抄经书之名，把守在此。"

武僧觉答应她："金庆山也留下，她一个女孩子单独在殿内，容易使人生疑。躲过几日，新的皇位继承者落实后，再出来。"

常鹤兰退进菩萨肚内，置身漫无边际的黑暗中。

她死命地抱紧京兆王，这是既能使她堕落深渊的死棋，也能使她翻云覆雨的活棋。是她的蜜糖，也是她的砒霜。

【第六十二章】

皇后玉玺　赫连雪云

　　冬去春来，绿油油的爬山虎，将承华宫内的整座影壁全面侵袭，向上攀爬的气势彻底盖过刚冒出纤弱、柔嫩新芽的忍冬。皇后赫连雪云跨出宫门，走下台阶，沿着影壁，在落日余晖里轻移莲步，深思未来。

　　她从未想过有朝一日还能有机会荣升为皇太后。

　　在大恩寺，黑猩猩中常侍万盛曾对她说过，陛下赏赐给她的荣华富贵，他还能锦上添花。当时，她嗤之以鼻，认为万盛不过是宫内卑贱的阉竖而已，能掀翻什么巨浪？不要说陛下了，朝廷百官、王公贵族，谁会将来历不明的阉人放在眼里？他不过是会些奇淫巧技诣媚帝王的小人物，宫内命若蝼蚁的奴婢。

　　昨日暮昏，这只黑猩猩在无人阻拦下，公然闯进正殿——他是愈来愈气焰嚣张，也许，是他买通承华宫侍奉她身边的奴婢，方能如此横行霸道。

　　赫连雪云正独自浅斟慢饮，暮春黄昏，无端使人平添些许惆怅。她斜靠睡榻，桌上摆了碟下酒菜、一壶桑落酒，横放管青幽幽的青玉笛与芍药花的玉佩。快到她的亲兄弟赫连盛的忌日了，也是赫连家族数百口人的忌日。

　　不是没想过复仇，她只是手无缚鸡之力的女儿身，有心无力。半壶酒落肚，酒气涌上头，双颊微微热烫起来的赫连雪云拾起芍药花玉佩，在手心摩挲，眼泪随之纷飞。芍药花有将离之意，想人间最苦是离别，花谢了初夏近也，月缺了月圆将至，人离别了，可就难有重聚之时。

　　倒背双手的中常侍万盛哂笑着从幕帘后走出来。

　　"皇后娘娘也喜欢独乐乐？"

赫连雪云虽沉浸醉意中，也觉愕然，忙将玉佩塞入袖笼，挺起后背坐直身，强颜欢笑："闲来无事，小酌一杯。中常侍大人怎么有空来承华宫？"

明知这只黑猩猩是不会做无用功之辈，陛下昏醉未醒，怕是他另有所图。赫连雪云拿手指向桌前的锦凳，要他落座。

"老臣特来恭贺娘娘大喜。"万盛跪在地上，作揖相庆。

"喜从何来？"她并不觉得诧异，这厮说话素来胆大妄为。

万盛不等她发话，撩开黑披风，抬起屁股坐在锦凳上，跷起二郎腿，伸出猴爪般的手执过酒壶，张口对着壶嘴，兀自扬扬得意地吸溜起劲。

他丢开空壶，掩嘴低语："娘娘可记得老臣曾应许他日锦上添花色愈鲜之事？"

赫连雪云捡起凉沁沁的青玉洞箫，横放双膝，淡然轻笑道："记得又如何？不记得又如何？"

"老臣今日来，就为告知娘娘，娘娘即将有荣升皇太后的好运……"话至中途，他故作神秘地引她上钩。

赫连雪云警觉地抬头张望，四壁无人，唯有供案上的铜貔貅喷射出丝丝缕缕的龙涎香。

"是陛下龙体康复了吗？"她眼帘低垂，继续把玩青玉洞箫。能封赏她为皇太后者，非陛下不可。

中常侍万盛见她言语冷淡，怒不可遏，大发牢骚："不，陛下只怕醒不过来了……哼，娘娘眼里心中全是陛下，对啰，满朝文武百官，谁能将老臣这阉人瞧上眼？你们一个个谁不是看着冠冕堂皇，满口仁义道德，内里不过是自私自利的势利眼？都嘲讽老臣是泥潭里的黄鳝，老天爷不会让黄鳝没个出头之日吧？谁都有个运势高低。"

赫连雪云不理会万盛这通语无伦次的胡话，心中所系是陛下会长睡不醒的大凶之事，她惊骇地探身逼问："你把陛下怎么了？"

中常侍万盛抖抖他那襟带粘连黑羽毛的披风，退身到纱窗幕帘前，拿手抓起一角纱帘撕裂后，狞笑道："皇后娘娘这话问得蹊跷，臣哪有本事将当今天子怎么样？娘娘该问上苍诸神，陛下的生与死掌控在诸神手里，中书博士们不是老说什么天授神权？"

赫连雪云至此醒悟陛下再也不会醒来的残酷事实，恐慌之下，她咬咬牙，端起酒盏，将残酒吞尽，娇喘地问他："大人要将本后如何处置？"

中常侍万盛阴阴笑着，不言语，唰地拉开纱窗前的幕帘，背后赫然站立一位黄发蓬乱的貌丑如鬼的驼背男子！

赫连雪云又惊又窘地倾倒在睡榻的羽毛枕前，这还了得！万盛能将人藏在她的寝宫，自己却浑然不觉！整座后宫不全在他的掌控之下？

他们在高位者，天性就会鄙视地位卑贱的这些阉人、奴婢。是，他们一个人是一滴水珠，可一群群汇聚就是大海，水能载舟也能覆舟，如此浅显的道理竟被高位者忽略，这难道不是身居高位者的愚蠢？

东方鸾叉开六指肉掌，笑比哭还难看，咧出满口黄牙："皇后娘娘勿要惊慌，中常侍大人意欲扶持南越王继任皇位。陛下薨逝，尚未留下谁是继承者的遗诏，就得需要娘娘的皇后玉玺来传诏。"

赫连雪云暗自寻思，万盛是有备前来，若抗拒不从，怕是小命难保，他们仍能找到皇后玉玺，假传诏令，她是跳进黄河也洗不清；若顺从他们，不仅违背列祖列宗，有辱皇后使命，他日遭到清算，也难逃罪责……左思右想，还真没个两全其美的计策容身，只得走一步看一步了。

她惴惴不安地起身，行至妆奁前摸出银锁，开锁取出皇后玉玺，放在桌面，心惊胆战地坐回睡榻，腋窝夹着羽毛枕，不发一言。

中常侍万盛快步走来，攥紧玉玺，笑得合不拢嘴："陛下常夸皇后娘娘冰雪聪明，是后宫脂粉队里的英雄，果不其然！"

赫连雪云听他这奉承话，犹如被人拿刀戳烂心脏——她这叫冰雪聪明？那是她苟且偷生的委曲求全。她的心在滴血，木然望向纱窗外，影壁的爬山虎叶上，蹲着只眼神凌厉的野猫。她一惊，如见到陛下那对寒光闪闪的龙眼在质问她，她心虚气短地扭过头，撞见中常侍万盛那对贼溜溜的猴眼，他胆大妄为地直视她，狡黠地笑道："娘娘，南越王登基后，老臣会向他请求封赏娘娘为皇太后——老臣不是忘恩负义之徒，有恩报恩，有仇报仇。"

随后，手指梳理披风上的黑羽毛，向东方鸾招招手，躬身屈腿辞行："娘娘静候佳音，老臣告辞。"

赫连雪云躺在睡榻上，目光空洞地望向屋顶的菊花纹藻井，陛下薨逝，她不再是谁的皇后了。若南越王顺利登基，就该菊夫人扬眉吐气了。人生在世，不是有离别之恨，就是有衰亡之憾。

奴婢寂语端来热茶，走到窗前眺望远方，捡起地面的纱帘碎片，神色狐疑地问她："娘娘，是野猫闯进来撕烂纱帘吗？"

赫连雪云翻过身，想起躲在幕帘后的东方鸾，心有余悸地含糊其词："你快把这些幕帘统统拆掉，清洗、晾干后再挂起来。"

静墨哼唱着小曲跳进来，手里扯着丝帕，赫连雪云摇手要她过来搀扶自己走下睡榻，天气渐有炎热之气，她褪掉手臂的披帛，想要出去走走，散散酒气。

影壁的爬山虎比起往年来长势更为喜人。赫连雪云略略扫了一眼，皇后玉玺被中常侍万盛带走后，他们究竟会假传什么诏令，还不得而知，她焦虑地沿着殿庭慢慢走到廊下，寂语和静墨两人一边拆掉纱帘，一边闲谈的话音，一字不落地掉进她的耳朵。

"寂语，那常阿姐还痴心妄想，陛下薨逝，京兆王能继承皇位呢。真是人人都想吃天鹅肉。"语速如同炒豆子又快又急的是静墨。

"不说是西平王吗？京兆王年纪尚幼，怎么也轮不到他啊。"

"可不是？听万寿宫的奴婢们私下传言，是驸马都尉武僧觉想举荐京兆王来着。"

"这一来，岂非乱套了，陛下倘若苏醒呢？他们一个个的心机不就白费了？"

"陛下不会醒了。"静墨语气极为肯定。

"你又不是太医令，也没在万寿宫当值，怎么确定陛下不会醒？"

"哼，忘记我的绰号是顺风耳了？中常侍大人溜到娘娘寝宫，我偷听到……嘘，你我姐妹知道就好。"

赫连雪云听得悚然心惊，这对长舌妇奴婢是不能留活口了。她既能偷听陛下薨逝，自己与万盛的交谈……不寒而栗的恐惧使得她下意识地抓住胸前盛有胡蔓草毒汁的香囊。

风吹来一股桂花糕的香气，赫连雪云昂起头，瞥见鹦鹉臂弯挎了个朱漆食盒，慢腾腾地正从宫门走向寝宫。

"鹦鹉。"赫连雪云心有所动，提起裙摆，碎步奔向她。

"咦，娘娘，怎会站在风口上？"鹦鹉眼角显露细密的鱼尾纹，话里有话地笑着道。她弯腰拉开食盒抽屉，果然一屉雪白松软的桂花白糕，上面均匀撒满点点朱红的金桂花，甚是赏心悦目。

赫连雪云直起腰身，幽幽叹息："陛下昏醉未醒，本后想明日到大恩寺为陛下诵经祈福。"

鹦鹉慌忙收敛笑意，稍加思索："娘娘，那奴婢去安排，备些时令瓜果、新蒸些桂花白糕给庙内的和尚们。"

赫连雪云望望天边一团暗淡得快要消逝的红云，想起人人都会如这红云，终究要消亡，或迟或早。她扯下香囊递给鹦鹉："给这桂花白糕加点香囊内的香料，赏给寂语、静墨享用。明日上香，带上她们，帮庙内师父干点粗笨活。"

鹦鹉不知香囊内的胡蔓毒草汁，欢天喜地地接在手里，爱不释手地翻来覆去看不停："娘娘，这香囊刺绣的梅花鹿活灵活现，绣娘的手艺可真好。"

赫连雪云扑哧笑道："你若喜欢，香囊就赏你！不过，这屉桂花白糕不准偷吃，赐给寂语、静墨。"

天刚放亮，身披黑披风的赫连雪云，头戴遮风避雨的纱帽，包裹得严严实实骑马出宫。

她们一行四人、五匹马，一匹枣红马上载满内里装有上香所需物品的包裹；鹦鹉、寂语、静墨各骑匹快马，上到官道，两旁是树冠齐崭的白杨树，风吹绿叶，哗啦啦似孩童绽放的笑声。

到大恩寺山脚的驿站已是午时，路旁的迎春花谢了，剩下葱茏蓬勃的枝条，匍匐路旁，迎来送往。

"娘娘，要不要歇口气再上山？"鹦鹉滚下马鞍，过来扶她落地。

赫连雪云瞟了眼面色发青、萎靡不振的寂语、静墨，暗自估量食用胡蔓草毒汁桂花糕的这对姐妹，毒性发作也就在傍晚时分，便把头一摇，语气坚决："不，一鼓作气，到山上用斋饭。方圆百里的诸多香客都冲这口香稠糯软的豆粥来上香礼佛。"

上到重新粉饰的山门，赫连雪云令寂语、静墨先把供品抬上正殿，报与住持方丈。

她俯瞰山脚，散落在桃红杏白间的村舍茅屋，炊烟四起，田园牧歌恍如世外桃源。想起十年前死在大恩寺内的朝露夫人，她的魂魄自由飘荡在这风景秀美的郊外，比起供奉在沉闷窒息的后宫强得多。

"娘娘快看，跑过来个俊秀的和尚哩。"鹦鹉掩嘴笑道。

赫连雪云转过身，佛前檀香扑鼻盈面，一位双手合掌，胸前挂串白色佛珠的年轻和尚，缓步走近。

她抬眼望去，十年了，大恩寺的住持方丈应该是更换新人了——内心涌现莫名的失落与伤感，再辉煌的旧势力都抵不过新生事物的力量，她的皇后宝座也会被后人取而代之。

那和尚虽是低眉顺眼，但通身气韵不凡。他作揖朗声说道："贫僧永信，不知皇后娘娘大驾光临，有失远迎，乞请娘娘恕罪。"

风吹的他玄黑色僧袍簌簌作响，赫连雪云抬手遮眼帘："这春风也有夏风的焦躁之气呢，有劳永信师父，本后十年未踏足宝刹了，乍然造访是为陛下祈福。"

永信和尚前头带路，边走边说道："娘娘，祈福莫过于心诚。可为陛下供奉长生牌位，贫僧连着三日诵读《地藏经》，替陛下超度业力纠缠的冤亲债主。"

从山门到庙门，路边花圃栽种有粉红的芍药花，在阳光下招摇它们美丽的容颜。赫连雪云见到此花，压抑心底的伤痛喷涌上来，她忍泪低语："听从师父安顿，人生一场，谁都要承受聚散离别之苦，谁也无法逃离命运起伏的兴亡常理。"

永信和尚停住脚，手捻脖间白珠，口念佛号："阿弥陀佛，一切随缘而聚散，是故此处最吉祥。"

赫连雪云听的怔怔不语，鹦鹉蹲在花丛间，摘下朵红芍药递给她，赫连雪云摆摆手——念桥边红药，年年知为谁生？

她轻声问永信和尚，庙内的长生牌位是生者与亡者都可供奉吗？永信和尚回她是。赫连雪云若有所思，对鹦鹉发话："鹦鹉，到时给寂语、静墨各写上副长生牌位。"

"娘娘，她们两个无病无灾，供奉什么长生牌位啊？"不明就里的鹦鹉扯烂手里的芍药花花瓣，很是不满。

赫连雪云觉得她真是憨直可笑："你若想要，也给你供奉一副就是了。你们先去吃点斋饭，饭后在正殿摆好供品。"

说话间，一只绵羊和一只梅花鹿从山坡的山楂树跳跃出来，闯进芍药花圃，旁若无人地嚼食花叶。

"寺庙还养绵羊和梅花鹿?"赫连雪云问永信和尚。

"娘娘误会了,出家人不能杀生。这绵羊与梅花鹿是从山下集市的屠宰场偷跑出来的。到了大恩寺,也是它们的缘分。贫僧自作主张将它们放养在山林。"

不杀生?赫连雪云想到寂语、静墨要是被毒死庙内,这永信和尚会不会起疑心?她有些迟疑,垂头啃食花叶的绵羊养得肥壮,不时抬头,咩咩地朝她叫唤着。

"娘娘缘何要给两位大姐供奉长生牌位?可是另有隐情?"永信和尚走近花圃,扯把嫩草喂绵羊。

赫连雪云踏步花丛,在开得娇艳的芍药前驻足,神色凄婉:"她们一个是千里眼,一个叫顺风耳,在宫里听见不该听的,看见不该看的,又误食有毒的脏东西……本后不忍她们横尸后宫,借着为陛下祈福,带到大恩寺,看看佛菩萨能不能度化她们?"

永信和尚拍拍掌间的碎末草屑,凝望远方的群山,平缓道来:"旁人都以为和尚修道无须用功,其实不然。饥来吃饭,困来即眠就是用功。红尘中人便不同了,吃饭时不肯吃饭,百般须索;睡时不肯睡,千般计较。娘娘放心回宫,留下这两位大姐,由贫僧来照应。"

这个年轻和尚还真有些见识。赫连雪云对他生出另眼相待之意:"那就劳烦师父,好生调教本后这两位顽皮的奴婢,本后还得赶回后宫。"

"娘娘,贫僧给陛下、娘娘都供奉长生牌位。"

"怎么?师父难道认为本后是将死之人?"赫连雪云扭动腰肢,勃然动怒。

永信和尚面不改色,低头沉吟:"陛下与娘娘已是死生相隔。娘娘有佛性慧根,贫僧既与娘娘有这一面之缘,不妨实言相告,娘娘,南越王一旦登基,将有德不配位的大灾,他的帝王气数不久矣!望娘娘多种福田。"

"师父有神通法力?"赫连雪云暗自吃惊不小,这和尚法力高明,自会识破她下毒害死两名饶舌妇的手段。

永信和尚也叹了口气:"佛法传道,不懂点神通法术,同样寸步难行。八万四千法门,就是要开方便之门。娘娘福泽绵长,宅心仁厚。就算有日火烧到身,也会逢凶化吉。"

赫连雪云听得痴呆了,咂摸那句逢凶化吉,似乎隐喻她将有大祸临头?想起交出皇后玉玺给万盛那一刻,她已是为虎作伥的罪大恶极之人了。

一腔愁闷，无人诉说。周围看时，满地芍药花开，庙门前闪出鹦鹉的身影，她拿衣襟兜起一堆娇黄玲珑的熟杏，眉开眼笑地走过来。

永信和尚举手指向那堆黄里泛红的杏子："娘娘，这后山向阳处长了数十棵野杏树，早开花早结果，比起平城要早三月哩，也算稀罕。贫僧亲手摘取，洗净供奉菩萨后，拿来敬献给娘娘尝个新。"

赫连雪云瞅了眼鹦鹉怀里的野生黄杏，牙帮子就泛出酸意，她强掩饥渴的欲望，神情庄重地向永信师父辞别。

"为陛下祈福的法会，有劳师父费心。"

随后，转头命令鹦鹉下山回宫。半道上，鹦鹉还颇为担忧："寂语、静墨两人留在庙内就快活了，娘娘不怕她们私自偷跑下山不再回宫？"

"她们去哪里有何干系？本后的承华宫，有你一人足矣。"赫连雪云扬起马鞭，不以为然地撇撇嘴。

抵达后宫已是酉时。

赫连雪云踏进承华宫，刚穿过影壁，便觉怪异。她的寝宫内怎会红烛高燃，哭声震天？不会是宫廷政变，血战到她这里来了？

"娘娘，听哭声是陛下的几位椒房，莫非……"鹦鹉眼里露出惊恐之光，她吞吞吐吐地咬断半截话头，手一松，黄杏滚落在地，好些个骨碌骨碌跌烂了。

赫连雪云愤怒地狠瞪她，真是成事不足败事有余。莫非陛下薨逝，他的后宫椒房们跑到皇后这里来哭丧了？她咬紧下唇，暗暗告诫自己是深宫多年的老人了，不该遇事慌张。

她疾步冲进去，西平王的阿娘白氏扑在睡榻前，哭得撕心裂肺，楚阳王的阿娘姜氏在旁假惺惺地作势安抚，她们的四五位奴婢，呆若木鸡，傻站在宫内角落，状若木雕泥塑。

这帮人不顾她皇后高位，胡乱跑来撒野，赫连雪云肺都气炸了。她上前出手一掌把正在啼哭的白氏推翻在地，抬身压在睡榻，怒吼道："谁要你们擅自闯进皇后的寝宫？"

白氏止住哭声，甩甩披垂后身的及腰花白长发，抬起灰败的泪脸，双手抱紧她的腿，哭泣道："娘娘，请为妾身做主啊。万盛，中常侍万盛那挨千刀的阉竖趁陛下昏迷不醒之际，假传皇后诏令，迎西平王入宫，却派人把西平王活活打死在永巷。平日与他无冤无仇，这便是杀人可恕，情理难容！"

赫连雪云惊得似吃了麻药，浑身动弹不得。这厮果真大逆不道，为了扶持南越王，胆敢谋害陛下的其他皇子？按理，她这皇后就该处决他。奈何手无兵权，早先已将皇后玉玺交出去，自己也属一丘之貉了。

"姜氏，你可慢慢道来，那阉竖还干了哪些违背祖宗的恶事？"

"启禀皇后娘娘，他们正在追杀京兆王。"

赫连雪云暗暗叫苦不迭，权力斗争，历来是你死我活，胜利者都会斩草除根。这阉竖是要断绝皇室子嗣？她这罪过是要堕落无边阿鼻地狱啊。

赫连雪云惊惧不已，起身来回踱步，急得如热锅上的蚂蚁。楚阳王的阿娘姜氏年长，行事风格较为老辣，言语间也不显慌乱："娘娘，得想个法子，不能任由那阉人胡来啊。整座后宫，谁不如惊弓之鸟？楚阳王、临怀王都跑出宫外去躲了。我等弱女子没奈何，跑来承华宫，想着姐妹一起，好歹能有个照应。"

姜氏这话提醒她，赫连雪云明知故问："咦，菊夫人怎么没来？她家的南越王也出宫躲灾了？"

"娘娘，我等椒房自住一处，离菊夫人的重英殿也远，况且，素日也没个交情……"

赫连雪云见她们不知情，万盛是要推举南越王为帝，南越王登基，万盛允诺将她册封为皇太后……她闭上眼，皇太后的宝座是踏在西平王、京兆王的尸身上……世间荣华富贵，就是这般残忍的现实，一批人的流血成全另一帮人的荣光。

"白氏，没了西平王，陛下昏睡不醒，你有什么打算？"

"妾身但凭娘娘做主。"白氏埋头俯身，散落地面的斑白长发，触目惊心。她捶胸顿足，几欲哭晕过去。

赫连雪云怅然叹气："没了子嗣的椒房在后宫等死，尚不如离宫出家削发为尼，落得个六根清净为好。"

"妾身命苦啊！娘娘也要出家？那妾身追随娘娘去。"白氏抬起泛红的泪眼，还当这出家是充满希望的新生活。

赫连雪云做不得声，暗中冷笑，自己是要当皇太后的女人哩。窗外夜空，一轮月牙升起，赫连雪云感到身心俱疲，她歪坐睡榻边沿，懒懒敷衍她们："姜氏、白氏，你们若是惧怕那厮，就住在本后的承华宫；若不怕，还是各自回自家殿院，等陛下苏醒，再报此仇恨。"

两人踌躇良久，姜氏发话，她愿领着白氏回到她的寝殿，听候消息。这两人一走，赫连雪云就令鹦鹉关好门窗，坐在扶手椅内，闭目沉吟，她比谁都惧怕死！

面色发青的鹦鹉手持灯台，也是吓破胆的窝囊样："娘娘，要不要向中常侍大人求个情，好赖留下京兆王的性命……"

那中常侍万盛杀红了眼，就看京兆王能不能自求多福了。赫连雪云不耐烦地摆摆手："去瞎掺和什么？以静制动，熬过这几日自会有水落石出的结果。"

次日，传出陛下薨逝的噩耗，后宫笼罩在愁云惨淡的悲恸中，二日后，南越王登基，万盛派来新任的黄门侍郎赵黑捧上皇太后金册、金冠到承华宫贺喜。

"中常侍大人，找到京兆王了？"面对金灿灿的皇太后头冠，赫连雪云并没过多的惊喜，只感到深深的悲凉与后怕，这是她交出皇后玉玺、背叛陛下的回报。

黄门侍郎赵黑笑道："娘娘，该改口称呼大人为秦郡公了。秦郡公总督中外诸军事，大权在握。"他顿了顿，"京兆王有花荫公主撑腰，暂时饶过他一命。"

赫连雪云听闻京兆王平安无事，反觉有后患不除的惊恐不安，对荣耀加身的万盛，更添厌倦，这厮以阉竖卑贱身份，胆敢自封为秦郡公，这天下被此种贪得无厌之徒掌控，极易酿成大乱，自己已是罪不可赦。她惊恐地强笑着应付道："本后叫惯了，一时口误。"

"皇太后，也要改口了，娘娘不再是娘娘，是皇太后。"赵黑谄媚笑着恭维她。

赫连雪云尴尬地报以苦笑，她没说出嘴的是当惯了皇后娘娘，这凭空而来的皇太后，名不正言不顺。

【第六十三章】

宗庙枣林　金曜明

继位没多久的新帝王金曜明对秦郡公万盛忽然动了杀机。

这日，他在驸马都尉武僧觉的大千园内骑马，捕获上百头飞禽走兽，喜得就要大开宴席，宴请东道主武僧觉。

宴席设在大千园内的满庭芳，铺排整桌的肥鸡、鲜鸭、鲈鱼，并时令瓜果蔬食，加上数十坛"千日醉"的醇酒，一切就绪，左等右等就是不见驸马都尉的人影。

"马庸，出园看看，驸马都尉是被什么绊了脚？"金曜明等得心焦，继位半年有余，履行同分天下的许诺，将朝中政务要事悉数交由秦郡公万盛处置，他乐得当位清闲帝王，成日狩猎游乐。

马庸揭开门帘，额面青瘀的驸马都尉武僧觉撞头进来，紧跟着鼻青脸肿的中书博士杜光文、手执紫藤老寿星拐杖须发皆白的羊公允。面色阴沉的三人并列堂前，皆垂首不语。

"呦呵，你们三人约好从马背一起摔下来？一个个苦哈哈作甚？倒像是朕欠你们多少金叶子！还不先入席？"金曜明坐在龙椅上，拍拍龙椅的扶手椅谐谑道。

"陛下，秦郡公无法无天了，冲进皇宗学堂，不分青红皂白下令他的侍卫段天霸、黄门侍郎赵黑偷袭驸马都尉及正在授课的中书博士……那厮五十有三的年纪，按理说已近耳顺之年，却仍是街上泼皮无赖的本性，以刁难人为乐。"年轻的中书博士杜光文揉揉渗血的鼻头，神情苦兮兮地将来龙去脉说出来。

气得吹胡子瞪眼的羊公允刚坐在椅内，便拿他手里的紫藤老寿星拐杖咚咚地敲打地面，话音颤巍巍道："陛下，老臣听圣人言，善为国者，内固其威，而外重其权。陛下万万不可纵容秦郡公，想想前朝加害君王的宦官，谁不是人前唯唯诺诺，背后心狠手辣？他敢诛杀西平王，追杀京兆王，说明他根本就未敬畏过君王、国法。"

遇此败兴之事，金曜明收敛笑容，愤怒地抓过酒樽，没滋没味地自斟自饮。肚内寻思：那秦郡公万盛与东宫太子本就结怨很深，早就想弄死京兆王，以绝后患。若非他怜惜东宫的这一脉骨肉，百般阻挠……他打了个寒噤，一手抖动，酒樽的酒滴溢出手背。

"那阉竖又不是吃斋念佛的人，怎会跑去鹿野浮屠？"

坐在他下首的驸马都尉武僧觉，本是性情平和的老实人，忍不住火气爆发："陛下，武僧觉本是到皇宗学堂接金庆山同回大千园。是那厮，是秦郡公溜达进鹿野浮屠，闯进学堂，不意撞见京兆王正在抄写经书，也不知触犯他哪根筋了，就吆喝起他的守卫，要来捉拿京兆王，臣等三人见状，才与他们大打出手……"

金曜明抿抿嘴，恨恨地扯下肥鹅的油腻肉腿："他把京兆王如何了？"这鹅肉炙烤得咸香酥脆，鹅皮入口化渣，本是天底下难得的美味，但此时全无胃口。

武僧觉抚弄额头的瘀青伤痕，摇头叹气："臣等三人合力相助，京兆王总算是脱了身。臣等三人怕性命难保，谁让他统管三军？俗话说得好：'不怕官，只怕管。'这才相约奔来，跪请陛下管教管教他。"

金曜明把半截鹅腿丢弃，一面擦拭手上的油，一面嘴上安抚驸马都尉武僧觉：

"驸马都尉多虑了，那阉人不过是朕豢养在身旁的一条狗，哪敢有加害公主夫君的痴心？"

言毕，他抓起金樽，咕咚咕咚地将残酒喝完，触目红红绿绿的杯盘碗盏盛满的佳肴，打起精神，强装欢颜招呼几位心怀不满的臣子们饮酒吃菜。

老臣中书博士羊公允端起酒盏，以杞人忧天的口吻谏言："陛下，不然也。庸主赏所爱罚所恶；明主则不然，赏必加于有功，刑必断于有罪。陛下登基，大开国库，厚赏众臣，但几人会念着陛下的好？秦郡公诛杀西平王在先，后敢追杀京兆王，他有何不敢？他的胆量还不是仗着陛下宠溺，恣意妄为所致？"

金曜明被中书博士说落得嚅嚅无言，想到万盛猖狂的狞笑，心中陡然升起深重杀机！他挥掌拍桌，切齿怒喝："朕本待他不薄，他偏专权跋扈作死，怨不得朕对他无情无义了！"

掌力震得青釉瓷酒盏骨碌碌滚落在地，被砸得粉碎。

身着青衣布袍的中书博士杜光文激动地撂下竹筷，手捧盛有千日醉的酒盏，跪拜道："陛下，明日夜间要去祭祀宗庙，何不趁机将秦郡公一伙拿下？"

金曜明心思一动，举起放至唇边的酒盏，眉头微皱，迟疑不决："明日夜间祭祀宗庙，若一味大开杀戒，对列祖列宗岂非大不敬？"

素不插手朝政、淡泊名利的驸马都尉武僧觉，似乎也被秦郡公的暴行激怒了，他仰起紫红的脸庞，义愤填膺地撸起衣袖，抡高拳头，话语急切地鼓动他："陛下，做大事者不拘小节。秦郡公屠杀西平王这般倒行逆施，纵使列祖列宗在世，也会助陛下一臂之力，将那阉人千刀万剐呢。"

两人左一言右一语，闹得金曜明乱了方寸——明日晚间，是不是太过仓促了？他拿不定主意。虽为帝王，实则形同傀儡，秦郡公掌控他的出行，羽林郎魏喜、史鼎都归秦郡公调遣。

众人沉默不语，时间悄然划过。

窗外有夜鹰飞过，金曜明不安地抬起头，一只猫头鹰瞪大棕黄色的双目，蹲在廊檐，诚如那阉竖万盛，死死地盯视他。他吓得一个激灵，蓦然醒悟自己从心底就惧怕那似猴非人的阉人！他揩干额面冷汗，语不成句：

"朕，朕自不甘当个提线木偶的君王，那厮，那厮太过凶悍狡诈，戒备又严，须得从长计议……"

中书博士杜光文抖动双袖，拿手遮挡红肿瘀青的左面颊，不慌不忙道来："陛下，不可心软！依臣计，明日早朝，先寻秦郡公个不忠君的罪名，强行解除兵权，不剥夺封号勋爵，打压他的嚣张气焰，这是第一步；第二步，将他身旁的赵黑、段天霸之流罗织罪名，赶出宫廷，任个虚职，流放到偏远荒凉的西北边陲。皇权统揽于陛下一人之手，陛下方为一人之下，万人之上的国君。"

杜光文的这番话，说到他心坎了。金曜明何尝不想独揽大权？他神情激动，执起酒樽，给四只空酒盏注满醇酒，示意他们各自端起酒来。

"诸位爱卿，朕登基后全在狩猎游玩，奢华无度享乐，不似圣人贤君所为，从明日起，朕要改过自新！"说完，他吞尽酒，扬手把酒盏摔成碎片，脱掉用百鸟羽毛、波斯蓝宝石装饰的贵重袭衣扔在地，对天赌咒发誓："朕若再沉迷享乐，当如此酒盏!"

"陛下英明!"羊公允如老来得子,喜得撩起衣袖擦拭面上的两行浊泪,瘸着腿,要向金曜明跪拜行君臣大礼。

金曜明摇手阻止,内心的感慨犹如风云激荡,虽是心虚于篡夺皇权,为图心安理得散去国库金银财宝,违心要万盛专权是不想落下卸磨杀驴的口实;但坐稳皇位,还得收起玩心,殚精竭虑地管理朝政事务,方不辜负这大好河山与天下苍生所望。

这番思绪后,金曜明站起身,再次端起酒盏:"诸位爱卿,朕将这坛'千日醉'喝光,这酒席便散了。以后朕的弓箭、宝刀不再用来猎杀飞禽走兽了。"

"陛下开悟了,阿弥陀佛,幸哉幸哉!"驸马都尉武僧觉笑容可掬,双手合掌,走近向他道贺。

中书博士杜光文饮完盏中酒,哽咽着抹把泪:"陛下,臣不佞,不能奉承王命,以顺左右之心。若陛下愿成为贤圣之君,臣甘愿赴汤蹈火,为陛下分忧解难,万死不辞!"

金曜明见这帮臣子以心交心,不觉泪湿襟袍,想来前些年月的时光虚耗了,从今往后,他要改头换面,躬身自省,成为与父皇比肩的霸主明君。眼前晃过他的守卫马庸,手托盆黄澄澄的野果,码在剩半条鹅腿的盘上,这鹅蛋大小的野果,在灯火照耀下,散发着诱人光芒。

众人都觉讶异,尚未见识过此种黄金果哩。

他望向马庸,这位长相奇特的高车人笑容神秘:"陛下,大恩寺的永信和尚派人送来后山野树结的黄金果,专程献给陛下尝鲜。"

"诸位爱卿,吃掉黄金果,明日早朝见!"金曜明抓只黄金果,果实饱满,汁水甘甜,真乃人间的神仙果。他连吃五个,这才罢休。

次日,待金曜明醒来时,已是日上三竿了。他悔恨交加地拍着脑门,这可耽误大事了!转头怒气冲冲喝问起马庸怎不及时唤醒他上早朝。

"陛下,秦郡公来时,见陛下睡得踏实,便嘱咐臣不要打扰陛下美梦,说陛下难得睡得安稳。他径直到万寿宫前殿,对文武百官说无事散朝。"

金曜明翻身从龙榻上起来,愤愤不平:无事散朝?哼,他都敢替朕做主上不上朝,那还要朕这个傀儡作甚?

他俯身将头埋在金盆的热汤里，消散宿醉。热汤的雾气润泽他疲乏的双眼，他拿起香巾擦干脸上的水滴，随口问马庸，眼下是何时辰了。

"回陛下，已过午时。"

"嗨，误了朕的大事。朕纳闷了，昨夜并未喝醉，如何酣睡不起？难不成是那黄金果里有古怪？"金曜明伸展双臂，站在铜镜前，呼啦围上帮宫女，伺候他更衣。

"陛下，臣随秦郡公到前殿，都未见到驸马都尉、两位中书博士的身影，可能都睡过头了，兴许真是那黄金果有催人睡眠的疗效？"

马庸这番话，听得金曜明情绪低落，他不再吭声，是老天不想他成为贤君吗？

穿戴齐整的金曜明快快地步出寝宫，暑去秋来，风声已有秋日萧瑟的凉意。他手搭廊前白玉栏，低头深思，素日来不是狩猎郊游，就是饮酒作乐，被一帮人吹捧着，热闹惯了，今日清闲下来，便又觉内心空荡荡，好不迷惘、孤独。他叹口气，抬头遥望天际变幻莫测的云彩，呆呆出神。

"陛下，可是在思虑捕获猛兽的良策？"身后传来秦郡公万盛阴森森的腔调。金曜明听出他话里话外的讽刺意味——他真当朕是吃喝玩乐的昏君了。他难掩心中不快，只得装作耳聋，手托腮帮，把眼抬起，观赏天空云彩，忽而是匹骏马，忽而是冲天腾空的怒龙。

"陛下，该出发去祭祀宗庙了。"万盛见他不出声，疾步走上前，扭住他的臂膀，催促道。

金曜明竭力挣脱，试着要摆脱他对自己的掌控。

"急什么？这可真是皇帝不急太监急。"他冷笑道。

"陛下，老臣已安排好护驾随行的羽林郎魏喜、史鼎、段天霸。他们已在前殿殿庭恭候陛下启程。"

金曜明回转身，长年系着黑披风的万盛垂首跪地，他已两鬓斑白，见老态——谁也免不了生、老、病、死的轮回规律。他想起昨夜酒宴上的密谋，万盛是非除掉不可了。先卸下他的左臂右膀黄门侍郎赵黑、贴身守卫段天霸。

"段天霸不是你的护卫？将他换成驸马都尉武僧觉，朕先歇歇气，未时出发。"

他扭身望向空旷的远方，语气淡漠——在万盛面前，他极少表现出冷漠态度。有时想来，人心虽可怕，但时间才是隐藏最深的刽子手——时过境迁，皇朝会因权斗崩解，家族则为利益分化，同盟终将因猜忌而彼此背叛。

"老臣遵令。"

万盛奸笑着耸耸肩，以无所畏惧的傲慢眼神回应他。

当金曜明遭遇偷袭，负伤躺在枣林下，蓦然忆及万盛那对如蟒蛇般阴冷的双目盯视他露出的诡异笑意时，才恍然大悟，万盛在那时就动了杀机，悔之晚也，是太过轻敌导致败北，还是自己的宿命如此——成也万盛，败也万盛？

祭祀完毕，已是酉时。

回宫路线，因马庸提议，临时调整抄近道。

马庸带路，途经一座土冈，地面天生连片的枣树成林，因挨近皇家宗庙，闲人不敢进入，任由这枣树挂满密密匝匝的青枣，无人攀摘。金曜明看得口舌生津，忙令身旁的护驾驸马都尉武僧觉下马钻进枣林，摘些青枣回宫赏赐宫奴们。

驸马都尉武僧觉神色犹疑，抬头见天色已晚，忙劝阻他打消念头："陛下，路边青枣其味酸涩，臣回宫要大千园那边采摘些蜜枣，献给陛下。"

金曜明想要吃口青枣的欲念执着无比："无妨无妨，朕平日来吃蜜枣多，酸涩的青枣尚未尝过，摘几个尝尝味道，解解馋，此时死也无憾了！"他边说边挽紧马缰，脱离左右拥护的羽林军，独个拍马靠近土冈上的枣林。

"陛下，万不可大意啊。黑灯瞎火的枣林去不得！"脸色大变的驸马都尉武僧觉，飞驰前来想将他拦下。

金曜明抬眼就见头顶晃荡着一串青枣，他喜得探手钻进青枣的枝丫，猛力一拉，枝丫咔嚓断裂，暴露出一位骑在枣树上的蒙面人。他双目射出绝情寒光，手中弓箭瞄准金耀明。金曜明立时傻眼了，还没回过神来，"嗖嗖嗖"，三支裹挟着寒风飞来，他的胸膛一阵剧痛，金曜明茫然低头，三支弓箭精准地刺中他的胸，血汩汩向外涌，他一撒手，从马背栽倒枣树下，手里的青枣骨碌骨碌滚远了。

"陛下?!"耳旁传来驸马都尉武僧觉的哭喊声，胸膛的血像奔腾欢呼的溪水流出来，有座黑黢黢的大山从头顶压来，金曜明嘴唇嗫嚅，却再也发不出声来。

"原来是黄门侍郎赵黑那小子偷袭陛下！准是万盛那厮指使！"这是他在世间听见的最后呼声。他徒劳地睁大双目，终究是死不瞑目，抱憾而终——青枣没吃到，万盛没处置，贤君的抱负未实现，太多当做而未做的事了……

【第六十四章】

青龙大刀　驸马都尉武僧觉

罪恶也从虚伪中诞生。

林中传来愤怒的呐喊与金属的钝响，武僧觉扭过头，士兵们拖死狗般拖起凶手赵黑，摔进枣林深处，个个手起刀落，金耀明的守卫、高车人马庸砍得最为卖力。

武僧觉懊悔地攥紧拳头，跪在鲜血染红胸腔的金曜明面前，欲哭无泪。失去呼吸的金曜明睁大死鱼般的双目，再也不会发号施令了。

羽林郎魏喜、史鼎围跪在金曜明的尸体前，号啕大哭。手执染血大刀的马庸，顶着面部沾满状若梅花的血点，近身前来哑声问他："驸马都尉，接下来该怎么办？"

武僧觉站起身，用怀疑的眼光扫视无声围拢过来的将士们，一国之君的金曜明能在他眼皮底下被轻松射死，他不敢再相信任何人了，面前的这帮将士，谁都值得怀疑。

首当其冲的是金曜明最信赖的守卫马庸，是他提议要走这座土冈的枣林。他按捺住满腹疑虑，故作镇定地凝望前方青碧色的天幕，一轮圆月升起来，照得路面犹似撒满一层莹亮的白晶碎石。

"马庸，你领着他们快马加鞭，向秦郡公禀报陛下遭遇不测。我和羽林郎魏喜、史鼎三人护送陛下回宫。"

"驸马都尉，臣是陛下的守卫，臣留下来护送……"马庸扔掉大刀，神色固执地请求道。他那张沾满血渍的方脸，在冷冷的月色下，显得诡异异常。

武僧觉隐约瞥见马庸背后趴着只苍狼的面孔，在累世的业力纠缠中，马庸身上还残留狼的习性。

他心中大为震撼，有意识地暗示马庸："陛下遇害，在场所有将士，都有无法推卸的罪责。陛下已薨逝，谁来护送，已毫无意义了。"

马庸听他话说得不太中听，便不再勉强，默默地飞身跃上坐骑，将士们也都跟随他，骑马甩鞭，绝尘而去。

月色如银。静谧无人的枣树林，弥漫着血腥与枣香交织的气味。

武僧觉大步走向直挺挺躺在树下的金曜明。魏喜、史鼎紧跟上前。金曜明的胸膛插有三支箭，武僧觉单腿跪下，手按住他冰冷的胸，咬牙拔掉一支，箭镞上滴着血，他虎视眈眈，冲着跪在眼前的两人喝令："二位羽林郎，我们三人起誓，稍后的言谈不可泄露！泄密者，但如此箭。"说完，他掰断利箭，将一分为二的两截断箭抛向远处的枣林。

魏喜、史鼎相互对视，点头同意，也学他拔出箭，折断后丢出去。

魏喜谨慎地左右查看，见四周无人，唯有偶尔的虫鸣鸟叫，这才抱拳向武僧觉，言之凿凿："驸马都尉，但说无妨。臣等本是先帝的侍卫，心向东宫不变。"

武僧觉暗自欣喜，在秦郡公的淫威胁迫下，他们还能保持忠心，殊为不易。

眼前晃过常鹤兰孤苦无依的悲容，他下定决心，拉着两人的手，慷慨激昂地说道："秦郡公胆敢弑君，实属罪大恶极！这厮定会推选新的帝王，看这厮会选谁？武僧觉前番辜负先帝厚望，本该推举东宫血脉京兆王，不料被万盛这厮抢占先机，差点令京兆王丧命。先帝的几位皇子已死两位，余下的楚阳王、临怀王就算被秦郡公扶持，难保不会出现陛下今日下场！此番定要保举京兆王为皇位继承者，他是嫡亲皇孙，名正言顺，望两位羽林郎大力扶持！"

魏喜、史鼎两人喜出望外，迭声应承。

"大功告成，武僧觉定会在新帝面前替二位重重邀功，加官晋爵的泼天富贵，两位大人指日可待。"

三人商议停当，便将金曜明的尸身安放于马背，飞奔入宫。

到万寿宫前，已是月隐星淡的亥时。

武僧觉跳下马背，以要去花荫府禀明公主为由，向魏喜、史鼎先行辞别，独自离宫。

他直奔京兆王与乳母常鹤兰居住的紫华殿，人不能两次踏进同一条河流，他也不能再犯相同的错误。

紫华殿内晃动微弱的烛火，武僧觉耐住性子，轻轻敲响殿门，开门的是披着枣红披风的常鹤兰。她举起灯台，黑发垂在前胸的模样，温柔贤良。

旧情人相见，是人生若初识的相见，亦是曾经沧海难为水的相逢。

虽是深夜，但一个是相忘于江湖的心如止水，一个是波澜不惊的平静——再激烈的情感，在岁月的挤压下，也会所剩无几，但心底那份扣人心弦的情愫不会褪色，也不会消亡。

常鹤兰羞涩地退步躲避他，尚觉尴尬的武僧觉没话找话："京兆王睡下了？"来不及更多的寒暄客套，他强行扭住她的臂弯，附耳密语，要她背上京兆王去鹿野浮屠的普贤菩萨殿避避风头。再要她唤醒大力士靳采春，派他到中书博士杜光文府上送信，速速赶来鹿野浮屠的普贤菩萨殿。

匆匆交代完毕，武僧觉丢下她，翻身骑马，听见常鹤兰在他背后哭喊道："驸马都尉，秦郡公若再来陷害京兆王，奴婢，奴婢便和他拼命，同归于尽！"

武僧觉呆了呆，眼泪夺眶而出，怎能让心爱的弱女子去抵挡恶人的刀剑？他头也不回，双腿夹紧马肚，奔向万寿宫。

万寿宫的中殿，烛火通明。

武僧觉将马拴于万寿宫前殿的石狮，蹑手蹑脚地偷溜进中殿的殿庭，藏身在高大的芭蕉树叶内。他以为中殿内必然闹哄哄乱成鸡窝，但里面却鸦雀无声。

武僧觉颇为困惑，若说殿内无人，怎会有烛火高燃？他趴在窗前，透过梅花窗棂的窗洞，眯眼偷窥，内里围成扇形，坐了愁眉苦脸的秦郡公万盛、情绪低沉的黄门侍郎段天霸、面色悲苦的羽林郎魏喜与史鼎，斜着背对窗的是侏儒东方鸢、马庸，仅能见到他们模糊的背影。

秦郡公抬起两鬓斑白的黑脸，两眉间鼓出三根肉条，转动着棕黄色眼球，似乎在酝酿新的阴谋。

"逝者已逝，生者要继续。羽林郎，你们说，推举何人为新君？"秦郡公万盛似乎瞬间苍老，他嘶哑的声调失去往昔的霸道果决，带有说不出的疲惫老态。

武僧觉赶忙将耳朵紧贴窗棂，听听这两位羽林郎会做何解答。

短暂的沉默后，有人咳嗽两声，语速慢条斯理的是魏喜："秦郡公，臣首推京兆王,他毕竟是先帝的皇孙,东宫的嫡亲,中书博士常夸他幼而有济民神武之规,仁孝纯至……"

秦郡公万盛怒吼道:"你疯了?引狼入室?东宫因老臣而死,京兆王登基,必定会清算这笔血账,你这不是将老臣向火坑里推?"

窗外的武僧觉放下心来,羽林郎魏喜算是没食言,他冒险偷听就为证实羽林郎对先帝忠诚的真伪。

他正欲离去,不想房檐有只野猫突然喵喵叫得欢,殿内的万盛警觉性极高,他扑哧吹灭烛火。

武僧觉伏在窗前,屏住呼吸,一动也不动。

"秦郡公,不过是只野猫,别疑神疑鬼了。每到深夜,万寿宫就有野猫出没。"

黄门侍郎段天霸嚓地点燃灯台,放了盏在窗前,武僧觉忙低头躲避。

万盛恢复起飞扬跋扈的本性,以不容置疑的口吻说道:"老臣思来想去,先帝的子嗣中,也就剩下楚阳王尚存仁君之风,唔,老臣决意推举他为新帝。京兆王,不可留!"

武僧觉暗呼好险,幸亏留一手,预先要常鹤兰带京兆王到鹿野浮屠的普贤菩萨殿躲藏。

"秦郡公,陛下的丧事如何操办?"闷头不吭气的史鼎不合时宜地插话,直戳万盛的痛处。

"休要提那言而无信、过河拆桥的小人,况且,他已是个死人了!羽林郎史鼎,你还真不愧是他忠诚的部将。别忘了,他能坐上帝王宝座,全是老臣谋划!可惜啊,人心不足蛇吞象,说好与老臣共分天下,是他要反悔,夺取老臣的功勋与封爵,换作是羽林郎你,会不会先下手为强?他不仁在先,休怪老臣无义在后。"

秦郡公万盛想是气急了,他起身脱掉黑披风,露出紧身的黑地朱红色曼陀罗花的常服,那曼陀罗花的花瓣细长卷曲,穿在他这黑猩猩的身上,有种不相匹配的诡异凶相。

他举起猴爪,指点着史鼎的鼻头,逼得史鼎连连后退。

"秦郡公,能否容奴婢唱个小曲?"侏儒东方鸾跳到地面,不等万盛同意,六个指头的肉掌自顾鼓掌，随着节拍，嘴角笑纹似笑非笑，似哭非哭，哼唱着不知所谓的童谣："京兆王当为王，顺应民心，富贵长；前朝笑哈哈，后宫哭分分，鹤飞冲天，兰开玉堂。"

殿内五人茫然相顾，段天霸抬腿踢向东方鸾的后背，嘴上热嘲冷讽："走开，都火烧眉毛了，还有心情哼唱小曲？"

侏儒东方鸾灵活地闪避他的偷袭，回头笑嘻嘻地冲他扮鬼脸，嘴里又唱开来："段天霸，段两截，成王八。"

魏喜与史鼎这回听懂了，两人捂嘴忍笑，躲在窗前的武僧觉暗夸这侏儒还真有些鬼才呢。

"你这鬼面矮子，胆敢诅咒本大人？"段天霸羞得抽出佩刀，在殿内追杀起上蹿下跳灵活如猴子的东方鸾。

"段天霸，住手！你眼里还有没有王法？本郡公是在商议家国大事，你怎么成了街头无赖！东方鸾，你也认为该京兆王继任帝位？谁要再提京兆王，就是与本郡公有仇，本郡公当见一个杀一个！兵分两路，马庸听令，你率兵捉拿京兆王！段天霸带人恭迎楚阳王至万寿宫，预备登基事宜。"

凶险毕露的万盛，话语间充满煞气。武僧觉换只眼贴在窗口偷望，万盛亮出了他的杀人武器：一把反射冰冷寒光的青龙长刀。

他在窗外都能感受到那把青龙长刀的寒气刺骨，不禁暗生忧惧，从未见到擅烹制美食的阉竖万盛会使长刀，也无法得知他的刀功是厉害还是装门面。对万盛的一无所知，使得他感受到未知的恐惧与无形的杀气，似雾气笼罩中殿，如海潮吞没他。

万盛的呵斥与发怒奏效了，殿内再次陷入死一般的寂静。蜡烛的火苗在飘曳，映照出血淋淋的头颅与断手断脚的肉身，武僧觉揉揉眼，确定是自己眼花。

他暗自嘘口气，准备离去时，鼻窦嗅到熟悉的丁香花的馥郁香气，武僧觉既感不可思议，又心生惶恐，这分明是花荫公主的体香，怎会出现在万寿宫？

殿内的万盛也闻到了，听见他啧啧称奇道："奇怪，怎会有熏香的气味？马庸、段天霸，你们磨磨蹭蹭作甚呢？"

不等这两人回话，殿外响起冷傲的女人问话："秦郡公万盛可在殿内？"

武僧觉后背生出沁人凉意，辨别出是他那刁蛮任性的爱妻花荫公主！半夜三更,是谁泄露消息,要她这足不出户的人独闯万寿宫,又意欲何为?他急得抓耳挠腮,陷入现身还是躲避的抉择两难。

大风大浪见得多的秦郡公万盛,单手提起青龙大刀,充满怒意地反唇相讥:"花荫公主,深夜造访万寿宫,可是后院起火了,要老臣去灭火?"

江山易移本性难改,人到中年的花荫公主,火爆的脾气收敛不少,但骨子里的高傲劲不减反增。她居高临下的口吻,貌似为了羞辱万盛,也许是想激怒这人人都恨不得剥他皮、吃他肉、喝他血的阉竖。

"那是本公主的家事,就不劳秦郡公操心了。郡公位高权重,本公主好心提醒你,饮水思源,秦郡公该清楚大魏国的锦绣河山的主人是谁,不要得了意,忘掉形,自掘坟墓。"

殿门哐当被人推开,武僧觉凑近窗洞,手提青龙长刀的万盛暴怒地跨出殿门。他惊得一身冷汗,公主手无寸铁,那厮能杀两位皇子,还不会一气之下怒杀公主?他匆忙飞奔出殿庭!

为时晚也。

耳听侍女锦云惨叫一声,接着是花荫公主凄厉的尖叫,武僧觉惊得魂飞魄散,等他赶到时,锦云头身分家,倒在血泊里的公主,手捂住腹部,神情痛苦,正全身抽搐。

杀红眼的万盛分不清敌我,段天霸本是要扶他,却被他拦腰砍过去,啊!段天霸来不及还手,就被活生生砍成两截!

"万盛,拿命来!"悲痛欲绝的武僧觉抽刀砍向逃回殿内的万盛,一刀下去,砍在他的腿肚,刀深入骨,万盛扑通栽倒在地,魏喜、史鼎上前补上致命的两刀,万盛发出野猪死前的哀号,片刻便没了声息。

剩下没回过神来的马庸,匆忙丢掉手里的兵器,跪地求饶。魏喜上前一刀刺中他的心脏,口里骂道:"你这背叛主人的小人,留下也是祸害。"

中殿成为满地淌血的屠宰场。

武僧觉抱起腹部中刀淌血不止的花荫公主,冲出前殿,直奔尚药局。他不敢骑马,怕马颠跑会令公主失血更多。

魏喜、史鼎紧跟过来,三人奔跑在无边的夜色中。

武僧觉边跑边下令:"你们快去鹿野浮屠的普贤菩萨殿,寻出京兆王,召集南部尚书陆秀、殿中尚书贺山、中书博士羊公允等老臣，拥护京兆王为新帝。"

魏喜与史鼎领命而去，两人策马奔向宫外，高声呐喊："秦郡公万盛弑君畏罪自杀！诏令传位京兆王。"

哪里来的诏令？不过是险胜为王的借口。

他们的呼喊如燎原的星星之火，层层宫阙的灯光鳞次栉比，照亮天空，武僧觉欣慰地松口气，秦郡公万盛一死，京兆王称帝，宫内的祸乱就算能暂时平息了。眼下，最重要的是救公主，让她活下来。

"慕容白，慕容白！"他一路奔跑一路高呼，感到从未有过的恐慌与无助。他哭喊着公主的芳名，不要她睡过去。

前方地面钻出骑在马背的侏儒东方鸢，他张开短促的双臂，要武僧觉坐在他身后："驸马都尉，奴婢有异术，快，骑上马背，用速度换回公主的命。"

危急关头，武僧觉无暇多想，纵身飞上马背，耳旁风声呼呼："花荫，花荫……"他的喊声慢慢低下来，泪如泉涌。后宫人都反感的花荫公主，不仅不弃他有难闻的体味，还对他一往情深地柔情与宽容……与她生活的每日每夜，虽充斥着世俗夫妻的酸甜苦辣，但有宽厚的彼此善意相待的底色，便结出温情的浪漫之花。

不过瞬息间，前方的尚药局也亮起了灯，武僧觉看到了求生的希望，老远就扯起嗓门呼喊："慕容白，快来救公主！"

慕容白大声应答着，东方鸢勒住缰绳，武僧觉跳下马背，将昏迷不醒的花荫公主轻放于内室的睡榻上。

灯火照得公主苍白的面色，如不堪一击的瓷娃娃，武僧觉看得心尖疼痛。

太医令慕容白走来，把他推出去："驸马都尉，你先出去，臣自当尽力救醒公主。"

武僧觉只得强忍痛楚，缓步出来，想着要和那怪异的侏儒东方鸢打声招呼，抬眼所见，尚药局的院内空空如也，唯有水井边的鸳鸯梨树亲密地偎依在高墙下。他捂脸蹲身树下，想起了十多年前的恩怨，十多年后的天翻地覆的变局，垂泪唏嘘不已。

京兆王登基，身为乳母的常鹤兰就会荣升太后——前朝有先例，她护主有功——与她的距离更远了。

从前，他贵为驸马都尉，她是身份卑微的乳母；而今，她将高居保太后尊位，风头压过后宫，甚至是皇后。终究是轮回颠倒，风水轮流转的身份有别。

愿她所遇皆良人，愿她所结皆善缘。唏嘘自语的武僧觉倚靠梨树，平生最爱的两位女子——公主危在旦夕，常鹤兰却踏足富贵。他哭一阵，又笑一阵，将人生的悲喜交集和泪吞咽。

【第六十五章】

寿安宫　保太后常鹤兰

星月暗沉，常鹤兰目送驸马都尉武僧觉骑马离去的背影渐渐模糊，她才惶急地转过身，见到手执灯台的安文茵揉着睡眼从内室走出来，脑中灵光一闪，单枪匹马的武僧觉定不是秦郡公万盛的对手，安文茵与花荫府的金庆山要好，忙令她去请花荫公主出面，要公主火速到万寿宫救驸马都尉。

她则背负酣睡中的京兆王，向鹿野浮屠的方向狂奔。

借助暗淡的灯影，跑得汗流浃背的她摸爬进黑腾腾的普贤菩萨殿内，将京兆王搂在怀里，跌坐供案前，喘息歇气。京兆王嘟囔句不知所云的梦话，又迷糊睡去，终究是孩子天性，心中无事可忧，睡得实沉。

殿外寂静无人，寅时的秋露，从地底浸透至殿面，顿觉寒意沾身，常鹤兰扯出铺在供案前的布幔，盖在京兆王的身上，暗暗诵念佛号，祈祷京兆王平安无事。

"常阿姐，公主到万寿宫去了。咦，怎不点灯？"是安文茵细弱的声音，她摸爬进殿内，挨近她。

谢天谢地，幸得佛菩萨庇佑。常鹤兰后背全然湿透，不敢乱动，生怕惊扰京兆王的美梦。她在黑暗里向安文茵耳语，要她去点燃烛火。

安文茵常清扫普贤菩萨殿，她熟门熟路地拉开供案抽屉，摸出蜡烛点燃，烛光嘭地照亮殿堂，常鹤兰只觉金光刺目，垂头瞥见是盖在京兆王胸前色泽艳丽的布幔。明黄地刺绣朱红莲花的布幔，被烛光照得满室生辉。

"咦，常阿姐，这布幔拱起条睡龙趴在京兆王背上哩。"安文茵好奇地想要伸手去抚平突起的龙形布幔。

"不可！京兆王是嫡出的皇孙，自会显露真龙本态，你快到殿外去看看动静。"

常鹤兰早见到这布幔拱出条龙形状，暗想这定是大吉之兆。倘若京兆王真成为国君，她岂不就是有护主之功？她不敢相信自己也会有富贵加身的幸运……疯狂的激情幻想后，常鹤兰将思绪拉回冷清的现实，京兆王呼呼沉睡不醒，并不知驸马都尉武僧觉、公主及一干老臣为了他登上皇位，正与阴险的对手厮杀——大帮人来成全他一个人，她仿佛都能见到火光冲天的战场。

常鹤兰且喜且怕，富贵险中求——帝王更如是，一荣俱荣一损俱损。她保持不变的坐姿，生怕这条真龙腾云驾雾飞上天了，不受她掌控。

窗台下有人在哼唱童谣："京兆王当为王，顺应民心，富贵长；前朝笑哈哈，后宫哭兮兮，鹤飞冲天，兰开玉堂。"

常鹤兰听这童谣来得蹊跷，也不敢出门瞧个究竟，正值惶惶不安时，一簇火光照亮殿内，明晃晃如白昼。安文茵扭身跑进殿，发出奶声奶气的惊呼："哎呀，常阿姐，外面拥进好多提刀挎剑的将士……"

啊？！该不会是秦郡公万盛派来的杀手？常鹤兰唬得四肢瑟瑟发抖，抱起京兆王，就要爬进供案桌底的暗道，准备躲进普贤菩萨像的腹内。

"常阿姐，放手！有何好怕？本王再不愿当那缩头乌龟了。"

被吵醒后的京兆王死命地掰开她的手，从她怀里挣脱出来，扯起那片明黄布幔，横裹在身，站立于殿中央，两手掐腰，昂首挺胸，勇猛地迎战愈来愈亮如白日的火光与群起激昂的呐喊声。

"哎哟，京兆王，留得青山在不愁没柴烧啊……"常鹤兰哭喊着要来拉他，被他狠力甩脱。安文茵扶起蒙面哭泣的常鹤兰，两人呆坐于地面，就等束手就擒。

响彻云天的喊声愈来愈清晰，一字不漏地落进常鹤兰耳内："秦郡公万盛弑君畏罪自杀！诏令传位京兆王！"她愣住了，竖起耳朵倾听，没错！欢喜得爬起身，攀住京兆王的肩，跳脚欢呼："哎哟，佛菩萨保佑啊，是诏令传位京兆王，诏令传位京兆王……"

那簇火光愈发近了，常鹤兰看得清楚，一群手执火把的将士跨进殿内，领头的是羽林郎魏喜、史鼎，一字排开的是南部尚书陆秀、殿中尚书贺山与中书博士杜光文等熟悉的面孔，全是先帝重用的一帮老臣！

中书博士杜光文激动得面色绯红，进殿就弯腰跪地哭喊："天意！天授神权的天意啊！诸位请看，京兆王身裹的明黄布幔，像不像条黄龙趴在他的前胸后背？"

眼看着将士们集体下跪，乌泱泱的人头拜伏在眼皮下，常鹤兰喜极而泣，耳听众位老臣排山倒海的欢呼："天授神权，臣等恭迎京兆王登基。"

羽林郎魏喜伸长猿臂，拦腰将神情镇定的京兆王抱起来，跨出殿，这群人转头奔上前，喊声连天："天授神权，臣等恭迎京兆王登基。"

殿内剩下瘫软在地的常鹤兰与傻傻呆立的安文茵，她们还未从方才天地巨变的震惊中清醒过来。

供案上的灯花噼噼哔哔爆响，常鹤兰一个激灵，拿手揪着腮帮的肉，是很疼，不是在做梦。她如痴如狂，笑一阵，又哭一回，无数次身陷绝望，都会心存幻想，幻想有朝一日被外界的强者所青睐、所救赎——这一日，终于等到了，这强者就在身边！她抚育的皇子成为天下至尊的国君，这可是天底下最具力量与权势的强者。

殿外的茂林修竹，有人在哼唱童谣："京兆王当为王，顺应民心，富贵长；前朝笑哈哈，后宫哭兮兮，鹤飞冲天，兰开玉堂。"

"是谁在装神弄鬼？"

安文茵斗胆张嘴发出稚嫩的童音。清醒后的常鹤兰细听这童谣歌词里有鹤、兰两字，均与自己芳名重叠，克制着内心的狂喜之情，喝住安文茵："文茵，这是在普贤菩萨殿，言语不可冲撞神灵。"她起身走近殿门，朝外躬身行礼，"敢问是何方神仙，还请现身给奴婢指点迷津。"

"哈哈哈，什么神仙不神仙，侏儒东方鸾是也。只问常阿姐，这童谣中不中听？"

借着天边一抹疏朗的曙光，常鹤兰抬眼见到殿外平坦的龟背大路，耸立个人不人鬼不鬼的黄毛老头。他边嘻嘻笑着踏起八字步走过来，边反手在后脑勺抓痒。

"恕奴婢孤陋寡闻，未曾在宫里见识过高人。"

侏儒东方鸾顺手扑打黄发蓬乱的额前，嘻嘻笑道："常阿姐即将富贵逼人了，老奴懂点神通法力的皮毛，愿效力麾下，助常阿姐辅国安民，如何？"

常鹤兰不由得抿嘴轻笑，这怪老头能说出辅国安民的话，也不似凡人。暂且收在身旁，当个隐身人，时时处处为自己出谋划策也不是坏事。主意拿定，她舒展衣袖，做出恭请的身段，将东方鸾迎进普贤菩萨殿。

安文茵搬来方凳，东方鸾在灯下初见这小美人，露出惊为天人的错愕，向她合掌施礼："常阿姐，这位小女子，将来富贵不可限量。"

常鹤兰牵过安文茵的手，两人四目相视，想起福薄命浅的安昭仪，均忍不住眼含泪花："奴婢和安文茵，都是亡国之人，侥幸在宫里相识，一路照应，不敢奢望富贵，活下来，有口饱饭食，也就阿弥陀佛了。"

东方鸾不再言语，背转身看那塑金身的普贤菩萨像，只是半觑着眼，似乎像是吸走菩萨的灵气，自言自语道："命里有的富贵，夺也夺不走；命里无的福分，追也追不上。你们是唇齿相依的比肩富贵。"

"高人这话可不是哄骗奴婢？"常鹤兰怀着丝犹疑，苦怕了的人，真到苦尽甘来的时候，又以为是场虚妄春梦。

东方鸾神情严肃："信不信由你，明日自有分晓。"

常鹤兰见他口气严苛，也不似说笑，不再多言，生怕稍不小心就会得罪这些面相奇特、身怀异术的高人。

天光亮敞，她旋身踏出殿外，走在竹林花径中，心中扑通扑通跳得厉害，是真要不再过那担惊受怕的日子了？自怜自叹中，拐弯的角落，走来位心事重重的锦袍少年郎，仔细看是公主与驸马都尉的儿子金庆山。

这憨头憨脑的金庆山，令她无端想起被丢弃在大恩寺、后来下落不明的儿子来——他们可是同一个阿爷，碍着公主性如烈火，专爱卖弄她的皇族尊贵身份，身为低贱奴婢的她不得已吃个哑巴亏，舍弃亲儿。想起已失去两子，人至中年，落得个孤身一人，她真想放声痛哭一场，转念即将到来的泼天富贵，又转悲为喜，应是上苍诸神怜悯她前半生受苦遭难的弥补，便忍住悲苦，快步上前，探手摩挲金庆山的头顶，关切地问道："庆山，怎么早早跑来皇宗学堂，还一脸不爽快？"

"常阿姐，庆山找不到阿娘，也见不到阿爷，就连锦瑟也寻不到人影。"金庆山头也不抬，神色怏怏地甩脚踢起地面小石块，闷声回她。

常鹤兰猛然醒悟，恭迎圣驾的这帮大臣中，是没见到驸马都尉武僧觉。他与公主怕是在万寿宫候着新帝登基？这般胡猜乱想，心里却似喝下半壶醋，酸滋滋不是味道，假意安抚他："皇宗学堂今儿怕是没博士授课了，快回花荫府去，怕你阿爷阿娘在府邸等得急哩！"

"不回，不回。阿娘找不到庆山，自会来寻人。"金庆山的暴脾气也随了花荫公主，埋头顶向她的腹部，一溜烟跑远了。

常鹤兰恨恨地揉着腹部，若非看在驸马都尉的情面，她真不会饶恕这顽皮的家伙！想起先帝要她向前朝扬善隐恶的保太后学，强行将心头的怒火压下。

一伙抬着紫花缎面软轿的宫奴飞跑进来，领头的是满面喜色的大力士靳采春，他笑哈哈地上前扯起她的衣袖，急不可耐地拖住她走向软轿："常阿姐，快，快领封赏！陛下在万寿宫论功行赏哩。"

侏儒东方鸾真神人也，天亮见分晓，可是就是天刚蒙蒙亮，喜信就登门了？常鹤兰喜得语无伦次，话音直发颤："安文茵，把文茵也叫上，不能少了她！"

平生首次坐在软轿里的常鹤兰，随着吱吱呀呀的软轿前行的摇摆节奏，如在云里雾中行走，晕乎乎快找不到北了。

到了万寿宫前殿的殿庭，落轿后的常鹤兰，抬眼见到原本无名的前殿已挂了鎏金楷书写的三个大字"太华殿"的牌匾。

她狐疑着回过身，站在轿旁的靳采春冲她点点头，常鹤兰受到鼓舞，安文茵从马背下来，两人牵着手，并肩步入戒备森严的太华殿，跪在光洁冰冷的地面，偷窥坐在高处龙椅上的新君金承玄。身穿龙袍的他，颔首微笑，显露出俯瞰众生的祥和笑意。

新君登基，大赦天下，是为金成帝。

中书博士杜光文手捧诏书，朗声宣读册封乳母常鹤兰的诏令："乳母常氏，操行纯备，进退有礼；慈和履顺，有勋劳保护之功，尊为保太后，入住寿安宫。"

寿安宫是先帝嫡母长居的华丽宫殿，封存至今，为保太后常鹤兰重新开启宫门。

搬进寿安宫半月后，穿戴太后新服的常鹤兰，已适应保太后的新身份，用完精致的早膳，她令新挑选的贴身侍女、面相老成的采薇去备软轿，要到皇后赫连雪云的承华宫去。

软轿晃晃悠悠，将保太后常鹤兰送进老气横秋的承华宫。她站在爬满锈红、枯黄绿叶的影壁前，无意发现爬山虎残破的叶片在风里飘摇。

常鹤兰抬起双眼，赫连雪云薄敷脂粉的脸色稍显苍白，往日媚眼如丝的双眸，眼下呈现出历经沧海桑田的云淡风轻。她本该被金成帝废黜皇太后封号成庶人，逐出宫外，是常鹤兰出面强行阻止新帝的冲动之举。赫连雪云的皇太后桂冠，对于她，是极有用处的利刃。因此，赫连雪云不能被废黜，更不能成为庶人。

"保太后驾到，妾身有失远迎，还望恕罪。"身披黄绿色披风的皇太后赫连雪云，像是昆仑天山开不败的雪莲花，风霜愈重，她开得愈发娇艳。

以后宫嫔妃的等级来论，皇后是先帝所封赏，荣光仅停留在先帝掌权的时期，至于处死的万盛封她的太后，则名不正言不顺，保太后就不同了，虽是以乳母名义跃身，但掌管天下的是由她抚育成人的金成帝，孰轻孰重，明眼人都拎得清。

常鹤兰提起她的以金线勾勒仙鹤的黑金色云纹织锦长袍，矜持地笑道："本后听高人说过，命运并非偶然，全赖机缘造化。皇后不想请我进宫吃盏热茶吗？"

赫连雪云神色戒备地向她身后瞄了眼，转头走向正殿敞开的朱红宫门。采薇扶起常鹤兰的后腰，慢腾腾地跟上前，正殿的檐下突然飞起一团尘土，常鹤兰伸手拖住皇后赫连雪云的手臂，急切向后拉，呼啦啦的声响，天飞横祸，承华宫的牌匾掉在地面，砸烂成片！

"谢太后相救，倘若牌匾砸中妾身，后果真不堪设想。"赫连雪云面色惨白，惊魂未定地跪地致谢。

常鹤兰盯着牌匾的碎片，暗暗欣喜，承华宫的牌匾寓意皇后的尊位，该不会是皇后娘娘的大限临近？她做出若无其事的语态，柔声安慰她："是皇太后福大，本后不过是凑巧撞上。这牌匾想是年头太久，是该重新涂抹朱漆成新牌匾。这正所谓旧的不去新的不来。"

赫连雪云纤手扑打黄绿披风沾染的尘土，眼神里写有绝望与困顿及洞若观火的静气。

"那是太后心慈，哄骗妾身安心。它或许是不吉凶兆，承华宫本是是非之地，妾身早已厌倦被人当牵线木偶指东打西，祸害人心了。"

常鹤兰不再吱声，她比谁都清醒，占领王权的那一刻，就是浴血大屠杀的开端⋯⋯

金成帝继任当日，为了断绝隐患，赐鸩酒给他的两位叔叔楚阳王金曜建、临怀王金曜谭；先帝的菊夫人及三位椒房都被打发到驸马都尉武僧觉在宫外的华光寺——那是驸马都尉武僧觉曾经经营的大千园。他主动将大千园捐出来，更名为皇家寺庙华光寺，用来安顿宫中年迈失宠的女眷颐养天年。

依照惯例，金成帝登基，他的阿娘、太子妃吕金瓶本该册封为皇太后，但碍于子贵母死的祖制高悬殿前，金成帝与朝廷大臣心照不宣地拖延时间——既不提册封皇太后的喜事，也不提子贵母死的祖制。半月过去了，见朝廷百官仍旧装聋作哑，常鹤兰急了，不能任由太子妃吕金瓶继续活着。她要先发制人，先下手为强。

毕竟她是金成帝的乳母，若亲手赐死恭皇后，必然会引起新君对她的怨恨。她本是仰仗新君发迹的——尽管，她深知天下最大的祸患，莫过于有所仰仗。

常鹤兰招手唤来她的侍女："采薇，速去匠作部，令工匠重新涂刷新的牌匾，改用金底红字！"

"这等小事，还要劳烦太后操持，本后寝食难安哪。"赫连雪云连忙摆手，她的侍女鹦鹉从偏殿端来两盏飘溢香气的热茶，站在满地狼藉的正殿门旁，神色惊疑不安："皇后娘娘，还要进殿内吗？"

常鹤兰提起洒金裙摆，边走边招呼赫连雪云："皇后，进殿再说。"

坐在居中尊位的扶手椅，皇后赫连雪云屈尊在她下首的高凳。两人各自端着青釉茶盏，浅尝辄止。常鹤兰嫌弃这茶汤泡得太久，苦涩之味尤重。她放下略感烫手的茶盏，看似漫不经心，开门见山直奔正题。

"皇后，子贵母死的祖制可还记得？"

在她笑吟吟的注视下，皇后赫连雪云的双颊哆嗦着变得惨白。她强作镇定，先以茶盏的茶汤漱口，再拿起半新不旧的绸巾在唇上轻轻抿了抿，声若蚊音答道："本后哪敢忘记祖制？"

"都半月过去了，含章殿的人还好端端地招摇过市哩。陛下朝政事务繁多，无暇理会闺帏琐事，皇后既为六宫之主，理应协理。"常鹤兰变得铁石心肠起来，上半身前倾着，严厉地苛责她。

金成帝尚未册封皇后，安文茵被封为贵人。后位空悬，唯借用先帝的皇后赫连雪云的诏令这把刀，杀掉含章殿的太子妃吕金瓶。

"保太后连半个月都等不及？这得是多深的仇恨。"赫连雪云平静的话语，无疑是在公然挑衅她这位保太后的尊严。

"皇后可以理解为灭国之仇。"常鹤兰不满她的无礼顶撞，抢白道。随即，放缓语气示弱，"本后不过是履行大魏国列祖列宗的遗愿，他们制定的祖制。"

"任何一条祖制都是人来制定，法外尚该有人情。"赫连雪云摆弄胸前的香囊，以过来人的语气，目光阴沉地与她对视。

常鹤兰存心要给她来个下马威，拉长脸道："好个佛口蛇心的皇太后，你与秦郡公合谋害死西平王金曜熙的这笔账还没清算呢。"

她想这应该能震慑她。

"保太后，你我皆是从生死线上活过来的女人，当不当死，自有陛下来定夺。"赫连雪云根本不当回事，只拿手把香囊凑在莹白的悬胆鼻前，陶醉地深嗅着。

以常鹤兰今时今日的权势，杀掉皇太后，并非难事——留下赫连雪云，不是她命大，是她的皇太后封号成为她的护身符。

"后宫上下，谁不知晓皇太后冰雪聪慧？履行子贵母死的祖制，唯有冰雪聪慧的皇太后。"

"冰雪聪慧？！哈哈哈……"赫连雪云突地仰面大笑，笑得凤眼蓄满泪花，"本后有自知之明，说什么尊贵的皇太后，不过是手握强权者的棋子、利刃、傀儡……"

常鹤兰从她的泪眼看出赫连雪云知晓她在借刀杀人。狠角色间的对话，三言两语，点到为止。

"皇太后尊荣非同寻常。明日午后，本太后陪同皇太后去趟含章殿，速战速决。"

"本后替太后干这脏活，太后将何以为报呢？"赫连雪云深吸口气，侧脸的惊翠眉飞扬起一丝傲气，与她斜斜对望。

"皇太后，弱者与强者间，不谈交易。"

"太后方才还说本后的尊荣非同寻常，回头就不认了，岂不是言而无信？妾身讨价还价不敢，不过，总得礼尚往来。"

"那，皇太后想要什么？"常鹤兰见她不依不饶，不是随便能被糊弄的善茬，索性假笑道问她。

赫连雪云犹豫片刻，惊翠眉舒展开来，单刀直入："封赏为太皇太后。"

常鹤兰凝视着皇太后赫连雪云人老珠黄的黯淡双眸，暗自冷笑她是愈活愈贪婪。赫连雪云助纣为虐，辅助胆大包天的中常侍万盛弑君金曜明得来的皇太后封号，新君登基，她这皇太后的地位本就已岌岌可危了，她没意识到危险逼近，还妄想一步登天，拥有太皇太后这道护身符，想永保她富贵终老。看来，她的气数已快耗尽了。想到此处，常鹤兰抬手拢顺鬓角的几根乱发，大度地粲然笑着辞别。

翌日，天气冷肃清朗，寿安宫外熹光乍现，常鹤兰在侍女采薇的伺候下，开始每日例行的梳洗装扮。

"太后，是梳灵蛇髻还是凌虚髻？"梳头的婢女，在她身旁轻声请示。

身穿银白刺绣蓝花长裙的常鹤兰看着铜镜里的半老徐娘，摸了摸浑圆的下巴，寻思了会儿，说道："别太招摇的发髻就好，本太后又不是以色伺君。"

梳头宫女会意，替她梳了寻常发髻，双手捧着金、银、玉器首饰匣的宫女跪在她脚前，常鹤兰选了支仙鹤造型的银器步摇，插于发间，这银步摇已被她摩弄得润泽泛银光。

她不是卖弄姿色的年轻小女子，要穿些轻佻浮浪的艳丽衣裳与浓妆艳抹来引人注目，素色淡雅或庄重质朴的高贵面料更适合她。

"采薇，给太子妃备好食盒了？"三层食盒，一层是鸩酒、一层是白绫，最底层是匕首。

时间过得真慢。

常鹤兰侧躺于沉香木长榻，在馥郁的香味里，感叹时光太慢。风卷起几片残破的落叶，飞向低处的重英殿……风韵犹存的菊夫人丧子后，禁不住这打击，蜕变为风烛残年的话痨疯婆婆。

金成帝登基，在常鹤兰与心腹老臣们的授意下，菊夫人与先帝的几位椒房全部被驱赶到宫外的华光寺，打发余生。这些贵夫人们的命运起伏，揭示了富贵不持久的常理。

常鹤兰感叹她们的命运无常，同时也时刻警醒自己。她合拢双眼假寐，脑中思索午后去含章殿的步骤，一步也不能出差池。

"保太后，皇太后到了。"采薇是慢性子，火烧眉毛也是慢吞吞地镇定自若。这是深得常鹤兰欢心的理由，咋咋呼呼的奴婢，最易在关键时刻掉链子，不如手脚笨些的奴婢，敦厚靠得住。

常鹤兰睁开眼，明晃晃的秋日艳阳下，皇太后的奴婢鹦鹉，鬓角插戴白绒花，手持青伞遮蔽；皇太后赫连雪云披了乌黑斗篷、内穿刺绣月白色牡丹花长裙，主仆均以奔丧的哀怨神色，莲步轻移。

她出门前，瞅了眼地面白花花的光影，离约定的时辰尚早。

"皇太后也心急吗？来得忒早了些。"

"保太后，是妾身命苦，心里有事，睡不安稳。"

寥寥几句寒暄后，两人便无话可说。待至近前，常鹤兰方才留意到赫连雪云眼窝乌青，于心不忍，便拉过她的手："不坐软轿，慢慢走过去？"

"听从保太后安排。"赫连雪云点点头，弓腰走进鹦鹉撑着的伞下。

常鹤兰踏足宫内，安排采薇提上食盒，随行至含章殿。

寿安宫距含章殿不远，但也不近。一行四人悄无声息地行走在秋日晴空下的甬道，路上偶有群鸦鼓噪，常鹤兰心情沉重，似乎是清明节到郊外给亲人祭祀……

含章殿仍然是东宫在世时的一应陈设，纱帘、布幔、桌椅家具全是半新不旧。

常鹤兰停住脚，望向殿庭内背影臃肿的太子妃吕金瓶，她身着普通的银边白色常服，俯身忙着碾压陈艾草叶汁，似在做软糯的艾草糕。她暗自唏嘘，这也是位可怜的女人！太子妃的长兄暴毙、夫君太子被金世祖斩杀、儿子归常鹤兰抚育后，孤家寡人的她曾长时间陷入神志不清的疯癫状态，在含章殿夜夜醉饮，足不出户……后宫众人，都将她视为与菊夫人同类，几乎将她遗忘。

金成帝登基后，太子妃的神志立马恢复正常，似乎就在等待这一日，不想，她的好日子又快到头了。

常鹤兰笑了笑，身材壮实的昆仑婆单手高举盛满绿莹莹、拳头大小的艾草糕，一面跨出后殿门，一面眉开眼笑道："太子妃，奴婢先去架火蒸起来，陛下散朝，就能尝到出笼的艾草糕了。"

常鹤兰听得怅然若失，她也备了桂花糕，陛下托词前朝事忙，原来是跑到亲生母亲这吃艾草糕了，心中恨意顿生——若不及早铲除吕金瓶这根眼中钉、肉中刺，等到兵戎相见，只怕胜负难分了。

她故意清清嗓子，鹦鹉立马高呼保太后、皇太后驾到。

太子妃吕金瓶侧身瞄了眼一前一后进殿的常鹤兰与赫连雪云，目光越过收拢青伞的鹦鹉，瞧定采薇手臂挎着的食盒，也许意识到了什么。常鹤兰察觉她眼里闪过转瞬而逝的一丝惊恐。

太子妃默不作声地将青翠汁水染绿的双手，放进铜盆的清水浸泡，兴许是自知大限将近，她慢慢搓洗双掌，搅动铜盆内水声哗哗。

常鹤兰努努嘴，早有宫女搬来两把高椅，她以目示意皇太后赫连雪云，两人欠身坐在椅上。

时间如流水，殿庭内静得连掉根针都听得见。

直到昆仑婆的身影消失，滴答水声停息，才响起太子妃拖长声调的叹息声："该来的还是来了。"

随后，她不慌不忙地拿起绣着金环曼陀罗花的崭新披帛，擦拭手上的水渍，神色从容地跪在常鹤兰、赫连雪云脚前，颤声低呼："妾身拜见保太后、皇太后。"

常鹤兰得意地笑了，母凭子贵，她已凌驾于后宫嫔妃之上了。太子妃就算是金成帝的亲生阿娘又如何？还不是要在她脚前俯首称臣？

"起身吧，太子妃。"常鹤兰与抬起头来的太子妃面面相看，眼瞅着素颜淡妆的吕金瓶即将成为死人，她竟生出心有戚戚的悲伤——她们都是金成帝最为亲近的女人，一位是生母，一位是乳母，造化弄人，生母不得好死，乳母坐享其成。

太子妃缓步走到供案前，揭开香炉的笼盖，丢了块沉香木在里燃烧，目光随着青烟移动，神色凄楚，追忆往事："妾身十六岁搬进含章殿，十七岁怀龙种，后宫夫人，以国旧制，相与祈祝，皆愿生诸王、公主，不愿生太子。与东宫几位椒房乞巧节许愿，她们不是祈福禄就是求长生，唯妾身心念念乞子……"

她星眸微合，神色凄楚地转向常鹤兰："妾身真羡慕你，本是乳母，升为保太后。子贵母死，嫡亲的阿娘落得赐死下场，人生的际遇真是难以预料啊。"

太子妃这番意味深长犹自不甘的话语，常鹤兰听得发怵。她从未去了解这位新君的阿娘，以为她是平庸的普通后宫女子；她分明不是，是明知山有虎偏向虎山行，坦然笑对死亡的人。这令她心生敬重，更有如坐针毡的不安。

"太子妃，前朝先例……"常鹤兰深感惶恐，期期艾艾欲言又止。眼神瞟向干坐在旁的赫连雪云，希望她能说上片言只语，化解这尴尬凝重的氛围。

太子妃挥挥衣袖，莞尔轻笑着转身进到童子采药图的云母屏风后："请两位稍坐片刻，容妾身沐浴更衣，来这世间一遭不易，走也要走得洁净从容。"

常鹤兰与赫连雪云讪笑着欠身恭送，都不知说什么好，原以为要大费周折呢，不想连备好的托词都省去了。

还是赫连雪云打破沉默："保太后，该给陛下透个信，母子一场，还得相送一程。日后，陛下也会惦念你我的好。"

常鹤兰不悦地瞥了她一眼，叹气道："皇太后没听那昆仑婆自说，陛下散朝就来。若太子妃日后德协坤仪，将是大魏国之幸。"

赫连雪云缩了缩脖子，微笑着并不搭腔，常鹤兰暗示采薇把食盒挪至不显眼的角落——太子妃情知必死无疑，她不死，朝中的大臣们的唾沫星子会将新君淹没，作为深爱皇子的阿娘，谁不情愿以死换回皇子的皇权牢固？换作是她，也会做出相同的抉择。

这是没有当过阿娘的皇太后赫连雪云无法感同身受的心境。

含章殿的殿庭踏响一串密集的脚步，常鹤兰引颈张望，是金成帝、驸马都尉武僧觉与中书博士杜光文三人，边谈笑风生，边大步流星地登上台阶。看样子，他们是刚散朝，就迫不及待地赶来。

"咦，说曹操曹操到哩。"赫连雪云慌张地离开扶手椅，走到殿前行礼。

"皇太后、保太后也来了？可是阿娘约来同品艾草糕？"金成帝兴冲冲地倒背双手，前脚刚跨进殿来，就被采薇放在暗处的食盒吸引住。

"哇，常阿娘，你带了桂花糕来吗？"金成帝玩性不改，依然亲昵地呼她是常阿娘。他冲采薇努努嘴，要她抽出食盒，采薇不敢不遵从陛下的命令，动作迟疑地将层层抽屉拉出来，常鹤兰在旁来不及阻拦。

"大胆！你们是要来谋害阿娘？"金成帝勃然动怒，踢翻食盒，鸩酒、匕首、白绫滚在众人脚下。

驸马都尉武僧觉连忙站在金成帝身后，拖起他的衣袖，劝慰他冷静。赫连雪云壮胆禀报："陛下，本后在依循子贵母死的祖制。"

原本怒冲冲的金成帝闻言，面色惊变，如临大敌，呆立半晌后，他就似被针刺破的气球，整个人瘫软在武僧觉的双臂间，无助地蒙面啼哭。

常鹤兰本欲上前安抚他，驸马都尉武僧觉向她微微摆头，她感激地站在原地不动,内心升起对他深深的内疚——她的自作主张导致花荫公主重伤未愈。

众人均垂首沉默,任由金成帝发泄内心的伤痛。瓶中鸩酒倾洒,有只小猫悄无声息地窜来,伸出粉红舌头舔这一摊水汪汪的毒酒,不过瞬息间,这贪吃的小猫四脚朝天,喵喵惨叫倒毙在殿角……

众人纷纷不忍,个个扭头不见。

云母屏风后,银光点点,浑身着高丽白锦洒金长裙的太子妃,只浅浅敷面,点染朱唇,不戴珠宝金器,走到金成帝身前强笑道:"吾儿,阿娘早该去与你阿爷会合,应当欢颜,如何悲恸?"她边说着话,边拉过金成帝,母子抱头相哭。

常鹤兰也觉肝肠寸断,蓦然想起自己和武僧觉的儿子,是该派人去大恩寺寻回宫了。

中书博士杜光文跪地禀告:"陛下,臣闻:'善作者不必善成,善始者不必善终。'太子妃以巾帼英雄的胸襟与大气,做到善始善终,多少饱读诗书的男儿也会自愧不如!此乃陛下福泽深厚所致,天下大幸哉!"

太子妃含泪推开金成帝:"吾儿,万不可责怪保太后、皇太后,她们也是为皇帝好。列祖列宗的祖制在先,阿娘若贪生,便是对祖宗不敬……薄葬阿娘,阿娘的珠宝首饰及值钱物品,均分送伺候阿娘的奴婢们,那会烹制美食的昆仑婆,或留宫内,或遣送出宫,打发到华光寺,都随她……"

常鹤兰在旁听太子妃絮絮交代后事,生出兔死狐悲之意来。她向皇太后赫连雪云招招手,先行躬身退出去,留些时光给皇帝母子话别。

待中书博士杜光文、皇后赫连雪云都离开含章殿,驸马都尉武僧觉最后走出来,常鹤兰驻足庭院的水缸前,专等他现身。

"保太后,怎么还没离开?"武僧觉拘谨地搓搓手,低矮的头颅下,隐现一簇簇白发。

常鹤兰难为情地笑了笑,物是人非的伤感历练成利剑,刺中她的肺腑。她忍着失落与伤痛,转身向避荫处慢慢走去,暗自寻思该如何开口打探孩子的下落。

"本后,本后想去把大恩寺的儿子,嗯,接回宫。"她犹疑地挣扎着,满怀希望,向他吐露心声。

武僧觉迟疑半晌,说出口的话,使得她大失所望:"唉,保太后已安享富贵荣华,何必惦念那带给你羞辱的蠢物?"

常鹤兰痛苦地捂脸呜咽："他，他也是你的骨肉……你就狠心他自生自灭？"

"为何不当他死了，大家都了无牵挂？"武僧觉泛红的眼里溢满泪光。他转过脸，不想她见到他失态。

"他死了？被人害死了？"常鹤兰敏感地意识到她的儿子真不在人世了，万念俱灰后，带着怨恨冲天的戾气逼问他。

沉默，难堪的沉默。

武僧觉紧闭双唇，大有将真相掩埋到永远的绝情。

常鹤兰不顾一切地扑进他怀里，挥起拳头捶打他的胸，嘶声哭喊："是公主下的毒手，对不对？你说要把孩子送到大恩寺，明明就是个谎言，对不对？你们所有人都欺骗本后……对不对？"

武僧觉猛地推开她，冷峻刚毅的面孔扭曲变形，悲愤地哭喊道："在你和孩子间，我该如何选？我只能选你。我已负了你，不能再害你丧命！"

常鹤兰呆立在清冷的秋风中，真切地感受到她的命运，本质是残酷的爱而不得——她最爱孩子，上苍诸神偏生屡屡夺走她的孩子。纵然拥有这世间的富贵又如何？她虽锦衣玉食，却也孤苦无依。

风声呜呜，似在与她同悲。

过了半晌，常鹤兰掏出刺绣玉堂富贵花纹的锦帕，抹去泪水，面无表情地问道：

"公主的伤势如何了？"

"太后，你想作甚？"武僧觉也恢复平静，神色警惕地追问她。

"本太后也要你来选，是留金庆山还是公主？"她半是痛恨半是冷漠地凝视着他，那是她平生爱过的男人，是答应照顾她下半生而又辜负她的驸马都尉武僧觉。

"太后，公主伤及肺腑，活不过这个秋天，得饶人处且饶人吧。再者，她危及性命，不也是受你的口信所累……"

"本后是顾虑你不是那阉竖的对手……"

满腹委屈的常鹤兰脱口而出时，泪水已洒满衣襟。

【第六十六章】

白塔会　金成帝

深秋初夜的太华殿，秋虫啾啾。

灯台上空飞来只灰褐色的暮眼蝶，来回翩舞，又跌落于夜色。

金成帝呆坐殿内，尚未从丧母的悲恸中走出来。看那蝶影倏忽不见，他不由得黯然伤神，他偏执地认为这是刚埋葬于云中金陵，追尊为恭太后的阿娘来探望自己，耳旁回响她苦不堪言的话语："我朝尊崇外戚，兄弟子侄都封为王、公、侯、爵。子贵母死的祖制本是为预防外戚干预朝政。父子家天下，使子嗣彻底摆脱母权对皇权的威胁，防止皇权旁落，达到巩固皇权统治的目的，反而给常阿姐们这些出身卑贱的奴婢占尽了便宜，得不偿失也本末倒置啊。"

紫红的幕帘揭开，走出贵人安文茵。她鬓角插戴玉簪花的金钗，身穿单薄的青色素雅常服，双手捧着银盏，放在他掌心，抿嘴娇笑着过来扯他衣袖："陛下，喝了这盏羊奶，就该安寝了。"

金成帝反感地撇掉她的手，背对她冷冷地说道："朕想独自静静。"

安文茵的笑凝固在嘴角，泪花在眼眶打转，如被烛泪包裹的暮眼蝶。她缩回手臂，赌气地扭身钻进幕帘。

金成帝望着晃动不息的幕帘，冷冷地笑了。他从来就不曾喜欢过外人夸赞聪慧伶俐、善解人意的安文茵。封她为贵人，不过是顾念常阿姐情面，给安文茵的施舍。

该死的祖制！至亲的阿娘长眠在冰冷的冥府，乳母享受荣华富贵，他心有不满却束手无策。师父教诲，所谓皎日当空，照不到覆盆之下。万事万物都有不足之处，祖制亦然，当真是苦不堪言啊。

悒悒不乐的金成帝走出太华殿，迈下台阶时，侍卫靳采春从隐身处冒出来，神色警惕地跟随他左右。

月色如银，倾洒在地，折射出波光粼粼的水纹。金成帝突然追忆起皇爷爷在世时，常带他郊外狩猎，夜间赏月，林下露营的岁月。

皇爷爷、阿爷、阿娘，他挚爱的亲人相继离世。金成帝忍不住发出数声悲怆的长啸，啸声在寂寥的天地隐隐回响。他似乎身置冷月寒霜的原野，一头孤独的苍狼在回应他的呼啸。

"靳采春，先去花荫府见驸马都尉，传朕的口令，明日出宫马场狩猎。令朕的三位皇弟金延文、金延顺、金延平同行。"

大力士靳采春领命离去，护卫太华殿的羽林郎仍旧是魏喜、史鼎两位老臣。

自继位为新君后，一旦闭眼就会想到前朝血淋淋的杀戮，他变得开始畏惧黑暗，寝殿的窗前，时刻会有一盏烛火长明的灯台。

躺在龙榻上，他辗转难眠，担忧安文茵会跑来侍寝，便叫魏喜守在寝殿内，断绝她想利用侍寝达到怀有子嗣，再挟持他称后的非分之想。怀抱长剑的魏喜不多会儿便打起呼噜来，听着他的鼾声，金成帝这才摊平四肢，放心地进入梦乡。

他骑马出宫，追逐前方一匹浑身雪亮的骏马，跑向一座炊烟袅袅的村落，进到一望无垠的金灿灿稻田。

一条开满洁白栀子花的田垄向稻田深处延伸，金成帝不见骏马踪影，他急得下马走在田埂上寻找。风吹稻田，麦浪滚滚，花香盈面，这是北方少见的田园风光，金成帝喜得扔掉马鞭，张开双臂，尽情将这麦香、花香混杂的丰收味道，掬在怀里。

"谁家的野马跑来糟蹋稻田？"一声娇喝，惊得他循声望去。田埂上，骑着青牛的白衣女子，手里甩动牛鞭，冲他横眉冷眼地怒喝呢。

金成帝见多了对他唯唯诺诺的奴婢嘴脸，何曾见过年轻的女子对他无礼！好不新鲜有趣！他叉开双腿，站在原地，做出吊儿郎当的无赖样，看她会如何处置。

"你是村头哪家无赖小儿，快快召回那野马，不知粮价贵如油？刚驱赶大批蝗虫，又跑出匹野马来祸害，全村人都会找你算账的。"这白衣姑娘生得面若桃花，一嗔一怒，皆是灵动的美人风姿。金成帝看得痴呆了，思量着想要召她进宫，成为皇后才算好哩。

白衣姑娘走近了，她掰住牛角的白藕般的手腕，露出串猫眼大小、滴溜溜圆润的青玉佛珠，纤细的玉指戳向他的额面，娇嗔道："你这牧马人，还不去寻那野马回来？"金成帝正乐得心花怒放，被她尖锐的指甲戳得脑门生疼，不由哎哟叫唤倒下身躯。

睁眼一看，灯台烛火摇曳，原来是场黄粱美梦！他懊恼地摸摸额头，放在唇边嗅了嗅，似乎还残留着那女子的花香体味呢。

金成帝兴奋得再也没了睡意。他双臂枕头，暗自思忖，若是真能遇见那样灵秀的佳人，定要宠爱她。

晨起，霞光明朗，秋日闲月，顺时畋猎。披盔戴甲的金成帝率领他的狩猎精骑，浩浩荡荡地前往郊外马场。

他的左边是身着银铠甲的驸马都尉武僧觉，侧身回望武僧觉那张略显疲惫、饱经风霜的面庞，金成帝记起身受重伤的花荫公主，忙询问她凤体是否已痊愈。

驸马都尉武僧觉眼圈发红，抱拳作揖，回答得语焉不详："谢陛下关怀，公主吉人自有天相。"

"驸马都尉，朕要给你加官晋爵，为何屡次拒绝？"金成帝勒住缰绳，放慢速度，与他并辔驰行。能顺利登基，这位驸马都尉立下汗马功劳，本意赏赐他封号，他一律不要，只将功劳悉数推给常鹤兰、两位羽林郎、南部尚书陆秀、殿中尚书贺山、中书博士杜光文等人。驸马都尉说他是修行人，为了却俗事情缘，爵位功名于他不过是浮云。

想那士大夫攀龙附凤，谁不皆望有个尺寸之功？至此，金成帝愈发敬重他的为人，念及皇爷爷灭佛，使得诚心修佛的僧人无处安身，阿爷兴佛凤愿未了，金成帝忽然兴之所至。

"驸马都尉，你肯舍出苦心经营的大千园为华光寺，又不受朕恩赐，朕知你一心向佛，愿助你兴佛一臂之力，如何？"

驸马都尉武僧觉双眼一亮，喜不自禁地滚落马鞍，跪在金成帝的骏马前，朗声呼号："阿弥陀佛！陛下明慧，臣虽以蓬蒿之材，定不负朝廷栋梁之托，以圆东宫兴佛凤愿。"

一朝帝王，两代父子，一念毁佛，把镶嵌在锦绣河山的寺庙佛塔摧毁得千疮百孔。金成帝不禁悲从中来,唏嘘不已,也觉兴佛是他的天命使然。

午时,稍作短暂休憩,胡乱食些肉脯、胡饼,每人饮下半坛子千日醉,酒足饭饱后,一行人奔向树木繁密、荒草茂盛的马场。

大力士靳采春抢先下马,他擅长奔跑,臂力惊人,负责搬运猎物。羽林郎魏喜、史鼎两人熟悉马场地形。

乌黑色短装打扮的史鼎掀动一字粗短眉,跪地禀告:"陛下,臣获悉马场森林常有猛虎出没,须得谨慎为好。"

"无妨,无妨,朕今日就给众位爱卿射杀头猛虎,壮壮声威。"金成帝豪迈地挥鞭说道。他并非吹嘘,七八岁时,就与皇爷爷征战边疆,练就身过硬的骑射功夫。

金成帝令武僧觉、靳采春陪同他射虎。魏喜、史鼎领着他的三位皇弟一头扎进殷红的枫林,两拨人马走相反方位,约定落日黄昏在三岔河上游的酒馆聚会。

金成帝偏拣那密密麻麻扎堆的老松林走,一路的杂草高至人胸前,靳采春挥刀乱砍开路,平地一阵阴风,卷起漫天黄叶,金成帝平日本就无须借酒壮胆,以为有猛兽隐藏暗处,正要大喝,露出草丛中窜出的大白兔,奔跑到高处去了。

三人爬上高处,站定看时,原有上百株无名大树丛杂,叶儿有红有绿。利剑似的白茅草东一簇西一簇,团团围绕林下,风吹过,响起细细的抖动声。

金成帝暗思猛虎应该躲在密林中,忙招呼驸马都尉与靳采春爬上树。他先观察四处有无猎物。

四周虫鸣鸟叫,鼻端忽闻一股血腥臭味,他忙俯身查看,发现茅草坍塌处,里面酣睡头白花斑点的老虎,与那茅草色彩混为一体,不细看,难以分辨。他连忙抽出背上三连发的箭,屏住呼吸,瞄准这老虎的脖颈,端端直射出去!

那睡梦中的白花老虎被连刺中三箭,血流如注,昂头起来怒吼三声,卷起阵黑影狂风,吹落得树叶枯枝似雨般落将下来。树木纷纷摇晃不停,金成帝攥紧树干,后背渗出冷汗,瞧见那老虎使出最后力气,跳过树林,翻滚在地势低洼的草地,嚎叫声渐渐低了下来。

他暗呼好险,靳采春飞身跳下地,拍掌高呼:"陛下英勇,三箭射死猛虎一只!"

武僧觉跳下树,跪在流血的猛虎身前,合掌诵读经文,为这头猛虎超度。

金成帝想起佛法戒律有不杀生这一条，心头不免有些自责，既然生出弘扬佛法的念头，还杀生为乐，真成了口是心非之辈了。

他心虚地申辩道："驸马都尉，朕是侥幸射杀这猛虎，也算回应方才夸下的海口！靳采春，扛上这头猛兽，回酒馆吃肉去。"

驸马都尉武僧觉并未多言，只摇手不语。

待靳采春先送猎物跑远了，金成帝和驸马都尉武僧觉慢悠悠地骑马出得马场，向人潮涌动的三岔河的集市走去。

行至半路，迎面有位官兵押送一伙年轻的女俘们缓慢前行，引得路人驻足围观，品头论足。

女俘中有位身着白衫白裙的年轻女子，如群星中的一轮新月，尤为扎眼。她扬起面如满月的脸庞，双目如青蓝夜空的皎洁明月，骑在马背的金成帝居高临下看那白衣女子，不经意四目相对，他顿有惊鸿一瞥的惊艳之感，急不可耐地扭头问驸马都尉："她美吗？"

"陛下，她当然很美，仿佛观世音菩萨下凡。"武僧觉合掌赞叹。

驸马都尉的话激发了金成帝的征服欲，他从马背跳下来，急吼吼穿过嘈杂的人流，挤进女俘房堆，牵起那白衣女俘的手冲出人群，快得连领头押送的官军也浑然不觉。

金成帝拽着她的手，直奔酒馆前矗立的白色巨石堆砌的石塔，那是粮仓。驸马都尉武僧觉从身后跟来，亮出宫里的玉牌，守门士兵大吃一惊，慌忙躬身打开仓库门。

里面堆满金灿灿的稻谷，趁着酒兴，金成帝将这娇美的白衣女子按在稻草堆上……

一阵极乐巅峰的温存后，金成帝心满意足地躺在蓬松干燥的稻草堆，他拉过她的手，放在唇边呢喃低语："跟朕回宫。"

他以为会听见她激动疯狂的谄媚之音，没有，他扭头看去，白衣女子神色平静地抽出手，爬起身整理凌乱的长裙。

她抬手摸了摸发髻，露出白藕般的手腕上戴着串碧莹莹的佛珠，青白相间，悦目非常。金成帝脑海嗡的一声，梦境里麦浪滚滚的稻田，骑青牛的白衣女子同样也戴有青玉佛珠！天意，原来是冥冥中注定的天意。

他乐得翻身起，开怀畅笑。这可是上苍诸神赏赐的美人！有朝一日，他定要封她为皇后。

门外传出驸马都尉命令守门士兵用石块将陛下宠幸美人的时间画在墙面作为记载的话音。

金成帝听得分明，向她招招手，那美人羞答答地走近前，露出半嗔半喜的媚笑，他的心房被栀子花香熏得意乱情迷，拦腰抱她入怀，附耳轻语："随朕入宫。"

【第六十七章】

高丽白锦　保太后常鹤兰

寿安宫的瓦蓝上空，一只白雁徘徊良久后，停在依次排列檐角的脊兽上，发出孤掌难鸣的悲呼。

金碧辉煌的正殿雕花窗前，保太后常鹤兰侧躺于沉香木睡榻上，躬身在地的贵人安文茵，两拳上下翻飞，殷勤地伺候她。

寿安宫内，始终弥漫着经久不散的香气，忽而是馥郁的花香，忽而是层次分明的榉木香，浸泡在这香味里，常鹤兰不免生出自己终为人上人的飘飘然来。

"太后，奴婢们都夸寿安宫是座香宫呢。"安文茵双掌换成揉捏姿势，嘴上夸耀道。

"不就是这张沉香木睡榻引来的香气？"常鹤兰颇为自得地拍拍光润的睡榻。

"太后，还有妾身这条郁金香裙的香味咧。"安文茵扑哧轻笑着停止揉捏，撩起色泽金黄的长裙显摆道。

常鹤兰勾头注视那贵重的郁金香裙，平城富贵人家的名门闺秀常爱用郁金香草浸染长裙，爱其色泽如花鲜艳，喜其裙裾移动，花香飘散。

"安贵人，这几日可是穿这郁金香裙侍寝？"她存心要她警醒，便揶揄道。

安文茵的脸色瞬间暗淡，她悻悻地放下长裙，抢起双手，有气没力地捶打常鹤兰的腿肚。

常鹤兰心下明白，她定是遭受帝王的冷落。说来也怪，金成帝万事都会依从自己，就是不乐意安文茵成为他的后宫嫔妃，勉勉强强封赏个贵人敷衍了事；又不召她侍寝，急得她这保太后也只能干瞪眼。

"女人的战争就是生存，胜败乃兵家常事，金成帝是尚未识得女人的妙滋味。"

"太后，他，他也太吝啬了，连个好脸色也不肯给人家。妾身的热脸总贴他冷屁股，长此以往，妾身的心都快凉透了。"安文茵眼圈发红，含泪摇头。

与故去的安昭仪类似，安文茵也算不上绝色美人，顶多就是清秀端庄的良家女子，以色伺君是走不通了。

常鹤兰想了想，红颜终将逝去，不如美德永久。她拿手指向安贵人引以为傲的郁金香裙："安贵人，富而能俭、贵而能卑、智而能愚、勇而能怯，方可获取圣心。收起这条郁金香裙，天下至尊是后位，就算价值百金的郁金香裙也不过是沧海一粟。"

"太后明鉴，妾身知错了。"安文茵心领神会，撩起郁金香裙，跪身在地认错。

此时，大雁的悲鸣回旋上空，常鹤兰猛地坐起身来，望着宫外清朗碧蓝的天幕，若有所思。驸马都尉随陛下狩猎，金庆山在皇宗学堂，何不趁机去拜见伤重未愈的花荫公主。

这般思量后，要安文茵去换身素色裙，陪着到花荫府走一趟。安文茵匆忙站起来，两手提起郁金香裙摆，迅急转身出宫。

采薇上前悄声禀报："太后，尚衣局送来青州名贵的大文绫和连珠孔雀罗绸缎各两匹，敬献给太后做冬衣。"

常鹤兰瞟了眼搁在桌面厚厚一摞珠光宝气的绸缎，不屑一顾："他们也好生不晓事，本太后那会喜欢亮闪闪的孔雀罗织物？去换成高丽白锦，再选斛螺子黛，备好送至花荫府。"

采薇慢吞吞地拍掌笑了："太后，尚衣局管事的人说了，这大文绫和连珠孔雀罗绸缎，专留给太后。就连花荫公主想要，也推说没有了呢。留着给安贵人做新服，拴住帝心。"

说罢，她一面抱起绸缎扭身进库房，一面轻哼《十愿歌》："袖裁孔雀罗，红绿相对参。映以蛟龙锦，分明奇可爱。粗细君自知，从郎索衣带。"

常鹤兰听着有理，随她去安排。

走至妆奁旁的落地铜镜前，坐进扶手椅，端详镜中的妇人。她年近不惑，既有慈眉善眼的亲切笑意，也有不怒自威的稳重气势。

她冲镜内的自己眨眨眼，犹豫着要见花荫公主这最后一面，要不要浓妆艳抹，方显对她的敬重呢？拿定主意后，就在镜前动手。先描出修长的惊翠眉，涂上莹白铅粉，抹两团胭脂，沾染紫红凤仙花的唇色，修饰停当，再唤来梳头的宫女，将寻常发髻更换为灵蛇髻，插上纯金打造的凤首步摇，左顾右盼，还少点什么，是手镯、耳环、戒指。

最后，她套上新做的栀子花白绣金桃花纹的拖地长裙，镜里的女人，立时显出雍容华贵的气派，真是人靠衣装佛靠金装。常鹤兰满意地对镜中的自己笑了笑，踏步出宫。

换了藏蓝色红花长裙的安文茵弓腰走上台阶，采薇双手捧着高丽白锦，手腕挂上装螺子黛的红匣，跟在身后。

常鹤兰正待弯腰上轿，安文茵瞧了眼采薇臂弯的高丽白锦，语气委婉地提醒她："太后，公主素爱花哨热闹的锦缎，这素雅的高丽白锦怕不怕触犯她的忌讳？"

常鹤兰头也不回，钻进软轿坐稳后，拿手掀开半张轿帘，以不知情的口吻问道："忌讳什么？"

"公主伤重，乍见这白锦，会不会觉得不吉？"安文茵随着轿身向前移动的节奏，掩嘴秘语。

常鹤兰唰地放下轿帘，头靠轿枕笑而不语。她就是要趁火打劫，登门去气死夺她夫、杀她子的劲敌——送那斛螺子黛是障眼法，真正要送的是那匹高丽白锦，预备给她操办丧事的面料。

到了花荫府，侍女采薇先进府邸，常鹤兰的软轿落地，轿帘掀开，就瞥见合欢树绿茵茵的花冠高出朱墙大半截来，正迎风招展。

安文茵陪着她说些闲话，不到盏茶工夫，半开的铜门后，冲出双目通红的采薇，抱着高丽白锦、螺子黛原路跑来。

"太后，公主不见客。"好似受到奇耻大辱的她嘟嘟嘴，举起衣袖擦拭泪水。

"你亲耳听她说不见？"

常鹤兰强压怒火，今非昔比了，这花荫公主还摆什么谱？给脸不要脸了，竟不把自己这位保太后放在眼内。

"奴婢进去给锦绣姑姑禀明来意,哪知,公主勃然发怒,还骂太后是蛇蝎妇人,害得她差点丧命,要锦绣把奴婢轰出来……"

"太后,公主在气头上,少惹为妙,不如打道回府……"安文茵面露畏怯,她是多次领教过花荫公主的火暴脾气,自是心有余悸。

"慢着,待本太后亲自去会会她。"常鹤兰巴不得公主暴怒呢,暴怒易震裂她的伤口,不就杀人于无形了。

她埋身下地,无视守护府邸两旁的守卫,径直走向虚掩的铜门,两人认得她是保太后,慌得推开门,跪地行礼还来不及,哪敢阻拦?

常鹤兰深呼口气,想起当年在尚药局所承受的羞辱,暗自冷笑,背对着离去的人,终究一日会回来。

采薇、安文茵寸步不离地紧跟她身旁,还未跨进正堂的门槛,花荫公主粗鲁的骂声就在耳旁炸响:"她算什么太后?穷人乍富罢了!不过喂陛下几口奶水,就想作威作福来了?自古皇帝身旁的心腹爱将,哪个不是势利小人?他们皆先因小忠而成其大不忠,先借小信而成其大不信……"

锦绣瞅见她们进来的身影,蓦然变了色,慌慌张张地跑到仰躺在睡榻上兀自谩骂不停的花荫公主身前,推着她的肩暗示她:"公主,保太后驾到了。"

常鹤兰冷着脸,缓步跨进公主装饰浮夸的内室,换作以往,她哪能堂而皇之地进来?人生境遇,此一时彼一时。

躺在睡榻上的花荫公主,面色蜡黄,双眼泡肿,眉毛淡得见不到踪迹,原是惊翠眉也懒得描画了——以往的傲气、贵气都让伤痛的苦楚与怨恨吞噬,成为被生活折磨脱相的中年世俗妇人,与光彩照人的常鹤兰高下立判。

"公主,背对着离去的人,终有一日也会回来,公主没料到吧?"她得意极了,故意做出娇媚的笑容,有生之年,曾经卑贱的她也能狠狠地践踏花荫公主一番。

花荫公主暴躁的性情不改,她傲慢地抬起肥圆的下巴,藐视着眼前的保太后。

"哼,你不过想以此来洗刷承受过的羞辱,证实你比本公主过得好?!可惜,本公主与驸马都尉松萝共倚,太后独处深宫,头枕冰冷珠翠,就算睡在芳香袭人的沉香木睡榻上,还是难熬漫漫长夜吧。"

常鹤兰被她迎头反击得哑口无言,暗骂公主心肠歹毒,专往她的伤口撒盐。

目光流转，妆奁的桌面上堆放缝制好的五颜六色的香囊十几只，针线布料、银剪乱放一边。

武僧觉有不雅体味，公主给他留这些香囊避味。见此情景，常鹤兰妒火顿生，她带着戏弄的语调，存心挑拨："酒肉的朋友，米面的夫妻，天底下伉俪情深、白头偕老的夫妇多的是！可笑，公主还把个负心郎当成宝贝，他能辜负本太后的情意，你以为就不会背叛你？"

她幸灾乐祸地笑着，复仇的快意占据心房。她一步步靠近她，一字一顿地激怒她，羞辱她——当年她怎么泼脏水，今日，她便要以牙还牙，噢，不，要成倍地还给她。

花荫公主气喘如牛，挥舞双臂，仿佛在驱赶肮脏的苍蝇、蚊虫。她抬起憔悴的蜡黄脸，双目射出怨毒的冷光，口喷粗气，瞪视她，战栗的手指向她的鼻头："你少来挑唆我们夫妇，本公主不知道你是狼心狗肺，黄鼠狼给鸡拜年？锦绣，还不撵走她们？污了本公主的眼，脏了本公主的耳，快拿龙涎香来熏熏，哎哟……"话未说完，花荫公主高扬的手臂突然落下，捂住腹部痛苦呻吟。

常鹤兰心头暗喜，假作关心支走采薇："哎哟，公主伤口渗血了。采薇，快随锦绣去尚药局找太医令慕容白！"

那锦绣也是察言观色厉害的奴婢，并不上当，只顾埋头趋步进来，跪倒在常鹤兰身边哀求："太后，公主伤及内脏，太医令嘱咐不得生气，以免伤口渗血，难以痊愈，奴婢恭送太后回寿安宫。"

常鹤兰诧异这锦绣也是个机灵鬼，稍作思索，有了对策。使眼色要安文茵把锦绣扶起身，唤过采薇把螺子黛、高丽白锦故意捧在惨叫连天的公主眼前。她凑近公主耳旁，徐缓说道："公主，驸马都尉对本太后赌咒发誓，他要成为侍候本太后的男宠……"

花荫公主气得面如金纸，失去血色的双唇抖动，拿手想要扇她耳光，被常鹤兰轻巧避开，公主破口大骂："滚！下贱的娼妇，锦绣，快去叫守卫出宫找驸马都尉回来！本公主要在太华殿，当着陛下的面来审问，到底是太后居心不良撒谎，还是驸马都尉负心背叛！"

常鹤兰慌了神，料不到公主性情这般刚烈，她是为了气死公主撒谎，若真惊动陛下、驸马都尉，不就会定她蓄意谋害公主的死罪？不，不能惊动他们！

花荫公主刚怒吼完毕，便惨叫着栽倒睡榻前，常鹤兰偷偷掀开盖住她的被褥，顿时惊得魂飞魄散！公主的腹部汩汩涌出来的鲜血染得她的手掌猩红！

"安贵人，还不带锦绣出去寻驸马都尉回府照顾公主！"常鹤兰以目暗示采薇、安文茵拖起哭喊连天的锦绣离开寝殿。

杏黄色的纱帘轻轻摆动，室内剩下清醒的常鹤兰和昏迷的花荫公主，常鹤兰扯起高丽白锦在公主半开半合的眼前，出言刺激她："公主，这匹高丽白锦是本太后为你备下的丧服，你爱色泽艳丽的丝绸，本太后故意挑这素白锦缎，就是气你，气死你！"

花荫公主回光返照般强行挣扎着抬起身，吐她一脸口水："歹毒的女人，本公主诅咒你，你断子绝孙……"

望着面色灰白如死人、气息愈发微弱的花荫公主，常鹤兰冷冷地拿衣袖擦拭面上的口水："公主错也，鹤兰不是天性歹毒，是被你逼迫如此，女人的战争是生存。若非你无情无义在先，就别怨本太后薄情寡义在后。"

花荫公主闻言，气得喷出一口血来，面色煞白地栽倒在睡榻上。

常鹤兰知道，公主大限已到。她惊魂未定地走出来，站在花荫殿的廊下，望着在云霄里葳蕤生长的合欢树，伤感地长舒一口气。

坐在回宫的软轿内，常鹤兰并未有复仇的快感，心房填满胆战心惊的畏惧，驸马都尉武僧觉要是知晓真相，会不会对她下毒手？不会，是他辜负了她。她问过他，是选择公主还是金庆山，他无言以对，那就只得由她来帮他选择了。

进到幽暗的永巷了，常鹤兰揭开轿帘，黄昏里的永巷，夕阳将她们的身影拉得扭曲，安文茵、采薇都显得没精打采、心事重重。

进到寿安宫，已是掌灯时分，刚换上常服坐着喝口热茶的当口，穿着通身簇新天蓝色织锦缎面料长袍的东方鸾跑进来，蹲在赏赐的凳上，不住地抓耳挠腮。

"通晓过去未来的高人还会有什么烦恼？"常鹤兰草草地扫他一眼，狐疑这一向邋遢的半老头的男人，怎么转性穿新装了。

"太后，老奴有个不情之请，还望太后成全。"东方鸾说这话时，吞吞吐吐，犹如怀春少年般腼腆。

常鹤兰放下茶盏，静等他说下去。

"嘿嘿嘿，老奴漂泊大半生，也想安定过日子，请太后赐婚，准老奴迎娶服侍恭太后的昆仑婆为妻。"

还以为是什么难办的大事呢，常鹤兰爽快地应许了："高人也是凡人，是人就有七情六欲。你不嫌黑炭似的昆仑婆太过牛高马大？"

东方鸢掰开六指肉掌，狡黠地笑道："老奴六指，半生遭人嘲弄。她五指，有擅炮制美食的好手艺，世间少有的般配啊。老奴将辞别太后，领她出宫，在平城寻个集市，开间饭庄，聊以度日。"

"怎么，你不帮本太后出谋划策当隐身人了？"常鹤兰后悔轻率地答应他的请求，这家伙得了便宜还卖乖。

东方鸢似料到她会反悔，嘻嘻笑着倒叉双手："太后正行大运，用不上老奴，老奴一介糟老头子，无功可说，无策可安……太后，老奴告辞也。"说罢，跳下地，歪斜着八字步转身走了。

这高人，来得也奇，走得也怪。常鹤兰也不在意，赐死太子妃吕金瓶后，昆仑婆哭哭啼啼无处安顿，他领走也好，凑成一对，世间少个孤独可怜人。

夜深，人倦。

忙活大半日的常鹤兰也困乏了，想着陛下一行出宫狩猎，来回也得好几日，便令安文茵睡在寿安宫。陛下本要安文茵住进先帝的宠夫人住过的锦瑟殿，被她当场否决，住锦瑟殿的女人，恩宠短暂，死得很惨，她可不想安文茵重蹈覆辙。

次日，睡到红日高照，起身梳洗时，太华殿那边跑来位面生的年轻阉官。他自称原是金世祖身边的低等奴婢，名独孤尼，本在太华殿扫地、煮茶，干体力活，被掖庭安排到太后的寿安宫来做事。

"除了粗笨活路，你还会点什么手艺？"采薇在旁边替保太后梳头，边闲闲问他。

"奴婢学过尺八，能吹奏尺八。"

坐在铜镜前的常鹤兰从镜中瞥见他面皮白净，言谈举止透着机灵，心下有几分喜欢，听他还能吹奏尺八，心头一震，想起季康来，要他先吹奏一曲。

独孤尼吹奏尺八，哀怨缠绵，常鹤兰听得动容落泪，感及自身骤然富贵，不衣锦还乡，诚如锦衣夜行，有何意趣？忙喝止独孤尼退下，朝侍女下令："采薇，去问问南部尚书陆秀大人，派人到龙城故园，带回本太后的家人没有？"

采薇刚走，脸蛋涨得通红的安文茵跌跌撞撞地跑进来，一头扑到她怀里，又气又急:"太后,陛下,陛下带位陌生的美人回太华殿了!如何是好?"

常鹤兰虽是吃惊,但见惯不怪,拉起她的手,抚弄她的脸颊,叹气道:"安文茵啊,这后宫又要热闹起来了。明日,本太后也得去瞧瞧是哪家的新美人能捕获君心?"

【第六十八章】

《安般守意经》　贵人秦霜月

秦霜月进宫后，甚为惶惑不安。

宫里的繁文缛节多，殿内又太过洁净空旷——她原是习惯在吵闹逼仄的酒馆讨活的自在人，踏足到陌生的华丽宫殿，处处受拘束，不免有四处碰壁的不适。

掖庭选派四位宫奴来伺候她的起居饮食。她们像木头人，进进出出无声忙活。在这后宫，她最熟稔的人是金成帝，但皇帝事务冗杂，不可能成天与她厮守一处。秦霜月百无聊赖，干脆躲在后殿以喂鸟、逗猫为趣。

这日，勤于政事的陛下出殿上朝去了，她正坐在扶手椅内发呆，年纪相仿的奴婢阿眉、阿鸽跑来禀报："秦贵人，皇太后来了。"

"皇太后？"秦霜月茫然地抬头四顾，进宫三日，尚没出过殿门，对后宫的皇后、太后、夫人们一无所知。

阿眉、阿鸽慌忙陪着她直向殿前走去。阿眉嘴快，又不知轻重："秦贵人，宫里有宫里的规矩，别惦记三岔河的小鱼小虾啦。"

两人边说边笑作一团，尚未走出殿门，秦霜月便嗅到股似麝似兰的异香如烟花绽放在鼻窦。

"秦贵人，本后是承华宫的赫连雪云，先帝的皇后，新封赐的皇太后。"

殿庭前十几株重瓣木槿树后，站了位人比花娇的美人，她身穿猩红绣金蝴蝶的拖地长裙，但上百朵怒放的粉色木槿花，也比不上她孤艳绝尘的气韵。

秦霜月在酒馆见识过诸多乡野美人，都比不上这位皇太后的仪态万千。她胆怯地欠身行礼："妾身秦霜月参见皇太后。"

花前闪出位胖墩墩穿紫红常服的宫女，她左手拎食盒，右手提锦匣，弓腰向前："秦贵人，皇太后送来艾草糕与龙涎香。陛下喜食艾草糕，龙涎香给秦贵人熏衣。"

"哇，一两香料一两金的龙涎香呢。"秦霜月还没回话，就听阿眉没见过世面的惊呼声，忙用手肘碰她，机灵的阿眉识趣地接过食盒，使眼色要阿鸽去斟茶。

秦霜月弯腰恭请太后到殿内吃茶。

赫连雪云摆摆手，面上神色淡漠。她耸耸肩，肩面刺绣的金蝴蝶就展翅翩飞呼之欲出。

"本后听闻秦贵人知佛法玄妙，特来请教一二。"低垂脸面的皇太后赫连雪云走近她身旁，浅浅娇笑道。

秦霜月不由得哑然失笑，她哪里懂什么佛法？不过是会背诵几句《安般守意经》的经文，谁会给她脸上贴金呢？肯定是陛下了。心下又喜又羞，思量初次见面，不能在皇太后面前失掉分寸，枉费陛下给她脸上贴金的苦心。

秦霜月的阿爷是安息国贵族后裔，性好佛法，出家为僧。游历中原到平城，恰逢先帝灭佛，躲在三岔河酒馆，邂逅歌姬秦夫人，一宵欢爱，去洛阳不归。次年，秦夫人生下秦霜月，自幼教她习得百般歌舞，及笄后成浪迹酒馆的歌姬。

秦夫人的酒馆归秦郡公万盛统管，在秦郡公遭诛杀前，她患病身亡。三岔河的酒馆悉被收回国库，秦霜月随其他歌姬被押送进宫为奴，半道遇上狩猎的陛下……

苍穹之上，月色澄清，殿前殿后响起稀稀落落的虫鸣声，秦霜月初到深宫宅院，内心惶惑，不由念诵起"安为清，般为净，守为无，意名为，是清静无为也……"来镇定心神。

"秦贵人也会吟诗作对吗？"从太华前殿处理完政务的金成帝，甩袖奔向她，扳过她的脸庞亲吻道。

"陛下净来取笑妾身，不过略略识得几个字，阿娘教会妾身背诵阿爷留下的《安般守意经》罢了。"

秦霜月暗想定是陛下无意传出去的话，被听者有心的皇太后捡到了。她站在快要凋谢的一朵木槿花前，扭头问她："皇太后平时可有读什么经书？"

皇太后赫连雪云显得有些慌乱，笑意羞涩不作声。秦霜月暗觉好笑，她是在鱼龙混杂的酒馆长大的,形形色色的人见得多了,随口就是谎言,张口就是粗话。

难堪的沉静后,皇太后赫连雪云垂低头:"经书?本后仅仅会念句阿弥陀佛。先帝在世,数度灭佛,经书尚不曾读过。"

"阿弥陀佛。太后,妾身阿爷是安息国的僧人,他曾留卷《安般守意经》,阿娘命妾身日日背诵,待妾身背得滚瓜烂熟后,就烧毁了。"

皇太后赫连雪云神色痴迷如听天书,连声哀叹:"啊呀,秦贵人阿娘不该烧毁那经书啊。"

秦霜月伤悲地侧过头,她从未见过她的阿爷,酒馆过往的客人醉后就奚落精明一世的阿娘给和尚生女,落得个鸡飞蛋打,阿娘受不住醉客们的嘲笑,才怒烧经书。

细风吹过,木槿花随风轻轻摇摆,皇太后赫连雪云衣袂飘然如仙子,她摘下朵粉白木槿花,贴近红唇,眼里闪烁好奇与迷茫困惑的亮光,哑声问道:"秦贵人,佛法是什么?"

秦霜月想了想,酒馆常有南来北往的游僧,听见他们争辩过佛经要义。有位僧人说佛法如水,牛饮之,则成乳;蛇饮之,则成毒。

她将那僧人的原话鹦鹉学舌,皇太后赫连雪云捻动木槿花,无声玩味话里深意,随之告辞。

送走皇太后赫连雪云,阿眉、阿鸽围着她鼓掌,佩服她:"秦贵人,好福气,连皇太后都要送龙涎香来巴结贵人呢。"

秦霜月笑着推开两人,她爱惜殿庭里快要开败的木槿花,一朵一朵花瓣散落的粉白花,好似美人迟暮。她令阿眉取来细竹编的箩筐,弯腰摘了丢在筐内,柔嫩的花很快就堆满箩筐。

"秦贵人,木槿花未谢,摘下作甚?"秦霜月的后腰被陛下突然箍住,他将她托举到半空原地转圈,转得她手里的花似天女散花,飘落在地。

秦霜月吓得娇声求饶:"陛下放手,妾身头晕啊。妾身想晾干木槿花,用来香汤沐浴。"

金成帝把她放下后,亲吻她的唇:"这些粗活,宫女们去干就好,贵人不必亲力亲为,费心劳力了。"

秦霜月挽着他的手臂:"妾身遵命。陛下,快去尝尝皇太后带来的艾草糕。"

"怎么，皇太后来过？"金成帝边问边跨进殿内。

阿眉、阿鸽双双跪拜在地，齐齐向金成帝夸嘴："陛下，皇太后还送了龙涎香，请教秦贵人佛法要义呢。"

"哈哈哈，皇太后有千里眼、顺风耳？朕不过随口夸赞了秦贵人几句。等着，保太后也会闻风而动。"

金成帝心有所悟，拿手抚弄自己的鹰钩鼻尖。言毕，抱着秦霜月坐在椅上，桌面摆了盘碧绿圆溜溜的艾草糕，秦霜月拿起银筷，夹上块艾草糕，喂进金成帝口中，金成帝也用金筷夹半个艾草糕喂给她吃，正卿卿我我、嬉笑玩耍呢，肥壮的靳采春上气不接下气地跑来，跪在殿外禀报："陛下，保太后、安贵人到。"

"真是大煞风景！她们可真会挑时间。"陛下不快地扔下金筷，秦霜月忙从他怀里溜下地，急速吞下口中的艾草糕，在金成帝身后站定，理顺裙摆的褶皱。

暮色光影里，木槿花丛后，走来两位体态轻盈气定神闲的美人。

女人和女人有天然的敌意。秦霜月见到保太后常鹤兰第一眼，心底就钻出小人说话的声音。

披着一领青蓝底色刺绣金蝙蝠图纹斗篷的常太后，嘴角挂着谦和的笑，苍白的面容冷得渗出水。秦霜月顿有不祥之感，心脏如被针尖突刺，疼得不停收缩。她不安地向后退步，下意识地摸索手腕戴的碧玉佛珠，默诵《安般守意经》，要和这位面慈心硬的中年妇人保持安全距离。

"陛下，带了新美人入宫，怎不给本太后这老婆子瞧瞧？"

两手拢在缀满金色玉兰花锦袖内的保太后，精明的双目有意无意地扫向桌面的艾草糕，以长辈教训晚辈的语气，笑对金成帝。

一贯持重的金成帝回应得滴水不漏："朕顾虑她尚年幼，先熟悉宫内礼仪，再来拜见后宫女眷，方不至失礼，贻笑大方。"

秦霜月局促不安地盯着洒金裙摆。她穿了不太合身的艳色葱绿洒金长裙，新服尚在赶制中。

"秦贵人，快过来拜见朕的乳母、保太后。"她听见金成帝强装镇定的话声。

保太后坐在殿中那把铺有紫红如意纹锦缎坐垫的交椅上，上下瞄了瞄她。

金成帝扭头向她招招手，催促道："秦贵人，快过来拜见朕的乳母、保太后。"

秦霜月无处躲避，低头碎步走来，心慌慌地只向保太后深鞠一躬。

"陛下，秦贵人果真不懂礼数。也难怪酒馆的歌姬，混迹风月的婊子，整日迎来送往，不知者不怪。"

保太后不动声色的寥寥几句，臊得秦霜月耳根子立即滚烫起来。若是性急的阿娘秦夫人在世，定会跳脚开骂。

金成帝也被保太后这软钉子刺得无话可说。他阴沉着脸，端起桌面的茶盏，放至唇边，并不喝。

保太后也知有些失言了，堆起满面笑容："陛下，秦贵人刚进宫，就没想过赐座殿院给她？"

"锦瑟殿、重英殿都还空着。"金成帝面色缓和，呷口茶说道，"太后无须费心，朕想将恭太后居住过的含章殿更换为合欢殿，重新修饰，令秦贵人搬进去。"

保太后拉了拉她身旁的安文茵的衣袖，和颜悦色笑道："陛下为秦贵人所谋深远，不显得有失偏颇吗？安贵人也是贵人，陛下打算将安贵人安顿何处？"

金成帝眼尾扫过静立无语的安文茵，语音牵强："太后不是提到后宫空置殿宇多，随安贵人挑选一座便是了。"

秦霜月偷眼瞧去，安贵人身穿浅紫杏花常服，显得文雅娴静。她缓步行至金成帝身旁，以不争不抢的姿态，轻言细语说道："陛下，妾身选锦瑟殿。"

"安贵人，锦瑟殿风水不好……"保太后失声惊呼，带有恼羞成怒的责备。

秦霜月看这贵人安文茵，妆饰朴实，不事张扬的风度，想起阿娘提醒过她，遇上看着朴实无华的女子，须得好生提防，正所谓咬人的狗不叫。

安文茵看了看秦霜月几眼，笑盈盈地回望陛下："太后，何必令陛下为难？福人居福地，妾身自信没做亏心事，不怕鬼敲门。倘若陛下肯把锦瑟殿也重新修饰，更改殿名，不就做到一碗水端平了？"

"唔，安贵人提议甚好。说吧，锦瑟殿改什么名？"金成帝颇为满意她的善解人意。

"陛下文韬武略，自然应是陛下赐名，方为吉祥。"安贵人甜笑着撒娇，不着痕迹地迎合圣心。

金成帝欢笑着搔搔头皮，仰头沉吟半日："取'懿德殿'如何？"

一团无名妒火在秦霜月心中点燃，她暗暗记住这貌似端庄，腹藏奸心的贵人安文茵。

"陛下学识渊博,是出自'民之秉彝,好是懿德'的懿德?"言笑晏晏的安文茵眼里流露出对金成帝的无尽崇敬之情。

秦霜月心中打翻五味瓶,很不是滋味。金成帝微微一怔,语气夸张得极不自然:"安贵人好记性,朕希望贵人嘉言懿行。"

一行宫女手托食盒,鱼贯进来,原是午膳时辰到。

保太后与安贵人见状,起身辞别。

她们走后,秦霜月与金成帝相对而坐,看着满桌珍馐美味,金成帝面露无处落筷的为难之色。

"陛下,为何闷闷不乐?"

"朕不喜安贵人自作聪明那股劲儿。她伺候朕在皇宗学堂读书,偷学了些功课,就以为比朕懂得多。"

秦霜月既喜且悲——她还倾慕安贵人能读书识字,引经据典呢。阿娘就是吃了不会读书认字的亏,才会对能读诵经书的阿爷一见倾心。

"秦贵人,胡思乱想什么?"金成帝假作怒意,瞪着她。

"妾身想早日搬进合欢殿,与陛下有处清静居所。"秦霜月也扑哧笑道。她喜欢金成帝卸下龙袍后显现的童真、顽皮本性。

两人边笑边给对方夹菜。

"陛下,南部尚书陆秀有要事觐见。"靳采春垂手在殿外禀报。

"宣南部尚书进殿。"

南部尚书陆秀是位面相富态的中年武将。他行走如风,跪在殿外,语音朗朗:"陛下,臣找到保太后的三位同胞弟弟、安贵人的一位长兄,恳请陛下明示,给他们什么赏赐?"

"太后的意思呢?"金成帝丢开金筷,擦嘴问道。

"陛下,太后说,全凭陛下拿主意。"

"尚书以为呢?"金成帝不露声色地笑了笑。

"陛下,常太后的三位同胞兄弟,两位封爵依次为辽西公、镇西公,一位留守当地封平乐公;至于安贵人的长兄,文武双全,可为车骑大将军。"南部尚书陆秀不慌不忙作答。

金成帝不假思索:"就按爱卿所言去办。"

等南部尚书陆秀转身离去的背影消失后，秦霜月方才壮胆问他："陛下厚赏，都不用斟酌斟酌？"

"一人得道，鸡犬升天。保太后有护主勋劳，为王者，不能吝啬官爵财物。秦贵人若有沾亲带故的亲戚，朕同样会有封赏。"

秦霜月莞尔娇笑着扑在他怀里："陛下可不能食言，哪家还没几门穷亲戚？"

闲闲不觉时日过，转眼间，秋去冬来。秦霜月搬进了合欢殿，不过，她这几日陷入睡不安寝的烦恼中。

金成帝召来太医令慕容白诊治，诊断出秦霜月怀有龙种的喜脉。

"恭喜陛下、秦贵人。"听着成群的奴婢跪在睡榻前的道贺声，秦霜月抚摸着平坦的腹部，欢喜得垂泪不止。

金成帝拉着她的纤手，亲密地摩挲她的面颊："秦贵人，皇子产下后，朕要封他为太子，你就是正宫皇后了。"

"若是公主呢？"她有隐隐的担忧，挣扎着抬起脸庞。

"不会，定是皇子。阿娘说过，含章殿是能产皇子的风水宝地，朕就是在此诞生。"金成帝的眼眶泛红，握住她的手，无语哽咽。

秦霜月蓦然意识到金成帝安排她住进含章殿的苦心，感动得扑倒他的怀里，两人心有灵犀紧紧相拥。

【第六十九章】

踏青之会　保太后常鹤兰

寿安宫的白玉兰开花了，树干插云霄，枝头堆簇雪。常鹤兰坐在椅内赏花，猛闻得一阵香来，慵懒得不愿动身。

侍女采薇捧着香袋跪在身旁煽风点火："太后，奴婢只领得一些龙涎香。后宫的犄角旮旯都在传言，皇太后赫连雪云为巴结秦贵人就送龙涎香呢。"

常鹤兰鼻孔喷出冷哼，心里很不是滋味，赫连雪云不就想掉转船头，去依靠陛下的新宠秦贵人这棵大树？

"无妨，本后爱苏合香多些，把这点龙涎香赏赐安贵人。"

自打安文茵搬去懿德殿，广阔的寿安宫也变得清冷，稍感欣慰的是她的两位同胞兄弟时常入宫走动，阉人独孤尼吹奏尺八解解闷，日子不紧不慢，过得舒心自在。

金成帝还算厚待她，赏赐三位胞弟的官职都有实权，她在后宫的尊位稳如泰山。只是驸马都尉武僧觉将花荫公主的死，归罪于她，从此，不再理睬她。

常鹤兰表面不在乎，内心早就抓狂了——武僧觉怎么能这样对自己？她还幻想公主死后，与他旧情复发——她能身居富贵，终不忘他，他不应该感怀自己不忘旧情的大度？

树上飘落一片玉兰花瓣，常鹤兰无比惆怅，原以为拥有荣华富贵后，爱情也会唾手可及，但想起武僧觉漠然无视她的眼神就心生愤恨——他怎么能这样对她？是他负自己在先！正愁闷间，忽闻阉人独孤尼躬身上前，憋着公鸭嗓，冒冒失失地叫不停："太后，大喜，大喜！"

她并不理睬独孤尼，起身走到桌前，莲花银质茶盏盛满了胞弟辽西公常风送来的春茗。她捡起几片茶叶在指肚揉捻，指尖散落淡淡的青豆香。

"去唤采薇，煮壶春茶。"她把银莲花盏递到独孤尼手上，舔着指肚的茶末，苦涩里有些回甘，是她喜欢的茶味。

"太后，奴婢听合欢殿的宫女说秦贵人怀龙种了。可不是大喜的事？"独孤尼手托茶盏，白净的脸上挤着谄媚的笑。

常鹤兰如遭五雷轰顶！她呆立原地，半晌回不过神来：怎么可能？安贵人比秦贵人侍寝得早，肚子都不见动静。酒馆的婊子这么快就有了龙种？她有种被金成帝愚弄的羞愤，甩袖快步踏出宫门。

"太后，太后……"独孤尼在身后不知所措地呼喊。

春风徐徐，夹带玉兰的馨香，常鹤兰心绪不宁，秦贵人有喜，产下龙种，对安贵人、对她都是极大的威胁。

"独孤尼，速去懿德殿请安贵人来寿安宫。"她想起什么，反身冲到独孤尼前，夺过他手里装茶叶的银莲盏，迭声催道。

好不容易到手的富贵，可不能说没就没了。常鹤兰躺在榻上，翻来覆去地思虑重重。

春日苦短，中觉的时辰过去，采薇斟上漱口的春茶，常鹤兰刚抿一嘴，独孤尼一溜烟跑来，低声下气禀报安贵人到了。

常鹤兰吐出茶水，趴在窗前朝外眺望，宫门闪出安贵人形单影孤的身影，她穿了木槿花粉色点染翠绿如意花纹的长裙，显得明快动人。经过玉兰花树，童心大发地提裙捡起片玉兰花瓣。

唉，要是听到秦贵人怀孕的事，恐怕安贵人就没心情怜惜落花了。天底下的事啊，多的是落花有意流水无情。

常鹤兰叹口气，扭头见到面色粉嫩的安文茵像道和煦的春风拂面前来。

"太后，可是有大事发生，非得这般仓促？"

常鹤兰手拍沉香木睡榻的空地："来，坐过来。贵人离开寿安宫，本太后心里总觉得空荡荡的，少了些什么。"

安文茵笑着挨近身，殷勤私语："妾身也挂念太后，收下太后赏赐的龙涎香时，就想着春光正好，该约太后出宫踏青散散心。"

常鹤兰揽过她的头，抚弄她柔顺的面颊，万般怜爱："好孩子，后宫就数你待本太后最实诚。人哪，得鱼忘筌多，得意忘言少。那秦贵人集万千宠爱于一身，你在懿德殿可坐得安心？"

安文茵温顺地埋在她的怀中，抛撒手心的玉兰花瓣，乌溜溜的眼珠沉静如星："太后，情到浓时情转淡。妾身就不信，他们会爱到地老天荒？陛下不过是贪图一时新鲜罢了。"

常鹤兰摇摇头："年轻人喜新厌旧如那猫儿偷腥，是本性。本太后不怕陛下移情别恋，怕的是秦贵人有喜了！她若先生下皇子，会被立为太子……"

安文茵这才意识到事态严重，忙从她怀里爬起，怯生生摩挲袖口的纹绣："那该如何是好，太后？"

常鹤兰捏着她的手，肉嘟嘟的手心、手背，是个福泽深厚的好手相。

她冷笑道："天下万事，不就是见山开山，过河搭桥？那秦贵人是酒馆的歌姬，逢场做戏的婊子，本太后怀疑她肚里的龙种并非陛下骨肉。"

安文茵脸色唰地白了，话音发抖："太后，这话，可不能让陛下听见……"

"怕什么？明日随本太后出宫，到陛下宠幸她的地方查探真伪。莫要被这年轻的婊子欺哄了，污了皇家清誉！"

安文茵漆黑的眼珠转了转，嘴巴凑近她，一股热气吹进她耳内："太后，少安毋躁。何不趁着春花烂漫，借踏青之名，邀约秦贵人、皇太后出宫，讨好秦贵人，陪同她衣锦还乡，也让陛下与她放松戒备……保不齐，路上会出什么意外……"

常鹤兰听得会心一笑，她就爱容貌清丽的安文茵城府深，这样才能成为她在后宫最信赖的心腹，东方鸾不是说过她们是比肩富贵的命格吗？

两人叽叽咕咕商议妥当已是暮霭沉沉，常鹤兰索性留安文茵在宫中歇息。

一夜无话，睡到东方既白。草草梳洗用膳后，常鹤兰与安文茵并肩在玉兰花树下看花。

春云渐展，微风徐来，布谷鸟飞掠半空，叫声殷切，是在催促农人快快耕田播种，不要误了好时节。

常鹤兰深有时光不等人的急迫感，她忧心的是金成帝，只怕机智果断的他不会轻易答应初孕的秦贵人出远门。

安文茵仰视飞过的几只布谷鸟，长叹道："太后，要秦贵人出宫不难，唯得先过陛下那关。"

"安贵人与本后想到一处了，莫若趁热打铁，同去合欢殿请动真神。"

两人说走就走，常鹤兰令侍女采薇和安贵人的奴婢采书两人，先送两匹芙蓉对花如意纹的蜀锦，她与安贵人同乘软轿，晃晃悠悠随后到。

合欢殿前左右两旁各栽种一株合欢树，青幽幽的树冠与朱红鎏金牌匾，一派生机勃勃。

常鹤兰暗中感慨，拥有帝王宠爱的秦贵人真有福气。她挽起受到金成帝冷落的安贵人的玉手，跨步进殿，穿过珍珠帘。

珍珠帘后是云母屏风，影影绰绰地见到三五个人影围坐成团，夹杂着秦贵人的欢声笑语。常鹤兰不由得五味杂陈，她牵着安贵人的手，一头绕过云母屏风。

"保太后驾到。"阉人独孤尼的公鸭嗓似春雷炸响，不过须臾间，在场的人鸦雀无声。

常鹤兰拿眼横扫四周，嘀，连驸马都尉武僧觉、皇太后赫连雪云也在！顿似喝下半壶陈醋，话也说得酸溜溜："哎哟，秦贵人的合欢殿真热闹，惹得本太后这老婆子也眼馋了。"

"妾身参见太后。"面若山野桃花的秦贵人，一袭大红洒金衫配及地郁金香长裙，行个礼也忸怩作态。

披着龙袍的金成帝走来，托起常鹤兰的手臂，指向铺在桌面的一幅人像，神情振奋地说不停："太后来得巧，朕命驸马都尉找了位丹青妙手绘了恭太后的画像，请太后来拾漏补缺。"

常鹤兰乍听恭太后这三个字眼，整个人如兜头被人泼盆冷水，心凉半截！毕竟是亲生阿娘，自己这个乳母就算愿为皇帝赴汤蹈火，也难抵人家的母子情深。

她一面假笑着恭维皇帝孝心可鉴，一面低头随意瞄了瞄恭太后的画像，眉宇间一丝愁苦凝结不化，就算成死人，也还在担忧她的皇帝儿子。

常鹤兰撇掉皇帝的手，走向默不作声的驸马都尉武僧觉、皇太后赫连雪云。

"本太后对这些一窍不通。嘀，驸马都尉和皇太后何时也通达丹青之术了？"

秦贵人站在皇太后赫连雪云身旁，替她圆场："太后，是妾身请皇太后过来，教授艾草糕的制法，巧遇陛下、驸马都尉来合欢殿。"

常鹤兰被她这一说，正进退两难之际，安贵人携两位手捧锦缎的奴婢，朝秦贵人躬身施礼："秦贵人，太后赐的蜀绣锦缎，是西蜀新进贡的面料，赏给贵人赶制夏服。"

"谢太后恩赏。"

在常鹤兰看来，秦贵人未必把这蜀锦面料瞧上眼，她愈发看不惯轻狂样儿的秦贵人了，连她弯腰跪谢的姿态也觉得傲慢无礼。种种不满的情绪充斥脑海，她几乎忘记来合欢殿的最初意图。

好在有安文茵！她不徐不疾地跪在金成帝脚前："陛下，三春过后诸芳尽，妾身想邀秦贵人出宫，踏青赏花……"

话至一半，就被秦贵人打断，她摇着金成帝的臂膀撒娇："陛下，安贵人的提议甚好，妾身入宫这些时日，真真憋坏了，妾身想回趟三岔河。"

"秦贵人不是父母双亡，无亲无故？"金成帝皱着眉，似有不便言说的隐情。

安文茵自告奋勇地牵过秦贵人的手："秦贵人早该衣锦还乡了，富贵不归故乡，如锦衣夜行。妾身愿陪同秦贵人回趟三岔河。"

金成帝仍然犹豫着不予理睬，秦贵人急了："陛下，妾身请皇太后陪同，这下可放心了？"

"陛下，太后也去，有皇太后、妾身在，定会将秦贵人完璧归赵。"

金成帝听安贵人的话后，只得勉意笑道："驸马都尉，朕令你带上精骑，护送太后一行出宫踏青，平安归来。"

安贵人向她投来阴谋得逞的欢笑，常鹤兰别过身，她已经败了！金成帝老谋深算，派遣驸马都尉护送，是吃准自己还对武僧觉旧情难忘。她若动手陷害秦贵人，就会把这笔账算在驸马都尉头上。安贵人到底年轻，把这事想简单了，自己是久经沙场的老人，唯有硬起头皮把踏青出游这出戏唱下去。

次日大早，驸马都尉武僧觉身着戎装，领了队精壮的骑兵，护送坐在软轿内的常鹤兰、安文茵、赫连雪云、秦贵人出宫奔向三岔河。

上到平坦的官道，常鹤兰借口头晕，令轿夫们速度慢些，有意无意要与骑马的驸马都尉拉近距离。

风轻云淡，草木萋萋。

常鹤兰揭开轿帘，探出头，马背上的武僧觉也回转身，两人四目相对，竟生出相逢一笑泯恩仇的恍惚错觉。

常鹤兰喜极而泣,武僧觉从马背滚下来,停在原地等候她。

下得轿来,常鹤兰与他一前一后行走在暖风徐徐的官道上。她鼓起勇气,试着去解开他的心结:"驸马都尉清瘦不少,可是因为失去公主照顾的缘由?"

"僧觉愧对公主深情,太后何必重提伤心往事?"两鬓斑白的武僧觉半眯双目,语气里尚有怨气,还没对她完全释怀。

"驸马都尉难道只愧对公主一人?大恩寺的幼子呢?"丧子的悲痛如鲠在喉,常鹤兰同样没法原谅当年替公主为虎作伥的武僧觉。这是两人的心结——是带着这心结的怨恨下地狱,还是与陈年往事道别,上极乐净土?

群鸟叽叽喳喳飞过蔚蓝的天空,武僧觉抬头望着消失在云层的鸟群,长叹道:"太后,冤冤相报何时了?放下执念,你我皆得解脱。"

"冤有头,债有主,本太后已放下,是驸马都尉放不下公主。"

"太后会放过秦贵人?"

"驸马都尉此言何意?秦贵人是陛下的至尊宝物,谁敢不知深浅,动她一根汗毛?"

常鹤兰眼皮一跳,愤愤不平地揉揉眼,假作真时真亦假啊。

走完官道,上到崎岖山路,驸马都尉武僧觉要她上轿,常鹤兰执意不肯,前方青山连绵,身前树木葱茏,再远些田舍阡陌,隐约有鸡鸣狗吠之声,宁静的田园风景,总使人心生向往。

埋头赶路的武僧觉似有所感,突然伸手扯扯她的衣袖:"太后,僧觉真想能当那田家翁,日出而作,日落而息,不也逍遥快活?"

常鹤兰被他说动心事,那是她与季康在龙城铁匠铺的寻常生活,她屡次在梦里追忆的执念。

痴痴凝望他衰老的容颜,常鹤兰伤感无语。她饱经风霜与苦楚,不再眷恋过往,都已掩埋在岁月的尘埃里。现如今,她是锦衣玉食的太后,唯有一路向前看,向前走。

"驸马都尉,你应该清楚,我们都回不去了。"说完这话,常鹤兰眼里饱含热泪,迎风向前,弯腰钻进路旁等待她的软轿。

回不去了。她与武僧觉的情爱也回不去了,哪怕,她曾深爱过他胜过一切。

抵达三岔河，在酒馆用过膳，皇太后、秦贵人都嚷嚷疲乏了，要睡中觉。

驸马都尉武僧觉骑上马，执意邀约常鹤兰、安贵人去这里的一座白塔高处观望风景。

白塔就是墙面涂刷白色的粮仓，驸马都尉唤来管门的守卫，要他找出当年陛下临幸秦贵人的印记。常鹤兰呆呆地望着石灰剥落的墙面，那行用刀刻出的歪歪斜斜的时间记录。她心如明镜，陛下令驸马都尉护送的居心——陛下是在旁敲侧击，警告她，秦贵人的孩子是他的龙种，不容任何人置疑。

一脸失落的安贵人走出白塔，常鹤兰托住她的腰，柔声抚慰道："安贵人，莫要辜负大好春光，走，赏花去。"

回到寿安宫，常鹤兰始终意难平。

踏青之行，赫连雪云与秦贵人同吃同宿，形同姐妹，自耍得欢畅，令她大为光火：赫连雪云宁愿放下身段去讨好出身卑贱的秦贵人，都不肯与自己这位身居高位的太后走得太近。她以为她攀上高枝，就能高枕无忧吗？还是她压根儿就没把保太后放在眼里？

皇太后胆敢对保太后不敬，那她就留不得了。

一念杀机起。

看看天边，挂了一弓弦月，她叫来采薇、孤独尼两人，陪她同去承华宫。

"太后，天色已晚，不如容臣替你跑一趟！"

她懒得搭理孤独尼卖乖讨巧的话，健步如飞跨出寿安宫，脑海盘旋着"皇太后该死"的声音。

【第七十章】

懿德殿　贵人安文茵

懿德殿内雪洞般敞亮，抄完经书的安文茵放下笔，一阵倦意涌来，她忙令侍女采书把太后赏赐的龙涎香点燃，爬到睡榻横躺其上，枕臂而眠。

一阵行云流水的仙乐飘飘，引得她走出懿德殿，半空飞落漫天紫色花雨，安文茵惊喜地伸出手，顷刻间，掌心堆满柔嫩的紫牡丹！有位老者的慈祥语音飘向前方："天地相合，以降甘露。恭维懿德，克配前芳。"

她如被神灵附体，傻傻地跟着这声音走啊走，一片翠茵竹林探出截粉白墙头，房檐下的黑地鎏金牌匾上写了"鹿野浮屠"四个楷体。

怎么来这里了？陛下早已不在皇宗学堂上课了。她心里明白，但脚不听使唤，进到幽篁深处，听见许多小人的欢呼声："皇后驾到，皇后驾到。"她循声望去，原来是一丛丛破土而出的紫色春笋发出的声音。

"皇后不是在承华宫？"她迟疑不决，以为是指从前的皇后，如今的皇太后赫连雪云。正要转身离开，脚底似硌着石块硬物，抬腿移开，一枚光洁的玉印躺在那里，仿佛等了她千万年。

安文茵捡起端详，见这方玉色光润、模制精巧的玉印，约二寸大小，阴面刻有文字，曰："富乐日昌，永保无疆。福禄日臻，长享万年。"她不解其意，寻思着该献给陛下。

洪亮的公鸡打鸣声突兀地响起，手里的玉印随这鸣叫不翼而飞！安文茵不禁失声惊呼，睁眼一瞧，侍女采书在旁轻摇她的手臂："安贵人，太后派人捎来口信，请贵人明日午时去皇太后的承华宫。"

"皇太后？"安文茵扶额笑了，梦里那些小东西不是在喊皇后驾到？是有什么隐喻？

"什么时辰了？"豆青色的幕帘遮挡得殿内昏暗不明，安文茵套好鞋，萎靡不振地坐在妆奁前，梦里的玉印弄得她失魂落魄。

"回安贵人，是酉时，该用晚膳了。"个头娇小、生了张团团喜庆脸的采书端来鱼汤和豆粥，在食案上齐整地摆好。

她坐在食案前，囫囵吞枣喝了两口鱼汤，便没了胃口，惦念着太后要她到承华宫的事。

"是采薇，还是孤独尼送来的信？"她推开豆粥，赏给采书吃。

"是会吹拉弹唱的孤独尼。"采书双手捧着盛豆粥的陶碗，呼哧呼哧边喝粥边作答。

安文茵走到妆奁前，打开镜匣，铜镜里的女子，露出半张脸的眉心皱成川字纹，乌溜溜的大眼睛像是成熟的紫葡萄。

她抓起篦子，来回划过手心，思绪纷然，不得要领。

踏青之行，被驸马都尉武僧觉搅黄了。太后也很失落吧？连她都看得出来，太后心里放不下驸马都尉——两人年轻时的情事，后宫稍微年长的老人，都能说出一箩筐来。

眼看秦贵人起高楼？她摇摇头。既然太后不便动手，那就自己动手，丰衣足食。安文茵啪地合拢妆奁盖，要采书备好明日换洗的常服，去寿安宫过夜。

懿德殿换上新牌匾，日夜都在合欢殿的金成帝只打发靳采春派人抬来四联玉雕屏风及豆青色纱帘敷衍了事。

从亡国之女、进宫为奴、封为贵人的境遇变化，外柔内刚的她已感悟出堪忍的功力。她的命运，生存大过一切，情爱仅是缘聚缘散的锦上添花。

陛下不宠爱文茵，但文茵决不会因此自暴自弃——皇帝的恩宠变化无常，如身外万物。她唯有此心不动来应对。

乘着月色满街，采书手挽包袱，主仆两人赶到寿安宫时，采薇正伺候保太后常鹤兰泡足。

见她不请而至，保太后常鹤兰甚为欢悦，欣喜地连连招手要她走近。

"安贵人，本太后还想着要不要派人接你来呢？这也就算心意相通了。"言罢，她又仰头向桌旁呆立不动的阉人下令,"独孤尼,快去整治桌酒菜来!许是人困倦了,倒勾起腹内的酒虫儿醒了。你来得正好,陪本太后多吃几盏酒,好生安睡。"

安文茵忙撸起衣袖,脆声答应,支走采薇,她来服侍太后。

"太后,妾身请教,约到承华宫可是有大事?"她搓揉太后结了老茧的脚心。

常鹤兰半眯着双目,哼哼唧唧:"本太后想啊,有些事儿,安贵人也要学着点了。"

安文茵暗地寻思保太后是看着憨厚,实则肚里精明的人,明日就见分晓了,也不急这一时。

独孤尼把酒菜端上桌,采薇撩开窗前布帘,月光倾洒进来,太后令独孤尼出到宫外偏殿,站在高处,徐徐吹笛。安文茵和保太后各自对坐在沉香木睡榻两头,一边推杯换盏,一边赏月听笛,好不风雅快意。

"太后,是有心事?"笛声呜咽,安文茵瞥见太后双目隐现泪花。

常鹤兰拾起锦巾,揉揉眼窝,望向窗外月色,以颇显无奈的语气,流露真情:"安贵人,不是所有人都热衷追逐权力,也不是她们天性恶毒,怕是各有各的苦衷,不是被利益、荣耀,就是被亲情、生存所逼迫裹挟。"

"是啊,谁愿身陷窘境,谁愿露怯人前?"安文茵感同身受,也洒下感同身受的泪珠。

保太后的话音转为严厉:"昨日去承华宫,半道上想起安贵人,本太后琢磨着,这事须得贵人在场。"

"妾身在场?"安文茵手一抖,撂开酒盏,头向前倾。

"东方鸾那怪老头说,你与本太后是比肩富贵,一荣俱荣。皇太后赫连雪云想与秦贵人成为一伙,那还了得?她是后宫出了名的冰雪聪慧的女人,秦贵人是陛下炙手可热的宠夫人,她们联手,你我富贵能持久?莫说富贵了,能活多久……"

"皇太后留不得!"安文茵瞬间醒悟,不禁冲口而出。

保太后静声不语。

月色澄澈,孤独尼坐在廊下,换上尺八,尺八的声音,透出悲苦的寂寥。

安文茵闷闷吃两口肉,放下银筷,有些忧心忡忡:"构陷皇太后的罪名呢?怕不怕陛下会不满太后专权?"

三两盏薄酒下肚，保太后的双颊显现红晕，她目光灼灼，语音决绝："本太后为他出生入死，一次专政弄权，算得了什么？况且，皇太后当年与秦郡公万盛合谋陷害东宫，这笔旧账，皇太后心里清楚，是陛下为博圣人虚名，强忍着恨意揣着糊涂罢了。"

"太后明慧过人！"一语惊醒梦中人，安文茵踏实了，喜得忙替她斟满酒，与她再喝个对杯。

翌日，像是应景，天气阴沉，还刮起一阵轻微的沙尘风。在阴霾中的承华宫，肉眼所见，仅仅露出上半截的房顶。

常鹤兰鼻孔喷出冷哼，心里明镜似的通透。皇太后赫连雪云是在她这里吃了一回闭门羹，就迫不及待掉转船头，依靠陛下的新宠秦贵人，还真符合她趋炎附势的本来面目呢。

太子妃吕金瓶按祖制赐死后，不过三五日，皇太后赫连雪云就登门造访，常鹤兰猜出她的来意，定是讨要太皇太后的封赏，干脆闭门不见。本来，那日答应册封她为太皇太后，不过是权宜之计的谎言，她不知自己德不配位，还眼巴巴来自取其辱？贪心不足蛇吞象啊。

采薇还在愤愤不平："皇太后是老糊涂了，不奉承保太后，却去捧那新来乍到的秦贵人的臭脚？"

"无妨。"

皇太后赫连雪云正在焚香礼佛。

安文茵与常太后站定门外，猫戏老鼠般静心等候。背对她们的皇太后赫连雪云，身段修长且婀娜多姿。她穿了雪白镶金的及地长裙，头梳凌虚发髻，毕恭毕敬地在一尊庄严肃穆的白瓷观音像前，口里叠声诵读南无阿弥陀佛。

金成帝崇佛，后宫诸多夫人成了叶公好龙：吃斋的吃斋，念佛的念佛，抄经书的抄经书——前殿后宫，一团和气，处处可闻阿弥陀佛的慈悲佛音，时时能嗅檀香袅袅的清香。

安文茵见她念佛号不止，故意咳嗽捣乱，赫连雪云一脸怒气回转身，由怒转笑的美目，隐现出两点惴惴不安的冷光。

三人进殿落座，省去虚假的寒暄，都懒得客套了。

尚不到用扇的季节，皇太后赫连雪云手里却捏把猛虎下山图的团扇。她嘴角抿出丝讥讽的笑意:"太后、安贵人,既冒着沙尘来承华宫,定是有天大的事。"

"生死算不算大事?"安文茵先发制人。

皇太后赫连雪云的眼里闪现一道惊恐之色,不过,她很快镇定下来,嗤嗤冷笑着,语态强硬:"阿弥陀佛,谁都会死,可算大,亦可不算大。太后是想置本后于死地?那也得拿出令本后死罪的罪证。"

安文茵紧张得手心攥汗,宫斗的尔虞我诈,并非正义战胜邪恶,有时就是现实战胜正义。

"理由?单是合谋秦郡公诬陷东宫篡位,这一条罪责,足以灭族了。"保太后常鹤兰双腿交叉,从青黑地刺绣对鹤图样的袖笼中摸出红绸布瓶塞的拇指粗的鸩酒瓶,在手里摆弄道。

皇太后赫连雪云恐慌地猛摇团扇,佛号也不念了:"哼,早死无对证了,太后有本事令死人开口说话,来证明本后的罪责吗?"

安文茵见皇太后也露出鱼死网破的狰狞面孔,心似绷紧的弓弦,望向保太后常鹤兰,见她笑意舒展,才放下心来。

保太后嫣然浅笑道:"那可得是通天的本事!本太后自问没有。秦郡公追杀陛下,皇太后贵为世祖皇后,不保皇孙,纵容秦郡公谋逆,假传凤诏,伪立南越王为帝,如何上对先帝,下对臣民……皇太后不面壁思过,诵经赎罪,还心存妄念,想荣封太皇太后!"

皇后赫连雪云听得呆了,脸色与她的雪裙一般白,沉寂许久,她换作哀婉的请求之声:"太后,那么急着要本后死,对太后也无益啊。太后别忘了,恭皇后可是太后你逼死的!太后不怕本后向新帝告密?"

安文茵吓了一跳,这可是一道杀手锏!保太后常鹤兰怒目而视,她起身撕扯皇太后的耳朵,奸笑道:"不提恭皇后,本太后都快忘了。皇太后那时就该死,死人就不会出卖、背叛本太后。你还想狡辩也无用,皇太后,后宫留不得你了!"

皇太后赫连雪云知道生而无望,她不再哀求,扯断胸前香囊,双目呆滞地望向供案上那尊白瓷的观音坐像,失去血色的嘴唇微微翕动……可能是在向佛祖祈求。

安文茵不忍目睹皇太后的惨相,保太后常鹤兰语音平静,是送别旧日故人的平和,但并未有半分不舍。

"本太后言而有信，皇太后薨逝，本太后会让陛下追尊为太皇太后，陪葬先帝于云中金陵。"

皇太后赫连雪云发疯般摔掉团扇，扑倒在太后脚前，手举香囊，神色凄婉，哭声凄厉："太后，你原来才是高明的猎人！本后香囊内有剧毒胡蔓草汁，半日内气绝身亡……"

安文茵想着保太后定会应许，哪知，常鹤兰冷漠地夺过她的香囊，用力扔出宫外，拔掉鸩酒瓶的塞子，强行将鸩酒倒灌进皇太后的嘴里！

"夜长梦多！本太后带有无色无味的鸩酒，皇太后请享用。"

皇太后赫连雪云绝望地口诵南无阿弥陀佛，软软栽倒在地，供案上的白瓷观音坐像似有感应，倾倒在地，烂成白瓷碎渣。

安文茵唬得望了望常鹤兰，她面无表情，冲着守护宫门的独孤尼下令："去太华前殿，向陛下禀报，皇太后赫连雪云旧疾复发，骤然薨逝。"

快到懿德殿时，风大起来，飞沙走石，搅动得安文茵心中惶惶，保太后的话音回响耳畔："皇太后既无子嗣，又无护主勋劳，妄想靠阿谀奉承保富贵，无疑水中捞月……"

秦贵人不就是怀有子嗣正得圣宠？无所依傍的恐慌如潮水从脚漫到头，恰逢大风袭面，却似被海水呛喉般窒息，安文茵费力地抓挠喉管，喊不出声来。采书眼尖，忙推着她背转身，跑进懿德殿。

采书关闭门窗，拉上幕帘，点燃熏香。瘫在睡榻上的安文茵裹在被褥内，浑身兀自抖动不息。

"安贵人，是吹风着凉了吗？奴婢去尚药局要些散热的草药来。"

安文茵摆摆头，令采书先去给封为车骑大将军的长兄安文熙送信，要他到懿德殿来一趟。

采书走后，一位白头宫女端着盏热茶推门进来，头靠枕垫的安文茵拥被在怀，微微张开眼，那白头宫女如见鬼般扔掉热茶，伏身在地，磕头如捣蒜："哎呀呀，锦瑟夫人……"

安文茵本就对太后赐死皇后的事心惊胆战，刚缓过气来，又遭这糊涂的白头宫女一惊一乍地惊吓，没好气地高声怒吼："老人家，你眼花了？什么锦瑟夫人？妾身乃安贵人。"

白头宫女揉着浑浊的老花眼，话音战栗，唠唠叨叨："安，安贵人，哎哟，只因曾侍候过殿内的锦瑟夫人，看花了眼，那锦瑟夫人随先帝阴山却霜后，就再没回过宫，说半道上让老虎叼走了……"

安文茵听得灵光乍现，翻身追问她："锦瑟夫人当真是去阴山却霜的途中被老虎叼走了？"

"命苦的夫人啊。"白头宫女不光眼花还耳聋，她驼着背，边说边摇摆着手，走出殿门。

阴山却霜，遇上老虎叼走锦瑟夫人。安文茵重复着念念有词，陛下若是带怀孕的秦贵人到阴山却霜，途遇猛兽……突然而至的念头令她情绪高亢，她甩开被褥，起身下地，将那豆青色的幕帘全都拉开，外面风住了，灰霾的天空，一抹锃亮的瓦蓝色扑进殿内，照在又递来盏新茶的白头宫女头上。安文茵左手接过茶盏，右手从发髻取下一支金簪赏给她。

白头宫女笑着把金簪插进自己的斑白发间，踉跄着碎步，颤声跪谢后退下。

月色溶溶，昔日冷清的懿德殿难得热闹。保太后常鹤兰、辽西公常风、镇西公常雄、车骑大将军安文熙、安贵人团团围坐，桌面摆有鱼肉荤菜及软糯咸甜的面点，殿内数十坛酒垒成塔状。

安文茵兄妹先手执酒盏，离席跪地，向保太后常鹤兰敬酒谢道："承蒙太后成全，太后就是妾身兄妹的重生父母！"

保太后摇摇手，要他兄妹起身坐回席位，只手擒住酒盏，长叹息："外人看本太后自是风光，实则是黄柏木做磬锤子——外头体面里面苦。两位胞弟知晓，龙城的平乐公从前最瞧不上本太后，好在都过去了。幸得你们几人进宫面圣，方才凑得齐，来喝酒！"

仪表威武的车骑大将军安文熙再次起身向太后敬酒夸赞："太后，龙城常氏可是因你才成为门第显赫的大族之一，以一己之力，担负全族荣光，太后是百万人不及的巾帼英雄。"

眉目憨厚的辽西公、镇西公慌忙放下手中羊腿，在衣襟上草草地擦拭双手油污，酒碗添满酒，舔舔厚唇，向保太后敬酒："是咧，是咧。阿姐，平乐公常念叨阿姐的好处，常氏家族数百口人，谁不感恩戴德，多少年才能出位太后，光宗耀祖咧！"

安文茵望见他们姐弟欢聚,想起自身是故国皇族后裔,国破家亡,剩下长兄与她在敌国忍辱偷生。常太后是他们常氏家族的荣耀,自己呢,会不会成为安氏家族一面迎风招展的猎猎旌旗?

数盏酒后,保太后似不胜酒力,她盯住安文茵,眼里有羡慕也有惆怅:"本太后老了,世界属于你们年轻后辈。当年在皇宗学堂,本太后陪同陛下读书,听中书博士的这段话甚有理,送给安贵人:'荣所众羡,亦引众怨。示上以足,示下以惠,怨自削减。'日后,看你造化了。"

善于奉上迎下,方能如鱼得水。安文茵焉能不懂个中奥妙?忙敬酒拜谢:"谢太后开示,师傅领进门,修行在个人。妾身福德造化,全仰仗太后。"

宾主推心置腹,相谈甚欢。车骑大将军安文熙言归正传:"再过几月,陛下就该离宫到阴山却霜,秦贵人也将诞下龙种……"

三两杯酒落肚后,微醺的安文茵听得此言,扭头望向保太后,保太后胸有成竹地丢开酒盏,饱含期盼的目光灼灼地正视她:"安贵人,该你出马了。"

【第七十一章】

阴山却霜 金成帝

　　金成帝倒背手，立定窗下，秋雨淅淅，雨珠在蒲扇大的蕉叶上滚来滚去，一时踌躇难决。秦贵人分娩在即，朝廷大臣催促他阴山却霜的日期迫在眉睫。

　　自入夏以来，秦贵人常无故夜半惊醒，尚药局的太医令慕容白开了安神药方，仍无济于事。

　　"陛下，快救救妾身！合欢殿有女鬼……"秦贵人尖叫着踢翻被褥，金成帝爱怜地拍拍她被冷汗湿透的后背，哪会有什么鬼影？合欢殿的宫灯昼夜不熄。

　　四周寂然，估摸刚过子时，他叫醒蹲在前殿的奴婢们，令阿眉点一炷安息香，阿鸽去熬安神汤。

　　一头汗湿的秦贵人靠在他怀里，浑身颤抖地诉说噩梦缠身的忧惧。金成帝与她十指交扣，平放在她孕肚上，感受着强而有力的胎动。

　　"贵人，别怕。朕令驸马都尉找僧人来合欢殿诵经驱邪。"

　　秦贵人扭过身，呜呜咽咽哭道："陛下，妾身，妾身愿随陛下到阴山却霜，若留妾身一人在宫，妾身怕有个三长两短，再也见不到陛下了……"

　　金成帝心头大震："秦贵人，不可出言不吉！朕何尝不想贵人同行？奈何路途遥远，且风雪交加，若有猛兽出没，朕是担忧贵人……"

　　他左右为难，宫内有预想得到的凶险，出宫同样是无法预测的风险。

　　秦贵人面墙而泣，哭得更凶了："陛下，妾身说的是实情。皇太后，皇太后暴毙宫内传言是保太后所为，妾身最畏惧保太后，妾身就被噩梦缠身……"

　　金成帝如何不知？保太后掌权后，朝廷有大臣对她专权滥杀提出非议。唉，权力这玩意，任何人掌控，都会释放出邪恶的力量。就算传闻是真，太后赐死皇太后赫连雪云，他并不太当回事——亲近阉竖秦郡公的皇太后本该定罪，厚赏保太后的两位胞弟，也是理所当然。

传闻保太后的胞弟倚仗太后声望，在宫外狐假虎威，横行霸道，甚至欺负到老臣中书博士羊公允的头上来，这就过分了。依照祖制，外戚、女眷不得干涉朝政，她是在挑战祖制。

常阿姐的如意算盘，金成帝心知肚明，不就想他宠爱安贵人？能世袭富贵？他冷落安贵人，备受恩宠的秦贵人就成为她们的眼中钉了。

他宠爱的秦贵人，身世卑微的孤儿歌女，无皇亲国戚照拂。势单力薄的美人啊，独自留在宫内分娩……母子都会有性命危险。

按照先帝惯例，入秋须去阴山却霜历练兵力，来年春暖花开返回都城。金成帝摸了摸她温热的额面，犹豫不决，要不要带秦贵人到阴山却霜产子？

安息香青烟袅袅，飞向房顶花纹繁复如旋涡的藻井，金成帝目视着碧青色的炫目纹路，拿定主意。

"陛下，安神汤熬好了。"阿鸽如狸猫，悄无声息地跪在睡榻前，金成帝转头见到秦贵人合拢双目，看来是哭累了，鼻息间呼出轻微的鼾声。

他摆摆手，帮秦贵人盖好被褥，一时了无睡意，便轻手轻脚地翻身下榻，令靳采春背负他到太华前殿。

值守的羽林郎魏喜，抢步上前，扶他进殿坐稳，方跪身问道："陛下，是有何急事？"

金成帝点点头，扫视烛火通明的前殿，不觉精神大振，他下令魏喜派人将中书博士羊公允、太卜令黄济城、太医令慕容白、驸马都尉武僧觉四人请到太华前殿，商榷要事。

魏喜转身离去，靳采春端来奶酪，淅淅沥沥的秋雨飞落殿前台阶。他揭开紫红幕帘，现出檐下宫灯在雨声中飘摇出一团暗色红云，金成帝呆呆地瞅向光亮的芭蕉叶片。雨打芭蕉闲听雨，道是有愁又无愁。天地无依的孤独感油然而生，身为帝王的烦恼，能与谁诉说？

他怏怏地退步回身，坐在案前，三两口扒拉完奶酪，撑臂案面，托腮假寐。滴答的雨声化作清脆驼铃声，黄沙漫漫，似有佛光普照的金光乍现，在半梦半醒间,金成帝被人摇醒了,懒懒地睁开眼,是靳采春,低头便见两鬓斑白的驸马都尉武僧觉跪在脚下。

"武僧觉参见陛下。"

靳采春捧来湿巾,金成帝抓在手里揉揉眼角,边打哈欠边说道:"朕以为雨天路滑,爱卿会迟来咧。"

武僧觉拍打半新不旧的绿袍,抬起头来,浓密胡须遮住他半张方唇。他憨憨地笑道:"臣正在鹿野浮屠的普贤菩萨殿打坐,中书博士羊公允也在,臣顾念他年迈,要他坐了软轿,慢慢来。"

金成帝见他安排得当,甚是欢喜,抬眼见到武僧觉的体态渐显臃肿老态,缺乏女人照顾的男人,充斥着浑浊的不洁之气。他暗地叹息,花荫公主在世,他可是风流英勇的驸马都尉,身上时常飘散着紫丁香的花气。

"武爱卿,就不打算迎娶新妇侍奉爱卿起居生活?"

"陛下,休再提了。臣想着儿子金庆山有个着落,臣便出家当和尚去。"他边搓手掌,边摇头笑道。

殿外雨声稀稀拉拉,金成帝以手拍额:"说起和尚,朕才想起,合欢殿的秦贵人夜不安寝,爱卿能否找高僧进宫诵经做法事?"

武僧觉双目放光:"陛下,臣昨日在官道遇见名为昙会的凉州僧人,他原是先帝灭佛时的高僧,听闻陛下兴佛,不远千里,来到都城……"

金成帝不等他说完,喜得问道:"高僧在何处?速速请进宫,朕要亲自拜会。"

"陛下,稍安毋躁。昙会高僧在臣的花荫府邸呢。明日,臣将他领到合欢殿便是了。"武僧觉摇手笑道。

雨声停息,中书博士羊公允、太医令慕容白、太卜令黄济城先后抵达殿前,齐齐跪呼万岁。

金成帝心情大好,忙令宫女搬来扶手交椅,给这几位心腹老臣赐座。

"众位爱卿,朕深夜相请,就为阴山却霜,朕意欲带秦贵人同行,不知各位爱卿意下如何?"

四人面面相觑,对坐良久无语,太卜令黄济城先发话:"陛下,近日天象并无异常,若说去阴山却霜,容臣再查看查看。"

"陛下，秦贵人身怀六甲，不宜长途跋涉……"慕容白把头摇似拨浪鼓。

金成帝将目光转向双颊长有褐色老年斑的中书博士羊公允，他面色平静，语音平缓有力："陛下，凡事有先例，臣以为，秦贵人分娩在即，陛下孤身阴山却霜，定会担忧恐慌，为免两头不安心，若秦贵人随行伴驾，同住阴山行宫，如此，不就圣心安宁了？"

金成帝欣慰地点点头，总算有个明白人。兵贵神速，事不宜迟，殿外天将麻麻亮了，金成帝看他们昏昏欲睡的疲样，当机立断，击掌下令："众位爱卿，朕决定携秦贵人同去阴山却霜。慕容白，朕令你随行，负责秦贵人平安分娩；驸马都尉武僧觉留守都城，辅佐洛阳王金延平守城；朕赐金庆山为平京王，护驾同行，驸马都尉可有异议？"

驸马都尉武僧觉埋头弯腰，答得爽利。

"臣，遵令。"

金成帝笑了，问世间情为何物，一物降一物。保太后气焰再嚣张，总有个武僧觉能镇得住她。他要出家当和尚，不稀罕官爵封赏，赐他儿子金庆山继承爵位，日后真出家修行，也就能做到四大皆空，六根清净了。

三日后，金成帝选了五百精骑，由羽林郎魏喜、平京王金庆山护驾，也不击鼓鸣锣，乔装打扮成狩猎的队伍，夜住晓行，路上行得一月有余，平安抵达阴山行宫，正是大雪纷飞的隆冬时节。

行宫后山，积雪覆盖漫山遍野。一伙人安顿就绪，庭院插满枪刀剑戟，燃烧起篝火，架上射杀的几头野猪烧烤，团团围坐，饮酒欢笑。

金成帝扶着大腹便便的秦贵人，并肩坐在廊下铺着兽皮的长椅上，看着将士们开怀畅饮，两人甜蜜相视而笑，熬过崎岖的长途跋涉，曙光就在触手可及的眼前。

"贵人，可还习惯这寒冷的北国之冬？"他往下拉她头戴的野兔毛遮耳帽，娇媚的秦贵人，戴上这齐眉毛帽，显得几分飒爽英气，美人如玉啊。他亲吻她洁白如羊奶的耳垂。

她扭着他的臂膀，深情呢喃："妾身跟着陛下，走遍万水千山也喜欢。"篝火的焰光照得秦贵人的双颊红扑扑如山桃，她脸上洋溢着快乐的流光。

金成帝握紧她的手，覆盖在她隆起的腹部，感应到胎儿在蹬腿，也和这外面世界的人同欢乐呢。

柴火爆响出噼里啪啦的炮竹声,烟雾弥漫出松脂的香气,头戴虎纹毛帽的太医令慕容白提来一罐嘟嘟冒热泡的羊奶,躬身捧上来:"陛下、秦贵人,热羊奶有助安神。"

"慕容爱卿辛苦了,快去烤火吃肉。"金成帝拍拍他单薄的后背。这一路,最劳累的就属尚药局的这帮半老头了。为保秦贵人平安诞下龙子,慕容白把尚药局的大半人马全带了出来。

"陛下放心,贵人福泽深厚,住在行宫内,便无大碍了。"慕容白吸溜着鼻涕,留着长指甲的指头搓揉通红的鼻尖,笑得轻松。

金成帝感慨万千地仰视天空冷月,从没有过的先例,被他破了。拖着怀孕的贵人到这天气寒冷、物产贫瘠的阴山诞子,是真害怕保太后?不,是成大事者,要有常人不能忍的功力。

他也拊掌笑道:"唔,秦贵人产下的若是皇子,朕必大赦天下,厚赏尚药局及众位将士!"

喝得醉醺醺的平京王金庆山闻言,踉跄地跪在地上,高呼:"陛下万岁,陛下万岁!"

将士们惊天动地的呼声,震得树枝堆雪噗噗作响。

天遂人愿,秦贵人在行宫顺利诞下个大胖小子!正值瑞雪兆丰年。金成帝喜得手舞足蹈,成为阿爷的喜悦不亚于征服强大的敌人。兴致勃勃正欲下达大赦天下的诏书,令羽林郎魏喜送回平城,被身旁的中书博士羊公允阻拦。

"陛下,何必急一时?待杏花开满坡,回到平城,再大赦天下也不晚。"

年迈的羊公允执意跟来阴山却霜,金成帝始终不解。

"这却是为何,中书博士?"他不快地跨出走廊,捡起雪块砸向挂在廊下一排排在雪中冻得硬邦邦的剥皮猛兽。

头戴羊羔毛皮帽的羊公允跟出来,两手笼在皮袖内,口里呼出团团热气。

"陛下,臣冒严寒之苦,随陛下亲征,就为了劝阻陛下不要急躁这一时。"

金成帝稍加用力,手中雪块捏得融化了,他轻蔑地诘问:"爱卿是担心保太后?皇子出生,木已成舟,她们能怎么样?"

羊公允咳嗽着,走到冻干的野猪前,抚摸亮晶晶如一层白盐的冰碴儿:"她们能借助子贵母死的祖制,赐死秦贵人,另觅乳母抚育小皇子。"

金成帝顿如掉进冰窟窿——阿娘恭皇后,不就是死于祖制?立时唬得龙体僵硬,仅剩下勉强蠕动的双唇:"那该如何是好?"

中书博士羊公允张开干裂结痂的嘴唇,眼角的干纹皱成团:"陛下,拖字诀。唯有延迟立皇子为太子。木秀于林风必摧之,陛下回到平城,就该大选秀女,充实后宫,也算个障眼法,省得她们眼里就盯着秦贵人。"

数只寒鸦飞来,大胆啄食廊前挂的干肉,冰碴儿四处飞溅。金成帝气得捡起根柴棒,猛力捶打肉干,驱散寒鸦。它们呱呱叫着逃窜,继而又不甘心地返回来偷食。

"中书博士,朕只能任由保太后胡作非为吗?"他扔掉柴棒,怒不可遏:保太后常鹤兰及她的胞弟们,全都加官晋爵,就连安贵人的长兄也都成为车骑大将军了!她们还不知足?朕连生皇子都要躲避到寒冷的行宫,她们是想要将朕逼上绝路?

他愤恨不已,继续口出怨言:"博士,那日狩猎,朕听见养蜂女在唱:'君给吾一罐羊奶,吾回君一碗蜂蜜。'朕厚待她们,她们还想得陇望蜀不成?"

"陛下,羽翼未丰,唯有隐忍为上。"羊公允擤着鼻涕,抬头远眺湛蓝高空,一望无际的蓝天,纯洁的一点瑕疵都见不到。

山风咆哮,羊公允的话音有些跑调:"陛下,世界上没有绝对的强者,任由她们先强吧。人生如棋,走一步,看一步。"

来时残冬天气,不知不觉已到三月出头。后山的杏花、桃花钻出嫩芽,吐露花苞,蛰伏原野的飞禽走兽们开始蠢蠢欲动,出来撒欢。

被野味养得肥白的秦贵人,脱掉赤狐狸围脖,怀抱幼子,蹒跚着穿行在雪人间,那些个威风凛凛的雪人已融化得面目全非。

"陛下,小皇子取何名呢?"

"回宫再议。"

金成帝倒背双手,眼瞅着一株杏树,稀稀拉拉的花苞吐露芳华,已有红杏枝头春意闹的意味,他显得心事重重。

"陛下,驿星位移,该启程回宫了。"太卜令黄济城背负的布袋插有几枝紫红花枝,连日马背功夫的骑射,他已褪去文弱之气,焕发出武将的精神抖擞。

金成帝抬起脸，耀眼的阳光刺痛他的双目，幻化出七彩的光斑，成排的白雁飞向南方，自知是该归去了。

"羽林郎魏喜、平京王金庆山，装车待发。"一声令下，将士们欢呼雀跃，赶马拖车，轰轰烈烈地忙活起来。

出得阴山来，便逢山明水秀，一路春意盎然，终是原班人马顺利回到平城。

金成帝刚踏足太华殿，身后刮来一股旋风，转头见到寿安宫的奴婢采薇，跌撞跑来哭诉，保太后病倒多时，求陛下前去探视。

他心里窝团火，保太后生病也会挑时间，不由得大发雷霆，责问奴婢："驸马都尉武僧觉去哪里了？"

"回陛下，驸马都尉正在寿安宫替保太后熬药。"采薇抬起泪脸哭道。

金成帝怒气攒心，不耐烦地挥手要她退下。稍作停留，便直奔寿安宫，鼻腔嗅到药草的苦涩香味，庭院内的玉兰花开得繁密，满地莹白花瓣，使人不忍落脚。

保太后常鹤兰躺在暗沉的沉香木睡榻上，装腔作势地呻吟不息。驸马都尉武僧觉蹲在药罐前，俯身眯眼查看火势，抬头撞见金成帝，忙提起袍襟，跪爬上前。

"驸马都尉，可有请尚药局的太医来诊治过？"金成帝坐在武僧觉搬来的椅上，语气严苛地责问道。

"陛下，你总算平安回来了。妾身等得好苦啊……"躺在沉香榻上的常鹤兰听出他的声音，立马捶胸顿足，号啕大哭，哭声凄凉，在场人都暗暗抹泪伤悲。

金成帝心中好笑，绷紧面皮，沉默不语。

保太后哭了半晌，见他并无动静，捉住他手，哀声请求："陛下，妾身若逢意外，陛下务必要答应妾身，照顾好安贵人……"

金成帝不得不出言相劝："常阿姐别乱说不吉利的话，好端端哪里就会死人？"

保太后云鬓散乱，面皮焦黄，她拽住金成帝不放："陛下，天有不测风云，人有旦夕之祸。答应妾身，机缘具足，封安贵人为皇后。"

"什么？"金成帝一时语塞，不禁怒从心起，摔脱她手。原来她们又是在唱一出苦肉计！

"驸马都尉，你怎么照顾的太后？"他火冒三丈地质问道。驸马都尉武僧觉一味低垂脑袋，呼哧呼哧喘息着，闷不作声。

"陛下，别迁怒他人。妾身以死相求，望陛下成全。"保太后紧追不舍。

成全？说得轻巧，成全你们，谁来成全朕？金成帝悲愤交加，又不便发作，想起羊公允的拖字诀，眉头一皱，计上心来，神色舒展，语气缓和："保太后，朕正欲请太后大选民女，充实后宫。"

"啊？"保太后惊愕地睁大双目，一头栽倒在睡榻上，目光游移地直视他。

金成帝见她两鬓微显白发，感叹草木已知愁，韶华竟白头。他攥紧她的双手，言辞恳切："太后，朕要太后选派资质卓越的民女，充实后宫。"

【第七十二章】

子贵母死　皇后安文茵

正月丁卯日，安氏被册封为后。

乍暖还寒，懿德宫内的梧桐树枝头，几只早起的花尾燕雀，叽叽喳喳地报喜。

皇后之位，得来不易。

旧年冬月，辽西有数千高车人结为寇盗，啸聚山林。金成帝令车骑大将军安文熙率队前往辽西，平反叛乱。车骑大将军身先士卒，奋勇厮杀，最终获胜，但负伤甚重。金成帝亲自前往探视，要重赏于他，被车骑大将军谢拒。

腊月祭祖，西北的征西大将军谋逆，金成帝诏令辽西公常风前去平定叛乱，顺利诛杀谋反团伙。金成帝在太华前殿，将辽西公封为太宰，晋爵为王，厚赏众部将。派人接安文茵到保太后的寿安宫，他主动提及，将择良辰吉日，册封安文茵为皇后。

安文茵情知陛下册封她为皇后，全赖长兄安文熙与辽西公性命相搏的军功，心中自是且喜又悲——人主之子也，骨肉之亲也，犹不能恃无功之尊，无劳之奉，而守金玉之重也，而况人臣乎？

保太后常鹤兰早有所料："陛下，老身在有生之年，终能等到这一日，幸之，幸之。"

吉时到，心如止水的皇后安文茵，头戴莲花宝冠，身披紫红彩衣，坐在懿德宫的凤位，接受后宫贵嫔、椒房们的跪拜。

着樱花红春服的秦贵嫔，浓妆艳抹的粉面，仍难掩失落的灰败气色。

三年来，荣升为保太后的常鹤兰不负重托，为金成帝选了年轻貌美的名门闺秀，进宫封为椒房，产下龙子，中书博士杜文书举荐了陇西望族的尉迟家族的三位美娇娘，正得圣宠。

安文茵从高处俯视美人迟暮的秦贵嫔，从来都是听新人笑，哪闻旧人哭？拿眼瞄了眼陇西尉迟家族的三位美人，她们骁勇擅射，大有巾帼不让须眉的神韵；皇太后推荐的是龙城安氏、常氏的文雅女子，探究起来，也有盘根错节的沾亲带故。

安文茵保持皇后的庄重仪态，赏她们吃盏新茶，尝口新蒸的桂花甜糕，算是对她们敬献贺礼的回馈。

满殿院飘荡浓郁的脂粉香气，众位嫔妃正安静品茶吃糕之际，龙涎香那股摄人心魄的气息，以王者的霸道压倒所有香味，直冲而来。

阉人独孤尼高呼保太后驾到，众位妃嫔慌忙起身，珠玉环佩叮当脆响，跪迎保太后。

喜出望外的安文茵略略扶正纯金打造的莲花宝冠，在采书的搀扶下，向皇太后常鹤兰跪拜行礼。

身着青蓝底色绸缎，上绣仙鹤图纹及地裙的保太后常鹤兰，举手投足间，已有拒人千里之外的高傲贵气。

"全退下吧。"位居高位的保太后常鹤兰坐定后，毫不客气地打发莺莺燕燕们离去。

窗前梧桐树的浓荫，遮蔽得懿德殿甚为幽静，内室仅有安文茵、保太后及两位心腹奴婢采薇、采书。

欢喜垂泪的安文茵对保太后视如再生父母，她重新跪拜行大礼："妾身参拜保太后。"

保太后笑逐颜开："皇后，快快起身坐下说话。咳，这富丽堂皇的后宫，总算握在我们辽西龙城的女人手中了。"

安文茵对保太后从来都是俯首帖耳地恭从："还不是靠了保太后的苦心经营。"

采书搬来锦凳，安文茵坐在保太后身旁，保太后拉起她的手，满眼的疼爱之情："也离不得你多年独守空房的隐忍，车骑大将军的伤势无碍了吧？"

"谢太后惦念，长兄伤势就快痊愈了。"她拿手扶撑头戴的莲花宝冠，重若泰山的皇后宝冠啊，压得她脖颈酸疼。

"唉，陛下是不见棺材不掉泪的主！三年前，老身装病逼他册封你为皇后，他用大选民女，充实后宫的由头，敷衍老身。眼下，他封你为后，可不是良心发现，是清醒认知到，征战讨伐、肯流血搏命的还得靠你我的车骑大将军、辽西公等勇将。"

杀恶龙者，最终也会成为恶龙。

安文茵对金成帝爱恨交织，她深知他是真正的恶龙，她仰慕他；可恨这条恶龙竟对自己毫不动心，此生与他的缘分，不过是有名无实的夫妻。人间事，终究是难以两全，她强忍夺眶而出的泪水，安抚保太后。

"保太后，先帝常夸陛下聪达有智，深宫六院的权势都归属保太后、妾身，太后也该欣慰了。"

"皇后，你受委屈了。"保太后挽住她的臂膀，轻轻地拍拍她的手背。

谁知女人心？还是保太后能怜惜她风光背后苦撑的凄苦，安文茵想起日日夜夜独守空闺的凄凉，不禁悲从中来，忍不住泪如雨下。

保太后拿着崭新的锦帕，替她擦拭面上的泪痕，以慈爱的口吻哄她："大喜的日子，可不许哭。她们在背后，不知多嫉妒你。老身见那秦贵嫔，鼻子都气歪了。"

"她好赖有陛下恩宠，有嫡出的皇子。妾身，就头戴的这顶莲花宝冠，也变不出个孩儿来……"安文茵苦笑着摸摸这紧箍咒般的皇冠。

保太后扭头望向窗前那株高大的梧桐树，双手绞动锦帕，叹气低语："陛下现如今又多了后宫六院的美人，皇后近不了他身，哪里会有龙种？还是断绝这念想，另外想想法子。"

安文茵羞惭得垂低头，论起知书达理，自己哪点不如人？竟不能获得圣心欢宠，空有这满腹才华也是韶华虚度了。她尝试着取下这顶沉重的皇冠，采书将莲花宝冠移走。

安文茵轻松地长嘘口气，保太后转过身，抚弄她长及腰身的乌发："皇后，老身看来，这天下的事，竟也没个十全十美。日中则移，月满则亏，物盛则衰，天之常数也。皇后无子嗣，也不是坏事。老身一辈子都想有儿子，偏偏是丢一个，死一个，不得如意……命里无子嗣，但有荣华富贵傍身，也是你我的命数，认了吧。"

"保太后，妾身早认命了。"安文茵仰靠她的臂弯，幽幽叹息道。若能选择，她宁愿在阿娘怀里撒娇，永远不长大，无忧无虑，那该多好。

"认命可不是不作为，认命也要择机改命。"保太后的手浸润着芬芳的香味。

"保太后，可是有妙计了？"安文茵欣喜地抬起头，她了解这位她生命中的贵人、亦母亦师的长辈。

保太后常鹤兰抿着单薄的红嘴，慢声慢气地说道："就让老身再帮皇后当次恶人，以后的路，就得靠皇后你一人独自前行了。"

安文茵听得后背发凉，意识到保太后要下毒手了。她无比尊崇地仰视保太后，她已经老了。额头、眼角镌刻着岁月的沧桑纹路，眼皮下耷的双眼，跳动着永不服输的斗志。心底涌过一股终将与她生离死别的悲痛浪潮，安文茵哽咽着别过头，不想她见到自己的脆弱与伤感。保太后说过，在后宫生存的女人，不相信眼泪。

"妾身，妾身听从保太后安排。"安文茵呜呜地哭着拜倒在地。

保太后常鹤兰弯腰扶起她，笑得眼尾弯弯："别哭花妆容了，老身去给皇后认个皇子，皇后不就有了依靠？"

安文茵且喜且怕，保太后又要拿祖制去大开杀戒了。

"这回该是秦贵嫔了？"她装出平淡的口吻，明知故问。她最为嫉恨的女人秦贵嫔，她霸占陛下的心，给陛下生出嫡子，她也有好运到头的这一日！

"妾身恐怕陛下不舍！"她舔舔因狂喜而感干裂的嘴皮，攥紧保太后的手。

"哼，陛下可曾舍得他的阿娘恭皇后？"保太后笑着抽出手来，摸摸花白的鬓角，眼里寒光，锥刺人心。

"是要未雨绸缪。"安文茵抬头望望天色，白云飘浮的天空，一成不变的辽阔高远。

"这不才正月，急甚？"保太后嗔怪道。放下跷起的二郎腿，跨出宫门。

"哎哟，妾身知错了。"她羞惭地蒙住脸，跪身送别保太后。

立春刚过，安文茵正在佛堂焚香——陛下崇佛，后宫夫人们都在内室开辟出供奉有佛像、鲜花、长明灯的佛堂，有模有样地礼佛。

两株绿茵茵的梧桐树间，闪露出椒房尉迟紫英的高挑身影，她三步并作两步跑到她身后，高声嚷嚷："皇后，请给妾身主持公道！"

安文茵对这人高马大、烈性豪迈的陇西美人素来忌惮三分。她忙转过身，堆起笑脸，令人赐座上茶，再问她所为何事。

眉眼妩媚的尉迟紫英，方圆白脸，高颧骨的右颊长了颗黑痣，使得她生硬冷峻的气质，平添几许风情。

她搓揉着手里的紫纱披帛，恶声恶气地怒骂道："秦贵嫔趁着陛下在妾身殿内用膳时机，竟然抱着皇子冲进来，以皇子生病为由，在妾身眼皮底下，硬拉着陛下走了……"

安文茵暗呼痛快。陛下也跌落醋海风波，她这皇后是该为椒房们讨回公道了。

"秦贵嫔最得陛下宠溺，你初来乍到，别不知深浅。"

尉迟紫英叉腰跳脚冷笑："娘娘说笑呢！她得圣宠？陛下这两月，可是轮流在尉迟三姐妹殿内安寝。她真能获圣宠，也不会用皇子生病这下作的手段骗走陛下了。"

安文茵慢慢呷口茶，望向涣散无序的青烟随风而逝，假作替她着想："歌姬出身的秦贵嫔，哪里比得上尉迟椒房姐妹，陇西望族后裔的高贵？本后劝你，都是后宫姐妹，能忍则忍，能退则退。"

尉迟紫英斜飞着丹凤三角眼，出言不逊："娘娘也忒仁慈了，对付她这种贱货，就得白刀子进红刀子出。"

"尉迟椒房，莫要冲动。秦贵嫔的嫡子是要被立为东宫太子……"安文茵盈盈笑道，端起茶盏，平静地吹走茶盏的浮沫。

尉迟紫英红唇轻启，哦了声，一副茅塞顿开的模样，起身向外走去，边走边感叹："怪不得呢，她敢在妾身眼皮底下夺走陛下，原来是有得意猖狂的根基！"

安文茵踏步出门，暗自思忖，能踏足后宫的女人，谁不聪明啊？鹿死谁手，全看造化——她们这些自以为年轻貌美的后来者，永远无法得知的真相：陛下始终与秦贵嫔才是心心相印的鹣鲽情深。

站在树叶阔大的梧桐树下，安文茵感受着被阴凉绿意覆盖的惬意，弱水三千，只能取一瓢饮之——人生命运的抉择，也大抵如是。她深知，任何心机，也抵不过真心相爱的男女之情，所以她才会放弃一地鸡毛的争风吃醋，选择夺取皇后桂冠在手的富贵稳妥。

金成帝册封皇太子的喜讯传到懿德殿,她安之若素,安排妥帖:"采书,备上西蜀的连理枝云锦纹缎面、南越香料、波斯地毯、天竺的纯金酒器,送到合欢殿,贺喜秦贵嫔的嫡子被册封为皇太子。"

采书困惑不解:"皇后娘娘,是秦贵嫔的嫡子当皇太子,娘娘耗费如此多宝物作甚?"

安文茵笑而不语,皇太子是天下人的皇太子,日后将由她来抚育成人的皇太子,与秦贵嫔何干?

"快去收拾装好,派人送过去就是了。"

她径直来到佛堂,点上檀香,盘腿坐在蒲团上,诵读驸马都尉武僧觉介绍进宫的僧人昙会送来的《金刚经》。

不过两三日后,就接到保太后要她陪同到合欢殿的邀请。安文茵清楚,保太后又将故技重施。她有些许的自得,蒙在鼓里的秦贵嫔至死也不知道,她活着的价值与意义,不过是在为她这位皇后作嫁衣。

安文茵搀扶保太后常鹤兰进到喜气洋洋的合欢殿,通身艳色新服的秦贵嫔,又恢复起刚得圣宠的傲慢姿态,惊翠眉下的凤目飞扬,闪耀着自负与骄傲的光芒。

三人相见,安文茵见到秦贵嫔收敛笑意,换上冷脸,下榻跪迎。

保太后常鹤兰挥挥阔大的袖袍,阉人独孤尼立马轰走跪在地上前来贺喜的势利小人们,待他们做鸟兽散后,原本鼓乐喧天的合欢殿,刹那间成为无人问津的冷宫深院。

身披青蓝白花披风的保太后常鹤兰,站在四壁上下被红灯笼、红绸布点缀的合欢殿,语调阴森森的不近情理。

"秦贵嫔,老身恭喜你生个好太子。皇太子呢?"

秦贵嫔抬起粉雕玉琢的俏脸,瞅着奴婢采薇提的食盒,用谐谑的口气,嘻嘻笑道:

"回太后,皇子熟睡了,他睡得实沉,天雷炸响都惊不醒,呀,这是赏赐妾身的美味糕点吗?"

高兴疯了的糊涂女人啊,以为她深得圣宠,以为她的儿子册封为皇太子就能坐享母凭子贵的一世荣华?不知皇太子即位后,她就得被子贵母死的祖制赐死?哪里有什么生生世世的深情,不过是昙花一现的情深不寿,稍纵即逝的一时富贵罢了。

"秦贵嫔,把皇太子抱来,让本太后瞧瞧。"保太后才不会和她兜圈子呢。

秦贵嫔不明就里,绕过屏风,抱出熟睡中的皇子,交给保太后。

"皇后,你来瞅瞅这皇太子,天生富贵命啊。"保太后常鹤兰把皇太子转交给安文茵,她接过这睡得香甜的小家伙,紧紧抱在怀中,生怕被人夺走。

保太后朝阉人独孤尼略略摆摆头,独孤尼忙关闭殿门,守在外面。秦贵嫔这才觉察不对劲,惶急不安地问道:"保太后,这是要做什么?"

"你不是要看本太后带什么好吃的糕点?采薇,还不把鸩酒端给秦贵嫔?"

"啊,鸩酒?不!妾身不想死啊,陛下,陛下在哪里……"秦贵嫔大惊失色,哭声震天地,尖叫着呼救。

"秦贵嫔,别喊了,任你喊破天,陛下也听不到。你在后宫,怎会不知子贵母死的祖制?"采薇边揭开食盒,边提出装鸩酒的酒壶,恶声恶气地说道。

"你个贱婢!胆敢目无王法?小皇子还在牙牙学语,就算是执行子贵母死的祖制,也得十年八年后皇子即位!保太后,打量妾身不知你的狼子野心?你逼死恭皇后,又想来逼死妾身吗?如此妄开杀戒,就不怕陛下?不怕有报应?"

秦贵嫔恨恨地骂道,抬手一掌打在采薇脸上,措手不及的采薇,窝着一肚子火,又不敢发作,眼泪汪汪地左手捂着发红的脸颊,右手高举装鸩酒的酒壶,向保太后跪爬过去。

安文茵看这秦贵嫔泼辣的烈性,也不是盏省油的灯!不由暗暗后怕,她和保太后就是为免等皇太子长大即位后,再拿祖制时无济于事。趁皇太子尚在襁褓中,由她抚育成人,不就能保全龙城安氏家族的荣光?对不住了,秦贵嫔,你该死而无憾了,终究,你拥有过皇帝的宠爱。本后无子嗣护佑,就当你来成全本后。

安文茵打定主意,扭头望向保太后,见她正抿嘴不住冷笑,独孤尼和采书追赶秦贵嫔,怕是惊惧过度,鬓发散乱的秦贵嫔语无伦次地在殿内仓皇地东奔西逃,就是不肯就范。

"不,不要,妾身去求求陛下,改立太子,哦,不,将太子废黜,过上十年八年再说,就不能等妾身老了,再立太子吗?"

她突然跑到安文茵身边,抱着她的腿求情:"皇后,求求你,妾身不想死,你送的缎面,妾身还没裁剪成新服啊,妾身还没享尽荣华富贵啊……"

安文茵见秦贵嫔如惊弓之鸟,想到她至死也不知道,自己将会成为抚育她的皇太子的乳母，于心不忍，腾出空手，从袖笼摸出方汗巾，给她擦拭汗水。

　　保太后常鹤兰使个眼色，采薇、采书将秦贵嫔奋力拖走，撂进椅内。采薇拿起蘸满墨汁的毛笔，硬塞给她，保太后在旁冷冷地说："贵嫔，你稀罕的物品都将成为陪葬品。来，快写下你在这世间想要报答恩情的亲人名，本太后不会亏待他们。"

　　"皇后，妾身死了，替妾身照看好皇太子……"趴在桌案的秦贵嫔抬起泪脸，抖作一团，哭得撕心裂肺。

　　"本后答应你……"安文茵说不下去了，她是自己的情敌，也是皇太子的阿娘，是与她相同身份的女人！她抱着小皇子，背转身，在殿门前站定，任凭且喜且怜的泪水无声滑落。

【第七十三章】

鸡鸣山　僧人武僧觉

二月二，见龙在田。

武僧觉曾在打坐的观想中，攀爬过磨笄山。

年过半载后，他陪同保太后常鹤兰故地重游，此山已更名为鸡鸣山。原来是一座开满了雪白玉兰花的山岭！贫瘠的石灰色荒山与这一树树怒放的繁花，如同海市蜃楼的魔幻仙境。

山风飞卷起玉兰花的幽香，武僧觉捡起地面的一块碎石，转头向赏花不语的保太后常鹤兰问道：

"鸡鸣山怎会生长玉兰树？"

树干笔挺的玉兰树，冷傲地伸展着蓬勃枝丫，刺向碧蓝天穹。站在花树下的保太后常鹤兰，身穿绣鹅黄玉兰花春服，与这满山的玉兰花树一般娇艳。她回眸轻笑："路上本没路，走的人多了就成了路。"

眼前飞落几片花瓣，武僧觉伸手捏着柔嫩的花瓣，看着山脚下乌泱泱的随从们，思索着保太后的潜台词，似有所悟。

此番他随金成帝行幸辽西龙城的行宫，是太后长兄平乐公负责修建的。这漫山遍野的玉兰花树，自然是平乐公为讨保太后欢心，从别处移栽在此的。花香盈鼻，他拂袖感怀："保太后好福气，有长兄平乐公疼惜。"

常鹤兰瞟了他一眼，伸手抚弄额面散发，直视山巅云雾中破败古庙的剪影，语气幽幽："驸马都尉是在指桑骂槐吗？朝廷的中书博士羊公允可是多次在陛下面前诬陷平乐公卖官鬻爵，大肆搜刮民脂民膏。"

武僧觉苦笑着拍拍胸膛："太后不是不知臣就是当一日和尚撞一日钟，从不干涉朝政的闲人。"

保太后常鹤兰是走两步歇三步，不时娇喘地向他吐露心扉："近些年，陛下似乎对本太后的外戚，颇有微词呢。"

武僧觉不便插话，金成帝不满保太后专权，也是朝廷上下公开的秘密。

那日，他正在鹿野浮屠内的普贤菩萨殿中打坐，听见靳采春在呼喊驸马都尉，循声望见青翠竹林间，掩映着半张胖脸的靳采春，说是陛下请他到合欢殿。

武僧觉口上应承着，爬起身，端起几案盛有冷茶的陶碗喝个干净，撩开布袍，出得殿来，直奔合欢殿。

春日正好，经过尚药局，鼻端闻得醉人花香，他踮起足，探头望向那株鸳鸯梨树，满树洁白花蕊，繁茂如雪。武僧觉看得呆了，头顶燕雀欢叫，惊得他缩回头，快步奔向合欢殿。

合欢殿的秦贵嫔因中邪惊吓而亡，后宫风言风语指向保太后，在她之前的恭皇后，是被保太后赐死。一位是陛下爱妾，一位是陛下阿娘，春分祭祖，陛下可是留在合欢殿追思？

他抬脚进殿，瞥见合欢树旁，陛下正手把手地教小皇子挽白线，放燕子纸鸢飞空，站立树下的是着紫红花裙的窈窕背影，他以为是秦贵嫔，细看不太像。

正迟疑着想退缩回避，金成帝扭头见到他："驸马都尉来了？皇后，带小皇子回懿德殿。"说完，把线团扔进身着紫红花裙的皇后安文茵手里。

武僧觉尴尬地半垂脑袋，躬身走过去，皇后安文茵抱起小皇子，在一帮奴婢的簇拥下，悄然离去。

金成帝坐在扶手交椅里，左手捏着汗巾擦汗，右手指向旁边的腰鼓凳："武爱卿，昙会法师即刻就到。"

殿庭内回归寂静，春风掠过绿意盎然的合欢树冠，金成帝仰视清朗的碧蓝高空，发出肺腑之言："朕真想与天地同寿。"

武僧觉嘿嘿笑且不语，抬头瞅见面容清瘦的昙会，身穿补丁旧僧袍，臂下夹了卷画轴，飘然而至。

"朕远远看法师这身打扮，倒有仙风道骨的飘逸出尘。"金成帝一跃而起，亲热地拉过昙会的手。

昙会笑道:"那是陛下心里有道,看贫僧就有道相。"他取出画轴展开来,"陛下,秦贵嫔的像画好了。"

金成帝丢开手,凝视画中眉目生动的美人,眼里流下泪来。

武僧觉与昙会两两相望,昙会徐徐卷起画轴,武僧觉递上汗巾,扶起金成帝坐在椅上。

金成帝接过汗巾,捂嘴哽咽:"合欢殿,终是难合欢。靳采春,把恭皇后、秦贵嫔的画像供奉在堂,合欢殿的牌匾换成追思堂吧。"

靳采春跪身捧走画卷,领命离去。一旁静默的昙会,合掌作揖:"陛下,逝者如斯夫。望陛下以龙体为重,切莫伤悲过度。贫僧感怀昔日灭佛灾祸,请陛下恩准贫僧,择地势高广处,凿窟雕佛,以保佛光普照,佛性长存。"

"凿窟雕佛?"金成帝面露不解,起身踱步,慢慢思索。

"是。陛下,西域早有石佛窟,一则忏悔先帝废佛之过,二则为祖宗开设祈福之先。"

金成帝思索良久,方拊掌应许:"这般甚好!昙会,朕命你为沙门统,专责凿窟雕佛,朕自会捐赠所需财物。"

武僧觉听得心情振奋,昙会所言的凿窟雕佛,是真正做到弘扬佛法于子孙后世的功德。他情不自禁,也想跃跃欲试,磕头向金成帝请求:"陛下,臣愿追随法师……"

金成帝目送合掌称谢退去的昙会,拍拍武僧觉的肩:"驸马都尉,慌什么,有你当和尚的时候。"

他边走进殿里,边对他说:"朕意欲陪同保太后北上辽西龙城,平乐公在那建有行宫,尽尽朕的孝心,你得随驾同行。"

武僧觉见陛下突发孝心,要陪同保太后行幸桑梓,大感不解,猜想这其中定藏有猫腻,不由暗替保太后捏把冷汗。

靳采春将恭皇后的画像刚挂好,金成帝跪在颔首微笑的恭皇后画像前,掩面悲啼。武僧觉不禁怪自己是以小人之心度君子之腹,竟然质疑陛下的孝心。

武僧觉跪辞金成帝,走出合欢殿,拐道行至寿安宫。

尚未跨进宫门,就听见笛声悠悠中,传出保太后常鹤兰养尊处优的懒散腔调:"本太后当姑娘家时就不爱什么花儿草儿,独喜后院的千年孤槐,有勇插云霄的冲天之志。"

好几位疑似阉人的公鸭嗓在迭声附和，一个说："保太后原来打小就有凌云壮志！真真是燕雀焉知鸿鹄之志？"一个道："保太后是不鸣则已，一鸣惊人。"

这些阿谀奉承的话语，易脏了耳朵，蒙蔽双目。武僧觉暗自摇头，倒背双手，前脚踏进门，立刻傻了眼：纷纷扬扬飘落好大一场杏花雨！透过白茫茫的花雨，影影绰绰地见到数十人合抱花树摇晃不停，笛声笑声，乱成一团，不知谁在放肆地嘲笑他："咦，哪里跑出的傻子，艳福不浅，杏花全堆到他身上去了。"

"别闹了，停息了吧。"随着保太后常鹤兰的喝令，杏花不再飘扬，武僧觉摇头晃脑，拿手掸掉头上、额前的花瓣，这才看清是寿安宫前的空庭，栽有须好几人合力围抱的老杏树。有人跨在树杈横吹笛，有数人爬坐其间，摇动花枝，这才有他撞见的杏花飞雨奇景。

"呀，保太后，是驸马都尉！"奴婢采薇的低呼，引得或骑或爬在杏树上趋炎附势的阉人噤若寒蝉。

武僧觉平静地抖落肩臂沾落的花瓣，走向端坐凤位的皇太后常鹤兰。

妆容素雅的保太后，眉宇间隐藏着不易觉察的狠劲，武僧觉能隐约瞥见潜伏她灵魂深处的老虎暗影。想起后宫风闻被赐死的皇太后赫连雪云，她也有猛虎的凶相——能居权力高位的女人，体内都会有一头猛虎盘踞其中。

"独孤尼，把你的徒子徒孙们带走。"在他的注目下，保太后常鹤兰神色变得娇羞起来，挥袖赶走那帮小丑阉竖。

武僧觉跪在落满杏花的地面，暗自遗憾，常鹤兰也贪恋起人间富贵了。

"保太后玉体康宁。"

常鹤兰手执扇柄缀有颗猫眼大珍珠的白羽团扇，呛人的麝香冲进鼻窦，武僧觉控制不住，冲着保太后大不敬地打了个喷嚏。

"采薇，快去给驸马都尉煮点杏雨春茶。"常鹤兰举着白羽团扇，眉眼笑弯弯地嘲弄他："驸马都尉是闻惯紫丁花香啰。"

武僧觉想起逝去的花荫公主，再见保太后已隐现出骄奢狂态，自感与她已有不可逾越的鸿沟。

他面色一沉，话音严肃起来："保太后，陛下要臣过些时日陪同保太后行幸辽西龙城，亲对高年，劳问疾苦。"

保太后常鹤兰见他勃然变色，自觉失语。她移开白羽团扇，走到老杏树下，神色落寞且惆怅："陛下又想博取孝心的虚名？"

武僧觉情知陛下与保太后，这对名义上的母子，早已暗生猜忌——折磨两人的往往是猜想，并非真实，从相互依存至相互猜疑，天下大势发展所趋，谁都无法掌控个中的变化。

他见多了今日推杯换盏，明日刀剑相向的世事无常。保太后先以祖制逼恭皇后吕金瓶饮下鸩酒，再怒激花荫公主、赐死皇太后赫连雪云，就算是金成帝的宠妃秦贵嫔，也没能逃过一劫。金成帝虽不满她的霸道专权，却不敢撼动她固若金汤的保太后的尊位——既是以孝治国，金成帝就该以身作则，方是天授神权的明君所为。

在后宫奴婢们看来，常鹤兰的种种恶行，印证了她就是毒如蛇蝎的妇人。但，武僧觉比谁都明白，这是身处权力高位的人，为了自保的雷霆手段。

芸芸众生，自具佛、魔、神性。一念是魔、一念是佛、一念是神，均是瞬间转换的意念。

如何保存良知，立地成佛？想来，还是师父教诲得好：纵有魔障三千，勤能祛障，爱能降魔。

武僧觉正思绪纷纷，保太后常鹤兰在山前方的拐弯处，向他回首召唤："驸马都尉，发什么呆？"

凝视着巧笑嫣然的保太后，武僧觉能观到她体内隐藏的乖戾之气。她确是一株凌云壮志的孤槐，而非繁密纤弱的花草！他将用爱来降服她的心魔。

这般思忖后，武僧觉才觉宽慰，抬腿跑向她。

"武僧觉，跑快点！"上到山顶后，保太后常鹤兰见四下无人，改口直呼他的大名。

听她乍然改口，武僧觉心中腾起异样的温暖，恍若回到他们相识的从前。他挥动双臂，一鼓作气爬上山顶，荒草茂密的狭窄空地中间，有座残垣断壁的古庙掩映其间，想到灭佛的惨烈景象，他难过地默诵阿弥陀佛不止。

出宫数日，保太后常鹤兰不再端着太后架子，渐渐显出娇憨本性。她坐在杂草丛生的泥地，目视云雾迷蒙的远方，神色忧戚地问他："你可知这座山为何曾名为磨笄山？"

山风拂面，四面响起密集的蝉鸣鼓噪。武僧觉摇摇头，听这蝉音一阵松一阵紧，有些走神，知了，知了，莫非蝉通人心？他在空地坐好，从衣袖摸出汗巾，递给她擦擦手。

保太后常鹤兰的语音凄楚："本后在梦里见过此山，也是开遍玉兰花。本后是女俘，在这破庙内遇见抄经生与一位道长。他们说，磨笄山是位王妃的自杀之地。她本是大国的公主，远嫁小国的太子，夫妇情深意浓，但她的兄弟为了吞并小国，诱杀她的丈夫，要接她回故国，走到这里，她磨尖金簪，号啕大哭：以弟慢夫，非仁也；以夫怨弟，非义也……"

武僧觉听得内心震动，保太后常鹤兰是摸清陛下出行的真实意图了？陛下对她私揽大权不满已久，他痛心地望向她，保太后瞪着泪光蒙眬的凤眼，与他柔情相对。

两人近在咫尺，她已经老了，浓妆掩盖不了额面的细纹、下垂耷拉的眼皮与嘴角深刻的法令纹。

"陛下江山已坐稳，要老身寻觅百年后的归宿，是想暗示老身成了不中用的弃棋？"

武僧觉环顾四周，皆是连绵巍峨的群山，他不愿欺瞒她，索性将金世祖的原话如实吐露："吾母养帝躬，敬神而爱人，若死而不灭，必不为贱鬼。然于先朝本无位次，不可违礼以从园陵。此山之上，可以终托。"

常鹤兰听着听着，眼圈发红，她笑中带泪："陛下要你传达前朝太后遗志，不就是要本太后百年后安葬于鸡鸣山？"

武僧觉见她柔弱可怜的悲苦状，褪掉保太后华服的她不过是位无依无靠的可怜女子，想起当年在芦苇丛中生死相依的诺言，终归是他负了她！不由得满怀负罪，下跪表白："保太后，人生的终点，不是死亡，是遗忘。若太后不弃，僧觉愿为太后寝庙建碑颂德，植百株古槐，守护太后神识。"

"你就不怕阴曹地府的花荫公主找你算账？"常鹤兰笑中带泪，蹲身与他对视。

武僧觉拉过她的手，想到自己默许被公主溺死的幼子，他也泣不成声："僧觉本是来去自由、了无牵挂的僧人，公主有儿子金庆山，你，你什么也没有，唯有那些华丽冰冷的金银珠宝陪你，僧觉不忍……"

知了的蝉鸣，响亮起来。

常鹤兰扑进他怀中，倾吐心声："鹤兰虽命贱似蝼蚁，却有冲天的鸿鹄之志。因为蒙受过国破山河在的耻辱，承受过生离死别的痛楚，所以，唯愿当今天下四海安宁、主圣臣贤、君明臣忠、父慈子孝、夫信妇贞，便不枉费来这红尘走一遭了。"

武僧觉情知她是女中豪杰一般的人物，连忙搀扶起她："师父常说：'进退盈缩变化，圣人之常道也。'功成身退，善终也。"

半空飞来一对花尾巴的喜鹊，停歇在玉兰花树上，紧密偎依着欢叫不停。

常鹤兰垂泪哽咽道："罢了，能以卑贱的乳母之位跃居保太后，实属大幸，常鹤兰早该同那蝉鸣知了，知足常乐……"

言罢，她嘤嘤哭泣着扑在他肩上，武僧觉甚感欣慰：她终不是那贪权嗜欲的妇人，能放下自我的执念，她就是开悟的佛陀。

冰释前嫌的两人牵手，漫步山中，寻到一处高地上的玉兰花树下，并排躺在草丛有落花的静谧天地间。

"真想时光倒流，回到阔别数年的芦苇丛……"矜持庄重的常鹤兰还会说着白日梦话。

几片薄纱般的蝉翼从玉兰花树的枝头掉落，武僧觉心里一动，想起平生所憾，没能找到阿娘，没能举办师父所托的无遮大会，人生一世，不如意十之八九，便憨憨笑道："何必执着过去心的时光倒流？如蝉羽化，生命轮回，认知重生，未来心更可得。"

后 记

读书大有功德，这是南北朝时期著名的教育家颜子推在流传后世的鸿篇巨制《颜氏家训》中特别强调的论述，也是日本学者川本芳昭在他的著作《中华的崩溃与扩大》里推崇的观点。

对于资质平庸的我而言，书中确有黄金屋、颜如玉。

2019年出版的《大梵宫》，恍如昨日的一期茶会，这期间，疫情反复不定，人心难得安宁，便以读书致虚极，守静笃。

《贺兰阙》电子书上线后，读完李凭老师的《北魏平城时代》，受到小小启发，北魏王朝在平城（今山西大同）经营的一个世纪，是拓跋历史上最辉煌的阶段，也是中国历史上辉煌的时代之一。

我去过大同，云冈石窟的雄伟造像背后是高僧昙曜的故事，这便是创作《鹿野蝉》的缘起。

北魏建国之初，天空出现一颗闪闪发光的黄色星星，对深信天象的古人看来，这是瑞兆的象征。确实，北魏王朝的后宫，出现诸多堪称智勇双全的人物，在各方此消彼长的势力纠缠下，凡人都会面临活下去的艰难抉择，能从逆境中觉醒，从希望中探寻到生存之道的觉悟者，终归是凤毛麟角。

毕竟，人这一生，要想有所成就，需要高人指点、贵人提携、同道中人扶持。谢谢良师益友的何天涛前辈、丁永锋先生、辜玉婷女士的提携，感恩诸多萍水相逢、甚至素未谋面的四海文友们的不弃鼓励。

帝洛巴曾说:" 并不是现象迷惑了你，迷惑你的是对现象的执着。"

世出世间，一本书与一个人的相逢，是冥冥中的注定。

祈愿长夜安隐，多所饶益。

2022 年 2 月 5 日　北京芳馨园